W0309902

CLASSIQUES & CIE LYCÉE

Émile Zola

# Germinal (1885)

Collection dirigée par
**Marc Robert**

Notes et dossier
**Dominique Carlat**
agrégé de lettres modernes

Hatier

## GERMINAL

7 Première partie
82 Deuxième partie
147 Troisième partie
213 Quatrième partie
313 Cinquième partie
395 Sixième partie
462 Septième partie

## LIRE L'ŒUVRE

561 **Questionnaire de lecture**

## L'ŒUVRE DANS L'HISTOIRE

564 **Le contexte politique et social**
Une fragile stabilité politique
L'essor du capitalisme, les prémices d'une organisation ouvrière
Germinal, roman d'une société en crise

576 **Le contexte biographique**
Une période marquée par le deuil
L'influence de Schopenhauer

579 **La réception de l'œuvre**
La réception immédiate : scandale et malentendus
1890-1930 : désaffection et retour en grâce
Des années 1950 à nos jours

584 **Groupement de textes : réprésentations romanesques du peuple**
TEXTE **1** H. de Balzac, *Les Paysans*
TEXTE **2** V. Hugo, *Les Misérables*
TEXTE **3** É. Zola, *La Débâcle*
TEXTE **4** L. F. Céline, *Voyage au bout de la nuit*
TEXTE **5** L. Aragon, *Les Beaux Quartiers*



Conception graphique de la maquette :
c-album Jean-Baptiste Taisne, Rachel Pfleger
Principe de couverture : Double
Mise en pages : Chesteroc Limited
Iconographie : Hatier Illustration
Suivi éditorial : Isabelle Chave




ISBN : 2-218-95893-9

## L'ŒUVRE DANS UN GENRE

591 ***Germinal*, un roman naturaliste**
La littérature alliée de la science
Les défis du naturalisme : le roman au risque de la science

594 **Les personnages de *Germinal***
Le héros romanesque et ses ambiguïtés
Les personnages et leur discours

601 **Du document au monument : *Germinal*, du reportage au mythe**
*Germinal* : un document paradoxal
*Germinal* : un mythe moderne

609 **Groupement de textes : poétique du roman zolien**
TEXTE **6** *Germinal*, quatrième partie, (chap. III)
TEXTE **7** *Germinal*, cinquième partie, (chap. II)
TEXTE **8** *Germinal*, première partie, (chap. VI)
TEXTE **9** *Germinal*, cinquième partie, (chap. VI)

## VERS L'ÉPREUVE
ARGUMENTER, COMMENTER, RÉDIGER

613 **L'argumentation dans *Germinal***

616 **Groupement de textes : jugements critiques**
TEXTE **10** H. Céard, « M. Émile Zola et *Germinal* »
TEXTE **11** J. Lemaître, *La Revue politique et littéraire*
TEXTE **12** J.- K. Huysmans, *Lettre à Émile Zola*
TEXTE **13** A. Gide, *Journal*
TEXTE **14** J. Cocteau, *Présences de Zola*
TEXTE **15** H. Mitterand. « Étude » sur *Germinal*
TEXTE **16** R.-P. Colin, *Tranches de vie. Zola et le coup de force naturaliste*

623 **Sujets**
Invention et argumentation
Commentaires
Dissertations

633 BIBLIOGRAPHIE

Les Rougon-Macquart
Histoire naturelle et sociale d'une famille
sous le Second Empire

# GERMINAL

# Première partie

## I

1866 crise industrielle

Dans la plaine rase, sous la nuit sans étoiles, d'une obscurité et d'une épaisseur d'encre, un homme suivait seul la grande route de Marchiennes à Montsou, dix kilomètres de pavé coupant tout droit, à travers les champs de betteraves. Devant lui, il ne voyait même pas le sol noir, et il n'avait la sensation de l'immense horizon plat que par les souffles du vent de mars, des rafales larges comme sur une mer, glacées d'avoir balayé des lieues de marais et de terres nues. Aucune ombre d'arbre ne tachait le ciel, le pavé se déroulait avec la rectitude d'une jetée, au milieu de l'embrun[1] aveuglant des ténèbres.

L'homme était parti de, Marchiennes vers deux heures. Il marchait d'un pas allongé, grelottant sous le coton aminci de sa veste et de son pantalon de velours. Un petit paquet, noué dans un mouchoir à carreaux, le gênait beaucoup; et il le serrait contre ses flancs, tantôt d'un coude, tantôt de l'autre, pour glisser au fond de ses poches les deux mains à la fois, des mains gourdes que les lanières du vent d'est faisaient saigner. Une seule idée occupait sa tête vide d'ouvrier sans travail et sans gîte, l'espoir que le froid serait moins vif après le lever du jour. Depuis une heure, il avançait ainsi, lorsque sur la gauche, à deux kilomètres de Montsou, il aperçut des feux rouges, trois brasiers brûlant au plein air, et comme suspendus. D'abord, il

1. *Embrun* (nom masculin) : poussière de gouttelettes formée par les vagues qui se brisent et emportée par le vent. Ici employé métaphoriquement.

hésita, pris de crainte; puis, il ne put résister au besoin douloureux de se chauffer un instant les mains.

Un chemin creux s'enfonçait. Tout disparut. L'homme avait à droite une palissade, quelque mur de grosses planches fermant une voie ferrée; tandis qu'un talus d'herbe s'élevait à gauche, surmonté de pignons confus, d'une vision de village aux toitures basses et uniformes. Il fit environ deux cents pas. Brusquement, à un coude du chemin, les feux reparurent près de lui, sans qu'il comprît davantage comment ils brûlaient si haut dans le ciel mort, pareils à des lunes fumeuses. Mais, au ras du sol, un autre spectacle venait de l'arrêter. C'était une masse lourde, un tas écrasé de constructions, d'où se dressait la silhouette d'une cheminée d'usine; de rares lueurs sortaient des fenêtres encrassées, cinq ou six lanternes tristes étaient pendues dehors, à des charpentes dont les bois noircis alignaient vaguement des profils de tréteaux[1] gigantesques, et, de cette apparition fantastique, noyée de nuit et de fumée, une seule voix montait, la respiration grosse et longue d'un échappement de vapeur, qu'on ne voyait point.

Alors, l'homme reconnut une fosse. Il fut repris de honte : à quoi bon? il n'y aurait pas de travail. Au lieu de se diriger vers les bâtiments, il se risqua enfin à gravir le terri[2] sur lequel brûlaient les trois feux de houille, dans des corbeilles de fonte, pour éclairer et réchauffer la besogne. Les ouvriers de la coupe à terre[3] avaient dû travailler tard, on sortait encore les déblais inutiles. Maintenant, il entendait les moulineurs[4] pousser les trains sur les tréteaux, il distinguait des ombres vivantes culbutant les berlines, près de chaque feu.

1. *Tréteaux* : construction destinée à recevoir les rails qui permettent d'acheminer les berlines de déblais jusqu'au terril. \ 2. *Terri* (ou *terril*) : grand tas de déblais extraits de la mine. \ 3. *Coupe à terre* : opération consistant à rendre praticable une galerie d'exploitation. \ 4. *Moulineur* : ouvrier dont la tâche, accomplie à l'air libre, consiste à décharger les berlines montées dans les cages.

— Bonjour, dit-il en s'approchant d'une des corbeilles.

Tournant le dos au brasier, le charretier était debout, un vieillard vêtu d'un tricot de laine violette, coiffé d'une casquette en poil de lapin ; pendant que son cheval, un gros cheval jaune, attendait, dans une immobilité de pierre, qu'on eût vidé les six berlines montées par lui. Le manœuvre employé au culbuteur[1], un gaillard roux et efflanqué, ne se pressait guère, pesait sur le levier d'une main endormie. Et, là-haut, le vent redoublait, une bise glaciale, dont les grandes haleines régulières passaient comme des coups de faux.

— Bonjour, répondit le vieux.

Un silence se fit. L'homme, qui se sentait regardé d'un œil méfiant, dit son nom tout de suite.

— Je me nomme Étienne Lantier, je suis machineur... Il n'y a pas de travail ici ?

Les flammes l'éclairaient, il devait avoir vingt et un ans, très brun, joli homme, l'air fort malgré ses membres menus.

Rassuré, le charretier hochait la tête.

— Du travail pour un machineur, non, non... Il s'en est encore présenté deux hier. Il n'y a rien.

Une rafale leur coupa la parole. Puis, Étienne demanda, en montrant le tas sombre des constructions, au pied du terri :

— C'est une fosse[2], n'est-ce pas ?

Le vieux, cette fois, ne put répondre. Un violent accès de toux l'étranglait. Enfin, il cracha, et son crachat, sur le sol empourpré, laissa une tache noire.

— Oui, une fosse, le Voreux... Tenez ! le coron[3] est tout près.

À son tour, de son bras tendu, il désignait dans la nuit le village dont le jeune homme avait deviné les toitures. Mais les

**1.** *Culbuteur* : outil qui en basculant la berline permet de la vider de son remblais. \ **2.** *Fosse* : ensemble des installations d'une mine d'extraction. \ **3.** *Coron* : habitat du mineur, réalisé à proximité de la mine par la Compagnie. Il se caractérise par la répétition à l'identique d'une même structure.

six berlines étaient vides, il les suivit sans un claquement de fouet, les jambes raidies par des rhumatismes ; tandis que le gros cheval jaune repartait tout seul, tirait pesamment entre les rails, sous une nouvelle bourrasque, qui lui hérissait le poil.

Le Voreux, à présent, sortait du rêve. Étienne, qui s'oubliait devant le brasier à chauffer ses pauvres mains saignantes, regardait, retrouvait chaque partie de la fosse, le hangar goudronné du criblage[1], le beffroi du puits, la vaste chambre de la machine d'extraction, la tourelle carrée de la pompe d'épuisement. Cette fosse, tassée au fond d'un creux, avec ses constructions trapues de briques, dressant sa cheminée comme une corne menaçante, lui semblait avoir un air mauvais de bête goulue, accroupie là pour manger le monde. Tout en l'examinant, il songeait à lui, à son existence de vagabond, depuis huit jours qu'il cherchait une place ; il se revoyait dans son atelier du chemin de fer, giflant son chef, chassé de Lille, chassé de partout ; le samedi, il était arrivé à Marchiennes, où l'on disait qu'il y avait du travail, aux Forges ; et rien, ni aux Forges, ni chez Sonneville, il avait dû passer le dimanche caché sous les bois d'un chantier de charronnage, dont le surveillant venait de l'expulser, à deux heures de la nuit. Rien, plus un sou, pas même une croûte : qu'allait-il faire ainsi par les chemins, sans but, ne sachant seulement où s'abriter contre la bise ? Oui, c'était bien une fosse, les rares lanternes éclairaient le carreau, une porte brusquement ouverte lui avait permis d'entrevoir les foyers des générateurs, dans une clarté vive. Il s'expliquait jusqu'à l'échappement de la pompe, cette respiration grosse et longue, soufflant sans relâche, qui était comme l'haleine engorgée du monstre.

Le manœuvre du culbuteur, gonflant le dos, n'avait pas même levé les yeux sur Étienne, et celui-ci allait ramasser son

1. *Criblage* : opération de tri permettant de séparer le charbon des autres résidus.

petit paquet tombé à terre, lorsqu'un accès de toux annonça le retour du charretier. Lentement, on le vit sortir de l'ombre, suivi du cheval jaune, qui montait six nouvelles berlines pleines.

— Il y a des fabriques à Montsou ? demanda le jeune homme.

Le vieux cracha noir, puis répondit dans le vent :

— Oh ! ce ne sont pas les fabriques qui manquent. Fallait voir ça, il y a trois ou quatre ans ! Tout ronflait, on ne pouvait trouver des hommes, jamais on n'avait tant gagné… Et voilà qu'on se remet à se serrer le ventre. Une vraie pitié dans le pays, on renvoie le monde, les ateliers ferment les uns après les autres… Ce n'est peut-être pas la faute de l'empereur ; mais pourquoi va-t-il se battre en Amérique ? Sans compter que les bêtes meurent du choléra, comme les gens.

Alors, en courtes phrases, l'haleine coupée, tous deux continuèrent à se plaindre. Étienne racontait ses courses inutiles depuis une semaine ; il fallait donc crever de faim ? bientôt les routes seraient pleines de mendiants. Oui, disait le vieillard, ça finirait par mal tourner, car il n'était pas Dieu permis de jeter tant de chrétiens à la rue.

— On n'a pas de la viande tous les jours.

— Encore si l'on avait du pain !

— C'est vrai, si l'on avait du pain seulement !

Leurs voix se perdaient, des bourrasques emportaient les mots dans un hurlement mélancolique.

— Tenez ! reprit très haut le charretier en se tournant vers le midi, Montsou est là…

Et, de sa main tendue de nouveau, il désigna dans les ténèbres des points invisibles, à mesure qu'il les nommait. Là-bas, à Montsou, la sucrerie Fauvelle marchait encore, mais la sucrerie Hoton venait de réduire son personnel, il n'y avait guère que la minoterie Dutilleul et la corderie Bleuze pour les câbles de mine, qui tinssent le coup. Puis, d'un geste large, il indiqua, au nord, toute une moitié de l'horizon : les ateliers de construction Sonneville n'avaient pas reçu les deux tiers de leurs commandes habituelles ; sur les trois hauts fourneaux des Forges de Marchiennes, deux seulement étaient allumés ; enfin, à la verrerie Gagebois, une grève menaçait, car on parlait d'une réduction de salaire.

— Je sais, je sais, répétait le jeune homme à chaque indication. J'en viens.

— Nous autres, ça va jusqu'à présent, ajouta le charretier. Les fosses ont pourtant diminué leur extraction. Et regardez, en face, à la Victoire, il n'y a aussi que deux batteries de fours à coke qui flambent.

Il cracha, il repartit derrière son cheval somnolent, après l'avoir attelé aux berlines vides.

Maintenant, Étienne dominait le pays entier. Les ténèbres demeuraient profondes, mais la main du vieillard les avait comme emplies de grandes misères, que le jeune homme, inconsciemment, sentait à cette heure autour de lui, partout, dans l'étendue sans bornes. N'était-ce pas un cri de famine que roulait le vent de mars, au travers de cette campagne nue ? Les rafales s'étaient enragées, elles semblaient apporter la mort du travail, une disette qui tuerait beaucoup d'hommes. Et, les yeux errants, il s'efforçait de percer les ombres, tourmenté du désir et de la peur de voir.

Tout s'anéantissait au fond de l'inconnu des nuits obscures, il n'apercevait, très loin, que les hauts fourneaux et les fours à coke. Ceux-ci, des batteries de cent cheminées plantées obliquement, alignaient des rampes de flammes rouges ; tandis que les deux tours, plus à gauche, brûlaient toutes bleues en plein ciel, comme des torches géantes. C'était d'une tristesse d'incendie, il n'y avait d'autres levers d'astres, à l'horizon menaçant, que ces feux nocturnes des pays de la houille et du fer.

— Vous êtes peut-être de la Belgique ? reprit derrière Étienne le charretier, qui était revenu.

Cette fois, il n'amenait que trois berlines. On pouvait toujours culbuter celles-là : un accident arrivé à la cage d'extraction, un écrou cassé, allait arrêter le travail pendant un grand quart d'heure. En bas du terri, un silence s'était fait, les moulineurs n'ébranlaient plus les tréteaux d'un roulement prolongé. On entendait seulement sortir de la fosse le bruit lointain d'un marteau, tapant sur de la tôle.

— Non, je suis du Midi, répondit le jeune homme.

Le manœuvre, après avoir vidé les berlines, s'était assis à terre, heureux de l'accident ; et il gardait sa sauvagerie muette, il avait simplement levé de gros yeux éteints sur le charretier, comme gêné par tant de paroles. Ce dernier, en effet, n'en disait pas si long d'habitude. Il fallait que le visage de l'inconnu lui convînt et qu'il fût pris d'une de ces démangeaisons de confidences, qui font parfois causer les vieilles gens tout seuls, à haute voix.

— Moi, dit-il, je suis de Montsou, je m'appelle Bonnemort, pour rire.

— C'est un surnom ? demanda Étienne étonné.

Le vieux eut un ricanement d'aise, et montrant le Voreux :

— Oui, oui... On m'a retiré trois fois de là-dedans en morceaux, une fois avec tout le poil roussi, une autre avec de la terre jusque dans le gésier, la troisième avec le ventre gonflé d'eau comme une grenouille... Alors, quand ils ont vu que je ne voulais pas crever, ils m'ont appelé Bonnemort pour rire.

Sa gaieté redoubla, un grincement de poulie mal graissée, qui finit par dégénérer en un accès terrible de toux. La corbeille de feu, maintenant, éclairait en plein sa grosse tête, aux cheveux blancs et rares, à la face plate, d'une pâleur livide, maculée de taches bleuâtres. Il était petit, le cou énorme, les mollets et les talons en dehors, avec de longs bras dont les mains carrées tombaient à ses genoux. Du reste, comme son cheval qui demeurait immobile sur les pieds, sans paraître souffrir du vent, il semblait en pierre, il n'avait l'air de se douter ni du froid ni des bourrasques sifflant à ses oreilles. Quand il eut toussé, la gorge arrachée par un raclement profond, il cracha au pied de la corbeille, et la terre noircit.

Étienne le regardait, regardait le sol qu'il tachait de la sorte.

— Il y a longtemps, reprit-il, que vous travaillez à la mine ?

Bonnemort ouvrit tout grands les deux bras.

— Longtemps, ah ! oui !... Je n'avais pas huit ans, lorsque je suis descendu, tenez ! juste dans le Voreux, et j'en ai cinquante-huit, à cette heure. Calculez un peu... J'ai tout fait là-dedans, galibot [1] d'abord, puis herscheur [2], quand j'ai eu la force de rouler, puis haveur [3] pendant dix-huit ans. Ensuite, à cause de mes sacrées jambes, ils m'ont mis de la coupe à terre, remblayeur [4], raccommodeur [5], jusqu'au moment où il leur a fallu me sortir du fond, parce que le médecin disait que j'allais y rester. Alors, il y a cinq années de cela, ils m'ont fait charretier... Hein ? c'est joli, cinquante ans de mine, dont quarante-cinq au fond !

Tandis qu'il parlait, des morceaux de houille enflammés, qui, par moments, tombaient de la corbeille, allumaient sa face blême d'un reflet sanglant.

— Ils me disent de me reposer, continua-t-il. Moi, je ne veux pas, ils me croient trop bête !... J'irai bien deux années, jusqu'à ma soixantaine, pour avoir la pension de cent quatre-vingts francs. Si je leur souhaitais le bonsoir aujourd'hui, ils m'accorderaient tout de suite celle de cent cinquante. Ils sont

1. *Galibot* : jeune apprenti travaillant au service des voies. \ 2. *Herscheur* : ouvrier dont la tâche est de remplir et pousser les berlines. \ 3. *Haveur* : ouvrier mineur préposé à l'abattage du minerai. \ 4. *Remblayeur* : ouvrier qui, lorsqu'une galerie a été exploitée, est chargé de la combler avec du remblai. \ 5. *Raccommodeur* : ouvrier qui se consacre à la consolidation des galeries, à l'aide d'étais, et au repérage du boisage.

malins, les bougres !… D'ailleurs, je suis solide, à part les jambes. C'est, voyez-vous, l'eau qui m'est entrée sous la peau, à force d'être arrosé dans les tailles. Il y a des jours où je ne peux pas remuer une patte sans crier.

Une crise de toux l'interrompit encore.

— Et ça vous fait tousser aussi ? dit Étienne.

Mais il répondit non de la tête, violemment. Puis, quand il put parler :

— Non, non, je me suis enrhumé, l'autre mois. Jamais je ne toussais, à présent je ne peux plus me débarrasser… Et le drôle, c'est que je crache, c'est que je crache…

Un raclement monta de sa gorge, il cracha noir.

— Est-ce que c'est du sang ? demanda Étienne, osant enfin le questionner.

Lentement, Bonnemort s'essuyait la bouche d'un revers de main.

— C'est du charbon… J'en ai dans la carcasse de quoi me chauffer jusqu'à la fin de mes jours. Et voilà cinq ans que je ne remets pas les pieds au fond. J'avais ça en magasin, paraît-il, sans même m'en douter. Bah ! ça conserve !

Il y eut un silence, le marteau lointain battait à coups réguliers dans la fosse, le vent passait avec sa plainte, comme un cri de faim et de lassitude venu des profondeurs de la nuit. Devant les flammes qui s'effaraient, le vieux continuait plus bas, remâchant des souvenirs. Ah ! bien sûr, ce n'était pas d'hier que lui et les siens tapaient à la veine ! La famille travaillait pour la Compagnie des mines de Montsou, depuis la création ; et cela datait de loin, il y avait déjà cent six ans. Son aïeul, Guillaume Maheu, un gamin de quinze ans alors, avait trouvé le charbon gras à Réquillart, la première fosse de la Compagnie, une vieille fosse aujourd'hui abandonnée, là-bas, près de la sucrerie Fauvelle. Tout le pays le savait, à preuve que la veine découverte s'appelait la veine Guillaume, du prénom de son grand-père. Il ne l'avait pas connu, un gros à ce qu'on racontait, très fort, mort de vieillesse à soixante ans. Puis, son père, Nicolas Maheu dit le Rouge, âgé de quarante ans à peine, était resté dans le Voreux, que l'on fonçait en ce temps-là : un éboulement, un aplatissement complet, le sang bu et les os avalés par les roches. Deux de ses oncles et ses trois frères, plus tard, y avaient aussi laissé leur peau. Lui, Vincent Maheu, qui en était sorti à peu près entier, les jambes mal d'aplomb seulement, passait pour un malin. Quoi faire, d'ailleurs ? Il fallait travailler. On faisait ça de père en fils, comme on aurait fait autre chose. Son fils, Toussaint Maheu, y crevait maintenant, et ses petits-fils, et tout son monde, qui logeait en face, dans le coron. Cent six ans d'abattage, les mioches après les vieux, pour le même patron : hein ? beaucoup de bourgeois n'auraient pas su dire si bien leur histoire !

— Encore, lorsqu'on mange ! murmura de nouveau Étienne.

— C'est ce que je dis, tant qu'on a du pain à manger, on peut vivre.

Bonnemort se tut, les yeux tournés vers le coron, où des lueurs s'allumaient une à une.

Quatre heures sonnaient au clocher de Montsou, le froid devenait plus vif.

— Et elle est riche, votre Compagnie ? reprit Étienne.

Le vieux haussa les épaules, puis les laissa retomber, comme accablé sous un écroulement d'écus.

— Ah ! oui, ah ! oui... Pas aussi riche peut-être que sa voisine, la Compagnie d'Anzin. Mais des millions et des millions tout de même. On ne compte plus... Dix-neuf fosses, dont treize pour l'exploitation, le Voreux, la Victoire, Crèvecœur, Mirou, Saint-Thomas, Madeleine, Feutry-Cantel, d'autres encore, et six pour l'épuisement ou l'aérage, comme Réquillart... Dix mille ouvriers, des concessions qui s'étendent sur soixante-sept communes, une extraction de cinq mille tonnes par jour, un chemin de fer reliant toutes les fosses, et des ateliers, et des fabriques !... Ah ! oui, ah ! oui, il y en a, de l'argent !

Un roulement de berlines, sur les tréteaux, fit dresser les oreilles du gros cheval jaune. En bas, la cage devait être réparée, les moulineurs avaient repris leur besogne. Pendant qu'il attelait sa bête, pour redescendre, le charretier ajouta doucement, en s'adressant à elle :

— Faut pas t'habituer à bavarder, fichu paresseux !... Si M. Hennebeau savait à quoi tu perds le temps !

Étienne, songeur, regardait la nuit. Il demanda :

— Alors, c'est à M. Hennebeau, la mine ?

— Non, expliqua le vieux, M. Hennebeau n'est que le directeur général. Il est payé comme nous.

D'un geste, le jeune homme montra l'immensité des ténèbres.

— À qui est-ce donc, tout ça ?

Mais Bonnemort resta un instant suffoqué par une nouvelle crise, d'une telle violence, qu'il ne pouvait reprendre haleine. Enfin, quand il eut craché et essuyé l'écume noire de ses lèvres, il dit, dans le vent qui redoublait :

— Hein ? à qui tout ça ?... On n'en sait rien. À des gens.

Et, de la main, il désignait dans l'ombre un point vague, un lieu ignoré et reculé, peuplé de ces gens, pour qui les Maheu tapaient à la veine depuis plus d'un siècle.

Sa voix avait pris une sorte de peur religieuse, c'était comme s'il eût parlé d'un tabernacle inaccessible, où se cachait le dieu repu et accroupi, auquel ils donnaient tous leur chair, et qu'ils n'avaient jamais vu.

— Au moins si l'on mangeait du pain à sa suffisance ! répéta pour la troisième fois Étienne, sans transition apparente.

— Dame, oui ! si l'on mangeait toujours du pain, ça serait trop beau !

Le cheval était parti, le charretier disparut à son tour, d'un pas traînard d'invalide. Près du culbuteur, le manœuvre n'avait point bougé, ramassé en boule, enfonçant le menton entre ses genoux, fixant sur le vide ses gros yeux éteints.

Quand il eut repris son paquet, Étienne ne s'éloigna pas encore. Il sentait les rafales lui glacer le dos, pendant que sa poitrine brûlait, devant le grand feu. Peut-être, tout de même, ferait-il bien de s'adresser à la fosse : le vieux pouvait ne pas savoir ; puis, il se résignait, il accepterait n'importe quelle besogne. Où aller et que devenir, à travers ce pays affamé par le chômage ? laisser derrière un mur sa carcasse de chien perdu ? Cependant, une hésitation le troublait, une peur du Voreux, au milieu de cette plaine rase, noyée sous une nuit si épaisse. À chaque bourrasque, le vent paraissait grandir, comme s'il eût soufflé d'un horizon sans cesse élargi. Aucune aube ne blanchissait dans le ciel mort, les hauts fourneaux seuls flambaient, ainsi que les fours à coke, ensanglantant les ténèbres, sans en éclairer l'inconnu. Et le Voreux, au fond de son trou, avec son tassement de bête méchante, s'écrasait davantage, respirait d'une haleine plus grosse et plus longue, l'air gêné par sa digestion pénible de chair humaine.

## II

Au milieu des champs de blé et de betteraves, le coron des Deux-Cent-Quarante dormait sous la nuit noire. On distinguait vaguement les quatre immenses corps de petites maisons adossées, des corps de caserne ou d'hôpital, géométriques, parallèles, que séparaient les trois larges avenues, divisées en jardins égaux. Et, sur le plateau désert, on entendait la seule plainte des rafales, dans les treillages arrachés des clôtures.

Chez les Maheu, au numéro 16 du deuxième corps, rien ne bougeait. Des ténèbres épaisses noyaient l'unique chambre du premier étage, comme écrasant de leur poids le sommeil des êtres que l'on sentait là, en tas, la bouche ouverte, assommés de fatigue. Malgré le froid vif du dehors, l'air alourdi avait une chaleur vivante, cet étouffement chaud des chambrées les mieux tenues, qui sentent le bétail humain.

Quatre heures sonnèrent au coucou de la salle du rez-de-chaussée, rien encore ne remua, des haleines grêles sifflaient, accompagnées de deux ronflements sonores. Et, brusquement, ce fut Catherine qui se leva. Dans sa fatigue, elle avait, par habitude, compté les quatre coups du timbre, à travers le plancher, sans trouver la force de s'éveiller complètement. Puis, les jambes jetées hors des couvertures, elle tâtonna, frotta enfin une allumette et alluma la chandelle. Mais elle restait assise, la tête si pesante, qu'elle se renversait entre les deux épaules, cédant au besoin invincible de retomber sur le traversin.

Maintenant, la chandelle éclairait la chambre, carrée, à deux fenêtres, que trois lits emplissaient. Il y avait une armoire, une table, deux chaises de vieux noyer, dont le ton fumeux tachait durement les murs, peints en jaune clair. Et rien autre, des hardes pendues à des clous, une cruche posée sur le carreau, près d'une terrine rouge servant de cuvette. Dans le lit de gauche, Zacharie, l'aîné, un garçon de vingt et un ans, était couché avec son frère Jeanlin, qui achevait sa onzième année ; dans celui de droite, deux mioches, Lénore et Henri, la première de six ans, le second de quatre, dormaient aux bras l'un de l'autre ; tandis que Catherine partageait le troisième lit avec sa sœur Alzire, si chétive pour ses neuf ans, qu'elle ne l'aurait même pas sentie près d'elle, sans la bosse de la petite infirme qui lui enfonçait les côtes. La porte vitrée était ouverte, on apercevait le couloir du palier, l'espèce de boyau où le père et la mère occupaient un quatrième lit, contre lequel ils avaient dû installer le berceau de la dernière venue, Estelle, âgée de trois mois à peine.

Cependant, Catherine fit un effort désespéré. Elle s'étirait, elle crispait ses deux mains dans ses cheveux roux, qui lui embroussaillaient le front et la nuque. Fluette pour ses quinze ans, elle ne montrait de ses membres, hors du fourreau étroit de sa chemise, que des pieds bleuis, comme tatoués de charbon, et des bras délicats, dont la blancheur de lait tranchait sur le teint blême du visage, déjà gâté par les continuels lavages au savon noir. Un dernier bâillement ouvrit sa bouche un peu grande, aux dents superbes dans la pâleur chlorotique[1] des gencives ; pendant que ses yeux gris pleuraient de sommeil combattu, avec une expression douloureuse et brisée, qui semblait enfler de fatigue sa nudité entière.

Mais un grognement arriva du palier, la voix de Maheu bégayait, empâtée :

— Sacré nom ! il est l'heure... C'est toi qui allumes, Catherine ?

— Oui, père... Ça vient de sonner, en bas.

— Dépêche-toi donc, fainéante ! Si tu avais moins dansé hier dimanche, tu nous aurais réveillés plus tôt... En voilà une vie de paresse !

Et il continua de gronder, mais le sommeil le reprit à son tour, ses reproches s'embarrassèrent, s'éteignirent dans un nouveau ronflement.

La jeune fille, en chemise, pieds nus sur le carreau, allait et venait par la chambre. Comme elle passait devant le lit d'Henri et de Lénore, elle rejeta sur eux la couverture, qui

1. *Chlorotique* : affecté de la chlorose, forme d'anémie par manque de fer.

avait glissé ; et ils ne s'éveillaient pas, anéantis dans le gros sommeil de l'enfance. Alzire, les yeux ouverts, s'était retournée pour prendre la place chaude de sa grande sœur, sans prononcer un mot.

— Dis donc, Zacharie ! et toi, Jeanlin, dis donc ! répétait Catherine, debout devant les deux frères, qui restaient vautrés, le nez dans le traversin.

Elle dut saisir le grand par l'épaule et le secouer ; puis, tandis qu'il mâchait des injures, elle prit le parti de les découvrir, en arrachant le drap. Cela lui parut drôle, elle se mit à rire, lorsqu'elle vit les deux garçons se débattre, les jambes nues.

— C'est bête, lâche-moi ! grogna Zacharie de méchante humeur, quand il se fut assis. Je n'aime pas les farces... Dire, nom de Dieu ! qu'il faut se lever !

Il était maigre, dégingandé, la figure longue, salie de quelques rares poils de barbe, avec les cheveux jaunes et la pâleur anémique de toute la famille. Sa chemise lui remontait au ventre, et il la baissa, non par pudeur, mais parce qu'il n'avait pas chaud.

— C'est sonné en bas, répétait Catherine. Allons, houp ! le père se fâche.

Jeanlin, qui s'était pelotonné, referma les yeux, en disant :

— Va te faire fiche, je dors !

Elle eut un nouveau rire de bonne fille. Il était si petit, les membres grêles, avec des articulations énormes, grossies par des scrofules [1], qu'elle le prit, à pleins bras. Mais il gigotait, son masque de singe blafard et crépu, troué de ses yeux verts, élargi par ses grandes oreilles, pâlissait de la rage d'être faible. Il ne dit rien, il la mordit au sein droit.

— Méchant bougre ! murmura-t-elle en retenant un cri et en le posant par terre.

1. *Scrofules* (nom féminin) : lésions de la peau souvent liées à une tuberculose.

Alzire, silencieuse, le drap au menton, ne s'était pas rendormie. Elle suivait de ses yeux intelligents d'infirme sa sœur et ses deux frères, qui maintenant s'habillaient. Une autre querelle éclata autour de la terrine, les garçons bousculèrent la jeune fille, parce qu'elle se lavait trop longtemps. Les chemises volaient, pendant que, gonflés encore de sommeil, ils se soulageaient sans honte, avec l'aisance tranquille d'une portée de jeunes chiens, grandis ensemble. Du reste, Catherine fut prête la première. Elle enfila sa culotte de mineur, passa la veste de toile, noua le béguin bleu autour de son chignon ; et, dans ces vêtements propres du lundi, elle avait l'air d'un petit homme, rien ne lui restait de son sexe, que le dandinement léger des hanches.

— Quand le vieux rentrera, dit méchamment Zacharie, il sera content de trouver le lit défait… Tu sais, je lui raconterai que c'est toi.

Le vieux, c'était le grand-père, Bonnemort, qui, travaillant la nuit, se couchait au jour ; de sorte que le lit ne refroidissait pas, il y avait toujours dedans quelqu'un à ronfler.

Sans répondre, Catherine s'était mise à tirer la couverture et à la border. Mais, depuis un instant, des bruits s'entendaient derrière le mur, dans la maison voisine. Ces constructions de briques, installées économiquement par la Compagnie, étaient si minces, que les moindres souffles les traversaient. On vivait coude à coude, d'un bout à l'autre ; et rien de la vie intime n'y restait caché, même aux gamins. Un pas lourd avait ébranlé un escalier, puis il y eut comme une chute molle, suivie d'un soupir d'aise.

— Bon ! dit Catherine, Levaque descend, et voilà Bouteloup qui va retrouver la Levaque.

Jeanlin ricana, les yeux d'Alzire eux-mêmes brillèrent. Chaque matin, ils s'égayaient ainsi du ménage à trois des voisins, un haveur qui logeait un ouvrier de la coupe à terre, ce qui donnait à la femme deux hommes, l'un de nuit, l'autre de jour.

— Philomène tousse, reprit Catherine, après avoir tendu l'oreille.

Elle parlait de l'aînée des Levaque, une grande fille de dix-neuf ans, la maîtresse de Zacharie, dont elle avait deux enfants déjà, si délicate de poitrine d'ailleurs, qu'elle était cribleuse à la fosse, n'ayant jamais pu travailler au fond.

— Ah, ouiche ! Philomène ! répondit Zacharie, elle s'en moque, elle dort !... C'est cochon de dormir jusqu'à six heures !

Il passait sa culotte, lorsqu'il ouvrit une fenêtre, préoccupé d'une idée brusque. Au-dehors, dans les ténèbres, le coron s'éveillait, des lumières pointaient une à une, entre les lames des persiennes. Et ce fut encore une dispute : il se penchait pour guetter s'il ne verrait pas sortir de chez les Pierron, en face, le maître-porion[1] du Voreux, qu'on accusait de coucher avec la Pierronne ; tandis que sa sœur lui criait que le mari avait, depuis la veille, pris son service de jour à l'accrochage, et que bien sûr Dansaert n'avait pu coucher, cette nuit-là. L'air entrait par bouffées glaciales, tous deux s'emportaient, en soutenant chacun l'exactitude de ses renseignements, lorsque des cris et des larmes éclatèrent. C'était, dans son berceau, Estelle que le froid contrariait.

Du coup, Maheu se réveilla. Qu'avait-il donc dans les os ? Voilà qu'il se rendormait comme un propre à rien. Et il jurait si fort, que les enfants, à côté, ne soufflaient plus. Zacharie et Jeanlin achevèrent de se laver, avec une lenteur déjà lasse. Alzire, les yeux grands ouverts, regardait toujours. Les deux mioches, Lénore et Henri, aux bras l'un de l'autre, n'avaient pas remué, respirant du même petit souffle, malgré le vacarme.

— Catherine, donne-moi la chandelle ! cria Maheu.

1. *Maître-porion* : employé se trouvant à la tête des contremaîtres.

Elle finissait de boutonner sa veste, elle porta la chandelle dans le cabinet, laissant ses frères chercher leurs vêtements, au peu de clarté qui venait de la porte. Son père sautait du lit. Mais elle ne s'arrêta point, elle descendit en gros bas de laine, à tâtons, et alluma dans la salle une autre chandelle, pour préparer le café. Tous les sabots de la famille étaient sous le buffet.

— Te tairas-tu, vermine ! reprit Maheu, exaspéré des cris d'Estelle, qui continuaient.

Il était petit comme le vieux Bonnemort, et il lui ressemblait en gras, la tête forte, la face plate et livide, sous les cheveux jaunes, coupés très court. L'enfant hurlait davantage, effrayée par ces grands bras noueux qui se balançaient au-dessus d'elle.

— Laisse-la, tu sais bien qu'elle ne veut pas se taire, dit la Maheude, en s'allongeant au milieu du lit.

Elle aussi venait de s'éveiller, et elle se plaignait, c'était bête de ne jamais faire sa nuit complète. Ils ne pouvaient donc partir doucement ? Enfouie dans la couverture, elle ne montrait que sa figure longue, aux grands traits, d'une beauté lourde, déjà déformée à trente-neuf ans par sa vie de misère et les sept enfants qu'elle avait eus. Les yeux au plafond, elle parla avec lenteur, pendant que son homme s'habillait. Ni l'un ni l'autre n'entendait plus la petite qui s'étranglait à crier.

— Hein ? tu sais, je suis sans le sou, et nous voici à lundi seulement : encore six jours à attendre la quinzaine... Il n'y a pas moyen que ça dure. À vous tous, vous apportez neuf francs. Comment veux-tu que j'arrive ? nous sommes dix à la maison.

— Oh ! neuf francs ! se récria Maheu. Moi et Zacharie, trois : ça fait six... Catherine et le père, deux : ça fait quatre ; quatre et six, dix... Et Jeanlin, un, ça fait onze.

— Oui, onze, mais il y a les dimanches et les jours de chômage... Jamais plus de neuf, entends-tu ?

Il ne répondit pas, occupé à chercher par terre sa ceinture de cuir. Puis, il dit en se relevant :

— Faut pas se plaindre, je suis tout de même solide. Il y en a plus d'un, à quarante-deux ans, qui passe au raccommodage.

— Possible, mon vieux, mais ça ne nous donne pas du pain... Qu'est-ce que je vais fiche, dis ? Tu n'as rien, toi ?

— J'ai deux sous.

— Garde-les pour boire une chope... Mon Dieu ! qu'est-ce que je vais fiche ? Six jours, ça n'en finit plus. Nous devons soixante francs à Maigrat, qui m'a mise à la porte avant-hier. Ça ne m'empêchera pas de retourner le voir. Mais, s'il s'entête à refuser...

Et la Maheude continua d'une voix morne, la tête immobile, fermant par instants les yeux sous la clarté triste de la chandelle. Elle disait le buffet vide, les petits demandant des tartines, le café même manquant, et l'eau qui donnait des coliques, et les longues journées passées à tromper la faim avec des feuilles de choux bouillies. Peu à peu, elle avait dû hausser le ton, car le hurlement d'Estelle couvrait ses paroles. Ces cris devenaient insoutenables. Maheu parut tout d'un coup les entendre, hors de lui, et il saisit la petite dans le berceau, il la jeta sur le lit de la mère, en balbutiant de fureur :

— Tiens ! prends-la, je l'écraserais... Nom de Dieu d'enfant ! ça ne manque de rien, ça tète, et ça se plaint plus haut que les autres !

Estelle s'était mise à téter, en effet. Disparue sous la couverture, calmée par la tiédeur du lit, elle n'avait plus qu'un petit bruit goulu des lèvres.

— Est-ce que les bourgeois de la Piolaine ne t'ont pas dit d'aller les voir ? reprit le père au bout d'un silence.

La mère pinça la bouche, d'un air de doute découragé.

— Oui, ils m'ont rencontrée, ils portent des vêtements aux enfants pauvres… Enfin, je mènerai ce matin chez eux Lénore et Henri. S'ils me donnaient cent sous seulement.

Le silence recommença. Maheu était prêt. Il demeura un moment immobile, puis il conclut de sa voix sourde :

— Qu'est-ce que tu veux ? c'est comme ça, arrange-toi pour la soupe… Ça n'avance à rien d'en causer, vaut mieux être là-bas au travail.

— Bien sûr, répondit la Maheude. Souffle la chandelle, je n'ai pas besoin de voir la couleur de mes idées.

Il souffla la chandelle. Déjà, Zacharie et Jeanlin descendaient ; il les suivit ; et l'escalier de bois craquait sous leurs pieds lourds, chaussés de laine. Derrière eux, le cabinet et la chambre étaient retombés aux ténèbres. Les enfants dormaient, les paupières d'Alzire elle-même s'étaient closes. Mais la mère restait maintenant les yeux ouverts dans l'obscurité, tandis que, tirant sur sa mamelle pendante de femme épuisée, Estelle ronronnait comme un petit chat.

En bas, Catherine s'était d'abord occupée du fer, la cheminée de fonte, à grille centrale, flanquée de deux fours, et où brûlait constamment un feu de houille. La Compagnie distribuait par mois, à chaque famille, huit hectolitres d'escaillage, charbon dur ramassé dans les voies. Il s'allumait difficilement, et la jeune fille qui couvrait le feu chaque soir, n'avait qu'à le secouer le matin, en ajoutant des petits morceaux de charbon tendre, triés avec soin. Puis, après avoir posé une bouillotte sur la grille, elle s'accroupit devant le buffet.

C'était une salle assez vaste, tenant tout le rez-de-chaussée, peinte en vert pomme, d'une propreté flamande, avec ses dalles lavées à grande eau et semées de sable blanc. Outre le buffet de sapin verni, l'ameublement consistait en une table et des chaises du même bois. Collées sur les murs, des enluminures violentes, les portraits de l'Empereur et de l'Impératrice donnés par la Compagnie, des soldats et des saints, bariolés d'or, tranchaient crûment dans la nudité claire de la pièce ; et il n'y avait d'autres ornements qu'une boîte de carton rose sur le buffet, et que le coucou à cadran peinturluré, dont le gros tic-tac semblait emplir le vide du plafond. Près de la porte de l'escalier, une autre porte conduisait à la cave. Malgré la propreté, une odeur d'oignon cuit, enfermée depuis la veille, empoisonnait l'air chaud, cet air alourdi, toujours chargé d'une âcreté de houille.

Devant le buffet ouvert, Catherine réfléchissait. Il ne restait qu'un bout de pain, du fromage blanc en suffisance, mais à peine une lichette de beurre ; et il s'agissait de faire les tartines pour eux quatre. Enfin, elle se décida, coupa les tranches, en prit une qu'elle couvrit de fromage, en frotta une autre de beurre, puis les colla ensemble : c'était « le briquet », la double tartine emportée chaque matin à la fosse. Bientôt, les quatre briquets furent en rang sur la table, répartis avec une sévère justice, depuis le gros du père jusqu'au petit de Jeanlin.

Catherine, qui paraissait toute à son ménage, devait pourtant rêvasser aux histoires que Zacharie racontait sur le maître-porion et la Pierronne, car elle entrebâilla la porte d'entrée et jeta un coup d'œil dehors. Le vent soufflait toujours, des clartés plus nombreuses couraient sur les façades basses du coron, d'où montait une vague trépidation de réveil. Déjà des portes se refermaient, des files noires d'ouvriers s'éloignaient dans la nuit. Était-elle bête, de se refroidir, puisque le chargeur à l'accrochage dormait bien sûr, en attendant d'aller prendre son service, à six heures ! Et elle restait, elle regardait la maison, de l'autre côté des jardins. La porte s'ouvrit, sa curiosité s'alluma. Mais ce ne pouvait être que la petite des Pierron, Lydie, qui partait pour la fosse.

Un bruit sifflant de vapeur la fit se tourner. Elle ferma, se hâta de courir : l'eau bouillait et se répandait, éteignant le feu. Il ne restait plus de café, elle dut se contenter de passer l'eau sur le marc de la veille ; puis, elle sucra dans la cafetière, avec de la cassonade. Justement, son père et ses deux frères descendaient.

— Fichtre ! déclara Zacharie, quand il eut mis le nez dans son bol, en voilà un qui ne nous cassera pas la tête !

Maheu haussa les épaules d'un air résigné.

— Bah ! c'est chaud, c'est bon tout de même.

Jeanlin avait ramassé les miettes des tartines et trempait une soupe. Après avoir bu, Catherine acheva de vider la cafetière dans les gourdes de fer-blanc. Tous quatre, debout, mal éclairés par la chandelle fumeuse, avalaient en hâte.

— Y sommes-nous à la fin ! dit le père. On croirait qu'on a des rentes !

Mais une voix vint de l'escalier, dont ils avaient laissé la porte ouverte. C'était la Maheude qui criait :

— Prenez tout le pain, j'ai un peu de vermicelle pour les enfants !

— Oui, oui ! répondit Catherine.

Elle avait recouvert le feu, en calant, sur un coin de la grille, un restant de soupe, que le grand-père trouverait chaude, lorsqu'il rentrerait à six heures. Chacun prit sa paire de sabots sous le buffet, se passa la ficelle de sa gourde à l'épaule, et fourra son briquet dans son dos, entre la chemise et la veste. Et ils sortirent, les hommes devant, la fille derrière, soufflant la chandelle, donnant un tour de clef. La maison redevint noire.

— Tiens ! nous filons ensemble, dit un homme qui refermait la porte de la maison voisine.

C'était Levaque, avec son fils Bébert, un gamin de douze ans, grand ami de Jeanlin. Catherine, étonnée, étouffa un rire, à l'oreille de Zacharie : quoi donc ? Bouteloup n'attendait même plus que le mari fût parti !

Maintenant, dans le coron, les lumières s'éteignaient. Une dernière porte claqua, tout dormait de nouveau, les femmes et les petits reprenaient leur somme, au fond des lits plus larges. Et, du village éteint au Voreux qui soufflait, c'était sous les rafales un lent défilé d'ombres, le départ des charbonniers pour le travail, roulant des épaules, embarrassés de leurs bras, qu'ils croisaient sur la poitrine ; tandis que, derrière, le briquet[1] faisait à chacun une bosse. Vêtus de toile mince, ils grelottaient de froid, sans se hâter davantage, débandés le long de la route, avec un piétinement de troupeau.

## III

Étienne, descendu enfin du terri, venait d'entrer au Voreux ; et les hommes auxquels il s'adressait, demandant s'il y avait du travail, hochaient la tête, lui disaient tous d'attendre le maître-porion. On le laissait libre, au milieu des bâtiments mal éclairés, pleins de trous noirs, inquiétants avec la complication de leurs salles et de leurs étages. Après avoir monté un escalier obscur à moitié détruit, il s'était trouvé sur une passerelle branlante, puis avait traversé le hangar du criblage, plongé dans une nuit si profonde, qu'il marchait les mains en avant, pour ne pas se heurter. Devant lui, brusquement, deux yeux jaunes, énormes, trouèrent les ténèbres. Il était sous le beffroi, dans la salle de recette, à la bouche même du puits.

1. *Briquet* : casse-croûte (régionalisme du nord de la France).

Un porion[1], le père Richomme, un gros à figure de bon gendarme, barrée de moustaches grises, se dirigeait justement vers le bureau du receveur.

— On n'a pas besoin d'un ouvrier ici, pour n'importe quel travail ? demanda de nouveau Étienne.

Richomme allait dire non ; mais il se reprit et répondit comme les autres, en s'éloignant :

— Attendez M. Dansaert, le maître-porion.

Quatre lanternes étaient plantées là, et les réflecteurs, qui jetaient toute la lumière sur le puits, éclairaient vivement les rampes de fer, les leviers des signaux et des verrous, les madriers des guides, où glissaient les deux cages. Le reste, la vaste salle, pareille à une nef d'église, se noyait, peuplée de grandes ombres flottantes. Seule, la lampisterie[2] fond, tandis que, dans le bureau du receveur, une maigre lampe mettait comme une étoile près de s'éteindre. L'extraction venait d'être reprise ; et, sur les dalles de fonte, c'était un tonnerre continu, les berlines de charbon roulées sans cesse, les courses des moulineurs, dont on distinguait les longues échines penchées, dans le remuement de toutes ces choses noires et bruyantes qui s'agitaient.

Un instant, Étienne resta immobile, assourdi, aveuglé. Il était glacé, des courants d'air entraient de partout. Alors, il fit quelques pas, attiré par la machine, dont il voyait maintenant luire les aciers et les cuivres. Elle se trouvait en arrière du puits, à vingt-cinq mètres, dans une salle plus haute, et assise si carrément sur son massif de briques, qu'elle marchait à toute vapeur, de toute sa force de quatre cents chevaux, sans que le mouvement de sa bielle énorme, émergeant et plongeant avec une douceur huilée, donnât un frisson aux murs. Le machineur, debout à la barre de mise en train, écoutait les sonneries des signaux, ne quittait pas des yeux le tableau

1. *Porion* : contremaître. \ 2. *Lampisterie* : pièce réservée à la remise des lampes de mineurs.

indicateur, où le puits était figuré, avec ses étages différents, par une rainure verticale, que parcouraient des plombs pendus à des ficelles, représentant les cages. Et, à chaque départ, quand la machine se remettait en branle, les bobines, les deux immenses roues de cinq mètres de rayon, aux moyeux desquels les deux câbles d'acier s'enroulaient et se déroulaient en sens contraire, tournaient d'une telle vitesse, qu'elles n'étaient plus qu'une poussière grise.

— Attention donc ! crièrent trois moulineurs, qui traînaient une échelle gigantesque.

Étienne avait manqué d'être écrasé. Ses yeux s'habituaient, il regardait en l'air filer les câbles, plus de trente mètres de ruban d'acier, qui montaient d'une volée dans le beffroi, où ils passaient sur les molettes[1], pour descendre à pic dans le puits s'attacher aux cages d'extraction. Une charpente de fer, pareille à la haute charpente d'un clocher, portait les molettes. C'était un glissement d'oiseau, sans un bruit, sans un heurt, la fuite rapide, le continuel va-et-vient d'un fil de poids énorme, qui pouvait enlever jusqu'à douze mille kilogrammes, avec une vitesse de dix mètres à la seconde.

— Attention donc, nom de Dieu ! crièrent de nouveau les moulineurs, qui poussaient l'échelle de l'autre côté, pour visiter la molette de gauche.

Lentement, Étienne revint à la recette. Ce vol géant sur sa tête l'ahurissait. Et, grelottant dans les courants d'air, il regarda la manœuvre des cages, les oreilles cassées par le roulement des berlines. Près du puits, le signal fonctionnait, un lourd marteau à levier, qu'une corde tirée du fond laissait tomber sur un billot. Un coup pour arrêter, deux pour descendre, trois pour monter : c'était sans relâche comme des coups de massue dominant le tumulte, accompagnés d'une claire sonnerie de timbre ;

1. *Molettes* : poulies d'entraînement du câble.

pendant que le moulineur, dirigeant la manœuvre, augmentait encore le tapage, en criant des ordres au machineur, dans un porte-voix. Les cages, au milieu de ce branle-bas, apparaissaient et s'enfonçaient, se vidaient et se remplissaient, sans qu'Étienne comprît rien à ces besognes compliquées.

Il ne comprenait bien qu'une chose : le puits avalait des hommes par bouchées de vingt et de trente, et d'un coup de gosier si facile, qu'il semblait ne pas les sentir passer. Dès quatre heures, la descente des ouvriers commençait. Ils arrivaient de la baraque, pieds nus, la lampe à la main, attendant par petits groupes d'être en nombre suffisant. Sans un bruit, d'un jaillissement doux de bête nocturne, la cage de fer montait du noir, se calait sur les verrous, avec ses quatre étages contenant chacun deux berlines pleines de charbon. Des moulineurs, aux différents paliers, sortaient les berlines, les remplaçaient par d'autres, vides ou chargées à l'avance des bois de taille. Et c'était dans les berlines vides que s'empilaient les ouvriers, cinq par cinq, jusqu'à quarante d'un coup, lorsqu'ils tenaient toutes les cases. Un ordre partait du porte-voix, un beuglement sourd et indistinct, pendant qu'on tirait quatre fois la corde du signal d'en bas, « sonnant à la viande », pour prévenir de ce chargement de chair humaine. Puis, après un léger sursaut, la cage plongeait silencieuse, tombait comme une pierre, ne laissait derrière elle que la fuite vibrante du câble.

— C'est profond ? demanda Étienne à un mineur, qui attendait près de lui, l'air somnolent.

— Cinq cent cinquante-quatre mètres, répondit l'homme. Mais il y a quatre accrochages au-dessus, le premier à trois cent vingt.

Tous deux se turent, les yeux sur le câble qui remontait. Étienne reprit :

— Et quand ça casse ?

— Ah ! quand ça casse…

Le mineur acheva d'un geste. Son tour était arrivé, la cage avait reparu, de son mouvement aisé et sans fatigue. Il s'y accroupit avec des camarades, elle replongea, puis jaillit de nouveau au bout de quatre minutes à peine, pour engloutir une autre charge d'hommes. Pendant une demi-heure, le puits en dévora de la sorte, d'une gueule plus ou moins gloutonne, selon la profondeur de l'accrochage où ils descendaient, mais sans un arrêt, toujours affamé, de boyaux géants capables de digérer un peuple. Cela s'emplissait, s'emplissait encore, et les ténèbres restaient mortes, la cage montait du vide dans le même silence vorace.

Étienne, à la longue, fut repris du malaise qu'il avait éprouvé déjà sur le terri. Pourquoi s'entêter ? ce maître-porion le congédierait comme les autres. Une peur vague le décida brusquement : il s'en alla, il ne s'arrêta dehors que devant le bâtiment des générateurs. La porte, grande ouverte, laissait voir sept chaudières à deux foyers. Au milieu de la buée blanche, dans le sifflement des fuites, un chauffeur était occupé à charger un des foyers, dont l'ardente fournaise se faisait sentir jusque sur le seuil ; et le jeune homme, heureux d'avoir chaud, s'approchait, lorsqu'il rencontra une nouvelle bande de charbonniers, qui arrivait à la fosse. C'étaient les Maheu et les Levaque. Quand il aperçut, en tête, Catherine avec son air doux de garçon, l'idée superstitieuse lui vint de risquer une dernière demande.

— Dites donc, camarade, on n'a pas besoin d'un ouvrier ici, pour n'importe quel travail ?

Elle le regarda, surprise, un peu effrayée de cette voix brusque qui sortait de l'ombre. Mais, derrière elle, Maheu avait entendu, et il répondit, il causa un instant. Non, on n'avait besoin de personne. Ce pauvre diable d'ouvrier, perdu sur les routes, l'intéressait. Lorsqu'il le quitta, il dit aux autres :

— Hein ! on pourrait être comme ça… Faut pas se plaindre, tous n'ont pas du travail à crever.

La bande entra et alla droit à la baraque, vaste salle grossièrement crépie, entourée d'armoires que fermaient des cadenas. Au centre, une cheminée de fer, une sorte de poêle sans porte, était rouge, si bourrée de houille incandescente, que des morceaux craquaient et déboulaient sur la terre battue du sol. La salle ne se trouvait éclairée que par ce brasier, dont les reflets sanglants dansaient le long des boiseries crasseuses, jusqu'au plafond sali d'une poussière noire.

Comme les Maheu arrivaient, des rires éclataient dans la grosse chaleur. Une trentaine d'ouvriers étaient debout, le dos tourné à la flamme, se rôtissant d'un air de jouissance. Avant la descente, tous venaient ainsi prendre et emporter dans la peau un bon coup de feu, pour braver l'humidité du puits. Mais, ce matin-là, on s'égayait davantage, on plaisantait la Mouquette, une herscheuse[1] de dix-huit ans, bonne fille dont la gorge et le derrière énormes crevaient la veste et la culotte. Elle habitait Réquillart avec son père, le vieux Mouque, palefrenier, et Mouquet son frère, moulineur ; seulement, les heures de travail n'étant pas les mêmes, elle se rendait seule à la fosse ; et, au milieu des blés en été, contre un mur en hiver, elle se donnait du plaisir, en compagnie de son amoureux de la semaine. Toute la mine y passait, une vraie tournée de camarades, sans autre conséquence. Un jour qu'on lui reprochait un cloutier de Marchiennes, elle avait failli crever de colère, criant qu'elle se respectait trop, qu'elle se couperait un bras, si quelqu'un pouvait se flatter de l'avoir vue avec un autre qu'un charbonnier.

— Ce n'est donc plus le grand Chaval ? disait un mineur en ricanant. T'as pris ce petiot-là ? Mais lui faudrait une

1. *Herscheuse* (féminin du herscheur) : ouvrière dont la tâche est de remplir et de pousser les berlines.

échelle !... Je vous ai aperçus derrière Réquillart. À preuve qu'il est monté sur une borne.

— Après ? répondait la Mouquette en belle humeur. Qu'est-ce que ça te fiche ? On ne t'a pas appelé pour que tu pousses.

Et cette grossièreté bon enfant redoublait les éclats des hommes, qui enflaient leurs épaules, à demi cuites par le poêle ; tandis que, secouée elle-même de rires, elle promenait au milieu d'eux l'indécence de son costume, d'un comique troublant, avec ses bosses de chair, exagérées jusqu'à l'infirmité.

Mais la gaieté tomba, Mouquette racontait à Maheu que Fleurance, la grande Fleurance, ne viendrait plus : on l'avait trouvée, la veille, raide sur son lit, les uns disaient d'un décrochement du cœur, les autres d'un litre de genièvre bu trop vite. Et Maheu se désespérait : encore de la malchance, voilà qu'il perdait une de ses herscheuses, sans pouvoir la remplacer immédiatement ! Il travaillait au marchandage, ils étaient quatre haveurs associés dans sa taille, lui, Zacharie, Levaque et Chaval. S'ils n'avaient plus que Catherine pour rouler, la besogne allait souffrir. Tout d'un coup, il cria :

— Tiens ! et cet homme qui cherchait de l'ouvrage !

Justement, Dansaert passait devant la baraque. Maheu lui conta l'histoire, demanda l'autorisation d'embaucher l'homme ; et il insistait sur le désir que témoignait la Compagnie de substituer aux herscheuses des garçons, comme à Anzin. Le maître-porion eut d'abord un sourire, car le projet d'exclure les femmes du fond répugnait d'ordinaire aux mineurs, qui s'inquiétaient du placement de leurs filles, peu touchés de la question de moralité et d'hygiène. Enfin, après avoir hésité, il permit, mais en se réservant de faire ratifier sa décision par M. Négrel, l'ingénieur.

— Ah bien ! déclara Zacharie, il est loin, l'homme, s'il court toujours !

— Non, dit Catherine, je l'ai vu s'arrêter aux chaudières.

— Va donc, fainéante ! cria Maheu.

La jeune fille s'élança, pendant qu'un flot de mineurs montaient au puits, cédant le feu à d'autres. Jeanlin, sans attendre son père, alla lui aussi prendre sa lampe, avec Bébert, gros garçon naïf, et Lydie, chétive fillette de dix ans. Partie devant eux, la Mouquette s'exclamait dans l'escalier noir, en les traitant de sales mioches et en menaçant de les gifler, s'ils la pinçaient.

Étienne, dans le bâtiment aux chaudières, causait en effet avec le chauffeur, qui chargeait les foyers de charbon. Il éprouvait un grand froid, à l'idée de la nuit où il lui fallait rentrer. Pourtant, il se décidait à partir, lorsqu'il sentit une main se poser sur son épaule.

— Venez, dit Catherine, il y a quelque chose pour vous.

D'abord, il ne comprit pas. Puis, il eut un élan de joie, il serra énergiquement les mains de la jeune fille.

— Merci, camarade... Ah ! vous êtes un bon bougre, par exemple !

Elle se mit à rire, en le regardant dans la rouge lueur des foyers, qui les éclairaient. Cela l'amusait, qu'il la prît pour un garçon, fluette encore, son chignon caché sous le béguin. Lui, riait aussi de contentement ; et ils restèrent un instant tous deux à se rire à la face, les joues allumées.

Maheu, dans la baraque, accroupi devant sa caisse, retirait ses sabots et ses gros bas de laine. Lorsque Étienne fut là, on régla tout en quatre paroles : trente sous par jour, un travail fatigant, mais qu'il apprendrait vite. Le haveur lui conseilla de garder ses souliers, et il lui prêta une vieille barrette[1], un chapeau de cuir destiné à garantir le crâne, précaution que le

1. *Barrette* : toque carrée (ici portée par les mineurs ; dans un autre contexte, réservée aux cardinaux).

père et les enfants dédaignaient. Les outils furent sortis de la caisse, où se trouvait justement la pelle de Fleurance. Puis, quand Maheu y eut enfermé leurs sabots, leurs bas, ainsi que le paquet d'Étienne, il s'impatienta brusquement.

— Que fait-il donc, cette rosse de Chaval ? Encore quelque fille culbutée sur un tas de pierres !... Nous sommes en retard d'une demi-heure, aujourd'hui.

Zacharie et Levaque se rôtissaient tranquillement les épaules. Le premier finit par dire :

— C'est Chaval que tu attends ?... Il est arrivé avant nous, il est descendu tout de suite.

— Comment ! tu sais ça et tu ne m'en dis rien !... Allons ! allons ! dépêchons.

Catherine, qui chauffait ses mains, dut suivre la bande. Étienne la laissa passer, monta derrière elle. De nouveau, il voyageait dans un dédale d'escaliers et de couloirs obscurs, où les pieds nus faisaient un bruit mou de vieux chaussons. Mais la lampisterie flamboya, une pièce vitrée, emplie de râteliers qui alignaient par étages des centaines de lampes Davy, visitées, lavées de la veille, allumées comme des cierges au fond d'une chapelle ardente. Au guichet, chaque ouvrier prenait la sienne, poinçonnée à son chiffre ; puis, il l'examinait, la fermait lui-même ; pendant que le marqueur, assis à une table, inscrivait sur le registre l'heure de la descente.

Il fallut que Maheu intervînt pour la lampe de son nouveau herscheur. Et il y avait encore une précaution, les ouvriers défilaient devant un vérificateur, qui s'assurait si toutes les lampes étaient bien fermées.

— Fichtre ! il ne fait pas chaud ici, murmura Catherine grelottante.

Étienne se contenta de hocher la tête. Il se trouvait devant le puits, au milieu de la vaste salle, balayée de courants d'air. Certes, il se croyait brave, et pourtant une émotion désagréable le serrait à la gorge, dans le tonnerre des berlines, les coups sourds des signaux, le beuglement étouffé du porte-voix, en face du vol continu de ces câbles, déroulés et enroulés à toute vapeur par les bobines de la machine. Les cages montaient, descendaient avec leur glissement de bête de nuit, engouffraient toujours des hommes, que la gueule du trou semblait boire. C'était son tour maintenant, il avait très froid, il gardait un silence nerveux, qui faisait ricaner Zacharie et Levaque ; car tous deux désapprouvaient l'embauchage de cet inconnu, Levaque surtout, blessé de n'avoir pas été consulté. Aussi Catherine fut-elle heureuse d'entendre son père expliquer les choses au jeune homme.

— Regardez, au-dessus de la cage, il y a un parachute, des crampons de fer qui s'enfoncent dans les guides, en cas de rupture. Ça fonctionne, oh ! pas toujours... Oui, le puits est divisé en trois compartiments, fermés par des planches, du haut en bas : au milieu les cages, à gauche le goyot des échelles...

Mais il s'interrompit pour gronder, sans se permettre de trop hausser la voix :

— Qu'est-ce que nous fichons là, nom de Dieu ! Est-il permis de nous faire geler de la sorte !

Le porion Richomme, qui allait descendre lui aussi, sa lampe à feu libre fixée par un clou dans le cuir de sa barrette, l'entendit se plaindre.

— Méfie-toi, gare aux oreilles ! murmura-t-il paternellement, en vieux mineur resté bon pour les camarades. Faut bien que les manœuvres se fassent... Tiens ! nous y sommes, embarque avec ton monde.

La cage, en effet, garnie de bandes de tôle et d'un grillage à petites mailles, les attendait, d'aplomb sur les verrous. Maheu, Zacharie, Levaque, Catherine se glissèrent dans une berline du fond ; et, comme ils devaient y tenir cinq, Étienne y entra à son tour ; mais les bonnes places étaient prises, il lui fallut se tasser près de la jeune fille, dont un coude lui labourait le ventre. Sa lampe l'embarrassait, on lui conseilla de l'accrocher à une boutonnière de sa veste. Il n'entendit pas, la garda maladroitement à la main. L'embarquement continuait, dessus et dessous, un enfournement confus de bétail. On ne pouvait donc partir, que se passait-il ? Il lui semblait s'impatienter depuis de longues minutes. Enfin, une secousse l'ébranla, et tout sombra ; les objets autour de lui s'envolèrent, tandis qu'il éprouvait un vertige anxieux de chute, qui lui tirait les entrailles. Cela dura tant qu'il fut au jour, franchissant les deux étages des recettes, au milieu de la fuite tournoyante des charpentes. Puis, tombé dans le noir de la fosse, il resta étourdi, n'ayant plus la perception nette de ses sensations.

— Nous voilà partis, dit paisiblement Maheu.

Tous étaient à l'aise. Lui, par moments, se demandait s'il descendait ou s'il montait. Il y avait comme des immobilités, quand la cage filait droit, sans toucher aux guides ; et de brusques trépidations se produisaient ensuite, une sorte de dansement[1] dans les madriers, qui lui donnait la peur d'une catastrophe. Du reste, il ne pouvait distinguer les parois du puits, derrière le grillage où il collait sa face. Les lampes éclairaient mal le tassement des corps, à ses pieds. Seule, la lampe à feu libre du porion, dans la berline voisine, brillait comme un phare.

— Celui-ci a quatre mètres de diamètre, continuait Maheu, pour l'instruire. Le cuvelage[2] aurait bon besoin d'être refait, car l'eau filtre de tous côtés... Tenez ! nous arrivons au niveau, entendez-vous ?

1. *Dansement* : le fait de danser, le mouvement dû au jeu des pièces aboulées (mot rare apparu en 1885). \ 2. *Cuvelage* : assemblage de bois garnissant les parois du puits d'extraction (ou action d'assembler).

Étienne se demandait justement quel était ce bruit d'averse. Quelques grosses gouttes avaient d'abord sonné sur le toit de la cage, comme au début d'une ondée ; et, maintenant, la pluie augmentait, ruisselait, se changeait en un véritable déluge. Sans doute, la toiture était trouée, car un filet d'eau, coulant sur son épaule, le trempait jusqu'à la chair. Le froid devenait glacial, on enfonçait dans une humidité noire, lorsqu'on traversa un rapide éblouissement, la vision d'une caverne où des hommes s'agitaient, à la lueur d'un éclair. Déjà, on retombait au néant.

Maheu disait :

— C'est le premier accrochage [1]. Nous sommes à trois cent vingt mètres... Regardez la vitesse.

Levant sa lampe, il éclaira un madrier des guides, qui filait ainsi qu'un rail sous un train lancé à toute vapeur ; et, au-delà, on ne voyait toujours rien. Trois autres accrochages passèrent, dans un envolement de clartés. La pluie assourdissante battait les ténèbres.

— Comme c'est profond ! murmura Étienne.

Cette chute devait durer depuis des heures. Il souffrait de la fausse position qu'il avait prise, n'osant bouger, torturé surtout par le coude de Catherine. Elle ne prononçait pas un mot, il la sentait seulement contre lui, qui le réchauffait. Lorsque la cage, enfin, s'arrêta au fond, à cinq cent cinquante-quatre mètres, il s'étonna d'apprendre que la descente avait duré juste une minute. Mais le bruit des verrous qui se fixaient, la sensation sous lui de cette solidité, l'égaya brusquement ; et ce fut en plaisantant qu'il tutoya Catherine.

— Qu'as-tu sous la peau, à être chaud comme ça ?... J'ai ton coude dans le ventre, bien sûr.

1. *Accrochage* : palier du puits de mine où les berlines sont accrochées dans la cage de l'ascenseur.

Alors, elle éclata aussi. Était-il bête, de la prendre encore pour un garçon ! Il avait donc les yeux bouchés ?

— C'est dans l'œil que tu l'as, mon coude, répondit-elle, au milieu d'une tempête de rires, que le jeune homme, surpris, ne s'expliqua point.

La cage se vidait, les ouvriers traversèrent la salle de l'accrochage, une salle taillée dans le roc, voûtée en maçonnerie, et que trois grosses lampes à feu libre éclairaient. Sur les dalles de fonte, les chargeurs roulaient violemment des berlines pleines. Une odeur de cave suintait des murs, une fraîcheur salpêtrée où passaient des souffles chauds, venus de l'écurie voisine. Quatre galeries s'ouvraient là, béantes.

— Par ici, dit Maheu à Étienne. Vous n'y êtes pas. Nous avons à faire deux bons kilomètres.

Les ouvriers se séparaient, se perdaient par groupes, au fond de ces trous noirs. Une quinzaine venaient de s'engager dans celui de gauche ; et Étienne marchait le dernier, derrière Maheu, que précédaient Catherine, Zacharie et Levaque. C'était une belle galerie de roulage, à travers banc, et d'un roc si solide, qu'elle avait eu besoin seulement d'être muraillée en partie. Un par un, ils allaient, ils allaient toujours, sans une parole, avec les petites flammes des lampes. Le jeune homme butait à chaque pas, s'embarrassait les pieds dans les rails. Depuis un instant, un bruit sourd l'inquiétait, le bruit lointain d'un orage dont la violence semblait croître et venir des entrailles de la terre. Était-ce le tonnerre d'un éboulement, écrasant sur leurs têtes la masse énorme qui les séparait du jour ? Une clarté perça la nuit, il sentit trembler le roc ; et, lorsqu'il se fut rangé le long du mur, comme les camarades, il vit passer contre sa face un gros cheval blanc, attelé à un train de berlines. Sur la première, tenant les guides, Bébert était assis ; tandis que Jeanlin, les poings appuyés au bord de la dernière, courait pieds nus.

On se remit en marche. Plus loin, un carrefour se présenta, deux nouvelles galeries s'ouvraient, et la bande s'y divisa encore, les ouvriers se répartissaient peu à peu dans tous les chantiers de la mine. Maintenant, la galerie de roulage était boisée, des étais de chêne soutenaient le toit, faisaient à la roche ébouleuse une chemise de charpente, derrière laquelle on apercevait les lames des schistes, étincelants de mica, et la masse grossière des grès, ternes et rugueux. Des trains de berlines pleines ou vides passaient continuellement, se croisaient, avec leur tonnerre emporté dans l'ombre par des bêtes vagues, au trot de fantôme. Sur la double voie d'un garage, un long serpent noir dormait, un train arrêté, dont le cheval s'ébroua, si noyé de nuit, que sa croupe confuse était comme un bloc tombé de la voûte. Des portes d'aérage battaient, se refermaient lentement. Et, à mesure qu'on avançait, la galerie devenait plus étroite, plus basse, inégale de toit, forçant les échines à se plier sans cesse.

Étienne, rudement, se heurta la tête. Sans la barrette de cuir, il avait le crâne fendu. Pourtant, il suivait avec attention, devant lui, les moindres gestes de Maheu, dont la silhouette sombre se détachait sur la lueur des lampes. Pas un des ouvriers ne se cognait, ils devaient connaître chaque bosse, nœud des bois ou renflement de la roche. Le jeune homme souffrait aussi du sol glissant, qui se trempait de plus en plus. Par moments, il traversait de véritables mares, que le gâchis [1] boueux des pieds révélait seul. Mais ce qui l'étonnait surtout, c'étaient les brusques changements de température. En bas du puits, il faisait très frais, et dans la galerie de roulage, par où passait tout l'air de la mine, soufflait un vent glacé, dont la violence tournait à la tempête, entre les muraillements étroits. Ensuite, à mesure qu'on s'enfonçait dans les autres voies, qui

**1.** *Gâchis* amas de choses mélangées, terrain détrempé (sens concret).

recevaient seulement leur part disputée d'aérage, le vent tombait, la chaleur croissait, une chaleur suffocante, d'une pesanteur de plomb.

Maheu n'avait plus ouvert la bouche. Il prit à droite une nouvelle galerie, en disant simplement à Étienne, sans se tourner :

— La veine Guillaume.

C'était la veine où se trouvait leur taille. Dès les premières enjambées, Étienne se meurtrit de la tête et des coudes. Le toit en pente descendait si bas, que sur des longueurs de vingt et trente mètres, il devait marcher cassé en deux. L'eau arrivait aux chevilles. On fit ainsi deux cents mètres ; et, tout d'un coup, il vit disparaître Levaque, Zacharie et Catherine, qui semblaient s'être envolés par une fissure mince, ouverte devant lui.

— Il faut monter, reprit Maheu. Pendez votre lampe à une boutonnière, et accrochez-vous aux bois.

Lui-même disparut. Étienne dut le suivre. Cette cheminée, laissée dans la veine, était réservée aux mineurs et desservait toutes les voies secondaires. Elle avait l'épaisseur de la couche de charbon, à peine soixante centimètres. Heureusement, le jeune homme était mince, car, maladroit encore, il s'y hissait avec une dépense inutile de muscles, aplatissant les épaules et les hanches, avançant à la force des poignets, cramponné aux bois. Quinze mètres plus haut, on rencontra la première voie secondaire ; mais il fallut continuer, la taille de Maheu et consorts était la sixième voie, dans l'enfer, ainsi qu'ils disaient ; et, de quinze mètres en quinze mètres, les voies se superposaient, la montée n'en finissait plus, à travers cette fente qui raclait le dos et la poitrine. Étienne râlait, comme si le poids des roches lui eût broyé les membres, les mains arrachées, les jambes meurtries, manquant d'air surtout, au point de sentir le sang lui crever la peau. Vaguement, dans une voie, il aperçut deux bêtes accroupies, une petite, une grosse, qui poussaient des berlines : c'étaient Lydie et la Mouquette, déjà au travail. Et il lui restait à grimper la hauteur de deux tailles ! La sueur l'aveuglait, il désespérait de rattraper les autres, dont il entendait les membres agiles frôler le roc d'un long glissement.

— Courage, ça y est ! dit la voix de Catherine.

Mais, comme il arrivait en effet, une autre voix cria du fond de la taille :

— Eh bien, quoi donc ? est-ce qu'on se fout du monde… ? J'ai deux kilomètres à faire de Montsou, et je suis là le premier !

C'était Chaval, un grand maigre de vingt-cinq ans, osseux, les traits forts, qui se fâchait d'avoir attendu. Lorsqu'il aperçut Étienne, il demanda, avec une surprise de mépris :

— Qu'est-ce que c'est que ça ?

Et, Maheu lui ayant conté l'histoire, il ajouta entre les dents :

— Alors, les garçons mangent le pain des filles !

Les deux hommes échangèrent un regard, allumé d'une de ces haines d'instinct qui flambent subitement. Étienne avait senti l'injure, sans comprendre encore. Un silence régna, tous se mettaient au travail. C'étaient enfin les veines peu à peu emplies, les tailles en activité, à chaque étage, au bout de chaque voie. Le puits dévorateur avait avalé sa ration quotidienne d'hommes, près de sept cents ouvriers, qui besognaient à cette heure dans cette fourmilière géante, trouant la terre de toutes parts, la criblant ainsi qu'un vieux bois piqué des vers. Et, au milieu du silence lourd, de l'écrasement des couches profondes, on aurait pu, l'oreille collée à la roche, entendre le branle de ces insectes humains en marche, depuis le vol du câble qui montait et descendait la cage d'extraction, jusqu'à la morsure des outils entamant la houille, au fond des chantiers d'abattage.

Étienne, en se tournant, se trouva de nouveau serré contre Catherine. Mais, cette fois, il devina les rondeurs naissantes de la gorge, il comprit tout d'un coup cette tiédeur qui l'avait pénétré.

— Tu es donc une fille ? murmura-t-il, stupéfait.

Elle répondit de son air gai, sans rougeur :

— Mais oui… Vrai ! tu y as mis le temps !

# IV

Les quatre haveurs venaient de s'allonger les uns au-dessus des autres, sur toute la montée du front de taille. Séparés par les planches à crochets qui retenaient le charbon abattu, ils occupaient chacun quatre mètres environ de la veine ; et cette veine était si mince, épaisse à peine en cet endroit de cinquante centimètres, qu'ils se trouvaient là comme aplatis entre le toit et le mur, se traînant des genoux et des coudes, ne pouvant se retourner sans se meurtrir les épaules. Ils devaient, pour attaquer la houille, rester couchés sur le flanc, le cou tordu, les bras levés et brandissant de biais la rivelaine[1], le pic à manche court.

En bas, il y avait d'abord Zacharie ; Levaque et Chaval s'étageaient au-dessus ; et, tout en haut enfin, était Maheu. Chacun havait le lit de schiste, qu'il creusait à coups de rivelaine ; puis, il pratiquait deux entailles verticales dans la couche, et il détachait le bloc, en enfonçant un coin de fer, à la partie supérieure. La houille était grasse, le bloc se brisait, roulait en

1. *Rivelaine* : instrument composé d'un manche en bois et de deux fers pointus destinés à détacher des blocs de houille ; pic du mineur.

morceaux le long du ventre et des cuisses. Quand ces morceaux, retenus par la planche, s'étaient amassés sous eux, les haveurs disparaissaient, murés dans l'étroite fente.

C'était Maheu qui souffrait le plus. En haut, la température montait jusqu'à trente-cinq degrés, l'air ne circulait pas, l'étouffement à la longue devenait mortel. Il avait dû, pour voir clair, fixer sa lampe à un clou, près de sa tête ; et cette lampe, qui chauffait son crâne, achevait de lui brûler le sang. Mais son supplice s'aggravait surtout de l'humidité. La roche, au-dessus de lui, à quelques centimètres de son visage, ruisselait d'eau, de grosses gouttes continues et rapides, tombant sur une sorte de rythme entêté, toujours à la même place. Il avait beau tordre le cou, renverser la nuque : elles battaient sa face, s'écrasaient, claquaient sans relâche. Au bout d'un quart d'heure, il était trempé, couvert de sueur lui-même, fumant d'une chaude buée de lessive. Ce matin-là, une goutte, s'acharnant dans son œil, le faisait jurer. Il ne voulait pas lâcher son havage, il donnait de grands coups, qui le secouaient violemment entre les deux roches, ainsi qu'un puceron pris entre deux feuillets d'un livre, sous la menace d'un aplatissement complet.

Pas une parole n'était échangée. Ils tapaient tous, on n'entendait que ces coups irréguliers, voilés et comme lointains. Les bruits prenaient une sonorité rauque, sans un écho dans l'air mort. Et il semblait que les ténèbres fussent d'un noir inconnu, épaissi par les poussières volantes du charbon, alourdi par des gaz qui pesaient sur les yeux. Les mèches des lampes, sous leurs chapeaux de toile métallique, n'y mettaient que des points rougeâtres. On ne distinguait rien, la taille s'ouvrait, montait ainsi qu'une large cheminée, plate et oblique, où la suie de dix hivers aurait amassé une nuit profonde. Des formes spectrales s'y agitaient, les lueurs perdues laissaient entrevoir une rondeur de hanche, un bras noueux, une tête violente, barbouillée comme pour un crime. Parfois, en se détachant, luisaient des blocs de houille, des pans et des arêtes, brusquement allumés d'un reflet de cristal. Puis, tout retombait au noir, les rivelaines tapaient à grands coups sourds, il n'y avait plus que le halètement des poitrines, le grognement de gêne et de fatigue, sous la pesanteur de l'air et la pluie des sources.

Zacharie, les bras mous d'une noce de la veille, lâcha vite la besogne en prétextant la nécessité de boiser, ce qui lui permettait de s'oublier à siffler doucement, les yeux vagues dans l'ombre. Derrière les haveurs, près de trois mètres de la veine restaient vides, sans qu'ils eussent encore pris la précaution de soutenir la roche, insoucieux du danger et avares de leur temps.

— Eh ! l'aristo ! cria le jeune homme à Étienne, passe-moi des bois.

Étienne, qui apprenait de Catherine à manœuvrer sa pelle, dut monter des bois dans la taille. Il y en avait de la veille une petite provision. Chaque matin, d'habitude, on les descendait tout coupés sur la mesure de la couche.

— Dépêche-toi donc, sacrée flemme ! reprit Zacharie, en voyant le nouveau herscheur se hisser gauchement au milieu du charbon, les bras embarrassés de quatre morceaux de chêne.

Il faisait, avec son pic, une entaille dans le toit, puis une autre dans le mur ; et il y calait les deux bouts du bois, qui étayait ainsi la roche. L'après-midi, les ouvriers de la coupe à terre prenaient les déblais laissés au fond de la galerie par les haveurs, et remblayaient les tranchées exploitées de la veine, où ils noyaient les bois, en ne ménageant que la voie inférieure et la voie supérieure, pour le roulage.

Maheu cessa de geindre. Enfin, il avait détaché son bloc. Il essuya sur sa manche son visage ruisselant, il s'inquiéta de ce que Zacharie était monté faire derrière lui.

— Laisse donc ça, dit-il. Nous verrons après déjeuner... Vaut mieux abattre, si nous voulons avoir notre compte de berlines.

— C'est que, répondit le jeune homme, ça baisse. Regarde, il y a une gerçure. J'ai peur que ça n'éboule.

Mais le père haussa les épaules. Ah ! ouiche ! ébouler ! Et puis, ce ne serait pas la première fois, on s'en tirerait tout de même. Il finit par se fâcher, il renvoya son fils au front de taille.

Tous, du reste, se détiraient. Levaque, resté sur le dos, jurait en examinant son pouce gauche, que la chute d'un grès venait d'écorcher au sang. Chaval, furieusement, enlevait sa chemise, se mettait le torse nu, pour avoir moins chaud. Ils étaient déjà noirs de charbon, enduits d'une poussière fine que la sueur délayait, faisait couler en ruisseaux et en mares. Et Maheu recommença le premier à taper, plus bas, la tête au ras de la roche. Maintenant, la goutte lui tombait sur le front, si obstinée, qu'il croyait la sentir lui percer d'un trou les os du crâne.

— Il ne faut pas faire attention, expliquait Catherine à Étienne. Ils gueulent toujours.

Et elle reprit sa leçon, en fille obligeante.

Chaque berline chargée arrivait au jour telle qu'elle partait de la taille, marquée d'un jeton spécial pour que le receveur pût la mettre au compte du chantier. Aussi devait-on avoir grand soin de l'emplir et de ne prendre que le charbon propre : autrement, elle était refusée à la recette.

Le jeune homme, dont les yeux s'habituaient à l'obscurité, la regardait, blanche encore, avec son teint de chlorose ; et il n'aurait pu dire son âge, il lui donnait douze ans, tellement elle lui semblait frêle. Pourtant, il la sentait plus vieille, d'une liberté de garçon, d'une effronterie naïve, qui le gênait un peu : elle ne lui plaisait pas, il trouvait trop gamine sa tête blafarde de Pierrot, serrée aux tempes par le béguin. Mais ce qui l'étonnait, c'était la force de cette enfant, une force nerveuse où il entrait beaucoup d'adresse. Elle emplissait sa berline plus vite que lui, à petits coups de pelle réguliers et rapides ; elle la poussait ensuite jusqu'au plan incliné, d'une seule poussée lente, sans accrocs, passant à l'aise sous les roches basses. Lui, se massacrait, déraillait, restait en détresse.

À la vérité, ce n'était point un chemin commode. Il y avait une soixantaine de mètres, de la taille au plan incliné ; et la voie, que les mineurs de la coupe à terre n'avaient pas encore élargie, était un véritable boyau, de toit très inégal, renflé de continuelles bosses : à certaines places, la berline chargée passait tout juste, le herscheur devait s'aplatir, pousser sur les genoux, pour ne pas se fendre la tête. D'ailleurs, les bois pliaient et cassaient déjà. On les voyait, rompus au milieu, en longues déchirures pâles, ainsi que des béquilles trop faibles. Il fallait prendre garde de s'écorcher à ces cassures ; et, sous le lent écrasement qui faisait éclater des rondins de chêne gros comme la cuisse, on se coulait à plat ventre, avec la sourde inquiétude d'entendre brusquement craquer son dos.

— Encore ! dit Catherine en riant.

La berline d'Étienne venait de dérailler, au passage le plus difficile. Il n'arrivait point à rouler droit, sur ces rails qui se faussaient dans la terre humide ; et il jurait, il s'emportait, se battait rageusement avec les roues, qu'il ne pouvait, malgré des efforts exagérés, remettre en place.

— Attends donc, reprit la jeune fille. Si tu te fâches, jamais ça ne marchera.

Adroitement, elle s'était glissée, avait enfoncé à reculons le derrière sous la berline ; et, d'une pesée des reins, elle la soulevait et la replaçait. Le poids était de sept cents kilogrammes. Lui, surpris, honteux, bégayait des excuses.

Il fallut qu'elle lui montrât à écarter les jambes, à s'arc-bouter les pieds contre les bois, des deux côtés de la galerie, pour se donner des points d'appui solides. Le corps devait être penché, les bras raidis, de façon à pousser de tous les muscles, des épaules et des hanches. Pendant un voyage, il la suivit, la regarda filer, la croupe tendue, les poings si bas, qu'elle semblait trotter à quatre pattes, ainsi qu'une de ces bêtes naines qui travaillent dans les cirques. Elle suait, haletait, craquait des jointures, mais sans une plainte, avec l'indifférence de l'habitude, comme si la commune misère était pour tous de vivre ainsi ployé. Et il ne parvenait pas à en faire autant, ses souliers le gênaient, son corps se brisait, à marcher de la sorte, la tête basse. Au bout de quelques minutes, cette position devenait un supplice, une angoisse intolérable, si pénible, qu'il se mettait un instant à genoux, pour se redresser et respirer.

Puis, au plan incliné, c'était une corvée nouvelle. Elle lui apprit à emballer[1] vivement sa berline. En haut et en bas de ce plan, qui desservait toutes les tailles, d'un accrochage à un autre, se trouvait un galibot[2], le freineur en haut, le receveur en bas. Ces vauriens de douze à quinze ans se criaient des mots abominables ; et, pour les avertir, il fallait en hurler de plus violents. Alors, dès qu'il y avait une berline vide à remonter, le receveur donnait le signal, la herscheuse emballait sa berline pleine, dont le poids faisait monter l'autre, quand le freineur desserrait son frein. En bas, dans la galerie du fond, se formaient les trains que les chevaux roulaient jusqu'au puits.

— Ohé ! sacrées rosses ! criait Catherine dans le plan, entièrement boisé, long d'une centaine de mètres, qui résonnait comme un porte-voix gigantesque.

Les galibots devaient se reposer, car ils ne répondaient ni l'un ni l'autre. À tous les étages, le roulage s'arrêta. Une voix grêle de fillette finit par dire :

---

**1.** *Emballer (une berline)* : lui donner la vitesse nécessaire. \ **2.** *Galibot :* jeune apprenti travaillant au service des voies.

— Y en a un sur la Mouquette, bien sûr !

Des rires énormes grondèrent, les herscheuses de toute la veine se tenaient le ventre.

— Qui est-ce ? demanda Étienne à Catherine.

Cette dernière lui nomma la petite Lydie, une galopine qui en savait plus long et qui poussait sa berline aussi raide qu'une femme, malgré ses bras de poupée. Quant à la Mouquette, elle était bien capable d'être avec les deux galibots à la fois.

Mais la voix du receveur monta, criant d'emballer. Sans doute, un porion passait en bas. Le roulage reprit aux neuf étages, on n'entendit plus que les appels réguliers des galibots et que l'ébrouement des herscheuses arrivant au plan, fumantes comme des juments trop chargées. C'était le coup de bestialité qui soufflait dans la fosse, le désir subit du mâle, lorsqu'un mineur rencontrait une de ces filles à quatre pattes, les reins en l'air, crevant de ses hanches sa culotte de garçon.

Et, à chaque voyage, Étienne retrouvait au fond l'étouffement de la taille, la cadence sourde et brisée des rivelaines, les grands soupirs douloureux des haveurs s'obstinant à leur besogne. Tous les quatre s'étaient mis nus, confondus dans la houille, trempés d'une boue noire jusqu'au béguin. Un moment, il avait fallu dégager Maheu qui râlait, ôter les planches pour faire glisser le charbon sur la voie. Zacharie et Levaque s'emportaient contre la veine, qui devenait dure, disaient-ils, ce qui allait rendre les conditions de leur marchandage désastreuses. Chaval se tournait, restait un instant sur le dos, à injurier Étienne, dont la présence, décidément, l'exaspérait.

— Espèce de couleuvre ! ça n'a pas la force d'une fille !... Et veux-tu remplir ta berline ! Hein ? c'est pour ménager tes bras... Nom de Dieu ! je te retiens les dix sous, si tu nous en fais refuser une !

Le jeune homme évitait de répondre, trop heureux jusque-là d'avoir trouvé ce travail de bagne, acceptant la brutale hiérarchie du manœuvre et du maître ouvrier. Mais il n'allait plus, les pieds en sang, les membres tordus de crampes atroces, le tronc serré dans une ceinture de fer. Heureusement, il était dix heures, le chantier se décida à déjeuner.

Maheu avait une montre qu'il ne regarda même pas. Au fond de cette nuit sans astres, jamais il ne se trompait de cinq minutes. Tous remirent leur chemise et leur veste. Puis, descendus de la taille, ils s'accroupirent, les coudes aux flancs, les fesses sur leurs talons, dans cette posture si habituelle aux mineurs, qu'ils la gardent même hors de la mine, sans éprouver le besoin d'un pavé ou d'une poutre pour s'asseoir. Et chacun, ayant sorti son briquet, mordait gravement à l'épaisse tranche, en lâchant de rares paroles sur le travail de la matinée. Catherine, demeurée debout, finit par rejoindre Étienne, qui s'était allongé plus loin, en travers des rails, le dos contre les bois. Il y avait là une place à peu près sèche.

— Tu ne manges pas ? demanda-t-elle, la bouche pleine, son briquet à la main.

Puis, elle se rappela ce garçon errant dans la nuit, sans un sou, sans un morceau de pain peut-être.

— Veux-tu partager avec moi ?

Et, comme il refusait, en jurant qu'il n'avait pas faim, la voix tremblante du déchirement de son estomac, elle continua gaiement :

— Ah ! si tu es dégoûté !… Mais, tiens ! je n'ai mordu que de ce côté-ci, je vais te donner celui-là.

Déjà, elle avait rompu les tartines en deux. Le jeune homme, prenant sa moitié, se retint pour ne pas la dévorer d'un coup ; et il posait les bras sur ses cuisses, afin qu'elle n'en vît point le frémissement. De son air tranquille de bon camarade, elle venait de se coucher près de lui, à plat ventre, le menton dans une main, mangeant de l'autre avec lenteur. Leurs lampes, entre eux, les éclairaient.

Catherine le regarda un moment en silence. Elle devait le trouver joli, avec son visage fin et ses moustaches noires. Vaguement, elle souriait de plaisir.

— Alors, tu es machineur, et on t'a renvoyé de ton chemin de fer... Pourquoi ?

— Parce que j'avais giflé mon chef.

Elle demeura stupéfaite, bouleversée dans ses idées héréditaires de subordination, d'obéissance passive.

— Je dois dire que j'avais bu, continua-t-il, et quand je bois, cela me rend fou, je me mangerais et je mangerais les autres... Oui, je ne peux pas avaler deux petits verres, sans avoir le besoin de manger un homme... Ensuite, je suis malade pendant deux jours.

— Il ne faut pas boire, dit-elle sérieusement.

— Ah ! n'aie pas peur, je me connais !

Et il hochait la tête, il avait une haine de l'eau-de-vie, la haine du dernier enfant d'une race d'ivrognes, qui souffrait dans sa chair de toute cette ascendance trempée et détraquée d'alcool, au point que la moindre goutte en était devenue pour lui un poison.

— C'est à cause de maman que ça m'ennuie d'avoir été mis à la rue, dit-il après avoir avalé une bouchée. Maman n'est pas heureuse, et je lui envoyais de temps à autre une pièce de cent sous.

— Où est-elle donc, ta mère ?

— À Paris... Blanchisseuse, rue de la Goutte-d'Or.

Il y eut un silence. Quand il pensait à ces choses, un vacillement pâlissait ses yeux noirs, la courte angoisse de la lésion dont il couvait l'inconnu, dans sa belle santé de jeunesse. Un instant, il resta les regards noyés au fond des ténèbres de la mine ; et, à cette profondeur, sous le poids et l'étouffement de la terre, il revoyait son enfance, sa mère jolie encore et vaillante, lâchée par son père, puis reprise après s'être mariée à un autre, vivant entre les deux hommes qui la mangeaient, roulant avec eux au ruisseau, dans le vin, dans l'ordure. C'était là-bas, il se rappelait la rue, des détails lui revenaient : le linge sale au milieu de la boutique, et des ivresses qui empuantissaient la maison, et des gifles à casser les mâchoires.

— Maintenant, reprit-il d'une voix lente, ce n'est pas avec trente sous que je pourrai lui faire des cadeaux... Elle va crever de misère, c'est sûr.

Il eut un haussement d'épaules désespéré, il mordit de nouveau dans sa tartine.

— Veux-tu boire ? demanda Catherine qui débouchait sa gourde. Oh ! c'est du café, ça ne te fera pas de mal... On étouffe, quand on avale comme ça.

Mais il refusa : c'était bien assez de lui avoir pris la moitié de son pain. Pourtant, elle insistait d'un air de bon cœur, elle finit par dire :

— Eh bien, je bois avant toi, puisque tu es si poli... Seulement, tu ne peux plus refuser à présent, ce serait vilain.

Et elle lui tendit sa gourde. Elle s'était relevée sur les genoux, il la voyait tout près de lui, éclairée par les deux lampes. Pourquoi donc l'avait-il trouvée laide ? Maintenant qu'elle était noire, la face poudrée de charbon fin, elle lui semblait d'un charme singulier. Dans ce visage envahi d'ombre, les dents de la bouche trop grande éclataient de blancheur, les yeux s'élargissaient, luisaient avec un reflet verdâtre, pareils à des yeux de chatte. Une mèche des cheveux roux, qui s'était échappée du béguin, lui chatouillait l'oreille et la faisait rire. Elle ne paraissait plus si jeune, elle pouvait bien avoir quatorze ans tout de même.

— Pour te faire plaisir, dit-il, en buvant et en lui rendant la gourde.

Elle avala une seconde gorgée, le força à en prendre une aussi, voulant partager, disait-elle ; et ce goulot mince, qui allait d'une bouche à l'autre, les amusait. Lui, brusquement, s'était demandé s'il ne devait pas la saisir dans ses bras, pour la baiser sur les lèvres. Elle avait de grosses lèvres d'un rose pâle, avivées par le charbon, qui le tourmentaient d'une envie croissante. Mais il n'osait pas, intimidé devant elle, n'ayant eu à Lille que des filles, et de l'espèce la plus basse, ignorant comment on devait s'y prendre avec une ouvrière encore dans sa famille.

— Tu dois avoir quatorze ans alors ? demanda-t-il, après s'être remis à son pain.

Elle s'étonna, se fâcha presque.

— Comment ! quatorze ! mais j'en ai quinze !... C'est vrai, je ne suis pas grosse. Les filles, chez nous, ne poussent guère vite.

Il continua à la questionner, elle disait tout, sans effronterie ni honte. Du reste, elle n'ignorait rien de l'homme ni de la femme, bien qu'il la sentît vierge de corps, et vierge enfant, retardée dans la maturité de son sexe par le milieu de mauvais air et de fatigue où elle vivait. Quand il revint sur la Mouquette, pour l'embarrasser, elle conta des histoires épouvantables, la voix paisible, très égayée. Ah ! celle-là en faisait de belles ! Et, comme il désirait savoir si elle-même n'avait pas d'amoureux, elle répondit en plaisantant qu'elle ne voulait pas contrarier sa mère, mais que cela arriverait forcément un jour. Ses épaules s'étaient courbées, elle grelottait un peu dans le froid de ses vêtements trempés de sueur, la mine résignée et douce, prête à subir les choses et les hommes.

— C'est qu'on en trouve, des amoureux, quand on vit tous ensemble, n'est-ce pas ?

— Bien sûr.

— Et puis, ça ne fait du mal à personne… On ne dit rien au curé.

— Oh ! le curé, je m'en fiche !… Mais il y a l'Homme noir.

— Comment, l'Homme noir ?

— Le vieux mineur qui revient dans la fosse et qui tord le cou aux vilaines filles.

Il la regardait, craignant qu'elle ne se moquât de lui.

— Tu crois à ces bêtises, tu ne sais donc rien ?

— Si fait, moi, je sais lire et écrire… Ça rend service chez nous, car du temps de papa et de maman, on n'apprenait pas.

Elle était décidément très gentille. Quand elle aurait fini sa tartine, il la prendrait et la baiserait sur ses grosses lèvres roses. C'était une résolution de timide, une pensée de violence qui étranglait sa voix. Ces vêtements de garçon, cette veste et cette culotte sur cette chair de fille, l'excitaient et le gênaient. Lui, avait avalé sa dernière bouchée. Il but à la gourde, la lui rendit pour qu'elle la vidât. Maintenant, le moment d'agir était venu, et il jetait un coup d'œil inquiet vers les mineurs, au fond, lorsqu'une ombre boucha la galerie.

Depuis un instant, Chaval, debout, les regardait de loin. Il s'avança, s'assura que Maheu ne pouvait le voir ; et, comme Catherine était restée à terre, sur son séant, il l'empoigna par les épaules, lui renversa la tête, lui écrasa la bouche sous un baiser brutal, tranquillement, en affectant de ne pas se préoccuper d'Étienne. Il y avait, dans ce baiser, une prise de possession, une sorte de décision jalouse.

Cependant, la jeune fille s'était révoltée.

— Laisse-moi, entends-tu !

Il lui maintenait la tête, il la regardait au fond des yeux. Ses moustaches et sa barbiche rouges flambaient dans son visage noir, au grand nez en bec d'aigle. Et il la lâcha enfin, et il s'en alla, sans dire un mot.

Un frisson avait glacé Étienne. C'était stupide d'avoir

attendu. Certes, non, à présent, il ne l'embrasserait pas, car elle croirait peut-être qu'il voulait faire comme l'autre. Dans sa vanité blessée, il éprouvait un véritable désespoir.

— Pourquoi as-tu menti ? dit-il à voix basse. C'est ton amoureux.

— Mais non, je te jure ! cria-t-elle. Il n'y a pas ça entre nous. Des fois, il veut rire... Même qu'il n'est pas d'ici, voilà six mois qu'il est arrivé du Pas-de-Calais.

Tous deux s'étaient levés, on allait se remettre au travail. Quand elle le vit si froid, elle parut chagrine. Sans doute, elle le trouvait plus joli que l'autre, elle l'aurait préféré peut-être. L'idée d'une amabilité, d'une consolation la tracassait ; et, comme le jeune homme, étonné, examinait sa lampe qui brûlait bleue, avec une large collerette pâle, elle tenta au moins de le distraire.

— Viens, que je te montre quelque chose, murmura-t-elle d'un air de bonne amitié.

Lorsqu'elle l'eut mené au fond de la taille, elle lui fit remarquer une crevasse, dans la houille. Un léger bouillonnement s'en échappait, un petit bruit, pareil à un sifflement d'oiseau.

— Mets ta main, tu sens le vent... C'est du grisou.

Il resta surpris. Ce n'était que ça, cette terrible chose qui faisait tout sauter ? Elle riait, elle disait qu'il y en avait beaucoup ce jour-là, pour que la flamme des lampes fût si bleue !

— Quand vous aurez fini de bavarder, fainéants ! cria la rude voix de Maheu.

Catherine et Étienne se hâtèrent de remplir leurs berlines et les poussèrent au plan incliné, l'échine raidie, rampant sous le toit bossué de la voie. Dès le second voyage, la sueur les inondait et leurs os craquaient de nouveau.

Dans la taille, le travail des haveurs avait repris. Souvent, ils abrégeaient le déjeuner, pour ne pas se refroidir ; et leurs briquets, mangés ainsi loin du soleil, avec une voracité muette, leur chargeaient de plomb l'estomac. Allongés sur le flanc, ils tapaient plus fort, ils n'avaient que l'idée fixe de compléter un gros nombre de berlines. Tout disparaissait dans cette rage du gain disputé si rudement. Ils cessaient de sentir l'eau qui ruisselait et enflait leurs membres, les crampes des attitudes forcées, l'étouffement des ténèbres, où ils blêmissaient ainsi que des plantes mises en cave. Pourtant, à mesure que la journée s'avançait, l'air s'empoisonnait davantage, se chauffait de la fumée des lampes, de la pestilence des haleines, de l'asphyxie du grisou, gênant sur les yeux comme des toiles d'araignée, et que devait seul balayer l'aérage de la nuit. Eux, au fond de leur trou de taupe, sous le poids de la terre, n'ayant plus de souffle dans leurs poitrines embrasées, tapaient toujours.

## V

Maheu, sans regarder à sa montre laissée dans sa veste, s'arrêta et dit :

— Bientôt une heure... Zacharie, est-ce fait ?

Le jeune homme boisait depuis un instant. Au milieu de sa besogne, il était resté sur le dos, les yeux vagues, rêvassant aux parties de crosse qu'il avait faites la veille. Il s'éveilla, il répondit :

— Oui, ça suffira, on verra demain.

Et il retourna prendre sa place à la taille. Levaque et Chaval, eux aussi, lâchaient la rivelaine. Il y eut un repos. Tous s'essuyaient le visage sur leurs bras nus, en regardant la roche du toit, dont les masses schisteuses se fendillaient. Ils ne causaient guère que de leur travail.

— Encore une chance, murmura Chaval, d'être tombé sur des terres qui déboulent !... Ils n'ont pas tenu compte de ça, dans le marchandage.

— Des filous ! grogna Levaque. Ils ne cherchent qu'à nous foutre dedans.

Zacharie se mit à rire. Il se fichait du travail et du reste, mais ça l'amusait d'entendre empoigner la Compagnie. De son air placide, Maheu expliqua que la nature des terrains changeait tous les vingt mètres. Il fallait être juste, on ne pouvait rien prévoir. Puis, les deux autres continuant à déblatérer contre les chefs, il devint inquiet, il regarda autour de lui.

— Chut ! en voilà assez !

— Tu as raison, dit Levaque, qui baissa également la voix. C'est malsain.

Une obsession des mouchards les hantait, même à cette profondeur, comme si la houille des actionnaires, encore dans la veine, avait eu des oreilles.

— N'empêche, ajouta très haut Chaval d'un air de défi, que si ce cochon de Dansaert me parle sur le ton de l'autre jour, je lui colle une brique dans le ventre... Je ne l'empêche pas, moi, de se payer les blondes qui ont la peau fine.

Cette fois, Zacharie éclata. Les amours du maître-porion et de la Pierronne étaient la continuelle plaisanterie de la fosse. Catherine elle-même, appuyée sur sa pelle, en bas de la taille, se tint les côtes et mit d'une phrase Étienne au courant ; tandis que Maheu se fâchait, pris d'une peur qu'il ne cachait plus.

— Hein ? tu vas te taire !... Attends d'être tout seul, si tu veux qu'il t'arrive du mal.

Il parlait encore, lorsqu'un bruit de pas vint de la galerie supérieure. Presque aussitôt, l'ingénieur de la fosse, le petit Négrel, comme les ouvriers le nommaient entre eux, parut en haut de la taille, accompagné de Dansaert, le maître-porion.

— Quand je le disais ! murmura Maheu. Il y en a toujours là, qui sortent de la terre.

Paul Négrel, neveu de M. Hennebeau, était un garçon de vingt-six ans, mince et joli, avec des cheveux frisés et des moustaches brunes. Son nez pointu, ses yeux vifs, lui donnaient un air de furet aimable, d'une intelligence sceptique, qui se changeait en une autorité cassante, dans ses rapports avec les ouvriers. Il était vêtu comme eux, barbouillé comme eux de charbon ; et, pour les réduire au respect, il montrait un courage à se casser les os, passant par les endroits les plus difficiles, toujours le premier sous les éboulements et dans les coups de grisou.

— Nous y sommes, n'est-ce pas, Dansaert ? demanda-t-il.

Le maître-porion, un Belge à face épaisse, au gros nez sensuel, répondit avec une politesse exagérée :

— Oui, monsieur Négrel... Voici l'homme qu'on a embauché ce matin.

Tous deux s'étaient laissés glisser au milieu de la taille. On fit monter Étienne. L'ingénieur leva sa lampe, le regarda, sans le questionner.

— C'est bon, dit-il enfin. Je n'aime guère qu'on ramasse des inconnus sur les routes... Surtout, ne recommencez pas.

Et il n'écouta point les explications qu'on lui donnait, les nécessités du travail, le désir de remplacer les femmes par des garçons, pour le roulage. Il s'était mis à étudier le toit, pendant que les haveurs reprenaient leurs rivelaines. Tout d'un coup, il s'écria :

— Dites donc, Maheu, est-ce que vous vous fichez du monde !... Vous allez tous y rester, nom d'un chien !

— Oh ! c'est solide, répondit tranquillement l'ouvrier.

— Comment solide !... Mais la roche tasse déjà, et vous plantez des bois à plus de deux mètres, d'un air de regret ! Ah !

vous êtes bien tous les mêmes, vous vous laisseriez aplatir le crâne, plutôt que de lâcher la veine, pour mettre au boisage le temps voulu!... Je vous prie de m'étayer ça sur-le-champ. Doublez les bois, entendez-vous!

Et, devant le mauvais vouloir des mineurs qui discutaient, en disant qu'ils étaient bons juges de leur sécurité, il s'emporta.

— Allons donc! quand vous aurez la tête broyée, est-ce que c'est vous qui en supporterez les conséquences? Pas du tout! ce sera la Compagnie, qui devra vous faire des pensions, à vous ou à vos femmes... Je vous répète qu'on vous connaît : pour avoir deux berlines de plus le soir, vous donneriez vos peaux.

Maheu, malgré la colère dont il était peu à peu gagné, dit encore posément :

— Si l'on nous payait assez, nous boiserions mieux.

L'ingénieur haussa les épaules, sans répondre. Il avait achevé de descendre le long de la taille, il conclut seulement d'en bas :

— Il vous reste une heure, mettez-vous tous à la besogne; et je vous avertis que le chantier a trois francs d'amende.

Un sourd grognement des haveurs accueillit ces paroles. La force de la hiérarchie les retenait seule, cette hiérarchie militaire qui, du galibot au maître-porion, les courbait les uns sous les autres. Chaval et Levaque pourtant eurent un geste furieux, tandis que Maheu les modérait du regard et que Zacharie haussait gouailleusement les épaules. Mais Étienne était peut-être le plus frémissant. Depuis qu'il se trouvait au fond de cet enfer, une révolte lente le soulevait. Il regarda Catherine résignée, l'échine basse. Était-ce possible qu'on se tuât à une si dure besogne, dans ces ténèbres mortelles, et qu'on n'y gagnât même pas les quelques sous du pain quotidien?

Cependant, Négrel s'en allait avec Dansaert, qui s'était contenté d'approuver d'un mouvement continu de la tête. Et leurs voix, de nouveau, s'élevèrent : ils venaient de s'arrêter encore, ils examinaient le boisage de la galerie, dont les haveurs avaient l'entretien sur une longueur de dix mètres, en arrière de la taille.

— Quand je vous dis qu'ils se fichent du monde ! criait l'ingénieur. Et vous, nom d'un chien ! vous ne surveillez donc pas ?

— Mais si, mais si, balbutiait le maître-porion. On est las de leur répéter les choses.

Négrel appela violemment :

— Maheu ! Maheu !

Tous descendirent. Il continuait :

— Voyez ça, est-ce que ça tient ?... C'est bâti comme quatre sous. Voilà un chapeau que les moutons ne portent déjà plus, tellement on l'a posé à la hâte... Pardi ! je comprends que le raccommodage nous coûte si cher. N'est-ce pas ? pourvu que ça dure tant que vous en avez la responsabilité ! Et puis tout casse, et la Compagnie est forcée d'avoir une armée de raccommodeurs... Regardez un peu là-bas, c'est un vrai massacre.

Chaval voulut parler, mais il le fit taire.

— Non, je sais ce que vous allez dire encore. Qu'on vous paie davantage, hein ? Eh bien, je vous préviens que vous forcerez la Direction à faire une chose : oui, on vous paiera le boisage à part, et l'on réduira proportionnellement le prix de la berline. Nous verrons si vous y gagnerez... En attendant, reboisez-moi ça tout de suite. Je passerai demain.

Et, dans le saisissement causé par sa menace, il s'éloigna. Dansaert, si humble devant lui, resta en arrière quelques secondes, pour dire brutalement aux ouvriers :

— Vous me faites empoigner, vous autres... Ce n'est pas trois francs d'amende que je vous flanquerai, moi ! Prenez garde !

Alors, quand il fut parti, Maheu éclata à son tour.

— Nom de Dieu ! ce qui n'est pas juste n'est pas juste. Moi, j'aime qu'on soit calme, parce que c'est la seule façon de s'entendre ; mais, à la fin, ils vous rendraient enragés… Avez-vous entendu ? la berline baissée, et le boisage à part ! encore une façon de nous payer moins !… Nom de Dieu de nom de Dieu !

Il cherchait quelqu'un sur qui tomber, lorsqu'il aperçut Catherine et Étienne, les bras ballants.

— Voulez-vous bien me donner des bois ! Est-ce que ça vous regarde ?… Je vas vous allonger mon pied quelque part.

Étienne alla se charger, sans rancune de cette rudesse, si furieux lui-même contre les chefs, qu'il trouvait les mineurs trop bons enfants.

Du reste, Levaque et Chaval s'étaient soulagés en gros mots. Tous, même Zacharie, boisaient rageusement. Pendant près d'une demi-heure, on n'entendit que le craquement des bois, calés à coups de masse. Ils n'ouvraient plus la bouche, ils soufflaient, s'exaspéraient contre la roche, qu'ils auraient bousculée et remontée d'un renfoncement d'épaules, s'ils l'avaient pu.

— En voilà assez ! dit enfin Maheu, brisé de colère et de fatigue. Une heure et demie… Ah ! une propre journée, nous n'aurons pas cinquante sous !… Je m'en vais, ça me dégoûte.

Bien qu'il y eût encore une demi-heure de travail, il se rhabilla. Les autres l'imitèrent. La vue seule de la taille les jetait hors d'eux. Comme la herscheuse s'était remise au roulage, ils l'appelèrent en s'irritant de son zèle : si le charbon avait des pieds, il sortirait tout seul. Et les six, leurs outils sous le bras, partirent, ayant à refaire les deux kilomètres, retournant au puits par la route du matin.

Dans la cheminée, Catherine et Étienne s'attardèrent, tandis que les haveurs glissaient jusqu'en bas. C'était une rencontre, la petite Lydie, arrêtée au milieu d'une voie pour les laisser passer, et qui leur racontait une disparition de la Mouquette, prise d'un tel saignement de nez, que depuis une heure elle était allée se tremper la figure quelque part, on ne savait pas où. Puis, quand ils la quittèrent, l'enfant poussa de nouveau sa berline, éreintée, boueuse, raidissant ses bras et ses jambes d'insecte, pareille à une maigre fourmi noire en lutte contre un fardeau trop lourd. Eux, dévalaient sur le dos, aplatissaient leurs épaules, de peur de s'arracher la peau du front ; et ils filaient si raide, le long de la roche polie par tous les derrières des chantiers, qu'ils devaient, de temps à autre, se retenir aux bois, pour que leurs fesses ne prissent pas feu, disaient-ils en plaisantant.

En bas, ils se trouvèrent seuls. Des étoiles rouges disparaissaient au loin, à un coude de la galerie. Leur gaieté tomba, ils se mirent en marche d'un pas lourd de fatigue, elle devant, lui derrière. Les lampes charbonnaient, il la voyait à peine, noyée d'une sorte de brouillard fumeux ; et l'idée qu'elle était une fille lui causait un malaise, parce qu'il se sentait bête de ne pas l'embrasser, et que le souvenir de l'autre l'en empêchait. Assurément, elle lui avait menti : l'autre était son amant, ils couchaient ensemble sur tous les tas d'escaillage, car elle avait déjà le déhanchement d'une gueuse. Sans raison, il la boudait, comme si elle l'eût trompé. Elle pourtant, à chaque minute, se tournait, l'avertissait d'un obstacle, semblait l'inviter à être aimable. On était si perdu, on aurait si bien pu rire en bons amis ! Enfin, ils débouchèrent dans la galerie de roulage, ce fut pour lui un soulagement à l'indécision dont il souffrait ; tandis qu'elle, une dernière fois, eut un regard attristé, le regret d'un bonheur qu'ils ne retrouveraient plus.

Maintenant, autour d'eux, la vie souterraine grondait, avec le continuel passage des porions, le va-et-vient des trains, emportés au trot des chevaux. Sans cesse, des lampes étoilaient la nuit. Ils devaient s'effacer contre la roche, laisser la voie à des ombres d'hommes et de bêtes, dont ils recevaient l'haleine au visage. Jeanlin, courant pieds nus derrière son train, leur cria une méchanceté qu'ils n'entendirent pas, dans le tonnerre des roues. Ils allaient toujours, elle silencieuse à présent, lui ne reconnaissant pas les carrefours ni les rues du matin, s'imaginant qu'elle le perdait de plus en plus sous la terre ; et ce dont il souffrait surtout, c'était du froid, un froid grandissant qui l'avait pris au sortir de la taille, et qui le faisait grelotter davantage, à mesure qu'il se rapprochait du puits. Entre les muraillements étroits, la colonne d'air soufflait de nouveau en tempête. Il désespérait d'arriver jamais, lorsque, brusquement, ils se trouvèrent dans la salle de l'accrochage.

Chaval leur jeta un regard oblique, la bouche froncée de méfiance. Les autres étaient là, en sueur, dans le courant glacé, muets comme lui, ravalant des grondements de colère. Ils arrivaient trop tôt, on refusait de les remonter avant une demi-heure, d'autant plus qu'on faisait des manœuvres compliquées, pour la descente d'un cheval. Les chargeurs emballaient encore des berlines, avec un bruit assourdissant de ferrailles remuées, et les cages s'envolaient, disparaissaient dans la pluie battante qui tombait du trou noir. En bas, le bougnou[1], un puisard de dix mètres, empli de ce ruissellement, exhalait lui aussi son humidité vaseuse. Des hommes tournaient sans cesse autour du puits, tiraient les cordes des signaux, pesaient sur les bras des leviers, au milieu de cette poussière d'eau dont leurs vêtements se trempaient. La clarté rougeâtre des trois lampes à feu libre, découpant de grandes ombres mouvantes, donnait à cette salle souterraine un air de caverne scélérate, quelque forge de bandits, voisine d'un torrent.

Maheu tenta un dernier effort. Il s'approcha de Pierron, qui avait pris son service à six heures.

1. *Bougnou* (nom masculin) : puisard pour recueillir les eaux d'une galerie de mines (étymologie : mot wallon signifiant « réservoir »).

— Voyons, tu peux bien nous laisser monter.

Mais le chargeur, un beau garçon, aux membres forts et au visage doux, refusa d'un geste effrayé.

— Impossible, demande au porion... On me mettrait à l'amende.

De nouveaux grondements furent étouffés. Catherine se pencha, dit à l'oreille d'Étienne :

— Viens donc voir l'écurie. C'est là qu'il fait bon !

Et ils durent s'échapper sans être vus, car il était défendu d'y aller. Elle se trouvait à gauche, au bout d'une courte galerie. Longue de vingt-cinq mètres, haute de quatre, taillée dans le roc et voûtée en briques, elle pouvait contenir vingt chevaux. Il y faisait bon en effet, une bonne chaleur de bêtes vivantes, une bonne odeur de litière fraîche, tenue proprement. L'unique lampe avait une lueur calme de veilleuse. Des chevaux au repos tournaient la tête, avec leurs gros yeux d'enfants, puis se remettaient à leur avoine, sans hâte, en travailleurs gras et bien portants, aimés de tout le monde.

Mais, comme Catherine lisait à voix haute les noms, sur les plaques de zinc, au-dessus des mangeoires, elle eut un léger cri, en voyant un corps se dresser brusquement devant elle. C'était la Mouquette, effarée, qui sortait d'un tas de paille, où elle dormait. Le lundi, lorsqu'elle était trop lasse des farces du dimanche, elle se donnait un violent coup de poing sur le nez, quittait sa taille sous le prétexte d'aller chercher de l'eau, et venait s'enfouir là, avec les bêtes, dans la litière chaude. Son père, d'une grande faiblesse pour elle, la tolérait, au risque d'avoir des ennuis.

Justement, le père Mouque entra, court, chauve, ravagé, mais resté gros quand même, ce qui était rare chez un ancien mineur de cinquante ans. Depuis qu'on en avait fait un palefrenier, il chiquait à un tel point, que ses gencives saignaient dans sa bouche noire. En apercevant les deux autres avec sa fille, il se fâcha.

— Qu'est-ce que vous fichez là, tous ? Allons, houp ! bougresses qui m'amenez un homme ici !... C'est propre de venir faire vos saletés dans ma paille.

Mouquette trouvait ça drôle, se tenait le ventre. Mais Étienne, gêné, s'en alla, tandis que Catherine lui souriait. Comme tous trois retournaient à l'accrochage, Bébert et Jeanlin y arrivaient aussi, avec un train de berlines. Il y eut un arrêt pour la manœuvre des cages, et la jeune fille s'approcha de leur cheval, le caressa de la main, en parlant de lui à son compagnon. C'était Bataille, le doyen de la mine, un cheval blanc qui avait dix ans de fond. Depuis dix ans, il vivait dans ce trou, occupant le même coin de l'écurie, faisant la même tâche le long des galeries noires, sans avoir jamais revu le jour. Très gras, le poil luisant, l'air bonhomme, il semblait y couler une existence de sage, à l'abri des malheurs de là-haut. Du reste, dans les ténèbres, il était devenu d'une grande malignité. La voie où il travaillait avait fini par lui être si familière, qu'il poussait de la tête les portes d'aérage, et qu'il se baissait, afin de ne pas se cogner, aux endroits trop bas. Sans doute aussi il comptait ses tours, car lorsqu'il avait fait le nombre réglementaire de voyages, il refusait d'en recommencer un autre, on devait le reconduire à sa mangeoire. Maintenant, l'âge venait, ses yeux de chat se voilaient parfois d'une mélancolie. Peut-être revoyait-il vaguement, au fond de ses rêvasseries obscures, le moulin où il était né, près de Marchiennes, un moulin planté sur le bord de la Scarpe, entouré de larges verdures, toujours éventé par le vent. Quelque chose brûlait en l'air, une lampe énorme, dont le souvenir exact échappait à sa mémoire de bête. Et il restait la tête basse, tremblant sur ses vieux pieds, faisant d'inutiles efforts pour se rappeler le soleil.

Cependant, les manœuvres continuaient dans le puits, le marteau des signaux avait tapé quatre coups, on descendait le cheval ; et c'était toujours une émotion, car il arrivait parfois que la bête, saisie d'une telle épouvante, débarquait morte. En haut, lié dans un filet, il se débattait éperdument ; puis, dès qu'il sentait le sol manquer sous lui, il restait comme pétrifié, il disparaissait sans un frémissement de la peau, l'œil agrandi et fixe. Celui-ci étant trop gros pour passer entre les guides, on avait dû, en l'accrochant au-dessous de la cage, lui rabattre et lui attacher la tête sur le flanc. La descente dura près de trois minutes, on ralentissait la machine par précaution. Aussi, en bas, l'émotion grandissait-elle. Quoi donc ? Est-ce qu'on allait le laisser en route, pendu dans le noir ? Enfin, il parut, avec son immobilité de pierre, son œil fixe, dilaté de terreur. C'était un cheval bai, de trois ans à peine, nommé Trompette.

— Attention ! criait le père Mouque, chargé de le recevoir. Amenez-le, ne le détachez pas encore.

Bientôt, Trompette fut couché sur les dalles de fonte, comme une masse. Il ne bougeait toujours pas, il semblait dans le cauchemar de ce trou obscur, infini, de cette salle profonde, retentissante de vacarme. On commençait à le délier, lorsque Bataille, dételé depuis un instant, s'approcha, allongea le cou pour flairer ce compagnon, qui tombait ainsi de la terre. Les ouvriers élargirent le cercle en plaisantant. Eh bien, quelle bonne odeur lui trouvait-il ? Mais Bataille s'animait, sourd aux moqueries. Il lui trouvait sans doute la bonne odeur du grand air, l'odeur oubliée du soleil dans les herbes. Et il éclata tout à coup d'un hennissement sonore, d'une musique d'allégresse, où il semblait y avoir l'attendrissement d'un sanglot. C'était la bienvenue, la joie de ces choses anciennes dont une bouffée lui arrivait, la mélancolie de ce prisonnier de plus qui ne remonterait que mort.

— Ah ! cet animal de Bataille ! criaient les ouvriers, égayés par ces farces de leur favori. Le voilà qui cause avec le camarade.

Trompette, délié, ne bougeait toujours pas. Il demeurait sur le flanc, comme s'il eût continué à sentir le filet l'étreindre, garrotté par la peur. Enfin, on le mit debout d'un coup de fouet, étourdi, les membres secoués d'un grand frisson. Et le père Mouque emmena les deux bêtes qui fraternisaient.

— Voyons, y sommes-nous, à présent ? demanda Maheu.

Il fallait débarrasser les cages, et du reste dix minutes manquaient encore pour l'heure de la remonte. Peu à peu, les chantiers se vidaient, des mineurs revenaient de toutes les galeries. Il y avait déjà là une cinquantaine d'hommes, mouillés et grelottants, sous les fluxions de poitrine qui soufflaient de partout. Pierron, malgré son visage doucereux, gifla sa fille Lydie, parce qu'elle avait quitté la taille avant l'heure. Zacharie pinçait sournoisement la Mouquette, histoire de se réchauffer. Mais le mécontentement grandissait, Chaval et Levaque racontaient la menace de l'ingénieur, la berline baissée de prix, le boisage payé à part ; et des exclamations accueillaient ce projet, une rébellion germait dans ce coin étroit, à près de six cents mètres sous la terre. Bientôt, les voix ne se continrent plus, ces hommes souillés de charbon, glacés par l'attente, accusèrent la Compagnie de tuer au fond une moitié de ses ouvriers, et de faire crever l'autre moitié de faim. Étienne écoutait, frémissant.

— Dépêchons ! dépêchons ! répétait aux chargeurs le porion Richomme.

Il hâtait la manœuvre pour la remonte, ne voulant point sévir, faisant semblant de ne pas entendre. Cependant, les murmures devenaient tels, qu'il fut forcé de s'en mêler. Derrière lui, on criait que ça ne durerait pas toujours et qu'un beau matin la boutique sauterait.

— Toi qui es raisonnable, dit-il à Maheu, fais-les donc taire. Quand on n'est pas les plus forts, on doit être les plus sages.

Mais Maheu, qui se calmait et finissait par s'inquiéter, n'eut point à intervenir. Soudain, les voix tombèrent Négrel et Dansaert, revenant de leur inspection, débouchaient d'une galerie, en sueur aussi tous les deux. L'habitude de la discipline fit ranger les hommes, tandis que l'ingénieur traversait le groupe, sans une parole. Il se mit dans une berline, le maître-porion dans une autre ; on tira cinq fois le signal, sonnant à la grosse viande, comme on disait pour les chefs ; et la cage fila en l'air, au milieu d'un silence morne.

## VI

Dans la cage qui le remontait, tassé avec quatre autres, Étienne résolut de reprendre sa course affamée, le long des routes. Autant valait-il crever tout de suite que de redescendre au fond de cet enfer, pour n'y pas même gagner son pain. Catherine, enfournée au-dessus de lui, n'était plus là, contre son flanc, d'une bonne chaleur engourdissante. Et il aimait mieux ne pas songer à des bêtises, et s'éloigner ; car, avec son instruction plus large, il ne se sentait point la résignation de ce troupeau, il finirait par étrangler quelque chef.

Brusquement, il fut aveuglé. La remonte venait d'être si rapide, qu'il restait ahuri du grand jour, les paupières battantes dans cette clarté dont il s'était déshabitué déjà. Ce n'en fut pas moins un soulagement pour lui, de sentir la cage retomber sur les verrous. Un moulineur ouvrait la porte, le flot des ouvriers sautait des berlines.

— Dis donc, Mouquet, murmura Zacharie à l'oreille du moulineur, filons-nous au *Volcan*, ce soir ?

*Le Volcan* était un café-concert de Montsou. Mouquet cligna l'œil gauche, avec un rire silencieux qui lui fendait les mâchoires. Petit et gros comme son père, il avait le nez effronté d'un gaillard qui mangeait tout, sans nul souci du lendemain. Justement, la Mouquette sortait à son tour, et il lui allongea une claque formidable sur les reins, par tendresse fraternelle.

Étienne reconnaissait à peine la haute nef de la recette, qu'il avait vue inquiétante, dans les lueurs louches des lanternes. Ce n'était que nu et sale. Un jour terreux entrait par les fenêtres poussiéreuses. Seule, la machine luisait, là-bas, avec ses cuivres ; les câbles d'acier, enduits de graisse, filaient comme des rubans trempés d'encre ; et les molettes en haut, l'énorme charpente qui les supportait, les cages, les berlines, tout ce métal prodigué assombrissait la salle de leur gris dur de vieilles ferrailles. Sans relâche, le grondement des roues ébranlait les dalles de fonte ; tandis que, de la houille ainsi promenée, montait une fine poudre de charbon, qui poudrait à noir le sol, les murs, jusqu'aux solives du beffroi.

Mais Chaval, ayant donné un coup d'œil au tableau des jetons, dans le petit bureau vitré du receveur, revint furieux. Il avait constaté qu'on leur refusait deux berlines, l'une parce qu'elle ne contenait pas la quantité réglementaire, l'autre parce que la houille en était malpropre.

— La journée est complète, cria-t-il. Encore vingt sous de moins !... Aussi est-ce qu'on devrait prendre des fainéants, qui se servent de leurs bras comme un cochon de sa queue !

Et son regard oblique, dirigé sur Étienne, complétait sa pensée. Celui-ci fut tenté de répondre à coups de poing. Puis, il se demanda à quoi bon, puisqu'il partait. Cela le décidait absolument.

— On ne peut pas bien faire le premier jour, dit Maheu pour mettre la paix. Demain, il fera mieux.

Tous n'en restaient pas moins aigris, agités d'un besoin de querelle. Comme ils passaient à la lampisterie rendre leurs lampes, Levaque s'empoigna avec le lampiste, qu'il accusait de mal nettoyer la sienne. Ils ne se détendirent un peu que dans la baraque, où le feu brûlait toujours. Même on avait dû trop le charger, car le poêle était rouge, la vaste pièce sans fenêtre semblait en flammes, tellement les reflets du brasier saignaient sur les murs. Et ce furent des grognements de joie, tous les dos se rôtissaient à distance, fumaient ainsi que des soupes. Quand les reins brûlaient, on se cuisait le ventre. La Mouquette, tranquillement, avait rabattu sa culotte pour sécher sa chemise. Des garçons blaguaient, on éclata de rire, parce qu'elle leur montra tout à coup son derrière, ce qui était chez elle l'extrême expression du dédain.

— Je m'en vais, dit Chaval qui avait serré ses outils dans sa caisse.

Personne ne bougea. Seule, Mouquette se hâta, s'échappa derrière lui, sous le prétexte qu'ils rentraient l'un et l'autre à Montsou. Mais on continuait de plaisanter, on savait qu'il ne voulait plus d'elle.

Catherine, cependant, préoccupée, venait de parler bas à son père. Celui-ci s'étonna, puis il approuva d'un hochement de tête ; et, appelant Étienne pour lui rendre son paquet :

— Écoutez donc, murmura-t-il, si vous n'avez pas le sou, vous aurez le temps de crever avant la quinzaine… Voulez-vous que je tâche de vous trouver du crédit quelque part ?

Le jeune homme resta un instant embarrassé. Justement, il allait réclamer ses trente sous et partir. Mais une honte le retint devant la jeune fille. Elle le regardait fixement, peut-être croirait-elle qu'il boudait le travail.

— Vous savez, je ne vous promets rien, continua Maheu. Nous en serons quittes pour un refus.

Alors, Étienne ne dit pas non. On refuserait. Du reste, ça ne l'engageait point, il pourrait toujours s'éloigner, après avoir mangé un morceau. Puis, il fut mécontent de n'avoir pas dit non, en voyant la joie de Catherine, un joli rire, un regard d'amitié, heureuse de lui être venue en aide. À quoi bon tout cela ?

Quand ils eurent repris leurs sabots et fermé leurs cases, les Maheu quittèrent la baraque, à la queue des camarades qui s'en allaient un à un, dès qu'ils s'étaient réchauffés. Étienne les suivit, Levaque et son gamin se mirent de la bande. Mais, comme ils traversaient le criblage, une scène violente les arrêta.

C'était dans un vaste hangar, aux poutres noires de poussière envolée, aux grandes persiennes d'où soufflait un continuel courant d'air. Les berlines de houille arrivaient directement de la recette, étaient versées ensuite par des culbuteurs sur les trémies, de longues glissières de tôle ; et, à droite et à gauche de ces dernières, les cribleuses, montées sur des gradins, armées de la pelle et du râteau, ramassaient les pierres, poussaient le charbon propre, qui tombait ensuite par des entonnoirs dans les wagons de la voie ferrée, établie sous le hangar.

Philomène Levaque se trouvait là, mince et pâle, d'une figure moutonnière de fille crachant le sang. La tête protégée d'un lambeau de laine bleue, les mains et les bras noirs jusqu'aux coudes, elle triait au-dessous d'une vieille sorcière, la mère de la Pierronne, la Brûlé ainsi qu'on la nommait, terrible avec ses yeux de chat-huant et sa bouche serrée comme la bourse d'un avare. Elles s'empoignaient toutes les deux, la jeune accusant la vieille de lui ratisser ses pierres, a ce point qu'elle n'en faisait pas un panier en dix minutes. On les payait au panier, c'étaient des querelles sans cesse renaissantes. Les chignons volaient, les mains restaient marquées en noir sur les faces rouges.

— Fous-lui donc un renfoncement ! cria d'en haut Zacharie à sa maîtresse.

Toutes les cribleuses éclatèrent. Mais la Brûlé se jeta hargneusement sur le jeune homme.

— Dis donc, saleté ! tu ferais mieux de reconnaître les deux gosses dont tu l'as emplie !... S'il est permis, une bringue de dix-huit ans, qui ne tient pas debout !

Maheu dut empêcher son fils de descendre, pour voir un peu, disait-il, la couleur de sa peau, à cette carcasse. Un surveillant accourait, les râteaux se remirent à fouiller le charbon. On n'apercevait plus, du haut en bas des trémies, que les dos ronds des femmes, acharnées à se disputer les pierres.

Dehors, le vent s'était brusquement calmé, un froid humide tombait du ciel gris. Les charbonniers gonflèrent les épaules, croisèrent les bras et partirent, débandés, avec un roulis des reins qui faisait saillir leurs gros os, sous la toile mince des vêtements. Au grand jour, ils passaient comme une bande de nègres culbutés dans de la vase. Quelques-uns n'avaient pas fini leur briquet ; et ce reste de pain, rapporté entre la chemise et la veste, les rendait bossus.

— Tiens ! voilà Bouteloup, dit Zacharie en ricanant.

Levaque, sans s'arrêter, échangea deux phrases avec son logeur, gros garçon brun de trente-cinq ans, l'air placide et honnête.

— Ça y est, la soupe, Louis ?

— Je crois.

Alors, la femme est gentille, aujourd'hui ?

— Oui, gentille, je crois.

D'autres mineurs de la coupe à terre arrivaient, des bandes nouvelles qui, une à une, s'engouffraient dans la fosse. C'était la descente de trois heures, encore des hommes que le puits mangeait, et dont les équipes allaient remplacer les marchandages des haveurs, au fond des voies. Jamais la mine ne chômait, il y avait nuit et jour des insectes humains fouissant la roche, à six cents mètres sous les champs de betteraves.

Cependant, les gamins marchaient les premiers. Jeanlin confiait à Bébert un plan compliqué, pour avoir à crédit quatre sous de tabac ; tandis que Lydie, respectueusement, venait à distance. Catherine suivait avec Zacharie et Étienne. Aucun ne parlait. Et ce fut seulement devant le cabaret de *l'Avantage*, que Maheu et Levaque les rejoignirent.

— Nous y sommes, dit le premier à Étienne. Voulez-vous entrer ?

On se sépara. Catherine était restée un instant immobile, regardant une dernière fois le jeune homme de ses grands yeux, d'une limpidité verdâtre d'eau de source, et dont le visage noir creusait encore le cristal. Elle sourit, elle disparut avec les autres, sur le chemin montant qui conduisait au coron.

Le cabaret se trouvait entre le village et la fosse, au croisement des deux routes. C'était une maison de briques à deux étages, blanchie du haut en bas à la chaux, égayée autour des fenêtres d'une large bordure bleu ciel. Sur une enseigne carrée, clouée au-dessus de la porte, on lisait en lettres jaunes : *À l'Avantage, débit tenu par Rasseneur*. Derrière, s'allongeait un jeu de quilles, clos d'une haie vive. Et la Compagnie, qui avait tout fait pour acheter ce lopin, enclavé dans ses vastes terres, était désolée de ce cabaret, poussé en plein champ, ouvert à la sortie même du Voreux.

— Entrez, répéta Maheu à Étienne.

La salle, petite, avait une nudité claire, avec ses murs blancs, ses trois tables et sa douzaine de chaises, son comptoir de sapin, grand comme un buffet de cuisine. Une dizaine de chopes au plus étaient là, trois bouteilles de liqueur, une carafe, une petite caisse de zinc à robinet d'étain, pour la bière ; et rien autre, pas une image, pas une tablette, pas un jeu. Dans la cheminée de fonte, vernie et luisante, brûlait doucement une pâtée de houille. Sur les dalles, une fine couche de sable blanc buvait l'humidité continuelle de ce pays trempé d'eau.

— Une chope, commanda Maheu à une grosse fille blonde, la fille d'une voisine qui parfois gardait la salle. Rasseneur est là ?

La fille tourna le robinet, en répondant que le patron allait revenir. Lentement, d'un seul trait, le mineur vida la moitié de la chope, pour balayer les poussières qui lui obstruaient la gorge. Il n'offrit rien à son compagnon. Un seul consommateur, un autre mineur mouillé et barbouillé, était assis devant une table et buvait sa bière en silence, d'un air de profonde méditation. Un troisième entra, fut servi sur un geste, paya et s'en alla, sans avoir dit un mot.

Mais un gros homme de trente-huit ans, rasé, la figure ronde, parut avec un sourire débonnaire. C'était Rasseneur, un ancien haveur que la Compagnie avait congédié depuis trois ans, à la suite d'une grève. Très bon ouvrier, il parlait bien, se mettait à la tête de toutes les réclamations, avait fini par être le chef des mécontents. Sa femme tenait déjà un débit, ainsi que beaucoup de femmes de mineurs ; et, quand il fut jeté sur le pavé, il resta cabaretier lui-même, trouva de l'argent, planta son cabaret en face du Voreux, comme une provocation à la Compagnie. Maintenant, sa maison prospérait, il devenait un centre, il s'enrichissait des colères qu'il avait peu à peu soufflées au cœur de ses anciens camarades.

— C'est ce garçon que j'ai embauché ce matin, expliqua Maheu tout de suite. As-tu une de tes deux chambres libre, et veux-tu lui faire crédit d'une quinzaine ?

La face large de Rasseneur exprima subitement une grande défiance. Il examina d'un coup d'œil Étienne et répondit, sans se donner la peine de témoigner un regret :

— Mes deux chambres sont prises. Pas possible.

Le jeune homme s'attendait à ce refus ; et il en souffrit pourtant, il s'étonna du brusque ennui qu'il éprouvait à s'éloigner. N'importe, il s'en irait, quand il aurait ses trente sous. Le mineur qui buvait à une table était parti. D'autres, un à un, entraient toujours se décrasser la gorge, puis se remettaient en marche du même pas déhanché. C'était un simple lavage, sans joie ni passion, le muet contentement d'un besoin.

— Alors, il n'y a rien ? demanda d'un ton particulier Rasseneur à Maheu, qui achevait sa bière à petits coups.

Celui-ci tourna la tête et vit qu'Étienne seul était là.

— Il y a qu'on s'est chamaillé encore... Oui, pour le boisage.

Il conta l'affaire. La face du cabaretier avait rougi, une émotion sanguine la gonflait, lui sortait en flammes de la peau et des yeux. Enfin, il éclata.

— Ah bien ! s'ils s'avisent de baisser les prix, ils sont fichus.

Étienne le gênait. Cependant, il continua, en lui lançant des regards obliques. Et il avait des réticences, des sous-entendus, il parlait du directeur, M. Hennebeau, de sa femme, de son neveu le petit Négrel, sans les nommer, répétant que ça ne pouvait pas continuer ainsi, que ça devait casser un de ces quatre matins. La misère était trop grande, il cita les usines qui fermaient, les ouvriers qui s'en allaient. Depuis un mois, il donnait plus de six livres de pain par jour. On lui avait dit, la veille, que M. Deneulin, le propriétaire d'une fosse voisine, ne savait comment tenir le coup. Du reste, il venait de recevoir une lettre de Lille, pleine de détails inquiétants.

— Tu sais, murmura-t-il, ça vient de cette personne que tu as vue ici un soir.

Mais il fut interrompu. Sa femme entrait à son tour, une grande femme maigre et ardente, le nez long, les pommettes violacées. Elle était en politique beaucoup plus radicale que son mari.

— La lettre de Pluchart, dit-elle. Ah ! s'il était le maître, celui-là, ça ne tarderait pas à mieux aller !

Étienne écoutait depuis un instant, comprenait, se passionnait, à ces idées de misère et de revanche.

Ce nom, jeté brusquement, le fit tressaillir. Il dit tout haut, comme malgré lui

— Je le connais, Pluchart.

On le regardait, il dut ajouter :

— Oui, je suis machineur, il a été mon contremaître, à Lille... Un homme capable, j'ai causé souvent avec lui.

Rasseneur l'examinait de nouveau ; et il y eut, sur son visage, un changement rapide, une sympathie soudaine. Enfin, il dit à sa femme :

— C'est Maheu qui m'amène Monsieur, un herscheur à lui, pour voir s'il n'y a pas une chambre en haut, et si nous ne pourrions pas faire crédit d'une quinzaine.

Alors, l'affaire fut conclue en quatre paroles. Il y avait une chambre, le locataire était parti le matin. Et le cabaretier, très excité, se livra davantage, tout en répétant qu'il demandait seulement le possible aux patrons, sans exiger, comme tant d'autres, des choses trop dures à obtenir. Sa femme haussait les épaules, voulait son droit, absolument.

— Bonsoir, interrompit Maheu. Tout ça n'empêchera pas qu'on descende, et tant qu'on descendra, il y aura du monde qui en crèvera... Regarde, te voilà gaillard, depuis trois ans que tu en es sorti.

— Oui, je me suis beaucoup refait, déclara Rasseneur complaisamment.

Étienne alla jusqu'à la porte, remerciant le mineur qui partait ; mais celui-ci hochait la tête, sans ajouter un mot, et le jeune homme le regarda monter péniblement le chemin du coron. Mme Rasseneur, en train de servir des clients, venait de le prier d'attendre une minute, pour qu'elle le conduisît à sa chambre, où il se débarbouillerait. Devait-il rester ? Une hésitation l'avait repris, un malaise qui lui faisait regretter la liberté des grandes routes, la faim au soleil, soufferte avec la joie d'être son maître. Il lui semblait qu'il avait vécu là des années, depuis son arrivée sur le terri, au milieu des bourrasques, jusqu'aux heures passées sous la terre, à plat ventre dans les galeries noires. Et il lui répugnait de recommencer, c'était injuste et trop dur, son orgueil d'homme se révoltait, à l'idée d'être une bête qu'on aveugle et qu'on écrase.

Pendant qu'Étienne se débattait ainsi, ses yeux, qui erraient sur la plaine immense, peu à peu l'aperçurent. Il s'étonna, il ne s'était pas figuré l'horizon de la sorte, lorsque le vieux Bonnemort le lui avait indiqué du geste, au fond des ténèbres. Devant lui, il retrouvait bien le Voreux, dans un pli de terrain, avec ses bâtiments de bois et de briques, le criblage goudronné, le beffroi couvert d'ardoises, la salle de la machine et la haute cheminée d'un rouge pâle, tout cela tassé, l'air mauvais. Mais, autour des bâtiments, le carreau s'étendait, et il ne se l'imaginait pas si large, changé en un lac d'encre par les vagues montantes du stock de charbon, hérissé des hauts chevalets qui portaient les rails des passerelles, encombré dans un coin de la provision des bois, pareille à la moisson d'une forêt fauchée. Vers la droite, le terri barrait la vue, colossal comme une barricade de géants, déjà couvert d'herbe dans sa partie ancienne, consumé à l'autre bout par un feu intérieur qui brûlait depuis un an, avec une fumée épaisse, en laissant à la surface, au milieu du gris blafard des schistes et des grès, de longues traînées de rouille sanglante. Puis, les champs se déroulaient, des champs sans fin de blé et de betteraves, nus à cette époque de l'année, des marais aux végétations dures, coupés de quelques saules rabougris, des prairies lointaines, que séparaient des files maigres de peupliers. Très loin, de petites taches blanches indiquaient des villes, Marchiennes au nord, Montsou au midi ; tandis que la forêt de Vandame, à l'est, bordait l'horizon de la ligne violâtre de ses arbres dépouillés. Et, sous le ciel livide, dans le jour bas de cet après-midi d'hiver, il semblait que tout le noir du Voreux, toute la poussière volante de la houille se fût abattue sur la plaine, poudrant les arbres, sablant les routes, ensemençant la terre.

Étienne regardait, et ce qui le surprenait surtout, c'était un canal, la rivière de la Scarpe canalisée, qu'il n'avait pas vu dans la nuit. Du Voreux à Marchiennes, ce canal allait droit, un ruban d'argent mat de deux lieues, une avenue bordée de grands arbres, élevée au-dessus des bas terrains, filant à l'infini avec la perspective de ses berges vertes, de son eau pâle où glissait l'arrière vermillonné des péniches. Près de la fosse, il y avait un embarcadère, des bateaux amarrés, que les berlines des passerelles emplissaient directement. Ensuite, le canal faisait un coude, coupait de biais les marais ; et toute l'âme de cette plaine rase paraissait être là, dans cette eau géométrique qui la traversait comme une grande route, charriant la houille et le fer.

Les regards d'Étienne remontaient du canal au coron, bâti sur le plateau, et dont il distinguait seulement les tuiles rouges. Puis, ils revenaient vers le Voreux, s'arrêtaient, en bas de la pente argileuse, à deux énormes tas de briques, fabriquées et cuites sur place. Un embranchement de chemin de fer de la Compagnie passait derrière une palissade, desservant la fosse. On devait descendre les derniers mineurs de la coupe à terre. Seul, un wagon que poussaient des hommes, jetait un cri aigu. Ce n'était plus l'inconnu des ténèbres, les tonnerres inexplicables, les flamboiements d'astres ignorés. Au loin, les hauts fourneaux et les fours à coke avaient pâli avec l'aube. Il ne restait là, sans un arrêt, que l'échappement de la pompe, soufflant toujours de la même haleine grosse et longue, l'haleine d'un ogre dont il distinguait la buée grise maintenant, et que rien ne pouvait repaître.

Alors, Étienne, brusquement, se décida. Peut-être avait-il cru revoir les yeux clairs de Catherine, là-haut, à l'entrée du coron. Peut-être était-ce plutôt un vent de révolte, qui venait du Voreux. Il ne savait pas, il voulait redescendre dans la mine pour souffrir et se battre, il songeait violemment à ces gens dont parlait Bonnemort, à ce dieu repu et accroupi, auquel dix mille affamés donnaient leur chair, sans le connaître.

# Deuxième partie

## I

La propriété des Grégoire, la Piolaine, se trouvait à deux kilomètres de Montsou, vers l'est, sur la route de Joiselle. C'était une grande maison carrée, sans style, bâtie au commencement du siècle dernier. Des vastes terres qui en dépendaient d'abord, il ne restait qu'une trentaine d'hectares, clos de murs, d'un facile entretien. On citait surtout le verger et le potager, célèbres par leurs fruits et leurs légumes, les plus beaux du pays. D'ailleurs, le parc manquait, un petit bois en tenait lieu. L'avenue de vieux tilleuls, une voûte de feuillage de trois cents mètres, plantée de la grille au perron, était une des curiosités de cette plaine rase, où l'on comptait les grands arbres, de Marchiennes à Beaugnies.

Ce matin-là, les Grégoire s'étaient levés à huit heures. D'habitude, ils ne bougeaient guère qu'une heure plus tard, dormant beaucoup, avec passion ; mais la tempête de la nuit les avait énervés. Et, pendant que son mari était allé voir tout de suite si le vent n'avait pas fait de dégâts, Mme Grégoire venait de descendre à la cuisine, en pantoufles et en peignoir de flanelle. Courte, grasse, âgée déjà de cinquante-huit ans, elle gardait une grosse figure poupine et étonnée, sous la blancheur éclatante de ses cheveux.

— Mélanie, dit-elle à la cuisinière, si vous faisiez la brioche ce matin, puisque la pâte est prête. Mademoiselle ne se lèvera pas avant une demi-heure, et elle en mangerait avec son chocolat... Hein ! ce serait une surprise.

La cuisinière, vieille femme maigre qui les servait depuis trente ans, se mit à rire.

— Ça, c'est vrai, la surprise serait fameuse… Mon fourneau est allumé, le four doit être chaud ; et puis, Honorine va m'aider un peu.

Honorine, une fille d'une vingtaine d'années, recueillie enfant et élevée à la maison, servait maintenant de femme de chambre. Pour tout personnel, entre ces deux femmes, il n'y avait que le cocher, Francis, chargé des gros ouvrages. Un jardinier et une jardinière s'occupaient des légumes, des fruits, des fleurs et de la basse-cour. Et, comme le service était patriarcal[1], d'une douceur familière, ce petit monde vivait en bonne amitié.

Mme Grégoire, qui avait médité dans son lit la surprise de la brioche, resta pour voir mettre la pâte au four. La cuisine était immense, et on la devinait la pièce importante, à sa propreté extrême, à l'arsenal des casseroles, des ustensiles, des pots qui l'emplissaient. Cela sentait bon la bonne nourriture. Des provisions débordaient des râteliers et des armoires.

— Et qu'elle soit bien dorée, n'est-ce pas ? recommanda Mme Grégoire en passant dans la salle à manger.

Malgré le calorifère qui chauffait toute la maison, un feu de houille égayait cette salle. Du reste, il n'y avait aucun luxe : la grande table, les chaises, un buffet d'acajou ; et, seuls, deux fauteuils profonds trahissaient l'amour du bien-être, les longues digestions heureuses. On n'allait jamais au salon, on demeurait là, en famille.

Justement, M. Grégoire rentrait, vêtu d'un gros veston de futaine, rose lui aussi pour ses soixante ans, avec de grands traits honnêtes et bons, dans la neige de ses cheveux bouclés.

1. *Patriarcal* : qui rappelle la simplicité des mœurs paisibles des anciennes tribus, organisées autour des patriarches, chefs de famille dépeints par l'Ancien Testament.

Il avait vu le cocher et le jardinier : aucun dégât important, rien qu'un tuyau de cheminée abattu. Chaque matin, il aimait à donner un coup d'œil à la Piolaine, qui n'était pas assez grande pour lui causer des soucis, et dont il tirait tous les bonheurs du propriétaire.

— Et Cécile ? demanda-t-il, elle ne se lève donc pas, aujourd'hui ?

— Je n'y comprends rien, répondit sa femme. Il me semblait l'avoir entendue remuer.

Le couvert était mis, trois bols sur la nappe blanche. On envoya Honorine voir ce que devenait Mademoiselle. Mais elle redescendit aussitôt, retenant des rires, étouffant sa voix, comme si elle eût parlé en haut, dans la chambre.

— Oh ! si Monsieur et Madame voyaient Mademoiselle !... Elle dort, oh ! elle dort, ainsi qu'un Jésus... On n'a pas idée de ça, c'est un plaisir à regarder.

Le père et la mère échangeaient des regards attendris. Il dit en souriant :

— Viens-tu voir ?

— Cette pauvre mignonne ! murmura-t-elle. J'y vais.

Et ils montèrent ensemble. La chambre était la seule luxueuse de la maison, tendue de soie bleue, garnie de meubles laqués, blancs à filets bleus, un caprice d'enfant gâtée satisfait par les parents. Dans les blancheurs vagues du lit, sous le demi-jour qui tombait de l'écartement d'un rideau, la jeune fille dormait, une joue appuyée sur son bras nu. Elle n'était pas jolie, trop saine, trop bien portante, mûre à dix-huit ans ; mais elle avait une chair superbe, une fraîcheur de lait, avec ses cheveux châtains, sa face ronde au petit nez volontaire, noyé entre les joues. La couverture avait glissé, et elle respirait si doucement, que son haleine ne soulevait même pas sa gorge déjà lourde.

— Ce maudit vent l'aura empêchée de fermer les yeux, dit la mère doucement.

Le père, d'un geste, lui imposa silence. Tous les deux se penchaient, regardaient avec adoration, dans sa nudité de vierge, cette fille si longtemps désirée, qu'ils avaient eue sur le tard, lorsqu'ils ne l'espéraient plus. Ils la voyaient parfaite, point trop grasse, jamais assez bien nourrie. Et elle dormait toujours, sans les sentir près d'elle, leur visage contre le sien. Pourtant, une onde légère troubla sa face immobile. Ils tremblèrent qu'elle ne s'éveillât, ils s'en allèrent sur la pointe des pieds.

— Chut ! dit M. Grégoire à la porte. Si elle n'a pas dormi, il faut la laisser dormir.

— Tant qu'elle voudra, la mignonne, appuya Mme Grégoire. Nous attendrons.

Ils descendirent, s'installèrent dans les fauteuils de la salle à manger ; tandis que les bonnes, riant du gros sommeil de Mademoiselle, tenaient sans grogner le chocolat sur le fourneau. Lui, avait pris un journal ; elle, tricotait un grand couvre-pieds de laine. Il faisait très chaud, pas un bruit ne venait de la maison muette.

La fortune des Grégoire, quarante mille francs de rentes environ, était tout entière dans une action des mines de Montsou. Ils en racontaient avec complaisance l'origine, qui partait de la création même de la Compagnie.

Vers le commencement du dernier siècle, un coup de folie s'était déclaré, de Lille à Valenciennes, pour la recherche de la houille. Les succès des concessionnaires, qui devaient plus tard former la Compagnie d'Anzin, avaient exalté toutes les têtes. Dans chaque commune, on sondait le sol ; et les sociétés se créaient, et les concessions poussaient en une nuit. Mais, parmi les entêtés de l'époque, le baron Desrumaux avait certainement laissé la mémoire de l'intelligence la plus héroïque. Pendant quarante années, il s'était débattu sans faiblir, au milieu de continuels obstacles : premières recherches infructueuses, fosses nouvelles abandonnées au bout de longs mois de travail, éboulements qui comblaient les trous, inondations subites qui noyaient les ouvriers, centaines de mille francs jetés dans la terre ; puis, les tracas de l'administration, les paniques des actionnaires, la lutte avec les seigneurs terriens, résolus à ne pas reconnaître les concessions royales, si l'on refusait de traiter d'abord avec eux. Il venait enfin de fonder la société Desrumaux, Fauquenoix et Cie, pour exploiter la concession de Montsou, et les fosses commençaient à donner de faibles bénéfices, lorsque deux concessions voisines, celle de Cougny, appartenant au comte de Cougny, et celle de Joiselle, appartenant à la société Cornille et Jenard, avaient failli l'écraser sous le terrible assaut de leur concurrence. Heureusement, le 25 août 1760, un traité intervenait entre les trois concessions et les réunissait en une seule. La Compagnie des mines de Montsou était créée, telle qu'elle existe encore aujourd'hui. Pour la répartition, on avait divisé, d'après l'étalon de la monnaie du temps, la propriété totale en vingt-quatre sous, dont chacun se subdivisait en douze deniers, ce qui faisait deux cent quatre-vingt-huit deniers ; et, comme le denier était de dix mille francs, le capital représentait une somme de près de trois millions. Desrumaux, agonisant, mais vainqueur, avait eu, dans le partage, six sous et trois deniers.

En ces années-là, le baron possédait la Piolaine, d'où dépendaient trois cents hectares, et il avait à son service, comme régisseur, Honoré Grégoire, un garçon de la Picardie, l'arrière-grand-père de Léon Grégoire, père de Cécile. Lors du traité de Montsou, Honoré, qui cachait dans un bas une cinquantaine de mille francs d'économies, céda en tremblant à la foi inébranlable de son maître. Il sortit dix mille livres de beaux écus, il prit un denier, avec la terreur de voler ses enfants de cette somme. Son fils Eugène toucha en effet des dividendes fort minces ; et, comme il s'était mis bourgeois et qu'il avait eu la sottise de manger les quarante autres mille francs de l'héritage paternel dans une association désastreuse, il vécut assez chichement. Mais les intérêts du denier montaient peu à peu, la fortune commença avec Félicien, qui put réaliser un rêve dont son grand-père, l'ancien régisseur, avait bercé son enfance : l'achat de la Piolaine démembrée, qu'il eut comme bien national, pour une somme dérisoire. Cependant, les années qui suivirent furent mauvaises, il fallut attendre le dénouement des catastrophes révolutionnaires, puis la chute sanglante de Napoléon. Et ce fut Léon Grégoire qui bénéficia, dans une progression stupéfiante, du placement timide et inquiet de son bisaïeul. Ces dix pauvres mille francs grossissaient, s'élargissaient, avec la prospérité de la Compagnie. Dès 1820, ils rapportaient cent pour cent, dix mille francs. En 1844, ils en produisaient vingt mille ; en 1850, quarante. Il y avait deux ans enfin, le dividende était monté au chiffre prodigieux de cinquante mille francs : la valeur du denier, coté à la Bourse de Lille un million, avait centuplé en un siècle.

M. Grégoire, auquel on conseillait de vendre, lorsque ce cours d'un million fut atteint, s'y était refusé, de son air souriant et paterne. Six mois plus tard, une crise industrielle éclatait, le denier retombait à six cent mille francs. Mais il souriait toujours, il ne regrettait rien, car les Grégoire avaient maintenant une foi obstinée en leur mine. Ça remonterait, Dieu n'était pas si solide. Puis, à cette croyance religieuse, se mêlait une profonde gratitude pour une valeur, qui, depuis un siècle, nourrissait la famille à ne rien faire. C'était comme une divinité à eux, que leur égoïsme entourait d'un culte, la bienfaitrice du foyer, les berçant dans leur grand lit de paresse, les engraissant à leur table gourmande. De père en fils, cela durait : pourquoi risquer de mécontenter le sort, en doutant de lui ? Et il y avait, au fond de leur fidélité, une terreur superstitieuse, la crainte que le million du denier ne se fût brusquement fondu, s'ils l'avaient réalisé et mis dans un tiroir. Ils le voyaient plus à l'abri dans la terre, d'où un peuple de mineurs, des générations d'affamés l'extrayaient pour eux, un peu chaque jour, selon leurs besoins.

Du reste, les bonheurs pleuvaient sur cette maison. M. Grégoire, très jeune, avait épousé la fille d'un pharmacien de Marchiennes, une demoiselle laide, sans un sou, qu'il adorait et qui lui avait tout rendu, en félicité. Elle s'était enfermée dans son ménage, extasiée devant son mari, n'ayant d'autre volonté que la sienne ; jamais des goûts différents ne les séparaient, un même idéal de bien-être confondait leurs désirs ; et ils vivaient ainsi depuis quarante ans, de tendresse et de petits soins réciproques. C'était une existence réglée, les quarante mille francs mangés sans bruit, les économies dépensées pour Cécile, dont la naissance tardive avait un instant bouleversé le budget. Aujourd'hui encore, ils contentaient chacun de ses caprices : un second cheval, deux autres voitures, des toilettes venues de Paris. Mais ils goûtaient là une joie de plus, ils ne trouvaient rien de trop beau pour leur fille, avec une telle horreur personnelle de l'étalage, qu'ils avaient gardé les modes de leur jeunesse. Toute dépense qui ne profitait pas leur semblait stupide.

Brusquement, la porte s'ouvrit, et une voix forte cria :

— Eh bien ! quoi donc, on déjeune sans moi !

C'était Cécile, au saut du lit, les yeux gonflés de sommeil. Elle avait simplement relevé ses cheveux et passé un peignoir de laine blanche.

— Mais non, dit la mère, tu vois qu'on t'attendait... Hein ? ce vent a dû t'empêcher de dormir, pauvre mignonne !

La jeune fille la regarda, très surprise.

— Il a fait du vent ?... Je n'en sais rien, je n'ai pas bougé de la nuit.

Alors, cela leur sembla drôle, tous les trois se mirent à rire ;

et les bonnes, qui apportaient le déjeuner, éclatèrent aussi, tellement l'idée que Mademoiselle avait dormi d'un trait ses douze heures égayait la maison. La vue de la brioche acheva d'épanouir les visages.

— Comment ! elle est donc cuite ? répétait Cécile. En voilà une attrape[1] qu'on me fait !… C'est ça qui va être bon, tout chaud, dans le chocolat !

Ils s'attablaient enfin, le chocolat fumait dans les bols, on ne parla longtemps que de la brioche. Mélanie et Honorine restaient, donnaient des détails sur la cuisson, les regardaient se bourrer, les lèvres grasses, en disant que c'était un plaisir de faire un gâteau, quand on voyait les maîtres le manger si volontiers.

Mais les chiens aboyèrent violemment, on crut qu'ils annonçaient la maîtresse de piano, qui venait de Marchiennes le lundi et le vendredi. Il venait aussi un professeur de littérature. Toute l'instruction de la jeune fille s'était ainsi faite à la Piolaine, dans une ignorance heureuse, dans des caprices d'enfant, jetant le livre par la fenêtre, dès qu'une question l'ennuyait.

— C'est M. Deneulin, dit Honorine en rentrant.

Derrière elle, Deneulin, un cousin de M. Grégoire, parut sans façon, le verbe haut, le geste vif, avec une allure d'ancien officier de cavalerie. Bien qu'il eût dépassé la cinquantaine, ses cheveux coupés ras et ses grosses moustaches étaient d'un noir d'encre.

— Oui, c'est moi, bonjour… Ne vous dérangez donc pas !

Il s'était assis, pendant que la famille s'exclamait. Elle finit par se remettre à son chocolat.

— Est-ce que tu as quelque chose à me dire ? demanda M. Grégoire.

1. *Attrape* : action par laquelle on surprend quelqu'un pour l'amuser (vieilli ou régionalisme).

— Non, rien du tout, se hâta de répondre Deneulin. Je suis sorti à cheval pour me dérouiller un peu, et comme je passais devant votre porte, j'ai voulu vous donner un petit bonjour.

Cécile le questionna sur Jeanne et sur Lucie, ses filles. Elles allaient parfaitement, la première ne lâchait plus la peinture, tandis que l'autre, l'aînée, cultivait sa voix au piano, du matin au soir. Et il y avait un tremblement léger dans sa voix, un malaise qu'il dissimulait, sous les éclats de sa gaieté.

M. Grégoire reprit :

— Et tout marche-t-il bien, à la fosse ?

— Dame ! je suis bousculé avec les camarades, par cette saleté de crise… Ah ! nous payons les années prospères ! On a trop bâti d'usines, trop construit de voies ferrées, trop immobilisé de capitaux en vue d'une production formidable. Et, aujourd'hui, l'argent dort, on n'en trouve plus pour faire fonctionner tout ça… Heureusement, rien n'est désespéré, je m'en tirerai quand même.

Comme son cousin, il avait eu en héritage un denier des mines de Montsou. Mais lui, ingénieur entreprenant, tourmenté du besoin d'une royale fortune, s'était hâté de vendre, lorsque le denier avait atteint le million. Depuis des mois, il mûrissait un plan. Sa femme tenait d'un oncle la petite concession de Vandame, où il n'y avait d'ouvertes que deux fosses, Jean-Bart et Gaston-Marie, dans un tel état d'abandon, avec un matériel si défectueux, que l'exploitation en couvrait à peine les frais. Or, il rêvait de réparer Jean-Bart, d'en renouveler la machine et d'élargir le puits afin de pouvoir descendre davantage, en ne gardant Gaston-Marie que pour l'épuisement. On devait, disait-il, trouver là de l'or à la pelle. L'idée était juste. Seulement, le million y avait passé, et cette damnée crise industrielle éclatait au moment où de gros bénéfices allaient lui donner raison. Du reste, mauvais administrateur, d'une bonté brusque avec ses ouvriers, il se laissait piller depuis la mort de sa femme, lâchant aussi la bride à ses filles, dont l'aînée parlait d'entrer au théâtre et dont la cadette s'était déjà fait refuser trois paysages au Salon, toutes deux rieuses dans la débâcle, et chez lesquelles la misère menaçante révélait de très fines ménagères.

— Vois-tu, Léon, continua-t-il, la voix hésitante, tu as eu tort de ne pas vendre en même temps que moi. Maintenant, tout dégringole, tu peux courir… Et si tu m'avais confié ton argent, tu aurais vu ce que nous aurions fait à Vandame, dans notre mine !

M. Grégoire achevait son chocolat, sans hâte. Il répondit paisiblement :

— Jamais !… Tu sais bien que je ne veux pas spéculer. Je vis tranquille, ce serait trop bête, de me casser la tête avec des soucis d'affaires. Et, quant à Montsou, ça peut continuer à baisser, nous en aurons toujours notre suffisance. Il ne faut pas être si gourmand, que diable ! Puis, écoute, c'est toi qui te mordras les doigts un jour, car Montsou remontera, les enfants des enfants de Cécile en tireront encore leur pain blanc.

Deneulin l'écoutait avec un sourire gêné.

— Alors, murmura-t-il, si je te disais de mettre cent mille francs dans mon affaire, tu refuserais ?

Mais, devant les faces inquiètes des Grégoire, il regretta d'être allé si vite, il renvoya son idée d'emprunt à plus tard, la réservant pour un cas désespéré.

— Oh ! je n'en suis pas là ! C'est une plaisanterie… Mon Dieu ! tu as peut-être raison : l'argent que vous gagnent les autres, est celui dont on engraisse le plus sûrement.

On changea d'entretien. Cécile revint sur ses cousines, dont les goûts la préoccupaient, tout en la choquant. Mme Grégoire promit de mener sa fille voir ces chères petites, dès le premier jour de soleil. Cependant, M. Grégoire, l'air distrait, n'était pas à la conversation. Il ajouta tout haut :

— Moi, si j'étais à ta place, je ne m'entêterais pas davantage, je traiterais avec Montsou… Ils en ont une belle envie, tu retrouverais ton argent.

Il faisait allusion à la vieille haine qui existait entre la concession de Montsou et celle de Vandame. Malgré la faible importance de cette dernière, sa puissante voisine enrageait de voir, enclavée dans ses soixante-sept communes, cette lieue carrée qui ne lui appartenait pas ; et, après avoir essayé vainement de la tuer, elle complotait de l'acheter à bas prix, lorsqu'elle râlerait. La guerre continuait sans trêve, chaque exploitation arrêtait ses galeries à deux cents mètres les unes des autres, c'était un duel au dernier sang, bien que les directeurs et les ingénieurs eussent entre eux des relations polies.

Les yeux de Deneulin avaient flambé.

— Jamais ! cria-t-il à son tour. Tant que je serai vivant, Montsou n'aura pas Vandame… J'ai dîné jeudi chez Hennebeau, et je l'ai bien vu tourner autour de moi. Déjà, l'automne dernier, quand les gros bonnets sont venus à la Régie, ils m'ont fait toutes sortes de mamours… Oui, oui, je les connais, ces marquis et ces ducs, ces généraux et ces ministres ! des brigands qui vous enlèveraient jusqu'à votre chemise, à la corne d'un bois !

Il ne tarissait plus. D'ailleurs, M. Grégoire ne défendait pas la Régie de Montsou, les six régisseurs institués par le traité de 1760, qui gouvernaient despotiquement la Compagnie, et dont les cinq survivants, à chaque décès, choisissaient le nouveau membre parmi les actionnaires puissants et riches. L'opinion du propriétaire de la Piolaine, de goûts si raisonnables, était que ces messieurs manquaient parfois de mesure, dans leur amour exagéré de l'argent.

Mélanie était venue desservir la table. Dehors, les chiens se remirent à aboyer, et Honorine se dirigeait vers la porte, lorsque Cécile, que la chaleur et la nourriture étouffaient, quitta la table.

— Non, laisse, ça doit être pour ma leçon.

Deneulin, lui aussi, s'était levé. Il regarda sortir la jeune fille, il demanda en souriant :

— Eh bien, et ce mariage avec le petit Négrel ?

— Il n'y a rien de fait, dit Mme Grégoire. Une idée en l'air… Il faut réfléchir.

— Sans doute, continua-t-il avec un rire de gaillardise. Je crois que le neveu et la tante… Ce qui me renverse, c'est que ce soit Madame Hennebeau qui se jette ainsi au cou de Cécile.

Mais M. Grégoire s'indigna. Une dame si distinguée, et de quatorze ans plus âgée que le jeune homme ! C'était monstrueux, il n'aimait pas qu'on plaisantât sur des sujets pareils. Deneulin, riant toujours, lui serra la main et partit.

— Ce n'est pas encore ça, dit Cécile qui revenait. C'est cette femme avec ses deux enfants, tu sais, maman, la femme de mineur que nous avons rencontrée… Faut-il, les faire entrer ici ?

On hésita. Étaient-ils très sales ? Non, pas trop, et ils laisseraient leurs sabots sur le perron. Déjà le père et la mère s'étaient allongés au fond des grands fauteuils. Ils y digéraient. La crainte de changer d'air acheva de les décider.

— Faites entrer, Honorine.

Alors, la Maheude et ses petits entrèrent, glacés, affamés, saisis d'un effarement peureux, en se voyant dans cette salle où il faisait si chaud, et qui sentait si bon la brioche.

## II

Dans la chambre, restée close, les persiennes avaient laissé glisser peu à peu des barres grises de jour, dont l'éventail se déployait au plafond ; et l'air enfermé s'alourdissait, tous continuaient leur somme de la nuit : Lénore et Henri aux bras l'un de l'autre, Alzire la tête renversée, appuyée sur sa bosse ; tandis que le père Bonnemort, tenant à lui seul le lit de Zacharie et de Jeanlin, ronflait, la bouche ouverte. Pas un souffle ne venait du cabinet, où la Maheude s'était rendormie en faisant téter Estelle, la gorge coulée de côté, sa fille en travers du ventre, gorgée de lait, assommée elle aussi, et s'étouffant dans la chair molle des seins.

Le coucou, en bas, sonna six heures. On entendit, le long des façades du coron, des bruits de portes, puis des claquements de sabots, sur le pavé des trottoirs : c'étaient les cribleuses qui s'en allaient à la fosse. Et le silence retomba jusqu'à sept heures. Alors, des persiennes se rabattirent, des bâillements et des toux vinrent à travers les murs. Longtemps, un moulin à café grinça, sans que personne s'éveillât encore dans la chambre.

Mais, brusquement, un tapage de gifles et de hurlements, au loin, fit se dresser Alzire. Elle eut conscience de l'heure, elle courut pieds nus secouer sa mère.

— Maman ! maman ! il est tard. Toi qui as une course... Prends garde ! tu vas écraser Estelle.

Et elle sauva l'enfant, à demi étouffée sous la coulée énorme des seins.

— Sacré bon sort ! bégayait la Maheude, en se frottant les yeux, on est si échiné qu'on dormirait tout le jour... Habille Lénore et Henri, je les emmène ; et tu garderas Estelle, je ne veux pas la traîner, crainte qu'elle ne prenne du mal, par ce temps de chien.

Elle se lavait à la hâte, elle passa un vieux jupon bleu, son plus propre, et un caraco de laine grise, auquel elle avait posé deux pièces la veille.

— Et de la soupe, sacré bon sort! murmura-t-elle de nouveau.

Pendant que sa mère descendait, bousculant tout, Alzire retourna dans la chambre, où elle emporta Estelle qui s'était mise à hurler. Mais elle était habituée aux rages de la petite, elle avait, a huit ans, des ruses tendres de femme, pour la calmer et la distraire. Doucement, elle la coucha dans son lit encore chaud, elle la rendormit en lui donnant à sucer un doigt. Il était temps, car un autre vacarme éclatait; et elle dut mettre aussitôt la paix entre Lénore et Henri, qui s'éveillaient enfin. Ces enfants ne s'entendaient guère, ne se prenaient gentiment au cou, que lorsqu'ils dormaient. La fille, âgée de six ans, tombait dès son lever sur le garçon, son cadet de deux années, qui recevait les gifles sans les rendre. Tous deux avaient la même tête trop grosse et comme soufflée, ébouriffée de cheveux jaunes. Il fallut qu'Alzire tirât sa sœur par les jambes, en la menaçant de lui enlever la peau du derrière. Puis, ce furent des trépignements pour le débarbouillage, et à chaque vêtement qu'elle leur passait. On évitait d'ouvrir les persiennes, afin de ne pas troubler le sommeil du père Bonnemort. Il continuait à ronfler, dans l'affreux charivari des enfants.

— C'est prêt! y êtes-vous, là-haut? cria la Maheude.

Elle avait rabattu les volets, secoué le feu, remis du charbon. Son espoir était que le vieux n'eût pas englouti toute la soupe. Mais elle trouva le poêlon torché, elle fit cuire une poignée de vermicelle, qu'elle tenait en réserve depuis trois jours. On l'avalerait à l'eau, sans beurre; il ne devait rien rester de la lichette de la veille; et elle fut surprise de voir que Catherine, en préparant les briquets, avait fait le miracle d'en laisser gros comme une noix. Seulement, cette fois, le buffet était bien vide : rien, pas une croûte, pas un fond de provision, pas un os à ronger. Qu'allaient-ils devenir, si Maigrat s'entêtait à leur couper le crédit, et si les bourgeois de la Piolaine ne lui donnaient pas cent sous ? Quand les hommes et la fille reviendraient de la fosse, il faudrait pourtant manger ; car on n'avait pas encore inventé de vivre sans manger, malheureusement.

— Descendez-vous, à la fin ! cria-t-elle en se fâchant. Je devrais être partie.

Lorsque Alzire et les enfants furent là, elle partagea le vermicelle dans trois petites assiettes. Elle, disait-elle, n'avait pas faim. Bien que Catherine eût déjà passé de l'eau sur le marc de la veille, elle en remit une seconde fois et avala deux grandes chopes d'un café tellement clair, qu'il ressemblait à de l'eau de rouille. Ça la soutiendrait tout de même.

— Écoute, répétait-elle à Alzire, tu laisseras dormir ton grand-père, tu veilleras bien à ce que Estelle ne se casse pas la tête, et si elle se réveillait, si elle gueulait trop fort, tiens ! voici un morceau de sucre, tu le ferais fondre, tu lui en donnerais des cuillerées... Je sais que tu es raisonnable, que tu ne le mangeras pas.

— Et l'école, maman ?

— L'école, eh bien, ce sera pour un autre jour... J'ai besoin de toi.

— Et la soupe, veux-tu que je la fasse, si tu rentres tard ?

— La soupe, la soupe... Non, attends-moi.

Alzire, d'une intelligence précoce de fillette infirme, savait très bien faire la soupe. Elle dut comprendre, n'insista point. Maintenant, le coron entier était réveillé, des bandes d'enfants s'en allaient à l'école, avec le bruit traînard de leurs galoches. Huit heures sonnèrent, un murmure croissant de bavardages montait à gauche, chez la Levaque. La journée des femmes commençait, autour des cafetières, les poings sur les hanches, les langues tournant sans repos, comme les meules d'un moulin. Une tête flétrie, aux grosses lèvres, au nez écrasé, vint s'appuyer contre une vitre de la fenêtre, en criant :

— Y a du nouveau, écoute donc !

— Non, non, plus tard ! répondit La Maheude. J'ai une course.

Et, de peur de succomber à l'offre d'un verre de café chaud, elle bourra Lénore et Henri, elle partit avec eux. En haut, le père Bonnemort ronflait toujours, d'un ronflement rythmé qui berçait la maison.

Dehors, la Maheude s'étonna de voir que le vent ne soufflait plus. C'était un dégel brusque, le ciel couleur de terre, les murs gluants d'une humidité verdâtre, les routes empoissées de boue, une boue spéciale au pays du charbon, noire comme de la suie délayée, épaisse et collante à y laisser ses sabots. Tout de suite, elle dut gifler Lénore, parce que la petite s'amusait à ramasser la crotte sur ses galoches, ainsi que sur le bout d'une pelle. En quittant le coron, elle avait longé le terri et suivi le chemin du canal, coupant pour raccourcir par des rues défoncées, au milieu de terrains vagues, fermés de palissades moussues. Des hangars se succédaient, de longs bâtiments d'usine, de hautes cheminées crachant de la suie, salissant cette campagne ravagée de faubourg industriel. Derrière un bouquet de peupliers, la vieille fosse Réquillart montrait l'écroulement de son beffroi, dont les grosses charpentes restaient seules debout. Et, tournant à droite, la Maheude se trouva sur la grande route.

— Attends ! attends ! sale cochon ! cria-t-elle, je vas te faire rouler des boulettes !

Maintenant, c'était Henri qui avait pris une poignée de boue et qui la pétrissait. Les deux enfants, giflés sans préférence, rentrèrent dans l'ordre, en louchant pour voir les patards[1] qu'ils faisaient au milieu des tas. Ils pataugeaient, déjà éreintés de leurs efforts pour décoller leurs semelles, à chaque enjambée.

Du côté de Marchiennes, la route déroulait ses deux lieues de pavé, qui filaient droit comme un ruban trempé de cambouis, entre les terres rougeâtres. Mais, de l'autre côté, elle descendait en lacet au travers de Montsou, bâti sur la pente d'une large ondulation de la plaine. Ces routes du Nord, tirées au cordeau entre des villes manufacturières, allant avec des courbes douces, des montées lentes, se bâtissent peu à peu, tendent à ne faire d'un département qu'une cité travailleuse. Les petites maisons de briques, peinturlurées pour égayer le climat, les unes jaunes, les autres bleues, d'autres noires, celles-ci sans doute afin d'arriver tout de suite au noir final, dévalaient à droite et à gauche, en serpentant jusqu'au bas de la pente. Quelques grands pavillons à deux étages, des habitations de chefs d'usines, trouaient la ligne pressée des étroites façades. Une église, également en briques, ressemblait à un nouveau modèle de haut fourneau, avec son clocher carré, sali déjà par les poussières volantes du charbon. Et, parmi les sucreries, les corderies, les minoteries, ce qui dominait, c'étaient les bals, les estaminets, les débits de bière, si nombreux, que, sur mille maisons, il y avait plus de cinq cents cabarets.

Comme elle approchait des Chantiers de la Compagnie, une vaste série de magasins et d'ateliers, la Maheude se décida à prendre Henri et Lénore par la main, l'un à droite, l'autre à gauche. Au-delà, se trouvait l'hôtel du directeur, M. Hennebeau, une sorte de vaste chalet séparé de la route par une grille, suivi d'un jardin où végétaient des arbres maigres. Justement, une voiture était arrêtée devant la porte,

1. *Patard* : petit tas d'une matière formant une pâte (régionalisme).

un monsieur décoré et une dame en manteau de fourrure, quelque visite débarquée de Paris à la gare de Marchiennes; car Mme Hennebeau, qui parut dans le demi-jour du vestibule, poussa une exclamation de surprise et de joie.

— Marchez donc, traînards! gronda la Maheude, en tirant les deux petits, qui s'abandonnaient dans la boue.

Elle arrivait chez Maigrat, elle était tout émotionnée[1]. Maigrat habitait à côté même du directeur, un simple mur séparait l'hôtel de sa petite maison; et il y avait là un entrepôt, un long bâtiment qui s'ouvrait sur la route en une boutique sans devanture. Il y tenait de tout, de l'épicerie, de la charcuterie, de la fruiterie, y vendait du pain, de la bière, des casseroles. Ancien surveillant au Voreux, il avait débuté par une étroite cantine; puis, grâce à la protection de ses chefs, son commerce s'était élargi, tuant peu à peu le détail de Montsou. Il centralisait les marchandises, la clientèle considérable des corons lui permettait de vendre moins cher et de faire des crédits plus grands. D'ailleurs, il était resté dans la main de la Compagnie, qui lui avait bâti sa petite maison et son magasin.

— Me voici encore, Monsieur Maigrat, dit la Maheude d'un air humble, en le trouvant justement debout devant sa porte.

Il la regarda sans répondre. Il était gros, froid et poli, et il se piquait de ne jamais revenir sur une décision.

— Voyons, vous ne me renverrez pas comme hier. Faut que nous mangions du pain d'ici à samedi... Bien sûr, nous vous devons soixante francs depuis deux ans.

Elle s'expliquait, en courtes phrases pénibles. C'était une vieille dette, contractée pendant la dernière grève. Vingt fois, ils avaient promis de s'acquitter, mais ils ne le pouvaient pas, ils ne parvenaient pas à lui donner quarante sous par

1. *Émotionné(e)* : troublé(e) par l'émotion (fin XIX^e^ siècle et familier).

quinzaine. Avec ça, un malheur lui était arrivé l'avant-veille, elle avait dû payer vingt francs à un cordonnier, qui menaçait de les faire saisir. Et voilà pourquoi ils se trouvaient sans un sou. Autrement, ils seraient allés jusqu'au samedi, comme les camarades.

Maigrat, le ventre tendu, les bras croisés, répondait non de la tête, à chaque supplication.

— Rien que deux pains, monsieur Maigrat. Je suis raisonnable, je ne demande pas du café... Rien que deux pains de trois livres par jour.

— Non ! cria-t-il enfin, de toute sa force.

Sa femme avait paru, une créature chétive qui passait les journées sur un registre, sans même oser lever la tête. Elle s'esquiva, effrayée de voir cette malheureuse tourner vers elle des yeux d'ardente prière. On racontait qu'elle cédait le lit conjugal aux herscheuses de la clientèle. C'était un fait connu : quand un mineur voulait une prolongation de crédit, il n'avait qu'à envoyer sa fille ou sa femme, laides ou belles, pourvu qu'elles fussent complaisantes.

La Maheude, qui suppliait toujours Maigrat du regard, se sentit gênée, sous la clarté pâle des petits yeux dont il la déshabillait. Ça la mit en colère, elle aurait encore compris, avant d'avoir eu sept enfants, quand elle était jeune. Et elle partit, elle tira violemment Lénore et Henri, en train de ramasser des coquilles de noix, jetées au ruisseau, et qu'ils visitaient.

— Ça ne vous portera pas chance, monsieur Maigrat, rappelez-vous !

Maintenant, il ne lui restait que les bourgeois de la Piolaine. Si ceux-là ne lâchaient pas cent sous, on pouvait tous se coucher et crever. Elle avait pris à gauche le chemin de Joiselle. La Régie était là, dans l'angle de la route, un véritable palais de briques, où les gros messieurs de Paris, et des princes, et des généraux, et des personnages du gouvernement, venaient chaque automne donner de grands dîners. Elle, tout en marchant, dépensait déjà les cent sous : d'abord du pain, puis du café ; ensuite, un quart de beurre, un boisseau de pommes de terre, pour la soupe du matin et la ratatouille du soir ; enfin, peut-être un peu de fromage de cochon, car le père avait besoin de viande.

Le curé de Montsou, l'abbé Joire, passait en retroussant sa soutane, avec des délicatesses de gros chat bien nourri, qui craint de mouiller sa robe. Il était doux, il affectait de ne s'occuper de rien, pour ne fâcher ni les ouvriers ni les patrons.

— Bonjour, monsieur le curé.

Il ne s'arrêta pas, sourit aux enfants, et la laissa plantée au milieu de la route. Elle n'avait point de religion, mais elle s'était imaginé brusquement que ce prêtre allait lui donner quelque chose.

Et la course recommença, dans la boue noire et collante. Il y avait encore deux kilomètres, les petits se faisaient tirer davantage, ne s'amusant plus, consternés. À droite et à gauche du chemin, se déroulaient les mêmes terrains vagues clos de palissades moussues, les mêmes corps de fabriques, salis de fumée, hérissés de cheminées hautes. Puis, en pleins champs, les terres plates s'étalèrent, immenses, pareilles à un océan de mottes brunes, sans la mâture d'un arbre, jusqu'à la ligne violâtre de la forêt de Vandame.

— Porte-moi, maman.

Elle les porta l'un après l'autre. Des flaques trouaient la chaussée, elle se retroussait, avec la peur d'arriver trop sale. Trois fois elle faillit tomber, tant ce sacré pavé était gras. Et, comme ils débouchaient enfin devant le perron, deux chiens énormes se jetèrent sur eux, en aboyant si fort, que les petits hurlaient de peur. Il avait fallu que le cocher prît un fouet.

— Laissez vos sabots, entrez, répétait Honorine.

Dans la salle à manger, la mère et les enfants se tinrent immobiles, étourdis par la brusque chaleur, très gênés des regards de ce vieux monsieur et de cette vieille dame, qui s'allongeaient dans leurs fauteuils.

— Ma fille, dit cette dernière, remplis ton petit office.

Les Grégoire chargeaient Cécile de leurs aumônes. Cela rentrait dans leur idée d'une belle éducation. Il fallait être charitable, ils disaient eux-mêmes que leur maison était la maison du bon Dieu. Du reste, ils se flattaient de faire la charité avec intelligence, travaillés de la continuelle crainte d'être trompés et d'encourager le vice. Ainsi, ils ne donnaient jamais d'argent, jamais ! pas dix sous, pas deux sous, car c'était un fait connu, dès qu'un pauvre avait deux sous, il les buvait. Leurs aumônes étaient donc toujours en nature, surtout en vêtements chauds, distribués pendant l'hiver aux enfants indigents.

— Oh ! les pauvres mignons ! s'écria Cécile, sont-ils pâlots d'être allés au froid !... Honorine, va donc chercher le paquet, dans l'armoire.

Les bonnes, elles aussi, regardaient ces misérables, avec l'apitoiement et la pointe d'inquiétude de filles qui n'étaient pas en peine de leur dîner. Pendant que la femme de chambre montait, la cuisinière s'oubliait, reposait le reste de la brioche sur la table, pour demeurer là, les mains ballantes.

— Justement, continuait Cécile, j'ai encore deux robes de laine et des fichus... Vous allez voir, ils auront chaud, les pauvres mignons !

La Maheude, alors, retrouva sa langue, bégayant :

— Merci bien, Mademoiselle... Vous êtes tous bien bons...

Des larmes lui avaient empli les yeux, elle se croyait sûre des cent sous, elle se préoccupait seulement de la façon dont elle les demanderait, si on ne les lui offrait pas. La femme de chambre ne reparaissait plus, il y eut un moment de silence embarrassé. Dans les jupes de leur mère, les petits ouvraient de grands yeux et contemplaient la brioche.

— Vous n'avez que ces deux-là ? demanda Mme Grégoire, pour rompre le silence.

— Oh ! Madame, j'en ai sept.

M. Grégoire, qui s'était remis à lire son journal, eut un sursaut indigné.

— Sept enfants, mais pourquoi ? bon Dieu !

— C'est imprudent, murmura la vieille dame.

La Maheude eut un geste vague d'excuse. Que voulez-vous ? on n'y songeait point, ça poussait naturellement. Et puis, quand ça grandissait, ça rapportait, ça faisait aller la maison. Ainsi, chez eux, ils auraient vécu, s'ils n'avaient pas eu le grand-père qui devenait tout raide, et si, dans le tas, deux de ses garçons et sa fille aînée seulement avaient l'âge de descendre à la fosse. Fallait quand même nourrir les petits qui ne fichaient rien.

— Alors, reprit Mme Grégoire, vous travaillez depuis longtemps aux mines ?

Un rire muet éclaira le visage blême de la Maheude.

— Ah ! oui, ah ! oui... Moi, je suis descendue jusqu'à vingt ans. Le médecin a dit que j'y resterais, lorsque j'ai accouché la seconde fois, parce que, paraît-il, ça me dérangeait des choses dans les os. D'ailleurs, c'est à ce moment que je me suis mariée, et j'avais assez de besogne à la maison... Mais, du côté de mon mari, voyez-vous, ils sont là-dedans depuis des éternités. Ça remonte au grand-père du grand-père, enfin on ne sait pas, tout au commencement, quand on a donné le premier coup de pioche là-bas, à Réquillart.

Rêveur, M. Grégoire regardait cette femme et ces enfants pitoyables, avec leur chair de cire, leurs cheveux décolorés, la dégénérescence qui les rapetissait, rongés d'anémie, d'une laideur triste de meurt de faim. Un nouveau silence s'était fait, on n'entendait plus que la houille brûler en lâchant un jet de gaz. La salle moite avait cet air alourdi de bien-être, dont s'endorment les coins de bonheur bourgeois.

— Que fait-elle donc ? s'écria Cécile, impatientée. Mélanie, monte lui dire que le paquet est en bas de l'armoire, à gauche.

Cependant, M. Grégoire acheva tout haut les réflexions que lui inspirait la vue de ces affamés.

— On a du mal en ce monde, c'est bien vrai ; mais, ma brave femme, il faut dire aussi que les ouvriers ne sont guère sages... Ainsi, au lieu de mettre des sous de côté comme nos paysans, les mineurs boivent, font des dettes, finissent par n'avoir plus de quoi nourrir leur famille.

— Monsieur a raison, répondit posément la Maheude. On n'est pas toujours dans la bonne route. C'est ce que je répète aux vauriens, quand ils se plaignent... Moi, je suis bien tombée, mon mari ne boit pas. Tout de même, les dimanches de noce, il en prend des fois de trop ; mais ça ne va jamais plus loin. La chose est d'autant plus gentille de sa part, qu'avant notre mariage, il buvait en vrai cochon, sauf votre respect... Et voyez, pourtant, ça ne nous avance pas à grand-chose, qu'il soit raisonnable. Il y a des jours, comme aujourd'hui, où vous retourneriez bien tous les tiroirs de la maison, sans en faire tomber un liard.

Elle voulait leur donner l'idée de la pièce de cent sous, elle continua de sa voix molle, expliquant la dette fatale, timide d'abord, bientôt élargie et dévorante. On payait régulièrement pendant des quinzaines. Mais, un jour, on se mettait en retard, et c'était fini, ça ne se rattrapait jamais plus. Le trou se creusait, les hommes se dégoûtaient du travail, qui ne leur permettait seulement pas de s'acquitter. Va te faire fiche ! on était dans le pétrin jusqu'à la mort. Du reste, il fallait tout comprendre : un charbonnier avait besoin d'une chope pour balayer les poussières. Ça commençait par là, puis il ne sortait plus du cabaret, quand arrivaient les embêtements. Peut-être bien, sans se plaindre de personne, que les ouvriers tout de même ne gagnaient point assez.

— Je croyais, dit Mme Grégoire, que la Compagnie vous donnait le loyer et le chauffage.

La Maheude eut un coup d'œil oblique sur la houille flambante de la cheminée.

— Oui, oui, on nous donne du charbon, pas trop fameux, mais qui brûle pourtant… Quant au loyer, il n'est que de six francs par mois : ça n'a l'air de rien, et souvent c'est joliment dur à payer… Ainsi, aujourd'hui, moi, on me couperait en morceaux, qu'on ne me tirerait pas deux sous. Où il n'y a rien, il n'y a rien.

Le monsieur et la dame se taisaient, douillettement allongés, peu à peu ennuyés et pris de malaise, devant l'étalage de cette misère. Elle craignit de les avoir blessés, elle ajouta de son air juste et calme de femme pratique :

— Oh ! ce n'est pas pour me plaindre. Les choses sont ainsi, il faut les accepter ; d'autant plus que nous aurions beau nous débattre, nous ne changerions sans doute rien… Le mieux encore, n'est-ce pas ? Monsieur et Madame, c'est de tâcher de faire honnêtement ses affaires, dans l'endroit où le bon Dieu vous a mis.

M. Grégoire l'approuva beaucoup.

— Avec de tels sentiments, ma brave femme, on est au-dessus de l'infortune.

Honorine et Mélanie apportaient enfin le paquet. Ce fut Cécile qui le déballa et qui sortit les deux robes. Elle y joignit des fichus, même des bas et des mitaines. Tout cela irait à merveille, elle se hâtait, faisait envelopper par les bonnes les vêtements choisis ; car sa maîtresse de piano venait d'arriver, et elle poussait la mère et les enfants vers la porte.

— Nous sommes bien à court, bégaya la Maheude, si nous avions une pièce de cent sous seulement…

La phrase s'étrangla, car les Maheu étaient fiers et ne mendiaient point. Cécile, inquiète, regarda son père ; mais celui-ci refusa nettement, d'un air de devoir.

— Non, ce n'est pas dans nos habitudes. Nous ne pouvons pas.

Alors, la jeune fille, émue de la figure bouleversée de la mère, voulut combler les enfants. Ils regardaient toujours fixement la brioche, elle en coupa deux parts, qu'elle leur distribua.

— Tenez ! c'est pour vous.

Puis, elle les reprit, demanda un vieux journal.

— Attendez, vous partagerez avec vos frères et sœurs.

Et, sous les regards attendris de ses parents, elle acheva de les pousser dehors. Les pauvres mioches, qui n'avaient pas de pain, s'en allèrent, en tenant cette brioche respectueusement, dans leurs menottes gourdes de froid.

La Maheude tirait ses enfants sur le pavé, ne voyait plus ni les champs déserts, ni la boue noire, ni le grand ciel livide qui tournait. Lorsqu'elle retraversa Montsou, elle entra résolument chez Maigrat et le supplia si fort, qu'elle finit par emporter deux pains, du café, du beurre, et même sa pièce de cent sous, car l'homme prêtait aussi à la petite semaine. Ce n'était pas d'elle qu'il voulait, c'était de Catherine : elle le comprit, quand il lui recommanda d'envoyer sa fille chercher les provisions. On verrait ça. Catherine le giflerait, s'il lui soufflait de trop près sous le nez.

# III

Onze heures sonnaient à la petite église du coron des Deux-Cent-Quarante, une chapelle de briques, où l'abbé Joire venait dire la messe, le dimanche. À côté, dans l'école, également en briques, on entendait les voix ânonnantes des enfants, malgré les fenêtres fermées au froid du dehors. Les larges voies, divisées en petits jardins adossés, restaient désertes, entre les quatre grands corps de maisons uniformes ; et ces jardins, ravagés par l'hiver, étalaient la tristesse de leur terre marneuse, que bossuaient et salissaient les derniers légumes. On faisait la soupe, les cheminées fumaient, une femme apparaissait, de loin en loin le long des façades, ouvrait une porte, disparaissait. D'un bout à l'autre, sur le trottoir pavé, les tuyaux de descente s'égouttaient dans des tonneaux, bien qu'il ne plût pas, tant le ciel gris était chargé d'humidité. Et ce village, bâti d'un coup au milieu du vaste plateau, bordé de ses routes noires comme d'un liséré de deuil, n'avait d'autre gaieté que les bandes régulières de ses tuiles rouges, sans cesse lavées par les averses.

Quand la Maheude rentra, elle fit un détour pour aller acheter des pommes de terre, chez la femme d'un surveillant, qui en avait encore de sa récolte. Derrière un rideau de peupliers malingres, les seuls arbres de ces terrains plats, se trouvait un groupe de constructions isolées, des maisons quatre par quatre, entourées de leurs jardins. Comme la Compagnie réservait aux porions ce nouvel essai, les ouvriers avaient surnommé ce coin du hameau le coron des Bas-de-Soie ; de même qu'ils appelaient leur propre coron Paie-tes-Dettes, par une ironie bon enfant de leur misère.

— Ouf ! nous y voilà, dit la Maheude chargée de paquets, en poussant chez eux Lénore et Henri, boueux, les jambes mortes.

Devant le feu, Estelle hurlait, bercée dans les bras d'Alzire. Celle-ci, n'ayant plus de sucre, ne sachant comment la faire taire, s'était décidée à feindre de lui donner le sein. Ce simulacre, souvent, réussissait. Mais, cette fois, elle avait beau écarter sa robe, lui coller la bouche sur sa poitrine maigre d'infirme de huit ans, l'enfant s'enrageait de mordre la peau et de n'en rien tirer.

— Passe-la-moi, cria la mère, dès qu'elle se trouva débarrassée. Elle ne nous laissera pas dire un mot.

Lorsqu'elle eut sorti de son corsage un sein lourd comme une outre, et que la braillarde se fut pendue au goulot, brusquement muette, on put enfin causer. Du reste, tout allait bien, la petite ménagère avait entretenu le feu, balayé, rangé la salle. Et, dans le silence, on entendait en haut ronfler le grand-père, du même ronflement rythmé, qui ne s'était pas arrêté un instant.

— En voilà des choses ! murmura Alzire, en souriant aux provisions. Si tu veux, maman, je ferai la soupe.

La table était encombrée : un paquet de vêtements, deux pains, des pommes de terre, du beurre, du café, de la chicorée et une demi-livre de fromage de cochon.

— Oh ! la soupe ! dit la Maheude d'un air de fatigue, il faudrait aller cueillir l'oseille et arracher des poireaux... Non, j'en ferai ensuite pour les hommes... Mets bouillir des pommes de terre, nous les mangerons avec un peu de beurre... Et du café, hein ? n'oublie pas le café !

Mais, tout d'un coup, l'idée de la brioche lui revint. Elle regarda les mains vides de Lénore et d'Henri, qui se battaient par terre, déjà reposés et gaillards. Est-ce que ces gourmands n'avaient pas, en chemin, mangé sournoisement la brioche ! Elle les gifla, pendant qu'Alzire, qui mettait la marmite au feu, tâchait de l'apaiser.

— Laisse-les, maman. Si c'est pour moi, tu sais que ça m'est égal, la brioche. Ils avaient faim, d'être allés si loin à pied.

Midi sonnèrent, on entendit les galoches des gamins qui sortaient de l'école. Les pommes de terre étaient cuites, le café, épaissi d'une bonne moitié de chicorée, passait dans le filtre, avec un bruit chantant de grosses gouttes. Un coin de la table fut débarrassé ; mais la mère seule y mangea, les trois enfants se contentèrent de leurs genoux ; et, tout le temps, le petit garçon, qui était d'une voracité muette, se tourna sans rien dire vers le fromage de cochon, dont le papier gras le surexcitait.

La Maheude buvait son café à petits coups, les deux mains autour du verre pour les réchauffer, lorsque le père Bonnemort descendit. D'habitude, il se levait plus tard, son déjeuner l'attendait sur le feu. Mais, ce jour-là, il se mit à grogner, parce qu'il n'y avait point de soupe. Puis, quand sa bru lui eut dit qu'on ne faisait pas toujours comme on voulait, il mangea ses pommes de terre en silence. De temps à autre, il se levait, allait cracher dans les cendres, par propreté ; et, tassé ensuite sur sa chaise, il roulait la nourriture au fond de sa bouche, la tête basse, les yeux éteints.

— Ah ! j'ai oublié, maman, dit Alzire, la voisine est venue...

Sa mère l'interrompit.

— Elle m'embête !

C'était une sourde rancune contre la Levaque, qui avait pleuré misère, la veille, pour ne rien lui prêter ; et elle la savait justement à son aise, en ce moment-là, le logeur Bouteloup ayant avancé sa quinzaine. Dans le coron, on ne se prêtait guère de ménage à ménage.

— Tiens ! tu me fais songer, reprit la Maheude, enveloppe donc un moulin de café... Je le reporterai à la Pierronne, à qui je le dois d'avant-hier.

Et, quand sa fille eut préparé le paquet, elle ajouta qu'elle rentrerait tout de suite mettre la soupe des hommes sur le feu. Puis, elle sortit avec Estelle dans les bras, laissant le vieux

Bonnemort broyer lentement ses pommes de terre, tandis que Lénore et Henri se battaient pour manger les pelures tombées.

La Maheude, au lieu de faire le tour, coupa tout droit, à travers les jardins, de peur que la Levaque ne l'appelât. Justement, son jardin s'adossait à celui des Pierron ; et il y avait, dans le treillage délabré qui les séparait, un trou par lequel on voisinait. Le puits commun était là, desservant quatre ménages. À côté, derrière un bouquet de lilas chétifs, se trouvait le carin, une remise basse, pleine de vieux outils, et où l'on élevait, un à un, les lapins qu'on mangeait les jours de fête. Une heure sonna, c'était l'heure du café, pas une âme ne se montrait aux portes ni aux fenêtres. Seul, un ouvrier de la coupe à terre, en attendant la descente, bêchait son coin de légumes, sans lever la tête. Mais, comme la Maheude arrivait en face, à l'autre corps de bâtiment, elle fut surprise de voir paraître, devant l'église, un monsieur et deux dames. Elle s'arrêta une seconde, elle les reconnut : c'était Mme Hennebeau, qui faisait visiter le coron à ses invités, le monsieur décoré et la dame en manteau de fourrure.

— Oh ! pourquoi as-tu pris cette peine ? s'écria la Pierronne, lorsque la Maheude lui eut rendu son café. Ça ne pressait pas.

Elle avait vingt-huit ans, elle passait pour la plus jolie femme du coron, brune, le front bas, les yeux grands, la bouche étroite ; et coquette avec ça, d'une propreté de chatte, la gorge restée belle, car elle n'avait pas eu d'enfant. Sa mère, la Brûlé, veuve d'un haveur mort à la mine, après avoir envoyé sa fille travailler dans une fabrique, en jurant qu'elle n'épouserait jamais un charbonnier, ne décolérait plus, depuis que celle-ci s'était mariée sur le tard avec Pierron, un veuf encore, qui avait une gamine de huit ans. Cependant, le ménage vivait très heureux, au milieu des bavardages, des histoires qui couraient sur les complaisances du mari et sur les amants de la femme : pas une dette, deux fois de la viande par semaine, une maison si nettement tenue, qu'on se serait miré dans les casseroles. Pour surcroît de chance, grâce à des protections, la Compagnie l'avait autorisée à vendre des bonbons et des biscuits, dont elle étalait les bocaux sur deux planches, derrière les vitres de la fenêtre. C'étaient six ou sept sous de gain par jour, quelquefois douze le dimanche. Et, dans ce bonheur, il n'y avait que la mère Brûlé qui hurlât avec son enragement de vieille révolutionnaire, ayant à venger la mort de son homme contre les patrons, et que la petite Lydie qui empochât en gifles trop fréquentes les vivacités de la famille.

— Comme elle est grosse déjà ! reprit la Pierronne, en faisant des risettes à Estelle.

— Ah ! le mal que ça donne, ne m'en parle pas ! dit la Maheude. Tu es heureuse de n'en pas avoir. Au moins, tu peux tenir propre.

Bien que, chez elle, tout fût en ordre, et qu'elle lavât chaque samedi, elle jetait un coup d'œil de ménagère jalouse sur cette salle si claire, où il y avait même de la coquetterie, des vases dorés sur le buffet, une glace, trois gravures encadrées.

Cependant, la Pierronne était en train de boire seule son café, tout son monde se trouvant à la fosse.

— Tu vas en prendre un verre avec moi, dit-elle.

— Non, merci, je sors d'avaler le mien.

— Qu'est-ce que ça fait ?

En effet, ça ne faisait rien. Et toutes deux burent lentement. Entre les bocaux de biscuits et de bonbons, leurs regards s'étaient arrêtés sur les maisons d'en face, qui alignaient, aux fenêtres, leurs petits rideaux, dont le plus ou le moins de blancheur disait les vertus des ménagères. Ceux des Levaque étaient très sales, de véritables torchons, qui semblaient avoir essuyé le cul des marmites.

— S'il est possible de vivre dans une pareille ordure ! murmura la Pierronne.

Alors, la Maheude partit et ne s'arrêta plus. Ah ! si elle avait eu un logeur comme ce Bouteloup, c'était elle qui aurait voulu faire marcher son ménage ! Quand on savait s'y prendre, un logeur devenait une excellente affaire. Seulement, il ne fallait pas coucher avec. Et puis, le mari buvait, battait sa femme, courait les chanteuses des cafés-concerts de Montsou.

La Pierronne prit un air profondément dégoûté. Ces chanteuses, ça donnait toutes les maladies. Il y en avait une, à Joiselle, qui avait empoisonné une fosse.

— Ce qui m'étonne, c'est que tu aies laissé aller ton fils avec leur fille.

— Ah ! oui, empêche donc ça !… Leur jardin est contre le nôtre. L'été, Zacharie était toujours avec Philomène derrière les lilas, et ils ne se gênaient guère sur le carin, on ne pouvait tirer de l'eau au puits sans les surprendre.

C'était la commune histoire des promiscuités du coron, les garçons et les filles pourrissant ensemble, se jetant à cul, comme ils disaient, sur la toiture basse et en pente du carin, dès la nuit tombée. Toutes les herscheuses faisaient là leur premier enfant, quand elles ne prenaient pas la peine d'aller le faire à Réquillart ou dans les blés. Ça ne tirait pas à conséquence, on se mariait ensuite, les mères seules se fâchaient, lorsque les garçons commençaient trop tôt, car un garçon qui se mariait ne rapportait plus à la famille.

— À ta place, j'aimerais mieux en finir, reprit la Pierronne sagement. Ton Zacharie l'a déjà emplie deux fois et ils iront plus loin se coller… De toute façon, l'argent est fichu.

La Maheude, furieuse, étendit les mains.

— Écoute ça : je les maudis, s'ils se collent… Est-ce que Zacharie ne nous doit pas du respect ? Il nous a coûté, n'est-ce pas ? eh bien ! il faut qu'il nous rende, avant de s'embarrasser d'une femme… Qu'est-ce que nous deviendrions, dis ? si nos enfants travaillaient tout de suite pour les autres ? Autant crever alors !

Cependant, elle se calma.

— Je parle en général, on verra plus tard... Il est joliment fort, ton café : tu mets ce qu'il faut.

Et, après un quart d'heure d'autres histoires, elle se sauva, criant que la soupe de ses hommes n'était pas faite. Dehors, les enfants retournaient à l'école, quelques femmes se montraient sur les portes, regardaient Mme Hennebeau, qui longeait une des façades, en expliquant du doigt le coron à ses invités. Cette visite commençait à remuer le village. L'homme de la coupe à terre s'arrêta un moment de bêcher, deux poules inquiètes s'effarouchèrent dans les jardins.

Comme la Maheude rentrait, elle buta dans la Levaque, qui était sortie pour sauter au passage sur le docteur Vanderhaghen, un médecin de la Compagnie, petit homme pressé, écrasé de besogne, qui donnait ses consultations en courant.

— Monsieur, disait-elle, je ne dors plus, j'ai mal partout... Faudrait en causer cependant.

Il les tutoyait toutes, il répondit sans s'arrêter :

— Fiche-moi la paix ! tu bois trop de café.

— Et mon mari, Monsieur, dit à son tour la Maheude, vous deviez venir le voir... Il a toujours ses douleurs aux jambes.

— C'est toi qui l'esquintes, fiche-moi la paix !

Les deux femmes restèrent plantées, regardant fuir le dos du docteur.

— Entre donc, reprit la Levaque, quand elle eut échangé avec sa voisine un haussement d'épaules désespéré. Tu sais qu'il y a du nouveau... Et tu prendras bien un peu de café. Il est tout frais.

La Maheude, qui se débattait, fut sans force. Allons ! une goutte tout de même, pour ne pas la désobliger. Et elle entra.

La salle était d'une saleté noire, le carreau et les murs tachés de graisse, le buffet et la table poissés de crasse; et une puanteur de ménage mal tenu prenait à la gorge. Près du feu, les deux coudes sur la table, le nez enfoncé dans son assiette, Bouteloup, jeune encore pour ses trente-cinq ans, achevait un restant de bouilli, avec sa carrure épaisse de gros garçon placide; tandis que, debout contre lui, le petit Achille, le premier-né de Philomène, qui entrait dans ses trois ans déjà, le regardait de l'air suppliant et muet d'une bête gourmande. Le logeur, très tendre sous une grande barbe brune, lui fourrait de temps à autre un morceau de sa viande au fond de la bouche.

— Attends que je le sucre, disait la Levaque, en mettant la cassonade d'avance dans la cafetière.

Elle, plus vieille que lui de six ans, était affreuse, usée, la gorge sur le ventre et le ventre sur les cuisses, avec un mufle aplati aux poils grisâtres, toujours dépeignée. Il l'avait prise naturellement, sans l'éplucher davantage que sa soupe, où il trouvait des cheveux, et que son lit, dont les draps servaient trois mois. Elle entrait dans la pension, le mari aimait à répéter que les bons comptes font les bons amis.

— Alors, c'était pour te dire, continua-t-elle, qu'on a vu hier soir la Pierronne rôder du côté des Bas-de-Soie. Le monsieur que tu sais l'attendait derrière Rasseneur, et ils ont filé ensemble le long du canal... Hein? c'est du propre, une femme mariée!

— Dame! dit la Maheude, Pierron avant de l'épouser donnait des lapins au porion, maintenant ça lui coûte moins cher de prêter sa femme.

Bouteloup éclata d'un rire énorme et jeta une mie de pain saucée dans la bouche d'Achille. Les deux femmes achevaient de se soulager sur le compte de la Pierronne, une coquette pas plus belle qu'une autre, mais toujours occupée à se visiter les trous de la peau, à se laver, à se mettre de la pommade. Enfin, ça regardait le mari, s'il aimait ce pain-là. Il y avait des hommes si ambitieux qu'ils auraient torché les chefs, pour les entendre seulement dire merci. Et elles ne furent interrompues que par l'arrivée d'une voisine qui rapportait une mioche de neuf mois, Désirée, la dernière de Philomène : celle-ci, déjeunant au criblage, s'entendait pour qu'on lui amenât là-bas sa petite, et elle la faisait téter, assise un instant dans le charbon.

— La mienne, je ne peux pas la quitter une minute, elle gueule tout de suite, dit la Maheude en regardant Estelle, qui s'était endormie sur ses bras.

Mais elle ne réussit point à éviter la mise en demeure qu'elle lisait depuis un moment dans les yeux de la Levaque.

— Dis donc, il faudrait pourtant songer à en finir.

D'abord, les deux mères, sans avoir besoin d'en causer, étaient tombées d'accord pour ne pas conclure le mariage. Si la mère de Zacharie voulait toucher le plus longtemps possible les quinzaines de son fils, la mère de Philomène s'emportait à l'idée d'abandonner celles de sa fille. Rien ne pressait, la seconde avait même préféré garder le petit, tant qu'il y avait eu un seul enfant ; mais, depuis que celui-ci, grandissant, mangeait du pain, et qu'un autre était venu, elle se trouvait en perte, elle poussait furieusement au mariage, en femme qui n'entend pas y mettre du sien.

— Zacharie a tiré au sort, continua-t-elle, plus rien n'arrête... Voyons, à quand ?

— Remettons ça aux beaux jours, répondit la Maheude gênée. C'est ennuyeux, ces affaires ! Comme s'ils n'auraient pas pu attendre d'être mariés, pour aller ensemble !... Parole d'honneur, tiens ! j'étranglerais Catherine, si j'apprenais qu'elle ait fait la bêtise.

La Levaque haussa les épaules.

— Laisse donc, elle y passera comme les autres !

Bouteloup, avec la tranquillité d'un homme qui est chez lui, fouilla le buffet, cherchant le pain. Des légumes pour la soupe de Levaque, des pommes de terre et des poireaux, traînaient sur un coin de la table, à moitié pelurés, repris et abandonnés dix fois, au milieu des continuels commérages. La femme venait cependant de s'y remettre, lorsqu'elle les lâcha de nouveau, pour se planter devant la fenêtre.

— Qu'est-ce que c'est que ça... Tiens ! c'est Mme Hennebeau avec des gens. Les voilà qui entrent chez la Pierronne.

Du coup, toutes deux retombèrent sur la Pierronne. Oh ! ça ne manquait jamais, dès que la Compagnie faisait visiter le coron à des gens, on les conduisait droit chez celle-là, parce que c'était propre. Sans doute qu'on ne leur racontait pas les histoires avec le maître-porion. On peut bien être propre, quand on a des amoureux qui gagnent trois mille francs, logés, chauffés, sans compter les cadeaux. Si c'était propre dessus, ce n'était guère propre dessous. Et, tout le temps que les visiteurs restèrent en face, elles en dégoisèrent.

— Les voilà qui sortent, dit enfin la Levaque. Ils font le tour... Regarde donc, ma chère, je crois qu'ils vont chez toi.

La Maheude fut prise de peur. Qui sait si Alzire avait donné un coup d'éponge à la table ? Et sa soupe, à elle aussi, qui n'était pas prête ! Elle balbutia un « au revoir », elle se sauva, filant, rentrant, sans un coup d'œil de côté.

Mais tout reluisait. Alzire, très sérieuse, un torchon devant elle, s'était mise à faire la soupe, en voyant que sa mère ne revenait pas. Elle avait arraché les derniers poireaux du jardin, cueilli de l'oseille, et elle nettoyait précisément les légumes, pendant que, sur le feu, dans un grand chaudron, chauffait l'eau pour le bain des hommes, quand ils allaient rentrer. Henri et Lénore étaient sages par hasard, très occupés à déchirer un vieil almanach. Le père Bonnemort fumait silencieusement sa pipe.

Comme la Maheude soufflait, Mme Hennebeau frappa.

— Vous permettez, n'est-ce pas ? ma brave femme.

Grande, blonde, un peu alourdie dans la maturité superbe de la quarantaine, elle souriait avec un effort d'affabilité, sans laisser trop paraître la crainte de tacher sa toilette de soie bronze, drapée d'une mante de velours noir.

— Entrez, entrez, répétait-elle à ses invités. Nous ne gênons personne... Hein ? est-ce propre encore ? et cette brave femme a sept enfants ! Tous nos ménages sont comme ça... Je vous expliquais que la Compagnie leur loue la maison six francs par mois. Une grande salle au rez-de-chaussée, deux chambres en haut, une cave et un jardin.

Le monsieur décoré et la dame en manteau de fourrure, débarqués le matin du train de Paris, ouvraient des yeux vagues, avaient sur la face l'ahurissement de ces choses brusques, qui les dépaysaient.

— Et un jardin, répéta la dame. Mais on y vivrait, c'est charmant !

— Nous leur donnons du charbon plus qu'ils n'en brûlent, continuait Mme Hennebeau. Un médecin les visite deux fois par semaine ; et, quand ils sont vieux, ils reçoivent des pensions, bien qu'on ne fasse aucune retenue sur les salaires.

— Une Thébaïde ! un vrai pays de Cocagne ! murmura le monsieur, ravi.

La Maheude s'était précipitée pour offrir des chaises. Ces dames refusèrent. Déjà Mme Hennebeau se lassait, heureuse un instant de se distraire à ce rôle de montreur de bêtes, dans l'ennui de son exil, mais tout de suite répugnée par l'odeur fade de misère, malgré la propreté choisie des maisons où elle se risquait. Du reste, elle ne répétait que des bouts de phrase entendus, sans jamais s'inquiéter davantage de ce peuple d'ouvriers besognant et souffrant près d'elle.

— Les beaux enfants ! murmura la dame, qui les trouvait affreux, avec leurs têtes trop grosses, embroussaillées de cheveux couleur de paille.

Et la Maheude dut dire leur âge, on lui adressa aussi des questions sur Estelle, par politesse. Respectueusement, le père Bonnemort avait retiré sa pipe de la bouche ; mais il n'en restait pas moins un sujet d'inquiétude, si ravagé par ses quarante années de fond, les jambes raides, la carcasse démolie, la face terreuse ; et, comme un violent accès de toux le prenait, il préféra sortir pour cracher dehors, dans l'idée que son crachat noir allait gêner le monde.

Alzire eut tout le succès. Quelle jolie petite ménagère, avec son torchon ! On complimenta la mère d'avoir une petite fille déjà si entendue pour son âge. Et personne ne parlait de la bosse, des regards d'une compassion pleine de malaise revenaient toujours vers le pauvre être infirme.

— Maintenant, conclut Mme Hennebeau, si l'on vous interroge sur nos corons, à Paris, vous pourrez répondre. Jamais plus de bruit que ça, mœurs patriarcales, tous heureux et bien portants comme vous voyez, un endroit où vous devriez venir vous refaire un peu, à cause du bon air et de la tranquillité.

— C'est merveilleux, merveilleux ! cria le monsieur, dans un élan final d'enthousiasme.

Ils sortirent de l'air enchanté dont on sort d'une baraque de phénomènes, et la Maheude qui les accompagnait, demeura sur le seuil, pendant qu'ils repartaient doucement, en causant très haut. Les rues s'étaient peuplées, ils devaient traverser des groupes de femmes, attirées par le bruit de leur visite, qu'elles colportaient de maison en maison.

Justement, devant sa porte, la Levaque avait arrêté la Pierronne, accourue en curieuse. Toutes deux affectaient une surprise mauvaise. Eh bien, quoi donc, ces gens voulaient y coucher, chez les Maheu ? Ce n'était pourtant pas si drôle.

— Toujours sans le sou, avec ce qu'ils gagnent ! Dame ! quand on a des vices !

— Je viens d'apprendre qu'elle est allée ce matin mendier chez les bourgeois de la Piolaine, et Maigrat qui leur avait refusé du pain, lui en a donné... On sait comment il se paie, Maigrat.

— Sur elle, oh ! non ! faudrait du courage... C'est sur Catherine qu'il en prend.

— Ah ! écoute donc, est-ce qu'elle n'a pas eu le toupet tout à l'heure de me dire qu'elle étranglerait Catherine, si elle y passait ! Comme si le grand Chaval, il y a beau temps, ne l'avait pas mise à cul sur le carin !

— Chut !... Voici le monde.

Alors, la Levaque et la Pierronne, l'air paisible, sans curiosité impolie, s'étaient contentées de guetter sortir les visiteurs, du coin de l'œil. Puis, elles avaient appelé vivement d'un signe la Maheude, qui promenait encore Estelle sur ses bras. Et toutes trois, immobiles, regardaient s'éloigner les dos bien vêtus de Mme Hennebeau et de ses invités. Lorsque ceux-ci furent à une trentaine de pas, les commérages reprirent, avec un redoublement de violence.

— Elles en ont pour de l'argent sur la peau, ça vaut plus cher qu'elles, peut-être !

— Ah ! sûr... Je ne connais pas l'autre, mais celle d'ici, je n'en donnerais pas quatre sous, si grosse qu'elle soit. On raconte des histoires...

— Hein ? quelles histoires ?

— Elle aurait des hommes donc !... D'abord, l'ingénieur...

— Ce petiot maigre !... Oh ! il est trop menu, elle le perdrait dans les draps.

— Qu'est-ce que ça te fiche, si ça l'amuse ?... Moi, je n'ai pas confiance, quand je vois une dame qui prend des mines dégoûtées et qui n'a jamais l'air de se plaire où elle est...

Regarde donc comme elle tourne son derrière, avec l'air de nous mépriser toutes. Est-ce que c'est propre ?

Les promeneurs s'en allaient du même pas ralenti, causant toujours, lorsqu'une calèche vint s'arrêter sur la route, devant l'église. Un monsieur d'environ quarante-huit ans en descendit, serré dans une redingote noire, très brun de peau, le visage autoritaire et correct.

— Le mari ! murmura la Levaque, baissant la voix comme s'il avait pu l'entendre, saisie de la crainte hiérarchique que le directeur inspirait à ses dix mille ouvriers. C'est pourtant vrai qu'il a une tête de cocu, cet homme !

Maintenant, le coron entier était dehors. La curiosité des femmes montait, les groupes se rapprochaient, se fondaient en une foule ; tandis que des bandes de marmaille mal mouchée traînaient sur les trottoirs, bouche béante. On vit un instant la tête pâle de l'instituteur qui se haussait, lui aussi, derrière la haie de l'école. Au milieu des jardins, l'homme en train de bêcher restait le pied sur sa bêche, les yeux arrondis. Et le murmure des commérages s'enflait peu à peu avec un bruit de crécelles, pareil à un coup de vent dans des feuilles sèches.

C'était surtout devant la porte de la Levaque que le rassemblement avait grossi. Deux femmes s'étaient avancées, puis dix, puis vingt. Prudemment, la Pierronne se taisait, à présent qu'il y avait trop d'oreilles. La Maheude, une des plus raisonnables, se contentait aussi de regarder ; et, pour calmer Estelle réveillée et hurlant, elle avait tranquillement sorti au grand jour sa mamelle de bonne bête nourricière, qui pendait, roulante, comme allongée par la source continue de son lait. Quand M. Hennebeau eut fait asseoir les dames au fond de la voiture, qui fila du côté de Marchiennes, il y eut une explosion dernière de voix bavardes, toutes les femmes gesticulaient, se parlaient dans le visage, au milieu d'un tumulte de fourmilière en révolution.

Mais trois heures sonnèrent. Les ouvriers de la coupe à terre étaient partis, Bouteloup et les autres. Brusquement, au détour de l'église, parurent les premiers charbonniers qui revenaient de la fosse, le visage noir, les vêtements trempés, croisant les bras et gonflant le dos. Alors, il se produisit une débandade parmi les femmes, toutes couraient, toutes rentraient chez elles, dans un effarement de ménagères que trop de café et trop de cancans avaient mises en faute. Et l'on n'entendait plus que ce cri inquiet, gros de querelles :

— Ah ! mon Dieu ! et ma soupe ! et ma soupe qui n'est pas prête !

# IV

Lorsque Maheu rentra, après avoir laissé Étienne chez Rasseneur, il trouva Catherine, Zacharie et Jeanlin attablés, qui achevaient leur soupe. Au retour de la fosse, on avait si faim, qu'on mangeait dans ses vêtements humides, avant même de se débarbouiller ; et personne ne s'attendait, la table restait mise du matin au soir, toujours il y en avait un là, avalant sa portion, au hasard des exigences du travail.

Dès la porte, Maheu aperçut les provisions. Il ne dit rien, mais son visage inquiet s'éclaira. Toute la matinée, le vide du buffet, la maison sans café et sans beurre, l'avait tracassé, lui était revenue en élancements douloureux, pendant qu'il tapait à la veine, suffoqué au fond de la taille. Comment la femme aurait-elle fait ? et qu'allait-on devenir, si elle était rentrée les mains vides ? Puis, voilà qu'il y avait de tout. Elle lui conterait ça plus tard. Il riait d'aise.

Déjà Catherine et Jeanlin s'étaient levés, prenant leur café debout ; tandis que Zacharie, mal rempli par sa soupe, se coupait une large tartine de pain, qu'il couvrait de beurre. Il voyait bien le fromage de cochon sur une assiette ; mais il n'y touchait pas, la viande était pour le père, quand il n'y en avait que pour un. Tous venaient de faire descendre leur soupe d'une grande lampée d'eau fraîche, la bonne boisson claire des fins de quinzaine.

— Je n'ai pas de bière, dit la Maheude, lorsque le père se fut attablé à son tour. J'ai voulu garder un peu d'argent... Mais, si tu en désires, la petite peut courir en prendre une pinte.

Il la regardait, épanoui. Comment ! elle avait aussi de l'argent !

— Non, non, dit-il. J'ai bu une chope, ça va bien.

Et Maheu se mit à engloutir, par lentes cuillerées, la pâtée de pain, de pommes de terre, de poireaux et d'oseille, enfaîtée[1] dans la jatte qui lui servait d'assiette. La Maheude, sans lâcher Estelle, aidait Alzire à ce qu'il ne manquât de rien, poussait près de lui le beurre et la charcuterie, remettait au feu son café pour qu'il fût bien chaud.

Cependant, à côté du feu, le lavage commençait, dans une moitié de tonneau, transformée en baquet. Catherine, qui passait la première, l'avait empli d'eau tiède ; et elle se déshabillait tranquillement, ôtait son béguin, sa veste, sa culotte, jusqu'à sa chemise, habituée à cela depuis l'âge de huit ans, ayant grandi sans y voir du mal. Elle se tourna seulement, le ventre au feu, puis se frotta vigoureusement avec du savon noir. Personne ne la regardait, Lénore et Henri eux-mêmes n'avaient plus la curiosité de voir comment elle était faite. Quand elle fut propre, elle monta toute nue l'escalier, laissant

1. *Enfaîter* : remplir un récipient par-dessus bord, accumuler, tasser (rare).

sa chemise mouillée et ses autres vêtements, en tas, sur le carreau. Mais une querelle éclatait entre les deux frères. Jeanlin s'était hâté de sauter dans le baquet, sous le prétexte que Zacharie mangeait encore ; et celui-ci le bousculait, réclamait son tour, criant que s'il était assez gentil pour permettre à Catherine de se tremper d'abord, il ne voulait pas avoir la rinçure des galopins, d'autant plus que, lorsque celui-ci avait passé dans l'eau, on pouvait en remplir les encriers de l'école. Ils finirent par se laver ensemble, tournés également vers le feu, et ils s'entraidèrent même, ils se frottèrent le dos. Puis, comme leur sœur, ils disparurent dans l'escalier, tout nus.

— En font-ils un gâchis ! murmurait la Maheude, en prenant par terre les vêtements pour les mettre sécher. Alzire, éponge un peu, hein !

Mais un tapage, de l'autre côté du mur, lui coupa la parole. C'étaient des jurons d'homme, des pleurs de femme, tout un piétinement de bataille, avec des coups sourds qui sonnaient comme des heurts de courge vide.

— La Levaque reçoit sa danse, constata paisiblement Maheu, en train de racler le fond de sa jatte avec la cuiller. C'est drôle, Bouteloup prétendait que la soupe était prête.

— Ah ! oui, prête ! dit la Maheude, j'ai vu les légumes sur la table, pas même épluchés.

Les cris redoublaient, il y eut une poussée terrible qui ébranla le mur, puis un grand silence tomba. Alors, le mineur, en avalant une dernière cuillerée, conclut d'un air de calme justice :

— Si la soupe n'est pas prête, ça se comprend.

Et, après avoir bu un plein verre d'eau, il attaqua le fromage de cochon. Il en coupait des morceaux carrés, qu'il piquait de la pointe de son couteau et qu'il mangeait sur son pain, sans fourchette. On ne parlait pas, quand le père mangeait. Lui-même avait la faim silencieuse, il ne reconnaissait point la charcuterie habituelle de Maigrat, ça devait venir d'ailleurs ; pourtant, il n'adressait aucune question à sa femme. Il demanda seulement si le vieux dormait toujours, là-haut. Non, le grand-père était déjà sorti, pour son tour de promenade accoutumé. Et le silence recommença.

Mais l'odeur de la viande avait fait lever les têtes de Lénore et d'Henri, qui s'amusaient par terre à dessiner des ruisseaux avec l'eau répandue. Tous deux vinrent se planter près du père, le petit en avant. Leurs yeux suivaient chaque morceau, le regardaient pleins d'espoir partir de l'assiette, et le voyaient d'un air consterné s'engouffrer dans la bouche. À la longue, le père remarqua le désir gourmand qui les pâlissait et leur mouillait les lèvres.

— Est-ce que les enfants en ont eu ? demanda-t-il.

Et, comme sa femme hésitait :

— Tu sais, je n'aime pas ces injustices. Ça m'ôte l'appétit, quand ils sont là, autour de moi, à mendier un morceau.

— Mais oui, ils en ont eu ! s'écria-t-elle, en colère. Ah bien ! si tu les écoutes, tu peux leur donner ta part et celle des autres, ils s'empliront jusqu'à crever… N'est-ce pas, Alzire, que nous avons tous mangé du fromage ?

— Bien sûr, maman, répondit la petite bossue, qui, dans ces circonstances-là, mentait avec un aplomb de grande personne.

Lénore et Henri restaient immobiles de saisissement, révoltés d'une pareille menterie, eux qu'on fouettait, s'ils ne disaient pas la vérité. Leurs petits cous se gonflaient, et ils avaient une grosse envie de protester, de dire qu'ils n'étaient pas là, eux, lorsque les autres en avaient mangé.

— Allez-vous-en donc ! répétait la mère, en les chassant à l'autre bout de la salle. Vous devriez rougir d'être toujours dans l'assiette de votre père. Et, s'il était le seul à en avoir, est-ce qu'il ne travaille pas, lui ? tandis que vous autres, tas de vauriens, vous ne savez encore que dépenser. Ah ! oui, et plus que vous n'êtes gros !

Maheu les rappela. Il assit Lénore sur sa cuisse gauche, Henri sur sa cuisse droite ; puis, il acheva le fromage de cochon, en faisant la dînette avec eux. Chacun sa part, il leur coupait des petits morceaux. Les enfants, ravis, dévoraient.

Quand il eut fini, il dit à sa femme :

— Non, ne me sers pas mon café. Je vais me laver d'abord… Et donne-moi un coup de main pour jeter cette eau sale.

Ils empoignèrent les anses du baquet, et ils le vidaient dans le ruisseau, devant la porte, lorsque Jeanlin descendit, avec des vêtements secs, une culotte et une blouse de laine trop grandes, lasses de déteindre sur le dos de son frère. En le voyant filer sournoisement par la porte ouverte, sa mère l'arrêta.

— Où vas-tu ?

— Là.

— Où, là ?… Écoute, tu vas aller cueillir une salade de pissenlits pour ce soir. Hein ! tu m'entends ? si tu ne rapportes pas une salade, tu auras affaire à moi.

— Bon ! bon !

Jeanlin partit, les mains dans les poches, traînant ses sabots, roulant ses reins maigres d'avorton de dix ans, comme un vieux mineur. À son tour, Zacharie descendait, plus soigné, le torse pris dans un tricot de laine noire à raies bleues. Son père lui cria de ne pas rentrer tard ; et il sortit en hochant la tête, la pipe aux dents, sans répondre.

De nouveau, le baquet était plein d'eau tiède. Maheu, lentement, enlevait déjà sa veste. Sur un coup d'œil, Alzire emmena Lénore et Henri jouer dehors. Le père n'aimait pas se laver en famille, comme cela se pratiquait dans beaucoup d'autres maisons du coron. Du reste, il ne blâmait personne, il disait simplement que c'était bon pour les enfants, de barboter ensemble.

— Que fais-tu donc là-haut ? cria la Maheude à travers l'escalier.

— Je raccommode ma robe, que j'ai déchirée hier, répondit Catherine.

— C'est bien… Ne descends pas, ton père se lave.

Alors, Maheu et la Maheude restèrent seuls. Celle-ci s'était décidée à poser sur une chaise Estelle, qui, par miracle, se trouvant bien près du feu, ne hurlait pas et tournait vers ses parents des yeux vagues de petit être sans pensée. Lui, tout nu, accroupi devant le baquet, y avait d'abord plongé sa tête, frottée de ce savon noir dont l'usage séculaire décolore et jaunit les cheveux de la race. Ensuite, il entra dans l'eau, s'enduisit la poitrine, le ventre, les bras, les cuisses, se les racla énergiquement des deux poings. Debout, sa femme le regardait.

— Dis donc, commença-t-elle, j'ai vu ton œil, quand tu es arrivé… Tu te tourmentais, hein ? ça t'a déridé, ces provisions… Imagine-toi que les bourgeois de la Piolaine ne m'ont pas fichu un sou. Oh ! ils sont aimables, ils ont habillé les petits, et j'avais honte de les supplier, car ça me reste en travers, quand je demande.

Elle s'interrompit un instant, pour caler Estelle sur la chaise, crainte d'une culbute. Le père continuait à s'user la peau, sans hâter d'une question cette histoire qui l'intéressait, attendant patiemment de comprendre.

— Faut te dire que Maigrat m'avait refusé, oh ! raide ! comme on flanque un chien dehors… Tu vois si j'étais à la noce ! Ça tient chaud, des vêtements de laine, mais ça ne vous met rien dans le ventre, pas vrai ?

Il leva la tête, toujours muet. Rien à la Piolaine, rien chez Maigrat : alors, quoi ? Mais, comme à l'ordinaire, elle venait de retrousser ses manches, pour lui laver le dos et les parties qu'il lui était mal commode d'atteindre. D'ailleurs, il aimait qu'elle le savonnât, qu'elle le frottât partout, à se casser les poignets. Elle prit du savon, elle lui laboura les épaules, tandis qu'il se raidissait, afin de tenir le coup.

— Donc, je suis retournée chez Maigrat, je lui en ai dit, ah ! je lui en ai dit... Et qu'il ne fallait pas avoir de cœur, et qu'il lui arriverait du mal, s'il y avait une justice... Ça l'ennuyait, il tournait les yeux, il aurait bien voulu filer...

Du dos, elle était descendue aux fesses ; et, lancée, elle poussait ailleurs, dans les plis, ne laissant pas une place du corps sans y passer, le faisant reluire comme ses trois casseroles, les samedis de grand nettoyage. Seulement, elle suait à ce terrible va-et-vient des bras, toute secouée elle-même, si essoufflée, que ses paroles s'étranglaient.

— Enfin, il m'a appelée vieux crampon... Nous aurons du pain jusqu'à samedi, et le plus beau, c'est qu'il m'a prêté cent sous... J'ai encore pris chez lui le beurre, le café, la chicorée, j'allais même prendre la charcuterie et les pommes de terre, quand j'ai vu qu'il grognait... Sept sous de fromage de cochon, dix-huit sous de pommes de terre, il me reste trois francs soixante-quinze pour un ragoût et un pot-au-feu... Hein ? je crois que je n'ai pas perdu ma matinée.

Maintenant, elle l'essuyait, le tamponnait avec un torchon, aux endroits où ça ne voulait pas sécher. Lui, heureux, sans songer au lendemain de la dette, éclatait d'un gros rire et l'empoignait à pleins bras.

— Laisse donc, bête ! tu es trempé, tu me mouilles... Seulement, je crains que Maigrat n'ait des idées...

Elle allait parler de Catherine, elle s'arrêta. À quoi bon inquiéter le père ? Ça ferait des histoires à n'en plus finir.

— Quelles idées ? demanda-t-il.

— Des idées de nous voler, donc ! Faudra que Catherine épluche joliment la note.

Il l'empoigna de nouveau, et cette fois ne la lâcha plus. Toujours le bain finissait ainsi, elle le ragaillardissait à le frotter si fort, puis à lui passer partout des linges, qui lui chatouillaient les poils des bras et de la poitrine. D'ailleurs, c'était également chez les camarades du coron l'heure des bêtises, où l'on plantait plus d'enfants qu'on n'en voulait. La nuit, on avait sur le dos la famille. Il la poussait vers la table, goguenardant[1] en brave homme qui jouit du seul bon moment de la journée, appelant ça prendre son dessert, et un dessert qui ne coûtait rien. Elle, avec sa taille et sa gorge roulantes, se débattait un peu, pour rire.

— Es-tu bête, mon Dieu ! es-tu bête !... Et Estelle qui nous regarde ! attends que je lui tourne la tête.

— Ah ! ouiche ! à trois mois, est-ce que ça comprend ?

Lorsqu'il se fut relevé, Maheu passa simplement une culotte sèche. Son plaisir, quand il était propre et qu'il avait rigolé avec sa femme, était de rester un moment le torse nu. Sur sa peau blanche, d'une blancheur de fille anémique, les éraflures, les entailles du charbon, laissaient des tatouages, des « greffes », comme disent les mineurs ; et il s'en montrait fier, il étalait ses gros bras, sa poitrine large, d'un luisant de marbre veiné de bleu. En été, tous les mineurs se mettaient ainsi sur les portes. Il y alla même un instant, malgré le temps humide, cria un mot salé à un camarade, le poitrail également nu, au-delà des jardins. D'autres parurent. Et les enfants, qui traînaient sur les trottoirs, levaient la tête, riaient eux aussi à la joie de toute cette chair lasse de travailleurs, mise au grand air.

En buvant son café, sans passer encore une chemise, Maheu conta à sa femme la colère de l'ingénieur, pour le boisage. Il était calmé, détendu, et il écouta avec un hochement d'appro-

1. *Goguenarder* : faire le goguenard, celui qui a l'air de se moquer d'autrui, plaisanter (étymologie : d'après l'ancien français *gogue*, « réjouissance »).

bation les sages conseils de la Maheude, qui montrait un grand bon sens dans ces affaires-là. Toujours elle lui répétait qu'on ne gagnait rien à se buter contre la Compagnie. Elle lui parla ensuite de la visite de Mme Hennebeau. Sans le dire, tous deux en étaient fiers.

— Est-ce qu'on peut descendre ? demanda Catherine du haut de l'escalier.

— Oui, oui, ton père se sèche.

La jeune fille avait sa robe des dimanches, une vieille robe de popeline gros bleu, pâlie et usée déjà dans les plis. Elle était coiffée d'un bonnet de tulle noire, tout simple.

— Tiens ! tu t'es habillée… Où vas-tu donc ?

— Je vais à Montsou acheter un ruban pour mon bonnet… J'ai retiré le vieux, il était trop sale.

— Tu as donc de l'argent, toi ?

— Non, c'est Mouquette qui a promis de me prêter dix sous.

La mère la laissa partir. Mais, à la porte, elle la rappela.

— Écoute, ne va pas l'acheter chez Maigrat, ton ruban… il te volerait et il croirait que nous roulons sur l'or.

Le père, qui s'était accroupi devant le feu, pour sécher plus vite sa nuque et ses aisselles, se contenta d'ajouter :

— Tâche de ne pas traîner la nuit sur les routes.

Maheu, l'après-midi, travailla dans son jardin. Déjà il y avait semé des pommes de terre, des haricots, des pois ; et il tenait en jauge, depuis la veille, du plant de choux et de laitue, qu'il se mit à repiquer. Ce coin de jardin les fournissait de légumes, sauf de pommes de terre, dont ils n'avaient jamais assez. Du reste, lui s'entendait très bien à la culture et obtenait même des artichauts, ce qui était traité de pose par les voisins. Comme il préparait sa planche, Levaque justement vint fumer une pipe dans son carré à lui, en regardant des romaines que Bouteloup avait plantées le matin ; car, sans le courage du logeur à bêcher, il n'aurait guère poussé là que des orties. Et la conversation s'engagea par-dessus le treillage. Levaque, délassé et excité d'avoir tapé sur sa femme, tâcha vainement d'entraîner Maheu chez Rasseneur. Voyons, est-ce qu'une chope l'effrayait ? On ferait une partie de quilles, on flânerait un instant avec les camarades, puis on rentrerait dîner. C'était la vie, après la sortie de la fosse. Sans doute il n'y avait pas de mal à cela, mais Maheu s'entêtait : s'il ne repiquait pas ses laitues, elles seraient fanées le lendemain. Au fond, il refusait par sagesse, ne voulant point demander un liard à sa femme sur le reste des cent sous.

Cinq heures sonnaient, lorsque la Pierronne vint savoir si c'était avec Jeanlin que sa Lydie avait filé. Levaque répondit que ça devait être quelque chose comme ça, car Bébert, lui aussi, avait disparu ; et ces galopins gourgandinaient[1] toujours ensemble. Quand Maheu les eut tranquillisés, en parlant de la salade de pissenlits, lui et le camarade se mirent à attaquer la jeune femme, avec une crudité de bons diables. Elle s'en fâchait, mais ne s'en allait pas, chatouillée au fond par les gros mots, qui la faisaient crier, les mains au ventre. Il arriva à son secours une femme maigre, dont la colère bégayante ressemblait à un gloussement de poule. D'autres, au loin, sur les portes, s'effarouchaient de confiance. Maintenant, l'école était fermée, toute la marmaille traînait, c'était un grouillement de petits êtres piaulant, se roulant, se battant ; tandis que les pères, qui n'étaient pas à l'estaminet, restaient par groupes de trois ou quatre, accroupis sur leurs talons comme au fond de la mine, fumant des pipes avec des paroles rares, à l'abri d'un mur. La Pierronne partit furieuse, lorsque Levaque voulut tâter si elle avait la cuisse ferme ; et il se décida lui-même à se rendre seul chez Rasseneur, pendant que Maheu plantait toujours.

1. *Gourgandiner* : se conduire en gourgandine (1867), de *gourgandine* : femme facile, dévergondée).

Le jour baissa brusquement, la Maheude alluma la lampe, irritée de ce que ni la fille ni les garçons ne rentraient. Elle l'aurait parié : jamais on ne parvenait à faire ensemble l'unique repas où l'on aurait pu être tous autour de la table. Puis, c'était la salade de pissenlits qu'elle attendait. Qu'est-ce qu'il pouvait cueillir à cette heure, dans ce noir de four, le bougre d'enfant ! Une salade accompagnerait si bien la ratatouille qu'elle laissait mijoter sur le feu, des pommes de terre, des poireaux, de l'oseille, fricassés avec de l'oignon frit ! La maison entière le sentait, l'oignon frit, cette bonne odeur qui rancit vite et qui pénètre les briques des corons d'un empoisonnement tel, qu'on les flaire de loin dans la campagne, à ce violent fumet de cuisine pauvre.

Maheu, quand il quitta le jardin, à la nuit tombée, s'assoupit tout de suite sur une chaise, la tête contre la muraille. Dès qu'il s'asseyait, le soir, il dormait. Le coucou sonnait sept heures, Henri et Lénore venaient de casser une assiette en s'obstinant à aider Alzire, qui mettait le couvert, lorsque le père Bonnemort rentra le premier, pressé de dîner et de retourner à la fosse. Alors, la Maheude réveilla Maheu.

— Mangeons, tant pis !... Ils sont assez grands pour retrouver la maison. L'embêtant, c'est la salade !

## V

Chez Rasseneur, après avoir mangé une soupe, Étienne, remonté dans l'étroite chambre qu'il allait occuper sous le toit, en face du Voreux, était tombé sur son lit, tout vêtu, assommé de fatigue. En deux jours, il n'avait pas dormi quatre heures.

Quand il s'éveilla, au crépuscule, il resta étourdi un instant, sans reconnaître le lieu où il se trouvait ; et il éprouvait un tel malaise, une telle pesanteur de tête, qu'il se mit péniblement debout, avec l'idée de prendre l'air, avant de dîner et de se coucher pour la nuit.

Dehors, le temps était de plus en plus doux, le ciel de suie se cuivrait, chargé d'une de ces longues pluies du Nord, dont on sentait l'approche dans la tiédeur humide de l'air. La nuit venait par grandes fumées, noyant les lointains perdus de la plaine. Sur cette mer immense de terres rougeâtres, le ciel bas semblait se fondre en noire poussière, sans un souffle de vent à cette heure, qui animât les ténèbres. C'était d'une tristesse blafarde et morte d'ensevelissement.

Étienne marcha devant lui, au hasard, n'ayant d'autre but que de secouer sa fièvre. Lorsqu'il passa devant le Voreux, assombri déjà au fond de son trou, et dont pas une lanterne ne luisait encore, il s'arrêta un moment, pour voir la sortie des ouvriers à la journée. Sans doute six heures sonnaient, des moulineurs, des chargeurs à l'accrochage, des palefreniers s'en allaient par bandes, mêlés aux filles du criblage, vagues et rieuses dans l'ombre.

D'abord, ce furent la Brûlé et son gendre Pierron. Elle le querellait, parce qu'il ne l'avait pas soutenue, dans une contestation avec un surveillant, pour son compte de pierres.

— Oh ! sacrée chiffe, va ! s'il est permis d'être un homme et de s'aplatir comme ça devant un de ces salops qui nous mangent !

Pierron la suivait paisiblement, sans répondre. Il finit par dire :

— Fallait peut-être sauter sur le chef. Merci ! pour avoir des ennuis !

— Tends le derrière, alors ! cria-t-elle. Ah ! nom de Dieu ! si ma fille m'avait écoutée !... Ça ne suffit donc pas qu'ils m'aient tué le père, tu voudrais peut-être que je dise merci. Non, vois-tu, j'aurai leur peau !

Les voix se perdirent, Étienne la regarda disparaître, avec son nez d'aigle, ses cheveux blancs envolés, ses longs bras maigres qui gesticulaient furieusement. Mais, derrière lui, la conversation de deux jeunes gens lui fit prêter l'oreille. Il avait reconnu Zacharie, qui attendait là, et que son ami Mouquet venait d'aborder.

— Arrives-tu ? demanda celui-ci. Nous mangeons une tartine, puis nous filons au *Volcan*.

— Tout à l'heure, j'ai affaire.

— Quoi donc ?

Le moulineur se tourna et aperçut Philomène qui sortait du criblage. Il crut comprendre.

— Ah ! bon, c'est ça… Alors, je pars devant.

— Oui, je te rattraperai.

Mouquet, en s'en allant, se rencontra avec son père, le vieux Mouque, qui sortait aussi du Voreux ; et les deux hommes se dirent simplement bonsoir, le fils prit la grande route, tandis que le père filait le long du canal.

Déjà, Zacharie poussait Philomène dans ce même chemin écarté, malgré sa résistance. Elle était pressée, une autre fois ; et ils se disputaient tous deux, en vieux ménage. Ça n'avait rien de drôle, de ne se voir que dehors, surtout l'hiver, lorsque la terre est mouillée et qu'on n'a pas les blés pour se coucher dedans.

— Mais non, ce n'est pas ça, murmura-t-il impatienté. J'ai à te dire une chose.

Il la tenait à la taille, il l'emmenait doucement. Puis, lorsqu'ils furent dans l'ombre du terri, il voulut savoir si elle avait de l'argent.

— Pour quoi faire ? demanda-t-elle.

Lui, alors, s'embrouilla, parla d'une dette de deux francs qui allait désespérer sa famille.

— Tais-toi donc !... J'ai vu Mouquet, tu vas encore au *Volcan*, où il y a ces sales femmes de chanteuses.

Il se défendit, tapa sur sa poitrine, donna sa parole d'honneur. Puis, comme elle haussait les épaules, il dit brusquement :

— Viens avec nous, si ça t'amuse... Tu vois que tu ne me déranges pas. Pour ce que j'en veux faire, des chanteuses !... Viens-tu ?

— Et le petit ? répondit-elle. Est-ce qu'on peut remuer, avec un enfant qui crie toujours ?... Laisse-moi rentrer, je parie qu'ils ne s'entendent plus, à la maison.

Mais il la retint, il la supplia. Voyons, c'était pour ne pas avoir l'air bête devant Mouquet, auquel il avait promis. Un homme ne pouvait pas, tous les soirs, se coucher comme les poules. Vaincue, elle avait retroussé une basque de son caraco, elle coupait de l'ongle le fil et tirait des pièces de dix sous d'un coin de la bordure. De crainte d'être volée par sa mère, elle cachait là le gain des heures qu'elle faisait en plus, à la fosse.

— J'en ai cinq, tu vois, dit-elle. Je veux bien t'en donner trois... Seulement, il faut me jurer que tu vas décider ta mère à nous marier. En voilà assez, de cette vie en l'air ! Avec ça, maman me reproche toutes les bouchées que je mange... Jure, jure d'abord.

Elle parlait de sa voix molle de grande fille maladive, sans passion, simplement lasse de son existence. Lui, jura, cria que c'était une chose promise, sacrée ; puis, lorsqu'il tint les trois pièces, il la baisa, la chatouilla, la fit rire, et il aurait poussé les choses jusqu'au bout, dans ce coin du terri qui était la chambre d'hiver de leur vieux ménage, si elle n'avait répété que non, que ça ne lui causerait aucun plaisir. Elle retourna au coron toute seule, pendant qu'il coupait à travers champs, pour rejoindre son camarade.

Étienne, machinalement, les avait suivis de loin, sans

comprendre, croyant à un simple rendez-vous. Les filles étaient précoces, aux fosses ; et il se rappelait les ouvrières de Lille, qu'il attendait derrière les fabriques, ces bandes de filles gâtées dès quatorze ans, dans les abandons de la misère. Mais une autre rencontre le surprit davantage. Il s'arrêta.

C'était, en bas du terri, dans un creux où de grosses pierres avaient glissé, le petit Jeanlin qui rabrouait violemment Lydie et Bébert, assis l'une à sa droite, l'autre à sa gauche.

— Hein ? vous dites ?... Je vas ajouter une gifle pour chacun, moi, si vous réclamez... Qui est-ce qui a eu l'idée, voyons !

En effet, Jeanlin avait eu une idée. Après s'être, pendant une heure, le long du canal, roulé dans les prés en cueillant des pissenlits avec les deux autres, il venait de songer, devant le tas de salade, qu'on ne mangerait jamais tout ça chez lui ; et, au lieu de rentrer au coron, il était allé à Montsou, gardant Bébert pour faire le guet, poussant Lydie à sonner chez les bourgeois, où elle offrait les pissenlits. Il disait, expérimenté déjà, que les filles vendaient ce qu'elles voulaient. Dans l'ardeur du négoce, le tas entier y avait passé ; mais la gamine avait fait onze sous. Et, maintenant, les mains nettes, tous trois partageaient le gain.

— C'est injuste ! déclara Bébert. Faut diviser en trois... Si tu gardes sept sous, nous n'en aurons plus que deux chacun.

— De quoi, injuste ? répliqua Jeanlin furieux. J'en ai cueilli davantage, d'abord !

L'autre d'ordinaire se soumettait, avec une admiration craintive, une crédulité qui le rendait continuellement victime. Plus âgé et plus fort, il se laissait même gifler. Mais, cette fois, l'idée de tout cet argent l'excitait à la résistance.

— N'est-ce pas ? Lydie, il nous vole... S'il ne partage pas, nous le dirons à sa mère.

Du coup, Jeanlin lui mit le poing sous le nez.

— Répète un peu. C'est moi qui irai dire chez vous que vous avez vendu la salade à maman… Et puis, bougre de bête, est-ce que je puis diviser onze sous en trois ? essaie pour voir, toi qui es malin… Voilà chacun vos deux sous. Dépêchez-vous de les prendre ou je les recolle dans ma poche.

Dompté, Bébert accepta les deux sous. Lydie, tremblante, n'avait rien dit, car elle éprouvait, devant Jeanlin, une peur et une tendresse de petite femme battue. Comme il lui tendait les deux sous, elle avança la main avec un rire soumis. Mais il se ravisa brusquement.

— Hein ? qu'est-ce que tu vas fiche de tout ça ?… Ta mère te le chipera bien sûr, si tu ne sais pas le cacher… Vaut mieux que je te le garde. Quand tu auras besoin d'argent, tu m'en demanderas.

Et les neuf sous disparurent. Pour lui fermer la bouche, il l'avait empoignée en riant, il se roulait avec elle sur le terri. C'était sa petite femme, ils essayaient ensemble, dans les coins noirs, l'amour qu'ils entendaient et qu'ils voyaient chez eux, derrière les cloisons, par les fentes des portes. Ils savaient tout, mais ils ne pouvaient guère, trop jeunes, tâtonnant, jouant, pendant des heures, à des jeux de petits chiens vicieux. Lui appelait ça « faire papa et maman » ; et, quand il l'emmenait, elle galopait, elle se laissait prendre avec le tremblement délicieux de l'instinct, souvent fâchée, mais cédant toujours dans l'attente de quelque chose qui ne venait point.

Comme Bébert n'était pas admis à ces parties-là, et qu'il recevait une bourrade, dès qu'il voulait tâter de Lydie, il restait gêné, travaillé de colère et de malaise, quand les deux autres s'amusaient, ce dont ils ne se gênaient nullement en sa présence. Aussi n'avait-il qu'une idée, les effrayer, les déranger, en leur criant qu'on les voyait.

— C'est foutu, v'là un homme qui regarde !

Cette fois, il ne mentait pas, c'était Étienne qui se décidait à continuer son chemin. Les enfants bondirent, se sauvèrent, et il passa, tournant le terri, suivant le canal, amusé de la belle peur de ces polissons. Sans doute, c'était trop tôt à leur âge ; mais quoi ? ils en voyaient tant, ils en entendaient de si raides, qu'il aurait fallu les attacher, pour les tenir. Au fond cependant, Étienne devenait triste.

Cent pas plus loin, il tomba encore sur des couples. Il arrivait à Réquillart, et là, autour de la vieille fosse en ruine, toutes les filles de Montsou rôdaient avec leurs amoureux. C'était le rendez-vous commun, le coin écarté et désert, où les herscheuses venaient faire leur premier enfant, quand elles n'osaient se risquer sur le carin. Les palissades rompues ouvraient à chacun l'ancien carreau, changé en un terrain vague, obstrué par les débris de deux hangars qui s'étaient écroulés, et par les carcasses des grands chevalets restés debout. Des berlines hors d'usage traînaient, d'anciens bois à moitié pourris entassaient des meules ; tandis qu'une végétation drue reconquérait ce coin de terre, s'étalait en herbe épaisse, jaillissait en jeunes arbres déjà forts. Aussi chaque fille s'y trouvait-elle chez elle, il y avait des trous perdus pour toutes, les galants les culbutaient sur les poutres, derrière les bois, dans les berlines. On se logeait quand même, coudes à coudes, sans s'occuper des voisins. Et il semblait que ce fût, autour de la machine éteinte, près de ce puits las de dégorger de la houille, une revanche de la création, le libre amour qui, sous le coup de fouet de l'instinct, plantait des enfants dans les ventres de ces filles, à peine femmes.

Pourtant, un gardien habitait là, le vieux Mouque, auquel la Compagnie abandonnait, presque sous le beffroi détruit, deux pièces, que la chute attendue des dernières charpentes menaçait d'un continuel écrasement. Il avait même dû étayer une partie du plafond ; et il vivait très bien, en famille, lui et Mouquet dans une chambre, la Mouquette dans l'autre.

Comme les fenêtres n'avaient plus une seule vitre, il s'était décidé à les boucher en clouant des planches : on ne voyait pas clair, mais il faisait chaud. Du reste, ce gardien ne gardait rien, allait soigner ses chevaux au Voreux, ne s'occupait jamais des ruines de Réquillart, dont on conservait seulement le puits pour servir de cheminée à un foyer, qui aérait la fosse voisine.

Et c'était ainsi que le père Mouque achevait de vieillir, au milieu des amours. Dès dix ans, la Mouquette avait fait la culbute dans tous les coins des décombres, non en galopine effarouchée et encore verte comme Lydie, mais en fille déjà grasse, bonne pour des garçons barbus. Le père n'avait rien à dire, car elle se montrait respectueuse, jamais elle n'introduisait un galant chez lui. Puis, il était habitué à ces accidents-là. Quand il se rendait au Voreux ou qu'il en revenait, chaque fois qu'il sortait de son trou, il ne pouvait risquer un pied, sans le mettre sur un couple, dans l'herbe ; et c'était pis, s'il voulait ramasser du bois pour sa soupe, ou chercher des glaiterons[1] pour son lapin, à l'autre bout du clos : alors il voyait se lever, un à un, les nez gourmands de toutes les filles de Montsou, tandis qu'il devait se méfier de ne pas buter contre les jambes, tendues au ras des sentiers. D'ailleurs, peu à peu, ces rencontres-là n'avaient plus dérangé personne, ni lui qui veillait simplement à ne pas tomber, ni les filles qu'il laissait achever leur affaire, s'éloignant à petits pas discrets, en brave homme paisible devant les choses de la nature. Seulement, de même qu'elles le connaissaient à cette heure, lui avait également fini par les connaître, ainsi que l'on connaît les pies polissonnes qui se débauchent dans les poiriers des jardins. Ah ! cette jeunesse, comme elle en prenait, comme elle se bourrait ! Parfois, il hochait le menton avec des regrets silen-

1. *Glaiterons* : bardanes, plantes à capitules accrochantes (1866, régionalisme pour « graterons » ou « gratterons »).

cieux, en se détournant des gaillardes bruyantes, soufflant trop haut, au fond des ténèbres. Une seule chose lui causait de l'humeur : deux amoureux avaient pris la mauvaise habitude de s'embrasser contre le mur de sa chambre. Ce n'était pas que ça l'empêchait de dormir, mais ils poussaient si fort, qu'à la longue ils dégradaient le mur.

Chaque soir, le vieux Mouque recevait la visite de son ami, le père Bonnemort, qui, régulièrement, avant son dîner, faisait la même promenade. Les deux anciens ne se parlaient guère, échangeaient à peine dix paroles, pendant la demi-heure qu'ils passaient ensemble. Mais cela les égayait, d'être ainsi, de songer à de vieilles choses, qu'ils remâchaient en commun, sans avoir besoin d'en causer. À Réquillart, ils s'asseyaient sur une poutre, côte à côte, lâchaient un mot, puis partaient pour leurs rêvasseries, le nez vers la terre. Sans doute, ils redevenaient jeunes. Autour d'eux, des galants troussaient leurs amoureuses, des baisers et des rires chuchotaient, une odeur chaude de filles montait, dans la fraîcheur des herbes écrasées. C'était déjà derrière la fosse, quarante-trois ans plus tôt, que le père Bonnemort avait pris sa femme, une herscheuse si chétive, qu'il la posait sur une berline, pour l'embrasser à l'aise. Ah ! il y avait beau temps ! Et les deux vieux, branlant la tête, se quittaient enfin, souvent même sans se dire bonsoir.

Ce soir-là, toutefois, comme Étienne arrivait, le père Bonnemort, qui se levait de la poutre, pour retourner au coron, disait à Mouque :

— Bonne nuit, vieux !... Dis donc, tu as connu la Roussie ?

Mouque resta un instant muet, dodelina des épaules, puis, en rentrant dans sa maison :

— Bonne nuit, bonne nuit, vieux !

Étienne, à son tour, vint s'asseoir sur la poutre. Sa tristesse augmentait, sans qu'il sût pourquoi. Le vieil homme, dont il regardait disparaître le dos, lui rappelait son arrivée du matin, le flot de paroles que l'énervement du vent avait arrachées à ce silencieux. Que de misère ! et toutes ces filles, éreintées de fatigue, qui étaient encore assez bêtes, le soir, pour fabriquer des petits, de la chair à travail et à souffrance ! Jamais ça ne finirait, si elles s'emplissaient toujours de meurt-de-faim. Est-ce qu'elles n'auraient pas dû plutôt se boucher le ventre, serrer les cuisses, ainsi qu'à l'approche du malheur ? Peut-être ne remuait-il confusément ces idées moroses que dans l'ennui d'être seul, lorsque les autres, à cette heure, s'en allaient deux à deux prendre du plaisir. Le temps mou l'étouffait un peu, des gouttes de pluie, rares encore, tombaient sur ses mains fiévreuses. Oui, toutes y passaient, c'était plus fort que la raison.

Justement, comme Étienne restait assis, immobile dans l'ombre, un couple qui descendait de Montsou le frôla sans le voir, en s'engageant dans le terrain vague de Réquillart. La fille, une pucelle bien sûr, se débattait, résistait, avec des supplications basses, chuchotées ; tandis que le garçon, muet, la poussait quand même vers les ténèbres d'un coin de hangar, demeuré debout, sous lequel d'anciens cordages moisis s'entassaient. C'étaient Catherine et le grand Chaval. Mais Étienne ne les avait pas reconnus au passage, et il les suivait des yeux, il guettait la fin de l'histoire, pris d'une sensualité, qui changeait le cours de ses réflexions. Pourquoi serait-il intervenu ? lorsque les filles disent non, c'est qu'elles aiment à être bourrées d'abord.

En quittant le coron des Deux-Cent-Quarante, Catherine était allée à Montsou par le pavé. Depuis l'âge de dix ans, depuis qu'elle gagnait sa vie à la fosse, elle courait ainsi le pays toute seule, dans la complète liberté des familles de houilleurs ; et, si aucun homme ne l'avait eue, à quinze ans, c'était grâce à l'éveil tardif de sa puberté, dont elle attendait encore la crise. Quand elle fut devant les Chantiers de la

Compagnie, elle traversa la rue et entra chez une blanchisseuse, où elle était certaine de trouver la Mouquette ; car celle-ci vivait là, avec des femmes qui se payaient des tournées de café, du matin au soir. Mais elle eut un chagrin, la Mouquette, précisément, avait régalé à son tour, si bien qu'elle ne put lui prêter les dix sous promis. Pour la consoler, on lui offrit vainement un verre de café tout chaud. Elle ne voulut même pas que sa camarade empruntât à une autre femme. Une pensée d'économie lui était venue, une sorte de crainte superstitieuse, la certitude que, si elle l'achetait maintenant, ce ruban lui porterait malheur.

Elle se hâta de reprendre le chemin du coron, et elle était aux dernières maisons de Montsou, lorsqu'un homme, sur la porte de l'estaminet Piquette, l'appela.

— Eh ! Catherine, où cours-tu si vite ?

C'était le grand Chaval. Elle fut contrariée, non qu'il lui déplût, mais parce qu'elle n'était pas en train de rire.

— Entre donc boire quelque chose… Un petit verre de doux, veux-tu ?

Gentiment, elle refusa : la nuit allait tomber, on l'attendait chez elle. Lui, s'était avancé, la suppliait à voix basse, au milieu de la rue. Son idée, depuis longtemps, était de la décider à monter dans la chambre qu'il occupait au premier étage de l'estaminet Piquette, une belle chambre qui avait un grand lit, pour un ménage. Il lui faisait donc peur, qu'elle refusait toujours. Elle, bonne fille, riait, disait qu'elle monterait la semaine où les enfants ne poussent pas. Puis, d'une chose à une autre, elle en arriva, sans savoir comment, à parler du ruban bleu qu'elle n'avait pu acheter.

— Mais je vais t'en payer un, moi ! cria-t-il.

Elle rougit, sentant qu'elle ferait bien de refuser encore, travaillée au fond du gros désir d'avoir son ruban. L'idée d'un emprunt lui revint, elle finit par accepter, à la condition qu'elle lui rendrait ce qu'il dépenserait pour elle. Cela les fit plaisanter de nouveau : il fut convenu que, si elle ne couchait pas avec lui, elle lui rendrait l'argent. Mais il y eut une autre difficulté, quand il parla d'aller chez Maigrat.

— Non, pas chez Maigrat, maman me l'a défendu.

— Laisse donc, est-ce qu'on a besoin de dire où l'on va !… C'est lui qui tient les plus beaux rubans de Montsou !

Lorsque Maigrat vit entrer dans sa boutique le grand Chaval et Catherine, comme deux galants qui achètent leur cadeau de noces, il devint très rouge, il montra les pièces de ruban bleu avec la rage d'un homme dont on se moque. Puis, les jeunes gens servis, il se planta sur la porte pour les regarder s'éloigner dans le crépuscule ; et, comme sa femme venait d'une voix timide lui demander un renseignement, il tomba sur elle, l'injuria, cria qu'il ferait se repentir un jour le sale monde qui manquait de reconnaissance, lorsque tous auraient dû être par terre, à lui lécher les pieds.

Sur la route, le grand Chaval accompagnait Catherine. Il marchait près d'elle, les bras ballants ; seulement, il la poussait de la hanche, il la conduisait, sans en avoir l'air. Elle s'aperçut tout d'un coup qu'il lui avait fait quitter le pavé et qu'ils s'engageaient ensemble dans l'étroit chemin de Réquillart. Mais elle n'eut pas le temps de se fâcher : déjà, il la tenait à la taille, il l'étourdissait d'une caresse de mots continue. Était-elle bête, d'avoir peur ! est-ce qu'il voulait du mal à un petit mignon comme elle, aussi douce que de la soie, si tendre qu'il l'aurait mangée ? Et il lui soufflait derrière l'oreille, dans le cou, il lui faisait passer un frisson sur toute la peau du corps. Elle, étouffée, ne trouvait rien à répondre. C'était vrai, qu'il semblait l'aimer. Le samedi soir, après avoir éteint la chandelle, elle s'était justement demandé ce qu'il arriverait, s'il la prenait ainsi ; puis, en s'endormant, elle avait rêvé qu'elle ne disait plus non, toute lâche de plaisir. Pourquoi donc, à la même idée, aujourd'hui, éprouvait-elle une répugnance et comme un regret ? Pendant qu'il lui chatouillait la nuque avec ses moustaches, si doucement, qu'elle en fermait les yeux, l'ombre d'un autre homme, du garçon entrevu le matin, passait dans le noir de ses paupières closes.

Brusquement, Catherine regarda autour d'elle. Chaval l'avait conduite dans les décombres de Réquillart, et elle eut un recul frissonnant devant les ténèbres du hangar effondré.

— Oh ! non, oh ! non, murmura-t-elle, je t'en prie, laisse-moi !

La peur du mâle l'affolait, cette peur qui raidit les muscles dans un instinct de défense, même lorsque les filles veulent bien, et qu'elles sentent l'approche conquérante de l'homme. Sa virginité, qui n'avait rien à apprendre pourtant, s'épouvantait, comme à la menace d'un coup, d'une blessure dont elle redoutait la douleur encore inconnue.

— Non, non, je ne veux pas ! Je te dis que je suis trop jeune... Vrai ! plus tard, quand je serai faite au moins.

Il grogna sourdement :

— Bête ! rien à craindre alors... Qu'est-ce que ça te fiche ?

Mais il ne parla pas davantage. Il l'avait empoignée solidement, il la jetait sous le hangar. Et elle tomba à la renverse sur les vieux cordages, elle cessa de se défendre, subissant le mâle avant l'âge, avec cette soumission héréditaire, qui, dès l'enfance, culbutait en plein vent les filles de sa race. Ses bégaiements effrayés s'éteignirent, on n'entendit plus que le souffle ardent de l'homme.

Étienne, cependant, avait écouté, sans bouger. Encore une qui faisait le saut ! Et, maintenant qu'il avait vu la comédie, il se leva, envahi d'un malaise, d'une sorte d'excitation jalouse où montait de la colère. Il ne se gênait plus, il enjambait les poutres, car ces deux-là étaient bien trop occupés à cette heure, pour se déranger. Aussi fut-il surpris, lorsqu'il eut fait une centaine de pas sur la route, de voir, en se tournant, qu'ils étaient debout déjà et qu'ils paraissaient, comme lui, revenir vers le coron. L'homme avait repris la fille à la taille, la serrant d'un air de reconnaissance, lui parlant toujours dans le cou ; et c'était elle qui semblait pressée, qui voulait rentrer vite, l'air fâché surtout du retard.

Alors, Étienne fut tourmenté d'une envie, celle de voir leurs figures. C'était imbécile, il hâta le pas pour ne point y céder. Mais ses pieds se ralentissaient d'eux-mêmes, il finit, au premier réverbère, par se cacher dans l'ombre. Une stupeur le cloua, lorsqu'il reconnut au passage Catherine et le grand Chaval. Il hésitait d'abord : était-ce bien elle, cette jeune fille en robe gros bleu, avec ce bonnet ? était-ce le galopin qu'il avait vu en culotte, la tête serrée dans le béguin de toile ? Voilà pourquoi elle avait pu le frôler, sans qu'il la devinât. Mais il ne doutait plus, il venait de retrouver ses yeux, la limpidité verdâtre de cette eau de source, si claire et si profonde. Quelle catin ! et il éprouvait un furieux besoin de se venger d'elle, sans motif, en la méprisant. D'ailleurs, ça ne lui allait pas d'être en fille : elle était affreuse.

Lentement, Catherine et Chaval étaient passés. Ils ne se savaient point guettés de la sorte, lui la retenait pour la baiser derrière l'oreille, tandis qu'elle recommençait à s'attarder sous les caresses, qui la faisaient rire. Resté en arrière, Étienne était bien obligé de les suivre, irrité de ce qu'ils barraient le chemin, assistant quand même à ces choses dont la vue l'exaspérait. C'était donc vrai, ce qu'elle lui avait juré le matin : elle n'était encore la maîtresse de personne ; et lui qui ne l'avait pas crue, qui s'était privé d'elle pour ne pas faire comme l'autre ! et lui qui venait de se la laisser prendre sous le nez, qui avait poussé la bêtise jusqu'à s'égayer salement à les voir ! Cela le rendait fou, il serrait les poings, il aurait mangé cet homme, dans un de ces besoins de tuer où il voyait rouge.

Pendant une demi-heure, la promenade dura. Lorsque Chaval et Catherine approchèrent du Voreux, ils ralentirent encore leur marche, ils s'arrêtèrent deux fois au bord du canal, trois fois le long du terri, très gais maintenant, s'amusant à de petits jeux tendres. Étienne devait s'arrêter lui aussi, faire les mêmes stations, de peur d'être aperçu. Il s'efforçait de n'avoir plus qu'un regret brutal : ça lui apprendrait à ménager les filles, par bonne éducation. Puis, après le Voreux, libre enfin d'aller dîner chez Rasseneur, il continua de les suivre, il les accompagna au coron, demeura là, debout dans l'ombre, pendant un quart d'heure, à attendre que Chaval laissât Catherine rentrer chez elle. Et, lorsqu'il fut bien sûr qu'ils n'étaient plus ensemble, il marcha de nouveau, il poussa très loin sur la route de Marchiennes, piétinant, ne songeant à rien, trop étouffé et trop triste pour s'enfermer dans une chambre.

Une heure plus tard seulement, vers neuf heures, Étienne retraversa le coron, en se disant qu'il fallait manger et se coucher, s'il voulait être debout le matin, à quatre heures. Le village dormait déjà, tout noir dans la nuit. Pas une lueur ne glissait des persiennes closes, les longues façades s'alignaient, avec le sommeil pesant des casernes qui ronflent. Seul, un chat se sauva au travers des jardins vides. C'était la fin de la journée, l'écrasement des travailleurs tombant de la table au lit, assommés de fatigue et de nourriture.

Chez Rasseneur, dans la salle éclairée, un machineur et deux ouvriers du jour buvaient des chopes. Mais, avant de rentrer, Étienne s'arrêta, jeta un dernier regard aux ténèbres. Il retrouvait la même immensité noire que le matin, lorsqu'il était arrivé par le grand vent. Devant lui, le Voreux s'accroupissait de son air de bête mauvaise, vague, piqué de quelques lueurs de lanterne. Les trois brasiers du terri brûlaient en l'air, pareils à des lunes sanglantes, détachant par instants les silhouettes démesurées du père Bonnemort et de son cheval jaune. Et, au-delà, dans la plaine rase, l'ombre avait tout submergé, Montsou, Marchiennes, la forêt de Vandame, la vaste mer de betteraves et de blé, où ne luisaient plus, comme des phares lointains, que les feux bleus des hauts-fourneaux et les feux rouges des fours à coke. Peu à peu, la nuit se noyait, la pluie tombait maintenant, lente, continue, abîmant ce néant au fond de son ruissellement monotone ; tandis qu'une seule voix s'entendait encore, la respiration grosse et lente de la machine d'épuisement, qui jour et nuit soufflait.

# Troisième partie

## I

Le lendemain, les jours suivants, Étienne reprit son travail à la fosse. Il s'accoutumait, son existence se réglait sur cette besogne et ces habitudes nouvelles, qui lui avaient paru si dures au début. Une seule aventure coupa la monotonie de la première quinzaine, une fièvre éphémère qui le tint quarante-huit heures au lit, les membres brisés, la tête brûlante, rêvassant, dans un demi-délire, qu'il poussait sa berline au fond d'une voie trop étroite, où son corps ne pouvait passer. C'était simplement la courbature de l'apprentissage, un excès de fatigue dont il se remit tout de suite.

Et les jours succédaient aux jours, des semaines, des mois s'écoulèrent. Maintenant, comme les camarades, il se levait à trois heures, buvait le café, emportait la double tartine que Mme Rasseneur lui préparait dès la veille. Régulièrement, en se rendant à la fosse, il rencontrait le vieux Bonnemort qui allait se coucher, et en sortant l'après-midi, il se croisait avec Bouteloup qui arrivait prendre sa tâche. Il avait le béguin [1], la culotte, la veste de toile, il grelottait et il se chauffait le dos à la baraque, devant le grand feu. Puis venait l'attente, pieds nus, à la recette, traversée de furieux courants d'air. Mais la machine, dont les gros membres d'acier, étoilés de cuivre, luisaient là-haut, dans l'ombre, ne le préoccupait plus, ni les câbles qui filaient d'une aile noire et muette d'oiseau nocturne,

1. *Béguin* : coiffe des femmes travaillant à la mine. Elle s'attache par une bride sous le menton.

ni les cages émergeant et plongeant sans cesse, au milieu du vacarme des signaux, des ordres criés, des berlines ébranlant les dalles de fonte. Sa lampe brûlait mal, ce sacré lampiste n'avait pas dû la nettoyer ; et il ne se dégourdissait que lorsque Mouquet les emballait tous, avec des claques de farceur qui sonnaient sur le derrière des filles. La cage se décrochait, tombait comme une pierre au fond d'un trou, sans qu'il tournât seulement la tête pour voir fuir le jour. Jamais il ne songeait à une chute possible, il se retrouvait chez lui à mesure qu'il descendait dans les ténèbres, sous la pluie battante. En bas, à l'accrochage, lorsque Pierron les avait déballés, de son air de douceur cafarde, c'était toujours le même piétinement de troupeau, les chantiers s'en allant chacun à sa taille, d'un pas traînard. Lui, désormais, connaissait les galeries de la mine mieux que les rues de Montsou, savait qu'il fallait tourner ici, se baisser plus loin, éviter ailleurs une flaque d'eau. Il avait pris une telle habitude de ces deux kilomètres sous terre, qu'il les aurait faits sans lampe, les mains dans les poches. Et, toutes les fois, les mêmes rencontres se produisaient, un porion éclairant au passage la face des ouvriers, le père Mouque amenant un cheval, Bébert conduisant Bataille qui s'ébrouait, Jeanlin courant derrière le train pour refermer les portes d'aérage, et la grosse Mouquette, et la maigre Lydie poussant leurs berlines.

À la longue, Étienne souffrait aussi beaucoup moins de l'humidité et de l'étouffement de la taille. La cheminée lui semblait très commode pour monter, comme s'il eût fondu et qu'il pût passer par des fentes, où il n'aurait point risqué une main jadis. Il respirait sans malaise les poussières du charbon, voyait clair dans la nuit, suait tranquillement, fait à la sensation d'avoir du matin au soir ses vêtements trempés sur le corps. Du reste, il ne dépensait plus maladroitement ses forces, une adresse lui était venue, si rapide, qu'elle étonnait le chantier. Au bout de trois semaines, on le citait parmi les bons herscheurs de la fosse : pas un ne roulait sa berline jusqu'au plan incliné, d'un train plus vif, ni ne l'emballait ensuite, avec autant de correction. Sa petite taille lui permettait de se glisser partout, et ses bras avaient beau être fins et blancs comme ceux d'une femme, ils paraissaient en fer sous la peau délicate, tellement ils menaient rudement la besogne. Jamais il ne se plaignait, par fierté sans doute, même quand il râlait de fatigue. On ne lui reprochait que de ne pas comprendre la plaisanterie, tout de suite fâché, dès qu'on voulait taper sur lui. Au demeurant, il était accepté, regardé comme un vrai mineur, dans cet écrasement de l'habitude qui le réduisait un peu chaque jour à une fonction de machine.

Maheu surtout se prenait d'amitié pour Étienne, car il avait le respect de l'ouvrage bien fait. Puis, ainsi que les autres, il sentait que ce garçon avait une instruction supérieure à la sienne : il le voyait lire, écrire, dessiner des bouts de plan, il l'entendait causer de choses dont, lui, ignorait jusqu'à l'existence. Cela ne l'étonnait pas, les houilleurs sont de rudes hommes qui ont la tête plus dure que les machineurs ; mais il était surpris du courage de ce petit-là, de la façon gaillarde dont il avait mordu au charbon, pour ne pas crever de faim. C'était le premier ouvrier de rencontre qui s'acclimatait si promptement. Aussi, lorsque l'abattage pressait et qu'il ne voulait pas déranger un haveur, chargeait-il le jeune homme du boisage, certain de la propreté et de la solidité du travail. Les chefs le tracassaient toujours sur cette maudite question des bois, il craignait à chaque heure de voir apparaître l'ingénieur Négrel, suivi de Dansaert, criant, discutant, faisant tout recommencer ; et il avait remarqué que le boisage de son herscheur satisfaisait ces messieurs davantage, malgré leurs airs de n'être jamais contents et de répéter que la Compagnie, un jour ou l'autre, prendrait une mesure radicale. Les choses traînaient, un sourd mécontentement fermentait dans la fosse, Maheu lui-même, si calme, finissait par fermer les poings.

Il y avait eu d'abord une rivalité entre Zacharie et Étienne. Un soir, ils s'étaient menacés d'une paire de gifles. Mais le premier, brave garçon et se moquant de ce qui n'était pas son plaisir, tout de suite apaisé par l'offre amicale d'une chope, avait dû s'incliner bientôt devant la supériorité du nouveau venu. Levaque, lui aussi, faisait bon visage maintenant, causait politique avec le herscheur, qui avait, disait-il, ses idées. Et, parmi les hommes du marchandage, celui-ci ne sentait plus une hostilité sourde que chez le grand Chaval, non pas qu'ils parussent se bouder, car ils étaient devenus camarades au contraire ; seulement, leurs regards se mangeaient, quand ils plaisantaient ensemble. Catherine, entre eux, avait repris son train de fille lasse et résignée, pliant le dos, poussant sa berline, gentille toujours pour son compagnon de roulage qui l'aidait à son tour, soumise d'autre part aux volontés de son amant dont elle subissait ouvertement les caresses. C'était une situation acceptée, un ménage reconnu sur lequel la famille elle-même fermait les yeux, à ce point que Chaval emmenait chaque soir la herscheuse derrière le terri, puis la ramenait jusqu'à la porte de ses parents, où il l'embrassait une dernière fois, devant tout le coron. Étienne, qui croyait en avoir pris son parti, la taquinait souvent avec ces promenades, lâchant pour rire des mots crus, comme on en lâche entre garçons et filles, au fond des tailles ; et elle répondait sur le même ton, disait par crânerie ce que son galant lui avait fait, troublée cependant et pâlissante, lorsque les yeux du jeune homme rencontraient les siens. Tous les deux détournaient la tête, restaient parfois une heure sans se parler, avec l'air de se haïr pour des choses enterrées en eux, et sur lesquelles ils ne s'expliquaient point.

Le printemps était venu. Étienne, un jour, au sortir du puits, avait reçu à la face cette bouffée tiède d'avril, une bonne odeur de terre jeune, de verdure tendre, de grand air pur ; et, maintenant, à chaque sortie, le printemps sentait meilleur et le chauffait davantage, après ses dix heures de travail dans l'éternel hiver du fond, au milieu de ces ténèbres humides que jamais ne dissipait aucun été. Les jours s'allongeaient encore, il avait fini, en mai, par descendre au soleil levant, lorsque le ciel vermeil éclairait le Voreux d'une poussière d'aurore, où la vapeur blanche des échappements montait toute rose. On ne grelottait plus, une haleine tiède soufflait des lointains de la plaine, pendant que les alouettes, très haut, chantaient. Puis, à trois heures, il avait l'éblouissement du soleil devenu brûlant, incendiant l'horizon, rougissant les briques sous la crasse du charbon. En juin, les blés étaient grands déjà, d'un vert bleu qui tranchait sur le vert noir des betteraves. C'était une mer sans fin, ondulante au moindre vent, qu'il voyait s'étaler et croître de jour en jour, surpris parfois comme s'il la trouvait le soir plus enflée de verdure que le matin. Les peupliers du canal s'empanachaient de feuilles. Des herbes envahissaient le terri, des fleurs couvraient les prés, toute une vie germait, jaillissait de cette terre, pendant qu'il geignait sous elle, là-bas, de misère et de fatigue.

Maintenant, lorsque Étienne se promenait, le soir, ce n'était plus derrière le terri qu'il effarouchait des amoureux. Il suivait leurs sillages dans les blés, il devinait leurs nids d'oiseaux paillards, aux remous des épis jaunissants et des grands coquelicots rouges. Zacharie et Philomène y retournaient par une habitude de vieux ménage ; la mère Brûlé, toujours aux trousses de Lydie, la dénichait à chaque instant avec Jeanlin, terrés si profondément ensemble, qu'il fallait mettre le pied sur eux pour les décider à s'envoler ; et, quant à la Mouquette, elle gîtait partout, on ne pouvait traverser un champ, sans voir sa tête plonger, tandis que ses pieds seuls surnageaient, dans des culbutes à pleine échine. Mais tous ceux-là étaient bien libres, le jeune homme ne trouvait ça coupable que les soirs où il rencontrait Catherine et Chaval. Deux fois, il les vit, à son approche, s'abattre au milieu d'une pièce, dont les tiges immobiles restèrent mortes ensuite. Une autre fois, comme il suivait un étroit chemin, les yeux clairs de Catherine lui apparurent au ras des blés, puis se noyèrent. Alors, la plaine immense lui semblait trop petite, il préférait passer la soirée chez Rasseneur, à *l'Avantage*.

— Madame Rasseneur, donnez-moi une chope... Non, je ne sortirai pas ce soir, j'ai les jambes cassées.

Et il se tournait vers un camarade, qui se tenait d'habitude assis à la table du fond, la tête contre le mur.

— Souvarine, tu n'en prends pas une ?

— Merci, rien du tout.

Étienne avait fait la connaissance de Souvarine, en vivant là, côte à côte. C'était un machineur du Voreux, qui occupait en haut la chambre meublée, voisine de la sienne. Il devait avoir une trentaine d'années, mince, blond, avec une figure fine, encadrée de grands cheveux et d'une barbe légère. Ses dents blanches et pointues, sa bouche et son nez minces, le rose de son teint, lui donnaient un air de fille, un air de douceur entêtée, que le reflet gris de ses yeux d'acier ensauvageait par éclairs. Dans sa chambre d'ouvrier pauvre, il n'avait qu'une caisse de papiers et de livres. Il était Russe, ne parlait jamais de lui, laissait courir des légendes sur son compte. Les houilleurs, très défiants devant les étrangers, le flairant d'une autre classe à ses mains petites de bourgeois, avaient d'abord imaginé une aventure, un assassinat dont il fuyait le châtiment. Puis, il s'était montré si fraternel pour eux, sans fierté, distribuant à la marmaille du coron tous les sous de ses poches, qu'ils l'acceptaient à cette heure, rassurés par le mot de réfugié politique qui circulait, mot vague où ils voyaient une excuse, même au crime, et comme une camaraderie de souffrance.

Les premières semaines, Étienne l'avait trouvé d'une réserve farouche. Aussi ne connut-il son histoire que plus tard. Souvarine était le dernier-né d'une famille noble du gouvernement de Toula. À Saint-Pétersbourg, où il faisait sa médecine, la passion socialiste qui emportait alors toute la jeunesse russe l'avait décidé à apprendre un métier manuel, celui de mécanicien, pour se mêler au peuple, pour le connaître et l'aider en frère. Et c'était de ce métier qu'il vivait maintenant, après s'être enfui à la suite d'un attentat manqué contre la vie de l'empereur : pendant un mois, il avait vécu dans la cave d'un fruitier, creusant une mine au travers de la rue, chargeant des bombes, sous la continuelle menace de sauter avec la maison. Renié par sa famille, sans argent, mis comme étranger à l'index des ateliers français qui voyaient en lui un espion, il mourait de faim, lorsque la Compagnie de Montsou l'avait enfin embauché, dans une heure de presse. Depuis un an, il y travaillait en bon ouvrier, sobre, silencieux, faisant une semaine le service de jour et une semaine le service de nuit, si exact, que les chefs le citaient en exemple.

— Tu n'as donc jamais soif? lui demandait Étienne en riant.

Et il répondait de sa voix douce, presque sans accent :

— J'ai soif quand je mange.

Son compagnon le plaisantait aussi sur les filles, jurait l'avoir vu avec une herscheuse dans les blés, du côté des Bas-de-Soie. Alors, il haussait les épaules, plein d'une indifférence tranquille. Une herscheuse, pour quoi faire? La femme était pour lui un garçon, un camarade, quand elle avait la fraternité et le courage d'un homme. Autrement, à quoi bon se mettre au cœur une lâcheté possible? Ni femme, ni ami, il ne voulait aucun lien, il était libre de son sang et du sang des autres.

Chaque soir, vers neuf heures, lorsque le cabaret se vidait, Étienne restait ainsi à causer avec Souvarine. Lui buvait sa bière à petits coups, le machineur fumait de continuelles cigarettes, dont le tabac avait, à la longue, roussi ses doigts minces. Ses yeux vagues de mystique suivaient la fumée au travers d'un rêve ; sa main gauche, pour s'occuper, tâtonnante et nerveuse, cherchait dans le vide ; et il finissait, d'habitude, par installer sur ses genoux un lapin familier, une grosse mère toujours pleine, qui vivait lâchée en liberté, dans la maison. Cette lapine, qu'il avait lui-même appelée Pologne, s'était mise à l'adorer, venait flairer son pantalon, se dressait, le grattait de ses pattes, jusqu'à ce qu'il l'eût prise comme un enfant. Puis, tassée contre lui, les oreilles rabattues, elle fermait les yeux ; tandis que, sans se lasser, d'un geste de caresse inconscient, il passait la main sur la soie grise de son poil, l'air calmé par cette douceur tiède et vivante.

— Vous savez, dit un soir Étienne, j'ai reçu une lettre de Pluchart.

Il n'y avait plus là que Rasseneur. Le dernier client était parti, rentrant au coron qui se couchait.

— Ah ! s'écria le cabaretier, debout devant ses deux locataires. Où en est-il, Pluchart ?

Étienne, depuis deux mois, entretenait une correspondance suivie avec le mécanicien de Lille, auquel il avait eu l'idée d'apprendre son embauchement à Montsou, et qui maintenant l'endoctrinait, frappé de la propagande qu'il pouvait faire au milieu des mineurs.

— Il en est, que l'association en question marche très bien. On adhère de tous les côtés, paraît-il.

— Qu'est-ce que tu en dis, toi, de leur société ? demanda Rasseneur à Souvarine.

Celui-ci, qui grattait tendrement la tête de Pologne, souffla un jet de fumée, en murmurant de son air tranquille :

— Encore des bêtises !

Mais Étienne s'enflammait. Toute une prédisposition de

révolte le jetait à la lutte du travail contre le capital, dans les illusions premières de son ignorance. C'était de l'Association internationale des travailleurs qu'il s'agissait, de cette fameuse Internationale qui venait de se créer à Londres. N'y avait-il pas là un effort superbe, une campagne où la justice allait enfin triompher ? Plus de frontières, les travailleurs du monde entier se levant, s'unissant, pour assurer à l'ouvrier le pain qu'il gagne. Et quelle organisation simple et grande en bas, la section, qui représente la commune ; puis, la fédération, qui groupe les sections d'une même province ; puis, la nation, et au-dessus, enfin, l'humanité, incarnée dans un Conseil général, où chaque nation était représentée par un secrétaire correspondant. Avant six mois, on aurait conquis la terre, on dicterait des lois aux patrons, s'ils faisaient les méchants.

— Des bêtises ! répéta Souvarine. Votre Karl Marx en est encore à vouloir laisser agir les forces naturelles. Pas de politique, pas de conspiration, n'est-ce pas ? tout au grand jour, et uniquement pour les hausses des salaires... Fichez-moi donc la paix, avec votre évolution ! Allumez le feu aux quatre coins des villes, fauchez les peuples, rasez tout, et quand il ne restera plus rien de ce monde pourri, peut-être en repoussera-t-il un meilleur.

Étienne se mit à rire. Il n'entendait pas toujours les paroles de son camarade, cette théorie de la destruction lui semblait une pose. Rasseneur, encore plus pratique, et d'un bon sens d'homme établi, ne daigna pas se fâcher. Il voulait seulement préciser les choses.

— Alors, quoi ? tu vas tenter de créer une section à Montsou ?

C'était ce que désirait Pluchart, qui était secrétaire de la Fédération du Nord. Il insistait particulièrement sur les services que l'Association rendrait aux mineurs, s'ils se mettaient un jour en grève. Étienne, justement, croyait la grève prochaine : l'affaire des bois finirait mal, il ne fallait plus qu'une exigence de la Compagnie pour révolter toutes les fosses.

— L'embêtant, c'est les cotisations, déclara Rasseneur d'un ton judicieux. Cinquante centimes par an pour le fonds général, deux francs pour la section, ça n'a l'air de rien, et je parie que beaucoup refuseront de les donner.

— D'autant plus, ajouta Étienne, qu'on devrait d'abord créer ici une caisse de prévoyance, dont nous ferions à l'occasion une caisse de résistance... N'importe, il est temps de songer à ces choses. Moi, je suis prêt, si les autres sont prêts.

Il y eut un silence. La lampe à pétrole fumait sur le comptoir. Par la porte grande ouverte, on entendait distinctement la pelle d'un chauffeur du Voreux chargeant un foyer de la machine.

— Tout est si cher ! reprit Mme Rasseneur, qui était entrée et qui écoutait d'un air sombre, comme grandie dans son éternelle robe noire. Si je vous disais que j'ai payé les œufs vingt-deux sous. Il faudra que ça pète.

Les trois hommes, cette fois, furent du même avis. Ils parlaient l'un après l'autre, d'une voix désolée, et les doléances commencèrent. L'ouvrier ne pouvait pas tenir le coup, la révolution n'avait fait qu'aggraver ses misères, c'étaient les bourgeois qui s'engraissaient depuis 89, si goulûment, qu'ils ne lui laissaient même pas le fond des plats à torcher. Qu'on dise un peu si les travailleurs avaient eu leur part raisonnable, dans l'extraordinaire accroissement de la richesse et du bien-être, depuis cent ans ? On s'était fichu d'eux en les déclarant libres : oui, libres de crever de faim, ce dont ils ne se privaient guère. Ça ne mettait pas de pain dans la huche, de voter pour des gaillards qui se gobergeaient ensuite, sans plus songer aux misérables qu'à leurs vieilles bottes. Non, d'une façon ou d'une autre, il fallait en finir, que ce fût gentiment, par des lois, par une entente de bonne amitié, ou que ce fût en sauvages, en brûlant tout et en se mangeant les uns les autres. Les enfants verraient sûrement cela, si les vieux ne le voyaient pas, car le siècle ne pouvait s'achever sans qu'il y eût une autre révolution, celle des ouvriers cette fois, un chambardement qui nettoierait la société du haut en bas, et qui la rebâtirait avec plus de propreté et de justice.

— Il faut que ça pète, répéta énergiquement Mme Rasseneur.

— Oui, oui, crièrent-ils tous les trois, il faut que ça pète.

Souvarine flattait maintenant les oreilles de Pologne, dont le nez se frisait de plaisir. Il dit à demi-voix, les yeux perdus, comme pour lui-même :

— Augmenter le salaire, est-ce qu'on peut ? Il est fixé par la loi d'airain à la plus petite somme indispensable, juste le nécessaire pour que les ouvriers mangent du pain sec et fabriquent des enfants... S'il tombe trop bas, les ouvriers crèvent, et la demande de nouveaux hommes le fait remonter. S'il monte trop haut, l'offre trop grande le fait baisser... C'est l'équilibre des ventres vides, la condamnation perpétuelle au bagne de la faim.

Quand il s'oubliait de la sorte, abordant des sujets de socialiste instruit, Étienne et Rasseneur demeuraient inquiets, troublés par ses affirmations désolantes, auxquelles ils ne savaient que répondre.

— Entendez-vous ! reprit-il avec son calme habituel, en les regardant, il faut tout détruire, ou la faim repoussera. Oui ! l'anarchie, plus rien, la terre lavée par le sang, purifiée par l'incendie !... On verra ensuite.

— Monsieur a bien raison, déclara Mme Rasseneur, qui, dans ses violences révolutionnaires, se montrait d'une grande politesse.

Étienne, désespéré de son ignorance, ne voulut pas discuter davantage. Il se leva, en disant :

— Allons nous coucher. Tout ça ne m'empêchera pas de me lever à trois heures.

Déjà Souvarine, après avoir soufflé le bout de cigarette collé à ses lèvres, prenait délicatement la grosse lapine sous le ventre, pour la poser à terre. Rasseneur fermait la maison. Ils se séparèrent en silence, les oreilles bourdonnantes, la tête comme enflée des questions graves qu'ils remuaient.

Et, chaque soir, c'étaient des conversations semblables, dans la salle nue, autour de l'unique chope qu'Étienne mettait une heure à vider. Un fonds d'idées obscures, endormies en lui, s'agitait, s'élargissait. Dévoré surtout du besoin de savoir, il avait hésité longtemps à emprunter des livres à son voisin, qui malheureusement ne possédait guère que des ouvrages allemands et russes. Enfin, il s'était fait prêter un livre français sur les Sociétés coopératives, encore des bêtises, disait Souvarine ; et il lisait aussi régulièrement un journal que ce dernier recevait, *Le Combat*, feuille anarchiste publiée à Genève. D'ailleurs, malgré leurs rapports quotidiens, il le trouvait toujours aussi fermé, avec son air de camper dans la vie, sans intérêts, ni sentiments, ni biens d'aucune sorte.

Ce fut vers les premiers jours de juillet que la situation d'Étienne s'améliora. Au milieu de cette vie monotone, sans cesse recommençante de la mine, un accident s'était produit : les chantiers de la veine Guillaume venaient de tomber sur un brouillage, toute une perturbation dans la couche, qui annonçait certainement l'approche d'une faille ; et, en effet, on avait bientôt rencontré cette faille, que les ingénieurs, malgré leur grande connaissance du terrain, ignoraient encore. Cela bouleversait la fosse, on ne causait que de la veine disparue, glissée sans doute plus bas, de l'autre côté de la faille. Les vieux mineurs ouvraient déjà les narines, comme de bons chiens lancés à la chasse de la houille. Mais, en attendant, les chantiers ne pouvaient rester les bras croisés, et des affiches annoncèrent que la Compagnie allait mettre aux enchères de nouveaux marchandages[1].

Maheu, un jour, à la sortie, accompagna Étienne et lui offrit d'entrer comme haveur dans son marchandage, à la place de Levaque passé à un autre chantier. L'affaire était déjà arrangée avec le maître-porion et l'ingénieur, qui se montraient très contents du jeune homme. Aussi Étienne n'eut-il qu'à accepter ce rapide avancement, heureux de l'estime croissante où Maheu le tenait.

Dès le soir, ils retournèrent ensemble à la fosse prendre connaissance des affiches. Les tailles mises aux enchères se trouvaient à la veine Filonnière, dans la galerie nord du Voreux. Elles semblaient peu avantageuses, le mineur hochait la tête à la lecture que le jeune homme lui faisait des conditions. En effet, le lendemain, quand ils furent descendus et qu'il l'eut emmené visiter la veine, il lui fit remarquer l'éloignement de l'accrochage, la nature ébouleuse du terrain, le peu d'épaisseur et la dureté du charbon. Pourtant, si l'on voulait manger, il fallait travailler. Aussi, le dimanche suivant, allèrent-ils aux enchères, qui avaient lieu dans la baraque, et que l'ingénieur de la fosse, assisté du maître-porion, présidait, en l'absence de l'ingénieur divisionnaire. Cinq à six cents charbonniers se trouvaient là, en face de la petite estrade, plantée dans un coin ; et les adjudications[2] marchaient d'un tel train, qu'on entendait seulement un sourd tumulte de voix, des chiffres criés, étouffés par d'autres chiffres.

Un instant, Maheu eut peur de ne pouvoir obtenir un des quarante marchandages offerts par la Compagnie. Tous les concurrents baissaient, inquiets des bruits de crise, pris de la

**1.** *Marchandage* : contrat liant une équipe de mineur et la compagnie pour la concession d'une zone d'abattage. Par métonymie : ces zones d'abattage. \ **2.** *Adjudications* : marchés entre une administration, une compagnie et des particuliers, attribuant aux plus offrants un bien, une concession, mis aux enchères.

panique du chômage. L'ingénieur Négrel ne se pressait pas devant cet acharnement, laissait tomber les enchères aux plus bas chiffres possibles, tandis que Dansaert, désireux de hâter encore les choses, mentait sur l'excellence des marchés. Il fallut que Maheu, pour avoir ses cinquante mètres d'avancement, luttât contre un camarade, qui s'obstinait, lui aussi ; à tour de rôle, ils retiraient chacun un centime de la berline ; et, s'il demeura vainqueur, ce fut en baissant tellement le salaire, que le porion Richomme, debout derrière lui, se fâchait entre ses dents, le poussait du coude, en grognant avec colère que jamais il ne s'en tirerait, à ce prix-là.

Quand ils sortirent, Étienne jurait. Et il éclata devant Chaval, qui revenait des blés en compagnie de Catherine, flânant, pendant que le beau-père s'occupait des affaires sérieuses.

— Nom de Dieu ! cria-t-il, en voilà un égorgement !… Alors, aujourd'hui, c'est l'ouvrier qu'on force à manger l'ouvrier !

Chaval s'emporta ; jamais il n'aurait baissé, lui ! Et Zacharie, venu par curiosité, déclara que c'était dégoûtant. Mais Étienne les fit taire d'un geste de sourde violence.

— Ça finira, nous serons les maîtres, un jour !

Maheu, resté muet depuis les enchères, parut s'éveiller. Il répéta :

— Les maîtres… Ah ! foutu sort ! ce ne serait pas trop tôt !

## II

C'était le dernier dimanche de juillet, le jour de la ducasse de Montsou. Dès le samedi soir, les bonnes ménagères du coron avaient lavé leur salle à grande eau, un déluge, des seaux jetés à la volée sur les dalles et contre les murs ; et le sol n'était pas encore sec, malgré le sable blanc dont on le semait, tout un luxe coûteux pour ces bourses de pauvre. Cependant, la journée s'annonçait très chaude, un de ces lourds ciels, écrasants d'orage, qui étouffent en été les campagnes du Nord, plates et nues, à l'infini.

Le dimanche bouleversait les heures du lever, chez les Maheu. Tandis que le père, à partir de cinq heures, s'enrageait au lit, s'habillait quand même, les enfants faisaient jusqu'à neuf heures la grasse matinée. Ce jour-là, Maheu alla fumer une pipe dans son jardin, finit par revenir manger une tartine tout seul, en attendant. Il passa ainsi la matinée, sans trop savoir à quoi : il raccommoda le baquet qui fuyait, colla sous le coucou un portrait du prince impérial qu'on avait donné aux petits. Cependant, les autres descendaient un à un, le père Bonnemort avait sorti une chaise pour s'asseoir au soleil, la mère et Alzire s'étaient mises tout de suite à la cuisine. Catherine parut, poussant devant elle Lénore et Henri qu'elle venait d'habiller ; et onze heures sonnaient, l'odeur du lapin qui bouillait avec des pommes de terre, emplissait déjà la maison, lorsque Zacharie et Jeanlin descendirent les derniers, les yeux bouffis, bâillant encore.

Du reste, le coron était en l'air, allumé par la fête, dans le coup de feu du dîner, qu'on hâtait pour filer en bandes à Montsou. Des troupes d'enfants galopaient, des hommes en bras de chemise traînaient des savates, avec le déhanchement paresseux des jours de repos. Les fenêtres et les portes, grandes ouvertes au beau temps, laissaient voir la file des salles, toutes débordantes, en gestes et en cris, du grouillement des familles. Et, d'un bout à l'autre des façades, ça sentait le lapin, un parfum de cuisine riche, qui combattait ce jour-là l'odeur invétérée de l'oignon frit.

Les Maheu dînèrent à midi sonnant. Ils ne menaient pas grand vacarme, au milieu des bavardages de porte à porte, des voisinages mêlant les femmes, dans un continuel remous d'appels, de réponses, d'objets prêtés, de mioches chassés ou ramenés d'une claque. D'ailleurs, ils étaient en froid depuis trois semaines avec leurs voisins, les Levaque, au sujet du mariage de Zacharie et de Philomène. Les hommes se voyaient, mais les femmes affectaient de ne plus se connaître. Cette brouille avait resserré les rapports avec la Pierronne. Seulement, la Pierronne, laissant à sa mère Pierron et Lydie, était partie de grand matin pour passer la journée chez une cousine, à Marchiennes ; et l'on plaisantait, car on la connaissait, la cousine : elle avait des moustaches, elle était maître-porion au Voreux. La Maheude déclara que ce n'était guère propre, de lâcher sa famille, un dimanche de ducasse[1].

Outre le lapin aux pommes de terre, qu'ils engraissaient dans le carin depuis un mois, les Maheu avaient une soupe grasse et le bœuf. La paie de quinzaine était justement tombée la veille. Ils ne se souvenaient pas d'un pareil régal. Même à la dernière Sainte-Barbe[2], cette fête des mineurs où ils ne font rien de trois jours, le lapin n'avait pas été si gras ni si tendre. Aussi les dix paires de mâchoires, depuis la petite Estelle dont les dents commençaient à pousser, jusqu'au vieux Bonnemort en train de perdre les siennes, travaillaient d'un tel cœur, que les os eux-mêmes disparaissaient. C'était bon, la viande ; mais ils la digéraient mal, ils en voyaient trop rarement. Tout y passa, il ne resta qu'un morceau de bouilli pour le soir. On ajouterait des tartines, si l'on avait faim.

Ce fut Jeanlin qui disparut le premier. Bébert l'attendait, derrière l'école. Et ils rôdèrent longtemps avant de débaucher Lydie, que la Brûlé voulait retenir près d'elle, décidée à ne pas sortir. Quand elle s'aperçut de la fuite de l'enfant, elle hurla,

**1.** *Ducasse* (nom féminin) : fête publique (régionale, étymologie : dédicace, fête catholique en l'honneur du saint local). \ **2.** *Sainte-Barbe* : fête consacrée à la patronne des mineurs (à l'origine, patronne des sapeurs). Jour de cette fête : 4 décembre.

agita ses bras maigres, pendant que Pierron, ennuyé de ce tapage, s'en allait flâner tranquillement, d'un air de mari qui s'amuse sans remords, en sachant que sa femme, elle aussi, a du plaisir.

Le vieux Bonnemort partit ensuite, et Maheu se décida à prendre l'air, après avoir demandé à la Maheude si elle le rejoindrait, là-bas. Non, elle ne pouvait guère, c'était une vraie corvée, avec les petits ; peut-être que oui tout de même, elle réfléchirait, on se retrouverait toujours. Lorsqu'il fut dehors, il hésita, puis il entra chez les voisins, pour voir si Levaque était prêt. Mais il trouva Zacharie qui attendait Philomène ; et la Levaque venait d'entamer l'éternel sujet du mariage, criait qu'on se fichait d'elle, qu'elle aurait une dernière explication avec la Maheude. Était-ce une existence, de garder les enfants sans père de sa fille, lorsque celle-ci roulait avec son amoureux ? Philomène ayant tranquillement fini de mettre son bonnet, Zacharie l'emmena, en répétant que lui voulait bien, si sa mère voulait. Du reste, Levaque avait déjà filé, Maheu renvoya aussi la voisine à sa femme et se hâta de sortir. Bouteloup, qui achevait un morceau de fromage, les deux coudes sur la table, refusa obstinément l'offre amicale d'une chope. Il restait à la maison, en bon mari.

Peu à peu, cependant, le coron se vidait, tous les hommes s'en allaient les uns derrière les autres ; tandis que les filles, guettant sur les portes, partaient du côté opposé, au bras de leurs galants. Comme son père tournait le coin de l'église, Catherine, qui aperçut Chaval, se hâta de le rejoindre, pour prendre avec lui la route de Montsou. Et la mère demeurée seule, au milieu des enfants débandés, ne trouvait pas la force de quitter sa chaise, se versait un second verre de café brûlant, qu'elle buvait à petits coups. Dans le coron, il n'y avait plus que les femmes, s'invitant, achevant d'égoutter les cafetières, autour des tables encore chaudes et grasses du dîner.

Maheu flairait que Levaque était à *l'Avantage*, et il descendit chez Rasseneur, sans hâte. En effet, derrière le débit, dans le jardin étroit fermé d'une haie, Levaque faisait une partie de quilles avec des camarades. Debout, ne jouant pas, le père Bonnemort et le vieux Mouque suivaient la boule, tellement absorbés, qu'ils oubliaient même de se pousser du coude. Un soleil ardent tapait d'aplomb, il n'y avait qu'une raie d'ombre, le long du cabaret ; et Étienne était là, buvant sa chope devant une table, ennuyé de ce que Souvarine venait de le lâcher pour monter dans sa chambre. Presque tous les dimanches, le machineur s'enfermait, écrivait ou lisait.

— Joues-tu ? demanda Levaque à Maheu.

Mais celui-ci refusa. Il avait trop chaud, il crevait déjà de soif.

— Rasseneur ! appela Étienne. Apporte donc une chope.

Et, se tournant vers Maheu :

— Tu sais, c'est moi qui paie.

Maintenant, tous se tutoyaient. Rasseneur ne se pressait guère, il fallut l'appeler à trois reprises ; et ce fut Mme Rasseneur qui apporta de la bière tiède. Le jeune homme avait baissé la voix pour se plaindre de la maison : des braves gens sans doute, des gens dont les idées étaient bonnes ; seulement, la bière ne valait rien, et des soupes exécrables ! Dix fois déjà, il aurait changé de pension, s'il n'avait pas reculé devant la course de Montsou. Un jour ou l'autre, il finirait par chercher au coron une famille.

— Bien sûr, répétait Maheu de sa voix lente, bien sûr, tu serais mieux dans une famille.

Mais des cris éclatèrent, Levaque avait abattu toutes les quilles d'un coup. Mouque et Bonnemort, le nez vers la terre, gardaient au milieu du tumulte un silence de profonde approbation. Et la joie d'un tel coup déborda en plaisanteries, surtout lorsque les joueurs aperçurent, par-dessus la haie, la face joyeuse de la Mouquette. Elle rôdait là depuis une heure, elle s'était enhardie à s'approcher, en entendant les rires.

— Comment ! tu es seule ? cria Levaque. Et tes amoureux ?

— Mes amoureux, je les ai remisés, répondit-elle avec une belle gaieté impudente. J'en cherche un.

Tous s'offrirent, la chauffèrent de gros mots. Elle refusait de la tête, riait plus fort, faisait la gentille. Son père, du reste, assistait à ce jeu, sans même quitter des yeux les quilles abattues.

— Va ! continua Levaque en jetant un regard vers Étienne, on se doute bien de celui que tu reluques, ma fille !... Faudra le prendre de force.

Étienne, alors, s'égaya. C'était en effet autour de lui que tournait la herscheuse. Et il disait non, amusé pourtant, mais sans avoir la moindre envie d'elle. Quelques minutes encore, elle resta plantée derrière la haie, le regardant de ses grands yeux fixes ; puis, elle s'en alla avec lenteur, le visage brusquement sérieux, comme accablée par le lourd soleil.

À demi-voix, Étienne avait repris de longues explications qu'il donnait à Maheu, sur la nécessité, pour les charbonniers de Montsou, de fonder une caisse de prévoyance.

— Puisque la Compagnie prétend qu'elle nous laisse libres, répétait-il, que craignons-nous ? Nous n'avons que ses pensions, et elle les distribue à son gré, du moment où elle ne nous fait aucune retenue. Eh bien, il serait prudent de créer, à côté de son bon plaisir, une association mutuelle de secours, sur laquelle nous pourrions compter au moins, dans les cas de besoins immédiats.

Et il précisait des détails, discutait l'organisation, promettait de prendre toute la peine.

— Moi, je veux bien, dit enfin Maheu convaincu. Seulement, ce sont les autres... Tâche de décider les autres.

Levaque avait gagné, on lâcha les quilles pour vider les chopes. Mais Maheu refusa d'en boire une seconde : on verrait plus tard, la journée n'était pas finie. Il venait de songer à Pierron. Où pouvait-il être, Pierron ? sans doute à l'estaminet Lenfant. Et il décida Étienne et Levaque, tous trois partirent pour Montsou, au moment où une nouvelle bande envahissait le jeu de quilles de *l'Avantage*.

En chemin, sur le pavé, il fallut entrer au débit Casimir, puis à l'estaminet du *Progrès*. Des camarades les appelaient par les portes ouvertes : pas moyen de dire non. Chaque fois, c'était une chope, deux s'ils faisaient la politesse de rendre. Ils restaient là dix minutes, ils échangeaient quatre paroles, et ils recommençaient plus loin, très raisonnables, connaissant la bière, dont ils pouvaient s'emplir, sans autre ennui que de la pisser trop vite, au fur et à mesure, claire comme de l'eau de roche. À l'estaminet Lenfant, ils tombèrent droit sur Pierron qui achevait sa deuxième chope, et qui, pour ne pas refuser de trinquer, en avala une troisième. Eux, burent naturellement la leur. Maintenant, ils étaient quatre, ils sortirent avec le projet de voir si Zacharie ne serait pas à l'estaminet Tison. La salle était vide, ils demandèrent une chope pour l'attendre un moment. Ensuite, ils songèrent à l'estaminet *Saint-Éloi*, y acceptèrent une tournée du porion Richomme, vaguèrent dès lors de débit en débit, sans prétexte, histoire uniquement de se promener.

— Faut aller au *Volcan* ! dit tout d'un coup Levaque, qui s'allumait.

Les autres se mirent à rire, hésitants, puis accompagnèrent le camarade, au milieu de la cohue croissante de la ducasse. Dans la salle étroite et longue du *Volcan*, sur une estrade de planches dressée au fond, cinq chanteuses, le rebut des filles publiques de Lille, défilaient, avec des gestes et un décolletage de monstres ; et les consommateurs donnaient dix sous, lorsqu'ils en voulaient une, derrière les planches de l'estrade. Il y avait surtout là des herscheurs, des moulineurs, jusqu'à des galibots de quatorze ans, toute la jeunesse des fosses, buvant plus de genièvre que de bière. Quelques vieux mineurs se risquaient aussi, les maris paillards des corons, ceux dont les ménages tombaient à l'ordure.

Dès que leur société fut assise autour d'une petite table, Étienne s'empara de Levaque, pour lui expliquer son idée d'une caisse de prévoyance. Il avait la propagande obstinée des nouveaux convertis, qui se créent une mission.

— Chaque membre, répétait-il, pourrait bien verser vingt sous par mois. Avec ces vingt sous accumulés, on aurait, en quatre ou cinq ans, un magot ; et, quand on a de l'argent, on est fort, n'est-ce pas ? dans n'importe quelle occasion… Hein ! qu'en dis-tu ?

— Moi, je ne dis pas non, répondait Levaque d'un air distrait. On en causera.

Une blonde énorme l'excitait ; et il s'entêta à rester, lorsque Maheu et Pierron, après avoir bu leur chope, voulurent partir, sans attendre une seconde romance.

Dehors, Étienne, sorti avec eux, retrouva la Mouquette, qui semblait les suivre. Elle était toujours là, à le regarder de ses grands yeux fixes, riant de son rire de bonne fille, comme pour dire : « Veux-tu ? » Le jeune homme plaisanta, haussa les épaules. Alors, elle eut un geste de colère et se perdit dans la foule.

— Où donc est Chaval ? demanda Pierron.

— C'est vrai, dit Maheu. Il est pour sûr chez Piquette… Allons chez Piquette.

Mais, comme ils arrivaient tous trois à l'estaminet Piquette, un bruit de bataille, sur la porte, les arrêta. Zacharie menaçait du poing un cloutier wallon, trapu et flegmatique ; tandis que Chaval, les mains dans les poches, regardait.

— Tiens ! le voilà, Chaval, reprit tranquillement Maheu. Il est avec Catherine.

Depuis cinq grandes heures, la herscheuse et son galant se promenaient à travers la ducasse. C'était, le long de la route de Montsou, de cette large rue aux maisons basses et peinturlurées, dévalant en lacet, un flot de peuple qui roulait sous le soleil, pareil à une traînée de fourmis, perdues dans la nudité rase de la plaine. L'éternelle boue noire avait séché, une poussière noire montait, volait ainsi qu'une nuée d'orage. Aux deux bords, les cabarets crevaient de monde, rallongeaient leurs tables jusqu'au pavé, où stationnait un double rang de camelots, des bazars en plein vent, des fichus et des miroirs pour les filles, des couteaux et des casquettes pour les garçons ; sans compter les douceurs, des dragées et des biscuits. Devant l'église, on tirait de l'arc. Il y avait des jeux de boules, en face des Chantiers. Au coin de la route de Joiselle, à côté de la Régie, dans un enclos de planches, on se ruait à un combat de coqs, deux grands coqs rouges, armés d'éperons de fer, dont la gorge ouverte saignait. Plus loin, chez Maigrat, on gagnait des tabliers et des culottes, au billard. Et il se faisait de longs silences, la cohue buvait, s'empiffrait sans un cri, une muette indigestion de bière et de pommes de terre frites s'élargissait, dans la grosse chaleur, que les poêles de friture, bouillant en plein air, augmentaient encore.

Chaval acheta un miroir de dix-neuf sous et un fichu de trois francs à Catherine. À chaque tour, ils rencontraient Mouque et Bonnemort, qui étaient venus à la fête, et qui, réfléchis, la traversaient côte à côte, de leurs jambes lourdes. Mais une autre rencontre les indigna, ils aperçurent Jeanlin en train d'exciter Bébert et Lydie à voler les bouteilles de genièvre d'un débit de hasard, installé au bord d'un terrain vague. Catherine ne put que gifler son frère, la petite galopait déjà avec une bouteille. Ces satanés enfants finiraient au bagne.

Alors, en arrivant devant le débit de *la Tête-Coupée*, Chaval eut l'idée d'y faire entrer son amoureuse, pour assister à un concours de pinsons, affiché sur la porte depuis huit jours. Quinze cloutiers, des clouteries de Marchiennes, s'étaient rendus à l'appel, chacun avec une douzaine de cages ; et les petites cages obscures, où les pinsons aveuglés restaient immobiles, se trouvaient déjà accrochées à une palissade, dans la cour du cabaret. Il s'agissait de compter celui qui, pendant une heure, répéterait le plus de fois la phrase de son chant. Chaque cloutier, avec une ardoise, se tenait près de ses cages, marquant, surveillant ses voisins, surveillé lui-même. Et les pinsons étaient partis, les « chichouïeux » au chant plus gras, les « batisecouics » d'une sonorité aiguë, tout d'abord timides, ne risquant que de rares phrases, puis s'excitant les uns les autres, pressant le rythme, puis emportés enfin d'une telle rage d'émulation, qu'on en voyait tomber et mourir. Violemment, les cloutiers les fouettaient de la voix, leur criaient en wallon de chanter encore, encore, encore un petit coup ; tandis que les spectateurs, une centaine de personnes, demeuraient muets, passionnés, au milieu de cette musique infernale de cent quatre-vingts pinsons répétant tous la même cadence, à contretemps. Ce fut un « batisecouic » qui gagna le premier prix, une cafetière en fer battu.

Catherine et Chaval étaient là, lorsque Zacharie et Philomène entrèrent. On se serra la main, on resta ensemble. Mais, brusquement, Zacharie se fâcha, en surprenant un cloutier, venu par curiosité avec les camarades, qui pinçait les cuisses de sa sœur ; et elle, très rouge, le faisait taire, tremblante à l'idée d'une tuerie, de tous ces cloutiers se jetant sur Chaval, s'il ne voulait pas qu'on la pinçât. Elle avait bien senti l'homme, elle ne disait rien, par prudence. Du reste, son galant se contentait de ricaner, tous les quatre sortirent, l'affaire sembla finie. Et, à peine étaient-ils entrés chez Piquette boire une chope, voilà que le cloutier avait reparu, se fichant d'eux, leur soufflant sous le nez, d'un air de provocation. Zacharie, outré dans ses bons sentiments de famille, s'était rué sur l'insolent.

— C'est ma sœur, cochon !... Attends, nom de Dieu ! je vas te la faire respecter !

On se précipita entre les deux hommes, tandis que Chaval, très calme, répétait :

— Laisse donc, ça me regarde... Je te dis que je me fous de lui !

Maheu arrivait avec sa société, et il calma Catherine et Philomène, déjà en larmes. On riait maintenant dans la foule, le cloutier avait disparu. Pour achever de noyer ça, Chaval, qui était chez lui à l'estaminet Piquette, offrit des chopes. Étienne dut trinquer avec Catherine, tous burent ensemble, le père, la fille et son galant, le fils et sa maîtresse, en disant poliment : « À la santé de la compagnie ! » Pierron ensuite s'obstina à payer sa tournée. Et l'on était très d'accord, lorsque Zacharie fut repris d'une rage, à la vue de son camarade Mouquet. Il l'appela, pour aller faire, disait-il, son affaire au cloutier.

— Faut que je le crève ! Tiens ! Chaval, garde Philomène avec Catherine. Je vais revenir.

Maheu, à son tour, offrait des chopes. Après tout, si le garçon voulait venger sa sœur, ce n'était pas d'un mauvais exemple. Mais, depuis qu'elle avait vu Mouquet, Philomène, tranquillisée, hochait la tête. Bien sûr que les deux bougres avaient filé au *Volcan*.

Les soirs de ducasse, on terminait la fête au bal du *Bon-Joyeux*. C'était la veuve Désir qui tenait ce bal, une forte mère de cinquante ans, d'une rotondité de tonneau, mais d'une telle verdeur, qu'elle avait encore six amoureux, un pour chaque jour de la semaine, disait-elle, et les six à la fois le dimanche. Elle appelait tous les charbonniers ses enfants, attendrie à l'idée du fleuve de bière qu'elle leur versait depuis trente années ; et elle se vantait aussi que pas une herscheuse ne devenait grosse, sans s'être, à l'avance, dégourdi les jambes chez elle. *Le Bon-Joyeux* se composait de deux salles : le cabaret, où se trouvaient le comptoir et des tables ; puis, communiquant de plain-pied par une large baie, le bal, vaste pièce planchéiée au milieu seulement, dallée de briques autour. Une décoration l'ornait, deux guirlandes de fleurs en papier qui se croisaient d'un angle à l'autre du plafond, et que réunissait, au centre, une couronne des mêmes fleurs ; tandis que, le long des murs, s'alignaient des écussons dorés, portant des noms de saints, saint Éloi, patron des ouvriers du fer, saint Crépin, patron des cordonniers, sainte Barbe, patronne des mineurs, tout le calendrier des corporations. Le plafond était si bas, que les trois musiciens, dans leur tribune, grande comme une chaire à prêcher, s'écrasaient la tête Pour éclairer, le soir, on accrochait quatre lampes à pétrole, aux quatre coins du bal.

Ce dimanche-là, dès cinq heures, on dansait, au plein jour des fenêtres. Mais ce fut vers sept heures que les salles s'emplirent. Dehors, un vent d'orage s'était levé, soufflant de grandes poussières noires, qui aveuglaient le monde et grésillaient dans les poêles de friture. Maheu, Étienne et Pierron, entrés pour s'asseoir, venaient de retrouver au *Bon-Joyeux* Chaval, dansant avec Catherine, tandis que Philomène, toute seule, les regardait. Ni Levaque, ni Zacharie n'avaient reparu. Comme il n'y avait pas de bancs autour du bal, Catherine, après chaque danse, se reposait à la table de son père. On appela Philomène, mais elle était mieux debout. Le jour tombait, les trois musiciens faisaient rage, on ne voyait plus, dans la salle, que le remuement des hanches et des gorges, au milieu d'une confusion de bras. Un vacarme accueillit les quatre lampes, et brusquement tout s'éclaira, les faces rouges, les cheveux dépeignés, collés à la peau, les jupes volantes, balayant l'odeur forte des couples en sueur. Maheu montra à Étienne la Mouquette, qui, ronde et grasse comme une vessie de saindoux, tournait violemment aux bras d'un grand moulineur maigre : elle avait dû se consoler et prendre un homme.

Enfin, il était huit heures, lorsque la Maheude parut, ayant au sein Estelle et suivie de sa marmaille, Alzire, Henri et Lénore. Elle venait tout droit retrouver là son homme, sans craindre de se tromper. On souperait plus tard, personne n'avait faim, l'estomac noyé de café, épaissi de bière. D'autres femmes arrivaient, on chuchota en voyant, derrière la Maheude, entrer la Levaque, accompagnée de Bouteloup, qui amenait par la main Achille et Désirée, les petits de Philomène. Et les deux voisines semblaient très d'accord, l'une se retournait, causait avec l'autre. En chemin, il y avait eu une grosse explication, la Maheude s'était résignée au mariage de Zacharie, désolée de perdre le gain de son aîné, mais vaincue par cette raison qu'elle ne pouvait le garder davantage sans injustice. Elle tâchait donc de faire bon visage, le cœur anxieux, en ménagère qui se demandait comment elle joindrait les deux bouts, maintenant que commençait à partir le plus clair de sa bourse.

— Mets-toi là, voisine, dit-elle en montrant une table, près de celle où Maheu buvait avec Étienne et Pierron.

— Mon mari n'est pas avec vous ? demanda la Levaque.

Les camarades lui contèrent qu'il allait revenir. Tout le monde se tassait, Bouteloup, les mioches, si à l'étroit dans l'écrasement des buveurs, que les deux tables n'en formaient qu'une. On demanda des chopes. En apercevant sa mère et ses enfants, Philomène s'était décidée à s'approcher. Elle accepta une chaise, elle parut contente d'apprendre qu'on la mariait enfin ; puis, comme on cherchait Zacharie, elle répondit de sa voix molle :

— Je l'attends, il est par là.

Maheu avait échangé un regard avec sa femme. Elle consentait donc ? Il devint sérieux, fuma en silence. Lui aussi était pris de l'inquiétude du lendemain, devant l'ingratitude de ces enfants qui se marieraient un à un, en laissant leurs parents dans la misère.

On dansait toujours, une fin de quadrille noyait le bal dans une poussière rousse ; les murs craquaient, un piston poussait des coups de sifflet aigus, pareil à une locomotive en détresse ; et, quand les danseurs s'arrêtèrent, ils fumaient comme des chevaux.

— Tu te souviens ? dit la Levaque en se penchant à l'oreille de la Maheude, toi qui parlais d'étrangler Catherine, si elle faisait la bêtise !

Chaval ramenait Catherine à la table de la famille, et tous deux, debout derrière le père, achevaient leur chope.

— Bah ! murmura la Maheude d'un air résigné, on dit ça… Mais ce qui me tranquillise, c'est qu'elle ne peut pas avoir d'enfants, ah ! ça, j'en suis bien sûre !… Vois-tu qu'elle accouche aussi, celle-là, et que je sois forcée de la marier ! Qu'est-ce que nous mangerions, alors !

Maintenant, c'était une polka que sifflait le piston ; et, pendant que l'assourdissement recommençait, Maheu communiqua tout bas à sa femme une idée. Pourquoi ne prenaient-ils pas un logeur, Étienne par exemple, qui cherchait une pension ? Ils auraient de la place, puisque Zacharie allait les quitter, et l'argent qu'ils perdraient de ce côté-là, ils le regagneraient en partie de l'autre. Le visage de la Maheude s'éclairait : sans doute, bonne idée, il fallait arranger ça. Elle semblait sauvée de la faim une fois encore, sa belle humeur revint si vive, qu'elle commanda une nouvelle tournée de chopes.

Étienne, cependant, tâchait d'endoctriner Pierron, auquel il expliquait son projet d'une caisse de prévoyance. Il lui avait fait promettre d'adhérer, lorsqu'il eut l'imprudence de découvrir son véritable but.

— Et, si nous nous mettons en grève, tu comprends l'utilité de cette caisse. Nous nous fichons de la Compagnie, nous trouvons là les premiers fonds pour lui résister… Hein ? c'est dit, tu en es ?

Pierron avait baissé les yeux, pâlissant. Il bégaya :

— Je réfléchirai… Quand on se conduit bien, c'est la meilleure caisse de secours.

Alors, Maheu s'empara d'Étienne et lui proposa de le prendre comme logeur, carrément, en brave homme. Le jeune homme accepta de même, très désireux d'habiter le coron, dans l'idée de vivre davantage avec les camarades. On régla l'affaire en trois mots, la Maheude déclara qu'on attendrait le mariage des enfants.

Et, justement, Zacharie revenait enfin, avec Mouquet et Levaque. Tous les trois rapportaient les odeurs du *Volcan*, une haleine de genièvre, une aigreur musquée de filles mal tenues. Ils étaient très ivres, l'air content d'eux-mêmes, se poussant du coude et ricanant. Lorsqu'il sut qu'on le mariait enfin, Zacharie se mit à rire si fort, qu'il en étranglait. Paisiblement, Philomène déclara qu'elle aimait mieux le voir rire que pleurer. Comme il n'y avait plus de chaise, Bouteloup s'était reculé pour céder la moitié de la sienne à Levaque. Et celui-ci, soudainement très attendri de voir qu'on était tous là, en famille, fit une fois de plus servir de la bière.

— Nom de Dieu ! on ne s'amuse pas si souvent ! gueulait-il.

Jusqu'à dix heures, on resta. Des femmes arrivaient toujours, pour rejoindre et emmener leurs hommes ; des bandes d'enfants suivaient à la queue ; et les mères ne se gênaient plus, sortaient des mamelles longues et blondes comme des sacs d'avoine, barbouillaient de lait les poupons joufflus ; tandis que les petits qui marchaient déjà, gorgés de bière et à quatre pattes sous les tables, se soulageaient sans honte. C'était une mer montante de bière, les tonnes de la veuve Désir éventrées, la bière arrondissant les panses, coulant de partout, du nez, des yeux et d'ailleurs. On gonflait si fort, dans le tas, que chacun avait une épaule ou un genou qui entrait chez le voisin, tous égayés, épanouis de se sentir ainsi les coudes. Un rire continu tenait les bouches ouvertes, fendues jusqu'aux oreilles. Il faisait une chaleur de four, on cuisait, on se mettait à l'aise, la chair dehors, dorée dans l'épaisse fumée des pipes ; et le seul inconvénient était de se déranger, une fille se levait de temps à autre, allait au fond, près de la pompe, se troussait, puis revenait. Sous les guirlandes de papier peint, les danseurs ne se voyaient plus, tellement ils suaient ; ce qui encourageait les galibots à culbuter les herscheuses, au hasard des coups de reins. Mais, lorsqu'une gaillarde tombait avec un homme par-dessus elle, le piston couvrait leur chute de sa sonnerie enragée, le branle des pieds les roulait, comme si le bal se fût éboulé sur eux.

Quelqu'un, en passant, avertit Pierron que sa fille Lydie dormait à la porte, en travers du trottoir. Elle avait bu sa part de la bouteille volée, elle était saoule, et il dut l'emporter à son cou, pendant que Jeanlin et Bébert, plus solides, le suivaient de loin, trouvant ça très farce. Ce fut le signal du départ, des familles sortirent du *Bon-Joyeux*, les Maheu et les Levaque se décidèrent à retourner au coron. À ce moment, le père Bonnemort et le vieux Mouque quittaient aussi Montsou, du même pas de somnambules, entêtés dans le silence de leurs souvenirs. Et l'on rentra tous ensemble, on traversa une dernière fois la ducasse, les poêles de friture qui se figeaient, les estaminets d'où les dernières chopes coulaient en ruisseaux, jusqu'au milieu de la route. L'orage menaçait toujours, des rires montèrent, dès qu'on eut quitté les maisons éclairées, pour se perdre dans la campagne noire. Un souffle ardent sortait des blés mûrs, il dut se faire beaucoup d'enfants, cette nuit-là. On arriva débandé au coron. Ni les Levaque ni les Maheu ne soupèrent avec appétit, et ceux-ci dormaient en achevant leur bouilli du matin.

Étienne avait emmené Chaval boire encore chez Rasseneur.

— J'en suis ! dit Chaval, quand le camarade lui eut expliqué l'affaire de la caisse de prévoyance. Tape là-dedans, tu es un bon !

Un commencement d'ivresse faisait flamber les yeux d'Étienne. Il cria :

— Oui, soyons d'accord… Vois-tu, moi, pour la justice je donnerais tout, la boisson et les filles. Il n'y a qu'une chose qui me chauffe le cœur, c'est l'idée que nous allons balayer les bourgeois.

## III

Vers le milieu d'août, Étienne s'installa chez les Maheu, lorsque Zacharie marié put obtenir de la Compagnie, pour Philomène et ses deux enfants, une maison libre du coron ; et, dans les premiers temps, le jeune homme éprouva une gêne en face de Catherine.

C'était une intimité de chaque minute, il remplaçait partout le frère aîné, partageait le lit de Jeanlin, devant le lit de la grande sœur. Au coucher, au lever, il devait se déshabiller, se rhabiller près d'elle, la voyait elle-même ôter et remettre ses vêtements. Quand le dernier jupon tombait, elle apparaissait d'une blancheur pâle, de cette neige transparente des blondes anémiques ; et il éprouvait une continuelle émotion, à la trouver si blanche, les mains et le visage déjà gâtés, comme trempée dans du lait, de ses talons à son col, où la ligne du hâle tranchait nettement en un collier d'ambre. Il affectait de se détourner ; mais il la connaissait peu à peu : les pieds d'abord que ses yeux baissés rencontraient ; puis, un genou entrevu, lorsqu'elle se glissait sous la couverture ; puis, la gorge aux petits seins rigides, dès qu'elle se penchait le matin sur la terrine. Elle, sans le regarder, se hâtait pourtant, était en dix secondes dévêtue et allongée près d'Alzire, d'un mouvement si souple de couleuvre, qu'il retirait à peine ses souliers, quand elle disparaissait, tournant le dos, ne montrant plus que son lourd chignon.

Jamais, du reste, elle n'eut à se fâcher. Si une sorte d'obsession le faisait, malgré lui, guetter de l'œil l'instant où elle se couchait, il évitait les plaisanteries, les jeux de main dangereux. Les parents étaient là, et il gardait en outre pour elle un sentiment fait d'amitié et de rancune, qui l'empêchait de la traiter en fille qu'on désire, au milieu des abandons de leur vie devenue commune, à la toilette, aux repas, pendant le travail, sans que rien d'eux ne leur restât secret, pas même les besoins intimes. Toute la pudeur de la famille s'était réfugiée dans le lavage quotidien, auquel la jeune fille maintenant procédait seule dans la pièce du haut, tandis que les hommes se baignaient en bas, l'un après l'autre.

Et, au bout du premier mois, Étienne et Catherine semblaient déjà ne plus se voir, quand, le soir, avant d'éteindre la chandelle, ils voyageaient déshabillés par la chambre. Elle avait cessé de se hâter, elle reprenait son habitude ancienne de nouer ses cheveux au bord de son lit, les bras en l'air, remontant sa chemise jusqu'à ses cuisses ; et lui, sans pantalon, l'aidait parfois, cherchait les épingles qu'elle perdait. L'habitude tuait la honte d'être nu, ils trouvaient naturel d'être ainsi, car ils ne faisaient point de mal et ce n'était pas leur faute, s'il n'y avait qu'une chambre pour tant de monde. Des troubles cependant leur revenaient, tout d'un coup, aux moments où ils ne songeaient à rien de coupable. Après ne plus avoir vu la pâleur de son corps pendant des soirées, il la revoyait brusquement toute blanche, de cette blancheur qui le secouait d'un frisson, qui l'obligeait à se détourner, par crainte de céder à l'envie de la prendre. Elle, d'autres soirs, sans raison apparente, tombait dans un émoi pudique, fuyait, se coulait entre les draps, comme si elle avait senti les mains de ce garçon la saisir. Puis, la chandelle éteinte, ils comprenaient qu'ils ne s'endormaient pas, qu'ils songeaient l'un à l'autre, malgré leur fatigue. Cela les laissait inquiets et boudeurs tout le lendemain, car ils préféraient les soirs de tranquillité, où ils se mettaient à l'aise, en camarades.

Étienne ne se plaignait guère que de Jeanlin, qui dormait en chien de fusil. Alzire respirait d'un léger souffle, on retrouvait le matin Lénore et Henri aux bras l'un de l'autre, tels qu'on les avait couchés. Dans la maison noire, il n'y avait d'autre bruit que les ronflements de Maheu et de la Maheude, roulant à intervalles réguliers, comme des soufflets de forge. En somme, Étienne se trouvait mieux que chez Rasseneur, le lit n'était pas mauvais, et l'on changeait les draps une fois par mois. Il mangeait aussi de meilleure soupe, il souffrait seulement de la rareté de la viande. Mais tous en étaient là, il ne pouvait exiger, pour quarante-cinq francs de pension, d'avoir un lapin à chaque repas. Ces quarante-cinq francs aidaient la famille, on finissait par joindre les deux bouts, en laissant toujours de petites dettes en arrière ; et les Maheu se montraient reconnaissants envers leur logeur, son linge était lavé, raccommodé, ses boutons recousus, ses affaires mises en ordre ; enfin, il sentait autour de lui la propreté et les bons soins d'une femme.

Ce fut l'époque où Étienne entendit les idées qui bourdonnaient dans son crâne. Jusque-là, il n'avait eu que la révolte de l'instinct, au milieu de la sourde fermentation des camarades. Toutes sortes de questions confuses se posaient à lui : pourquoi la misère des uns ? pourquoi la richesse des autres ? pourquoi ceux-ci sous le talon de ceux-là, sans l'espoir de jamais prendre leur place ? Et sa première étape fut de comprendre son ignorance. Une honte secrète, un chagrin caché le rongèrent dès lors : il ne savait rien, il n'osait causer de ces choses qui le passionnaient, l'égalité de tous les hommes, l'équité qui voulait un partage entre eux des biens de la terre. Aussi se prit-il pour l'étude du goût sans méthode des ignorants affolés de science. Maintenant, il était en correspondance régulière avec Pluchart, plus instruit, très lancé dans le mouvement socialiste. Il se fit envoyer des livres, dont la lecture mal digérée acheva de l'exalter : un livre de médecine surtout, l'*Hygiène du mineur*, où un docteur belge avait résumé les maux dont se meurt le peuple des houillères ; sans compter des traités d'économie politique d'une aridité technique incompréhensible, des brochures anarchistes qui le bouleversaient, d'anciens numéros de journaux qu'il gardait ensuite comme des arguments irréfutables, dans des discussions possibles. Souvarine, du reste, lui prêtait aussi des volumes, et l'ouvrage sur les Sociétés coopératives l'avait fait rêver pendant un mois d'une association universelle d'échange, abolissant l'argent, basant sur le travail la vie sociale entière. La honte de son ignorance s'en allait, il lui venait un orgueil, depuis qu'il se sentait penser.

Durant ces premiers mois, Étienne en resta au ravissement des néophytes [1], le cœur débordant d'indignations généreuses contre les oppresseurs, se jetant à l'espérance du prochain triomphe des opprimés. Il n'en était point encore à se

1. *Néophytes* : personne qui a récemment adopté une doctrine, un système ; nouvel adepte (étymologie : du grec *neophyto*, « nouvellement planté »).

fabriquer un système, dans le vague de ses lectures. Les revendications pratiques de Rasseneur se mêlaient en lui aux violences destructives de Souvarine; et, quand il sortait du cabaret de *l'Avantage*, où il continuait presque chaque jour à déblatérer avec eux contre la Compagnie, il marchait dans un rêve, il assistait à la régénération radicale des peuples, sans que cela dût coûter une vitre cassée ni une goutte de sang. D'ailleurs, les moyens d'exécution demeuraient obscurs, il préférait croire que les choses iraient très bien, car sa tête se perdait, dès qu'il voulait formuler un programme de reconstruction. Il se montrait même plein de modération et d'inconséquence, il répétait parfois qu'il fallait bannir la politique de la question sociale, une phrase qu'il avait lue et qui lui semblait bonne à dire, dans le milieu de houilleurs flegmatiques où il vivait.

Maintenant, chaque soir, chez les Maheu, on s'attardait une demi-heure, avant de monter se coucher. Toujours Étienne reprenait la même causerie. Depuis que sa nature s'affinait, il se trouvait blessé davantage par les promiscuités du coron. Est-ce qu'on était des bêtes, pour être ainsi parqués, les uns contre les autres, au milieu des champs, si entassés qu'on ne pouvait changer de chemise sans montrer son derrière aux voisins! Et comme c'était bon pour la santé, et comme les filles et les garçons s'y pourrissaient forcément ensemble!

— Dame, répondait Maheu, si l'on avait plus d'argent, on aurait plus d'aise... Tout de même, c'est bien vrai que ça ne vaut rien pour personne, de vivre les uns sur les autres. Ça finit toujours par des hommes saouls et par des filles pleines.

Et la famille partait de là, chacun disait son mot, pendant que le pétrole de la lampe viciait l'air de la salle, déjà empuantie d'oignon frit. Non, sûrement, la vie n'était pas drôle. On travaillait en vraies brutes à un travail qui était la punition des galériens autrefois, on y laissait la peau plus souvent qu'à son tour, tout ça pour ne pas même avoir de la viande sur sa table, le soir. Sans doute on avait sa pâtée quand même, on mangeait, mais si peu, juste de quoi souffrir sans crever, écrasé de dettes, poursuivi comme si l'on volait son pain. Quand arrivait le dimanche, on dormait de fatigue. Les seuls plaisirs, c'était de se saouler ou de faire un enfant à sa femme ; encore la bière vous engraissait trop le ventre, et l'enfant, plus tard, se foutait de vous. Non, non, ça n'avait rien de drôle.

Alors, la Maheude s'en mêlait.

— L'embêtant, voyez-vous, c'est lorsqu'on se dit que ça ne peut pas changer... Quand on est jeune, on s'imagine que le bonheur viendra, on espère des choses ; et puis, la misère recommence toujours, on reste enfermé là-dedans... Moi, je ne veux du mal à personne, mais il y a des fois où cette injustice me révolte.

Un silence se faisait, tous soufflaient un instant, dans le malaise vague de cet horizon fermé. Seul, le père Bonnemort, s'il était là, ouvrait des yeux surpris, car de son temps on ne se tracassait pas de la sorte : on naissait dans le charbon, on tapait à la veine, sans en demander davantage ; tandis que, maintenant, il passait un air qui donnait de l'ambition aux charbonniers.

— Faut cracher sur rien, murmurait-il. Une bonne chope est une bonne chope... Les chefs, c'est souvent de la canaille ; mais il y aura toujours des chefs, pas vrai ? inutile de se casser la tête à réfléchir là-dessus.

Du coup, Étienne s'animait. Comment ! la réflexion serait défendue à l'ouvrier ! Eh ! justement, les choses changeraient bientôt, parce que l'ouvrier réfléchissait à cette heure. Du temps du vieux, le mineur vivait dans la mine comme une brute, comme une machine à extraire la houille, toujours sous la terre, les oreilles et les yeux bouchés aux événements du dehors. Aussi les riches qui gouvernent, avaient-ils beau jeu de s'entendre, de le vendre et de l'acheter, pour lui manger la chair : il ne s'en doutait même pas. Mais, à présent, le mineur s'éveillait au fond, germait dans la terre ainsi qu'une vraie graine ; et l'on verrait un matin ce qu'il pousserait au beau milieu des champs : oui, il pousserait des hommes, une armée d'hommes qui rétabliraient la justice. Est-ce que tous les citoyens n'étaient pas égaux depuis la Révolution ? puisqu'on votait ensemble, est-ce que l'ouvrier devait rester l'esclave du patron qui le payait ? Les grandes Compagnies, avec leurs machines, écrasaient tout, et l'on n'avait même plus contre elles les garanties de l'ancien temps, lorsque les gens du même métier, réunis en corps, savaient se défendre. C'était pour ça, nom de Dieu ! et pour d'autres choses, que tout péterait un jour, grâce à l'instruction. On n'avait qu'à voir dans le coron même : les grands-pères n'auraient pu signer leur nom, les pères le signaient déjà, et quand aux fils, ils lisaient et écrivaient comme des professeurs. Ah ! ça poussait, ça poussait petit à petit, une rude moisson d'hommes, qui mûrissait au soleil ! Du moment qu'on n'était plus collé chacun à sa place pour l'existence entière, et qu'on pouvait avoir l'ambition de prendre la place du voisin, pourquoi donc n'aurait-on pas joué des poings, en tâchant d'être le plus fort ?

Maheu, ébranlé, restait cependant plein de défiance.

— Dès qu'on bouge, on vous rend votre livret, disait-il. Le vieux a raison, ce sera toujours le mineur qui aura la peine, sans l'espoir d'un gigot de temps à autre, en récompense.

Muette depuis un moment, la Maheude sortait comme d'un songe.

— Encore si ce que les curés racontent était vrai, si les pauvres gens de ce monde étaient les riches dans l'autre !

Un éclat de rire l'interrompait, les enfants eux-mêmes haussaient les épaules, tous devenus incrédules au vent du dehors, gardant la peur secrète des revenants de la fosse, mais s'égayant du ciel vide.

— Ah ! ouiche, les curés ! s'écriait Maheu. S'ils croyaient ça, ils mangeraient moins et ils travailleraient davantage, pour se réserver là-haut une bonne place... Non, quand on est mort, on est mort.

La Maheude poussait de grands soupirs.

— Ah ! mon Dieu ! ah ! mon Dieu !

Puis, les mains tombées sur les genoux, d'un air d'accablement immense :

— Alors, c'est bien vrai, nous sommes foutus, nous autres.

Tous se regardaient. Le père Bonnemort crachait dans son mouchoir, tandis que Maheu, sa pipe éteinte, l'oubliait à sa bouche. Alzire écoutait, entre Lénore et Henri, endormis au bord de la table. Mais Catherine surtout, le menton dans la main, ne quittait pas Étienne de ses grands yeux clairs, lorsqu'il se récriait, disant sa foi, ouvrant l'avenir enchanté de son rêve social. Autour d'eux, le coron se couchait, on n'entendait plus que les pleurs perdus d'un enfant ou la querelle d'un ivrogne attardé. Dans la salle, le coucou battait lentement, une fraîcheur d'humidité montait des dalles sablées, malgré l'étouffement de l'air.

— En voilà encore des idées ! disait le jeune homme. Est-ce que vous avez besoin d'un bon Dieu et de son paradis pour être heureux ? est-ce que vous ne pouvez pas vous faire à vous-mêmes le bonheur sur la terre ?

D'une voix ardente, il parlait sans fin. C'était, brusquement, l'horizon fermé qui éclatait, une trouée de lumière s'ouvrait dans la vie sombre de ces pauvres gens. L'éternel recommencement de la misère, le travail de brute, ce destin de bétail qui donne sa laine et qu'on égorge, tout le malheur disparaissait, comme balayé par un grand coup de soleil ; et, sous un éblouissement de féerie, la justice descendait du ciel. Puisque le bon

Dieu était mort, la justice allait assurer le bonheur des hommes, en faisant régner l'égalité et la fraternité. Une société nouvelle poussait en un jour, ainsi que dans les songes, une ville immense, d'une splendeur de mirage, où chaque citoyen vivait de sa tâche et prenait sa part des joies communes. Le vieux monde pourri était tombé en poudre, une humanité jeune, purgée de ses crimes, ne formait plus qu'un seul peuple de travailleurs, qui avait pour devise : à chacun suivant son mérite, et à chaque mérite suivant ses œuvres. Et, continuellement, ce rêve s'élargissait, s'embellissait, d'autant plus séducteur, qu'il montait plus haut dans l'impossible.

D'abord, la Maheude refusait d'entendre, prise d'une sourde épouvante. Non, non, c'était trop beau, on ne devait pas s'embarquer dans ces idées, car elles rendaient la vie abominable ensuite, et l'on aurait tout massacré alors, pour être heureux. Quand elle voyait luire les yeux de Maheu, troublé, conquis, elle s'inquiétait, elle criait, en interrompant Étienne :

— N'écoute pas, mon homme ! Tu vois bien qu'il nous fait des contes… Est-ce que les bourgeois consentiront jamais à travailler comme nous ?

Mais, peu à peu, le charme agissait aussi sur elle. Elle finissait par sourire, l'imagination éveillée, entrant dans ce monde merveilleux de l'espoir. Il était si doux d'oublier pendant une heure la réalité triste ! Lorsqu'on vit comme des bêtes, le nez à terre, il faut bien un coin de mensonge, où l'on s'amuse à se régaler des choses qu'on ne possédera jamais. Et ce qui la passionnait, ce qui la mettait d'accord avec le jeune homme, c'était l'idée de la justice.

— Ça, vous avez raison ! criait-elle. Moi, quand une affaire est juste, je me ferais hacher… Et, vrai ! ce serait juste, de jouir à notre tour.

Maheu, alors, osait s'enflammer.

— Tonnerre de Dieu ! je ne suis pas riche, mais je donnerais bien cent sous pour ne pas mourir avant d'avoir vu tout ça… Quel chambardement ! Hein ? sera-ce bientôt, et comment s'y prendra-t-on ?

Étienne recommençait à parler. La vieille société craquait, ça ne pouvait durer au-delà de quelques mois, affirmait-il carrément. Sur les moyens d'exécution, il se montrait plus vague, mêlant ses lectures, ne craignant pas, devant des ignorants, de se lancer dans des explications où il se perdait lui-même. Tous les systèmes y passaient, adoucis d'une certitude de triomphe facile, d'un baiser universel qui terminerait le malentendu des classes ; sans tenir compte des mauvaises têtes, parmi les patrons et les bourgeois, qu'on serait peut-être forcé de mettre à la raison. Et les Maheu avaient l'air de comprendre, approuvaient, acceptaient les solutions miraculeuses, avec la foi aveugle des nouveaux croyants, pareils à ces chrétiens des premiers temps de l'Église, qui attendaient la venue d'une société parfaite, sur le fumier du monde antique. La petite Alzire accrochait des mots, s'imaginait le bonheur sous l'image d'une maison très chaude, où les enfants jouaient et mangeaient tant qu'ils voulaient. Catherine, sans bouger, le menton toujours dans la main, restait les yeux fixés sur Étienne, et quand il se taisait, elle avait un léger frisson, toute pâle, comme prise de froid.

Mais la Maheude regardait le coucou.

— Neuf heures passées, est-il permis ! Jamais on ne se lèvera demain.

Et les Maheu quittaient la table, le cœur mal à l'aise, désespérés. Il leur semblait qu'ils venaient d'être riches, et qu'ils retombaient d'un coup dans leur crotte. Le père Bonnemort, qui partait pour la fosse, grognait que ces histoires-là ne rendaient pas la soupe meilleure ; tandis que les autres montaient à la file, en s'apercevant de l'humidité des murs et de l'étouffement empesté de l'air. En haut, dans le sommeil lourd du coron, Étienne, lorsque Catherine s'était mise au lit la dernière et avait soufflé la chandelle, l'entendait se retourner fiévreusement, avant de s'endormir.

Souvent, à ces causeries, des voisins se pressaient, Levaque qui s'exaltait aux idées de partage, Pierron que la prudence faisait aller se coucher, dès qu'on s'attaquait à la Compagnie. De loin en loin, Zacharie entrait un instant ; mais la politique l'assommait, il préférait descendre à *l'Avantage*, pour boire une chope. Quant à Chaval, il renchérissait, voulait du sang. Presque tous les soirs, il passait une heure chez les Maheu ; et, dans cette assiduité, il y avait une jalousie inavouée, la peur qu'on ne lui volât Catherine. Cette fille, dont il se lassait déjà, lui était devenue chère, depuis qu'un homme couchait près d'elle et pouvait la prendre, la nuit.

L'influence d'Étienne s'élargissait, il révolutionnait peu à peu le coron. C'était une propagande sourde, d'autant plus sûre, qu'il grandissait dans l'estime de tous. La Maheude, malgré sa défiance de ménagère prudente, le traitait avec considération, en jeune homme qui la payait exactement, qui ne buvait ni ne jouait, le nez toujours dans un livre ; et elle lui faisait, chez les voisines, une réputation de garçon instruit, dont celles-ci abusaient, en le priant d'écrire leurs lettres. Il était une sorte d'homme d'affaires, chargé des correspondances, consulté par les ménages sur les cas délicats. Aussi, dès le mois de septembre, avait-il créé enfin sa fameuse caisse de prévoyance, très précaire encore, ne comptant que les habitants du coron ; mais il espérait bien obtenir l'adhésion des charbonniers de toutes les fosses, surtout si la Compagnie, restée passive, ne le gênait pas davantage. On venait de le nommer secrétaire de l'association, et il touchait même de petits appointements, pour ses écritures. Cela le rendait presque riche. Si un mineur marié n'arrive pas à joindre les deux bouts, un garçon sobre, n'ayant aucune charge, peut réaliser des économies.

Dès lors, il s'opéra chez Étienne une transformation lente. Des instincts de coquetterie et de bien-être, endormis dans sa pauvreté, se révélèrent, lui firent acheter des vêtements de drap. Il se paya une paire de bottes fines, et du coup il passa chef, tout le coron se groupa autour de lui. Ce furent des satisfactions d'amour-propre délicieuses, il se grisa de ces premières jouissances de la popularité : être à la tête des autres, commander, lui si jeune et qui la veille encore était un manœuvre, l'emplissait d'orgueil, agrandissait son rêve d'une révolution prochaine, où il jouerait un rôle. Son visage changea, il devint grave, il s'écouta parler ; tandis que son ambition naissante enfiévrait ses théories et le poussait aux idées de bataille.

Cependant, l'automne s'avançait, les froids d'octobre avaient rouillé les petits jardins du coron. Derrière les lilas maigres, les galibots ne culbutaient plus les herscheuses sur le carin ; et il ne restait que les légumes d'hiver, les choux perlés de gelée blanche, les poireaux et les salades de conserve. De nouveau, les averses battaient les tuiles rouges, coulaient dans les tonneaux, sous les gouttières, avec des bruits de torrent. Dans chaque maison, le fer ne refroidissait pas, chargé de houille, empoisonnant la salle close. C'était encore une saison de grande misère qui commençait.

En octobre, par une de ces premières nuits glaciales, Étienne, fiévreux d'avoir parlé, en bas, ne put s'endormir. Il avait regardé Catherine se glisser sous la couverture, puis souffler la chandelle. Elle paraissait toute secouée, elle aussi, tourmentée d'une de ces pudeurs qui la faisaient encore se hâter parfois, si maladroitement, qu'elle se découvrait davantage. Dans l'obscurité, elle restait comme morte ; mais il entendait qu'elle ne dormait pas non plus ; et, il le sentait, elle songeait à lui, ainsi qu'il songeait à elle : jamais ce muet échange de leur être ne les avait emplis d'un tel trouble. Des minutes s'écoulèrent, ni lui ni elle ne remuait, leur souffle s'embarrassait seulement, malgré leur effort pour le retenir. À deux reprises, il fut sur le point de se lever et de la prendre. C'était imbécile, d'avoir un si gros désir l'un de l'autre, sans jamais se contenter. Pourquoi donc bouder ainsi contre leur envie ? Les enfants dormaient, elle voulait bien tout de suite, il était certain qu'elle l'attendait en étouffant, qu'elle refermerait les bras sur lui, muette, les dents serrées. Près d'une heure se passa. Il n'alla pas la prendre, elle ne se retourna pas, de peur de l'appeler. Plus ils vivaient côte à côte, et plus une barrière s'élevait, des hontes, des répugnances, des délicatesses d'amitié, qu'ils n'auraient pu expliquer eux-mêmes.

## IV

— Écoute, dit la Maheude à son homme, puisque tu vas à Montsou pour la paie, rapporte-moi donc une livre de café et un kilo de sucre.

Il recousait un de ses souliers, afin d'épargner le raccommodage.

— Bon ! murmura-t-il, sans lâcher sa besogne.

— Je te chargerais bien de passer aussi chez le boucher… Un morceau de veau, hein ? il y a si longtemps qu'on n'en a pas vu.

Cette fois, il leva la tête.

— Tu crois donc que j'ai à toucher des mille et des cents… La quinzaine est trop maigre, avec leur sacrée idée d'arrêter constamment le travail.

Tous deux se turent. C'était après le déjeuner, un samedi de la fin d'octobre. La Compagnie, sous le prétexte du dérangement causé par la paie, avait encore, ce jour-là, suspendu l'extraction, dans toutes ses fosses. Saisie de panique devant la crise industrielle qui s'aggravait, ne voulant pas augmenter son stock déjà lourd, elle profitait des moindres prétextes pour forcer ses dix mille ouvriers au chômage.

— Tu sais qu'Étienne t'attend chez Rasseneur, reprit la Maheude. Emmène-le, il sera plus malin que toi pour se débrouiller, si l'on ne vous comptait pas vos heures.

Maheu approuva de la tête.

— Et cause donc à ces messieurs de l'affaire de ton père. Le médecin s'entend avec la Direction… N'est-ce pas ? vieux, que le médecin se trompe, que vous pouvez encore travailler ?

Depuis dix jours, le père Bonnemort, les pattes engourdies comme il disait, restait cloué sur une chaise. Elle dut répéter sa question, et il grogna :

— Bien sûr que je travaillerai. On n'est pas fini parce qu'on a mal aux jambes. Tout ça, c'est des histoires qu'ils inventent pour ne pas me donner la pension de cent quatre-vingts francs.

La Maheude songeait aux quarante sous du vieux, qu'il ne lui rapporterait peut-être jamais plus, et elle eut un cri d'angoisse.

— Mon Dieu ! nous serons bientôt tous morts, si ça continue.

— Quand on est mort, dit Maheu, on n'a plus faim.

Il ajouta des clous à ses souliers et se décida à partir. Le coron des Deux-Cent-Quarante ne devait être payé que vers quatre heures. Aussi les hommes ne se pressaient-ils pas, s'attardant, filant un à un, poursuivis par les femmes qui les suppliaient de revenir tout de suite. Beaucoup leur donnaient des commissions, pour les empêcher de s'oublier dans les estaminets.

Chez Rasseneur, Étienne était venu aux nouvelles. Des bruits inquiétants couraient, on disait la Compagnie de plus en plus mécontente des boisages. Elle accablait les ouvriers d'amendes, un conflit paraissait fatal. Du reste, ce n'était là que la querelle avouée, il y avait dessous toute une complication, des causes secrètes et graves.

Justement, lorsque Étienne arriva, un camarade qui buvait une chope, au retour de Montsou, racontait qu'une affiche était collée chez le caissier ; mais il ne savait pas bien ce qu'on lisait sur cette affiche. Un autre entra, puis un troisième ; et chacun apportait une histoire différente. Il semblait certain, cependant, que la Compagnie avait pris une résolution.

— Qu'est-ce que tu en dis, toi ? demanda Étienne, en s'asseyant près de Souvarine, à une table, où, pour unique consommation, se trouvait un paquet de tabac.

Le machineur ne se pressa point, acheva de rouler une cigarette.

— Je dis que c'était facile à prévoir. Ils vont vous pousser à bout.

Lui seul avait l'intelligence assez déliée pour analyser la situation. Il l'expliquait de son air tranquille. La Compagnie, atteinte par la crise, était bien forcée de réduire ses frais, si elle ne voulait pas succomber ; et, naturellement, ce seraient les ouvriers qui devraient se serrer le ventre, elle rognerait leurs salaires, en inventant un prétexte quelconque. Depuis deux mois, la houille restait sur le carreau de ses fosses, presque toutes les usines chômaient. Comme elle n'osait chômer aussi, effrayée devant l'inaction ruineuse du matériel, elle rêva un moyen terme, peut-être une grève, d'où son peuple de mineurs sortirait dompté et moins payé. Enfin, la nouvelle caisse de prévoyance l'inquiétait, devenait une menace pour l'avenir, tandis qu'une grève l'en débarrasserait, en la vidant, lorsqu'elle était peu garnie encore.

Rasseneur s'était assis près d'Étienne, et tous deux écoutaient d'un air consterné. On pouvait causer à voix haute, il n'y avait plus là que Mme Rasseneur, assise au comptoir.

— Quelle idée ! murmura le cabaretier. Pourquoi tout ça ? La Compagnie n'a aucun intérêt à une grève, et les ouvriers non plus. Le mieux est de s'entendre.

C'était fort sage. Il se montrait toujours pour les revendications raisonnables. Même, depuis la rapide popularité de son ancien locataire, il outrait ce système du progrès possible, disant qu'on n'obtenait rien, lorsqu'on voulait tout avoir d'un coup. Dans sa bonhomie d'homme gras, nourri de bière, montait une jalousie secrète, aggravée par la désertion de son débit, où les ouvriers du Voreux entraient moins boire et l'écouter ; et il en arrivait ainsi parfois à défendre la Compagnie, oubliant sa rancune d'ancien mineur congédié.

— Alors, tu es contre la grève ? cria Mme Rasseneur, sans quitter le comptoir.

Et, comme il répondait oui, énergiquement, elle le fit taire.

— Tiens ! tu n'as pas de cœur, laisse parler ces messieurs !

Étienne songeait, les yeux sur la chope qu'elle lui avait servie. Enfin, il leva la tête.

— C'est bien possible, tout ce que le camarade raconte, et il faudra nous y résoudre, à cette grève, si l'on nous y force... Pluchart, justement, m'a écrit là-dessus des choses très justes. Lui aussi est contre la grève, car l'ouvrier en souffre autant que le patron, sans arriver à rien de décisif. Seulement, il voit là une occasion excellente pour déterminer nos hommes à entrer dans sa grande machine... D'ailleurs, voici sa lettre.

En effet, Pluchart, désolé des méfiances que l'Internationale rencontrait chez les mineurs de Montsou, espérait les voir adhérer en masse, si un conflit les obligeait à lutter contre la Compagnie. Malgré ses efforts, Étienne n'avait pu placer une seule carte de membre, donnant du reste le meilleur de son influence à sa caisse de secours, beaucoup mieux accueillie. Mais cette caisse était encore si pauvre, qu'elle devait être vite épuisée, comme le disait Souvarine ; et, fatalement, les grévistes se jetteraient alors dans l'Association des travailleurs, pour que leurs frères de tous les pays leur vinssent en aide.

— Combien avez-vous en caisse ? demanda Rasseneur.

— À peine trois mille francs, répondit Étienne. Et vous savez que la Direction m'a fait appeler avant-hier. Oh ! ils sont très polis, ils m'ont répété qu'ils n'empêchaient pas leurs ouvriers de créer un fonds de réserve. Mais j'ai bien compris qu'ils en voulaient le contrôle... De toute manière, nous aurons une bataille de ce côté-là.

Le cabaretier s'était mis à marcher, en sifflant d'un air dédaigneux. Trois mille francs ! qu'est-ce que vous voulez qu'on fiche avec ça ? Il n'y aurait pas six jours de pain, et si l'on comptait sur des étrangers, des gens qui habitaient l'Angleterre, on pouvait tout de suite se coucher et avaler sa langue. Non, c'était trop bête, cette grève !

Alors, pour la première fois, des paroles aigres furent échangées entre ces deux hommes, qui, d'ordinaire, finissaient par s'entendre, dans leur haine commune du capital.

— Voyons, et toi, qu'en dis-tu ? répéta Étienne, en se tournant vers Souvarine.

Celui-ci répondit par son mot de mépris habituel.

— Les grèves ? des bêtises !

Puis, au milieu du silence fâché qui s'était fait, il ajouta doucement :

— En somme, je ne dis pas non, si ça vous... Seulement, de ce train-là, on mettrait bien mille ans pour renouveler le monde. Commencez donc par me faire sauter ce bagne où vous crevez tous !

De sa main fine, il désignait le Voreux, dont on apercevait les bâtiments par la porte restée ouverte. Puis un drame imprévu l'interrompit : Pologne, la grosse lapine familière, qui s'était hasardée dehors, rentrait d'un bond, fuyant sous les pierres d'une bande de galibots ; et, dans son effarement, les oreilles rabattues, la queue retroussée, elle vint se réfugier contre ses jambes, l'implorant, le grattant, pour qu'il la prît. Quand il l'eut couchée sur ses genoux, il l'abrita de ses deux mains, il tomba dans cette sorte de somnolence rêveuse, où le plongeait la caresse de ce poil doux et tiède.

Presque aussitôt, Maheu entra. Il ne voulut rien boire, malgré l'insistance polie de Mme Rasseneur, qui vendait sa bière comme si elle l'eût offerte. Étienne s'était levé, et tous deux partirent pour Montsou.

Les jours de paie aux Chantiers de la Compagnie, Montsou semblait en fête, comme les beaux dimanches de ducasse. De tous les corons arrivait une cohue de mineurs. Le bureau du caissier étant très petit, ils préféraient attendre à la porte, ils stationnaient par groupes sur le pavé, barraient la route d'une queue de monde renouvelée sans cesse. Des camelots profitaient de l'occasion, s'installaient avec leurs bazars roulants, étalaient jusqu'à de la faïence et de la charcuterie. Mais c'étaient surtout les estaminets et les débits qui faisaient une bonne recette, car les mineurs, avant d'être payés, allaient prendre patience devant les comptoirs, puis y retournaient arroser leur paie, dès qu'ils l'avaient en poche. Encore se montraient-ils très sages, lorsqu'ils ne l'achevaient pas au *Volcan*.

À mesure que Maheu et Étienne avancèrent au milieu des groupes, ils sentirent, ce jour-là, monter une exaspération sourde. Ce n'était pas l'ordinaire insouciance de l'argent touché et écorné dans les cabarets. Des poings se serraient, des mots violents couraient de bouche en bouche.

— C'est vrai, alors ? demanda Maheu à Chaval, qu'il rencontra devant l'estaminet Piquette, ils ont fait la saleté ?

Mais Chaval se contenta de répondre par un grognement furieux, en jetant un regard oblique sur Étienne. Depuis le renouvellement du marchandage, il s'était embauché avec d'autres, mordu peu à peu d'envie contre le camarade, ce dernier venu qui se posait en maître, et dont tout le coron, disait-il, léchait les bottes. Cela se compliquait d'une querelle d'amoureux, il n'emmenait plus Catherine à Réquillart ou derrière le terri, sans l'accuser, en termes abominables, de coucher avec le logeur de sa mère ; puis, il la tuait de caresses, repris pour elle d'un sauvage désir.

Maheu lui adressa une autre question.

— Est-ce que le Voreux passe ?

Et comme il tournait le dos, après avoir dit oui, d'un signe de tête, les deux hommes se décidèrent à entrer aux Chantiers.

La caisse était une petite pièce rectangulaire, séparée en deux par un grillage. Sur les bancs, le long des murs, cinq ou six mineurs attendaient ; tandis que le caissier, aidé d'un commis, en payait un autre, debout devant le guichet, sa casquette à la main. Au-dessus du banc de gauche, une affiche jaune se trouvait collée, toute fraîche dans le gris enfumé des plâtres ; et c'était là que, depuis le matin, défilaient continuellement des hommes. Ils entraient par deux ou par trois, restaient plantés, puis s'en allaient sans un mot, avec une secousse des épaules, comme si on leur eût cassé l'échine.

Il y avait justement deux charbonniers devant l'affiche, un jeune à tête carrée de brute, un vieux très maigre, la face hébétée par l'âge. Ni l'un ni l'autre ne savait lire, le jeune épelait en remuant les lèvres, le vieux se contentait de regarder stupidement. Beaucoup entraient ainsi, pour voir, sans comprendre.

— Lis-nous donc ça, dit à son compagnon Maheu, qui n'était pas fort non plus sur la lecture.

Alors, Étienne se mit à lire l'affiche. C'était un avis de la Compagnie aux mineurs de toutes les fosses. Elle les avertissait que, devant le peu de soin apporté au boisage, lasse d'infliger des amendes inutiles, elle avait pris la résolution d'appliquer un nouveau mode de paiement, pour l'abattage de la houille. Désormais, elle paierait le boisage à part, au mètre cube de bois descendu et employé, en se basant sur la quantité nécessaire à un bon travail. Le prix de la berline de charbon abattu serait naturellement baissé, dans une proportion de cinquante centimes à quarante, suivant d'ailleurs la nature et l'éloignement des tailles. Et un calcul assez obscur tâchait d'établir que cette diminution de dix centimes se trouverait exactement compensée par le prix du boisage. Du reste, la Compagnie ajoutait que, voulant laisser à chacun le temps de se convaincre des avantages présentés par ce nouveau mode, elle comptait seulement l'appliquer à partir du lundi, 1er décembre.

— Si vous lisiez moins haut, là-bas ! cria le caissier. On ne s'entend plus.

Étienne acheva sa lecture, sans tenir compte de l'observation. Sa voix tremblait, et quand il eut fini, tous continuèrent à regarder fixement l'affiche. Le vieux mineur et le jeune avaient l'air d'attendre encore ; puis ils partirent, les épaules cassées.

— Nom de Dieu ! murmura Maheu.

Lui et son compagnon s'étaient assis. Absorbés, la tête basse, tandis que le défilé continuait en face du papier jaune, ils calculaient. Est-ce qu'on se fichait d'eux ! jamais ils ne rattraperaient, avec le boisage, les dix centimes diminués sur la berline. Au plus toucheraient-ils huit centimes, et c'était deux centimes que leur volait la Compagnie, sans compter le temps qu'un travail soigné leur prendrait. Voilà donc où elle voulait en venir, à cette baisse de salaire déguisée ! Elle réalisait des économies dans la poche de ses mineurs.

— Nom de Dieu de nom de Dieu ! répéta Maheu en relevant la tête. Nous sommes des jean-foutre, si nous acceptons ça !

Mais le guichet se trouvait libre, il s'approcha pour être payé. Les chefs de marchandage se présentaient seuls à la caisse, puis répartissaient l'argent entre leurs hommes, ce qui gagnait du temps.

— Maheu et consorts, dit le commis, veine Filonnière, taille numéro sept.

Il cherchait sur les listes, que l'on dressait en dépouillant les livrets, où les porions, chaque jour et par chantier, relevaient le nombre des berlines extraites. Puis, il répéta :

— Maheu et consorts, veine Filonnière, taille numéro sept… Cent trente-cinq francs.

Le caissier paya.

— Pardon, Monsieur, balbutia le haveur saisi, êtes-vous sûr de ne pas vous tromper ?

Il regardait ce peu d'argent, sans le ramasser, glacé d'un petit frisson qui lui coulait au cœur. Certes, il s'attendait à une paie mauvaise, mais elle ne pouvait se réduire à si peu, ou il devait avoir mal compté. Lorsqu'il aurait remis leur part à Zacharie, à Étienne et à l'autre camarade qui remplaçait Chaval, il lui resterait au plus cinquante francs pour lui, son père, Catherine et Jeanlin.

— Non, non, je ne me trompe pas, reprit l'employé. Il faut enlever deux dimanches et quatre jours de chômage : donc, ça vous fait neuf jours de travail.

Maheu suivait ce calcul, additionnait tout bas : neuf jours donnaient à lui environ trente francs, dix-huit à Catherine, neuf à Jeanlin. Quant au père Bonnemort, il n'avait que trois journées. N'importe, en ajoutant les quatre-vingt-dix francs de Zacharie et des deux camarades, ça faisait sûrement davantage.

— Et n'oubliez pas les amendes, acheva le commis. Vingt francs d'amendes pour boisages défectueux.

Le haveur eut un geste désespéré. Vingt francs d'amendes,

quatre journées de chômage ! Alors, le compte y était. Dire qu'il avait rapporté jusqu'à des quinzaines de cent cinquante francs, lorsque le père Bonnemort travaillait et que Zacharie n'était pas encore en ménage !

— À la fin le prenez-vous ? cria le caissier impatienté. Vous voyez bien qu'un autre attend… Si vous n'en voulez pas, dites-le.

Comme Maheu se décidait à ramasser l'argent de sa grosse main tremblante, l'employé le retint.

— Attendez, j'ai là votre nom. Toussaint Maheu, n'est-ce pas ?… Monsieur le secrétaire général désire vous parler. Entrez, il est seul.

Étourdi, l'ouvrier se trouva dans un cabinet, meublé de vieil acajou, tendu de reps vert déteint. Et il écouta pendant cinq minutes le secrétaire général, un grand monsieur blême, qui lui parlait par-dessus les papiers de son bureau, sans se lever. Mais le bourdonnement de ses oreilles l'empêchait d'entendre. Il comprit vaguement qu'il était question de son père, dont la retraite allait être mise à l'étude, pour la pension de cent cinquante francs, cinquante ans d'âge et quarante années de service. Puis, il lui sembla que la voix du secrétaire devenait plus dure. C'était une réprimande, on l'accusait de s'occuper de politique, une allusion fut faite à son logeur et à la caisse de prévoyance ; enfin, on lui conseillait de ne pas se compromettre dans ces folies, lui qui était un des meilleurs ouvriers de la fosse. Il voulut protester, ne put prononcer que des mots sans suite, tordit sa casquette entre ses doigts fébriles, et se retira, en bégayant :

— Certainement, monsieur le secrétaire… J'assure à monsieur le secrétaire…

Dehors, quand il eut retrouvé Étienne qui l'attendait, il éclata.

— Je suis un jean-foutre, j'aurais dû répondre !… Pas de quoi manger du pain, et des sottises encore ! Oui, c'est contre toi qu'il en a, il m'a dit que le coron était empoisonné... Et quoi faire ? nom de Dieu ! plier l'échine, dire merci. Il a raison, c'est le plus sage.

Maheu se tut, travaillé à la fois de colère et de crainte. Étienne songeait d'un air sombre. De nouveau, ils traversèrent les groupes qui barraient la rue. L'exaspération croissait, une exaspération de peuple calme, un murmure grondant d'orage, sans violence de gestes, terrible au-dessus de cette masse lourde. Quelques têtes sachant compter avaient fait le calcul et les deux centimes gagnés par la Compagnie sur les bois, circulaient, exaltaient les crânes les plus durs. Mais c'était surtout l'enragement de cette paie désastreuse, la révolte de la faim, contre le chômage et les amendes. Déjà on ne mangeait plus, qu'allait-on devenir, si l'on baissait encore les salaires ? Dans les estaminets, on se fâchait tout haut, la colère séchait tellement les gosiers, que le peu d'argent touché restait sur les comptoirs.

De Montsou au coron, Étienne et Maheu n'échangèrent pas une parole. Lorsque ce dernier entra, la Maheude, qui était seule avec les enfants, remarqua tout de suite qu'il avait les mains vides.

— Eh bien, tu es gentil ! dit-elle. Et mon café, et mon sucre, et la viande ? Un morceau de veau ne t'aurait pas ruiné.

Il ne répondait point, étranglé d'une émotion qu'il renfonçait. Puis, dans ce visage épais d'homme durci aux travaux des mines, il y eut un gonflement de désespoir, et de grosses larmes crevèrent des yeux, tombèrent en pluie chaude. Il s'était abattu sur une chaise, il pleurait comme un enfant, en jetant les cinquante francs sur la table.

— Tiens ! bégaya-t-il, voilà ce que je te rapporte... C'est notre travail à tous.

La Maheude regarda Étienne, le vit muet et accablé. Alors, elle pleura aussi. Comment vivre neuf personnes, avec cinquante francs pour quinze jours ? Son aîné les avait quittés, le vieux ne pouvait plus remuer les jambes : c'était la mort bientôt. Alzire se jeta au cou de sa mère, bouleversée de l'entendre pleurer. Estelle hurlait, Lénore et Henri sanglotaient.

Et, du coron entier, monta bientôt le même cri de misère. Les hommes étaient rentrés, chaque ménage se lamentait devant le désastre de cette paie mauvaise. Des portes se rouvrirent, des femmes parurent, criant au-dehors, comme si leurs plaintes n'eussent pu tenir sous les plafonds des maisons closes. Une pluie fine tombait, mais elles ne la sentaient pas, elles s'appelaient sur les trottoirs, elles se montraient, dans le creux de leur main, l'argent touché.

— Regardez ! ils lui ont donné ça, n'est-ce pas se foutre du monde ?

— Moi, voyez ! je n'ai seulement pas de quoi payer le pain de la quinzaine.

— Et moi donc ! comptez un peu, il me faudra encore vendre mes chemises.

La Maheude était sortie comme les autres. Un groupe se forma autour de la Levaque, qui criait le plus fort ; car son soûlard de mari n'avait pas même reparu, elle devinait que, grosse ou petite, la paie allait se fondre au *Volcan*. Philomène guettait Maheu, pour que Zacharie n'entamât point la monnaie. Et il n'y avait que la Pierronne qui semblât assez calme, ce cafard de Pierron s'arrangeant toujours, on ne savait comment, de manière à avoir, sur le livret du porion, plus d'heures que les camarades. Mais la Brûlé trouvait ça lâche de la part de son gendre, elle était avec celles qui s'emportaient, maigre et droite au milieu du groupe, le poing tendu vers Montsou.

— Dire, cria-t-elle sans nommer les Hennebeau, que j'ai vu, ce matin, leur bonne passer en calèche !... Oui, la cuisinière dans la calèche à deux chevaux, allant à Marchiennes pour avoir du poisson, bien sûr !

Une clameur monta, les violences recommencèrent. Cette bonne en tablier blanc, menée au marché de la ville voisine dans la voiture des maîtres, soulevait une indignation. Lorsque les ouvriers crevaient de faim, il leur fallait donc du poisson quand même ? Ils n'en mangeraient peut-être pas toujours, du poisson : le tour du pauvre monde viendrait. Et les idées semées par Étienne poussaient, s'élargissaient dans ce cri de révolte. C'était l'impatience devant l'âge d'or promis, la hâte d'avoir sa part du bonheur, au-delà de cet horizon de misère, fermé comme une tombe. L'injustice devenait trop grande, ils finiraient par exiger leur droit, puisqu'on leur retirait le pain de la bouche. Les femmes surtout auraient voulu entrer d'assaut, tout de suite, dans cette cité idéale du progrès, où il n'y aurait plus de misérables. Il faisait presque nuit, et la pluie redoublait, qu'elles emplissaient encore le coron de leurs larmes, au milieu de la débandade glapissante des enfants.

Le soir, à *l'Avantage*, la grève fut décidée. Rasseneur ne la combattait plus, et Souvarine l'acceptait comme un premier pas. D'un mot, Étienne résuma la situation : si elle voulait décidément la grève, la Compagnie aurait la grève.

## V

Une semaine se passa, le travail continuait, soupçonneux et morne, dans l'attente du conflit.

Chez les Maheu, la quinzaine s'annonçait comme devant être plus maigre encore. Aussi la Maheude s'aigrissait-elle, malgré sa modération et son bon sens. Est-ce que sa fille Catherine ne s'était pas avisée de découcher une nuit ? Le lendemain matin, elle était rentrée si lasse, si malade de cette aventure, qu'elle n'avait pu se rendre à la fosse ; et elle pleurait, elle racontait qu'il n'y avait point de sa faute, car c'était Chaval qui l'avait gardée, menaçant de la battre, si elle se sauvait. Il devenait fou de jalousie, il voulait l'empêcher de retourner dans le lit d'Étienne, où il savait bien, disait-il, que la famille la faisait coucher. Furieuse, la Maheude, après avoir défendu à sa fille de revoir une pareille brute, parlait d'aller le gifler à Montsou. Mais ce n'en était pas moins une journée perdue, et la petite, maintenant qu'elle avait ce galant, aimait encore mieux ne pas en changer.

Deux jours après, il y eut une autre histoire. Le lundi et le mardi, Jeanlin que l'on croyait au Voreux, tranquillement à la besogne, s'échappa, tira une bordée dans les marais et dans la forêt de Vandame, avec Bébert et Lydie. Il les avait débauchés, jamais on ne sut à quelles rapines, à quels jeux d'enfants précoces ils s'étaient livrés tous les trois. Lui, reçut une forte correction, une fessée que sa mère lui appliqua dehors, sur le trottoir, devant la marmaille du coron terrifiée. Avait-on jamais vu ça ? des enfants à elle, qui coûtaient depuis leur naissance, qui devaient rapporter maintenant ! Et, dans ce cri, il y avait le souvenir de sa dure jeunesse, la misère héréditaire faisant de chaque petit de la portée un gagne-pain pour plus tard.

Ce matin-là, lorsque les hommes et la fille partirent à la fosse, la Maheude se souleva de son lit pour dire à Jeanlin :

— Tu sais, si tu recommences, méchant bougre, je t'enlève la peau du derrière !

Au nouveau chantier de Maheu, le travail était pénible. Cette partie de la veine Filonnière s'amincissait, à ce point que les haveurs, écrasés entre le mur et le toit, s'écorchaient les coudes, dans l'abattage. En outre, elle devenait très humide, on redoutait d'heure en heure un coup d'eau, un de ces brusques torrents qui crèvent les roches et emportent les hommes. La veille, Étienne, comme il enfonçait violemment sa rivelaine et la retirait, avait reçu au visage le jet d'une source; mais ce n'était qu'une alerte, la taille en était restée simplement plus mouillée et plus malsaine. D'ailleurs, il ne songeait guère aux accidents possibles, il s'oubliait là maintenant avec les camarades, insoucieux du péril. On vivait dans le grisou, sans même en sentir la pesanteur sur les paupières, l'envoilement de toile d'araignée qu'il laissait aux cils. Parfois quand la flamme des lampes pâlissait et bleuissait davantage, on songeait à lui, un mineur mettait la tête contre la veine, pour écouter le petit bruit du gaz, un bruit de bulles d'air bouillonnant à chaque fente. Mais la menace continuelle était les éboulements : car, outre l'insuffisance des boisages, toujours bâclés trop vite, les terres ne tenaient pas, détrempées par les eaux.

Trois fois dans la journée, Maheu avait dû faire consolider les bois. Il était deux heures et demie, les hommes allaient remonter. Couché sur le flanc, Étienne achevait le havage d'un bloc, lorsqu'un lointain grondement de tonnerre ébranla toute la mine.

— Qu'est-ce donc? cria-t-il, en lâchant sa rivelaine pour écouter.

Il avait cru que la galerie s'effondrait derrière son dos.

Mais déjà Maheu se laissait glisser sur la pente de la taille, en disant :

— C'est un éboulement... Vite! vite!

Tous dégringolèrent, se précipitèrent, emportés par un élan de fraternité inquiète. Les lampes dansaient à leurs poings, dans le silence de mort qui s'était fait; ils couraient à la file le long des voies, l'échine pliée. comme s'ils eussent galopé à quatre pattes ; et, sans ralentir ce galop, ils s'interrogeaient, jetaient des réponses brèves : où donc ? dans les tailles peut-être ? non, ça venait du bas ! au roulage plutôt ! Lorsqu'ils arrivèrent à la cheminée, ils s'y engouffrèrent, ils tombèrent les uns sur les autres, sans se soucier des meurtrissures.

Jeanlin, la peau rouge encore de la fessée de la veille, ne s'était pas échappé de la fosse, ce jour-là. Il trottait pieds nus derrière son train, refermait une à une les portes d'aérage ; et, parfois, quand il ne redoutait pas la rencontre d'un porion, il montait sur la dernière berline, ce qu'on lui défendait, de peur qu'il ne s'y endormît. Mais sa grosse distraction était, chaque fois que le train se garait pour en laisser passer un autre, d'aller retrouver en tête Bébert qui tenait les guides. Il arrivait sournoisement, sans sa lampe, pinçait le camarade au sang, inventait des farces de mauvais singe, avec ses cheveux jaunes, ses grandes oreilles, son museau maigre, éclairé de petits yeux verts, luisants dans l'obscurité. D'une précocité maladive, il semblait avoir l'intelligence obscure et la vive adresse d'un avorton humain, qui retournait à l'animalité d'origine.

L'après-midi, Mouque amena aux galibots Bataille, dont c'était le tour de corvée ; et, comme le cheval soufflait dans un garage, Jeanlin, qui s'était glissé jusqu'à Bébert, lui demanda :

— Qu'est-ce qu'il a, ce vieux rossard, à s'arrêter court ?... Il me fera casser les jambes.

Bébert ne put répondre, il dut retenir Bataille, qui s'égayait à l'approche de l'autre train. Le cheval avait reconnu de loin, au flair, son camarade Trompette, pour lequel il s'était pris d'une grande tendresse, depuis le jour où il l'avait vu débarquer dans la fosse. On aurait dit la pitié affectueuse d'un vieux philosophe, désireux de soulager un jeune ami, en lui donnant sa résignation et sa patience ; car Trompette ne s'acclimatait pas, tirait ses berlines sans goût, restait la tête basse, aveuglé de nuit avec le constant regret du soleil. Aussi, chaque fois que Bataille le rencontrait, allongeait-il la tête, s'ébrouant, le mouillant d'une caresse d'encouragement.

— Nom de Dieu ! jura Bébert, les voilà encore qui se sucent la peau !

Puis, lorsque Trompette fut passé, il répondit au sujet de Bataille :

— Va, il a du vice, le vieux !... Quand il s'arrête comme ça, c'est qu'il devine un embêtement, une pierre ou un trou ; et il se soigne, il ne veut rien se casser... Aujourd'hui, je ne sais ce qu'il peut avoir, là-bas, après la porte. Il la pousse et reste planté sur les pieds... Est-ce que tu as senti quelque chose ?

— Non, dit Jeanlin. Il y a de l'eau, j'en ai jusqu'aux genoux.

Le train repartit. Et, au voyage suivant, lorsqu'il eut ouvert la porte d'aérage d'un coup de tête, Bataille de nouveau refusa d'avancer, hennissant, tremblant. Enfin, il se décida d'un trait. Jeanlin, qui refermait la porte, était resté en arrière. Il se baissa, regarda la mare où il pataugeait ; puis, élevant sa lampe, il s'aperçut que les bois avaient fléchi, sous le suintement continu d'une source. Justement, un haveur, un nommé Berloque dit Chicot, arrivait de sa taille, pressé de revoir sa femme, qui était en couches. Lui aussi s'arrêta, examina le boisage. Et, tout d'un coup, comme le petit allait s'élancer pour rejoindre son train, un craquement formidable s'était fait entendre, l'éboulement avait englouti l'homme et l'enfant.

Il y eut un grand silence. Poussée par le vent de la chute, une poussière épaisse montait dans les voies. Et, aveuglés, étouffés, les mineurs descendaient de toutes parts, des chantiers les plus lointains, avec leurs lampes dansantes, qui éclairaient mal ce galop d'hommes noirs, au fond de ces trous de taupe. Lorsque les premiers butèrent contre l'éboulement, ils crièrent, appelèrent les camarades. Une seconde bande, venue par la taille du fond, se trouvait de l'autre côté des terres, dont la masse bouchait la galerie. Tout de suite, on constata que le toit s'était effondré sur une dizaine de mètres au plus. Le dommage n'avait rien de grave. Mais les cœurs se serrèrent, lorsqu'un râle de mort sortit des décombres.

Bébert, lâchant son train, accourait en répétant :

— Jeanlin est dessous ! Jeanlin est dessous !

Maheu, à ce moment même, déboulait de la cheminée, avec Zacharie et Étienne. Il fut pris d'une fureur de désespoir, il ne lâcha que des jurons.

— Nom de Dieu ! nom de Dieu ! nom de Dieu !

Catherine, Lydie, la Mouquette, qui avaient galopé aussi, se mirent à sangloter, à hurler d'épouvante, au milieu de l'effrayant désordre, que les ténèbres augmentaient. On voulait les faire taire, elles s'affolaient, hurlaient plus fort, à chaque râle.

Le porion Richomme était arrivé au pas de course, désolé que ni l'ingénieur Négrel, ni Dansaert, ne fussent à la fosse. L'oreille collée contre les roches, il écoutait ; et il finit par dire que ces plaintes n'étaient pas des plaintes d'enfant. Un homme se trouvait là, pour sûr. À vingt reprises déjà, Maheu avait appelé Jeanlin. Pas une haleine ne soufflait. Le petit devait être broyé.

Et toujours le râle continuait, monotone. On parlait à l'agonisant, on lui demandait son nom. Le râle seul répondait.

— Dépêchons ! répétait Richomme, qui avait déjà organisé le sauvetage. On causera ensuite.

Des deux côtés, les mineurs attaquaient l'éboulement, avec la pioche et la pelle. Chaval travaillait sans une parole, à côté de Maheu et d'Étienne ; tandis que Zacharie dirigeait le transport des terres. L'heure de la sortie était venue, aucun n'avait mangé ; mais on ne s'en allait pas pour la soupe, tant que des camarades se trouvaient en péril. Cependant, on songea que le coron s'inquiéterait, s'il ne voyait rentrer personne, et l'on proposa d'y renvoyer les femmes. Ni Catherine, ni la Mouquette, ni même Lydie, ne voulurent s'éloigner, clouées par le besoin de savoir, aidant aux déblais. Alors, Levaque accepta la commission d'annoncer là-haut l'éboulement, un simple dommage qu'on réparait. Il était près de quatre heures, les ouvriers en moins d'une heure avaient fait la besogne d'un jour : déjà la moitié des terres auraient dû être enlevées, si de nouvelles roches n'avaient glissé du toit. Maheu s'obstinait avec une telle rage, qu'il refusait d'un geste terrible, quand un autre s'approchait pour le relayer un instant.

— Doucement ! dit enfin Richomme. Nous arrivons... Il ne faut pas les achever.

En effet, le râle devenait de plus en plus distinct. C'était ce râle continu qui guidait les travailleurs ; et, maintenant, il semblait souffler sous les pioches mêmes. Brusquement, il cessa.

Tous, silencieux, se regardèrent, frissonnants d'avoir senti passer le froid de la mort, dans les ténèbres. Ils piochaient, trempés de sueur, les muscles tendus à se rompre. Un pied fut rencontré, on enleva dès lors les terres avec les mains, on dégagea les membres un à un. La tête n'avait pas souffert. Des lampes l'éclairaient, et le nom de Chicot circula. Il était tout chaud, la colonne vertébrale cassée par une roche.

— Enveloppez-le dans une couverture, et mettez-le sur une berline, commanda le porion. Au mioche maintenant, dépêchons !

Maheu donna un dernier coup, et une ouverture se fit, on communiqua avec les hommes qui déblayaient l'éboulement, de l'autre côté. Ils crièrent, ils venaient de trouver Jeanlin évanoui, les deux jambes brisées, respirant encore. Ce fut le père qui apporta le petit dans ses bras ; et, les mâchoires serrées, il ne lâchait toujours que des nom de Dieu ! pour dire sa douleur ; tandis que Catherine et les autres femmes s'étaient remises à hurler.

On forma vivement le cortège. Bébert avait ramené Bataille, qu'on attela aux deux berlines : dans la première, gisait le cadavre de Chicot, maintenu par Étienne ; dans la seconde, Maheu s'était assis, portant sur les genoux Jeanlin sans connaissance, couvert d'un lambeau de laine, arraché à une porte d'aérage. Et l'on partit, au pas. Sur chaque berline, une lampe mettait une étoile rouge. Puis, derrière, suivait la queue des mineurs, une cinquantaine d'ombres à la file. Maintenant, la fatigue les écrasait, ils traînaient les pieds, glissaient dans la boue, avec le deuil morne d'un troupeau frappé d'épidémie. Il fallut près d'une demi-heure pour arriver à l'accrochage. Ce convoi sous la terre, au milieu des épaisses ténèbres, n'en finissait plus, le long des galeries qui bifurquaient, tournaient, se déroulaient.

À l'accrochage, Richomme, venu en avant, avait donné l'ordre qu'une cage vide fût réservée. Pierron emballa tout de suite les deux berlines. Dans l'une, Maheu resta avec son petit blessé sur les genoux, pendant que, dans l'autre, Étienne devait garder, entre ses bras, le cadavre de Chicot, pour qu'il pût tenir. Lorsque les ouvriers se furent entassés aux autres étages, la cage monta. On mit deux minutes. La pluie du cuvelage tombait très froide, les hommes regardaient en l'air, impatients de revoir le jour.

Heureusement, un galibot, envoyé chez le docteur Vanderhaghen, l'avait trouvé et le ramenait. Jeanlin et le mort furent portés dans la chambre des porions, où, d'un bout de l'année à l'autre, brûlait un grand feu. On rangea les seaux d'eau chaude, tout prêts pour le lavage des pieds ; et, après avoir étalé deux matelas sur les dalles, on y coucha l'homme et l'enfant. Seuls, Maheu et Étienne entrèrent. Dehors, des herscheuses, des mineurs, des galopins accourus, faisaient un groupe, causaient à voix basse.

Dès que le médecin eut donné un coup d'œil à Chicot, il murmura :

— Fichu !... Vous pouvez le laver.

Deux surveillants déshabillèrent, puis lavèrent à l'éponge ce cadavre noir de charbon, sale encore de la sueur du travail.

— La tête n'a rien, avait repris le docteur, agenouillé sur le matelas de Jeanlin. La poitrine non plus... Ah ! ce sont les jambes qui ont étrenné.

Lui-même déshabillait l'enfant, dénouait le béguin, ôtait la veste, tirait les culottes et la chemise, avec une adresse de nourrice. Et le pauvre petit corps apparut d'une maigreur d'insecte, souillé de poussière noire, de terre jaune, que marbraient des taches sanglantes. On ne distinguait rien, on dut le laver aussi. Alors, il sembla maigrir encore sous l'éponge, la chair si blême, si transparente, qu'on voyait les os. C'était une pitié, cette dégénérescence dernière d'une race de misérables, ce rien du tout souffrant, à demi broyé par l'écrasement des roches. Quand il fut propre, on aperçut les meurtrissures des cuisses, deux taches rouges sur la peau blanche.

Jeanlin, tiré de son évanouissement, eut une plainte. Debout au pied du matelas, les mains ballantes, Maheu le regardait ; et de grosses larmes roulèrent de ses yeux.

— Hein ? c'est toi qui es le père ? dit le docteur en levant la tête. Ne pleure donc pas, tu vois bien qu'il n'est pas mort... Aide-moi plutôt.

Il constata deux ruptures simples. Mais la jambe droite lui donnait des inquiétudes : sans doute il faudrait la couper.

À ce moment, l'ingénieur Négrel et Dansaert, prévenus enfin, arrivèrent avec Richomme. Le premier écoutait le récit du porion, d'un air exaspéré. Il éclata : toujours ces maudits boisages ! n'avait-il pas répété cent fois qu'on y laisserait des hommes ! et ces brutes-là qui parlaient de se mettre en grève, si on les forçait à boiser plus solidement ! Le pis était que la Compagnie, maintenant, paierait les pots cassés. M. Hennebeau allait être content !

— Qui est-ce ? demanda-t-il à Dansaert, silencieux devant le cadavre, qu'on était en train d'envelopper dans un drap.

— Chicot, un de nos bons ouvriers, répondit le maître-porion. Il a trois enfants… Pauvre bougre !

Le docteur Vanderhaghen demanda le transport immédiat de Jeanlin chez ses parents. Six heures sonnaient, le crépuscule tombait déjà, on ferait bien de transporter aussi le cadavre ; et l'ingénieur donna des ordres pour qu'on attelât le fourgon et qu'on apportât un brancard. L'enfant blessé fut mis sur le brancard, pendant qu'on emballait dans le fourgon le matelas et le mort.

À la porte, des herscheuses stationnaient toujours, causant avec des mineurs qui s'attardaient, pour voir. Lorsque la chambre des porions se rouvrit, un silence régna dans le groupe. Et il se forma un nouveau cortège, le fourgon devant, le brancard derrière, puis la queue du monde. On quitta le carreau de la mine, on monta lentement la route en pente du coron. Les premiers froids de novembre avaient dénudé l'immense plaine, une nuit lente l'ensevelissait, comme un linceul tombé du ciel livide.

Étienne, alors, conseilla tout bas à Maheu d'envoyer Catherine prévenir la Maheude, pour amortir le coup. Le père, qui suivait le brancard, l'air assommé, consentit d'un signe ; et la jeune fille partit en courant, car on arrivait. Mais déjà le fourgon, cette boîte sombre bien connue, était signalé. Des femmes sortaient follement sur les trottoirs, trois ou quatre galopaient d'angoisse, sans bonnet. Bientôt, elles furent trente, puis cinquante, toutes étranglées de la même terreur. Il y avait donc un mort ? qui était-ce ? L'histoire racontée par Levaque, après les avoir rassurées toutes, les jetait maintenant à une exagération de cauchemar : ce n'était plus un homme, c'étaient dix qui avaient péri, et que le fourgon allait ramener ainsi, un à un.

Catherine avait trouvé sa mère agitée d'un pressentiment ; et, dès les premiers mots balbutiés, celle-ci s'écria :

— Le père est mort !

Vainement, la jeune fille protestait, parlait de Jeanlin. Sans entendre, la Maheude s'était élancée. Et, en voyant le fourgon qui débouchait devant l'église, elle avait défailli, toute pâle. Sur les portes, des femmes, muettes de saisissement, allongeaient le cou, tandis que d'autres suivaient, tremblantes à l'idée de savoir devant quelle maison s'arrêterait le cortège.

La voiture passa ; et, derrière, la Maheude aperçut Maheu qui accompagnait le brancard. Alors, quand on eut posé ce brancard à sa porte, quand elle vit Jeanlin vivant, avec ses jambes cassées, il y eut en elle une si brusque réaction, qu'elle étouffa de colère, bégayant sans larmes :

— C'est tout ça ! On nous estropie les petits, maintenant !... Les deux jambes, mon Dieu ! Qu'est-ce qu'on veut que j'en fasse ?

— Tais-toi donc ! dit le docteur Vanderhaghen, qui avait suivi pour panser Jeanlin. Aimerais-tu mieux qu'il fût resté là-bas ?

Mais la Maheude s'emportait davantage, au milieu des larmes d'Alzire, de Lénore et d'Henri. Tout en aidant à monter le blessé et en donnant au docteur ce dont il avait besoin, elle injuriait le sort, elle demandait où l'on voulait qu'elle trouvât de l'argent pour nourrir des infirmes. Le vieux ne suffisait donc pas, voilà que le gamin, lui aussi, perdait les pieds ! Et elle ne cessait point, pendant que d'autres cris, des lamentations déchirantes, sortaient d'une maison voisine : c'étaient la femme et les enfants de Chicot qui pleuraient sur le corps. Il faisait nuit noire, les mineurs exténués mangeaient enfin leur soupe, dans le coron tombé à un morne silence, traversé seulement de ces grands cris.

Trois semaines se passèrent. On avait pu éviter l'amputation, Jeanlin conserverait ses deux jambes, mais il resterait boiteux. Après une enquête, la Compagnie s'était résignée à donner un secours de cinquante francs. En outre, elle avait promis de chercher pour le petit infirme, dès qu'il serait rétabli, un emploi au jour. Ce n'en était pas moins une aggravation de misère, car le père avait reçu une telle secousse, qu'il en fut malade d'une grosse fièvre.

Depuis le jeudi, Maheu retournait à la fosse, et l'on était au dimanche. Le soir, Étienne causa de la date prochaine du 1er décembre, préoccupé de savoir si la Compagnie exécuterait sa menace. On veilla jusqu'à dix heures, en attendant Catherine, qui devait s'attarder avec Chaval. Mais elle ne rentra pas. La Maheude ferma furieusement la porte au verrou, sans une parole. Étienne fut long à s'endormir, inquiet de ce lit vide, où Alzire tenait si peu de place.

Le lendemain, toujours personne ; et, l'après-midi seulement, au retour de la fosse, les Maheu apprirent que Chaval gardait Catherine. Il lui faisait des scènes si abominables, qu'elle s'était décidée à se mettre avec lui. Pour éviter les reproches, il avait quitté brusquement le Voreux, il venait d'être embauché à Jean-Bart, le puits de M. Deneulin, où elle le suivait comme herscheuse. Du reste, le nouveau ménage continuait à habiter Montsou, chez Piquette.

Maheu, d'abord, parla d'aller gifler l'homme et de ramener sa fille à coups de pied dans le derrière. Puis, il eut un geste résigné : à quoi bon ? ça tournait toujours comme ça, on n'empêchait pas les filles de se coller, quand elles en avaient l'envie. Il valait mieux attendre tranquillement le mariage. Mais la Maheude ne prenait pas si bien les choses.

— Est-ce que je l'ai battue, quand elle a eu ce Chaval ? criait-elle à Étienne, qui l'écoutait, silencieux, très pâle. Voyons, répondez ! vous qui êtes un homme raisonnable… Nous l'avons laissée libre, n'est-ce pas ? parce que, mon Dieu !

toutes passent par là. Ainsi, moi, j'étais grosse, quand le père m'a épousée. Mais je n'ai pas filé de chez mes parents, jamais je n'aurais fait la saleté de porter avant l'âge l'argent de mes journées à un homme qui n'en avait pas besoin... Ah ! c'est dégoûtant, voyez-vous ! On en arrivera à ne plus faire d'enfants.

Et, comme Étienne ne répondait toujours que par des hochements de tête, elle insista.

— Une fille qui allait tous les soirs où elle voulait ! Qu'a-t-elle donc dans la peau ? Ne pas pouvoir attendre que je la marie, après qu'elle nous aurait aidés à sortir du pétrin ! Hein ? c'était naturel, on a une fille pour qu'elle travaille... Mais voilà, nous avons été trop bons, nous n'aurions pas dû lui permettre de se distraire avec un homme. On leur en accorde un bout, et elles en prennent long comme ça.

Alzire approuvait de la tête. Lénore et Henri, saisis de cet orage, pleuraient tout bas, tandis que la mère, maintenant, énumérait leurs malheurs : d'abord, Zacharie qu'il avait fallu marier ; puis, le vieux Bonnemort qui était là, sur sa chaise, avec ses pieds tordus ; puis, Jeanlin qui ne pourrait quitter la chambre avant dix jours, les os mal recollés ; et, enfin, le dernier coup, cette garce de Catherine partie avec un homme ! Toute la famille se cassait[1]. Il ne restait que le père à la fosse. Comment vivre, sept personnes, sans compter Estelle, sur les trois francs du père ? Autant se jeter en chœur dans le canal.

— Ça n'avance à rien que tu te ronges, dit Maheu d'une voix sourde. Nous ne sommes pas au bout peut-être.

Étienne, qui regardait fixement les dalles, leva la tête et murmura, les yeux perdus dans une vision d'avenir :

— Ah ! il est temps, il est temps !

1. *Se casser* : employé pour « casser », plier ses jambes : s'en aller au plus vite, s'enfuir (1835, familier).

# Quatrième partie

## I

Ce lundi-là, les Hennebeau avaient à déjeuner les Grégoire et leur fille Cécile. C'était toute une partie projetée : en sortant de table, Paul Négrel devait faire visiter à ces dames une fosse, Saint-Thomas, qu'on réinstallait avec luxe. Mais il n'y avait là qu'un aimable prétexte, cette partie était une invention de Mme Hennebeau, pour hâter le mariage de Cécile et de Paul.

Et, brusquement, ce lundi même, à quatre heures du matin, la grève venait d'éclater. Lorsque, le 1$^{er}$ décembre, la Compagnie avait appliqué son nouveau système de salaire, les mineurs étaient restés calmes. À la fin de la quinzaine, le jour de la paie, pas un n'avait fait la moindre réclamation. Tout le personnel, depuis le directeur jusqu'au dernier des surveillants, croyait le tarif accepté ; et la surprise était grande, depuis le matin, devant cette déclaration de guerre, d'une tactique et d'un ensemble qui semblaient indiquer une direction énergique.

À cinq heures, Dansaert réveilla M. Hennebeau pour l'avertir que pas un homme n'était descendu au Voreux. Le coron des Deux-Cent-Quarante, qu'il avait traversé, dormait profondément, fenêtres et portes closes. Et, dès que le directeur eut sauté du lit, les yeux gros encore de sommeil, il fut accablé de quart d'heure en quart d'heure, des messagers accouraient, des dépêches tombaient sur son bureau, dru comme grêle. D'abord, il espéra que la révolte se limitait au Voreux ; mais les nouvelles devenaient plus graves à chaque minute c'était Mirou, c'était Crèvecœur, c'était Madeleine, où il n'avait paru que les palefreniers ; c'étaient la Victoire et Feutry-Cantel, les deux fosses les mieux disciplinées, dans lesquelles la descente se trouvait réduite d'un tiers ; Saint-Thomas seul avait son monde au complet et semblait demeurer en dehors du mouvement. Jusqu'à neuf heures, il dicta des dépêches, télégraphiant de tous côtés, au préfet de Lille, aux régisseurs de la Compagnie, prévenant les autorités, demandant des ordres. Il avait envoyé Négrel faire le tour des fosses voisines, pour avoir des renseignements précis.

Tout d'un coup, M. Hennebeau songea au déjeuner ; et il allait envoyer le cocher avertir les Grégoire que la partie était remise, lorsqu'une hésitation, un manque de volonté l'arrêta, lui qui venait, en quelques phrases brèves, de préparer militairement son champ de bataille. Il monta chez Mme Hennebeau, qu'une femme de chambre achevait de coiffer, dans son cabinet de toilette.

— Ah ! ils sont en grève, dit-elle tranquillement, lorsqu'il l'eut consultée. Eh bien, qu'est-ce que cela nous fait ?… Nous n'allons point cesser de manger, n'est-ce pas ?

Et elle s'entêta, il eut beau lui dire que le déjeuner serait troublé, que la visite à Saint-Thomas ne pourrait avoir lieu : elle trouvait une réponse à tout, pourquoi perdre un déjeuner déjà sur le feu ? et quant à visiter la fosse, on pouvait y renoncer ensuite, si cette promenade était vraiment imprudente.

— Du reste, reprit-elle, lorsque la femme de chambre fut sortie, vous savez pourquoi je tiens à recevoir ces braves gens. Ce mariage devrait vous toucher plus que les bêtises de vos ouvriers… Enfin, je le veux, ne me contrariez pas.

Il la regarda, agité d'un léger tremblement, et son visage dur et fermé d'homme de discipline exprima la secrète douleur d'un cœur meurtri. Elle était restée les épaules nues, déjà trop mûre, mais éclatante et désirable encore, avec sa carrure de

Cérès dorée par l'automne. Un instant, il dut avoir le désir brutal de la prendre, de rouler sa tête entre les deux seins qu'elle étalait, dans cette pièce tiède, d'un luxe intime de femme sensuelle, et où traînait un parfum irritant de musc ; mais il se recula, depuis dix années le ménage faisait chambre à part.

— C'est bon, dit-il en la quittant. Ne décommandons rien.

M. Hennebeau était né dans les Ardennes. Il avait eu les commencements difficiles d'un garçon pauvre, jeté orphelin sur le pavé de Paris. Après avoir suivi péniblement les cours de l'École des Mines, il était, à vingt-quatre ans, parti pour la Grand-Combe, comme ingénieur du puits Sainte-Barbe. Trois ans plus tard, il devint ingénieur divisionnaire, dans le Pas-de-Calais, aux fosses de Marles ; et ce fut là qu'il se maria, épousant, par un de ces coups de fortune qui sont la règle pour le corps des mines, la fille d'un riche filateur d'Arras. Pendant quinze années, le ménage habita la même petite ville de province, sans qu'un événement rompît la monotonie de son existence, pas même la naissance d'un enfant. Une irritation croissante détachait Mme Hennebeau, élevée dans le respect de l'argent, dédaigneuse de ce mari qui gagnait durement des appointements médiocres, et dont elle ne tirait aucune des satisfactions vaniteuses, rêvées en pension. Lui, d'une honnêteté stricte, ne spéculait point, se tenait à son poste, en soldat. Le désaccord n'avait fait que grandir, aggravé par un de ces singuliers malentendus de la chair qui glacent les plus ardents : il adorait sa femme, elle était d'une sensualité de blonde gourmande, et déjà ils couchaient à part, mal à l'aise, tout de suite blessés. Elle eut dès lors un amant qu'il ignora. Enfin, il quitta le Pas-de-Calais, pour venir occuper à Paris une situation de bureau, dans l'idée qu'elle lui en serait reconnaissante. Mais Paris devait achever la séparation, ce Paris qu'elle souhaitait depuis sa première poupée, et où elle se lava en huit jours de sa province, élégante d'un coup, jetée à toutes les folies luxueuses de l'époque. Les dix ans qu'elle y passa furent emplis par une grande passion, une liaison publique avec un homme, dont l'abandon faillit la tuer. Cette fois, le mari n'avait pu garder son ignorance, et il se résigna, à la suite de scènes abominables, désarmé devant la tranquille inconscience de cette femme, qui prenait son bonheur où elle le trouvait. C'était après la rupture, lorsqu'il l'avait vue malade de chagrin, qu'il avait accepté la direction des mines de Montsou, espérant encore la corriger là-bas, dans ce désert des pays noirs.

Les Hennebeau, depuis qu'ils habitaient Montsou, retournaient à l'ennui irrité des premiers temps de leur mariage. D'abord, elle parut soulagée par ce grand calme, goûtant un apaisement dans la monotonie plate de l'immense plaine ; et elle s'enterrait en femme finie, elle affectait d'avoir le cœur mort, si détachée du monde, qu'elle ne souffrait même plus d'engraisser. Puis, sous cette indifférence, une fièvre dernière se déclara, un besoin de vivre encore, qu'elle trompa pendant six mois en organisant et en meublant à son goût le petit hôtel de la Direction. Elle le disait affreux, elle l'emplit de tapisseries, de bibelots, de tout un luxe d'art, dont on parla jusqu'à Lille. Maintenant, le pays l'exaspérait, ces bêtes de champs étalés à l'infini, ces éternelles routes noires, sans un arbre, où grouillait une population affreuse qui la dégoûtait et l'effrayait. Les plaintes de l'exil commencèrent, elle accusait son mari de l'avoir sacrifiée aux appointements de quarante mille francs qu'il touchait, une misère à peine suffisante pour faire marcher la maison. Est-ce qu'il n'aurait pas dû imiter les autres, exiger une part, obtenir des actions, réussir à quelque chose enfin ? et elle insistait avec une cruauté d'héritière qui avait apporté la fortune. Lui, toujours correct, se réfugiant dans sa froideur menteuse d'homme administratif, était ravagé par le désir de cette créature, un de ces désirs tardifs, si violents, qui croissent avec l'âge. Il ne l'avait jamais possédée en amant, il était hanté d'une continuelle image, l'avoir une fois à lui comme elle s'était donnée à un autre. Chaque matin, il rêvait de la conquérir le soir ; puis, lorsqu'elle le regardait de ses yeux froids, lorsqu'il sentait que tout en elle se refusait, il évitait même de lui effleurer la main. C'était une souffrance sans guérison possible, cachée sous la raideur de son attitude, la souffrance d'une nature tendre agonisant en secret de n'avoir pas trouvé le bonheur dans son ménage. Au bout des six mois, quand l'hôtel, définitivement meublé, n'occupa plus Mme Hennebeau, elle tomba à une langueur d'ennui, en victime que l'exil tuerait et qui se disait heureuse d'en mourir.

Justement, Paul Négrel débarquait à Montsou. Sa mère, veuve d'un capitaine provençal, vivant à Avignon d'une maigre rente, avait dû se contenter de pain et d'eau pour le pousser jusqu'à l'École polytechnique. Il en était sorti dans un mauvais rang, et son oncle, M. Hennebeau, venait de lui faire donner sa démission, en offrant de le prendre comme ingénieur, au Voreux. Dès lors, traité en enfant de la maison, il y eut même sa chambre, y mangea, y vécut, ce qui lui permettait d'envoyer à sa mère la moitié de ses appointements de trois mille francs. Pour déguiser ce bienfait, M. Hennebeau parlait de l'embarras où était un jeune homme, obligé de se monter un ménage, dans un des petits chalets réservés aux ingénieurs des fosses. Mme Hennebeau, tout de suite, avait pris un rôle de bonne tante, tutoyant son neveu, veillant à son bien-être. Les premiers mois surtout, elle montra une maternité débordante de conseils, aux moindres sujets. Mais elle restait femme pourtant, elle glissait à des confidences personnelles. Ce garçon si jeune et si pratique, d'une intelligence sans scrupule, professant sur l'amour des théories de philosophe, l'amusait, grâce à la vivacité de son pessimisme, dont s'aiguisait sa face mince, au nez pointu. Naturellement, un soir, il se trouva dans ses bras ; et elle parut se livrer par bonté, tout en lui disant qu'elle n'avait plus de cœur et qu'elle voulait être uniquement son amie. En effet, elle ne fut pas jalouse, elle le plaisantait sur les herscheuses qu'il déclarait abominables, le boudait presque, parce qu'il n'avait pas des farces de jeune homme à lui conter. Puis, l'idée de le marier la passionna, elle rêva de se dévouer, de le donner elle-même à une fille riche. Leurs rapports continuaient, un joujou de récréation, où elle mettait ses tendresses dernières de femme oisive et finie.

Deux ans s'étaient écoulés. Une nuit, M. Hennebeau, en entendant des pieds nus frôler sa porte, eut un soupçon. Mais cette nouvelle aventure le révoltait, chez lui, dans sa demeure, entre cette mère et ce fils ! Et, du reste, le lendemain, sa femme lui parla précisément du choix qu'elle avait fait de Cécile Grégoire pour leur neveu. Elle s'employait à ce mariage avec une telle ardeur, qu'il rougit de son imagination monstrueuse. Il garda simplement au jeune homme une reconnaissance de ce que la maison, depuis son arrivée, était moins triste.

Comme il descendait du cabinet de toilette, M. Hennebeau trouva justement, dans le vestibule, Paul qui rentrait. Celui-ci avait l'air tout amusé par cette histoire de grève.

— Eh bien ? lui demanda son oncle.

— Eh bien, j'ai fait le tour des corons. Ils paraissent très sages, là-dedans... Je crois seulement qu'ils vont t'envoyer des délégués.

Mais, à ce moment, la voix de Mme Hennebeau appela, du premier étage.

— C'est toi, Paul ?... Monte donc me donner des nouvelles. Sont-ils drôles de faire les méchants, ces gens qui sont si heureux !

Et le directeur dut renoncer à en savoir davantage, puisque sa femme lui prenait son messager. Il revint s'asseoir devant son bureau, sur lequel s'était amassé un nouveau paquet de dépêches.

À onze heures, lorsque les Grégoire arrivèrent, ils s'étonnèrent qu'Hippolyte, le valet de chambre, posé en sentinelle, les bousculât pour les introduire, après avoir jeté des regards inquiets aux deux bouts de la route. Les rideaux du salon étaient fermés, on les fit passer directement dans le cabinet de travail, où M. Hennebeau s'excusa de les recevoir ainsi ; mais le salon donnait sur le pavé, et il était inutile d'avoir l'air de provoquer les gens.

— Comment ! vous ne savez pas ? continua-t-il, en voyant leur surprise.

M. Grégoire, quand il apprit que la grève avait enfin éclaté, haussa les épaules de son air placide. Bah ! ce ne serait rien, la population était honnête. D'un hochement du menton, Mme Grégoire approuvait sa confiance dans la résignation séculaire des charbonniers ; tandis que Cécile, très gaie ce jour-là, belle de santé dans une toilette de drap capucine, souriait à ce mot de grève, qui lui rappelait des visites et des distributions d'aumônes dans les corons.

Mais Mme Hennebeau, suivie de Négrel, parut, toute en soie noire.

— Hein ! est-ce ennuyeux ! cria-t-elle dès la porte. Comme s'ils n'auraient pas dû attendre, ces hommes !... Vous savez que Paul refuse de nous conduire à Saint-Thomas.

— Nous resterons ici, dit obligeamment M. Grégoire. Ce sera tout plaisir.

Paul s'était contenté de saluer Cécile et sa mère. Fâchée de ce peu d'empressement, sa tante le lança d'un coup d'œil sur la jeune fille ; et, quand elle les entendit rire ensemble, elle les enveloppa d'un regard maternel.

Cependant, M. Hennebeau acheva de lire les dépêches et rédigea quelques réponses. On causait près de lui, sa femme expliquait qu'elle ne s'était pas occupée de ce cabinet de travail, qui avait en effet gardé son ancien papier rouge déteint, ses lourds meubles d'acajou, ses cartonniers éraflés par l'usage. Trois quarts d'heure se passèrent, on allait se mettre à table, lorsque le valet de chambre annonça M. Deneulin. Celui-ci, l'air excité, entra et s'inclina devant Mme Hennebeau.

— Tiens ! vous voilà ? dit-il en apercevant les Grégoire.

Et, vivement, il s'adressa au directeur.

— Ça y est donc ? Je viens de l'apprendre par mon ingénieur… Chez moi, tous les hommes sont descendus, ce matin. Mais ça peut gagner. Je ne suis pas tranquille… Voyons, où en êtes-vous ?

Il accourait à cheval, et son inquiétude se trahissait dans son verbe haut et son geste cassant, qui le faisaient ressembler à un officier de cavalerie en retraite.

M. Hennebeau commençait à le renseigner sur la situation exacte, lorsque Hippolyte ouvrit la porte de la salle à manger. Alors, il s'interrompit pour dire :

— Déjeunez avec nous. Je vous continuerai ça au dessert.

— Oui, comme il vous plaira, répondit Deneulin, si plein de son idée, qu'il acceptait sans autres façons.

Il eut pourtant conscience de son impolitesse, il se tourna vers Mme Hennebeau, en s'excusant. Elle fut d'ailleurs charmante. Quand elle eut fait mettre un septième couvert, elle installa ses convives : Mme Grégoire et Cécile aux côtés de son mari, puis, M. Grégoire et Deneulin à sa droite et à sa gauche ; enfin, Paul, qu'elle plaça entre la jeune fille et son père. Comme on attaquait les hors-d'œuvre, elle reprit avec un sourire :

— Vous m'excuserez, je voulais vous donner des huîtres… Le lundi, vous savez qu'il y a un arrivage d'ostendes à Marchiennes, et j'avais projeté d'envoyer la cuisinière avec la voiture… Mais elle a eu peur de recevoir des pierres…

Tous l'interrompirent d'un grand éclat de gaieté. On trouvait l'histoire drôle.

— Chut ! dit M. Hennebeau contrarié, en regardant les fenêtres, d'où l'on voyait la route. Le pays n'a pas besoin de savoir que nous recevons, ce matin.

— Voici toujours un rond de saucisson qu'ils n'auront pas, déclara M. Grégoire.

Les rires recommencèrent, mais plus discrets. Chaque convive se mettait à l'aise, dans cette salle tendue de tapisseries flamandes, meublée de vieux bahuts de chêne. Des pièces d'argenterie luisaient derrière les vitraux des crédences ; et il y avait une grande suspension en cuivre rouge, dont les rondeurs polies reflétaient un palmier et un aspidistra, verdissant dans des pots de majolique. Dehors, la journée de décembre était glacée par une aigre bise du nord-est. Mais pas un souffle n'entrait, il faisait là une tiédeur de serre, qui développait l'odeur fine d'un ananas, coupé au fond d'une jatte de cristal.

— Si l'on fermait les rideaux ? proposa Négrel, que l'idée de terrifier les Grégoire amusait.

La femme de chambre, qui aidait le domestique, crut à un ordre et alla tirer un des rideaux. Ce furent, dès lors, des plaisanteries interminables on ne posa plus un verre ni une fourchette, sans prendre de précautions ; on salua chaque plat, ainsi qu'une épave échappée à un pillage, dans une ville conquise ; et, derrière cette gaieté forcée, il y avait une sourde peur, qui se trahissait par des coups d'œil involontaires jetés vers la route, comme si une bande de meurt-de-faim eût guetté la table du dehors.

Après les œufs brouillés aux truffes, parurent des truites de rivière. La conversation était tombée sur la crise industrielle, qui s'aggravait depuis dix-huit mois.

— C'était fatal, dit Deneulin, la prospérité trop grande des dernières années devait nous amener là... Songez donc aux énormes capitaux immobilisés, aux chemins de fer, aux ports et aux canaux, à tout l'argent enfoui dans les spéculations les plus folles. Rien que chez nous, on a installé des sucreries comme si le département devait donner trois récoltes de betteraves... Et, dame ! aujourd'hui, l'argent s'est fait rare, il faut attendre qu'on rattrape l'intérêt des millions dépensés : de là, un engorgement mortel et la stagnation finale des affaires.

M. Hennebeau combattit cette théorie, mais il convint que les années heureuses avaient gâté l'ouvrier.

— Quand je songe, cria-t-il, que ces gaillards, dans nos fosses, pouvaient se faire jusqu'à six francs par jour, le double de ce qu'ils gagnent à présent ! Et ils vivaient bien, et ils prenaient des goûts de luxe... Aujourd'hui, naturellement ça leur semble dur, de revenir à leur frugalité ancienne.

— Monsieur Grégoire, interrompit Mme Hennebeau, je vous en prie, encore un peu de ces truites... Elles sont délicates, n'est-ce pas ?

Le directeur continuait :

— Mais, en vérité, est-ce notre faute ? Nous sommes atteints cruellement, nous aussi... Depuis que les usines ferment une à une, nous avons un mal du diable à nous débarrasser de notre stock ; et, devant la réduction croissante des demandes, nous nous trouvons bien forcés d'abaisser le prix de revient... C'est ce que les ouvriers ne veulent pas comprendre.

Un silence régna. Le domestique présentait des perdreaux rôtis, tandis que la femme de chambre commençait à verser du chambertin aux convives.

— Il y a eu une famine dans l'Inde, reprit Deneulin à demi-voix, comme s'il se fût parlé à lui-même. L'Amérique, en cessant ses commandes de fer et de fonte, a porté un rude coup à nos hauts fourneaux. Tout se tient, une secousse lointaine suffit à ébranler le monde... Et l'Empire qui était si fier dans cette fièvre chaude de l'industrie !

Il attaqua son aile de perdreau. Puis, haussant la voix :

— Le pis est que, pour abaisser le prix de revient, il faudrait logiquement produire davantage : autrement, la baisse se porte sur les salaires, et l'ouvrier a raison de dire qu'il paie les pots cassés.

Cet aveu, arraché à sa franchise, souleva une discussion. Les dames ne s'amusaient guère. Chacun, du reste, s'occupait de son assiette, dans le feu du premier appétit. Comme le domestique rentrait, il sembla vouloir parler, puis il hésita.

— Qu'y a-t-il ? demanda M. Hennebeau. Si ce sont des dépêches, donnez-les-moi... J'attends des réponses.

— Non, Monsieur, c'est M. Dansaert qui est dans le vestibule... Mais il craint de déranger.

Le directeur s'excusa et fit entrer le maître-porion. Celui-ci se tint debout, à quelques pas de la table ; tandis que tous se tournaient pour le voir, énorme, essoufflé des nouvelles qu'il apportait. Les corons restaient tranquilles ; seulement, c'était une chose décidée, une délégation allait venir. Peut-être, dans quelques minutes, serait-elle là.

— C'est bien, merci, dit M. Hennebeau. Je veux un rapport matin et soir, entendez-vous !

Et, dès que Dansaert fut parti, on se remit à plaisanter, on se jeta sur la salade russe, en déclarant qu'il fallait ne pas perdre une seconde, si l'on voulait la finir. Mais la gaieté ne connut plus de borne, lorsque Négrel ayant demandé du pain à la femme de chambre, celle-ci lui répondit un : « Oui, Monsieur », si bas et si terrifié, qu'elle semblait avoir derrière elle une bande, prête au massacre et au viol.

— Vous pouvez parler, dit Mme Hennebeau complaisamment. Ils ne sont pas encore ici.

Le directeur, auquel on apportait un paquet de lettres et de dépêches, voulut lire une des lettres tout haut. C'était une lettre de Pierron, dans laquelle, en phrases respectueuses, il avertissait qu'il se voyait obligé de se mettre en grève avec les camarades, pour ne pas être maltraité ; et il ajoutait qu'il n'avait même pu refuser de faire partie de la délégation, bien qu'il blâmât cette démarche.

— Voilà la liberté du travail ! s'écria M. Hennebeau.

Alors, on revint sur la grève, on lui demanda son opinion.

— Oui ! répondit-il, nous en avons vu d'autres... Ce sera une semaine, une quinzaine au plus de paresse, comme la dernière fois. Ils vont rouler les cabarets ; puis, quand ils auront trop faim, ils retourneront aux fosses.

Deneulin hocha la tête.

— Je ne suis pas si tranquille... Cette fois, ils paraissent mieux organisés. N'ont-ils pas une caisse de prévoyance ?

— Oui, à peine trois mille francs : où voulez-vous qu'ils aillent avec ça ?... Je soupçonne un nommé Étienne Lantier d'être leur chef. C'est un bon ouvrier, cela m'ennuierait d'avoir à lui rendre son livret, comme jadis au fameux Rasseneur, qui continue à empoisonner le Voreux, avec ses idées et sa bière... N'importe, dans huit jours, la moitié des hommes redescendra, et dans quinze, les dix mille seront au fond.

Il était convaincu. Sa seule inquiétude venait de sa disgrâce possible, si la Régie lui laissait la responsabilité de la grève. Depuis quelque temps, il se sentait moins en faveur. Aussi, abandonnant la cuillerée de salade russe qu'il avait prise, relisait-il les dépêches reçues de Paris, des réponses dont il tâchait de pénétrer chaque mot. On l'excusait, le repas tournait à un déjeuner militaire, mangé sur un champ de bataille, avant les premiers coups de feu.

Les dames, dès lors, se mêlèrent à la conversation. Mme Grégoire s'apitoya sur ces pauvres gens qui allaient souffrir de la faim ; et déjà Cécile faisait la partie[1] de distribuer

1. *Faire la partie de* : prendre la décision de, projeter.

des bons de pain et de viande. Mais Mme Hennebeau s'étonnait, en entendant parler de la misère des charbonniers de Montsou. Est-ce qu'ils n'étaient pas très heureux ? Des gens logés, chauffés, soignés aux frais de la Compagnie ! Dans son indifférence pour ce troupeau, elle ne savait de lui que la leçon apprise, dont elle émerveillait les Parisiens en visite ; et elle avait fini par y croire, elle s'indignait de l'ingratitude du peuple.

Négrel, pendant ce temps, continuait à effrayer M. Grégoire. Cécile ne lui déplaisait pas, et il voulait bien l'épouser, pour être agréable à sa tante ; mais il n'y apportait aucune fièvre amoureuse, en garçon d'expérience qui ne s'emballait plus, comme il disait. Lui, se prétendait républicain, ce qui ne l'empêchait pas de conduire ses ouvriers avec une rigueur extrême, et de les plaisanter finement, en compagnie des dames.

— Je n'ai pas non plus l'optimisme de mon oncle, reprit-il. Je crains de graves désordres... Ainsi, monsieur Grégoire, je vous conseille de verrouiller la Piolaine. On pourrait vous piller.

Justement, sans quitter le sourire qui éclairait son bon visage, M. Grégoire renchérissait sur sa femme en sentiments paternels à l'égard des mineurs.

— Me piller ! s'écria-t-il, stupéfait. Et pourquoi me piller ?

— N'êtes-vous pas un actionnaire de Montsou ? Vous ne faites rien, vous vivez du travail des autres. Enfin, vous êtes l'infâme capital, et cela suffit... Soyez certain que, si la révolution triomphait, elle vous forcerait à restituer votre fortune, comme de l'argent volé.

Du coup, il perdit la tranquillité d'enfant, la sérénité d'inconscience où il vivait. Il bégaya :

— De l'argent volé, ma fortune ! Est-ce que mon bisaïeul n'avait pas gagné, et durement, la somme placée autrefois ?

Est-ce que nous n'avons pas couru tous les risques de l'entreprise ? Est-ce que je fais un mauvais usage des rentes, aujourd'hui ?

Mme Hennebeau, alarmée en voyant la mère et la fille blanches de peur, elle aussi, se hâta d'intervenir, en disant :

— Paul plaisante, cher Monsieur.

Mais M. Grégoire était hors de lui. Comme le domestique passait un buisson d'écrevisses, il en prit trois, sans savoir ce qu'il faisait, et se mit à briser les pattes avec les dents.

— Ah ! je ne dis pas, il y a des actionnaires qui abusent. Par exemple, on m'a conté que des ministres ont reçu des deniers de Montsou, en pot-de-vin, pour services rendus à la Compagnie. C'est comme ce grand seigneur que je ne nommerai pas, un duc, le plus fort de nos actionnaires, dont la vie est un scandale de prodigalité, millions jetés à la rue en femmes, en bombances, en luxe inutile… Mais nous, mais nous qui vivons sans fracas, comme de braves gens que nous sommes ! nous qui ne spéculons pas, qui nous contentons de vivre sainement avec ce que nous avons, en faisant la part des pauvres !… Allons donc ! il faudrait que vos ouvriers fussent de fameux brigands pour voler chez nous une épingle !

Négrel lui-même dut le calmer, très égayé de sa colère. Les écrevisses passaient toujours, on entendait les petits craquements des carapaces, pendant que la conversation tombait sur la politique. Malgré tout, frémissant encore, M. Grégoire se disait libéral ; et il regrettait Louis-Philippe. Quant à Deneulin, il était pour un gouvernement fort, il déclarait que l'empereur glissait sur la pente des concessions dangereuses.

— Rappelez-vous 89, dit-il. C'est la noblesse qui a rendu la Révolution possible par sa complicité, par son goût des nouveautés philosophiques… Eh bien, la bourgeoisie joue aujourd'hui le même jeu imbécile, avec sa fureur de libéralisme, sa rage de destruction, ses flatteries au peuple… Oui,

oui, vous aiguisez les dents du monstre pour qu'il nous dévore. Et il nous dévorera, soyez tranquilles !

Les dames le firent taire et voulurent changer d'entretien, en lui demandant des nouvelles de ses filles. Lucie était à Marchiennes, où elle chantait avec une amie ; Jeanne peignait la tête d'un vieux mendiant. Mais il disait ces choses d'un air distrait, il ne quittait pas du regard le directeur, absorbé dans la lecture de ses dépêches, oublieux de ses invités. Derrière ces minces feuilles, il sentait Paris, les ordres des régisseurs, qui décideraient de la grève. Aussi ne put-il s'empêcher de céder encore à sa préoccupation.

— Enfin, qu'allez-vous faire ? demanda-t-il brusquement.

M. Hennebeau tressaillit, puis s'en tira par une phrase vague.

— Nous allons voir.

— Sans doute, vous avez les reins solides, vous pouvez attendre, se mit à penser tout haut Deneulin. Mais moi, j'y resterai, si la grève gagne Vandame. J'ai eu beau réinstaller Jean-Bart à neuf, je ne puis m'en tirer, avec cette fosse unique, que par une production incessante... Ah ! je ne me vois pas à la noce, je vous assure !

Cette confession involontaire parut frapper M. Hennebeau. Il écoutait, et un plan germait en lui : dans le cas où la grève tournerait mal, pourquoi ne pas l'utiliser, laisser les choses se gâter jusqu'à la ruine du voisin, puis lui racheter sa concession à bas prix ? C'était le moyen le plus sûr de regagner les bonnes grâces des régisseurs, qui, depuis des années, rêvaient de posséder Vandame.

— Si Jean-Bart vous gêne tant que ça, dit-il en riant, pourquoi ne nous le cédez-vous pas ?

Mais Deneulin regrettait déjà ses plaintes. Il cria :

— Jamais de la vie !

On s'égaya de sa violence, on oublia enfin la grève, au moment où le dessert paraissait. Une charlotte de pommes meringuée fut comblée d'éloges. Ensuite, les dames discutèrent une recette, au sujet de l'ananas, qu'on déclara également exquis. Les fruits, du raisin et des poires, achevèrent cet heureux abandon des fins de déjeuner copieux. Tous causaient à la fois, attendris, pendant que le domestique versait un vin du Rhin, pour remplacer le champagne, jugé commun.

Et le mariage de Paul et de Cécile fit certainement un pas sérieux, dans cette sympathie du dessert. Sa tante lui avait jeté des regards si pressants, que le jeune homme se montrait aimable, reconquérant de son air câlin les Grégoire atterrés par ses histoires de pillage. Un instant, M. Hennebeau, devant l'entente si étroite de sa femme et de son neveu, sentit se réveiller l'abominable soupçon, comme s'il avait surpris un attouchement, dans les coups d'œil échangés. Mais, de nouveau, l'idée de ce mariage, fait là, devant lui, le rassura.

Hippolyte servait le café, lorsque la femme de chambre accourut, pleine d'effarement.

— Monsieur, Monsieur, les voici !

C'étaient les délégués. Des portes battirent, on entendit passer un souffle d'effroi, au travers des pièces voisines.

— Faites-les entrer dans le salon, dit M. Hennebeau.

Autour de la table, les convives s'étaient regardés, avec un vacillement d'inquiétude. Un silence régna. Puis, ils voulurent reprendre leurs plaisanteries : on feignit de mettre le reste du sucre dans sa poche, on parla de cacher les couverts. Mais le directeur restait grave, et les rires tombèrent, les voix devinrent des chuchotements, pendant que les pas lourds des délégués, qu'on introduisait, écrasaient à côté le tapis du salon.

Mme Hennebeau dit à son mari, en baissant la voix :

— J'espère que vous allez boire votre café.

— Sans doute, répondit-il. Qu'ils attendent !

Il était nerveux, il prêtait l'oreille aux bruits, l'air uniquement occupé de sa tasse.

Paul et Cécile venaient de se lever, et il lui avait fait risquer un œil à la serrure. Ils étouffaient des rires, ils parlaient très bas.

— Les voyez-vous ?

— Oui… J'en vois un gros, avec deux autres petits, derrière.

— Hein ? ils ont des figures abominables.

— Mais non, ils sont très gentils.

Brusquement, M. Hennebeau quitta sa chaise, en disant que le café était trop chaud et qu'il le boirait après. Comme il sortait, il posa un doigt sur sa bouche, pour recommander la prudence. Tous s'étaient rassis, et ils restèrent à table, muets, n'osant plus remuer, écoutant de loin, l'oreille tendue, dans le malaise de ces grosses voix d'homme.

## II

Dès la veille, dans une réunion tenue chez Rasseneur, Étienne et quelques camarades avaient choisi les délégués qui devaient se rendre le lendemain à la Direction. Lorsque, le soir, la Maheude sut que son homme en était, elle fut désolée, elle lui demanda s'il voulait qu'on les jetât à la rue. Maheu lui-même n'avait point accepté sans répugnance. Tous deux, au moment d'agir, malgré l'injustice de leur misère, retombaient à la résignation de la race, tremblant devant le lendemain, préférant encore plier l'échine. D'habitude, lui, pour la conduite de l'existence, s'en remettait au jugement de sa femme, qui était de bon conseil. Cette fois, cependant, il finit par se fâcher, d'autant plus qu'il partageait secrètement ses craintes.

— Fiche-moi la paix, hein ! lui dit-il en se couchant et en tournant le dos. Ce serait propre, de lâcher les camarades !... Je fais mon devoir.

Elle se coucha à son tour. Ni l'un ni l'autre ne parlait. Puis, après un long silence, elle répondit :

— Tu as raison, vas-y. Seulement, mon pauvre vieux, nous sommes foutus.

Midi sonnait, lorsqu'on déjeuna, car le rendez-vous était pour une heure, à *l'Avantage*, d'où l'on irait ensuite chez M. Hennebeau. Il y avait des pommes de terre. Comme il ne restait qu'un petit morceau de beurre, personne n'y toucha. Le soir, on aurait des tartines.

— Tu sais que nous comptons sur toi pour parler, dit tout d'un coup Étienne à Maheu.

Ce dernier demeura saisi, la voix coupée par l'émotion.

— Ah ! non, c'est trop ! s'écria la Maheude. Je veux bien qu'il y aille, mais je lui défends de faire le chef... Tiens ! pourquoi lui plutôt qu'un autre ?

Alors, Étienne s'expliqua, avec sa fougue éloquente. Maheu était le meilleur ouvrier de la fosse, le plus aimé, le plus respecté, celui qu'on citait pour son bon sens. Aussi les réclamations des mineurs prendraient-elles, dans sa bouche, un poids décisif. D'abord, lui, Étienne, devait parler ; mais il était à Montsou depuis trop peu de temps. On écouterait davantage un ancien du pays. Enfin, les camarades confiaient leurs intérêts au plus digne : il ne pouvait pas refuser, ce serait lâche.

La Maheude eut un geste désespéré.

— Va, va, mon homme, fais-toi crever pour les autres. Moi, je consens, après tout !

— Mais je ne saurai jamais, balbutia Maheu. Je dirai des bêtises.

Étienne, heureux de l'avoir décidé, lui tapa sur l'épaule.

— Tu diras ce que tu sens, et ce sera très bien.

La bouche pleine, le père Bonnemort, dont les jambes désenflaient, écoutait, en hochant la tête. Un silence se fit. Quand on mangeait des pommes de terre, les enfants s'étouffaient et restaient très sages. Puis, après avoir avalé, le vieux murmura lentement :

— Dis ce que tu voudras, et ce sera comme si tu n'avais rien dit... Ah ! j'en ai vu, de ces affaires ! Il y a quarante ans, on nous flanquait à la porte de la Direction, et à coups de sabre encore ! Aujourd'hui, ils vous recevront peut-être ; mais ils ne vous répondront pas plus que ce mur... Dame ! ils ont l'argent, ils s'en fichent !

Le silence retomba, Maheu et Étienne se levèrent et laissèrent la famille morne, devant les assiettes vides. En sortant, ils prirent Pierron et Levaque, puis tous quatre se rendirent chez Rasseneur, où les délégués des corons voisins arrivaient par petits groupes. Là, quand les vingt membres de la délégation furent rassemblés, on arrêta les conditions qu'on opposerait à celles de la Compagnie ; et l'on partit pour Montsou. L'aigre bise du nord-est balayait le pavé. Deux heures sonnèrent, comme on arrivait.

D'abord, le domestique leur dit d'attendre, en refermant la porte sur eux ; puis, lorsqu'il revint, il les introduisit dans le salon, dont il ouvrit les rideaux. Un jour fin entra, tamisé par les guipures. Et les mineurs, restés seuls, n'osèrent s'asseoir, embarrassés, tous très propres, vêtus de drap, rasés du matin, avec leurs cheveux et leurs moustaches jaunes. Ils roulaient leurs casquettes entre les doigts, ils jetaient des regards obliques sur le mobilier, une de ces confusions de tous les styles, que le goût de l'antiquaille a mises à la mode : des fauteuils Henri II, des chaises Louis XV, un cabinet italien du dix-septième siècle, un contador espagnol du quinzième, et un devant d'autel pour le lambrequin de la cheminée, et des chamarres d'anciennes chasubles réappliquées sur les portières.

Ces vieux ors, ces vieilles soies aux tons fauves, tout ce luxe de chapelle, les avait saisis d'un malaise respectueux. Les tapis d'Orient semblaient les lier aux pieds de leur haute laine. Mais ce qui les suffoquait surtout, c'était la chaleur, une chaleur égale de calorifère, dont l'enveloppement les surprenait, les joues glacées du vent de la route. Cinq minutes s'écoulèrent. Leur gêne augmentait, dans le bien-être de cette pièce riche, si confortablement close.

Enfin, M. Hennebeau entra, boutonné militairement, portant à sa redingote le petit nœud correct de sa décoration. Il parla le premier.

— Ah ! vous voilà !... Vous vous révoltez, à ce qu'il paraît...

Et il s'interrompit, pour ajouter avec une raideur polie :

— Asseyez-vous, je ne demande pas mieux que de causer.

Les mineurs se tournèrent, cherchèrent des sièges du regard. Quelques-uns se risquèrent sur les chaises ; tandis que les autres, inquiétés par les soies brodées, préféraient se tenir debout.

Il y eut un silence. M. Hennebeau, qui avait roulé son fauteuil devant la cheminée, les dénombrait vivement, tâchait de se rappeler leurs visages. Il venait de reconnaître Pierron, caché au dernier rang ; et ses yeux s'étaient arrêtés sur Étienne, assis en face de lui.

— Voyons, demanda-t-il, qu'avez-vous à me dire ?

Il s'attendait à entendre le jeune homme prendre la parole, et il fut tellement surpris de voir Maheu s'avancer, qu'il ne put s'empêcher d'ajouter encore :

— Comment ! c'est vous, un bon ouvrier qui s'est toujours montré si raisonnable, un ancien de Montsou dont la famille travaille au fond depuis le premier coup de pioche !... Ah ! c'est mal, ça me chagrine que vous soyez à la tête des mécontents !

Maheu écoutait, les yeux baissés. Puis, il commença, la voix hésitante et sourde d'abord.

— Monsieur le directeur, c'est justement parce que je suis un homme tranquille, auquel on n'a rien à reprocher, que les camarades m'ont choisi. Cela doit vous prouver qu'il ne s'agit pas d'une révolte de tapageurs, de mauvaises têtes cherchant à faire du désordre. Nous voulons seulement la justice, nous sommes las de crever de faim, et il nous semble qu'il serait temps de s'arranger, pour que nous ayons au moins du pain tous les jours.

Sa voix se raffermissait. Il leva les yeux, il continua, en regardant le directeur :

— Vous savez bien que nous ne pouvons accepter votre nouveau système... On nous accuse de mal boiser. C'est vrai, nous ne donnons pas à ce travail le temps nécessaire. Mais, si nous le donnions, notre journée se trouverait réduite encore, et comme elle n'arrive déjà pas à nous nourrir, ce serait donc la fin de tout, le coup de torchon qui nettoierait vos hommes. Payez-nous davantage, nous boiserons mieux, nous mettrons aux bois les heures voulues, au lieu de nous acharner à l'abattage, la seule besogne productive. Il n'y a pas d'autre arrangement possible, il faut que le travail soit payé pour être fait... Et qu'est-ce que vous avez inventé à la place ? une chose qui ne peut pas nous entrer dans la tête, voyez-vous ! Vous baissez le prix de la berline, puis vous prétendez compenser cette baisse en payant le boisage à part. Si cela était vrai, nous n'en serions pas moins volés, car le boisage nous prendrait toujours plus de temps. Mais ce qui nous enrage, c'est que cela n'est pas même vrai : la Compagnie ne compense rien du tout, elle met simplement deux centimes par berline dans sa poche, voilà !

— Oui, oui, c'est la vérité, murmurèrent les autres délégués, en voyant M. Hennebeau faire un geste violent, comme pour interrompre.

Du reste, Maheu coupa la parole au directeur. Maintenant, il était lancé, les mots venaient tous seuls. Par moments, il s'écoutait avec surprise, comme si un étranger avait parlé en lui. C'étaient des choses amassées au fond de sa poitrine, des choses qu'il ne savait même pas là, et qui sortaient, dans un gonflement de son cœur. Il disait leur misère à tous, le travail dur, la vie de brute, la femme et les petits criant la faim à la maison. Il cita les dernières paies désastreuses, les quinzaines dérisoires, mangées par les amendes et les chômages, rapportées aux familles en larmes. Est-ce qu'on avait résolu de les détruire ?

— Alors, Monsieur le directeur, finit-il par conclure, nous sommes donc venus vous dire que, crever pour crever, nous préférons crever à ne rien faire. Ce sera de la fatigue de moins… Nous avons quitté les fosses, nous ne redescendrons que si la Compagnie accepte nos conditions. Elle veut baisser le prix de la berline, payer le boisage à part. Nous autres, nous voulons que les choses restent comme elles étaient, et nous voulons encore qu'on nous donne cinq centimes de plus par berline… Maintenant, c'est à vous de voir si vous êtes pour la justice et pour le travail.

Des voix, parmi les mineurs, s'élevèrent.

— C'est cela… Il a dit notre idée à tous… Nous ne demandons que la raison.

D'autres, sans parler, approuvaient d'un hochement de tête. La pièce luxueuse avait disparu, avec ses ors et ses broderies, son entassement mystérieux d'antiquailles ; et ils ne sentaient même plus le tapis, qu'ils écrasaient sous leurs chaussures lourdes.

— Laissez-moi donc répondre, finit par crier M. Hennebeau, qui se fâchait. Avant tout, il n'est pas vrai que la Compagnie gagne deux centimes par berline… Voyons les chiffres.

Une discussion confuse suivit. Le directeur, pour tâcher de les diviser, interpella Pierron, qui se déroba, en bégayant.

Au contraire, Levaque était à la tête des plus agressifs, embrouillant les choses, affirmant des faits qu'il ignorait. Le gros murmure des voix s'étouffait sous les tentures, dans la chaleur de serre.

— Si vous causez tous à la fois, reprit M. Hennebeau, jamais nous ne nous entendrons.

Il avait retrouvé son calme, sa politesse rude, sans aigreur, de gérant qui a reçu une consigne et qui entend la faire respecter. Depuis les premiers mots, il ne quittait pas Étienne du regard, il manœuvrait pour le tirer du silence où le jeune homme se renfermait. Aussi, abandonnant la discussion des deux centimes, élargit-il brusquement la question.

— Non, avouez donc la vérité, vous obéissez à des excitations détestables. C'est une peste, maintenant, qui souffle sur tous les ouvriers et qui corrompt les meilleurs... Oh ! je n'ai besoin de la confession de personne, je vois bien qu'on vous a changés, vous si tranquilles autrefois. N'est-ce pas ? on vous a promis plus de beurre que de pain, on vous a dit que votre tour était venu d'être les maîtres... Enfin, on vous enrégimente dans cette fameuse Internationale, cette armée de brigands dont le rêve est la destruction de la société...

Étienne, alors, l'interrompit.

— Vous vous trompez, Monsieur le directeur. Pas un charbonnier de Montsou n'a encore adhéré. Mais, si on les y pousse, toutes les fosses s'enrôleront. Ça dépend de la Compagnie.

Dès ce moment, la lutte continua entre M. Hennebeau et lui, comme si les autres mineurs n'avaient plus été là.

— La Compagnie est une providence pour ses hommes, vous avez tort de la menacer. Cette année, elle a dépensé trois cent mille francs à bâtir des corons, qui ne lui rapportent pas le deux pour cent, et je ne parle ni des pensions qu'elle sert, ni du charbon, ni des médicaments qu'elle donne. Vous qui paraissez intelligent, qui êtes devenu en peu de mois un de nos ouvriers les plus habiles, ne feriez-vous pas mieux de répandre ces vérités-là que de vous perdre, en fréquentant des gens de mauvaise réputation ? Oui, je veux parler de Rasseneur, dont nous avons dû nous séparer, afin de sauver nos fosses de la pourriture socialiste... On vous voit toujours chez lui, et c'est lui assurément qui vous a poussé à créer cette caisse de prévoyance, que nous tolérerions bien volontiers si elle était seulement une épargne, mais où nous sentons une arme contre nous, un fonds de réserve pour payer les frais de la guerre. Et, à ce propos, je dois ajouter que la Compagnie entend avoir un contrôle sur cette caisse.

Étienne le laissait aller, les yeux sur les siens, les lèvres agitées d'un petit battement nerveux. Il sourit à la dernière phrase, il répondit simplement :

— C'est donc une nouvelle exigence, car Monsieur le directeur avait jusqu'ici négligé de réclamer ce contrôle... Notre désir, par malheur, est que la Compagnie s'occupe moins de nous, et qu'au lieu de jouer le rôle de providence, elle se montre tout bonnement juste en nous donnant ce qui nous revient, notre gain qu'elle se partage. Est-ce honnête, à chaque crise, de laisser mourir de faim les travailleurs pour sauver les dividendes des actionnaires ?... Monsieur le directeur aura beau dire, le nouveau système est une baisse de salaire déguisée, et c'est ce qui nous révolte, car si la Compagnie a des économies à faire, elle agit très mal en les réalisant uniquement sur l'ouvrier.

— Ah ! nous y voilà ! cria M. Hennebeau. Je l'attendais, cette accusation d'affamer le peuple et de vivre de sa sueur ! Comment pouvez-vous dire des bêtises pareilles, vous qui devriez savoir les risques énormes que les capitaux courent dans l'industrie, dans les mines par exemple ? Une fosse tout équipée, aujourd'hui, coûte de quinze cent mille francs à deux millions ;

et que de peine avant de retirer un intérêt médiocre d'une telle somme engloutie ! Presque la moitié des sociétés minières, en France, font faillite... Du reste, c'est stupide d'accuser de cruauté celles qui réussissent. Quand leurs ouvriers souffrent, elles souffrent elles-mêmes. Croyez-vous que la Compagnie n'a pas autant à perdre que vous, dans la crise actuelle ? Elle n'est pas la maîtresse du salaire, elle obéit à la concurrence, sous peine de ruine. Prenez-vous-en aux faits, et non à elle... Mais vous ne voulez pas entendre, vous ne voulez pas comprendre !

— Si, dit le jeune homme, nous comprenons très bien qu'il n'y a pas d'amélioration possible pour nous, tant que les choses iront comme elles vont, et c'est même à cause de ça que les ouvriers finiront, un jour ou l'autre, par s'arranger de façon à ce qu'elles aillent autrement.

Cette parole, si modérée de forme, fut prononcée à demi-voix, avec une telle conviction, tremblante de menace, qu'il se fit un grand silence. Une gêne, un souffle de peur passa dans le recueillement du salon. Les autres délégués, qui comprenaient mal, sentaient pourtant que le camarade venait de réclamer leur part, au milieu de ce bien-être ; et ils recommençaient à jeter des regards obliques sur les tentures chaudes, sur les sièges confortables, sur tout ce luxe dont la moindre babiole aurait payé leur soupe pendant un mois.

Enfin, M. Hennebeau, qui était resté, pensif, se leva, pour les congédier. Tous l'imitèrent. Étienne, légèrement, avait poussé le coude de Maheu ; et celui-ci reprit, la langue déjà empâtée et maladroite :

— Alors, Monsieur, c'est tout ce que vous répondez... Nous allons dire aux autres que vous repoussez nos conditions.

— Moi, mon brave, s'écria le directeur, mais je ne repousse rien !... Je suis un salarié comme vous, je n'ai pas plus de volonté ici que le dernier de vos galibots. On me donne des ordres, et mon seul rôle est de veiller à leur bonne exécution. Je vous ai dit ce que j'ai cru devoir vous dire, mais je me garderais bien de décider... Vous m'apportez vos exigences, je les ferai connaître à la Régie, puis je vous transmettrai la réponse.

Il parlait de son air correct de haut fonctionnaire, évitant de se passionner dans les questions, d'une sécheresse courtoise de simple instrument d'autorité. Et les mineurs, maintenant, le regardaient avec défiance, se demandaient d'où il venait, quel intérêt il pouvait avoir à mentir, ce qu'il devait voler, en se mettant ainsi entre eux et les vrais patrons. Un intrigant peut-être, un homme qu'on payait comme un, ouvrier, et qui vivait si bien !

Étienne osa de nouveau intervenir.

— Voyez donc, Monsieur le directeur, comme il est regrettable que nous ne puissions plaider notre cause en personne. Nous expliquerions beaucoup de choses, nous trouverions des raisons qui vous échappent forcément... Si nous savions seulement où nous adresser !

M. Hennebeau ne se fâcha point. Il eut même un sourire.

— Ah ! dame ! cela se complique, du moment où vous n'avez pas confiance en moi... Il faut aller là-bas.

Les délégués avaient suivi son geste vague, sa main tendue vers une des fenêtres. Où était-ce, là-bas ? Paris sans doute. Mais ils ne le savaient pas au juste, cela se reculait dans un lointain terrifiant, dans une contrée inaccessible et religieuse, où trônait le dieu inconnu, accroupi au fond de son tabernacle. Jamais ils ne le verraient, ils le sentaient seulement comme une force qui, de loin, pesait sur les dix mille charbonniers de Montsou. Et, quand le directeur parlait, c'était cette force qu'il avait derrière lui, cachée et rendant des oracles.

Un découragement les accabla, Étienne lui-même eut un haussement d'épaules pour leur dire que le mieux était de s'en aller ; tandis que M. Hennebeau tapait amicalement sur le bras de Maheu, en lui demandant des nouvelles de Jeanlin.

— En voilà une rude leçon cependant, et c'est vous qui défendez les mauvais boisages !... Vous réfléchirez, mes amis, vous comprendrez qu'une grève serait un désastre pour tout le monde. Avant une semaine, vous mourrez de faim : comment ferez-vous ?... Je compte sur votre sagesse d'ailleurs, et je suis convaincu que vous redescendrez lundi au plus tard.

Tous partaient, quittaient le salon dans un piétinement de troupeau, le dos arrondi, sans répondre un mot à cet espoir de soumission. Le directeur, qui les accompagnait, fut obligé de résumer l'entretien : la Compagnie d'un côté avec son nouveau tarif, les ouvriers de l'autre avec leur demande d'une augmentation de cinq centimes par berline. Pour ne leur laisser aucune illusion, il crut devoir les prévenir que leurs conditions seraient certainement repoussées par la Régie.

— Réfléchissez avant de faire des bêtises, répéta-t-il, inquiet de leur silence.

Dans le vestibule, Pierron salua très bas, pendant que Levaque affectait de remettre sa casquette. Maheu cherchait un mot pour partir, lorsque Étienne, de nouveau, le toucha du coude. Et tous s'en allèrent, au milieu de ce silence menaçant. La porte seule retomba, à grand bruit.

Lorsque M. Hennebeau rentra dans la salle à manger, il retrouva ses convives immobiles et muets, devant les liqueurs. En deux mots, il mit au courant Deneulin, dont le visage acheva de s'assombrir. Puis, tandis qu'il buvait son café froid, on tâcha de parler d'autre chose. Mais les Grégoire eux-mêmes revinrent à la grève, étonnés qu'il n'y eût pas des lois pour défendre aux ouvriers de quitter leur travail. Paul rassurait Cécile, affirmait qu'on attendait les gendarmes.

Enfin, Mme Hennebeau appela le domestique.

— Hippolyte, avant que nous passions au salon, ouvrez les fenêtres et donnez de l'air.

# III

Quinze jours s'étaient écoulés ; et, le lundi de la troisième semaine, les feuilles de présence, envoyées à la Direction, indiquèrent une diminution nouvelle dans le nombre des ouvriers descendus. Ce matin-là, on comptait sur la reprise du travail ; mais l'obstination de la Régie à ne pas céder exaspérait les mineurs. Le Voreux, Crèvecœur, Mirou, Madeleine n'étaient plus les seuls qui chômaient ; à la Victoire et à Feutry-Cantel, la descente comptait à peine maintenant le quart des hommes ; et Saint-Thomas lui-même se trouvait atteint. Peu à peu, la grève devenait générale.

Au Voreux, un lourd silence pesait sur le carreau. C'était l'usine morte, ce vide et cet abandon des grands chantiers, où dort le travail. Dans le ciel gris de décembre, le long des hautes passerelles, trois ou quatre berlines oubliées avaient la tristesse muette des choses. En bas, entre les jambes des tréteaux, le stock de charbon s'épuisait, laissant la terre nue et noire ; tandis que la provision des bois pourrissait sous les averses. À l'embarcadère du canal, il était resté une péniche à moitié chargée, comme assoupie dans l'eau trouble ; et, sur le terri désert, dont les sulfures décomposés fumaient malgré la pluie, une charrette dressait mélancoliquement ses brancards. Mais les bâtiments surtout s'engourdissaient, le criblage aux persiennes closes, le beffroi où ne montaient plus les grondements de la recette, et la chambre refroidie des générateurs, et la cheminée géante trop large pour les rares fumées. On ne chauffait la machine d'extraction que le matin. Les palefreniers descendaient la nourriture des chevaux, les porions travaillaient seuls au fond, redevenus ouvriers, veillant aux désastres qui endommagent les voies, dès qu'on cesse de les entretenir ; puis, à partir de neuf heures, le reste du service se faisait par les échelles. Et, au-dessus de cette mort des bâtiments, ensevelis dans leur drap de poussière noire, il n'y avait toujours que l'échappement de la pompe soufflant son haleine grosse et longue, le reste de vie de la fosse, que les eaux auraient détruite, si le souffle s'était arrêté.

En face, sur le plateau, le coron des Deux-Cent-Quarante, lui aussi, semblait mort. Le préfet de Lille était accouru, des gendarmes avaient battu les routes ; mais, devant le calme des grévistes, préfet et gendarmes s'étaient décidés à rentrer chez eux. Jamais le coron n'avait donné un si bel exemple, dans la vaste plaine. Les hommes, pour éviter d'aller au cabaret, dormaient la journée entière ; les femmes, en se rationnant de café, devenaient raisonnables, moins enragées de bavardages et de querelles ; et jusqu'aux bandes d'enfants qui avaient l'air de comprendre, d'une telle sagesse, qu'elles couraient pieds nus et se giflaient sans bruit. C'était le mot d'ordre, répété, circulant de bouche en bouche : on voulait être sage.

Pourtant, un continuel va-et-vient emplissait de monde la maison des Maheu. Étienne, à titre de secrétaire, y avait partagé les trois mille francs de la caisse de prévoyance, entre les familles nécessiteuses ; ensuite, de divers côtés, étaient arrivées quelques centaines de francs, produites par des souscriptions et des quêtes. Mais, aujourd'hui, toutes les ressources s'épuisaient, les mineurs n'avaient plus d'argent pour soutenir la grève, et la faim était là, menaçante. Maigrat, après avoir promis un crédit d'une quinzaine, s'était brusquement ravisé au bout de huit jours, coupant les vivres. D'habitude, il prenait les ordres de la Compagnie ; peut-être celle-ci désirait-elle en finir tout de suite, en affamant les corons. Il agissait d'ailleurs en tyran capricieux, donnait ou refusait du pain, suivant la figure de la fille que les parents envoyaient aux provisions ; et il fermait surtout sa porte à la Maheude, plein de rancune, voulant la punir de ce qu'il n'avait pas eu Catherine. Pour comble de misère, il gelait très fort, les femmes voyaient diminuer leur tas de charbon, avec la pensée inquiète qu'on ne le renouvellerait plus aux fosses, tant que les hommes ne redescendraient pas. Ce n'était point assez de crever de faim, on allait aussi crever de froid.

Chez les Maheu, déjà tout manquait. Les Levaque mangeaient encore, sur une pièce de vingt francs prêtée par Bouteloup. Quant aux Pierron, ils avaient toujours de l'argent ; mais, pour paraître aussi affamés que les autres, dans la crainte des emprunts, ils se fournissaient à crédit chez Maigrat, qui aurait jeté son magasin à la Pierronne, si elle avait tendu sa jupe. Dès le samedi, beaucoup de familles s'étaient couchées sans souper. Et, en face des jours terribles qui commençaient, pas une plainte ne se faisait entendre, tous obéissaient au mot d'ordre, avec un tranquille courage. C'était quand même une confiance absolue, une foi religieuse, le don aveugle d'une population de croyants. Puisqu'on leur avait promis l'ère de la justice, ils étaient prêts à souffrir pour la conquête du bonheur universel. La faim exaltait les têtes, jamais l'horizon fermé n'avait ouvert un au-delà plus large à ces hallucinés de la misère. Ils revoyaient là-bas, quand leurs yeux se troublaient de faiblesse, la cité idéale de leur rêve, mais prochaine à cette heure et comme réelle, avec son peuple de frères, son âge d'or de travail et de repas en commun. Rien n'ébranlait la conviction qu'ils avaient d'y entrer enfin. La caisse s'était épuisée, la Compagnie ne céderait pas, chaque jour devait aggraver la situation, et ils gardaient leur espoir, et ils montraient le mépris souriant des faits. Si la terre craquait sous eux, un miracle les sauverait. Cette foi remplaçait le pain et chauffait le ventre. Lorsque les Maheu et les autres avaient digéré trop vite leur soupe d'eau claire, ils montaient ainsi dans un demi-vertige, l'extase d'une vie meilleure qui jetait les martyrs aux bêtes.

Désormais, Étienne était le chef incontesté. Dans les conversations du soir, il rendait des oracles, à mesure que l'étude l'affinait et le faisait trancher en toutes choses. Il passait les nuits à lire, il recevait un nombre plus grand de lettres ; même il s'était abonné au *Vengeur*, une feuille socialiste de Belgique, et ce journal, le premier qui entrait dans le coron, lui avait attiré, de la part des camarades, une considération extraordinaire. Sa popularité croissante le surexcitait chaque jour davantage. Tenir une correspondance étendue, discuter du sort des travailleurs aux quatre coins de la province, donner des consultations aux mineurs du Voreux, surtout devenir un centre, sentir le monde rouler autour de soi, c'était un continuel gonflement de vanité, pour lui, l'ancien mécanicien, le haveur aux mains grasses et noires. Il montait d'un échelon, il entrait dans cette bourgeoisie exécrée, avec des satisfactions d'intelligence et de bien-être, qu'il ne s'avouait pas. Un seul malaise lui restait, la conscience de son manque d'instruction, qui le rendait embarrassé et timide, dès qu'il se trouvait devant un monsieur en redingote. S'il continuait à s'instruire, dévorant tout, le manque de méthode rendait l'assimilation très lente, une telle confusion se produisait, qu'il finissait par savoir des choses qu'il n'avait pas comprises. Aussi, à certaines heures de bon sens, éprouvait-il une inquiétude sur sa mission, la peur de n'être point l'homme attendu. Peut-être aurait-il fallu un avocat, un savant capable de parler et d'agir, sans compromettre les camarades ? Mais une révolte le remettait bientôt d'aplomb. Non, non, pas d'avocats ! tous sont des canailles, ils profitent de leur science pour s'engraisser avec le peuple ! Ça tournerait comme ça tournerait, les ouvriers devaient faire leurs affaires entre eux. Et son rêve de chef populaire le berçait de nouveau : Montsou à ses pieds, Paris dans un lointain de brouillard, qui sait ? la députation un jour, la tribune d'une salle riche, où il se voyait foudroyant les bourgeois du premier discours prononcé par un ouvrier dans un Parlement.

Depuis quelques jours, Étienne était perplexe. Pluchart écrivait lettre sur lettre, en offrant de se rendre à Montsou, pour chauffer le zèle des grévistes. Il s'agissait d'organiser une réunion privée, que le mécanicien présiderait ; et il y avait, sous ce projet, l'idée d'exploiter la grève, de gagner à l'Internationale les mineurs, qui, jusque-là, s'étaient montrés méfiants. Étienne redoutait du tapage, mais il aurait cependant laissé venir Pluchart, si Rasseneur n'avait blâmé violemment cette intervention. Malgré sa puissance, le jeune homme devait compter avec le cabaretier, dont les services étaient plus anciens, et qui gardait des fidèles parmi ses clients. Aussi hésitait-il encore, ne sachant que répondre.

Justement, le lundi, vers quatre heures, une nouvelle lettre arriva de Lille, comme Étienne se trouvait seul, avec la Maheude, dans la salle du bas. Maheu, énervé d'oisiveté, était parti à la pêche : s'il avait la chance de prendre un beau poisson, en dessous de l'écluse du canal, on le vendrait et on achèterait du pain. Le vieux Bonnemort et le petit Jeanlin venaient de filer, pour essayer leurs jambes remises à neuf ; tandis que les enfants étaient sortis avec Alzire, qui passait des heures sur le terri, à ramasser des escarbilles. Assise près du maigre feu, qu'on n'osait plus entretenir, la Maheude, dégrafée, un sein hors du corsage et tombant jusqu'au ventre, faisait téter Estelle.

Lorsque le jeune homme replia la lettre, elle l'interrogea.

— Est-ce de bonnes nouvelles ? va-t-on nous envoyer de l'argent ?

Il répondit non du geste, et elle continua :

— Cette semaine, je ne sais comment nous allons faire... Enfin, on tiendra tout de même. Quand on a le bon droit de son côté, n'est-ce pas ? ça vous donne du cœur, on finit toujours par être les plus forts.

À cette heure, elle était pour la grève, raisonnablement. Il aurait mieux valu forcer la Compagnie à être juste, sans quitter le travail. Mais, puisqu'on l'avait quitté, on devait ne pas le reprendre, avant d'obtenir justice. Là-dessus, elle se montrait d'une énergie intraitable. Plutôt crever que de paraître avoir eu tort, lorsqu'on avait raison !

— Ah ! s'écria Étienne, s'il éclatait un bon choléra, qui nous débarrassât de tous ces exploiteurs de la Compagnie !

— Non, non, répondit-elle, il ne faut souhaiter la mort à personne. Ça ne nous avancerait guère, il en repousserait d'autres... Moi, je demande seulement que ceux-là reviennent à des idées plus sensées, et j'attends ça, car il y a des braves gens partout... Vous savez que je ne suis pas du tout pour votre politique.

En effet, elle blâmait d'habitude ses violences de paroles, elle le trouvait batailleur. Qu'on voulût se faire payer son travail ce qu'il valait, c'était bon ; mais pourquoi s'occuper d'un tas de choses, des bourgeois et du gouvernement ? pourquoi se mêler des affaires des autres, où il n'y avait que de mauvais coups à attraper ? Et elle lui gardait son estime, parce qu'il ne se grisait pas et qu'il lui payait régulièrement ses quarante-cinq francs de pension. Quand un homme avait de la conduite, on pouvait lui passer le reste.

Étienne, alors, parla de la République, qui donnerait du pain à tout le monde. Mais la Maheude secoua la tête, car elle se souvenait de 48, une année de chien, qui les avait laissés nus comme des vers, elle et son homme, dans les premiers temps de leur ménage. Elle s'oubliait à en conter les embêtements d'une voix morne, les yeux perdus, la gorge à l'air, tandis que sa fille Estelle, sans lâcher le sein, s'endormait sur ses genoux. Et, absorbé lui aussi, Étienne regardait fixement ce sein énorme, dont la blancheur molle tranchait avec le teint massacré et jauni du visage.

— Pas un liard, murmurait-elle, rien à se mettre sous la dent, et toutes les fosses qui s'arrêtaient. Enfin, quoi ! la crevaison du pauvre monde, comme aujourd'hui !

Mais, à ce moment, la porte s'ouvrit, et ils restèrent muets de surprise devant Catherine qui entrait. Depuis sa fuite avec Chaval, elle n'avait plus reparu au coron. Son trouble était si grand, qu'elle ne referma pas la porte, tremblante et muette. Elle comptait trouver sa mère seule, la vue du jeune homme dérangeait la phrase préparée en route.

— Qu'est-ce que tu viens ficher ici ? cria la Maheude, sans même quitter sa chaise. Je ne veux plus de toi, va-t'en !

Alors, Catherine tâcha de rattraper des mots.

— Maman, c'est du café et du sucre... Oui, pour les enfants... J'ai fait des heures, j'ai songé à eux...

Elle tirait de ses poches une livre de café et une livre de sucre, qu'elle s'enhardit à poser sur la table. La grève du Voreux la tourmentait, tandis qu'elle travaillait à Jean-Bart, et elle n'avait trouvé que cette façon d'aider un peu ses parents, sous le prétexte de songer aux petits. Mais son bon cœur ne désarmait pas sa mère, qui répliqua :

— Au lieu de nous apporter des douceurs, tu aurais mieux fait de rester à nous gagner du pain.

Elle l'accabla, elle se soulagea, en lui jetant à la face tout ce qu'elle répétait contre elle, depuis un mois. Filer avec un homme, se coller à seize ans, lorsqu'on avait une famille dans le besoin ! Il fallait être la dernière des filles dénaturées. On pouvait pardonner une bêtise, mais une mère n'oubliait jamais un pareil tour. Et encore si on l'avait tenue à l'attache ! Pas du tout, elle était libre comme l'air, on lui demandait seulement de rentrer coucher.

— Dis ? qu'est-ce que tu as dans la peau, à ton âge ?

Catherine, immobile près de la table, écoutait, la tête basse. Un tressaillement agitait son maigre corps de fille tardive, et elle tâchait de répondre, en paroles entrecoupées.

— Oh ! s'il n'y avait que moi, pour ce que ça m'amuse !... C'est lui. Quand il veut, je suis bien forcée de vouloir, n'est-ce pas ? parce que, vois-tu, il est le plus fort... Est-ce qu'on sait comment les choses tournent ? Enfin, c'est fait, et ce n'est pas à défaire, car autant lui qu'un autre, maintenant. Faut bien qu'il m'épouse.

Elle se défendait sans révolte, avec la résignation passive des filles qui subissent le mâle de bonne heure. N'était-ce pas la loi commune ? Jamais elle n'avait rêvé autre chose, une violence derrière le terri, un enfant à seize ans, puis la misère dans le ménage, si son galant l'épousait. Et elle ne rougissait de honte, elle ne tremblait ainsi, que bouleversée d'être traitée en gueuse devant ce garçon, dont la présence l'oppressait et la désespérait.

Étienne, cependant, s'était levé, en affectant de secouer le feu à demi éteint, pour ne pas gêner l'explication. Mais leurs regards se rencontrèrent, il la trouvait pâle, éreintée, jolie quand même avec ses yeux si clairs, dans sa face qui se tannait ; et il éprouva un singulier sentiment, sa rancune était partie, il aurait simplement voulu qu'elle fût heureuse, chez cet homme qu'elle lui avait préféré. C'était un besoin de s'occuper d'elle encore, une envie d'aller à Montsou forcer l'autre à des égards. Mais elle ne vit que de la pitié dans cette tendresse qui s'offrait toujours, il devait la mépriser pour la dévisager de la sorte. Alors, son cœur se serra tellement, qu'elle étrangla, sans pouvoir bégayer d'autres paroles d'excuse.

— C'est ça, tu fais mieux de te taire, reprit la Maheude implacable. Si tu reviens pour rester, entre ; autrement, file tout de suite, et estime-toi heureuse que je sois embarrassée, car je t'aurais déjà fichu mon pied quelque part.

Comme si, brusquement, cette menace se réalisait, Catherine reçut dans le derrière, à toute volée, un coup de pied dont la violence l'étourdit de surprise et de douleur. C'était Chaval, entré d'un bond par la porte ouverte, qui lui allongeait une ruade de bête mauvaise. Depuis une minute, il la guettait du dehors.

— Ah ! salope, hurla-t-il, je t'ai suivie, je savais bien que tu revenais ici t'en faire foutre jusqu'au nez ! Et c'est toi qui le paies, hein ? Tu l'arroses de café avec mon argent !

La Maheude et Étienne, stupéfiés, ne bougeaient pas. D'un geste furibond, Chaval chassait Catherine vers la porte.

— Sortiras-tu, nom de Dieu !

Et, comme elle se réfugiait dans un angle, il retomba sur la mère.

— Un joli métier de garder la maison, pendant que ta putain de fille est là-haut, les jambes en l'air !

Enfin, il tenait le poignet de Catherine, il la secouait, la traînait dehors. À la porte, il se retourna de nouveau vers la Maheude, clouée sur sa chaise. Elle en avait oublié de rentrer son sein. Estelle s'était endormie, le nez glissé en avant, dans la jupe de laine ; et le sein énorme pendait, libre et nu, comme une mamelle de vache puissante.

— Quand la fille n'y est pas, c'est la mère qui se fait tamponner, cria Chaval. Va, montre-lui ta viande ! Il n'est pas dégoûté, ton salaud de logeur !

Du coup, Étienne voulut gifler le camarade. La peur d'ameuter le coron par une bataille l'avait retenu de lui arracher Catherine des mains. Mais, à son tour, une rage l'emportait, et les deux hommes se trouvèrent face à face, le sang dans les yeux. C'était une vieille haine, une jalousie longtemps inavouée, qui éclatait. Maintenant, il fallait que l'un des deux mangeât l'autre.

— Prends garde ! balbutia Étienne, les dents serrées. J'aurai ta peau.

— Essaie ! répondit Chaval.

Ils se regardèrent encore pendant quelques secondes, de si

près, que leur souffle ardent brûlait leur visage. Et ce fut Catherine, suppliante, qui reprit la main de son amant pour l'entraîner. Elle le tirait hors du coron, elle fuyait, sans tourner la tête.

— Quelle brute! murmura Étienne en fermant la porte violemment, agité d'une telle colère, qu'il dut se rasseoir.

En face de lui, la Maheude n'avait pas remué. Elle eut un grand geste, et un silence se fit, pénible et lourd des choses qu'ils ne disaient pas. Malgré son effort, il revenait quand même à sa gorge, à cette coulée de chair blanche, dont l'éclat maintenant le gênait. Sans doute, elle avait quarante ans et elle était déformée, comme une bonne femelle qui produisait trop ; mais beaucoup la désiraient encore, large, solide, avec sa grosse figure longue d'ancienne belle fille. Lentement, d'un air tranquille, elle avait pris à deux mains sa mamelle et la rentrait. Un coin rose s'obstinait, elle le renfonça du doigt, puis se boutonna, toute noire à présent, avachie dans son vieux caraco.

— C'est un cochon, dit-elle enfin. Il n'y a qu'un sale cochon pour avoir des idées si dégoûtantes... Moi, je m'en fiche! Ça ne méritait pas de réponse.

Puis, d'une voix franche, elle ajouta, sans quitter le jeune homme du regard :

— J'ai mes défauts bien sûr, mais je n'ai pas celui-là... Il n'y a que deux hommes qui m'ont touchée, un herscheur autrefois, à quinze ans, et Maheu ensuite. S'il m'avait lâchée comme l'autre, dame! je ne sais trop ce qu'il serait arrivé, et je ne suis pas plus fière pour m'être bien conduite avec lui depuis notre mariage, parce que, lorsqu'on n'a point fait le mal, c'est souvent que les occasions ont manqué... Seulement, je dis ce qui est, et je connais des voisines qui n'en pourraient dire autant, n'est-ce pas ?

— Ça, c'est bien vrai, répondit Étienne en se levant.

Et il sortit, pendant qu'elle se décidait à rallumer le feu, après avoir posé Estelle endormie sur deux chaises. Si le père attrapait et vendait un poisson, on ferait tout de même de la soupe.

Dehors, la nuit tombait déjà, une nuit glaciale, et la tête basse, Étienne marchait, pris d'une tristesse noire. Ce n'était plus de la colère contre l'homme, de la pitié pour la pauvre fille maltraitée. La scène brutale s'effaçait, se noyait, le rejetait à la souffrance de tous, aux abominations de la misère. Il revoyait le coron sans pain, ces femmes, ces petits qui ne mangeraient pas le soir, tout ce peuple luttant, le ventre vide. Et le doute dont il était effleuré parfois, s'éveillait en lui, dans la mélancolie affreuse du crépuscule, le torturait d'un malaise qu'il n'avait jamais ressenti si violent. De quelle terrible responsabilité il se chargeait ! Allait-il les pousser encore, les faire s'entêter à la résistance, maintenant qu'il n'y avait ni argent ni crédit ? et quel serait le dénouement, s'il n'arrivait aucun secours, si la faim abattait les courages ? Brusquement, il venait d'avoir la vision du désastre : des enfants qui mouraient, des mères qui sanglotaient, tandis que les hommes, hâves et maigris, redescendaient dans les fosses. Il marchait toujours, ses pieds butaient sur les pierres, l'idée que la Compagnie serait la plus forte et qu'il aurait fait le malheur des camarades, l'emplissait d'une insupportable angoisse.

Lorsqu'il leva la tête, il vit qu'il était devant le Voreux. La masse sombre des bâtiments s'alourdissait sous les ténèbres croissantes. Au milieu du carreau désert, obstrué de grandes ombres immobiles, on eût dit un coin de forteresse abandonnée. Dès que la machine d'extraction s'arrêtait, l'âme s'en allait des murs. À cette heure de nuit, rien n'y vivait plus, pas une lanterne, pas une voix ; et l'échappement de la pompe lui-même n'était qu'un râle lointain, venu on ne savait d'où, dans cet anéantissement de la fosse entière.

Étienne regardait, et le sang lui remontait au cœur. Si les ouvriers souffraient la faim, la Compagnie entamait ses millions. Pourquoi serait-elle la plus forte, dans cette guerre du travail contre l'argent ? En tout cas, la victoire lui coûterait cher. On compterait ses cadavres, ensuite. Il était repris d'une fureur de bataille, du besoin farouche d'en finir avec la misère, même au prix de la mort. Autant valait-il que le coron crevât d'un coup, si l'on devait continuer à crever en détail, de famine et d'injustice. Des lectures mal digérées lui revenaient, des exemples de peuples qui avaient incendié leurs villes pour arrêter l'ennemi, des histoires vagues où les mères sauvaient les enfants de l'esclavage, en leur cassant la tête sur le pavé, où les hommes se laissaient mourir d'inanition, plutôt que de manger le pain des tyrans. Cela l'exaltait, une gaieté rouge se dégageait de sa crise de noire tristesse, chassant le doute, lui faisant honte de cette lâcheté d'une heure. Et, dans ce réveil de sa foi, des bouffées d'orgueil reparaissaient et l'emportaient plus haut, la joie d'être le chef, de se voir obéi jusqu'au sacrifice, le rêve élargi de sa puissance, le soir du triomphe. Déjà, il imaginait une scène d'une grandeur simple, son refus du pouvoir, l'autorité remise entre les mains du peuple, quand il serait le maître.

Mais il s'éveilla, il tressaillit à la voix de Maheu qui lui contait sa chance, une truite superbe pêchée et vendue trois francs. On aurait de la soupe. Alors, il laissa le camarade retourner seul au coron, en lui disant qu'il le suivait ; et il entra s'attabler à *l'Avantage*, il attendit le départ d'un client pour avertir nettement Rasseneur qu'il allait écrire à Pluchart de venir tout de suite. Sa résolution était prise, il voulait organiser une réunion privée, car la victoire lui semblait certaine, si les charbonniers de Montsou adhéraient en masse à l'Internationale.

# IV

Ce fut au *Bon-Joyeux*, chez la veuve Désir, qu'on organisa la réunion privée, pour le jeudi, à deux heures. La veuve, outrée des misères qu'on faisait à ses enfants, les charbonniers, ne décolérait plus, depuis surtout que son cabaret se vidait. Jamais grève n'avait eu moins soif, les soûlards s'enfermaient chez eux, par crainte de désobéir au mot d'ordre de sagesse. Aussi Montsou, qui grouillait de monde les jours de ducasse, allongeait-il sa large rue, muette et morne, d'un air de désolation. Plus de bière coulant des comptoirs et des ventres, les ruisseaux étaient secs. Sur le pavé, au débit Casimir et à l'estaminet du *Progrès*, on ne voyait que les faces pâles des cabaretières interrogeant la route ; puis, dans Montsou même, toute la ligne s'étendait déserte, de l'estaminet Lenfant à l'estaminet Tison, en passant par l'estaminet Piquette et le débit de *la Tête-Coupée* ; seul, l'estaminet *Saint-Éloi*, que des porions fréquentaient, versait encore quelques chopes ; et la solitude gagnait jusqu'au *Volcan*, dont les dames chômaient, faute d'amateurs, bien qu'elles eussent baissé leur prix de dix sous à cinq sous, vu la rigueur des temps. C'était un vrai deuil qui crevait le cœur du pays entier.

— Nom de Dieu ! s'était écriée la veuve Désir, en tapant des deux mains sur ses cuisses, c'est la faute aux gendarmes ! Qu'ils me foutent en prison, s'ils le veulent, mais il faut que je les embête !

Pour elle, toutes les autorités, tous les patrons, c'étaient des gendarmes, un terme de mépris général, dans lequel elle enveloppait les ennemis du peuple. Et elle avait accueilli avec transport la demande d'Étienne : sa maison entière appartenait aux mineurs, elle prêterait gratuitement la salle de bal, elle lancerait elle-même les invitations, puisque la loi l'exigeait.

D'ailleurs, tant mieux, si la loi n'était pas contente ! on verrait sa gueule. Dès le lendemain, le jeune homme lui apporta à signer une cinquantaine de lettres, qu'il avait fait copier par les voisins du coron sachant écrire ; et l'on envoya ces lettres, dans les fosses, aux délégués et à des hommes dont on était sûr. L'ordre du jour avoué était de discuter la continuation de la grève ; mais, en réalité, on attendait Pluchart, on comptait sur un discours de lui, pour enlever l'adhésion en masse à l'Internationale.

Le jeudi matin, Étienne fut pris d'inquiétude, en ne voyant pas arriver son ancien contremaître, qui avait promis par dépêche d'être là le mercredi soir. Que se passait-il donc ? Il était désolé de ne pouvoir s'entendre avec lui, avant la réunion. Dès neuf heures, il se rendit à Montsou, dans l'idée que le mécanicien y était peut-être allé tout droit, sans s'arrêter au Voreux.

— Non, je n'ai pas vu votre ami, répondit la veuve Désir. Mais tout est prêt, venez donc voir.

Elle le conduisit dans la salle de bal. La décoration en était restée la même, des guirlandes qui soutenaient, au plafond, une couronne de fleurs en papier peint, et des écussons de carton doré alignant des noms de saints et de saintes, le long des murs. Seulement, on avait remplacé la tribune des musiciens par une table et trois chaises, dans un angle ; et, rangés de biais, des bancs garnissaient la salle.

— C'est parfait, déclara Étienne.

— Et, vous savez, reprit la veuve, vous êtes chez vous. Gueulez tant que ça vous plaira… Faudra que les gendarmes me passent sur le corps, s'ils viennent.

Malgré son inquiétude, il ne put s'empêcher de sourire en la regardant, tellement elle lui parut vaste, avec une paire de seins dont un seul réclamait un homme, pour être embrassé ; ce qui faisait dire que, maintenant, sur les six galants de la semaine, elle en prenait deux chaque soir, à cause de la besogne.

Mais Étienne s'étonna de voir entrer Rasseneur et Souvarine ; et, comme la veuve les laissait tous trois dans la grande salle vide, il s'écria :

— Tiens ! c'est déjà vous !

Souvarine, qui avait travaillé la nuit au Voreux, les machineurs n'étant pas en grève, venait simplement par curiosité. Quant à Rasseneur, il semblait gêné depuis deux jours, sa grasse figure ronde avait perdu son rire débonnaire.

— Pluchart n'est pas arrivé, je suis très inquiet, ajouta Étienne.

Le cabaretier détourna les yeux et répondit entre ses dents :

— Ça ne m'étonne pas, je ne l'attends plus.

— Comment ?

Alors, il se décida, il regarda l'autre en face, et d'un air brave :

— C'est que, moi aussi, je lui ai envoyé une lettre, si tu veux que je te le dise ; et, dans cette lettre, je l'ai supplié de ne pas venir... Oui, je trouve que nous devons faire nos affaires nous-mêmes, sans nous adresser aux étrangers.

Étienne, hors de lui, tremblant de colère, les yeux dans les yeux du camarade, répétait en bégayant :

— Tu as fait ça ! tu as fait ça !

— J'ai fait ça, parfaitement ! Et tu sais pourtant si j'ai confiance en Pluchart ! C'est un malin et un solide, on peut marcher avec lui... Mais, vois-tu, je me fous de vos idées, moi ! La politique, le gouvernement, tout ça, je m'en fous ! Ce que je désire, c'est que le mineur soit mieux traité. J'ai travaillé au fond pendant vingt ans, j'y ai sué tellement de misère et de fatigue, que je me suis juré d'obtenir des douceurs pour les pauvres bougres qui y sont encore ; et, je le sens bien, vous n'obtiendrez rien du tout avec vos histoires, vous allez rendre le sort de l'ouvrier encore plus misérable… Quand il sera forcé par la faim de redescendre, on le salera davantage, la Compagnie le paiera à coups de trique, comme un chien échappé qu'on fait rentrer à la niche… Voilà ce que je veux empêcher, entends-tu !

Il haussait la voix, le ventre en avant, planté carrément sur ses grosses jambes. Et toute sa nature d'homme raisonnable et patient se confessait en phrases claires, qui coulaient abondantes, sans effort. Est-ce que ce n'était pas stupide de croire qu'on pouvait d'un coup changer le monde, mettre les ouvriers à la place des patrons, partager l'argent comme on partage une pomme ? Il faudrait des mille ans et des mille ans pour que ça se réalisât peut-être. Alors, qu'on lui fichât la paix, avec les miracles ! Le parti le plus sage, quand on ne voulait pas se casser le nez, c'était de marcher droit, d'exiger les réformes possibles, d'améliorer enfin le sort des travailleurs, dans toutes les occasions. Ainsi, lui se faisait fort, s'il s'en occupait, d'amener la Compagnie à des conditions meilleures ; au lieu que, va te faire fiche ! on y crèverait tous, en s'obstinant.

Étienne l'avait laissé parler, la parole coupée par l'indignation. Puis, il cria :

— Nom de Dieu ! tu n'as donc pas de sang dans les veines ?

Un instant, il l'aurait giflé ; et, pour résister à la tentation, il se lança dans la salle à grands pas, il soulagea sa fureur sur les bancs, au travers desquels il s'ouvrait un passage.

— Fermez la porte au moins, fit remarquer Souvarine. On n'a pas besoin d'entendre.

Après être allé lui-même la fermer, il s'assit tranquillement sur une des chaises du bureau. Il avait roulé une cigarette, il regardait les deux autres de son œil doux et fin, les lèvres pincées d'un mince sourire.

— Quand tu te fâcheras, ça n'avance à rien, reprit judicieusement Rasseneur. Moi, j'ai cru d'abord que tu avais du bon sens. C'était très bien de recommander le calme aux camarades, de les forcer à ne pas remuer de chez eux, d'user de ton pouvoir enfin pour le maintien de l'ordre. Et, maintenant, voilà que tu vas les jeter dans le gâchis !

À chacune de ses courses au milieu des bancs, Étienne revenait vers le cabaretier, le saisissait par les épaules, le secouait, en lui criant ses réponses dans la face.

— Mais, tonnerre de Dieu ! je veux bien être calme. Oui, je leur ai imposé une discipline ! oui, je leur conseille encore de ne pas bouger ! Seulement, il ne faut pas qu'on se foute de nous, à la fin !... Tu es heureux de rester froid. Moi, il y a des heures où je sens ma tête qui déménage.

C'était, de son côté, une confession. Il se raillait de ses illusions de néophyte, de son rêve religieux d'une cité où la justice allait régner bientôt, entre les hommes devenus frères. Un bon moyen vraiment, se croiser les bras et attendre, si l'on voulait voir les hommes se manger entre eux jusqu'à la fin du monde, comme des loups. Non ! il fallait s'en mêler, autrement l'injustice serait éternelle, toujours les riches suceraient le sang des pauvres. Aussi ne se pardonnait-il pas la bêtise d'avoir dit autrefois qu'on devait bannir la politique de la question sociale. Il ne savait rien alors, et depuis il avait lu, il avait étudié. Maintenant, ses idées étaient mûres, il se vantait d'avoir un système. Pourtant, il l'expliquait mal, en phrases dont la confusion gardait un peu de toutes les théories traversées et successivement abandonnées. Au sommet, restait debout l'idée de Karl Marx : le capital était le résultat de la spoliation, le travail avait le devoir et le droit de reconquérir cette richesse volée. Dans la pratique, il s'était d'abord, avec Proudhon, laissé prendre par la chimère du crédit mutuel, d'une vaste banque d'échange, qui supprimait les intermédiaires ; puis, les sociétés coopératives de Lassalle, dotées par l'État, transformant peu à peu la terre en une seule ville industrielle, l'avaient passionné, jusqu'au jour où le dégoût lui en était venu, devant la difficulté du contrôle ; et il en arrivait depuis peu au collectivisme, il demandait que tous les instruments du travail fussent rendus à la collectivité. Mais cela demeurait vague, il ne savait comment réaliser ce nouveau rêve, empêché encore par les scrupules de sa sensibilité et de sa raison, n'osant risquer les affirmations absolues des sectaires. Il en était simplement à dire qu'il s'agissait de s'emparer du gouvernement, avant tout. Ensuite, on verrait.

— Mais qu'est-ce qu'il te prend ? pourquoi passes-tu aux bourgeois ? continua-t-il avec violence, en revenant se planter devant le cabaretier. Toi-même, tu le disais : il faut que ça pète !

Rasseneur rougit légèrement.

— Oui, je l'ai dit. Et si ça pète, tu verras que je ne suis pas plus lâche qu'un autre… Seulement, je refuse d'être avec ceux qui augmentent le gâchis, pour y pêcher une position.

À son tour, Étienne fut pris de rougeur. Les deux hommes ne crièrent plus, devenus aigres et mauvais, gagnés par le froid de leur rivalité. C'était, au fond, ce qui outrait les systèmes, jetant l'un à une exagération révolutionnaire, poussant l'autre à une affectation de prudence, les emportant malgré eux au-delà de leurs idées vraies, dans ces fatalités des rôles qu'on ne choisit pas soi-même. Et Souvarine, qui les écoutait, laissa voir, sur son visage de fille blonde, un mépris silencieux, l'écrasant mépris de l'homme prêt à donner sa vie, obscurément, sans même en tirer l'éclat du martyre.

— Alors, c'est pour moi que tu dis ça ? demanda Étienne. Tu es jaloux ?

— Jaloux de quoi ? répondit Rasseneur. Je ne me pose pas en grand homme, je ne cherche pas à créer une section à Montsou, pour en devenir le secrétaire.

L'autre voulut l'interrompre, mais il ajouta :

— Sois donc franc ! tu te fiches de l'Internationale, tu brûles seulement d'être à notre tête, de faire le monsieur en correspondant avec le fameux Conseil fédéral du Nord !

Un silence régna. Étienne, frémissant, reprit :

— C'est bon... Je croyais n'avoir rien à me reprocher. Toujours je te consultais, car je savais que tu avais combattu ici, longtemps avant moi. Mais, puisque tu ne peux souffrir personne à ton côté, j'agirai désormais tout seul... Et, d'abord, je t'avertis que la réunion aura lieu, même si Pluchart ne vient pas, et que les camarades adhéreront malgré toi.

— Oh ! adhérer, murmura le cabaretier, ce n'est pas fait... Il faudra les décider à payer la cotisation.

— Nullement. L'Internationale accorde du temps aux ouvriers en grève. Nous paierons plus tard, et c'est elle qui, tout de suite, viendra à notre secours.

Rasseneur, du coup, s'emporta.

— Eh bien ! nous allons voir... J'en suis, de ta réunion, et je parlerai. Oui, je ne te laisserai pas tourner la tête aux amis, je les éclairerai sur leurs intérêts véritables. Nous saurons lequel ils entendent suivre, de moi, qu'ils connaissent depuis trente ans, ou de toi, qui as tout bouleversé chez nous, en moins d'une année... Non ! non ! fous-moi la paix ! c'est maintenant à qui écrasera l'autre !

Et il sortit, en faisant claquer la porte. Les guirlandes de fleurs tremblèrent au plafond, les écussons dorés sautèrent contre les murs. Puis, la grande salle retomba à sa paix lourde.

Souvarine fumait de son air doux, assis devant la table. Après avoir marché un instant en silence, Étienne se soulageait longuement. Était-ce sa faute, si on lâchait ce gros fainéant pour venir à lui ? et il se défendait d'avoir recherché la popularité, il ne savait pas même comment tout cela s'était fait, la bonne amitié du coron, la confiance des mineurs, le pouvoir qu'il avait sur eux, à cette heure. Il s'indignait qu'on l'accusât de vouloir pousser au gâchis par ambition, il tapait sur sa poitrine, en protestant de sa fraternité.

Brusquement, il s'arrêta devant Souvarine, il cria :

— Vois-tu, si je savais coûter une goutte de sang à un ami, je filerais tout de suite en Amérique !

Le machineur haussa les épaules, et un sourire amincit de nouveau ses lèvres.

— Oh ! du sang, murmura-t-il, qu'est-ce que ça fait ? la terre en a besoin.

Étienne, se calmant, prit une chaise et s'accouda de l'autre côté de la table. Cette face blonde, dont les yeux rêveurs s'ensauvageaient parfois d'une clarté rouge, l'inquiétait, exerçait sur sa volonté une action singulière. Sans que le camarade parlât, conquis par ce silence même, il se sentait absorbé peu à peu.

— Voyons, demanda-t-il, que ferais-tu à ma place ? N'ai-je pas raison de vouloir agir ?... Le mieux, n'est-ce pas ? est de nous mettre de cette Association.

Souvarine, après avoir soufflé lentement un jet de fumée, répondit par son mot favori :

— Oui, des bêtises ! mais, en attendant, c'est toujours ça... D'ailleurs, leur Internationale va marcher bientôt. Il s'en occupe.

— Qui donc ?

— Lui !

Il avait prononcé ce mot à demi-voix, d'un air de ferveur religieuse, en jetant un regard vers l'Orient. C'était du maître qu'il parlait, de Bakounine l'exterminateur.

— Lui seul peut donner le coup de massue, continua-t-il, tandis que tes savants sont des lâches, avec leur évolution... Avant trois ans, l'Internationale, sous ses ordres, doit écraser le vieux monde.

Étienne tendait les oreilles, très attentif. Il brûlait de s'instruire, de comprendre ce culte de la destruction, sur lequel le machineur ne lâchait que de rares paroles obscures, comme s'il en eût gardé pour lui les mystères.

— Mais enfin explique-moi… Quel est votre but ?

— Tout détruire. Plus de nations, plus de gouvernements, plus de propriété, plus de Dieu ni de culte.

— J'entends bien. Seulement, à quoi ça vous mène-t-il ?

— À la commune primitive et sans forme, à un monde nouveau, au recommencement de tout.

— Et les moyens d'exécution ? comment comptez-vous vous y prendre ?

— Par le feu, par le poison, par le poignard. Le brigand est le vrai héros, le vengeur populaire, le révolutionnaire en action, sans phrases puisées dans les livres. Il faut qu'une série d'effroyables attentats épouvantent les puissants et réveillent le peuple.

En parlant, Souvarine devenait terrible. Une extase le soulevait sur sa chaise, une flamme mystique sortait de ses yeux pâles, et ses mains délicates étreignaient le bord de la table, à la briser. Saisi de peur, l'autre le regardait, songeait aux histoires dont il avait reçu la vague confidence, des mines chargées sous les palais du tzar, des chefs de la police abattus à coups de couteau ainsi que des sangliers, une maîtresse à lui, la seule femme qu'il eût aimée, pendue à Moscou, un matin de pluie, pendant que, dans la foule, il la baisait des yeux, une dernière fois.

— Non ! non ! murmura Étienne, avec un grand geste qui écartait ces abominables visions, nous n'en sommes pas encore là, chez nous. L'assassinat, l'incendie, jamais ! C'est monstrueux, c'est injuste, tous les camarades se lèveraient pour étrangler le coupable !

Et puis, il ne comprenait toujours pas, sa race se refusait au rêve sombre de cette extermination du monde, fauché comme un champ de seigle, à ras de terre. Ensuite, que ferait-on, comment repousseraient les peuples ? Il exigeait une réponse.

— Dis-moi ton programme. Nous voulons savoir où nous allons, nous autres.

Alors, Souvarine conclut paisiblement, avec son regard noyé et perdu :

— Tous les raisonnements sur l'avenir sont criminels, parce qu'ils empêchent la destruction pure et entravent la marche de la révolution.

Cela fit rire Étienne, malgré le froid que la réponse lui avait soufflé sur la chair. Du reste, il confessait volontiers qu'il y avait du bon dans ces idées, dont l'effrayante simplicité l'attirait. Seulement, ce serait donner la partie trop belle à Rasseneur, si l'on en contait de pareilles aux camarades. Il s'agissait d'être pratique.

La veuve Désir leur proposa de déjeuner. Ils acceptèrent, ils passèrent dans la salle du cabaret, qu'une cloison mobile séparait du bal, pendant la semaine. Lorsqu'ils eurent fini leur omelette et leur fromage, le machineur voulut partir ; et, comme l'autre le retenait :

— À quoi bon ? pour vous entendre dire des bêtises inutiles !... J'en ai assez vu. Bonsoir !

Il s'en alla de son air doux et obstiné, une cigarette aux lèvres.

L'inquiétude d'Étienne croissait. Il était une heure, décidément Pluchart lui manquait de parole. Vers une heure et demie, les délégués commencèrent à paraître, et il dut les recevoir, car il désirait veiller aux entrées, de peur que la Compagnie n'envoyât ses mouchards habituels. Il examinait chaque lettre d'invitation, dévisageait les gens ; beaucoup, d'ailleurs, pénétraient sans lettre, il suffisait qu'il les connût, pour qu'on leur ouvrît la porte. Comme deux heures sonnaient, il vit arriver Rasseneur, qui acheva sa pipe devant le comptoir, en causant, sans hâte. Ce calme goguenard acheva de l'énerver, d'autant plus que des farceurs étaient venus, simplement pour la rigolade, Zacharie, Mouquet, d'autres encore : ceux-là se fichaient de la grève, trouvaient drôle de ne rien faire ; et, attablés, dépensant leurs derniers deux sous à une chope, ils ricanaient, ils blaguaient les camarades, les convaincus, qui allaient avaler leur langue d'embêtement.

Un nouveau quart d'heure s'écoula. On s'impatientait dans la salle. Alors, Étienne, désespéré, eut un geste de résolution. Et il se décidait à entrer, quand la veuve Désir, qui allongeait la tête au-dehors, s'écria :

— Mais le voilà, votre monsieur !

C'était Pluchart, en effet. Il arrivait en voiture, traîné par un cheval poussif. Tout de suite, il sauta sur le pavé, mince, bellâtre, la tête carrée et trop grosse, ayant sous sa redingote de drap noir l'endimanchement d'un ouvrier cossu. Depuis cinq ans, il n'avait plus donné un coup de lime, et il se soignait, se peignait surtout avec correction, vaniteux de ses succès de tribune ; mais il gardait des raideurs de membres, les ongles de ses mains larges ne repoussaient pas, mangés par le fer. Très actif, il servait son ambition, en battant la province sans relâche, pour le placement de ses idées.

— Ah ! ne m'en veuillez pas ! dit-il, devançant les questions et les reproches. Hier, conférence à Preuilly le matin, réunion le soir à Valençay. Aujourd'hui, déjeuner à Marchiennes, avec Sauvagnat… Enfin, j'ai pu prendre une voiture. Je suis exténué, vous entendez ma voix. Mais ça ne fait rien, je parlerai tout de même.

Il était sur le seuil du *Bon-Joyeux*, lorsqu'il se ravisa.

— Sapristi ! et les cartes que j'oublie ! Nous serions propres !

Il revint à la voiture, que le cocher remisait, et il tira du coffre une petite caisse de bois noir, qu'il emporta sous son bras.

Étienne, rayonnant, marchait dans son ombre, tandis que Rasseneur, consterné, n'osait lui tendre la main. L'autre la lui serrait déjà, et il dit à peine un mot rapide de la lettre : quelle drôle d'idée ! pourquoi ne pas faire cette réunion ? on devait toujours faire une réunion, quand on le pouvait. La veuve Désir lui offrit de prendre quelque chose, mais il refusa. Inutile ! il parlait sans boire. Seulement, il était pressé, parce que, le soir, il comptait pousser jusqu'à Joiselle, où il voulait s'entendre avec Legoujeux. Tous alors rentrèrent en paquet dans la salle de bal. Maheu et Levaque, qui arrivaient en retard, suivirent ces messieurs. Et la porte fut fermée à clef, pour être chez soi, ce qui fit ricaner plus haut les blagueurs, Zacharie ayant crié à Mouquet qu'ils allaient peut-être bien foutre un enfant à eux tous, là-dedans.

Une centaine de mineurs attendaient sur les banquettes, dans l'air enfermé de la salle, où les odeurs chaudes du dernier bal remontaient du parquet. Des chuchotements coururent, les têtes se tournèrent, pendant que les nouveaux venus s'asseyaient aux places vides. On regardait le monsieur de Lille, la redingote noire causait une surprise et un malaise.

Mais, immédiatement, sur la proposition d'Étienne, on constitua le bureau. Il lançait des noms, les autres approuvaient en levant la main. Pluchart fut nommé président, puis on désigna comme assesseurs Maheu et Étienne lui-même. Il y eut un remuement de chaises, le bureau s'installait ; et l'on chercha un instant le président disparu derrière la table, sous laquelle il glissait la caisse, qu'il n'avait pas lâchée. Quand il reparut, il tapa légèrement du poing pour réclamer l'attention ; ensuite, il commença d'une voix enrouée :

— Citoyens…

Une petite porte s'ouvrit, il dut s'interrompre. C'était la veuve Désir, qui, faisant le tour par la cuisine, apportait six chopes sur un plateau.

— Ne vous dérangez pas, murmura-t-elle. Lorsqu'on parle, on a soif.

Maheu la débarrassa et Pluchart put continuer. Il se dit très touché du bon accueil des travailleurs de Montsou, il s'excusa de son retard, en parlant de sa fatigue et de sa gorge malade. Puis, il donna la parole au citoyen Rasseneur, qui la demandait.

Déjà, Rasseneur se plantait à côté de la table, près des chopes. Une chaise retournée lui servait de tribune. Il semblait très ému, il toussa avant de lancer à pleine voix :

— Camarades...

Ce qui faisait son influence sur les ouvriers des fosses, c'était la facilité de sa parole, la bonhomie avec laquelle il pouvait leur parler pendant des heures, sans jamais se lasser. Il ne risquait aucun geste, restait lourd et souriant, les noyait, les étourdissait, jusqu'à ce que tous criassent : « Oui, oui, c'est bien vrai, tu as raison ! » Pourtant, ce jour-là, dès les premiers mots, il avait senti une opposition sourde. Aussi avançait-il prudemment. Il ne discutait que la continuation de la grève, il attendait d'être applaudi, avant de s'attaquer à l'Internationale. Certes, l'honneur défendait de céder aux exigences de la Compagnie ; mais, que de misères ! quel avenir terrible, s'il fallait s'obstiner longtemps encore ! Et, sans se prononcer pour la soumission, il amollissait les courages, il montrait les corons mourant de faim, il demandait sur quelles ressources comptaient les partisans de la résistance. Trois ou quatre amis essayèrent de l'approuver, ce qui accentua le silence froid du plus grand nombre, la désapprobation peu à peu irritée qui accueillait ses phrases. Alors, désespérant de les reconquérir, la colère l'emporta, il leur prédit des malheurs, s'ils se laissaient tourner la tête par des provocations venues de l'étranger. Les deux tiers s'étaient levés, se fâchaient, voulaient l'empêcher d'en dire davantage, puisqu'il les insultait, en les traitant comme des enfants incapables de se conduire. Et lui, buvant coup sur coup des gorgées de bière, parlait quand même au milieu du tumulte, criait violemment qu'il n'était pas né, bien sûr, le gaillard qui l'empêcherait de faire son devoir !

Pluchart était debout. Comme il n'avait pas de sonnette, il tapait du poing sur la table, il répétait de sa voix étranglée :

— Citoyens... citoyens...

Enfin, il obtint un peu de calme, et la réunion, consultée, retira la parole à Rasseneur. Les délégués qui avaient représenté les fosses, dans l'entrevue avec le directeur, menaient les autres, tous enragés par la faim, travaillés d'idées nouvelles. C'était un vote réglé à l'avance.

— Tu t'en fous, toi ! tu manges ! hurla Levaque, en montrant le poing à Rasseneur.

Étienne s'était penché, derrière le dos du président, pour apaiser Maheu, très rouge, mis hors de lui par ce discours d'hypocrite.

— Citoyens, dit Pluchart, permettez-moi de prendre la parole.

Un silence profond se fit. Il parla. Sa voix sortait, pénible et rauque ; mais il s'y était habitué, toujours en course, promenant sa laryngite avec son programme. Peu à peu, il l'enflait et en tirait des effets pathétiques. Les bras ouverts, accompagnant les périodes d'un balancement d'épaules, il avait une éloquence qui tenait du prône, une façon religieuse de laisser tomber la fin des phrases, dont le ronflement monotone finissait par convaincre.

Et il plaça son discours sur la grandeur et les bienfaits de l'Internationale, celui qu'il déballait d'abord, dans les localités où il débutait. Il en expliqua le but, l'émancipation des travailleurs ; il en montra la structure grandiose, en bas la commune, plus haut la province, plus haut encore la nation, et tout au sommet l'humanité. Ses bras s'agitaient lentement, entassaient les étages, dressaient l'immense cathédrale du monde futur. Puis c'était l'administration intérieure : il lut les statuts, parla des congrès, indiqua l'importance croissante de l'œuvre, l'élargissement du programme, qui, parti de la discussion des salaires, s'attaquait maintenant à la liquidation sociale, pour en finir avec le salariat. Plus de nationalités, les ouvriers du monde entier réunis dans un besoin commun de justice, balayant la pourriture bourgeoise, fondant enfin la société libre, où celui qui ne travaillerait pas, ne récolterait pas ! Il mugissait, son haleine effarait les fleurs de papier peint, sous le plafond enfumé dont l'écrasement rabattait les éclats de sa voix.

Une houle agita les têtes. Quelques-uns crièrent :

— C'est ça !... Nous en sommes !

Lui, continuait. C'était la conquête du monde avant trois ans. Et il énumérait les peuples conquis. De tous côtés pleuvaient les adhésions. Jamais religion naissante n'avait fait tant de fidèles. Puis, quand on serait les maîtres, on dicterait des lois aux patrons, ils auraient à leur tour le poing sur la gorge.

— Oui ! oui !... C'est eux qui descendront !

D'un geste, il réclama le silence. Maintenant, il abordait la question des grèves. En principe, il les désapprouvait, elles étaient un moyen trop lent, qui aggravait plutôt les souffrances de l'ouvrier. Mais, en attendant mieux, quand elles devenaient inévitables, il fallait s'y résoudre, car elles avaient l'avantage de désorganiser le capital. Et, dans ce cas, il montrait l'Internationale comme une providence pour les grévistes, il citait des exemples : à Paris, lors de la grève des bronziers, les patrons avaient tout accordé d'un coup, pris de terreur à la nouvelle que l'Internationale envoyait des secours ; à Londres, elle avait sauvé les mineurs d'une houillère, en rapatriant à ses frais un convoi de Belges, appelés par le propriétaire de la mine. Il suffisait d'adhérer, les Compagnies tremblaient, les ouvriers entraient dans la grande armée des travailleurs, décidés à mourir les uns pour les autres, plutôt que de rester les esclaves de la société capitaliste.

Des applaudissements l'interrompirent. Il s'essuyait le front avec son mouchoir, tout en refusant une chope que Maheu lui passait. Quand il voulut reprendre, de nouveaux applaudissements lui coupèrent la parole.

— Ça y est ! dit-il rapidement à Étienne. Ils en ont assez… Vite ! les cartes !

Il avait plongé sous la table, il reparut avec la petite caisse de bois noir.

— Citoyens, cria-t-il, dominant le vacarme, voici les cartes de membres. Que vos délégués s'approchent, je les leur remettrai, et ils les distribueront… Plus tard, on réglera tout.

Rasseneur s'élança, protesta encore. De son côté, Étienne s'agitait, ayant à prononcer un discours. Une confusion extrême s'ensuivit. Levaque lançait les poings en avant, comme pour se battre. Debout, Maheu parlait, sans qu'on pût distinguer un seul mot. Dans ce redoublement de tumulte, une poussière montait du parquet, la poussière volante des anciens bals, empoisonnant l'air de l'odeur forte des herscheuses et des galibots.

Brusquement, la petite porte s'ouvrit, la veuve Désir l'emplit de son ventre et de sa gorge, en disant d'une voix tonnante :

— Taisez-vous donc, nom de Dieu !… V'là les gendarmes !

C'était le commissaire de l'arrondissement qui arrivait, un peu tard, pour dresser procès-verbal et dissoudre la réunion. Quatre gendarmes l'accompagnaient. Depuis cinq minutes, la veuve les amusait à la porte, en répondant qu'elle était chez elle, qu'on avait bien le droit de réunir des amis. Mais on l'avait bousculée, et elle accourait prévenir ses enfants.

— Faut filer par ici, reprit-elle. Il y a un sale gendarme qui garde la cour. Ça ne fait rien, mon petit bûcher ouvre sur la ruelle… Dépêchez-vous donc !

Déjà, le commissaire frappait à coups de poing ; et, comme on n'ouvrait pas, il menaçait d'enfoncer la porte. Un mouchard avait dû parler, car il criait que la réunion était illégale, un grand nombre de mineurs se trouvant là sans lettre d'invitation.

Dans la salle, le trouble augmentait. On ne pouvait se sauver ainsi, on n'avait pas même voté, ni pour l'adhésion, ni pour la continuation de la grève. Tous s'entêtaient à parler à la fois. Enfin, le président eut l'idée d'un vote par acclamation. Des bras se levèrent, les délégués déclarèrent en hâte qu'ils adhéraient au nom des camarades absents. Et ce fut ainsi que les dix mille charbonniers de Montsou devinrent membres de l'Internationale.

Cependant, la débandade commençait. Protégeant la retraite, la veuve Désir était allée s'accoter contre la porte, que les crosses des gendarmes ébranlaient dans son dos. Les mineurs enjambaient les bancs, s'échappaient à la file, par la cuisine et le bûcher. Rasseneur disparut un des premiers, et Levaque le suivit, oublieux de ses injures, rêvant de se faire offrir une chope, pour se remettre. Étienne, après s'être emparé de la petite caisse, attendait avec Pluchart et Maheu, qui tenaient à honneur de sortir les derniers. Comme ils partaient, la serrure sauta, le commissaire se trouva en présence de la veuve, dont la gorge et le ventre faisaient encore barricade.

— Ça vous avance pas à grand-chose, de tout casser chez moi ! dit-elle. Vous voyez bien qu'il n'y a personne.

Le commissaire, un homme lent, que les drames ennuyaient, menaça simplement de la conduire en prison. Et il s'en alla pour verbaliser, il remmena ses quatre gendarmes, sous les ricanements de Zacharie et de Mouquet, qui, pris d'admiration devant la bonne blague des camarades, se fichaient de la force armée.

Dehors, dans la ruelle, Étienne, embarrassé de la caisse,

galopa, suivi des autres. L'idée brusque de Pierron lui vint, il demanda pourquoi on ne l'avait pas vu ; et Maheu, tout en courant, répondit qu'il était malade : une maladie complaisante, la peur de se compromettre. On voulait retenir Pluchart ; mais, sans s'arrêter, il déclara qu'il repartait à l'instant pour Joiselle, où Legoujeux attendait des ordres. Alors, on lui cria bon voyage, on ne ralentit pas la course, les talons en l'air, tous lancés au travers de Montsou. Des mots s'échangeaient, entrecoupés par le halètement des poitrines. Étienne et Maheu riaient de confiance, certains désormais du triomphe : lorsque l'Internationale aurait envoyé des secours, ce serait la Compagnie qui les supplierait de reprendre le travail. Et, dans cet élan d'espoir, dans ce galop de gros souliers sonnant sur le pavé des routes, il y avait autre chose encore, quelque chose d'assombri et de farouche, une violence dont le vent allait enfiévrer les corons aux quatre coins du pays.

## V

Une autre quinzaine s'écoula. On était aux premiers jours de janvier, par des brumes froides qui engourdissaient l'immense plaine. Et la misère avait empiré encore, les corons agonisaient d'heure en heure, sous la disette croissante. Quatre mille francs, envoyés de Londres, par l'Internationale, n'avaient pas donné trois jours de pain. Puis, rien n'était venu. Cette grande espérance morte abattait les courages. Sur qui compter maintenant, puisque leurs frères eux-mêmes les abandonnaient ? Ils se sentaient perdus au milieu du gros hiver, isolés du monde.

Le mardi, toute ressource manqua, au coron des Deux-Cent-Quarante. Étienne s'était multiplié avec les délégués : on ouvrait des souscriptions nouvelles, dans les villes voisines, et jusqu'à Paris ; on faisait des quêtes, on organisait des conférences. Ces efforts n'aboutissaient guère, l'opinion, qui s'était émue d'abord, devenait indifférente, depuis que la grève s'éternisait, très calme, sans drames passionnants. À peine de maigres aumônes suffisaient-elles à soutenir les familles les plus pauvres. Les autres vivaient en engageant les nippes, en vendant pièce à pièce le ménage. Tout filait chez les brocanteurs, la laine des matelas, les ustensiles de cuisine, des meubles même. Un instant, on s'était cru sauvé, les petits détaillants de Montsou, tués par Maigrat, avaient offert des crédits, pour tâcher de lui reprendre la clientèle ; et, durant une semaine, Verdonck l'épicier, les deux boulangers Carouble et Smelten, tinrent en effet boutique ouverte ; mais leurs avances s'épuisaient, les trois s'arrêtèrent. Des huissiers s'en réjouirent, il n'en résultait qu'un écrasement de dettes, qui devait peser longtemps sur les mineurs. Plus de crédit nulle part, plus une vieille casserole à vendre, on pouvait se coucher dans un coin et crever comme des chiens galeux.

Étienne aurait vendu sa chair. Il avait abandonné ses appointements, il était allé à Marchiennes engager son pantalon et sa redingote de drap, heureux de faire bouillir encore la marmite des Maheu. Seules, les bottes lui restaient, il les gardait pour avoir les pieds solides, disait-il. Son désespoir était que la grève se fût produite trop tôt, lorsque la caisse de prévoyance n'avait pas eu le temps de s'emplir. Il y voyait la cause unique du désastre, car les ouvriers triompheraient sûrement des patrons, le jour où ils trouveraient dans l'épargne l'argent nécessaire à la résistance. Et il se rappelait les paroles de Souvarine, accusant la Compagnie de pousser à la grève, pour détruire les premiers fonds de la caisse.

La vue du coron, de ces pauvres gens sans pain et sans feu, le bouleversait. Il préférait sortir, se fatiguer en promenades lointaines. Un soir, comme il rentrait et qu'il passait près de Réquillart, il avait aperçu, au bord de la route, une vieille femme évanouie. Sans doute, elle se mourait d'inanition ; et, après l'avoir relevée, il s'était mis à héler une fille, qu'il voyait de l'autre côté de la palissade.

— Tiens ! c'est toi, dit-il en reconnaissant la Mouquette. Aide-moi donc, il faudrait lui faire boire quelque chose.

La Mouquette, apitoyée aux larmes, rentra vivement chez elle, dans la masure branlante que son père s'était aménagée au milieu des décombres. Elle en ressortit aussitôt avec du genièvre et un pain. Le genièvre ressuscita la vieille, qui, sans parler, mordit au pain, goulûment. C'était la mère d'un mineur, elle habitait un coron, du côté de Cougny, et elle était tombée là, en revenant de Joiselle, où elle avait tenté vainement d'emprunter dix sous à une sœur. Lorsqu'elle eut mangé, elle s'en alla, étourdie.

Étienne était resté dans le champ vague de Réquillart, dont les hangars écroulés disparaissaient sous les ronces.

— Eh bien, tu n'entres pas boire un petit verre ? lui demanda la Mouquette gaiement.

Et, comme il hésitait :

— Alors, tu as toujours peur de moi ?

Il la suivit, gagné par son rire. Ce pain qu'elle avait donné de si grand cœur, l'attendrissait. Elle ne voulut pas le recevoir dans la chambre du père, elle l'emmena dans sa chambre à elle, où elle versa tout de suite deux petits verres de genièvre. Cette chambre était très propre, il lui en fit compliment. D'ailleurs, la famille ne semblait manquer de rien : le père continuait son service de palefrenier, au Voreux ; et elle, histoire de ne pas vivre les bras croisés, s'était mise blanchisseuse, ce qui lui rapportait trente sous par jour. On a beau rigoler avec les hommes, on n'en est pas plus fainéante pour ça.

— Dis ? murmura-t-elle tout d'un coup, en venant le prendre gentiment par la taille, pourquoi ne veux-tu pas m'aimer ?

Il ne put s'empêcher de rire, lui aussi, tellement elle avait lancé ça d'un air mignon.

— Mais je t'aime bien, répondit-il.

— Non, non, pas comme je veux… Tu sais que j'en meurs d'envie. Dis ? ça me ferait tant plaisir !

C'était vrai, elle le lui demandait depuis six mois. Il la regardait toujours se collant à lui, l'étreignant de ses deux bras frissonnants, la face levée dans une telle supplication d'amour, qu'il en était très touché. Sa grosse figure ronde n'avait rien de beau, avec son teint jauni, mangé par le charbon ; mais ses yeux luisaient d'une flamme, il lui sortait de la peau un charme, un tremblement de désir, qui la rendait rose et toute jeune. Alors, devant ce don si humble, si ardent, il n'osa plus refuser.

— Oh ! tu veux bien, balbutia-t-elle, ravie, oh ! tu veux bien.

Et elle se livra dans une maladresse et un évanouissement de vierge, comme si c'était la première fois, et qu'elle n'eût jamais connu d'homme. Puis, quand il la quitta, ce fut elle qui déborda de reconnaissance : elle lui, disait merci, elle lui baisait les mains.

Étienne demeura un peu honteux de cette bonne fortune. On ne se vantait pas d'avoir eu la Mouquette. En s'en allant, il se jura de ne point recommencer. Et il lui gardait un souvenir amical pourtant, elle était une brave fille.

Quand il rentra au coron, d'ailleurs, des choses graves qu'il apprit lui firent oublier l'aventure. Le bruit courait que la Compagnie consentirait peut-être à une concession, si les délégués tentaient une nouvelle démarche près du directeur. Du moins, des porions avaient répandu ce bruit. La vérité était que, dans la lutte engagée, la mine souffrait plus encore que les mineurs. Des deux côtés, l'obstination entassait des ruines : tandis que le travail crevait de faim, le capital se détruisait. Chaque jour de chômage emportait des centaines de mille francs. Toute machine qui s'arrête est une machine morte. L'outillage et le matériel s'altéraient, l'argent immobilisé fondait, comme une eau bue par du sable. Depuis que le faible stock de houille s'épuisait sur le carreau des fosses, la clientèle parlait de s'adresser en Belgique ; et il y avait là, pour l'avenir, une menace. Mais ce qui effrayait surtout la Compagnie, ce qu'elle cachait avec soin, c'étaient les dégâts croissants, dans les galeries et les tailles. Les porions ne suffisaient pas au raccommodage, les bois cassaient de toutes parts, des éboulements se produisaient à chaque heure. Bientôt, les désastres étaient devenus tels, qu'ils devaient nécessiter de longs mois de réparation, avant que l'abattage pût être repris. Déjà, des histoires couraient la contrée : à Crèvecœur, trois cents mètres de voie s'étaient effondrés d'un bloc, bouchant l'accès de la veine Cinq-Paumes ; à Madeleine, la veine Maugrétout s'émiettait et s'emplissait d'eau. La Direction refusait d'en convenir, lorsque, brusquement, deux accidents, l'un sur l'autre, l'avaient forcée d'avouer. Un matin, près de la Piolaine, on trouva le sol fendu au-dessus de la galerie nord de Mirou, éboulée de la veille, et, le lendemain, ce fut un affaissement intérieur du Voreux qui ébranla tout un coin de faubourg, au point que deux maisons faillirent disparaître.

Étienne et les délégués hésitaient à risquer une démarche, sans connaître les intentions de la Régie. Dansaert, qu'ils interrogèrent, évita de répondre : certainement, on déplorait le malentendu, on ferait tout au monde afin d'amener une entente ; mais il ne précisait pas. Ils finirent par décider qu'ils se rendraient près de M. Hennebeau, pour mettre la raison de leur côté ; car ils ne voulaient pas qu'on les accusât plus tard d'avoir refusé à la Compagnie une occasion de reconnaître ses torts. Seulement, ils jurèrent de ne céder sur rien, de maintenir quand même leurs conditions, qui étaient les seules justes.

L'entrevue eut lieu le mardi matin, le jour où le coron tombait à la misère noire. Elle fut moins cordiale que la première. Maheu parla encore, expliqua que les camarades les envoyaient demander si ces messieurs n'avaient rien de nouveau à leur dire. D'abord, M. Hennebeau affecta la surprise : aucun ordre ne lui était parvenu, les choses ne pouvaient changer, tant que les mineurs s'entêteraient dans leur révolte détestable ; et cette raideur autoritaire produisit l'effet le plus fâcheux, à tel point que, si les délégués s'étaient dérangés avec des intentions conciliantes, la façon dont on les recevait aurait suffi à les faire s'obstiner davantage. Ensuite, le directeur voulut bien chercher un terrain de concessions mutuelles : ainsi, les ouvriers accepteraient le paiement du boisage à part, tandis que la Compagnie hausserait ce paiement des deux centimes dont on l'accusait de profiter. Du reste, il ajoutait qu'il prenait l'offre sur lui, que rien n'était résolu, qu'il se flattait pourtant d'obtenir à Paris cette concession. Mais les délégués refusèrent et répétèrent leurs exigences : le maintien de l'ancien système, avec une hausse de cinq centimes par berline. Alors, il avoua qu'il pouvait traiter tout de suite, il les pressa d'accepter, au nom de leurs femmes et de leurs petits mourant de faim. Et, les yeux à terre, le crâne dur, ils dirent non, toujours non, d'un branle farouche. On se sépara brutalement. M. Hennebeau faisait claquer les portes. Étienne, Maheu et les autres s'en allaient, tapant leurs gros talons sur le pavé, dans la rage muette des vaincus poussés à bout.

Vers deux heures, les femmes du coron tentèrent, de leur côté, une démarche près de Maigrat. Il n'y avait plus que cet espoir, fléchir cet homme, lui arracher une nouvelle semaine de crédit. C'était une idée de la Maheude, qui comptait souvent trop sur le bon cœur des gens. Elle décida la Brûlé et la Levaque a l'accompagner ; quant à la Pierronne, elle s'excusa, elle raconta qu'elle ne pouvait quitter Pierron, dont la maladie n'en finissait pas de guérir. D'autres femmes se joignirent à la bande, elles étaient bien une vingtaine. Lorsque les bourgeois de Montsou les virent arriver, tenant la largeur de la route, sombres et misérables, ils hochèrent la tête d'inquiétude. Des portes se fermèrent, une dame cacha son argenterie. On les rencontrait ainsi pour la première fois, et rien n'était d'un plus mauvais signe : d'ordinaire, tout se gâtait, quand les femmes battaient ainsi les chemins. Chez Maigrat, il y eut une scène violente. D'abord, il les avait fait entrer, ricanant, feignant de croire qu'elles venaient payer leurs dettes ; ça, c'était gentil, de s'être entendu, pour apporter l'argent d'un coup. Puis, dès que la Maheude eut pris la parole, il affecta de s'emporter. Est-ce qu'elles se fichaient du monde ? Encore du crédit, elles rêvaient donc de le mettre sur la paille ? Non, plus une pomme de terre, plus une miette de pain ! Et il les renvoyait à l'épicier Verdonck, aux boulangers Carouble et Smelten, puisqu'elles se servaient chez eux, maintenant. Les femmes l'écoutaient d'un air d'humilité peureuse, s'excusaient, guettaient dans ses yeux s'il se laissait attendrir. Il recommença à dire des farces, il offrit sa boutique à la Brûlé, si elle le prenait pour galant. Une telle lâcheté les tenait toutes, qu'elles en rirent ; et la Levaque renchérit, déclara qu'elle voulait bien, elle. Mais il fut aussitôt grossier, il les poussa vers la porte. Comme elles insistaient, suppliantes, il en brutalisa une. Les autres, sur le trottoir, le traitèrent de vendu, tandis que la Maheude, les deux bras en l'air dans un élan d'indignation vengeresse, appelait la mort, en criant qu'un homme pareil ne méritait pas de manger.

Le retour au coron fut lugubre. Quand les femmes rentrèrent les mains vides, les hommes les regardèrent, puis baissèrent la tête. C'était fini, la journée s'achèverait sans une cuillerée de soupe ; et les autres journées s'étendaient dans une ombre glacée, où ne luisait pas un espoir. Ils avaient voulu cela, aucun ne parlait de se rendre. Cet excès de misère les faisait s'entêter davantage, muets, comme des bêtes traquées, résolues à mourir au fond de leur trou, plutôt que d'en sortir. Qui aurait osé parler le premier de soumission ? on avait juré avec les camarades de tenir tous ensemble, et tous tiendraient, ainsi qu'on tenait à la fosse, quand il y en avait un sous un éboulement. Ça se devait, ils étaient là-bas à une bonne école pour savoir se résigner ; on pouvait se serrer le ventre pendant huit jours, lorsqu'on avalait le feu et l'eau depuis l'âge de douze ans ; et leur dévouement se doublait ainsi d'un orgueil de soldats, d'hommes fiers de leur métier, ayant pris dans leur lutte quotidienne contre la mort, une vantardise du sacrifice.

Chez les Maheu, la soirée fut affreuse. Tous se taisaient, assis devant le feu mourant, où fumait la dernière pâtée d'escaillage. Après avoir vidé les matelas poignée à poignée, on s'était décidé l'avant-veille à vendre pour trois francs le coucou ; et la pièce semblait nue et morte, depuis que le tic-tac familier ne l'emplissait plus de son bruit. Maintenant, au milieu du buffet, il ne restait d'autre luxe que la boîte de carton rose, un ancien cadeau de Maheu, auquel la Maheude tenait comme à un bijou. Les deux bonnes chaises étaient parties, le père Bonnemort et les enfants se serraient sur un vieux banc moussu, rentré du jardin. Et le crépuscule livide qui tombait semblait augmenter le froid.

— Quoi faire ? répétait la Maheude, accroupie au coin du fourneau.

Étienne, debout, regardait les portraits de l'empereur et de l'impératrice, collés contre le mur. Il les en aurait arrachés depuis longtemps, sans la famille qui les défendait, pour l'ornement. Aussi murmura-t-il, les dents serrées :

— Et dire qu'on n'aurait pas deux sous de ces jean-foutre qui nous regardent crever !

— Si je portais la boîte ? reprit la femme toute pâle après une hésitation.

Maheu, assis au bord de la table, les jambes pendantes et la tête sur la poitrine, s'était redressé.

— Non, je ne veux pas !

Péniblement, la Maheude se leva et fit le tour de la pièce. Était-ce Dieu possible, d'en être réduit à cette misère ! le buffet sans une miette, plus rien à vendre, pas même une idée pour avoir un pain ! Et le feu qui allait s'éteindre ! Elle s'emporta contre Alzire qu'elle avait envoyée le matin aux escarbilles, sur le terri, et qui était revenue les mains vides, en disant que la Compagnie défendait la glane. Est-ce qu'on ne s'en foutait pas, de la Compagnie ? comme si l'on volait quelqu'un, à ramasser les brins de charbon perdus ! La petite, désespérée, racontait qu'un homme l'avait menacée d'une gifle ; puis, elle promit d'y retourner, le lendemain, et de se laisser battre.

— Et ce bougre de Jeanlin ? cria la mère, où est-il encore, je vous le demande ?... Il devait apporter de la salade : on en aurait brouté comme des bêtes, au moins ! Vous verrez qu'il ne rentrera pas. Hier déjà, il a découché. Je ne sais ce qu'il trafique, mais la rosse a toujours l'air d'avoir le ventre plein.

— Peut-être, dit Étienne, ramasse-t-il des sous sur la route.

Du coup, elle brandit les deux poings, hors d'elle.

— Si je savais ça !... Mes enfants mendier ! J'aimerais mieux les tuer et me tuer ensuite.

Maheu, de nouveau, s'était affaissé, au bord de la table. Lénore et Henri, étonnés qu'on ne mangeât pas, commençaient à geindre ; tandis que le vieux Bonnemort, silencieux, roulait philosophiquement la langue dans sa bouche, pour tromper sa faim. Personne ne parla plus, tous s'engourdissaient sous cette aggravation de leurs maux, le grand-père toussant, crachant noir, repris de rhumatismes qui se tournaient en hydropisie, le père asthmatique, les genoux enflés d'eau, la mère et les petits travaillés de la scrofule et de l'anémie héréditaires. Sans doute, le métier voulait ça : on ne s'en plaignait que lorsque le manque de nourriture achevait le monde ; et déjà l'on tombait comme des mouches, dans le coron. Il fallait pourtant trouver à souper. Quoi faire, où aller, mon Dieu ?

Alors, dans le crépuscule dont la morne tristesse assombrissait de plus en plus la pièce, Étienne, qui hésitait depuis un instant, se décida, le cœur crevé.

— Attendez-moi, dit-il. Je vais voir quelque part.

Et il sortit. L'idée de la Mouquette lui était venue. Elle devait bien avoir un pain et elle le donnerait volontiers. Cela le fâchait, d'être ainsi forcé de retourner à Réquillart : cette fille lui baiserait les mains, de son air de servante amoureuse ; mais on ne lâchait pas des amis dans la peine, il serait encore gentil avec elle, s'il le fallait.

— Moi aussi, je vais voir, dit à son tour la Maheude. C'est trop bête.

Elle rouvrit la porte derrière le jeune homme et la rejeta violemment, laissant les autres immobiles et muets, dans la maigre clarté d'un bout de chandelle qu'Alzire venait d'allumer. Dehors, une courte réflexion l'arrêta. Puis, elle entra chez les Levaque.

— Dis donc, je t'ai prêté un pain, l'autre jour. Si tu me le rendais.

Mais elle s'interrompit, ce qu'elle voyait n'était guère encourageant ; et la maison sentait la misère plus que la sienne. La Levaque, les yeux fixes, regardait son feu éteint, tandis que Levaque, soûlé par des cloutiers, l'estomac vide, dormait sur la table. Adossé au mur, Bouteloup frottait machinalement ses épaules, avec l'ahurissement d'un bon diable, dont on a mangé les économies, et qui s'étonne d'avoir à se serrer le ventre.

— Un pain, ah ! ma chère, répondit la Levaque. Moi qui voulais t'en emprunter un autre !

Puis, comme son mari grognait de douleur dans son sommeil, elle lui écrasa la face contre la table.

— Tais-toi, cochon ! Tant mieux, si ça te brûle les boyaux !... Au lieu de te faire payer à boire, est-ce que tu n'aurais pas dû demander vingt sous à un ami ?

Elle continua, jurant, se soulageant, au milieu de la saleté du ménage, abandonné depuis si longtemps déjà, qu'une odeur insupportable s'exhalait du carreau. Tout pouvait craquer, elle s'en fichait ! Son fils, ce gueux de Bébert, avait aussi disparu depuis le matin, et elle criait que ce serait un fameux débarras, s'il ne revenait plus. Puis, elle dit qu'elle allait se coucher. Au moins, elle aurait chaud. Elle bouscula Bouteloup.

— Allons, houp ! montons... Le feu est mort, pas besoin d'allumer la chandelle pour voir les assiettes vides... Viens-tu à la fin, Louis ? Je te dis que nous nous couchons. On se colle, ça soulage... Et que ce nom de Dieu de saoulard crève ici de froid tout seul !

Quand elle se retrouva dehors, la Maheude coupa résolument par les jardins, pour se rendre chez les Pierron. Des rires s'entendaient. Elle frappa, et il y eut un brusque silence. On mit une grande minute à lui ouvrir.

— Tiens ! c'est toi, s'écria la Pierronne en affectant une vive surprise. Je croyais que c'était le médecin.

Sans la laisser parler, elle continua, elle montra Pierron assis devant un grand feu de houille.

— Ah ! il ne va pas, il ne va toujours pas. La figure a l'air bonne, c'est dans le ventre que ça le travaille. Alors, il lui faut de la chaleur, on brûle tout ce qu'on a.

Pierron, en effet, semblait gaillard, le teint fleuri, la chair grasse. Vainement il soufflait, pour faire l'homme malade. D'ailleurs, la Maheude, en entrant, venait de sentir une forte odeur de lapin : bien sûr qu'on avait déménagé le plat. Des miettes traînaient sur la table ; et, au beau milieu, elle aperçut une bouteille de vin oubliée.

— Maman est allée à Montsou pour tâcher d'avoir un pain, reprit la Pierronne. Nous nous morfondons à l'attendre.

Mais sa voix s'étrangla, elle avait suivi le regard de la voisine, et elle aussi était tombée sur la bouteille. Tout de suite, elle se remit, elle raconta l'histoire : oui, c'était du vin, les bourgeois de la Piolaine lui avaient apporté cette bouteille-là pour son homme, à qui le médecin ordonnait du bordeaux. Et elle ne tarissait pas en remerciements, quels braves bourgeois ; la demoiselle surtout, pas fière, entrant chez les ouvriers, distribuant elle-même ses aumônes !

— Je sais, dit la Maheude, je les connais.

Son cœur se serrait à l'idée que le bien va toujours aux moins pauvres. Jamais ça ne ratait, ces gens de la Piolaine auraient porté de l'eau à la rivière. Comment ne les avait-elle pas vus dans le coron ? Peut-être tout de même en aurait-elle tiré quelque chose.

— J'étais donc venue, avoua-t-elle enfin, pour savoir s'il y avait plus gras chez vous que chez nous… As-tu seulement du vermicelle, à charge de revanche ?

La Pierronne se désespéra bruyamment.

— Rien du tout, ma chère. Pas ce qui s'appelle un grain de semoule… Si maman ne rentre pas, c'est qu'elle n'a point réussi. Nous allons nous coucher sans souper.

À ce moment, des pleurs vinrent de la cave, et elle s'emporta, elle tapa du poing contre la porte. C'était cette coureuse de Lydie qu'elle avait enfermée, disait-elle, pour la punir de n'être rentrée qu'à cinq heures, après toute une journée de vagabondage. On ne pouvait plus la dompter, elle disparaissait continuellement.

Cependant, la Maheude restait debout, sans se décider à partir. Ce grand feu la pénétrait d'un bien-être douloureux, la pensée qu'on, mangeait là, lui creusait l'estomac davantage. Évidemment, ils avaient renvoyé la vieille et enfermé la petite, pour bâfrer leur lapin. Ah ! on avait beau dire, quand une femme se conduisait mal, ça portait bonheur à sa maison !

— Bonsoir, dit-elle tout d'un coup.

Dehors, la nuit était tombée, et la lune, derrière des nuages, éclairait la terre d'une clarté louche. Au lieu de retraverser les jardins, la Maheude fit le tour, désolée, n'osant rentrer chez elle. Mais, le long des façades mortes, toutes les portes sentaient la famine et sonnaient le creux. À quoi bon frapper ? c'était misère et compagnie. Depuis des semaines qu'on ne mangeait plus, l'odeur de l'oignon elle-même était partie, cette odeur forte qui annonçait le coron de loin, dans la campagne ; maintenant, il n'avait que l'odeur des vieux caveaux, l'humidité des trous où rien ne vit. Les bruits vagues se mouraient, des larmes étouffées, des jurons perdus ; et, dans le silence qui s'alourdissait peu à peu, on entendait venir le sommeil de la faim, l'écrasement des corps jetés en travers des lits, sous les cauchemars des ventres vides.

Comme elle passait devant l'église, elle vit une ombre filer rapidement. Un espoir la fit se hâter, car elle avait reconnu le curé de Montsou, l'abbé Joire, qui disait la messe le dimanche à la chapelle du coron : sans doute il sortait de la sacristie, où le règlement de quelque affaire l'avait appelé. Le dos rond, il courait de son air d'homme gras et doux, désireux de vivre en paix avec tout le monde. S'il avait fait sa course à la nuit, ce devait être pour ne pas se compromettre au milieu des mineurs. On disait du reste qu'il venait d'obtenir de l'avancement. Même, il s'était promené déjà avec son successeur, un abbé maigre, aux yeux de braise rouge.

— Monsieur le curé, monsieur le curé, bégaya la Maheude.

Mais il ne s'arrêta point.

— Bonsoir, bonsoir, ma brave femme.

Elle se retrouvait devant chez elle. Ses jambes ne la portaient plus, et elle rentra.

Personne n'avait bougé. Maheu était toujours au bord de la table, abattu. Le vieux Bonnemort et les petits se serraient sur le banc, pour avoir moins froid. Et on ne s'était pas dit une parole, seule la chandelle avait brûlé, si courte, que la lumière elle-même bientôt leur manquerait. Au bruit de la porte, les enfants tournèrent la tête ; mais, en voyant que la mère ne rapportait rien, ils se remirent à regarder par terre, renfonçant une grosse envie de pleurer, de peur qu'on ne les grondât. La Maheude était retombée à sa place, près du feu mourant. On ne la questionna point, le silence continua. Tous avaient compris, ils jugeaient inutile de se fatiguer encore à causer ; et c'était maintenant une attente anéantie, sans courage, l'attente dernière du secours qu'Étienne, peut-être, allait déterrer quelque part. Les minutes s'écoulaient, ils finissaient par ne plus y compter.

Lorsque Étienne reparut, il avait, dans un torchon, une douzaine de pommes de terre, cuites et refroidies.

— Voilà tout ce que j'ai trouvé, dit-il.

Chez la Mouquette, le pain manquait également : c'était son dîner qu'elle lui avait mis de force dans ce torchon, en le baisant de tout son cœur.

— Merci, répondit-il à la Maheude qui lui offrait sa part… J'ai mangé là-bas.

Il mentait, il regardait d'un air sombre les enfants se jeter sur la nourriture. Le père et la mère, eux aussi, se retenaient, afin d'en laisser davantage : mais le vieux, goulûment, avalait tout. On dut lui reprendre une pomme de terre pour Alzire.

Alors, Étienne dit qu'il avait appris des nouvelles. La Compagnie, irritée de l'entêtement des grévistes, parlait de rendre leurs livrets aux mineurs compromis. Elle voulait la guerre, décidément. Et un bruit plus grave circulait, elle se vantait d'avoir décidé un grand nombre d'ouvriers à redescendre : le lendemain, la Victoire et Feutry-Cantel devaient être au complet ; même il y aurait, à Madeleine et à Mirou, un tiers des hommes. Les Maheu furent exaspérés.

— Nom de Dieu ! cria le père, s'il y a des traîtres, faut régler leur compte !

Et, debout, cédant à l'emportement de sa souffrance :

— À demain soir, dans la forêt !... Puisqu'on nous empêche de nous entendre au *Bon-Joyeux*, c'est dans la forêt que nous serons chez nous.

Ce cri avait réveillé le vieux Bonnemort, que sa gloutonnerie assoupissait. C'était le cri ancien de ralliement, le rendez-vous où les mineurs de jadis allaient comploter leur résistance aux soldats du roi.

— Oui, oui, à Vandame ! J'en suis, si l'on va là-bas !

La Maheude eut un geste énergique.

— Nous irons tous. Ça finira, ces injustices et ces traîtrises !

Étienne décida que le rendez-vous serait donné à tous les corons, pour le lendemain soir. Mais le feu était mort, comme chez les Levaque, et la chandelle brusquement s'éteignit. Il n'y avait plus de houille, plus de pétrole, il fallut se coucher à tâtons, dans le grand froid qui pinçait la peau. Les petits pleuraient.

# VI

Jeanlin, guéri, marchait à présent ; mais ses jambes étaient si mal recollées, qu'il boitait de la droite et de la gauche ; et il fallait le voir filer d'un train de canard, courant aussi fort qu'autrefois, avec son adresse de bête malfaisante et voleuse.

Ce soir-là, au crépuscule, sur la route de Réquillart, Jeanlin, accompagné de ses inséparables, Bébert et Lydie, faisait le guet. Il s'était embusqué dans un terrain vague, derrière une palissade, en face d'une épicerie borgne, plantée de travers à l'encoignure d'un sentier. Une vieille femme, presque aveugle, y étalait trois ou quatre sacs de lentilles et de haricots, noirs de poussière ; et c'était une antique morue sèche, pendue à la porte, chinée de chiures de mouche, qu'il couvait de ses yeux minces. Déjà deux fois, il avait lancé Bébert, pour aller la décrocher. Mais, chaque fois, du monde avait paru, au coude du chemin. Toujours des gêneurs, on ne pouvait pas faire ses affaires !

Un monsieur à cheval déboucha, et les enfants s'aplatirent au pied de la palissade, en reconnaissant M. Hennebeau. Souvent, on le voyait ainsi par les routes, depuis la grève, voyageant seul au milieu des corons révoltés, mettant un courage tranquille à s'assurer en personne de l'état du pays. Et jamais une pierre n'avait sifflé à ses oreilles, il ne rencontrait que des hommes silencieux et lents à le saluer, il tombait le plus souvent sur des amoureux, qui se moquaient de la politique et se bourraient de plaisir, dans les coins. Au trot de sa jument, la tête droite pour ne déranger personne, il passait, tandis que son cœur se gonflait d'un besoin inassouvi, à travers cette goinfrerie des amours libres. Il aperçut parfaitement les galopins, les petits sur la petite, en tas. Jusqu'aux marmots qui déjà s'égayaient à frotter leur misère ! Ses yeux s'étaient mouillés, il disparut, raide sur la selle, militairement boutonné dans sa redingote.

— Foutu sort ! dit Jeanlin, ça ne finira pas… Vas-y, Bébert ! tire sur la queue !

Mais deux hommes, de nouveau, arrivaient, et l'enfant étouffa encore un juron, quand il entendit la voix de son frère Zacharie, en train de raconter à Mouquet comment il avait découvert une pièce de quarante sous, cousue dans une jupe de sa femme. Tous deux ricanaient d'aise, en se tapant sur les épaules. Mouquet eut l'idée d'une grande partie de crosse pour le lendemain : on partirait à deux heures de *l'Avantage*, on irait du côté de Montoire, près de Marchiennes. Zacharie accepta. Qu'est-ce qu'on avait à les embêter avec la grève ? autant rigoler, puisqu'on ne fichait rien ! Et ils tournaient le coin de la route, lorsque Étienne, qui venait du canal, les arrêta et se mit à causer.

— Est-ce qu'ils vont coucher ici ? reprit Jeanlin exaspéré. V'là la nuit, la vieille rentre ses sacs.

Un autre mineur descendait vers Réquillart. Étienne s'éloigna avec lui ; et, comme ils passaient devant la palissade, l'enfant les entendit parler de la forêt : on avait dû remettre le rendez-vous au lendemain, par crainte de ne pouvoir avertir en un jour tous les corons.

— Dites donc, murmura-t-il à ses deux camarades, la grande machine est pour demain. Faut en être. Hein ? nous filerons, l'après-midi.

Et, la route enfin étant libre, il lança Bébert.

— Hardi ! tire sur la queue !… Et méfie-toi, la vieille a son balai.

Heureusement, la nuit se faisait noire. Bébert, d'un bond, s'était pendu à la morue, dont la ficelle cassa. Il prit sa course, en l'agitant comme un cerf-volant, suivi par les deux autres, galopant tous les trois. L'épicière, étonnée, sortit de sa boutique, sans comprendre, sans pouvoir distinguer ce troupeau qui se perdait dans les ténèbres.

Ces vauriens finissaient par être la terreur du pays. Ils l'avaient envahi peu à peu, ainsi qu'une horde sauvage. D'abord, ils s'étaient contentés du carreau du Voreux, se culbutant dans le stock de charbon, d'où ils sortaient pareils à des nègres, faisant des parties de cache-cache parmi la provision des bois, au travers de laquelle ils se perdaient, comme au fond d'une forêt vierge. Puis, ils avaient pris d'assaut le terri, ils en descendaient sur leur derrière les parties nues, bouillantes encore des incendies intérieurs, ils se glissaient parmi les ronces des parties anciennes, cachés la journée entière, occupés à des petits jeux tranquilles de souris polissonnes. Et ils élargissaient toujours leurs conquêtes, allaient se battre au sang dans les tas de briques, couraient les prés en mangeant sans pain toutes sortes d'herbes laiteuses, fouillaient les berges du canal pour prendre des poissons de vase qu'ils avalaient crus, et poussaient plus loin, et voyageaient à des kilomètres, jusqu'aux futaies de Vandame, sous lesquelles ils se gorgeaient de fraises au printemps, de noisettes et de myrtilles en été. Bientôt l'immense plaine leur avait appartenu.

Mais ce qui les lançait ainsi, de Montsou à Marchiennes, sans cesse par les chemins, avec des yeux de jeunes loups, c'était un besoin croissant de maraude. Jeanlin restait le capitaine de ces expéditions, jetant la troupe sur toutes les proies, ravageant les champs d'oignons, pillant les vergers, attaquant les étalages. Dans le pays, on accusait les mineurs en grève, on parlait d'une vaste bande organisée. Un jour même, il avait forcé Lydie à voler sa mère, il s'était fait apporter par elle deux douzaines de sucres d'orge que la Pierronne tenait dans un bocal, sur une des planches de sa fenêtre ; et la petite, rouée de coups, ne l'avait pas trahi, tellement elle tremblait devant son autorité. Le pis était qu'il se taillait la part du lion. Bébert, également, devait lui remettre le butin, heureux si le capitaine ne le giflait pas, pour garder tout.

Depuis quelque temps, Jeanlin abusait. Il battait Lydie comme on bat une femme légitime, et il profitait de la crédulité de Bébert pour l'engager dans des aventures désagréables, très amusé de faire tourner en bourrique ce gros garçon, plus fort que lui, qui l'aurait assommé d'un coup de poing. Il les méprisait tous les deux, les traitait en esclaves, leur racontait qu'il avait pour maîtresse une princesse, devant laquelle ils étaient indignes de se montrer. Et, en effet, il y avait huit jours qu'il disparaissait brusquement, au bout d'une rue, au tournant d'un sentier, n'importe où il se trouvait, après leur avoir ordonné, l'air terrible, de rentrer au coron. D'abord, il empochait le butin.

Ce fut d'ailleurs ce qui arriva, ce soir-là.

— Donne, dit-il en arrachant la morue des mains de son camarade, lorsqu'ils s'arrêtèrent tous trois, à un coude de la route, près de Réquillart.

Bébert protesta.

— J'en veux, tu sais. C'est moi qui l'ai prise.

— Hein, quoi ? cria-t-il. T'en auras, si je t'en donne, et pas ce soir, bien sûr : demain, s'il en reste.

Il bourra Lydie, il les planta l'un et l'autre sur la même ligne, comme des soldats au port d'armes. Puis, passant derrière eux :

— Maintenant, vous allez rester là cinq minutes, sans vous retourner. Nom de Dieu ! si vous vous retournez, il y aura des bêtes qui vous mangeront… Et vous rentrerez ensuite tout droit, et si Bébert touche à Lydie en chemin, je le saurai, je vous ficherai des claques.

Alors, il s'évanouit au fond de l'ombre, avec une telle légèreté, qu'on n'entendit même pas le bruit de ses pieds nus.

Les deux enfants demeurèrent immobiles durant les cinq minutes, sans regarder en arrière, par crainte de recevoir une gifle de l'invisible. Lentement, une grande affection était née entre eux, dans leur commune terreur. Lui, toujours, songeait à la prendre, à la serrer très fort entre ses bras, comme il voyait faire aux autres ; et elle aussi, aurait bien voulu, car ça l'aurait changée, d'être ainsi caressée gentiment. Mais ni lui ni elle ne se serait permis de désobéir. Quand ils s'en allèrent, bien que la nuit fût très noire, ils ne s'embrassèrent même pas, ils marchèrent côte à côte, attendris et désespérés, certains que, s'ils se touchaient, le capitaine par derrière leur allongerait des claques.

Étienne, à la même heure, était entré à Réquillart. La veille, Mouquette l'avait supplié de revenir, et il revenait, honteux, pris d'un goût qu'il refusait de s'avouer, pour cette fille qui l'adorait comme un Jésus. C'était, d'ailleurs, dans l'intention de rompre. Il la verrait, il lui expliquerait qu'elle ne devait plus le poursuivre, à cause des camarades. On n'était guère à la joie, ça manquait d'honnêteté, de se payer ainsi des douceurs, quand le monde crevait de faim. Et, ne l'ayant pas trouvée chez elle, s'était décidé à l'attendre, il guettait les ombres au passage.

Sous le beffroi en ruine, l'ancien puits s'ouvrait, à demi obstrué. Une poutre toute droite, où tenait un morceau de toiture, avait un profil de potence, au-dessus du trou noir ; et, dans le muraillement éclaté des margelles, deux arbres poussaient, un sorbier et un platane, qui semblaient grandir du fond de la terre. C'était un coin de sauvage abandon, l'entrée herbue et chevelue d'un gouffre, embarrassée de vieux bois, plantée de prunelliers et d'aubépines, que les fauvettes peuplaient de leurs nids, au printemps. Voulant éviter de gros frais d'entretien, la Compagnie, depuis dix ans, se proposait de combler cette fosse morte ; mais elle attendait d'avoir installé au Voreux un ventilateur, car le foyer d'aérage des deux puits, qui communiquaient, se trouvait placé au pied de Réquillart, dont l'ancien goyot d'épuisement[1] servait de cheminée. On s'était contenté de consolider le cuvelage[2] du niveau par des étais placés en travers, barrant l'extraction, et on avait délaissé les galeries supérieures, pour ne surveiller que la galerie du fond, dans laquelle flambait le fourneau d'enfer, l'énorme brasier de houille, au tirage si puissant, que l'appel d'air faisait souffler le vent en tempête, d'un bout à l'autre de la fosse voisine. Par prudence, afin qu'on pût monter et descendre encore, l'ordre était donné d'entretenir le goyot des échelles ; seulement, personne ne s'en occupait, les échelles se pourrissaient d'humidité, des paliers s'étaient effondrés déjà. En haut, une grande ronce bouchait l'entrée du goyot ; et comme la première échelle avait perdu des échelons, il fallait, pour l'atteindre, se pendre à une racine du sorbier, puis se laisser tomber au petit bonheur, dans le noir.

Étienne patientait, caché derrière un buisson, lorsqu'il entendit, parmi les branches, un long frôlement. Il crut à la fuite effrayée d'une couleuvre. Mais la brusque lueur d'une allumette l'étonna, et il demeura stupéfait, en reconnaissant Jeanlin qui allumait une chandelle et qui s'abîmait dans la terre. Une curiosité si vive le saisit, qu'il s'approcha du trou : l'enfant avait disparu, une lueur faible venait du deuxième palier. Il hésita un instant, puis se laisser rouler, en se tenant aux racines, pensa faire le saut des cinq cent vingt-quatre mètres que mesurait la fosse, finit pourtant par sentir un échelon. Et il descendit doucement. Jeanlin n'avait rien dû entendre, Étienne voyait toujours, sous lui, la lumière s'enfoncer, tandis que l'ombre du petit, colossale et inquié-

1. *Goyot d'épuisement* : boyau destiné à assécher les galeries. \ 2. *Cuvelage* : boisage du puits de mine.

tante, dansait, avec le déhanchement de ses jambes infirmes. Il gambillait[1], d'une adresse de singe à se rattraper des mains, des pieds, du menton, quand des échelons manquaient. Les échelles, de sept mètres, se succédaient, les unes solides encore, les autres branlantes, craquantes, près de se rompre ; les paliers étroits défilaient, verdis, pourris tellement, qu'on marchait comme dans de la mousse ; et, à mesure qu'on descendait, la chaleur était suffocante, une chaleur de four, qui venait du goyot de tirage, heureusement peu actif depuis la grève, car en temps de travail, lorsque le foyer mangeait ses cinq mille kilogrammes de houille par jour, on n'aurait pu se risquer là, sans se rôtir le poil.

— Quel nom de Dieu de crapaud ! jurait Étienne étouffé, où diable va-t-il ?

Deux fois, il avait failli culbuter. Ses pieds glissaient sur le bois humide. Au moins, s'il avait eu une chandelle comme l'enfant ; mais il se cognait à chaque minute, il n'était guidé que par la lueur vague, fuyant sous lui. C'était bien la vingtième échelle déjà, et la descente continuait. Alors, il les compta : vingt et une, vingt-deux, vingt-trois, et il s'enfonçait, et il s'enfonçait toujours. Une cuisson ardente lui enflait la tête, il croyait tomber dans une fournaise. Enfin, il arriva à un accrochage, et il aperçut la chandelle qui filait au fond d'une galerie. Trente échelles, cela faisait deux cent dix mètres environ.

— Est-ce qu'il va me promener longtemps ? pensait-il. C'est pour sûr dans l'écurie qu'il se terre.

Mais, à gauche, la voie qui conduisait à l'écurie était barrée par un éboulement. Le voyage recommença, plus pénible et plus dangereux. Des chauves-souris, effarées, voletaient, se collaient à la voûte de l'accrochage. Il dut se hâter pour ne pas

1. *Gambiller* : remuer les jambes quand elles sont pendantes, s'ébattre avec habileté.

perdre de vue la lumière, il se jeta dans la même galerie ; seulement, où l'enfant passait à l'aise, avec sa souplesse de serpent, lui ne pouvait se glisser sans meurtrir ses membres. Cette galerie, comme toutes les anciennes voies, s'était resserrée, se resserrait encore chaque jour, sous la continuelle poussée des terrains ; et il n'y avait plus, à certaines places, qu'un boyau, qui devait finir par s'effacer lui-même. Dans ce travail d'étranglement, les bois éclatés, déchirés, devenaient un péril, menaçaient de lui scier la chair, de l'enfiler au passage, à la pointe de leurs échardes, aiguës comme des épées. Il n'avançait qu'avec précaution, à genoux ou sur le ventre, tâtant l'ombre devant lui. Brusquement, une bande de rats le piétina, lui courut de la nuque aux pieds, dans un galop de fuite.

— Tonnerre de Dieu ! y sommes-nous à la fin ? gronda-t-il, les reins cassés, hors d'haleine.

On y était. Au bout d'un kilomètre, le boyau s'élargissait, on tombait dans une partie de voie admirablement conservée. C'était le fond de l'ancienne voie de roulage, taillée à travers banc, pareille à une grotte naturelle. Il avait dû s'arrêter, il voyait de loin l'enfant qui venait de poser sa chandelle entre deux pierres, et qui se mettait à l'aise, l'air tranquille et soulagé, en homme heureux de rentrer chez lui. Une installation complète changeait ce bout de galerie en une demeure confortable. Par terre, dans un coin, un amas de foin faisait une couche molle ; sur d'anciens bois, plantés en forme de table, il y avait de tout, du pain, des pommes, des litres de genièvre entamés : une vraie caverne scélérate, du butin entassé depuis des semaines, même du butin inutile, du savon et du cirage, volés pour le plaisir du vol. Et le petit, tout seul au milieu de ces rapines, en jouissait en brigand égoïste.

— Dis donc, est-ce que tu te fous du monde ? cria Étienne, lorsqu'il eut soufflé un moment. Tu descends te goberger ici, quand nous crevons de faim là-haut ?

Jeanlin, atterré, tremblait. Mais, en reconnaissant le jeune homme, il se tranquillisa vite.

— Veux-tu dîner avec moi ? finit-il par dire. Hein ? un morceau de morue grillée ?... Tu vas voir.

Il n'avait pas lâché sa morue, et s'était mis à en gratter proprement les chiures de mouche, avec un beau couteau neuf, un de ces petits couteaux-poignards à manche d'os, où sont inscrites des devises. Celui-ci portait le mot « Amour », simplement.

— Tu as un joli couteau, fit remarquer Étienne.

— C'est un cadeau de Lydie, répondit Jeanlin, qui négligea d'ajouter que Lydie l'avait volé, sur son ordre, à un camelot de Montsou, devant le débit de la *Tête-Coupée*.

Puis, comme il grattait toujours, il ajouta d'un air fier :

— N'est-ce pas qu'on est bien chez moi ?... On a un peu plus chaud que là-haut, et ça sent joliment meilleur !

Étienne s'était assis, curieux de le faire causer. Il n'avait plus de colère, un intérêt le prenait, pour cette crapule d'enfant, si brave et si industrieux dans ses vices. Et, en effet, il goûtait un bien-être, au fond de ce trou : la chaleur n'y était plus trop forte, une température égale y régnait en dehors des saisons, d'une tiédeur de bain, pendant que le rude décembre gerçait sur la terre la peau des misérables. En vieillissant, les galeries s'épuraient des gaz nuisibles, tout le grisou était parti, on ne sentait là maintenant que l'odeur des anciens bois fermentés, une odeur subtile d'éther, comme aiguisée d'une pointe de girofle. Ces bois, du reste, devenaient amusants à voir, d'une pâleur jaunie de marbre, frangés de guipures blanchâtres, de végétations floconneuses qui semblaient les draper d'une passementerie de soie et de perles. D'autres se hérissaient de champignons. Et il y avait des vols de papillons blancs, des mouches et des araignées de neige, une population décolorée, à jamais ignorante du soleil.

— Alors, tu n'as pas peur ? demanda Étienne.

Jeanlin le regarda, étonné.

— Peur de quoi ? puisque je suis tout seul.

Mais la morue était grattée enfin. Il alluma un petit feu de bois, étala le brasier et la fit griller. Puis il coupa un pain en deux. C'était un régal terriblement salé, exquis tout de même pour des estomacs solides.

Étienne avait accepté sa part.

— Ça ne m'étonne plus, si tu engraisses, pendant que nous maigrissons tous. Sais-tu que c'est cochon de t'empiffrer !... Et les autres, tu n'y songes pas ?

— Tiens ! pourquoi les autres sont-ils trop bêtes ?

— D'ailleurs, tu as raison de te cacher, car si ton père apprenait que tu voles, il t'arrangerait.

— Avec ça que les bourgeois ne nous volent pas ! C'est toi qui le dis toujours. Quand j'ai chipé ce pain chez Maigrat, c'était bien sûr un pain qu'il nous devait.

Le jeune homme se tut, la bouche pleine, troublé. Il le regardait, avec son museau, ses yeux verts, ses grandes oreilles, dans sa dégénérescence d'avorton à l'intelligence obscure et d'une ruse de sauvage, lentement repris par l'animalité ancienne. La mine, qui l'avait fait, venait de l'achever, en lui cassant les jambes.

— Et Lydie, demanda de nouveau Étienne, est-ce que tu l'amènes ici, des fois ?

Jeanlin eut un rire méprisant.

— La petite, ah ! non, par exemple !... Les femmes, ça bavarde.

Et il continuait à rire, plein d'un immense dédain pour Lydie et Bébert. Jamais on n'avait vu des enfants si cruches. L'idée qu'ils gobaient toutes ses bourdes, et qu'ils s'en allaient les mains vides, pendant qu'il mangeait la morue, au chaud, lui chatouillait les côtes d'aise. Puis, il conclut, avec une gravité de petit philosophe :

— Faut mieux être seul, on est toujours d'accord.

Étienne avait fini son pain. Il but une gorgée de genièvre. Un instant, il s'était demandé s'il n'allait pas mal reconnaître l'hospitalité de Jeanlin, en le ramenant au jour par une oreille, et en lui défendant de marauder davantage, sous la menace de tout dire à son père. Mais, en examinant cette retraite profonde, une idée le travaillait : qui sait s'il n'en aurait pas besoin, pour les camarades ou pour lui, dans le cas où les choses se gâteraient, là-haut ? Il fit jurer à l'enfant de ne pas découcher, comme il lui arrivait de le faire, lorsqu'il s'oubliait dans son foin ; et, prenant un bout de chandelle, il s'en alla le premier, il le laissa ranger tranquillement son ménage.

La Mouquette se désespérait à l'attendre, assise sur une poutre, malgré le grand froid. Quand elle l'aperçut, elle lui sauta au cou ; et ce fut comme s'il lui enfonçait un couteau dans le cœur, lorsqu'il lui dit sa volonté de ne plus la voir. Mon Dieu ! pourquoi ? est-ce qu'elle ne l'aimait point assez ? Craignant de succomber lui-même à l'envie d'entrer chez elle, il l'entraînait vers la route, il lui expliquait, le plus doucement possible, qu'elle le compromettait aux yeux des camarades, qu'elle compromettait la cause de la politique. Elle s'étonna, qu'est-ce que ça pouvait faire à la politique ? Enfin, la pensée lui vint qu'il rougissait de la connaître ; d'ailleurs, elle n'en était pas blessée, c'était tout naturel ; et elle lui offrit de recevoir une gifle devant le monde, pour avoir l'air de rompre. Mais il la reverrait, rien qu'une petite fois, de temps à autre. Éperdument, elle le suppliait, elle jurait de se cacher, elle ne le garderait pas cinq minutes. Lui, très ému, refusait toujours. Il le fallait. Alors, en la quittant, il voulut au moins l'embrasser. Pas à pas, ils étaient arrivés aux premières maisons de Montsou, et ils se tenaient à pleins bras, sous la lune large et ronde, lorsqu'une femme passa près d'eux, avec un brusque sursaut, comme si elle avait buté contre une pierre.

— Qui est-ce ? demanda Étienne inquiet.

— C'est Catherine, répondit la Mouquette. Elle revient de Jean-Bart.

La femme, maintenant, s'en allait, la tête basse, les jambes faibles, l'air très las. Et le jeune homme la regardait, désespéré d'avoir été vu par elle, le cœur crevé d'un remords sans cause. Est-ce qu'elle n'était pas avec un homme ? est-ce qu'elle ne l'avait pas fait souffrir de la même souffrance, là, sur ce chemin de Réquillart, lorsqu'elle s'était donnée à cet homme ? Mais cela, malgré tout, le désolait, de lui avoir rendu la pareille.

— Veux-tu que je te dise ? murmura la Mouquette en larmes, quand elle partit. Si tu ne veux pas de moi, c'est que tu en veux une autre.

Le lendemain, le temps fut superbe, un ciel clair de gelée, une de ces belles journées d'hiver, où la terre dure sonne comme un cristal sous les pieds. Dès une heure, Jeanlin avait filé ; mais il dut attendre Bébert derrière l'église, et ils faillirent partir sans Lydie, que sa mère avait encore enfermée dans la cave. On venait de l'en faire sortir et de lui mettre au bras un panier, en lui signifiant que, si elle ne le rapportait pas plein de pissenlits, on la renfermerait avec les rats, pour la nuit entière. Aussi, prise de peur, voulait-elle tout de suite aller à la salade. Jeanlin l'en détourna : on verrait plus tard. Depuis longtemps, Pologne, la grosse lapine de Rasseneur, le tracassait, il passait devant *l'Avantage*, lorsque, justement, la lapine sortit sur la route. Il la saisit d'un bond par les oreilles, la fourra dans le panier de la petite ; et tous les trois galopèrent. On allait joliment s'amuser, à la faire courir comme un chien, jusqu'à la forêt.

Mais ils s'arrêtèrent, pour regarder Zacharie et Mouquet, qui, après avoir bu une chope avec deux autres camarades, entamaient leur grande partie de crosse[1]. L'enjeu était une

1. *Crosse* : jeu collectif.

casquette neuve et un foulard rouge, déposés chez Rasseneur. Les quatre joueurs, deux par deux, mirent au marchandage le premier tour, du Voreux à la ferme Paillot, près de trois kilomètres ; et ce fut Zacharie qui l'emporta, il pariait en sept coups, tandis que Mouquet en demandait huit. On avait posé la cholette[1], le petit œuf de buis, sur le pavé, une pointe en l'air. Tous tenaient leur crosse, le maillet au fer oblique, au long manche garni d'une ficelle fortement serrée. Deux heures sonnaient comme ils partaient. Zacharie, magistralement, pour son premier coup composé d'une série de trois, lança la cholette à plus de quatre cents mètres, au travers des champs de betteraves ; car il était défendu de choler[2] dans les villages et sur les routes, où l'on avait tué du monde. Mouquet, solide lui aussi, déchola[3] d'un bras si rude, que son coup unique ramena la bille de cent cinquante mètres en arrière. Et la partie continua, un camp cholant, l'autre camp décholant, toujours au pas de course, les pieds meurtris par les arêtes gelées des terres de labour.

D'abord, Jeanlin, Bébert et Lydie avaient galopé derrière les joueurs, enthousiasmés des grands coups. Puis, l'idée de Pologne qu'ils secouaient dans le panier leur était revenue, et, lâchant le jeu en pleine campagne, ils avaient sorti la lapine, curieux de voir si elle courait fort. Elle décampa, ils se jetèrent derrière elle, ce fut une chasse d'une heure, à toutes jambes, avec des crochets continuels, des hurlements pour l'effrayer, des grands bras ouverts et refermés sur le vide. Si elle n'avait pas eu un commencement de grossesse, jamais ils ne l'auraient rattrapée.

Comme ils soufflaient, des jurons leur firent tourner la tête. Ils venaient de retomber dans la partie de crosse, c'était

**1.** *Cholette* : petit œuf faisant office de balle dans le jeu de crosse. \ **2.** *Choler* : faire progresser la balle à coup de crosse. \ **3.** *Décholer* : faire rétrograder la balle à coup de crosse.

Zacharie qui avait failli fendre le crâne de son frère. Les joueurs en étaient au quatrième tour : de la ferme Paillot, ils avaient filé aux Quatre-Chemins, puis des Quatre-Chemins à Montoire ; et, maintenant, ils allaient en six coups de Montoire au Pré-des-Vaches. Cela faisait deux lieues et demie en une heure ; encore avaient-ils bu des chopes à l'estaminet Vincent et au débit des *Trois-Sages*. Mouquet, cette fois, tenait la main. Il lui restait deux coups à choler, sa victoire était sûre, lorsque Zacharie, qui usait de son droit en ricanant, déchola avec tant d'adresse, que la cholette roula dans un fossé profond. Le partenaire de Mouquet ne put l'en sortir, ce fut un désastre. Tous quatre criaient, la partie s'en passionna, car on était manche à manche, il fallait recommencer. Du Pré-des-Vaches, il n'y avait pas deux kilomètres à la pointe des Herbes-Rousses : en cinq coups. Là-bas, ils se rafraîchiraient chez Lerenard.

Mais Jeanlin avait une idée. Il les laissa partir, il sortit une ficelle de sa poche, qu'il lia à une patte de Pologne, la patte gauche de derrière. Et cela fut très amusant, la lapine courait devant les trois galopins, tirant la cuisse, se déhanchant d'une si lamentable façon, que jamais ils n'avaient tant ri. Ensuite, ils l'attachèrent par le cou, pour qu'elle galopât ; et, comme elle se fatiguait, ils la traînaient, sur le ventre, sur le dos, une vraie petite voiture. Ça durait depuis plus d'une heure, elle râlait, lorsqu'ils la remirent vivement dans le panier, en entendant près du bois à Cruchot les choleurs, dont ils coupaient le jeu une fois encore.

À présent, Zacharie, Mouquet et les deux autres avalaient les kilomètres, sans autre repos que le temps de vider des chopes, dans tous les cabarets qu'ils se donnaient pour but. Des Herbes-Rousses, ils avaient filé à Buchy, puis à la Croix-de-Pierre, puis à Chamblay. La terre sonnait sous la débandade de leurs pieds, galopant sans relâche à la suite de la cholette, qui rebondissait sur la glace : c'était un bon temps, on n'enfonçait pas, on ne courait que le risque de se casser les jambes. Dans l'air sec, les grands coups de crosse pétaient, pareils à des coups de feu. Les mains musculeuses serraient le manche ficelé, le corps entier se lançait, comme pour assommer un bœuf ; et cela pendant des heures, d'un bout à l'autre de la plaine, par-dessus les fossés, les haies, les talus des routes, les murs bas des enclos. Il fallait avoir de bons soufflets dans la poitrine et des charnières en fer dans les genoux. Les haveurs s'y dérouillaient de la mine avec passion. Il y avait des enragés de vingt-cinq ans qui faisaient dix lieues. À quarante, on ne cholait plus, on était trop lourd.

Cinq heures sonnèrent, le crépuscule venait déjà. Encore un tour, jusqu'à la forêt de Vandame, pour décider qui gagnait la casquette et le foulard ; et Zacharie plaisantait, avec son indifférence gouailleuse de la politique : ce serait drôle de tomber là-bas, au milieu des camarades. Quant à Jeanlin, depuis le départ du coron, il visait la forêt, avec son air de battre les champs. D'un geste indigné, il menaça Lydie, qui, travaillée de remords et de crainte, parlait de retourner au Voreux cueillir ses pissenlits : est-ce qu'ils allaient lâcher la réunion ? lui, voulait entendre ce que les vieux diraient. Il poussait Bébert, il proposa d'égayer le bout de chemin, jusqu'aux arbres, en détachant Pologne et en la poursuivant à coups de cailloux. Son idée sourde était de la tuer, une convoitise lui venait de l'emporter et de la manger, au fond de son trou de Réquillart. La lapine reprit sa course, le nez frisé, les oreilles rabattues ; une pierre lui pela le dos, une autre lui coupa la queue ; et, malgré l'ombre croissante, elle y serait restée, si les galopins n'avaient aperçu, au centre d'une clairière, Étienne et Maheu debout. Éperdument, ils se jetèrent sur la bête, la rentrèrent encore dans le panier. Presque à la même minute, Zacharie, Mouquet et les deux autres, donnant le dernier coup de crosse, lançaient la cholette, qui roula à quelques mètres de la clairière. Ils tombaient tous en plein rendez-vous.

Dans le pays entier, par les routes, par les sentiers de la plaine rase, c'était, depuis le crépuscule, un long acheminement, un ruissellement d'ombres silencieuses, filant isolées, s'en allant par groupes, vers les futaies violâtres de la forêt. Chaque coron se vidait, les femmes et les enfants eux-mêmes partaient comme pour une promenade, sous le grand ciel clair. Maintenant, les chemins devenaient obscurs, on ne distinguait plus cette foule en marche, qui se glissait au même but, on la sentait seulement, piétinante, confuse, emportée d'une seule âme. Entre les haies, parmi les buissons, il n'y avait qu'un frôlement léger, une vague rumeur des voix de la nuit.

M. Hennebeau, qui justement rentrait à cette heure, monté sur sa jument, prêtait l'oreille à ces bruits perdus. Il avait rencontré des couples, tout un lent défilé de promeneurs, par cette belle soirée d'hiver. Encore des galants qui allaient, la bouche sur la bouche, prendre du plaisir derrière les murs. N'étaient-ce pas là ses rencontres habituelles, des filles culbutées au fond de chaque fossé, des gueux se bourrant de la seule joie qui ne coûtait rien ? Et ces imbéciles se plaignaient de la vie, lorsqu'ils avaient, à pleines ventrées, cet unique bonheur de s'aimer ! Volontiers, il aurait crevé de faim comme eux, s'il avait pu recommencer l'existence avec une femme qui se serait donnée à lui sur des cailloux, de tous ses reins et de tout son cœur. Son malheur était sans consolation, il enviait ces misérables. La tête basse, il rentrait, au pas ralenti de son cheval, désespéré par ces longs bruits, perdus au fond de la campagne noire, et où il n'entendait que des baisers.

# VII

C'était au Plan-des-Dames, dans cette vaste clairière qu'une coupe de bois venait d'ouvrir. Elle s'allongeait en une pente douce, ceinte d'une haute futaie, des hêtres superbes, dont les troncs, droits et réguliers, l'entouraient d'une colonnade blanche, verdie de lichens ; et des géants abattus gisaient encore dans l'herbe, tandis que, vers la gauche, un tas de bois débité alignait son cube géométrique. Le froid s'aiguisait avec le crépuscule, les mousses gelées craquaient sous les pas. Il faisait nuit noire à terre, les branches hautes se découpaient sur le ciel pâle, où la lune pleine, montant à l'horizon, allait éteindre les étoiles.

Près de trois mille charbonniers étaient au rendez-vous, une foule grouillante, des hommes, des femmes, des enfants, emplissant peu à peu la clairière, débordant au loin sous les arbres ; et des retardataires arrivaient toujours, le flot des têtes, noyé d'ombre, s'élargissait jusqu'aux taillis voisins. Un grondement en sortait, pareil à un vent d'orage, dans cette forêt immobile et glacée.

En haut, dominant la pente, Étienne se tenait, avec Rasseneur et Maheu. Une querelle s'était élevée, on entendait leurs voix, par éclats brusques. Près d'eux, des hommes les écoutaient : Levaque les poings serrés, Pierron tournant le dos, très inquiet de n'avoir pu prétexter des fièvres plus longtemps ; et il y avait aussi le père Bonnemort et le vieux Mouque, côte à côte, sur une souche, l'air profondément réfléchi. Puis, derrière, les blagueurs étaient là, Zacharie, Mouquet, d'autres encore, venus pour rire ; tandis que, recueillies au contraire, graves ainsi qu'à l'église, des femmes se mettaient en groupe. La Maheude, muette, hochait la tête aux sourds jurons de la Levaque. Philomène toussait, reprise de sa bronchite depuis l'hiver. Seule, la Mouquette riait à belles dents, égayée par la façon dont la mère Brûlé traitait sa fille, une dénaturée qui la renvoyait pour se gaver de lapin, une vendue, engraissée des lâchetés de son homme. Et, sur le tas de bois, Jeanlin s'était planté, hissant Lydie, forçant Bébert à le suivre, tous les trois en l'air, plus haut que tout le monde.

La querelle venait de Rasseneur, qui voulait procéder régulièrement à l'élection d'un bureau. Sa défaite, au *Bon-Joyeux*, l'enrageait ; et il s'était juré d'avoir sa revanche, car il se flattait de reconquérir son autorité ancienne, lorsqu'on serait en face, non plus des délégués, mais du peuple des mineurs. Étienne, révolté, avait trouvé l'idée d'un bureau imbécile, dans cette forêt. Il fallait agir révolutionnairement, en sauvages, puisqu'on les traquait comme des loups.

Voyant la dispute s'éterniser, il s'empara tout d'un coup de la foule, il monta sur un tronc d'arbre, en criant :

— Camarades ! camarades !

La rumeur confuse de ce peuple s'éteignit dans un long soupir, tandis que Maheu étouffait les protestations de Rasseneur. Étienne continuait d'une voix éclatante :

— Camarades, puisqu'on nous défend de parler, puisqu'on nous envoie les gendarmes comme si nous étions des brigands, c'est ici qu'il faut nous entendre ! Ici, nous sommes libres, nous sommes chez nous, personne ne viendra nous faire taire, pas plus qu'on ne fait taire les oiseaux et les bêtes !

Un tonnerre lui répondit, des cris, des exclamations.

— Oui, oui, la forêt est à nous, on a bien le droit d'y causer… Parle !

Alors, Étienne se tint un instant immobile sur le tronc d'arbre. La lune, trop basse encore à l'horizon, n'éclairait toujours que les branches hautes ; et la foule restait noyée de ténèbres, peu à peu calmée, silencieuse. Lui, noir également, faisait au-dessus d'elle, en haut de la pente, une barre d'ombre.

Il leva un bras dans un geste lent, il commença ; mais sa voix ne grondait plus, il avait pris le ton froid d'un simple mandataire du peuple qui rend ses comptes. Enfin, il plaçait le discours que le commissaire de police lui avait coupé au *Bon-Joyeux* ; et il débutait par un historique rapide de la grève, en affectant l'éloquence scientifique : des faits, rien que des faits. D'abord, il dit sa répugnance contre la grève : les mineurs ne l'avaient pas voulue, c'était la Direction qui les avait provoqués, avec son nouveau tarif de boisage. Puis, il rappela la première démarche des délégués chez le directeur, la mauvaise foi de la Régie, et plus tard, lors de la seconde démarche, sa concession tardive, les deux centimes qu'elle rendait, après avoir tâché de les voler. Maintenant, on en était là, il établissait par des chiffres le vide de la caisse de prévoyance, indiquait l'emploi des secours envoyés, excusait en quelques phrases l'Internationale, Pluchart et les autres, de ne pouvoir faire davantage pour eux, au milieu des soucis de leur conquête du monde. Donc, la situation s'aggravait de jour en jour, la Compagnie renvoyait les livrets et menaçait d'embaucher des ouvriers en Belgique ; en outre, elle intimidait les faibles, elle avait décidé un certain nombre de mineurs à redescendre. Il gardait sa voix monotone comme pour insister sur ces mauvaises nouvelles, il disait la faim victorieuse, l'espoir mort, la lutte arrivée aux fièvres dernières du courage. Et, brusquement, il conclut, sans hausser le ton.

— C'est dans ces circonstances, camarades, que vous devez prendre une décision ce soir. Voulez-vous la continuation de la grève ? et, en ce cas, que comptez-vous faire pour triompher de la Compagnie ?

Un silence profond tomba du ciel étoilé. La foule, qu'on ne voyait pas, se taisait dans la nuit, sous cette parole qui lui étouffait le cœur ; et l'on n'entendait que son souffle désespéré, au travers des arbres.

Mais Étienne, déjà, continuait d'une voix changée. Ce n'était plus le secrétaire de l'association qui parlait, c'était le chef de bande, l'apôtre apportant la vérité. Est-ce qu'il se trouverait des lâches pour manquer à leur parole ? Quoi ! depuis un mois, on aurait souffert inutilement, on retournerait aux fosses, la tête basse, et l'éternelle misère recommencerait ! Ne valait-il pas mieux mourir tout de suite, en essayant de détruire cette tyrannie du capital qui affamait le travailleur ? Toujours se soumettre devant la faim, jusqu'au moment où la faim, de nouveau, jetait les plus calmes à la révolte, n'était-ce pas un jeu stupide qui ne pouvait durer davantage ? Et il montrait les mineurs exploités, supportant à eux seuls les désastres des crises, réduits à ne plus manger, dès que les nécessités de la concurrence abaissaient le prix de revient. Non ! le tarif de boisage n'était pas acceptable, il n'y avait là qu'une économie déguisée, on voulait voler à chaque homme une heure de son travail par jour. C'était trop cette fois, le temps venait où les misérables, poussés à bout, feraient justice.

Il resta les bras en l'air. La foule, à ce mot de justice, secouée d'un long frisson, éclata en applaudissements, qui roulaient avec un bruit de feuilles sèches. Des voix criaient :

— Justice !... Il est temps, justice !

Peu à peu, Étienne s'échauffait. Il n'avait pas l'abondance facile et coulante de Rasseneur. Les mots lui manquaient souvent, il devait torturer sa phrase, il en sortait par un effort qu'il appuyait d'un coup d'épaule. Seulement, à ces heurts continuels, il rencontrait des images d'une énergie familière, qui empoignaient son auditoire ; tandis que ses gestes d'ouvrier au chantier, ses coudes rentrés, puis détendus et lançant les poings en avant, sa mâchoire brusquement avancée, comme pour mordre, avaient eux aussi une action extraordinaire sur les camarades. Tous le disaient, il n'était pas grand, mais il se faisait écouter.

— Le salariat est une forme nouvelle de l'esclavage, reprit-il d'une voix plus vibrante. La mine doit être au mineur, comme la mer est au pêcheur, comme la terre est au paysan… Entendez-vous ! la mine vous appartient, à vous tous qui, depuis un siècle, l'avez payée de tant de sang et de misère !

Carrément, il aborda des questions obscures de droit, le défilé des lois spéciales sur les mines, où il se perdait. Le sous-sol, comme le sol, était à la nation : seul, un privilège odieux en assurait le monopole à des Compagnies ; d'autant plus que, pour Montsou, la prétendue légalité des concessions se compliquait des traités passés jadis avec les propriétaires des anciens fiefs, selon la vieille coutume du Hainaut. Le peuple des mineurs n'avait donc qu'à reconquérir son bien ; et, les mains tendues, il indiquait le pays entier, au-delà de la forêt. À ce moment, la lune, qui montait de l'horizon, glissant des hautes branches, l'éclaira. Lorsque la foule, encore dans l'ombre, l'aperçut ainsi, blanc de lumière, distribuant la fortune de ses mains ouvertes, elle applaudit de nouveau, d'un battement prolongé.

— Oui, oui, il a raison, bravo !

Dès lors, Étienne chevauchait sa question favorite, l'attribution des instruments de travail à la collectivité, ainsi qu'il le répétait en une phrase, dont la barbarie le grattait délicieusement. Chez lui, à cette heure, l'évolution était complète. Parti de la fraternité attendrie des catéchumènes, du besoin de réformer le salariat, il aboutissait à l'idée politique de le supprimer. Depuis la réunion du *Bon-Joyeux*, son collectivisme, encore humanitaire et sans formule, s'était raidi en un programme compliqué, dont il discutait scientifiquement chaque article. D'abord, il posait que la liberté ne pouvait être obtenue que par la destruction de l'État. Puis, quand le peuple se serait emparé du gouvernement, les réformes commenceraient : retour à la commune primitive, substitution d'une famille égalitaire et libre à la famille morale et oppressive, égalité absolue, civile, politique et économique, garantie de l'indépendance individuelle grâce à la possession et au produit intégral des outils du travail, enfin instruction professionnelle et gratuite, payée par la collectivité. Cela entraînait une refonte totale de la vieille société pourrie; il attaquait le mariage, le droit de tester, il réglementait la fortune de chacun, il jetait bas le monument inique des siècles morts, d'un grand geste de son bras, toujours le même, le geste du faucheur qui rase la moisson mûre; et il reconstruisait ensuite de l'autre main, il bâtissait la future humanité, l'édifice de vérité et de justice, grandissant dans l'aurore du vingtième siècle. À cette tension cérébrale, la raison chancelait, il ne restait que l'idée fixe du sectaire. Les scrupules de sa sensibilité et de son bon sens étaient emportés, rien ne devenait plus facile que la réalisation de ce monde nouveau : il avait tout prévu, il en parlait comme d'une machine qu'il monterait en deux heures, et ni le feu, et ni le sang ne lui coûtaient.

— Notre tour est venu, lança-t-il dans un dernier éclat. C'est à nous d'avoir le pouvoir et la richesse!

Une acclamation roula jusqu'à lui, du fond de la forêt. La lune, maintenant, blanchissait toute la clairière, découpait en arêtes vives la houle des têtes, jusqu'aux lointains confus des taillis, entre les grands troncs grisâtres. Et c'était sous l'air glacial, une furie de visages, des yeux luisants, des bouches ouvertes, tout un rut de peuple, les hommes, les femmes, les enfants, affamés et lâchés au juste pillage de l'antique bien dont on les dépossédait. Ils ne sentaient plus le froid, ces ardentes paroles les avaient chauffés aux entrailles. Une exaltation religieuse les soulevait de terre, la fièvre d'espoir des premiers chrétiens de l'Église, attendant le règne prochain de la justice. Bien des phrases obscures leur avaient échappé, ils n'entendaient guère ces raisonnements techniques et abstraits;

mais l'obscurité même, l'abstraction élargissait encore le champ des promesses, les enlevait dans un éblouissement. Quel rêve ! être les maîtres, cesser de souffrir, jouir enfin !

— C'est ça, nom de Dieu ! à notre tour !... Mort aux exploiteurs !

Les femmes déliraient, la Maheude sortie de son calme, prise du vertige de la faim, la Levaque hurlante, la vieille Brûlé hors d'elle, agitant des bras de sorcière, et Philomène secouée d'un accès de toux, et la Mouquette si allumée, qu'elle criait des mots tendres à l'orateur. Parmi les hommes, Maheu conquis avait eu un cri de colère, entre Pierron tremblant et Levaque qui parlait trop ; tandis que les blagueurs, Zacharie et Mouquet, essayaient de ricaner, mal à l'aise, étonnés que le camarade en pût dire si long, sans boire un coup. Mais, sur le tas de bois, Jeanlin menait encore le plus de vacarme, excitant Bébert et Lydie, agitant le panier où Pologne gisait.

La clameur recommença. Étienne goûtait l'ivresse de sa popularité. C'était son pouvoir qu'il tenait, comme matérialisé, dans ces trois mille poitrines dont il faisait d'un mot battre les cœurs. Souvarine, s'il avait daigné venir, aurait applaudi ses idées à mesure qu'il les aurait reconnues, content des progrès anarchiques de son élève, satisfait du programme, sauf l'article sur l'instruction, un reste de niaiserie sentimentale, car la sainte et salutaire ignorance devait être le bain où se retremperaient les hommes. Quant à Rasseneur, il haussait les épaules de dédain et de colère.

— Tu me laisseras parler ! cria-t-il à Étienne.

Celui-ci sauta du tronc d'arbre.

— Parle, nous verrons s'ils t'écoutent.

Déjà Rasseneur l'avait remplacé et réclamait du geste le silence. Le bruit ne se calmait pas, son nom circulait, des premiers rangs qui l'avaient reconnu, aux derniers perdus sous les hêtres ; et l'on refusait de l'entendre, c'était une idole renversée dont la vue seule fâchait ses anciens fidèles. Son élocution facile, sa parole coulante et bon enfant, qui avait si longtemps charmé, était traitée à cette heure de tisane tiède, faite pour endormir les lâches. Vainement, il parla dans le bruit, il voulut reprendre le discours d'apaisement qu'il promenait, l'impossibilité de changer le monde à coups de lois, la nécessité de laisser à l'évolution sociale le temps de s'accomplir : on le plaisantait, on le chutait, sa défaite du *Bon-Joyeux* s'aggravait encore et devenait irrémédiable. On finit par lui jeter des poignées de mousse gelée, une femme cria d'une voix aiguë :

— À bas le traître !

Il expliquait que la mine ne pouvait être la propriété du mineur, comme le métier est celle du tisserand, et il disait préférer la participation aux bénéfices, l'ouvrier intéressé, devenu l'enfant de la maison.

— À bas le traître ! répétèrent mille voix, tandis que des pierres commençaient à siffler.

Alors, il pâlit, un désespoir lui emplit les yeux de larmes. C'était l'écroulement de son existence, vingt années de camaraderie ambitieuse qui s'effondraient sous l'ingratitude de la foule. Il descendit du tronc d'arbre, frappé au cœur, sans force pour continuer.

— Ça te fait rire, bégaya-t-il en s'adressant à Étienne triomphant. C'est bon, je souhaite que ça t'arrive… Ça t'arrivera, entends-tu !

Et, comme pour rejeter toute responsabilité dans les malheurs qu'il prévoyait, il fit un grand geste, il s'éloigna seul, à travers la campagne muette et blanche.

Des huées s'élevaient, et l'on fut surpris d'apercevoir, debout sur le tronc, le père Bonnemort en train de parler au milieu du vacarme. Jusque-là, Mouque et lui s'étaient tenus absorbés, dans cet air qu'ils avaient de toujours réfléchir à des choses anciennes. Sans doute il cédait à une de ces crises soudaines de bavardage, qui, parfois, remuaient en lui le passé, si violemment, que des souvenirs remontaient et coulaient de ses lèvres, pendant des heures. Un grand silence s'était fait, on écoutait ce vieillard, d'une pâleur de spectre sous la lune ; et, comme il racontait des choses sans liens immédiats avec la discussion, de longues histoires que personne ne pouvait comprendre, le saisissement augmenta. C'était de sa jeunesse qu'il causait, il disait la mort de ses deux oncles écrasés au Voreux, puis il passait à la fluxion de poitrine qui avait emporté sa femme. Pourtant, il ne lâchait pas son idée : ça n'avait jamais bien marché, et ça ne marcherait jamais bien. Ainsi, dans la forêt, ils s'étaient réunis cinq cents, parce que le roi ne voulait pas diminuer les heures de travail ; mais il resta court, il commença le récit d'une autre grève : il en avait tant vu ! Toutes aboutissaient sous ces arbres, ici au Plan-des-Dames, là-bas à la Charbonnerie, plus loin encore vers le Saut-du-Loup. Des fois il gelait, des fois il faisait chaud. Un soir, il avait plu si fort, qu'on était rentré sans avoir rien pu se dire. Et les soldats du roi arrivaient, et ça finissait par des coups de fusil.

— Nous levions la main comme ça, nous jurions de ne pas redescendre… Ah ! j'ai juré, oui ! j'ai juré !

La foule écoutait, béante, prise d'un malaise, lorsque Étienne, qui suivait la scène, sauta sur l'arbre abattu et garda le vieillard à son côté. Il venait de reconnaître Chaval parmi les amis au premier rang. L'idée que Catherine devait être là l'avait soulevé d'une nouvelle flamme, d'un besoin de se faire acclamer devant elle.

— Camarades, vous avez entendu, voilà un de nos anciens, voilà ce qu'il a souffert et ce que nos enfants souffriront, si nous n'en finissons pas avec les voleurs et les bourreaux.

Il fut terrible, jamais il n'avait parlé si violemment. D'un bras, il maintenait le vieux Bonnemort, il l'étalait comme un drapeau de misère et de deuil, criant vengeance. En phrases rapides, il remontait au premier Maheu, il montrait toute cette famille usée à la mine, mangée par la Compagnie, plus affamée après cent ans de travail ; et, devant elle, il mettait ensuite les ventres de la Régie, qui suaient l'argent, toute la bande des actionnaires entretenus comme des filles depuis un siècle, à ne rien faire, à jouir de leur corps. N'était-ce pas effroyable ? un peuple d'hommes crevant au fond de père en fils, pour qu'on paie des pots-de-vin à des ministres, pour que des générations de grands seigneurs et de bourgeois donnent des fêtes ou s'engraissent au coin de leur feu ! Il avait étudié les maladies des mineurs, il les faisait défiler toutes, avec des détails effrayants : l'anémie, les scrofules, la bronchite noire, l'asthme qui étouffe, les rhumatismes qui paralysent. Ces misérables, on les jetait en pâture aux machines, on les parquait ainsi que du bétail dans les corons, les grandes Compagnies les absorbaient peu à peu, réglementant l'esclavage, menaçant d'enrégimenter tous les travailleurs d'une nation, des millions de bras, pour la fortune d'un millier de paresseux. Mais le mineur n'était plus l'ignorant, la brute écrasée dans les entrailles du sol. Une armée poussait des profondeurs des fosses, une moisson de citoyens dont la semence germait et ferait éclater la terre, un jour de grand soleil. Et l'on saurait alors si, après quarante années de service, on oserait offrir cent cinquante francs de pension à un vieillard de soixante ans, crachant de la houille, les jambes enflées par l'eau des tailles. Oui ! le travail demanderait des comptes au capital, à ce dieu impersonnel, inconnu de l'ouvrier, accroupi quelque part, dans le mystère de son tabernacle, d'où il suçait la vie des meurt-de-faim qui le nourrissaient ! On irait là-bas, on finirait bien par lui voir la face aux clartés des incendies, on le noierait sous le sang, ce pourceau immonde, cette idole monstrueuse, gorgée de chair humaine.

Il se tut, mais son bras, toujours tendu dans le vide, désignait l'ennemi, là-bas, il ne savait où, d'un bout à l'autre de la terre. Cette fois, la clameur de la foule fut si haute, que les bourgeois de Montsou l'entendirent et regardèrent du côté de Vandame, pris d'inquiétude à l'idée de quelque éboulement formidable. Des oiseaux de nuit s'élevaient au-dessus des bois, dans le grand ciel clair.

Lui, tout de suite, voulut conclure :

— Camarades, quelle est votre décision ?... Votez-vous la continuation de la grève ?

— Oui ! oui ! hurlèrent les voix.

— Et quelles mesures arrêtez-vous ?... Notre défaite est certaine, si des lâches descendent demain.

Les voix reprirent, avec leur souffle de tempête :

— Mort aux lâches !

— Vous décidez donc de les rappeler au devoir, à la foi jurée... Voici ce que nous pourrions faire : nous présenter aux fosses, ramener les traîtres par notre présence, montrer à la Compagnie que nous sommes tous d'accord et que nous mourrons plutôt que de céder.

— C'est cela, aux fosses ! aux fosses !

Depuis qu'il parlait, Étienne avait cherché Catherine, parmi les têtes pâles, grondantes devant lui. Elle n'y était décidément pas. Mais il voyait toujours Chaval, qui affectait de ricaner en haussant les épaules, dévoré de jalousie, prêt à se vendre pour un peu de cette popularité.

— Et, s'il y a des mouchards parmi nous, camarades, continua Étienne, qu'ils se méfient, on les connaît... Oui, je vois des charbonniers de Vandame, qui n'ont pas quitté leur fosse...

— C'est pour moi que tu dis ça ? demanda Chaval d'un air de bravade.

— Pour toi ou pour un autre... Mais, puisque tu parles, tu

devrais comprendre que ceux qui mangent n'ont rien à faire avec ceux qui ont faim. Tu travailles à Jean-Bart…

Une voix gouailleuse interrompit :

— Oh ! il travaille… Il a une femme qui travaille pour lui.

Chaval jura, le sang au visage.

— Nom de Dieu ! c'est défendu de travailler, alors ?

— Oui ! cria Étienne, quand les camarades endurent la misère pour le bien de tous, c'est défendu de se mettre en égoïste et en cafard du côté des patrons. Si la grève était générale, il y a longtemps que nous serions les maîtres… Est-ce qu'un seul homme de Vandame aurait dû descendre, lorsque Montsou a chômé ? Le grand coup, ce serait que le travail s'arrêtât dans le pays entier, chez Monsieur Deneulin comme ici. Entends-tu ? Il n'y a que des traîtres aux tailles de Jean-Bart, vous êtes tous des traîtres !

Autour de Chaval, la foule devenait menaçante, des poings se levaient, des cris : À mort ! à mort ! commençaient à gronder. Il avait blêmi. Mais, dans sa rage de triompher d'Étienne, une idée le redressa.

— Écoutez-moi donc ! Venez demain à Jean-Bart, et vous verrez si je travaille !… Nous sommes des vôtres, on m'a envoyé vous dire ça. Faut éteindre les feux, faut que les machineurs, eux aussi, se mettent en grève. Tant mieux si les pompes s'arrêtent ! l'eau crèvera les fosses, tout sera foutu !

On l'applaudit furieusement à son tour, et dès lors Étienne lui-même fut débordé. Des orateurs se succédaient sur le tronc d'arbre, gesticulant dans le bruit, lançant des propositions farouches. C'était le coup de folie de la foi, l'impatience d'une secte religieuse, qui, lasse d'espérer le miracle attendu, se décidait à le provoquer enfin. Les têtes, vidées par la famine, voyaient rouge, rêvaient d'incendie et de sang, au milieu d'une gloire d'apothéose, où montait le bonheur universel. Et la lune tranquille baignait cette houle, la forêt profonde ceignait de son grand silence ce cri de massacre. Seules, les mousses gelées craquaient sous les talons ; tandis que les hêtres, debout dans leur force, avec les délicates ramures de leurs branches, noires sur le ciel blanc, n'apercevaient ni n'entendaient les êtres misérables, qui s'agitaient à leur pied.

Il y eut des poussées, la Maheude se retrouva près de Maheu, et l'un et l'autre, sortis de leur bon sens, emportés dans la lente exaspération dont ils étaient travaillés depuis des mois, approuvèrent Levaque, qui renchérissait en demandant la tête des ingénieurs. Pierron avait disparu. Bonnemort et Mouque causaient à la fois, disaient des choses vagues et violentes, qu'on ne distinguait pas. Par blague, Zacharie réclama la démolition des églises, pendant que Mouquet, sa crosse à la main, en tapait la terre, histoire simplement d'augmenter le bruit. Les femmes s'enrageaient : la Levaque, les poings aux hanches, s'empoignait avec Philomène, qu'elle accusait d'avoir ri ; la Mouquette parlait de démonter les gendarmes à coups de pied quelque part ; la Brûlé, qui venait de gifler Lydie, en la retrouvant sans panier ni salade, continuait d'allonger des claques dans le vide, pour tous les patrons qu'elle aurait voulu tenir. Un instant, Jeanlin était resté suffoqué, Bébert ayant appris par un galibot que Mme Rasseneur les avait vus voler Pologne ; mais, lorsqu'il eut décidé qu'il retournerait lâcher furtivement la bête, à la porte de *l'Avantage*, il hurla plus fort, il ouvrit son couteau neuf, dont il brandissait la lame, glorieux de la faire luire.

— Camarades ! camarades ! répétait Étienne épuisé, enroué à vouloir obtenir une minute de silence, pour s'entendre définitivement.

Enfin, on l'écouta.

— Camarades ! demain matin, à Jean-Bart, est-ce convenu ?

— Oui, oui, à Jean-Bart ! mort aux traîtres !

L'ouragan de ces trois mille voix emplit le ciel et s'éteignit dans la clarté pure de la lune.

# Cinquième partie

## I

À quatre heures, la lune s'était couchée, il faisait une nuit très noire. Tout dormait encore chez les Deneulin, la vieille maison de briques restait muette et sombre, portes et fenêtres closes, au bout du vaste jardin mal tenu qui la séparait de la fosse Jean-Bart. Sur l'autre façade, passait la route déserte de Vandame, un gros bourg, caché derrière la forêt, à trois kilomètres environ.

Deneulin, las d'avoir passé, la veille, une partie de la journée au fond, ronflait, le nez contre le mur, lorsqu'il rêva qu'on l'appelait. Il finit par s'éveiller, entendit réellement une voix, courut ouvrir la fenêtre. C'était un de ses porions, debout dans le jardin.

— Quoi donc ? demanda-t-il.

— Monsieur, c'est une révolte, la moitié des hommes ne veulent plus travailler et empêchent les autres de descendre.

Il comprenait mal, la tête lourde et bourdonnante de sommeil, saisi par le grand froid, comme par une douche glacée.

— Forcez-les à descendre, sacrebleu ! bégaya-t-il.

— Voilà une heure que ça dure, reprit le porion. Alors, nous avons eu l'idée de venir vous chercher. Il n'y a que vous qui leur ferez peut-être entendre raison.

— C'est bien, j'y vais.

Vivement, il s'habilla, l'esprit net maintenant, très inquiet. On aurait pu piller la maison, ni la cuisinière ni le domestique n'avait bougé. Mais, de l'autre côté du palier, des voix alarmées chuchotaient ; et, lorsqu'il sortit, il vit s'ouvrir la porte de ses filles, qui toutes deux parurent, vêtues de peignoirs blancs, passés à la hâte.

— Père, qu'y a-t-il ?

L'aînée, Lucie, avait vingt-deux ans déjà, grande, brune, l'air superbe ; tandis que Jeanne, la cadette, âgée de dix-neuf ans à peine, était petite, les cheveux dorés, d'une grâce caressante.

— Rien de grave, répondit-il pour les rassurer. Il paraît que les tapageurs font du bruit, là-bas. Je vais voir.

Mais elles se récrièrent, elles ne voulaient pas le laisser partir sans qu'il prît quelque chose de chaud. Autrement, il leur rentrerait malade, l'estomac délabré, comme toujours. Lui, se débattait, donnait sa parole d'honneur qu'il était trop pressé.

— Écoute, finit par dire Jeanne en se pendant à son cou, tu vas boire un petit verre de rhum et manger deux biscuits ; ou je reste comme ça, tu es obligé de m'emporter avec toi.

Il dut se résigner, en jurant que les biscuits l'étoufferaient. Déjà, elles descendaient devant lui, chacune avec son bougeoir. En bas, dans la salle à manger, elles s'empressèrent de le servir, l'une versant le rhum, l'autre courant à l'office chercher un paquet de biscuits. Ayant perdu leur mère très jeunes, elles s'étaient élevées toutes seules, assez mal, gâtées par leur père, l'aînée hantée du rêve de chanter sur les théâtres, la cadette folle de peinture, d'une hardiesse de goût qui la singularisait. Mais, lorsque le train avait dû être diminué, à la suite de gros embarras d'affaires, il était brusquement poussé, chez ces filles d'air extravagant, des ménagères très sages et très rusées, dont l'œil découvrait les erreurs de centimes, dans les comptes. Aujourd'hui, avec leurs allures garçonnières d'artistes, elles tenaient la bourse, rognaient sur les sous, querellaient les fournisseurs, retapaient sans cesse leurs toilettes, arrivaient à rendre décente la gêne croissante de la maison.

— Mange, papa, répétait Lucie.

Puis, remarquant la préoccupation où il retombait, silencieux, assombri, elle fut reprise de peur.

— C'est donc grave, que tu nous fais cette grimace ?... Dis donc, nous restons avec toi, on se passera de nous à ce déjeuner.

Elle parlait d'une partie projetée pour le matin. Mme Hennebeau devait aller, avec sa calèche, chercher d'abord Cécile, chez les Grégoire ; ensuite, elle viendrait les prendre, et l'on irait toutes à Marchiennes, déjeuner aux Forges, où la femme du directeur les avait invitées. C'était une occasion pour visiter les ateliers, les hauts fourneaux et les fours à coke.

— Bien sûr, nous restons, déclara Jeanne à son tour.

Mais il se fâchait.

— En voilà une idée ! Je vous répète que ce n'est rien... Faites-moi le plaisir de vous refourrer dans vos lits, et habillez-vous pour neuf heures, comme c'est convenu.

Il les embrassa, il se hâta de partir. On entendit le bruit de ses bottes qui se perdait sur la terre gelée du jardin.

Jeanne enfonça soigneusement le bouchon du rhum, tandis que Lucie mettait les biscuits sous clef. La pièce avait la propreté froide des salles où la table est maigrement servie. Et toutes deux profitaient de cette descente matinale pour voir si rien, la veille, n'était resté à la débandade. Une serviette traînait, le domestique serait grondé. Enfin, elles remontèrent.

Pendant qu'il coupait au plus court, par les allées étroites de son potager, Deneulin songeait à sa fortune compromise, à ce denier de Montsou, ce million qu'il avait réalisé en rêvant de le décupler, et qui courait aujourd'hui de si grands risques. C'était une suite ininterrompue de mauvaises chances, des réparations énormes et imprévues, des conditions d'exploitation ruineuses, puis le désastre de cette crise industrielle, juste à l'heure où les bénéfices commençaient. Si la grève éclatait chez lui, il était par terre. Il poussa une petite porte : les bâtiments de la fosse se devinaient, dans la nuit noire, à un redoublement d'ombre, étoilé de quelques lanternes.

Jean-Bart n'avait pas l'importance du Voreux, mais l'installation rajeunie en faisait une jolie fosse, selon le mot des ingénieurs. On ne s'était pas contenté d'élargir le puits d'un mètre cinquante et de le creuser jusqu'à sept cent huit mètres de profondeur, on l'avait équipé à neuf, machine neuve, cages neuves, tout un matériel neuf, établi d'après les derniers perfectionnements de la science ; et même une recherche d'élégance se retrouvait jusque dans les constructions, un hangar de criblage à lambrequin découpé, un beffroi orné d'une horloge, une salle de recette et une chambre de machine, arrondies en chevet de chapelle renaissance, que la cheminée surmontait d'une spirale de mosaïque, faite de briques noires et de briques rouges. La pompe était placée sur l'autre puits de la concession, à la vieille fosse Gaston-Marie, uniquement réservée pour l'épuisement. Jean-Bart, à droite et à gauche de l'extraction, n'avait que deux goyots, celui d'un ventilateur à vapeur et celui des échelles.

Le matin, dès trois heures, Chaval était arrivé le premier, débauchant les camarades, les convainquant qu'il fallait imiter ceux de Montsou et demander une augmentation de cinq centimes par berline. Bientôt, les quatre cents ouvriers du fond avaient débordé de la baraque dans la salle de recette, au milieu d'un tumulte de gestes et de cris. Ceux qui voulaient travailler, tenaient leur lampe, pieds nus, la pelle ou la rivelaine[1] sous le bras ; tandis que les autres, encore en sabots,

1. *Rivelaine* : instrument composé d'un manche en bois et de deux fers pointus destinés à détacher des blocs de houille ; pic du mineur.

le paletot sur les épaules à cause du grand froid, barraient le puits; et les porions s'étaient enroués à vouloir mettre de l'ordre, à les supplier d'être raisonnables, de ne pas empêcher de descendre ceux qui en avaient la bonne volonté.

Mais Chaval s'emporta, quand il aperçut Catherine en culotte et en veste, la tête serrée dans le béguin bleu. Il lui avait, en se levant, signifié brutalement de rester couchée. Elle, désespérée de cet arrêt du travail, l'avait suivi tout de même, car il ne lui donnait jamais d'argent, elle devait souvent payer pour elle et pour lui; et qu'allait-elle devenir, si elle ne gagnait plus rien? Une peur l'obsédait, la peur d'une maison publique de Marchiennes, où finissaient les herscheuses sans pain et sans gîte.

— Nom de Dieu! cria Chaval, qu'est-ce que tu viens foutre ici?

Elle bégaya qu'elle n'avait pas des rentes et qu'elle voulait travailler.

— Alors, tu te mets contre moi, garce!... Rentre tout de suite, ou je te raccompagne à coups de sabot dans le derrière!

Peureusement, elle recula, mais elle ne partit point, résolue à voir comment tourneraient les choses.

Deneulin arrivait par l'escalier du criblage. Malgré la faible clarté des lanternes, d'un vif regard il embrassa la scène, cette cohue noyée d'ombre, dont il connaissait chaque face, les haveurs, les chargeurs, les moulineurs, les herscheuses, jusqu'aux galibots. Dans la nef, neuve et encore propre, la besogne arrêtée attendait : la machine, sous pression, avait de légers sifflements de vapeur; les cages demeuraient pendues aux câbles immobiles; les berlines, abandonnées en route, encombraient les dalles de fonte. On venait de prendre à peine quatre-vingts lampes, les autres flambaient dans la lampisterie. Mais un mot de lui suffirait sans doute, et toute la vie du travail recommencerait.

— Eh bien, que se passe-t-il donc, mes enfants ? demanda-t-il à pleine voix. Qu'est-ce qui vous fâche ? Expliquez-moi ça, nous allons nous entendre.

D'ordinaire, il se montrait paternel pour ses hommes, tout en exigeant beaucoup de travail. Autoritaire, l'allure brusque, il tâchait d'abord de les conquérir par une bonhomie qui avait des éclats de clairon ; et il se faisait aimer souvent, les ouvriers respectaient surtout en lui l'homme de courage, sans cesse dans les tailles avec eux, le premier au danger, dès qu'un accident épouvantait la fosse. Deux fois, après des coups de grisou, on l'avait descendu, lié par une corde sous les aisselles, lorsque les plus braves reculaient.

— Voyons, reprit-il, vous n'allez pas me faire repentir d'avoir répondu de vous. Vous savez que j'ai refusé un poste de gendarmes… Parlez tranquillement, je vous écoute.

Tous se taisaient maintenant, gênés, s'écartant de lui ; et ce fut Chaval qui finit par dire :

— Voilà, monsieur Deneulin, nous ne pouvons continuer à travailler, il nous faut cinq centimes de plus par berline.

Il parut surpris.

— Comment ! cinq centimes ! À propos de quoi cette demande ? Moi, je ne me plains pas de vos boisages, je ne veux pas vous imposer un nouveau tarif, comme la Régie de Montsou.

— C'est possible, mais les camarades de Montsou sont tout de même dans le vrai. Ils repoussent le tarif et ils exigent une augmentation de cinq centimes, parce qu'il n'y a pas moyen de travailler proprement, avec les marchandages actuels… Nous voulons cinq centimes de plus, n'est-ce pas, vous autres ?

Des voix approuvèrent, le bruit reprenait, au milieu de gestes violents. Peu à peu, tous se rapprochaient en un cercle étroit.

Une flamme alluma les yeux de Deneulin, tandis que sa poigne d'homme amoureux des gouvernements forts, se

serrait, de peur de céder à la tentation d'en saisir un par la peau du cou. Il préféra discuter, parler raison.

— Vous voulez cinq centimes, et j'accorde que la besogne les vaut. Seulement, je ne puis pas vous les donner. Si je vous les donnais, je serais simplement fichu... Comprenez donc qu'il faut que je vive, moi d'abord, pour que vous viviez. Et je suis à bout, la moindre augmentation du prix de revient me ferait faire la culbute... Il y a deux ans, rappelez-vous, lors de la dernière grève, j'ai cédé, je le pouvais encore. Mais cette hausse du salaire n'en a pas moins été ruineuse, car voici deux années que je me débats... Aujourd'hui, j'aimerais mieux lâcher la boutique tout de suite, que de ne savoir, le mois prochain, où prendre de l'argent pour vous payer.

Chaval avait un mauvais rire, en face de ce maître qui leur contait si franchement ses affaires. Les autres baissaient le nez, têtus, incrédules, refusant de s'entrer dans le crâne qu'un chef ne gagnât pas des millions sur ses ouvriers.

Alors, Deneulin insista. Il expliquait sa lutte contre Montsou toujours aux aguets, prêt à le dévorer, s'il avait un soir la maladresse de se casser les reins. C'était une concurrence sauvage, qui le forçait aux économies, d'autant plus que la grande profondeur de Jean-Bart augmentait chez lui le prix de l'extraction, condition défavorable à peine compensée par la forte épaisseur des couches de houille. Jamais il n'aurait haussé les salaires, à la suite de la dernière grève, sans la nécessité où il s'était trouvé d'imiter Montsou, de peur de voir ses hommes le lâcher. Et il les menaçait du lendemain, quel beau résultat pour eux, s'ils l'obligeaient à vendre, de passer sous le joug terrible de la Régie ! Lui, ne trônait pas au loin, dans un tabernacle ignoré ; il n'était pas un de ces actionnaires qui paient des gérants pour tondre le mineur, et que celui-ci n'a jamais vus ; il était un patron, il risquait autre chose que son argent, il risquait son intelligence, sa santé, sa vie. L'arrêt du travail allait être la mort, tout bonnement, car il n'avait pas de stock, et il fallait pourtant qu'il expédiât les commandes. D'autre part, le capital de son outillage ne pouvait dormir. Comment tiendrait-il ses engagements ? qui paierait le taux des sommes que lui avaient confiées ses amis ? Ce serait la faillite.

— Et voilà, mes braves ! dit-il en terminant. Je voudrais vous convaincre... On ne demande pas à un homme de s'égorger lui-même, n'est-ce pas ? et que je vous donne vos cinq centimes ou que je vous laisse vous mettre en grève, c'est comme si je me coupais le cou.

Il se tut. Des grognements coururent. Une partie des mineurs semblait hésiter. Plusieurs retournèrent près du puits.

— Au moins, dit un porion, que tout le monde soit libre... Quels sont ceux qui veulent travailler ?

Catherine s'était avancée une des premières. Mais Chaval, furieux, la repoussa, en criant :

— Nous sommes tous d'accord, il n'y a que les jean-foutre qui lâchent les camarades !

Dès lors, la conciliation parut impossible. Les cris recommençaient, des bousculades chassaient les hommes du puits, au risque de les écraser contre les murs. Un instant, le directeur, désespéré, essaya de lutter seul, de réduire violemment cette foule ; mais c'était une folie inutile, il dut se retirer. Et il resta quelques minutes, au fond du bureau du receveur, essoufflé sur une chaise, si éperdu de son impuissance, que pas une idée ne lui venait. Enfin, il se calma, il dit à un surveillant d'aller lui chercher Chaval ; puis, quand ce dernier eut consenti à l'entretien, il congédia le monde du geste.

— Laissez-nous.

L'idée de Deneulin était de voir ce que ce gaillard avait dans le ventre. Dès les premiers mots, il le sentit vaniteux, dévoré de passion jalouse. Alors, il le prit par la flatterie, affecta de s'étonner qu'un ouvrier de son mérite compromît de la sorte

son avenir. À l'entendre, il avait depuis longtemps jeté les yeux sur lui pour un avancement rapide ; et il termina en offrant carrément de le nommer porion, plus tard. Chaval l'écoutait, silencieux, les poings d'abord serrés, puis peu à peu détendus. Tout un travail s'opérait au fond de son crâne : s'il s'entêtait dans la grève, il n'y serait jamais que le lieutenant d'Étienne, tandis qu'une autre ambition s'ouvrait, celle de passer parmi les chefs. Une chaleur d'orgueil lui montait à la face et le grisait. Du reste, la bande de grévistes, qu'il attendait depuis le matin, ne viendrait plus a cette heure ; quelque obstacle avait dû l'arrêter, des gendarmes peut-être il n'était que temps de se soumettre. Mais il n'en refusait pas moins de la tête, il faisait l'homme incorruptible, à grandes tapes indignées sur son cœur. Enfin, sans parler au patron du rendez-vous donné par lui à ceux de Montsou, il promit de calmer les camarades et de les décider à descendre.

Deneulin resta caché, les porions eux-mêmes se tinrent à l'écart. Pendant une heure, ils entendirent Chaval pérorer, discuter, debout sur une berline de la recette. Une partie des ouvriers le huaient, cent vingt s'en allèrent, exaspérés, s'obstinant dans la résolution qu'il leur avait fait prendre. Il était déjà plus de sept heures, le jour se levait très clair, un jour gai de grande gelée. Et, tout d'un coup, le branle de la fosse recommença, la besogne arrêtée continuait. Ce fut d'abord la machine dont la bielle plongea, déroulant et enroulant les câbles des bobines. Puis, au milieu du vacarme des signaux, la descente se fit, les cages s'emplissaient, s'engouffraient, remontaient, le puits avalait sa ration de galibots, de herscheuses et de haveurs ; tandis que, sur les dalles de fonte, les moulineurs poussaient les berlines, dans un roulement de tonnerre.

— Nom de Dieu ! qu'est-ce que tu fous là ? cria Chaval à Catherine qui attendait son tour. Veux-tu bien descendre et ne pas flâner !

À neuf heures, lorsque Mme Hennebeau arriva dans sa voiture, avec Cécile, elle trouva Lucie et Jeanne toutes prêtes, très élégantes malgré leurs toilettes vingt fois refaites. Mais Deneulin s'étonna, en apercevant Négrel qui accompagnait la calèche à cheval. Quoi donc, les hommes en étaient ? Alors, Mme Hennebeau expliqua de son air maternel qu'on l'avait effrayée, que les chemins étaient pleins de mauvaises figures, disait-on, et qu'elle préférait emmener un défenseur. Négrel riait, les rassurait : rien d'inquiétant, des menaces de braillards comme toujours, mais pas un qui oserait jeter une pierre dans une vitre. Encore joyeux de son succès, Deneulin raconta la révolte réprimée de Jean-Bart. Maintenant, il se disait bien tranquille. Et, sur la route de Vandame, pendant que ces demoiselles montaient en voiture, tous s'égayaient de cette journée superbe, sans deviner au loin, dans la campagne, le long frémissement qui s'enflait, le peuple en marche dont ils auraient entendu le galop, s'ils avaient collé l'oreille contre la terre.

— Eh bien, c'est convenu, répéta Mme Hennebeau. Ce soir, vous venez chercher ces demoiselles et vous dînez avec nous... Mme Grégoire m'a également promis de venir reprendre Cécile.

— Comptez sur moi, répondit Deneulin.

La calèche partit du côté de Vandame. Jeanne et Lucie s'étaient penchées, pour rire encore à leur père, resté debout au bord du chemin; tandis que Négrel trottait galamment, derrière les roues qui fuyaient.

On traversa la forêt, on prit la route de Vandame à Marchiennes. Comme on approchait du Tartaret, Jeanne demanda a Mme Hennebeau si elle connaissait la Côte-Verte ; et celle-ci, malgré son séjour de cinq ans déjà dans le pays, avoua qu'elle n'était jamais allée de ce côté. Alors, on fit un détour. Le Tartaret, à la lisière du bois, était une lande inculte,

d'une stérilité volcanique, sous laquelle, depuis des siècles, brûlait une mine de houille incendiée. Cela se perdait dans la légende, des mineurs du pays racontaient une histoire : le feu du ciel tombant sur cette Sodome des entrailles de la terre, où les herscheuses se souillaient d'abominations ; si bien qu'elles n'avaient pas même eu le temps de remonter, et qu'aujourd'hui encore, elles flambaient au fond de cet enfer. Les roches calcinées, rouge sombre, se couvraient d'une efflorescence d'alun, comme d'une lèpre. Du soufre poussait, en une fleur jaune, au bord des fissures. La nuit, les braves qui osaient risquer un œil à ces trous, juraient y voir des flammes, les âmes criminelles en train de grésiller dans la braise intérieure. Des lueurs errantes couraient au ras du sol, des vapeurs chaudes, empoisonnant l'ordure et la sale cuisine du diable, fumaient continuellement. Et, ainsi qu'un miracle d'éternel printemps, au milieu de cette lande maudite du Tartaret, la Côte-Verte se dressait avec ses gazons toujours verts, ses hêtres dont les feuilles se renouvelaient sans cesse, ses champs où mûrissaient jusqu'à trois récoltes. C'était une serre naturelle, chauffée par l'incendie des couches profondes. Jamais la neige n'y séjournait. L'énorme bouquet de verdure, à côté des arbres dépouillés de la forêt s'épanouissait dans cette journée de décembre, sans que la gelée en eût même roussi les bords.

Bientôt, la calèche fila en plaine. Négrel plaisantait la légende, expliquait comment le feu prenait le plus souvent au fond d'une mine, par la fermentation des poussières du charbon ; quand on ne pouvait s'en rendre maître, il brûlait sans fin ; et il citait une fosse de Belgique qu'on avait inondée, en détournant et en jetant dans le puits une rivière. Mais il se tut, des bandes de mineurs croisaient à chaque minute la voiture, depuis un instant. Ils passaient silencieux, avec des regards obliques, dévisageant ce luxe qui les forçait à se ranger. Leur nombre augmentait toujours, les chevaux durent marcher au pas, sur le petit pont de la Scarpe. Que se passait-il donc, pour que ce peuple fût ainsi par les chemins ? Ces demoiselles s'effrayaient, Négrel commençait à flairer quelque bagarre, dans la campagne frémissante ; et ce fut un soulagement lorsqu'on arriva enfin à Marchiennes. Sous le soleil qui semblait les éteindre, les batteries des fours à coke et les tours des hauts fourneaux lâchaient des fumées, dont la suie éternelle pleuvait dans l'air.

## II

À Jean-Bart, Catherine roulait depuis une heure déjà, poussant les berlines jusqu'au relais ; et elle était trempée d'un tel flot de sueur, qu'elle s'arrêta un instant pour s'essuyer la face.

Du fond de la taille, où il tapait à la veine avec les camarades du marchandage, Chaval s'étonna, lorsqu'il n'entendit plus le grondement des roues. Les lampes brûlaient mal, la poussière du charbon empêchait de voir.

— Quoi donc ? cria-t-il.

Quand elle lui eut répondu qu'elle allait fondre bien sûr, et qu'elle se sentait le cœur qui se décrochait, il répliqua furieusement :

— Bête, fais comme nous, ôte ta chemise !

C'était à sept cent huit mètres, au nord, dans la première voie de la veine Désirée, que trois kilomètres séparaient de l'accrochage. Lorsqu'ils parlaient de cette région de la fosse, les mineurs du pays pâlissaient et baissaient la voix, comme s'ils avaient parlé de l'enfer ; et ils se contentaient le plus souvent de hocher la tête, en hommes qui préféraient ne point causer de ces profondeurs de braise ardente. À mesure que les galeries s'enfonçaient vers le nord, elles se rapprochaient du Tartaret, elles pénétraient dans l'incendie intérieur, qui, là-haut, calcinait les roches. Les tailles, au point où l'on en était arrivé, avaient une température moyenne de quarante-cinq degrés. On s'y trouvait en pleine cité maudite, au milieu des flammes que les passants de la plaine voyaient par les fissures, crachant du soufre et des vapeurs abominables.

Catherine, qui avait déjà enlevé sa veste, hésita, puis ôta également sa culotte ; et, les bras nus, les cuisses nues, la chemise serrée aux hanches par une corde, comme une blouse, elle se remit à rouler.

— Tout de même, ça ira mieux, dit-elle à voix haute.

Dans son étouffement, il y avait une vague peur. Depuis cinq jours qu'ils travaillaient là, elle songeait aux contes dont on avait bercé son enfance, à ces herscheuses du temps jadis qui brûlaient sous le Tartaret, en punition de choses qu'on n'osait pas répéter. Sans doute, elle était trop grande maintenant pour croire de pareilles bêtises ; mais, pourtant, qu'aurait-elle fait, si brusquement elle avait vu sortir du mur une fille rouge comme un poêle, avec des yeux pareils à des tisons ? Cette idée redoublait ses sueurs.

Au relais, à quatre-vingts mètres de la taille, une autre herscheuse prenait la berline et la roulait à quatre-vingts mètres plus loin, jusqu'au pied du plan incliné, pour que le receveur l'expédiât avec celles qui descendaient des voies d'en haut.

— Fichtre ! tu te mets à ton aise, dit cette femme, une maigre veuve de trente ans, quand elle aperçut Catherine en chemise. Moi je ne peux pas, les galibots du plan m'embêtent avec leurs saletés.

— Ah bien ! répliqua la jeune fille, je m'en moque, des hommes ! je souffre trop.

Elle repartit, poussant une berline vide. Le pis était que, dans cette voie de fond, une autre cause se joignait au voisinage du Tartaret, pour rendre la chaleur insoutenable. On côtoyait d'anciens travaux, une galerie abandonnée de Gaston-Marie, très profonde, où un coup de grisou, dix ans plus tôt, avait incendié la veine, qui brûlait toujours, derrière le « corroi », le mur d'argile bâti là et réparé continuellement, afin de limiter le désastre. Privé d'air, le feu aurait dû s'éteindre ; mais sans doute des courants inconnus l'avivaient, il s'entretenait depuis dix années, il chauffait l'argile du corroi comme on chauffe les briques d'un four, au point qu'on en recevait au passage la cuisson. Et c'était le long de ce muraillement, sur une longueur de plus de cent mètres, que se faisait le roulage, dans une température de soixante degrés.

Après deux voyages, Catherine étouffa de nouveau. Heureusement, la voie était large et commode, dans cette veine Désirée, une des plus épaisses de la région. La couche avait un mètre quatre-vingt-dix, les ouvriers pouvaient travailler debout. Mais ils auraient préféré le travail à col tordu, et un peu de fraîcheur.

— Ah ! ça, est-ce que tu dors ? reprit violemment Chaval, dès qu'il cessa d'entendre remuer Catherine. Qui est-ce qui m'a fichu une rosse de cette espèce ? Veux-tu bien emplir ta berline et rouler !

Elle était au bas de la taille, appuyée sur sa pelle ; et un malaise l'envahissait, pendant qu'elle les regardait tous d'un air imbécile, sans obéir. Elle les voyait mal, à la lueur rougeâtre des lampes, entièrement nus comme des bêtes, si noirs, si encrassés de sueur et de charbon, que leur nudité ne la gênait pas. C'était une besogne obscure, des échines de singe qui se tendaient, une vision infernale de membres roussis, s'épuisant au milieu de coups sourds et de gémissements. Mais eux la distinguaient mieux sans doute, car les rivelaines s'arrêtèrent de taper, et ils la plaisantèrent d'avoir ôté sa culotte.

— Eh ! tu vas l'enrhumer, méfie-toi !

— C'est qu'elle a de vraies jambes ! Dis donc, Chaval, y en a pour deux !

— Oh ! faudrait voir. Relève ça. Plus haut ! plus haut !

Alors, Chaval, sans se fâcher de ces rires, retomba sur elle.

— Ça y est-il, nom de Dieu !... Ah ! pour les saletés, elle est bonne. Elle resterait là, à en entendre jusqu'à demain.

Péniblement, Catherine s'était décidée à emplir sa berline ; puis, elle la poussa. La galerie était trop large pour qu'elle pût s'arc-bouter aux deux côtés des bois, ses pieds nus se tordaient dans les rails, où ils cherchaient un point d'appui, pendant qu'elle filait avec lenteur, les bras raidis en avant, la taille cassée. Et, dès qu'elle longeait le corroi, le supplice du feu recommençait, la sueur tombait aussitôt de tout son corps, en gouttes énormes, comme une pluie d'orage. À peine au tiers du relais, elle ruissela, aveuglée, souillée elle aussi d'une boue noire. Sa chemise étroite, comme trempée d'encre, collait à la peau, lui remontait jusqu'aux reins dans le mouvement des cuisses ; et elle en était si douloureusement bridée, qu'il lui fallut lâcher encore la besogne.

Qu'avait-elle donc, ce jour-là ? Jamais elle ne s'était sentie ainsi du coton dans les os. Ça devait être un mauvais air. L'aérage ne se faisait pas, au fond de cette voie éloignée. On y respirait toutes sortes de vapeurs qui sortaient du charbon avec un petit bruit bouillonnant de source, si abondantes parfois, que les lampes refusaient de brûler ; sans parler du grisou, dont on ne s'occupait plus, tant la veine en soufflait au nez des ouvriers, d'un bout de la quinzaine à l'autre. Elle le connaissait bien, ce mauvais air, cet air mort comme disent les mineurs, en bas de lourds gaz d'asphyxie, en haut des gaz légers qui s'allument et foudroient tous les chantiers d'une fosse, des centaines d'hommes, dans un seul coup de tonnerre. Depuis son enfance, elle en avait tellement avalé, qu'elle s'étonnait de le supporter si mal, les oreilles bourdonnantes, la gorge en feu.

N'en pouvant plus, elle éprouva un besoin d'ôter sa chemise. Cela tournait à la torture, ce linge dont les moindres plis la coupaient, la brûlaient. Elle résista, voulut rouler encore, fut forcée de se remettre debout. Alors, vivement, en se disant qu'elle se couvrirait au relais, elle enleva tout, la corde, la chemise, si fiévreuse, qu'elle aurait arraché la peau, si elle avait pu. Et, nue maintenant, pitoyable, ravalée au trot de la femelle quêtant sa vie par la boue des chemins, elle besognait, la croupe barbouillée de suie, avec de la crotte jusqu'au ventre, ainsi qu'une jument de fiacre. À quatre pattes, elle poussait.

Mais un désespoir lui vint, elle n'était pas soulagée, d'être nue. Quoi ôter encore ? Le bourdonnement de ses oreilles l'assourdissait, il lui semblait sentir un étau la serrer aux tempes. Elle tomba sur les genoux. La lampe, calée dans le charbon de la berline, lui parut s'éteindre. Seule, l'intention d'en remonter la mèche surnageait, au milieu de ses idées confuses. Deux fois elle voulut l'examiner, et les deux fois, à mesure qu'elle la posait devant elle, par terre, elle la vit pâlir, comme si elle aussi eût manqué de souffle. Brusquement, la lampe s'éteignit. Alors, tout roula au fond des ténèbres, une meule tournait dans sa tête, son cœur défaillait, s'arrêtait de battre, engourdi à son tour par la fatigue immense qui endormait ses membres. Elle s'était renversée, elle agonisait dans l'air d'asphyxie, au ras du sol.

— Je crois, nom de Dieu ! qu'elle flâne encore, gronda la voix de Chaval.

Il écouta du haut de la taille, n'entendit point le bruit des roues.

— Eh ! Catherine, sacrée couleuvre !

La voix se perdait au loin, dans la galerie noire, et pas une haleine ne répondait.

— Veux-tu que j'aille te faire grouiller, moi !

Rien ne remuait, toujours le même silence de mort. Furieux, il descendit, il courut avec sa lampe, si violemment qu'il faillit buter dans le corps de la herscheuse, qui barrait la voie. Béant, il la regardait. Qu'avait-elle donc ? Ce n'était pas une frime au moins, histoire de faire un somme ? Mais la lampe, qu'il avait baissée pour lui éclairer la face, menaça de s'éteindre. Il la releva, la baissa de nouveau, finit par comprendre : ça devait être un coup de mauvais air. Sa violence était tombée, le dévouement du mineur s'éveillait, en face du camarade en péril. Déjà il criait qu'on lui apportât sa chemise ; et il avait saisi à pleins bras la fille nue et évanouie, il la soulevait le plus haut possible. Quand on lui eut jeté sur les épaules leurs vêtements, il partit au pas de course, soutenant d'une main son fardeau, portant les deux lampes de l'autre. Les galeries profondes se déroulaient, il galopait, prenait à droite, prenait à gauche, allait chercher la vie dans l'air glacé de la plaine, que soufflait le ventilateur. Enfin, un bruit de source l'arrêta, le ruissellement d'une infiltration coulant de la roche. Il se trouvait à un carrefour d'une grande galerie de roulage, qui desservait autrefois Gaston-Marie. L'aérage y soufflait en un vent de tempête, la fraîcheur y était si grande, qu'il fut secoué d'un frisson, lorsqu'il eut assis par terre, contre les bois, sa maîtresse toujours sans connaissance, les yeux fermés.

— Catherine, voyons, nom de Dieu ! pas de blague... Tiens-toi un peu que je trempe ça dans l'eau.

Il s'effarait de la voir si molle. Pourtant, il put tremper sa chemise dans la source, et il lui en lava la figure. Elle était comme une morte, enterrée déjà au fond de la terre, avec son corps fluet de fille tardive, où les formes de la puberté hésitaient encore. Puis, un frémissement courut sur sa gorge d'enfant, sur son ventre et ses cuisses de petite misérable, déflorée avant l'âge. Elle ouvrit les yeux, elle bégaya :

— J'ai froid.

— Ah ! j'aime mieux ça, par exemple ! cria Chaval soulagé.

Il la rhabilla, glissa aisément la chemise, jura de la peine qu'il eut à passer la culotte, car elle ne pouvait s'aider beaucoup. Elle restait étourdie, ne comprenait pas où elle se trouvait, ni pourquoi elle était nue. Quand elle se souvint, elle fut honteuse. Comment avait-elle osé enlever tout ! Et elle le questionnait : est-ce qu'on l'avait aperçue ainsi, sans un mouchoir à la taille seulement, pour se cacher ? Lui, qui rigolait, inventait des histoires, racontait qu'il venait de l'apporter là, au milieu de tous les camarades faisant la haie. Quelle idée aussi d'avoir écouté son conseil et de s'être mis le derrière à l'air ! Ensuite, il donna sa parole que les camarades ne devaient pas même savoir si elle l'avait rond ou carré, tellement il galopait raide.

— Bigre ! mais je crève de froid, dit-il en se rhabillant à son tour.

Jamais elle ne l'avait vu si gentil. D'ordinaire, pour une bonne parole qu'il lui disait, elle empoignait tout de suite deux sottises. Cela aurait été si bon de vivre d'accord ! Une tendresse la pénétrait, dans l'alanguissement de sa fatigue. Elle lui sourit, elle murmura :

— Embrasse-moi.

Il l'embrassa, il se coucha près d'elle, en attendant qu'elle pût marcher.

— Vois-tu, reprit-elle, tu avais tort de crier là-bas, car je n'en pouvais plus, vrai ! Dans la taille encore, vous avez moins chaud ; mais si tu savais comme on cuit, au fond de la voie !

— Bien sûr, répondit-il, on serait mieux sous les arbres... Tu as du mal dans ce chantier, ça, je m'en doute, ma pauvre fille.

Elle fut si touchée de l'entendre en convenir, qu'elle fit la vaillante.

— Oh ! c'est une mauvaise disposition. Puis, aujourd'hui, l'air est empoisonné… Mais tu verras, tout à l'heure, si je suis une couleuvre. Quand il faut travailler, on travaille, n'est-ce pas ? Moi, j'y crèverais plutôt que de lâcher.

Il y eut un silence. Lui, la tenait d'un bras à la taille, en la serrant contre sa poitrine, pour l'empêcher d'attraper du mal. Elle, bien qu'elle se sentît déjà la force de retourner au chantier, s'oubliait avec délices.

— Seulement, continua-t-elle très bas, je voudrais bien que tu fusses plus gentil… Oui, on est si content, quand on s'aime un peu.

Et elle se mit à pleurer doucement.

— Mais je t'aime, cria-t-il, puisque je t'ai prise avec moi.

Elle ne répondit que d'un hochement de tête. Souvent, il y avait des hommes qui prenaient des femmes, pour les avoir, en se fichant de leur bonheur à elles. Ses larmes coulaient plus chaudes, cela la désespérait maintenant, de songer à la bonne vie qu'elle mènerait, si elle était tombée sur un autre garçon, dont elle aurait senti toujours le bras passé ainsi à sa taille. Un autre ? et l'image vague de cet autre se dressait dans sa grosse émotion. Mais c'était fini, elle n'avait plus que le désir de vivre jusqu'au bout avec celui-là, s'il voulait seulement ne pas la bousculer si fort.

— Alors, dit-elle, tâche donc d'être comme ça de temps en temps.

Des sanglots lui coupèrent la parole, et il l'embrassa de nouveau.

— Es-tu bête !… Tiens ! je jure d'être gentil. On n'est pas plus méchant qu'un autre, va !

Elle le regardait, elle recommençait à sourire dans ses larmes. Peut-être qu'il avait raison, on n'en rencontrait guère, des femmes heureuses. Puis, bien qu'elle se défiât de son serment, elle s'abandonnait à la joie de le voir aimable. Mon Dieu ! si cela avait pu durer ! Tous deux s'étaient repris ; et, comme ils se serraient d'une longue étreinte, des pas les firent se mettre debout. Trois camarades, qui les avaient vus passer, arrivaient pour savoir.

On repartit ensemble. Il était près de dix heures, et l'on déjeuna dans un coin frais, avant de se remettre à suer au fond de la taille. Mais ils achevaient la double tartine de leur briquet, ils allaient boire une gorgée de café à leur gourde, lorsqu'une rumeur, venue des chantiers lointains, les inquiéta. Quoi donc ? était-ce un accident encore ? Ils se levèrent, ils coururent. Des haveurs, des herscheuses, des galibots les croisaient à chaque instant ; et aucun ne savait, tous criaient, ça devait être un grand malheur. Peu à peu, la mine entière s'effarait, des ombres affolées débouchaient des galeries, les lanternes dansaient, filaient dans les ténèbres. Où était-ce ? pourquoi ne le disait-on pas ?

Tout d'un coup, un porion passa en criant :

— On coupe les câbles ! on coupe les câbles !

Alors, la panique souffla. Ce fut un galop furieux au travers des voies obscures. Les têtes se perdaient. À propos de quoi coupait-on les câbles ? et qui les coupait, lorsque les hommes étaient au fond ? Cela paraissait monstrueux.

Mais la voix d'un autre porion éclata, puis se perdit.

— Ceux de Montsou coupent les câbles ! Que tout le monde sorte !

Quand il eut compris, Chaval arrêta net Catherine. L'idée qu'il rencontrerait là-haut ceux de Montsou, s'il sortait, lui engourdissait les jambes. Elle était donc venue, cette bande qu'il croyait aux mains des gendarmes ! Un instant, il songea à rebrousser chemin et à remonter par Gaston-Marie ; mais la manœuvre ne s'y faisait plus. Il jurait, hésitant, cachant sa peur, répétant que c'était bête de courir comme ça. On n'allait pas les laisser au fond, peut-être !

La voix du porion retentit de nouveau, se rapprocha.

— Que tout le monde sorte ! Aux échelles ! aux échelles !

Et Chaval fut emporté avec les camarades. Il bouscula Catherine, il l'accusa de ne pas courir assez fort. Elle voulait donc qu'ils restassent seuls dans la fosse, à crever de faim ? car les brigands de Montsou étaient capables de casser les échelles, sans attendre que le monde fût sorti. Cette supposition abominable acheva de les détraquer tous, il n'y eut plus, le long des galeries, qu'une débandade enragée, une course de fous à qui arriverait le premier, pour remonter avant les autres. Des hommes criaient que les échelles étaient cassées, que personne ne sortirait. Et, quand ils commencèrent à déboucher par groupes épouvantés dans la salle d'accrochage, ce fut un véritable engouffrement : ils se jetaient vers le puits, ils s'écrasaient à l'étroite porte du goyot des échelles ; tandis qu'un vieux palefrenier, qui venait prudemment de faire rentrer les chevaux à l'écurie, les regardait d'un air de dédaigneuse insouciance, habitué aux nuits passées dans la fosse, certain qu'on le tirerait toujours de là.

— Nom de Dieu ! veux-tu monter devant moi ! dit Chaval à Catherine. Au moins, je te tiendrai, si tu tombes.

Ahurie, suffoquée par cette course de trois kilomètres qui l'avait encore une fois trempée de sueur, elle s'abandonnait, sans comprendre, aux remous de la foule. Alors, il la tira par le bras, à le lui briser ; et elle jeta une plainte, ses larmes jaillirent : déjà il oubliait son serment, jamais elle ne serait heureuse.

— Passe donc ! hurla-t-il.

Mais il lui faisait trop peur. Si elle montait devant lui, tout le temps il la brutaliserait. Aussi résistait-elle, pendant que le flot éperdu des camarades les repoussait de côté. Les filtrations du puits tombaient à grosses gouttes, et le plancher de l'accrochage, ébranlé par le piétinement, tremblait au-dessus du bougnou[1], du puisard vaseux, profond de dix mètres. Justement, c'était à Jean-Bart, deux ans plus tôt, qu'un terrible accident, la rupture d'un câble, avait culbuté la cage au fond du bougnou, dans lequel deux hommes s'étaient noyés. Et tous y songeaient, on allait tous y rester, si l'on s'entassait sur les planches.

— Sacrée tête de pioche ! cria Chaval, crève donc, je serai débarrassé !

Il monta, et elle le suivit.



Du fond au jour, il y avait cent deux échelles, d'environ sept mètres, posées chacune sur un étroit palier qui tenait la largeur du goyot, et dans lequel un trou carré permettait à peine le passage des épaules. C'était comme une cheminée plate, de sept cents mètres de hauteur, entre la paroi du puits et la cloison du compartiment d'extraction, un boyau humide, noir et sans fin, où les échelles se superposaient, presque droites, par étages réguliers. Il fallait vingt-cinq minutes à un homme solide pour gravir cette colonne géante. D'ailleurs, le goyot ne servait plus que dans les cas de catastrophe.

Catherine, d'abord, monta gaillardement. Ses pieds nus étaient faits à l'escaillage tranchant des voies et ne souffraient pas des échelons carrés, recouverts d'une tringle de fer, qui empêchait l'usure. Ses mains, durcies par le roulage, empoignaient sans fatigue les montants, trop gros pour elles. Et même cela l'occupait, la sortait de son chagrin, cette montée imprévue, ce long serpent d'hommes se coulant, se hissant, trois par échelle, si bien que la tête déboucherait au jour, lorsque la queue traînerait encore sur le bougnou. On n'en était pas là, les premiers devaient se trouver à peine au tiers du

1. Bougnou (non masculin) : puisard pour recueillir les eaux d'une galerie de mines (étymologie : mot wallin signifiant « réservoir »).

puits. Personne ne parlait plus, seuls les pieds roulaient avec un bruit sourd ; tandis que les lampes, pareilles à des étoiles voyageuses, s'espaçaient de bas en haut, en une ligne toujours grandissante.

Derrière elle, Catherine entendit un galibot compter les échelles. Cela lui donna l'idée de les compter aussi. On en avait déjà monté quinze, et l'on arrivait à un accrochage. Mais, au même instant, elle se heurta dans les jambes de Chaval. Il jura, en lui criant de faire attention. De proche en proche, toute la colonne s'arrêtait, s'immobilisait. Quoi donc ? que se passait-il ? et chacun retrouvait sa voix pour questionner et s'épouvanter. L'angoisse augmentait depuis le fond, l'inconnu de là-haut les étranglait davantage, à mesure qu'ils se rapprochaient du jour. Quelqu'un annonça qu'il fallait redescendre, que les échelles étaient cassées. C'était la préoccupation de tous, la peur de se trouver dans le vide. Une autre explication descendit de bouche en bouche, l'accident d'un haveur glissé d'un échelon. On ne savait au juste, des cris empêchaient d'entendre, est-ce qu'on allait coucher là ? Enfin, sans qu'on fût mieux renseigné, la montée reprit, du même mouvement lent et pénible, au milieu du roulement des pieds et de la danse des lampes. Ce serait pour plus haut, bien sûr, les échelles cassées.

À la trente-deuxième échelle, comme on dépassait un troisième accrochage, Catherine sentit ses jambes et ses bras se raidir. D'abord, elle avait éprouvé à la peau des picotements légers. Maintenant, elle perdait la sensation du fer et du bois, sous les pieds et dans les mains. Une douleur vague, peu à peu cuisante, lui chauffait les muscles. Et, dans l'étourdissement qui l'envahissait, elle se rappelait les histoires du grand-père Bonnemort, du temps qu'il n'y avait pas de goyot et que des gamines de dix ans sortaient le charbon sur leurs épaules, le long des échelles plantées à nu ; si bien que, lorsqu'une d'elles glissait, ou que simplement un morceau de houille déboulait d'un panier, trois ou quatre enfants dégringolaient du coup, la tête en bas. Les crampes de ses membres devenaient insupportables, jamais elle n'irait au bout.

De nouveaux arrêts lui permirent de respirer. Mais la terreur qui, chaque fois, soufflait d'en haut, achevait de l'étourdir. Au-dessus et au-dessous d'elle, les respirations s'embarrassaient, un vertige se dégageait de cette ascension interminable, dont la nausée la secouait avec les autres. Elle suffoquait, ivre de ténèbres, exaspérée[1] de l'écrasement des parois contre sa chair. Et elle frissonnait aussi de l'humidité, le corps en sueur sous les grosses gouttes qui la trempaient. On approchait du niveau, la pluie battait si fort, qu'elle menaçait d'éteindre les lampes.

Deux fois, Chaval interrogea Catherine, sans obtenir de réponse. Que fichait-elle là-dessous, est-ce qu'elle avait laissé tomber sa langue ? Elle pouvait bien lui dire si elle tenait bon. On montait depuis une demi-heure ; mais si lourdement, qu'on en était seulement à la cinquante-neuvième échelle. Encore quarante-trois. Catherine finit par bégayer qu'elle tenait bon tout de même. Il l'aurait traitée de couleuvre, si elle avait avoué sa lassitude. Le fer des échelons devait lui entamer les pieds, il lui semblait qu'on la sciait, jusqu'à l'os. Après chaque brassée, elle s'attendait à voir ses mains lâcher les montants, pelées et roidies au point de ne pouvoir fermer les doigts ; et elle croyait tomber en arrière, les épaules arrachées, les cuisses démanchées, dans leur continuel effort. C'était surtout du peu de pente des échelles qu'elle souffrait, de cette plantation presque droite, qui l'obligeait de se hisser à la force des poignets, le ventre collé contre le bois. L'essoufflement des haleines à présent couvrait le roulement des pas,

1. *Exaspérée* : au sens propre, rendue rugueuse, raboteuse (à propos de la peau) ; au sens figuré, irritée, crispée.

un râle énorme, décuplé par la cloison du goyot, s'élevait du fond, expirait au jour. Il y eut un gémissement, des mots coururent, un galibot venait de s'ouvrir le crâne à l'arête d'un palier.

Et Catherine montait. On dépassa le niveau. La pluie avait cessé, un brouillard alourdissait l'air de cave, empoisonné d'une odeur de vieux fers et de bois humides. Machinalement, elle s'obstinait tout bas à compter : quatre-vingt-une, quatre-vingt-deux, quatre-vingt-trois ; encore dix-neuf. Ces chiffres, répétés, la soutenaient seuls de leur balancement rythmique. Elle n'avait plus conscience de ses mouvements. Quand elle levait les yeux, les lampes tournoyaient en spirale. Son sang coulait, elle se sentait mourir, le moindre souffle allait la précipiter. Le pis était que ceux d'en bas poussaient maintenant, et que la colonne entière se ruait, cédant à la colère croissante de sa fatigue, au besoin furieux de revoir le soleil. Des camarades, les premiers, étaient sortis ; il n'y avait donc pas d'échelles cassées ; mais l'idée qu'on pouvait en casser encore, pour empêcher les derniers de sortir, lorsque d'autres respiraient déjà là-haut, achevait de les rendre fous. Et, comme un nouvel arrêt se produisait, des jurons éclatèrent, tous continuèrent à monter, se bousculant, passant sur les corps, à qui arriverait quand même.

Alors, Catherine tomba. Elle avait crié le nom de Chaval, dans un appel désespéré. Il n'entendit pas, il se battait, il enfonçait les côtes d'un camarade, à coups de talon, pour être avant lui. Elle fut roulée, piétinée. Dans son évanouissement, elle rêvait : il lui semblait qu'elle était une des petites herscheuses de jadis, et qu'un morceau de charbon, glissé d'un panier, au-dessus d'elle, venait de la jeter en bas du puits, ainsi qu'un moineau atteint d'un caillou. Cinq échelles seulement restaient à gravir, on avait mis près d'une heure. Jamais elle ne sut comment elle était arrivée au jour, portée par des épaules, maintenue par l'étranglement du goyot. Brusquement, elle se trouva dans un éblouissement de soleil, au milieu d'une foule hurlante qui la huait.

## III

Dès le matin, avant le jour, un frémissement avait agité les corons, ce frémissement qui s'enflait à cette heure par les chemins, dans la campagne entière. Mais le départ convenu n'avait pu avoir lieu, une nouvelle se répandait, des dragons et des gendarmes battaient la plaine. On racontait qu'ils étaient arrivés de Douai pendant la nuit, on accusait Rasseneur d'avoir vendu les camarades, en prévenant M. Hennebeau ; même une herscheuse jurait qu'elle avait vu passer le domestique, qui portait la dépêche au télégraphe. Les mineurs serraient les poings, guettaient les soldats, derrière leurs persiennes, à la clarté pâle du petit jour.

Vers sept heures et demie, comme le soleil se levait, un autre bruit circula, rassurant les impatients. C'était une fausse alerte, une simple promenade militaire, ainsi que le général en ordonnait parfois depuis la grève, sur le désir du préfet de Lille. Les grévistes exécraient ce fonctionnaire, auquel ils reprochaient de les avoir trompés par la promesse d'une intervention conciliante, qui se bornait, tous les huit jours, à faire défiler des troupes dans Montsou, pour les tenir en respect. Aussi, lorsque les dragons et les gendarmes reprirent tranquillement le chemin de Marchiennes, après s'être contentés d'assourdir les corons du trot de leurs chevaux sur la terre dure, les mineurs se moquèrent-ils de cet innocent de préfet, avec ses soldats qui tournaient les talons, quand les choses allaient chauffer. Jusqu'à neuf heures, ils se firent du bon sang, l'air paisible, devant les maisons, tandis qu'ils suivaient des yeux, sur le pavé, les dos débonnaires des derniers gendarmes. Au fond de leurs grands lits, les bourgeois de Montsou dormaient encore, la tête dans la plume. À la Direction, on venait de voir Mme Hennebeau partir en voiture, laissant M. Hennebeau au travail sans doute, car l'hôtel, clos et muet, semblait mort. Aucune fosse ne se trouvait gardée militairement, c'était l'imprévoyance fatale à l'heure du danger, la bêtise naturelle des catastrophes, tout ce qu'un gouvernement peut commettre de fautes, dès qu'il s'agit d'avoir l'intelligence des faits. Et neuf heures sonnaient, lorsque les charbonniers prirent enfin la route de Vandame, pour se rendre au rendez-vous décidé la veille, dans la forêt.

D'ailleurs, Étienne comprit tout de suite qu'il n'aurait point là-bas, à Jean-Bart, les trois mille camarades sur lesquels il comptait. Beaucoup croyaient la manifestation remise, et le pis était que deux ou trois bandes, déjà en chemin, allaient compromettre la cause, s'il ne se mettait pas quand même à leur tête. Près d'une centaine, partis avant le jour, avaient dû se réfugier sous les hêtres de la forêt, en attendant les autres. Souvarine, que le jeune homme monta consulter, haussa les épaules : dix gaillards résolus faisaient plus de besogne qu'une foule ; et il se replongea dans un livre ouvert devant lui, il refusa d'en être. Cela menaçait de tourner encore au sentiment, lorsqu'il aurait suffi de brûler Montsou, ce qui était très simple. Comme Étienne sortait par l'allée de la maison, il aperçut Rasseneur assis devant la cheminée de fonte, très pâle, tandis que sa femme, grandie dans son éternelle robe noire, l'invectivait en paroles tranchantes et polies.

Maheu fut d'avis qu'on devait tenir sa parole. Un pareil rendez-vous était sacré. Cependant, la nuit avait calmé leur fièvre à tous; lui, maintenant, craignait un malheur; et il expliquait que leur devoir était de se trouver là-bas, pour maintenir les camarades dans le bon droit. La Maheude approuva d'un signe. Étienne répétait avec complaisance qu'il fallait agir révolutionnairement, sans attenter à la vie des personnes. Avant de partir, il refusa sa part d'un pain qu'on lui avait donné la veille, avec une bouteille de genièvre; mais il but coup sur coup trois petits verres, histoire simplement de combattre le froid; même il en emporta une gourde pleine. Alzire garderait les enfants. Le vieux Bonnemort, les jambes malades d'avoir trop couru la veille, était resté au lit.

On ne s'en alla point ensemble, par prudence. Depuis longtemps, Jeanlin avait disparu. Maheu et la Maheude filèrent de leur côté, obliquant vers Montsou, tandis qu'Étienne se dirigea vers la forêt, où il voulait rejoindre les camarades. En route, il rattrapa une bande de femmes, parmi lesquelles il reconnut la Brûlé et la Levaque : elles mangeaient en marchant des châtaignes que la Mouquette avait apportées, elles en avalaient les pelures pour que ça leur tînt davantage à l'estomac. Mais, dans la forêt, il ne trouva personne, les camarades déjà étaient à Jean-Bart. Alors, il prit sa course, il arriva devant la fosse, au moment où Levaque et une centaine d'autres pénétraient sur le carreau. De partout, des mineurs débouchaient, les Maheu par la grande route, les femmes à travers champs, tous débandés, sans chefs, sans armes, coulant naturellement là, ainsi qu'une eau débordée qui suit les pentes. Étienne aperçut Jeanlin, grimpé sur une passerelle, installé comme au spectacle. Il courut plus fort, il entra avec les premiers. On était à peine trois cents.

Il y eut une hésitation, lorsque Deneulin se montra en haut de l'escalier qui conduisait à la recette.

— Que voulez-vous ? demanda-t-il d'une voix forte.

Après avoir vu disparaître la calèche, d'où ses filles lui riaient encore, il était revenu à la fosse, repris d'une vague inquiétude. Tout pourtant s'y trouvait en bon ordre, la descente avait eu lieu, l'extraction fonctionnait, et il se rassurait de nouveau, il causait avec le maître-porion, lorsqu'on lui avait signalé l'approche des grévistes. Vivement, il s'était posté à une fenêtre du criblage ; et, devant ce flot grossissant qui envahissait le carreau, il avait eu la conscience immédiate de son impuissance. Comment défendre ces bâtiments ouverts de toutes parts ? À peine aurait-il pu grouper une vingtaine de ses ouvriers autour de lui. Il était perdu.

— Que voulez-vous ? répéta-t-il, blême de colère rentrée, faisant un effort pour accepter courageusement son désastre.

Il y eut des poussées et des grondements dans la foule. Étienne finit par se détacher, en disant :

— Monsieur, nous ne venons pas vous faire du mal. Mais il faut que le travail cesse partout.

Deneulin le traita carrément d'imbécile.

— Est-ce que vous croyez que vous allez me faire du bien, si vous arrêtez le travail chez moi ? C'est comme si vous me tiriez un coup de fusil dans le dos, à bout portant... Oui, mes hommes sont au fond, et ils ne remonteront pas, ou il faudra que vous m'assassiniez d'abord !

Cette rudesse de parole souleva une clameur. Maheu dut retenir Levaque, qui se précipitait, menaçant, pendant qu'Étienne parlementait toujours, cherchant à convaincre Deneulin de la légitimité de leur action révolutionnaire. Mais celui-ci répondait par le droit au travail. D'ailleurs, il refusait de discuter ces bêtises, il voulait être le maître chez lui. Son seul remords était de n'avoir pas là quatre gendarmes pour balayer cette canaille.

— Parfaitement, c'est ma faute, je mérite ce qui m'arrive. Avec des gaillards de votre espèce, il n'y a que la force. C'est comme le gouvernement qui s'imagine vous acheter par des concessions. Vous le flanquerez à bas, voilà tout, quand il vous aura fourni des armes.

Étienne, frémissant, se contenait encore. Il baissa la voix.

— Je vous en prie, Monsieur, donnez l'ordre qu'on remonte vos ouvriers. Je ne réponds pas d'être maître de mes camarades. Vous pouvez éviter un malheur.

— Non, fichez-moi la paix ! Est-ce que je vous connais ? Vous n'êtes pas de mon exploitation, vous n'avez rien à débattre avec moi... Il n'y a que des brigands qui courent ainsi la campagne pour piller les maisons.

Des vociférations maintenant couvraient sa voix, les femmes surtout l'insultaient. Et lui, continuant à leur tenir tête, éprouvait un soulagement, dans cette franchise qui vidait son cœur d'autoritaire. Puisque c'était la ruine de toute façon, il trouvait lâches les platitudes inutiles. Mais leur nombre augmentait toujours, près de cinq cents déjà se ruaient vers la porte, et il allait se faire écharper, lorsque son maître-porion le tira violemment en arrière.

— De grâce, Monsieur !... Ça va être un massacre. À quoi bon faire tuer des hommes pour rien ?

Il se débattait, il protesta, dans un dernier cri, jeté à la foule.

— Tas de bandits, vous verrez ça, quand nous serons redevenus les plus forts !

On l'emmenait, une bousculade venait de jeter les premiers de la bande contre l'escalier, dont la rampe fut tordue. C'étaient les femmes qui poussaient, glapissantes, excitant les hommes. La porte céda tout de suite, une porte sans serrure, fermée simplement au loquet. Mais l'escalier était trop étroit, la cohue, écrasée, n'aurait pu entrer de longtemps, si la queue des assiégeants n'avait pris le parti de passer par les autres ouvertures. Alors, il en déborda de tous côtés, de la baraque, du criblage, du bâtiment des chaudières. En moins de cinq minutes, la fosse entière leur appartint, ils en battaient les trois étages, au milieu d'une fureur de gestes et de cris, emportés dans l'élan de leur victoire sur ce patron qui résistait.

Maheu, effrayé, s'était élancé un des premiers, en disant à Étienne :

— Faut pas qu'ils le tuent !

Celui-ci courait déjà ; puis, quand il eut compris que Deneulin s'était barricadé dans la chambre des porions, il répondit :

— Après ? est-ce que ce serait de notre faute ? Un enragé pareil !

Cependant, il était plein d'inquiétude, trop calme encore pour céder à ce coup de colère. Il souffrait aussi dans son orgueil de chef, en voyant la bande échapper à son autorité, s'enrager en dehors de la froide exécution des volontés du peuple, telle qu'il l'avait prévue. Vainement, il réclamait du sang-froid, il criait qu'on ne devait pas donner raison à leurs ennemis, par des actes de destruction inutile.

— Aux chaudières ! hurlait la Brûlé. Éteignons les feux !

Levaque, qui avait trouvé une lime, l'agitait comme un poignard, dominant le tumulte d'un cri terrible :

— Coupons les câbles ! coupons les câbles !

Tous le répétèrent bientôt, seuls, Étienne et Maheu continuaient à protester, étourdis, parlant dans le tumulte, sans obtenir le silence. Enfin, le premier put dire :

— Mais il y a des hommes au fond, camarades !

Le vacarme redoubla, des voix partaient de toutes parts.

— Tant pis ! fallait pas descendre !... C'est bien fait pour les traîtres !... Oui, oui, qu'ils y restent !... Et puis, ils ont les échelles !

Alors, quand cette idée des échelles les eut fait s'entêter davantage, Étienne comprit qu'il devait céder. Dans la crainte d'un plus grand désastre, il se précipita vers la machine, voulant au moins remonter les cages, pour que les câbles, sciés au-dessus du puits, ne pussent les broyer de leurs poids énormes, en tombant sur elles. Le machineur avait disparu, ainsi que les quelques ouvriers du jour ; et il s'empara de la barre de mise en train, il manœuvra, pendant que Levaque et deux autres grimpaient à la charpente de fonte, qui supportait les molettes. Les cages étaient à peine fixées sur les verrous, qu'on entendit le bruit strident de la lime mordant l'acier. Il se fit un grand silence, ce bruit sembla emplir la fosse entière, tous levaient la tête, regardaient, écoutaient, saisis d'émotion. Au premier rang, Maheu se sentait gagné d'une joie farouche, comme si les dents de la lime les eussent délivrés du malheur, en mangeant le câble d'un de ces trous de misère, où l'on ne descendrait plus.

Mais la Brûlé avait disparu par l'escalier de la baraque, en hurlant toujours :

— Faut renverser les feux ! aux chaudières ! aux chaudières !

Des femmes la suivaient. La Maheude se hâta pour les empêcher de tout casser, de même que son homme avait voulu raisonner les camarades. Elle était la plus calme, on pouvait exiger son droit, sans faire du dégât chez le monde. Lorsqu'elle entra dans le bâtiment des chaudières, les femmes en chassaient déjà les deux chauffeurs, et la Brûlé, armée d'une grande pelle, accroupie devant un des foyers, le vidait violemment, jetait le charbon incandescent sur le carreau de briques, où il continuait à brûler avec une fumée noire. Il y avait dix foyers pour les cinq générateurs. Bientôt, les femmes s'y acharnèrent, la Levaque manœuvrant sa pelle des deux mains, la Mouquette se retroussant jusqu'aux cuisses afin de ne pas s'allumer, toutes sanglantes dans le reflet d'incendie, suantes et échevelées de cette cuisine de sabbat. Les tas de houille montaient, la chaleur ardente gerçait le plafond de la vaste salle.

— Assez donc ! cria la Maheude. La cambuse flambe.

— Tant mieux ! répondit la Brûlé. Ce sera de la besogne faite… Ah ! nom de Dieu ! Je disais bien que je leur ferais payer la mort de mon homme !

À ce moment, on entendit la voix aiguë de Jeanlin.

— Attention ! je vas éteindre, moi ! je lâche tout !

Entré un des premiers, il avait gambillé au travers de la cohue, enchanté de cette bagarre, cherchant ce qu'il pourrait faire de mal ; et l'idée lui était venue de tourner les robinets de décharge, pour lâcher la vapeur. Les jets partirent avec la violence de coups de feu, les cinq chaudières se vidèrent d'un souffle de tempête, sifflant dans un tel grondement de foudre, que les oreilles en saignaient. Tout avait disparu au milieu de la vapeur, le charbon pâlissait, les femmes n'étaient plus que des ombres aux gestes cassés. Seul, l'enfant apparaissait, monté sur la galerie, derrière les tourbillons de buée blanche, l'air ravi, la bouche fendue par la joie d'avoir déchaîné cet ouragan.

Cela dura près d'un quart d'heure. On avait lancé quelques seaux d'eau sur les tas, pour achever de les éteindre : toute menace d'incendie était écartée. Mais la colère de la foule ne tombait pas, fouettée au contraire. Des hommes descendaient avec des marteaux, les femmes elles-mêmes s'armaient de barres de fer ; et l'on parlait de crever les générateurs, de briser les machines, de démolir la fosse.

Étienne, prévenu, se hâta d'accourir avec Maheu. Lui-même se grisait, emporté dans cette fièvre chaude de revanche. Il luttait pourtant, il les conjurait d'être calmes, maintenant que les câbles coupés, les feux éteints, les chaudières vidées rendaient le travail impossible. On ne l'écoutait toujours pas, il allait être débordé de nouveau, lorsque des huées s'élevèrent dehors, à une petite porte basse, où débouchait le goyot des échelles.

— À bas les traîtres !… Oh ! les sales gueules de lâches !… À bas ! à bas !

C'était la sortie des ouvriers du fond qui commençait. Les premiers, aveuglés par le grand jour, restaient là, à battre des paupières. Puis, ils défilèrent, tâchant de gagner la route et de fuir.

— À bas les lâches ! à bas les faux frères !

Toute la bande des grévistes était accourue. En moins de trois minutes, il ne resta pas un homme dans les bâtiments, les cinq cents de Montsou se rangèrent sur deux files, pour forcer à passer entre cette double haie ceux de Vandame qui avaient eu la traîtrise de descendre. Et, à chaque nouveau mineur apparaissant sur la porte du goyot, avec les vêtements en loques et la boue noire du travail, les huées redoublaient, des blagues féroces l'accueillaient : oh ! celui-là, trois pouces de jambes, et le cul tout de suite ! et celui-ci, le nez mangé par les garces du *Volcan* ! et cet autre, dont les yeux pissaient de la cire à fournir dix cathédrales ! et cet autre, le grand sans fesses, long comme un carême ! Une herscheuse qui déboula, énorme, la gorge dans le ventre et le ventre dans le derrière, souleva un rire furieux. On voulait toucher, les plaisanteries s'aggravaient, tournaient à la cruauté, des coups de poing allaient pleuvoir ; pendant que le défilé des pauvres diables continuait, grelottants, silencieux sous les injures, attendant les coups d'un regard oblique, heureux quand ils pouvaient enfin galoper hors de la fosse.

— Ah ! çà, combien sont-ils, là-dedans ? demanda Étienne.

Il s'étonnait d'en voir sortir toujours, il s'irritait à l'idée qu'il ne s'agissait pas de quelques ouvriers, pressés par la faim, terrorisés par les porions. On lui avait donc menti, dans la forêt ? presque tout Jean-Bart était descendu. Mais un cri lui échappa, il se précipita, en apercevant Chaval debout sur le seuil.

— Nom de Dieu ! c'est à ce rendez-vous que tu nous fais venir ?

Des imprécations éclataient, il y eut une poussée pour se jeter sur le traître. Eh quoi ! il avait juré avec eux, la veille, et on le trouvait au fond, en compagnie des autres ? C'était donc pour se foutre du monde !

— Enlevez-le ! au puits ! au puits !

Chaval, blême de peur, bégayait, cherchait à s'expliquer. Mais Étienne lui coupait la parole, hors de lui, pris de la fureur de la bande.

— Tu as voulu en être, tu en seras… Allons ! en marche, bougre de mufle !

Une autre clameur couvrit sa voix. Catherine, à son tour, venait de paraître, éblouie dans le clair soleil, effarée de tomber au milieu de ces sauvages. Et, les jambes cassées des cent deux échelles, les paumes saignantes, elle soufflait, lorsque la Maheude, en la voyant, s'élança, la main haute.

— Ah ! salope, toi aussi !… Quand ta mère crève de faim, tu la trahis pour ton maquereau !

Maheu retint le bras, empêcha la gifle. Mais il secouait sa fille, il s'enrageait comme sa femme à lui reprocher sa conduite, tous les deux perdant la tête, criant plus fort que les camarades.

La vue de Catherine avait achevé d'exaspérer Étienne. Il répétait :

— En route ! aux autres fosses ! et tu viens avec nous, sale cochon !

Chaval eut à peine le temps de reprendre ses sabots à la baraque, et de jeter son tricot de laine sur ses épaules glacées. Tous l'entraînaient, le forçaient à galoper au milieu d'eux. Éperdue, Catherine remettait également ses sabots, boutonnait à son cou la vieille veste d'homme dont elle se couvrait depuis le froid ; et elle courut derrière son galant, elle ne voulait pas le quitter, car on allait le massacrer, bien sûr.

Alors, en deux minutes, Jean-Bart se vida. Jeanlin, qui avait trouvé une corne d'appel, soufflait, poussait des sons rauques, comme s'il avait rassemblé des bœufs. Les femmes, la Brûlé, la Levaque, la Mouquette relevaient leurs jupes pour courir ; tandis que Levaque, une hache à la main, la manœuvrait ainsi qu'une canne de tambour-major. D'autres camarades arrivaient toujours, on était près de mille, sans ordre, coulant de nouveau sur la route en un torrent débordé. La voie de sortie était trop étroite, des palissades furent rompues.

— Aux fosses ! à bas les traîtres ! plus de travail !

Et Jean-Bart tomba brusquement à un grand silence. Pas un homme, pas un souffle. Deneulin sortit de la chambre des porions, et tout seul, défendant du geste qu'on le suivît, il visita la fosse. Il était pâle, très calme. D'abord, il s'arrêta devant le puits, leva les yeux, regarda les câbles coupés : les bouts d'acier pendaient inutiles, la morsure de la lime avait laissé une blessure vive, une plaie fraîche qui luisait dans le noir des graisses. Ensuite, il monta à la machine, en contempla la bielle immobile, pareille à l'articulation d'un membre colossal frappé de paralysie, en toucha le métal refroidi déjà, dont le froid lui donna un frisson, comme s'il avait touché un mort. Puis, il descendit aux chaudières, marcha lentement devant les foyers éteints, béants et inondés, tapa du pied sur les générateurs qui sonnèrent le vide. Allons ! c'était bien fini, sa ruine s'achevait. Même s'il raccommodait les câbles, s'il rallumait les feux, où trouverait-il des hommes ? Encore quinze jours de grève, il était en faillite. Et, dans cette certitude de son désastre, il n'avait plus de haine contre les brigands de Montsou, il sentait la complicité de tous, une faute générale, séculaire. Des brutes sans doute, mais des brutes qui ne savaient pas lire et qui crevaient de faim.

# IV

Et la bande, par la plaine rase, toute blanche de gelée, sous le pâle soleil d'hiver, s'en allait, débordait de la route, au travers des champs de betteraves.

Dès la Fourche-aux-Bœufs, Étienne en avait pris le commandement. Sans qu'on s'arrêtât, il criait des ordres, il organisait la marche. Jeanlin, en tête, galopait en sonnant dans sa corne une musique barbare. Puis, aux premiers rangs, les femmes s'avançaient, quelques-unes armées de bâtons, la Maheude avec des yeux ensauvagés qui semblaient chercher au loin la cité de justice promise ; la Brûlé, la Levaque, la Mouquette, allongeant toutes leurs jambes sous leurs guenilles, comme des soldats partis pour la guerre. En cas de mauvaise rencontre, on verrait bien si les gendarmes oseraient taper sur des femmes. Et les hommes suivaient, dans une confusion de troupeau, en une queue qui s'élargissait, hérissée de barres de fer, dominée par l'unique hache de Levaque, dont le tranchant miroitait au soleil. Étienne, au centre, ne perdait pas de vue Chaval, qu'il forçait à marcher devant lui ; tandis que Maheu, derrière, l'air sombre, lançait des coups d'œil sur Catherine, la seule femme parmi ces hommes, s'obstinant à trotter près de son amant, pour qu'on ne lui fît pas du mal. Des têtes nues s'échevelaient au grand air, on n'entendait que le claquement des sabots, pareil à un galop de bétail lâché, emporté dans la sonnerie sauvage de Jeanlin.

Mais, tout de suite, un nouveau cri s'éleva.

— Du pain ! du pain ! du pain !

Il était midi, la faim des six semaines de grève s'éveillait dans les ventres vides, fouettée par cette course en plein champ. Les croûtes rares du matin, les quelques châtaignes de la Mouquette, étaient loin déjà ; et les estomacs criaient, et cette souffrance s'ajoutait à la rage contre les traîtres.

— Aux fosses ! plus de travail ! du pain !

Étienne, qui avait refusé de manger sa part, au coron, éprouvait dans la poitrine une sensation insupportable d'arrachement. Il ne se plaignait pas ; mais, d'un geste machinal, il prenait sa gourde de temps à autre, il avalait une gorgée de genièvre, si frissonnant, qu'il croyait avoir besoin de ça pour aller jusqu'au bout. Ses joues s'échauffaient, une flamme allumait ses yeux. Cependant, il gardait sa tête, il voulait encore éviter les dégâts inutiles.

Comme on arrivait au chemin de Joiselle, un haveur de Vandame, qui s'était joint à la bande par vengeance contre son patron, jeta les camarades vers la droite, en hurlant :

— À Gaston-Marie ! faut arrêter la pompe ! faut que les eaux démolissent Jean-Bart !

La foule entraînée tournait déjà, malgré les protestations d'Étienne, qui les suppliait de laisser épuiser les eaux. À quoi bon détruire les galeries ? cela révoltait son cœur d'ouvrier, malgré son ressentiment. Maheu, lui aussi, trouvait injuste de s'en prendre à une machine. Mais le haveur lançait toujours son cri de vengeance, et il fallut qu'Étienne criât plus fort :

— À Mirou ! il y a des traîtres au fond !... À Mirou ! à Mirou !

D'un geste, il avait refoulé la bande sur le chemin de gauche, tandis que Jeanlin, reprenant la tête, soufflait plus fort. Un grand remous se produisit. Gaston-Marie, pour cette fois, était sauvé.

Et les quatre kilomètres qui les séparaient de Mirou furent franchis en une demi-heure, presque au pas de course, à travers la plaine interminable. Le canal, de ce côté, la coupait d'un long ruban de glace. Seuls, les arbres dépouillés des berges, changés par la gelée en candélabres géants, en rompaient l'uniformité plate, prolongée et perdue dans le ciel de l'horizon, comme dans une mer. Une ondulation des terrains cachait Montsou et Marchiennes, c'était l'immensité nue.

Ils arrivaient à la fosse, lorsqu'ils virent un porion se planter sur une passerelle du criblage, pour les recevoir. Tous connaissaient bien le père Quandieu, le doyen des porions de Montsou, un vieux tout blanc de peau et de poils, qui allait sur ses soixante-dix ans, un vrai miracle de belle santé dans les mines.

— Qu'est-ce que vous venez fiche par ici, tas de galvaudeux[1] ? cria-t-il.

La bande s'arrêta. Ce n'était plus un patron, c'était un camarade ; et un respect les retenait devant ce vieil ouvrier.

— Il y a des hommes au fond, dit Étienne. Fais-les sortir.

— Oui, il y a des hommes, reprit le père Quandieu, il y en a bien six douzaines, les autres ont eu peur de vous, méchants bougres !... Mais je vous préviens qu'il n'en sortira pas un, ou que vous aurez affaire à moi !

Des exclamations coururent, les hommes poussaient, les femmes avancèrent. Vivement descendu de la passerelle, le porion barrait la porte, maintenant.

Alors, Maheu voulut intervenir.

— Vieux, c'est notre droit, comment arriverons-nous à ce que la grève soit générale, si nous ne forçons pas les camarades à être avec nous ?

Le vieux demeura un moment muet. Évidemment, son ignorance en matière de coalition égalait celle du haveur. Enfin, il répondit :

— C'est votre droit, je ne dis pas. Mais, moi, je ne connais que la consigne... Je suis seul ici. Les hommes sont au fond pour jusqu'à trois heures, et ils y resteront jusqu'à trois heures.

Les derniers mots se perdirent dans les huées. On le menaçait du poing, déjà les femmes l'assourdissaient, lui

1. *Galvaudeux* : vagabond, propre à rien vivant d'expédients (vieilli, du verbe *galvauder* en emploi intransitif : traîner, muser sans rien faire, musarder).

soufflaient leur haleine chaude à la face. Mais il tenait bon, la tête haute, avec sa barbiche et ses cheveux d'un blanc de neige; et le courage enflait tellement sa voix, qu'on l'entendait distinctement, par-dessus le vacarme.

— Nom de Dieu ! vous ne passerez pas !... Aussi vrai que le soleil nous éclaire, j'aime mieux crever que de laisser toucher aux câbles... Ne poussez donc plus, je me fous dans le puits devant vous !

Il y eut un frémissement, la foule recula, saisie. Lui, continuait :

— Quel est le cochon qui ne comprend pas ça ?... Moi, je ne suis qu'un ouvrier comme vous autres. On m'a dit de garder, je garde.

Et son intelligence n'allait pas plus loin, au père Quandieu, raidi dans son entêtement du devoir militaire, le crâne étroit, l'œil éteint par la tristesse noire d'un demi-siècle de fond. Les camarades le regardaient, remués, ayant quelque part en eux l'écho de ce qu'il leur disait, cette obéissance du soldat, la fraternité et la résignation dans le danger. Il crut qu'ils hésitaient encore, il répéta :

— Je me fous dans le puits devant vous !

Une grande secousse remporta la bande. Tous avaient tourné le dos, la galopade reprenait sur la route droite, filant à l'infini, au milieu des terres. De nouveau, les cris s'élevaient :

— À Madeleine ! à Crèvecœur ! plus de travail ! du pain, du pain !

Mais, au centre, dans l'élan de la marche, une bousculade avait lieu. C'était Chaval, disait-on, qui avait voulu profiter de l'histoire pour s'échapper. Étienne venait de l'empoigner par un bras, en menaçant de lui casser les reins, s'il méditait quelque traîtrise. Et l'autre se débattait, protestait rageusement :

— Pourquoi tout ça ? est-ce qu'on n'est plus libre ?... Moi, je gèle depuis une heure, j'ai besoin de me débarbouiller. Lâche-moi !

Il souffrait en effet du charbon collé à sa peau par la sueur, et son tricot ne le protégeait guère.

— File, ou c'est nous qui te débarbouillerons, répondait Étienne. Fallait pas renchérir en demandant du sang.

On galopait toujours, il finit par se tourner vers Catherine, qui tenait bon. Cela le désespérait, de la sentir près de lui, si misérable, grelottante sous sa vieille veste d'homme, avec sa culotte boueuse. Elle devait être morte de fatigue, elle courait tout de même pourtant.

— Tu peux t'en aller, toi, dit-il enfin.

Catherine parut ne pas entendre. Ses yeux, en rencontrant ceux d'Étienne, avaient eu seulement une courte flamme de reproche. Et elle ne s'arrêtait point. Pourquoi voulait-il qu'elle abandonnât son homme ? Chaval n'était guère gentil, bien sûr ; même il la battait, des fois. Mais c'était son homme, celui qui l'avait eue le premier ; et cela l'enrageait qu'on se jetât à plus de mille contre lui. Elle l'aurait défendu, sans tendresse, pour l'orgueil.

— Va-t'en ! répéta violemment Maheu.

Cet ordre de son père ralentit un instant sa course. Elle tremblait, des larmes gonflaient ses paupières. Puis, malgré sa peur, elle revint, elle reprit sa place, toujours courant. Alors, on la laissa.

La bande traversa la route de Joiselle, suivit un instant celle de Cron, remonta ensuite vers Cougny. De ce côté, des cheminées d'usine rayaient l'horizon plat, des hangars de bois, des ateliers de briques, aux larges baies poussiéreuses, défilaient le long du pavé. On passa coup sur coup près des maisons basses de deux corons, celui des Cent-Quatre-Vingts, puis celui des Soixante-Seize ; et, de chacun, à l'appel de la corne, à la clameur jetée par toutes les bouches, des familles sortirent, des hommes, des femmes, des enfants, galopant eux aussi, se joignant à la queue des camarades. Quand on arriva devant Madeleine, on était bien quinze cents. La route dévalait en pente douce, le flot grondant des grévistes dut tourner le terri, avant de se répandre sur le carreau de la mine.

À ce moment, il n'était guère plus de deux heures. Mais les porions, avertis, venaient de hâter la remonte ; et, comme la bande arrivait, la sortie s'achevait, il restait au fond une vingtaine d'hommes, qui débarquèrent de la cage. Ils s'enfuirent, on les poursuivit à coups de pierres. Deux furent battus, un autre y laissa une manche de sa veste. Cette chasse à l'homme sauva le matériel, on ne toucha ni aux câbles ni aux chaudières. Déjà, le flot s'éloignait, roulait sur la fosse voisine.

Celle-ci, Crèvecœur, ne se trouvait qu'à cinq cents mètres de la Madeleine. Là, également, la bande tomba au milieu de la sortie. Une herscheuse y fut prise et fouettée par les femmes, la culotte fendue, les fesses à l'air, devant les hommes qui riaient. Les galibots recevaient des gifles, des haveurs se sauvèrent, les côtes bleues de coups, le nez en sang. Et, dans cette férocité croissante, dans cet ancien besoin de revanche dont la folie détraquait toutes les têtes, les cris continuaient, s'étranglaient, la mort des traîtres, la haine du travail mal payé, le rugissement du ventre voulant du pain. On se mit à couper les câbles, mais la lime ne mordait pas, c'était trop long, maintenant qu'on avait la fièvre d'aller en avant, toujours en avant. Aux chaudières, un robinet fut cassé ; tandis que l'eau, jetée à pleins seaux dans les foyers, faisait éclater les grilles de fonte.

Dehors, on parla de marcher sur Saint-Thomas. Cette fosse était la mieux disciplinée, la grève ne l'avait pas atteinte, près de sept cents hommes devaient y être descendus ; et cela exaspérait, on les attendrait à coups de trique, en bataille rangée, pour voir un peu qui resterait par terre. Mais la rumeur courut qu'il y avait des gendarmes à Saint-Thomas, les gendarmes du matin, dont on s'était moqué. Comment le savait-on ? personne ne pouvait le dire. N'importe ! la peur les prenait, ils se décidèrent pour Feutry-Cantel. Et le vertige les remporta, tous se retrouvèrent sur la route, claquant des sabots, se ruant : à Feutry-Cantel ! à Feutry-Cantel ! les lâches y étaient bien encore quatre cents, on allait rire ! Située à trois kilomètres, la fosse se cachait dans un pli de terrain, près de la Scarpe. Déjà, l'on montait la pente des Plâtrières, au-delà du chemin de Beaugnies, lorsqu'une voix, demeurée inconnue, lança l'idée que les dragons étaient peut-être là-bas, à Feutry-Cantel. Alors, d'un bout à l'autre de la colonne, on répéta que les dragons y étaient. Une hésitation ralentit la marche, la panique peu à peu soufflait, dans ce pays endormi par le chômage, qu'ils battaient depuis des heures. Pourquoi n'avaient-ils pas buté contre des soldats ? Cette impunité les troublait, à la pensée de la répression qu'ils sentaient venir.

Sans qu'on sût d'où il partait, un nouveau mot d'ordre les lança sur une autre fosse.

— À la Victoire ! à la Victoire !

Il n'y avait donc ni dragons ni gendarmes, à la Victoire ? On l'ignorait. Tous semblaient rassurés. Et, faisant volte-face, ils descendirent du côté de Beaumont, ils coupèrent à travers champs, pour rattraper la route de Joiselle. La voie du chemin de fer leur barrait le passage, ils la traversèrent en renversant les clôtures. Maintenant, ils se rapprochaient de Montsou, l'ondulation lente des terrains s'abaissait, élargissait la mer des pièces de betteraves, très loin, jusqu'aux maisons noires de Marchiennes.

C'était, cette fois, une course de cinq grands kilomètres. Un élan tel les charriait, qu'ils ne sentaient pas la fatigue atroce, leurs pieds brisés et meurtris. Toujours la queue s'allongeait, s'augmentait des camarades racolés en chemin, dans les corons. Quand ils eurent passé le canal au pont Magache, et qu'ils se présentèrent devant la Victoire, ils étaient deux mille. Mais trois heures avaient sonné, la sortie était faite, plus un homme ne restait au fond. Leur déception s'exhala en menaces vaines, ils ne purent que recevoir à coups de briques cassées les ouvriers de la coupe à terre, qui arrivaient prendre leur service. Il y eut une débandade, la fosse déserte leur appartint. Et, dans leur rage de n'avoir pas une face de traître à gifler, ils s'attaquèrent aux choses. Une poche de rancune crevait en eux, une poche empoisonnée, grossie lentement. Des années et des années de faim les torturaient d'une fringale de massacre et de destruction.

Derrière un hangar, Étienne aperçut des chargeurs qui remplissaient un tombereau de charbon.

— Voulez-vous foutre le camp ! cria-t-il. Pas un morceau ne sortira !

Sous ses ordres, une centaine de grévistes accouraient ; et les chargeurs n'eurent que le temps de s'éloigner. Des hommes dételèrent les chevaux qui s'effarèrent et partirent, piqués aux cuisses ; tandis que d'autres, en renversant le tombereau, cassaient les brancards.

Levaque, à violents coups de hache, s'était jeté sur les tréteaux, pour abattre les passerelles. Ils résistaient, et il eut l'idée d'arracher les rails, de couper la voie, d'un bout à l'autre du carreau. Bientôt, la bande entière se mit à cette besogne. Maheu fit sauter des coussinets de fonte, armé de sa barre de fer, dont il se servait comme d'un levier. Pendant ce temps, la Brûlé, entraînant les femmes, envahissait la lampisterie, où les bâtons, à la volée, couvrirent le sol d'un carnage de lampes. La Maheude, hors d'elle, tapait aussi fort que la Levaque. Toutes se trempèrent d'huile, la Mouquette s'essuyait les mains à son jupon, en riant d'être si sale. Pour rigoler, Jeanlin lui avait vidé une lampe dans le cou.

Mais ces vengeances ne donnaient pas à manger. Les ventres criaient plus haut. Et la grande lamentation domina encore :

— Du pain ! du pain ! du pain !

Justement, à la Victoire, un ancien porion tenait une cantine. Sans doute il avait pris peur, sa baraque était abandonnée. Quand les femmes revinrent et que les hommes eurent achevé de défoncer la voie, ils assiégèrent la cantine, dont les volets cédèrent tout de suite. On n'y trouva pas de pain, il n'y avait là que deux morceaux de viande crue et un sac de pommes de terre. Seulement, dans le pillage, on découvrit une cinquantaine de bouteilles de genièvre, qui disparurent comme une goutte d'eau bue par du sable.

Étienne, ayant vidé sa gourde, put la remplir. Peu à peu, une ivresse mauvaise, l'ivresse des affamés, ensanglantait ses yeux, faisait saillir des dents de loup, entre ses lèvres pâlies. Et, brusquement, il s'aperçut que Chaval avait filé, au milieu du tumulte. Il jura, des hommes coururent, on empoigna le fugitif, qui se cachait avec Catherine, derrière la provision des bois.

— Ah ! bougre de salaud, tu as peur de te compromettre ! hurlait Étienne. C'est toi, dans la forêt, qui demandais la grève des machineurs, pour arrêter les pompes, et tu cherches maintenant à nous chier du poivre[1] !... Eh bien ! nom de Dieu ! nous allons retourner à Gaston-Marie, je veux que tu casses la pompe. Oui, nom de Dieu ! tu la casseras !

Il était ivre, il lançait lui-même ses hommes contre cette pompe, qu'il avait sauvée quelques heures plus tôt.

— À Gaston-Marie ! à Gaston-Marie !

Tous l'acclamèrent, se précipitèrent ; pendant que Chaval, saisi aux épaules, entraîné, poussé violemment, demandait toujours qu'on le laissât se laver.

1. *Chier du poivre (à quelqu'un)* : (figuré et grossièrement) lui nuire, lui jouer un mauvais tour.

— Va-t'en donc ! cria Maheu à Catherine, qui elle aussi avait repris sa course.

Cette fois, elle ne recula même pas, elle leva sur son père des yeux ardents, et continua de courir.

La bande, de nouveau, sillonna la plaine rase. Elle revenait sur ses pas, par les longues routes droites, par les terres sans cesse élargies. Il était quatre heures, le soleil, qui baissait à l'horizon, allongeait sur le sol glacé les ombres de cette horde, aux grands gestes furieux.

On évita Montsou, on retomba plus haut dans la route de Joiselle ; et, pour s'épargner le détour de la Fourche-aux-Bœufs, on passa sous les murs de la Piolaine. Les Grégoire, précisément, venaient d'en sortir, ayant à rendre une visite au notaire, avant d'aller dîner chez les Hennebeau, où ils devaient retrouver Cécile. La propriété semblait dormir, avec son avenue de tilleuls déserte, son potager et son verger dénudés par l'hiver. Rien ne bougeait dans la maison, dont les fenêtres closes se ternissaient de la chaude buée intérieure ; et, du profond silence, sortait une impression de bonhomie et de bien-être, la sensation patriarcale des bons lits et de la bonne table, du bonheur sage, où coulait l'existence des propriétaires.

Sans s'arrêter, la bande jetait des regards sombres à travers les grilles, le long des murs protecteurs, hérissés de culs-de-bouteille. Le cri recommença :

— Du pain ! du pain ! du pain !

Seuls, les chiens répondirent par des abois féroces, une paire de grands danois au poil fauve, qui se dressaient debout, la gueule ouverte. Et, derrière une persienne fermée, il n'y avait que les deux bonnes, Mélanie, la cuisinière, et Honorine, la femme de chambre, attirées par ce cri, suant la peur, toutes pâles de voir défiler ces sauvages. Elles tombèrent à genoux, elles se crurent mortes, en entendant une pierre, une seule, qui cassait un carreau d'une fenêtre voisine. C'était une farce de

Jeanlin : il avait fabriqué une fronde avec un bout de corde, il laissait en passant un petit bonjour aux Grégoire. Déjà, il s'était remis à souffler dans sa corne, la bande se perdait au loin, avec le cri affaibli :

— Du pain ! du pain ! du pain !

On arriva à Gaston-Marie, en une masse grossie encore, plus de deux mille cinq cents forcenés, brisant tout, balayant tout, avec la force accrue du torrent qui roule. Des gendarmes y avaient passé une heure plus tôt, et s'en étaient allés du côté de Saint-Thomas, égarés par des paysans, sans même avoir la précaution, dans leur hâte, de laisser un poste de quelques hommes, pour garder la fosse. En moins d'un quart d'heure, les feux furent renversés, les chaudières vidées, les bâtiments envahis et dévastés. Mais c'était surtout la pompe qu'on menaçait. Il ne suffisait pas qu'elle s'arrêtât au dernier souffle expirant de la vapeur, on se jetait sur elle comme sur une personne vivante, dont on voulait la vie.

— À toi le premier coup ! répétait Étienne, en mettant un marteau au poing de Chaval. Allons ! tu as juré avec les autres !

Chaval tremblait, se reculait ; et, dans la bousculade, le marteau tomba, pendant que les camarades, sans attendre, massacraient la pompe à coups de barres de fer, à coups de briques, à coups de tout ce qu'ils rencontraient sous leurs mains. Quelques-uns même brisaient sur elle des bâtons. Les écrous sautaient, les pièces d'acier et de cuivre se disloquaient, ainsi que des membres arrachés. Un coup de pioche à toute volée fracassa le corps de fonte, et l'eau s'échappa, se vida, et il y eut un gargouillement suprême, pareil à un hoquet d'agonie.

C'était la fin, la bande se retrouva dehors, folle, s'écrasant derrière Étienne, qui ne lâchait point Chaval.

— À mort, le traître ! au puits ! au puits !

Le misérable, livide, bégayait, en revenait, avec l'obstination imbécile de l'idée fixe, à son besoin de se débarbouiller.

— Attends, si ça te gêne, dit la Levaque. Tiens ! voilà le baquet !

Il y avait là une mare, une infiltration des eaux de la pompe. Elle était blanche d'une épaisse couche de glace ; et on l'y poussa, on cassa cette glace, on le força à tremper sa tête dans cette eau si froide.

— Plonge donc ! répétait la Brûlé. Nom de Dieu ! si tu ne plonges pas, on te fout dedans… Et, maintenant, tu vas boire un coup, oui, oui ! comme les bêtes, la gueule dans l'auge !

Il dut boire, à quatre pattes. Tous riaient, d'un rire de cruauté. Une femme lui tira les oreilles, une autre lui jeta au visage une poignée de crottin, trouvée fraîche sur la route. Son vieux tricot ne tenait plus, en lambeaux. Et, hagard, il butait, il donnait des coups d'échine pour fuir.

Maheu l'avait poussé, la Maheude était parmi celles qui s'acharnaient, satisfaisant tous les deux leur rancune ancienne ; et la Mouquette elle-même, qui restait d'ordinaire la bonne camarade de ses galants, s'enrageait après celui-là, le traitait de bon à rien, parlait de le déculotter, pour voir s'il était encore un homme.

Étienne la fit taire.

— En voilà assez ! Il n'y a pas besoin de s'y mettre tous… Si tu veux, toi, nous allons vider ça ensemble.

Ses poings se fermaient, ses yeux s'allumaient d'une fureur homicide, l'ivresse se tournait chez lui en un besoin de tuer.

— Es-tu prêt ? Il faut que l'un de nous deux y reste… Donnez-lui un couteau. J'ai le mien.

Catherine, épuisée, épouvantée, le regardait. Elle se souvenait de ses confidences, de son envie de manger un homme, lorsqu'il buvait, empoisonné dès le troisième verre, tellement ses soûlards de parents lui avaient mis de cette saleté dans le corps. Brusquement, elle s'élança, le souffleta de ses deux mains de femme, lui cria sous le nez, étranglée d'indignation :

— Lâche ! lâche ! lâche !... Ce n'est donc pas de trop, toutes ces abominations ? Tu veux l'assassiner, maintenant qu'il ne tient plus debout !

Elle se tourna vers son père et sa mère, elle se tourna vers les autres.

— Vous êtes des lâches ! des lâches !... Tuez-moi donc avec lui. Je vous saute à la figure, moi ! si vous le touchez encore. Oh ! les lâches !

Et elle s'était plantée devant son homme, elle le défendait, oubliant les coups, oubliant la vie de misère, soulevée dans l'idée qu'elle lui appartenait, puisqu'il l'avait prise, et que c'était une honte pour elle, quand on l'abîmait ainsi.

Étienne, sous les claques de cette fille, était devenu blême. Il avait failli d'abord l'assommer. Puis, après s'être essuyé la face, dans un geste d'homme qui se dégrise, il dit à Chaval, au milieu d'un grand silence :

— Elle a raison, ça suffit... Fous le camp !

Tout de suite, Chaval prit sa course, et Catherine galopa derrière lui. La foule, saisie, les regardait disparaître au coude de la route. Seule, la Maheude murmura :

— Vous avez tort, fallait le garder. Il va pour sûr faire quelque traîtrise.

Mais la bande s'était remise en marche. Cinq heures allaient sonner, le soleil d'une rougeur de braise, au bord de l'horizon, incendiait la plaine immense. Un colporteur qui passait, leur apprit que les dragons descendaient du côté de Crèvecœur. Alors, ils se replièrent, un ordre courut.

— À Montsou ! à la Direction !... Du pain ! du pain ! du pain !

# V

Monsieur Hennebeau s'était mis devant la fenêtre de son cabinet, pour voir partir la calèche qui emmenait sa femme déjeuner à Marchiennes. Il avait suivi un instant Négrel trottant près de la portière ; puis, il était revenu tranquillement s'asseoir à son bureau. Quand ni sa femme ni son neveu ne l'animaient du bruit de leur existence, la maison semblait vide. Justement, ce jour-là, le cocher conduisait Madame ; Rose, la nouvelle femme de chambre, avait congé jusqu'à cinq heures ; et il ne restait qu'Hippolyte, le valet de chambre, se traînant en pantoufles par les pièces, et que la cuisinière, occupée depuis l'aube à se battre avec ses casseroles, tout entière au dîner que ses maîtres donnaient le soir. Aussi, M. Hennebeau se promettait-il une journée de gros travail, dans ce grand calme de la maison déserte.

Vers neuf heures, bien qu'il eût reçu l'ordre de renvoyer tout le monde, Hippolyte se permit d'annoncer Dansaert, qui apportait des nouvelles. Le directeur apprit seulement alors la réunion tenue la veille, dans la forêt ; et les détails étaient d'une telle netteté, qu'il l'écoutait en songeant aux amours avec la Pierronne, si connus, que deux ou trois lettres anonymes par semaine dénonçaient les débordements du maître-porion : évidemment, le mari avait causé, cette police-là, sentait le traversin. Il saisit même l'occasion, il laissa entendre qu'il savait tout, et se contenta de recommander la prudence, dans la crainte d'un scandale. Effaré de ces reproches, au travers de son rapport, Dansaert niait, bégayait des excuses, tandis que son grand nez avouait le crime, par sa rougeur subite. Du reste, il n'insista pas, heureux d'en être quitte à si bon compte ; car, d'ordinaire, le directeur se montrait d'une sévérité implacable d'homme pur, dès qu'un employé se passait le régal d'une jolie fille, dans une fosse. L'entretien continua sur la grève, cette réunion de la forêt n'était encore qu'une fanfaronnade de braillards, rien ne menaçait sérieusement. En tout cas, les corons ne bougeraient sûrement pas de quelques jours, sous l'impression de peur respectueuse que la promenade militaire du matin devait avoir produite.

Lorsque M. Hennebeau se retrouva seul, il fut pourtant sur le point d'envoyer une dépêche au préfet. La crainte de donner inutilement cette preuve d'inquiétude le retint. Il ne se pardonnait déjà pas d'avoir manqué de flair, au point de dire partout, d'écrire même à la Régie, que la grève durerait au plus une quinzaine. Elle s'éternisait depuis près de deux mois, à sa grande surprise ; et il s'en désespérait, il se sentait chaque jour diminué, compromis, forcé d'imaginer un coup d'éclat, s'il voulait rentrer en grâce près des régisseurs. Il leur avait justement demandé des ordres, dans l'éventualité d'une bagarre. La réponse tardait, il l'attendait par le courrier de l'après-midi. Et il se disait qu'il serait temps alors de lancer des télégrammes, pour faire occuper militairement les fosses, si telle était l'opinion de ces messieurs. Selon lui, ce serait la bataille, du sang et des morts, à coup sûr. Une responsabilité pareille le troublait, malgré son énergie habituelle.

Jusqu'à onze heures, il travailla paisiblement, sans autre bruit, dans la maison morte, que le bâton à cirer d'Hippolyte, qui, très loin, au premier étage, frottait une pièce. Puis, coup sur coup, il reçut deux dépêches, la première annonçant l'envahissement de Jean-Bart par la bande de Montsou, la seconde racontant les câbles coupés, les feux renversés, tout le ravage. Il ne comprit pas. Qu'est-ce que les grévistes étaient allés faire chez Deneulin, au lieu de s'attaquer à une fosse de la Compagnie ? Du reste, ils pouvaient bien saccager Vandame, cela mûrissait le plan de conquête qu'il méditait. Et, à midi, il déjeuna, seul dans la vaste salle, servi en silence par le domestique, dont il n'entendait même pas les pantoufles. Cette solitude assombrissait encore ses préoccupations, il se sentait froid au cœur, lorsqu'un porion, venu au pas de course, fut introduit et lui conta la marche de la bande sur Mirou. Presque aussitôt, comme il achevait son café, un télégramme lui apprit que Madeleine et Crèvecœur étaient menacés à leur tour. Alors, sa perplexité devint extrême. Il attendait le courrier à deux heures : devait-il tout de suite demander des troupes ? valait-il mieux patienter, de façon à ne pas agir avant de connaître les ordres de la Régie ? Il retourna dans son cabinet, il voulut lire une note qu'il avait prié Négrel de rédiger la veille pour le préfet. Mais il ne put mettre la main dessus, il réfléchit que peut-être le jeune homme l'avait laissée dans sa chambre, où il écrivait souvent la nuit. Et, sans prendre de décision, poursuivi par l'idée de cette note, il monta vivement la chercher, dans la chambre.

En entrant, M. Hennebeau eut une surprise : la chambre n'était pas faite, sans doute un oubli ou une paresse d'Hippolyte. Il régnait là une chaleur moite, la chaleur enfermée de toute une nuit, alourdie par la bouche du calorifère, restée ouverte ; et il fut pris aux narines, il suffoqua dans un parfum pénétrant, qu'il crut être l'odeur des eaux de toilette, dont la cuvette se trouvait pleine. Un grand désordre encombrait la pièce, des vêtements épars, des serviettes mouillées jetées aux dossiers des sièges, le lit béant, un drap arraché, traînant jusque sur le tapis. D'ailleurs, il n'eut d'abord qu'un regard distrait, il s'était dirigé vers une table couverte de papiers, et il y cherchait la note introuvable. Deux fois, il examina les papiers un à un, elle n'y était décidément pas. Où diable cet écervelé de Paul avait-il bien pu la fourrer ?

Et, comme M. Hennebeau revenait au milieu de la chambre en donnant un coup d'œil sur chaque meuble, il aperçut, dans le lit ouvert, un point vif, qui luisait pareil à une étincelle. Il s'approcha machinalement, envoya la main. C'était, entre deux plis du drap, un petit flacon d'or. Tout de suite, il avait reconnu un flacon de Mme Hennebeau, le flacon d'éther qui ne la quittait jamais. Mais il ne s'expliquait pas la présence de cet objet : comment pouvait-il être dans le lit de Paul ? Et, soudain, il blêmit affreusement. Sa femme avait couché là.

— Pardon, murmura la voix d'Hippolyte au travers de la porte, j'ai vu monter Monsieur…

Le domestique était entré, le désordre de la chambre le consterna.

— Mon Dieu ! c'est vrai, la chambre qui n'est pas faite ! Aussi Rose est sortie en me lâchant tout le ménage sur le dos !

M. Hennebeau avait caché le flacon dans sa main, et il le serrait à le briser.

— Que voulez-vous ?

— Monsieur, c'est encore un homme… Il arrive de Crèvecœur, il a une lettre.

— Bien ! laissez-moi, dites-lui d'attendre.

Sa femme avait couché là ! Quand il eut poussé le verrou, il rouvrit sa main, il regarda le flacon, qui s'était marqué en rouge dans sa chair. Brusquement, il voyait, il entendait, cette ordure se passait chez lui depuis des mois. Il se rappelait son ancien soupçon, les frôlements contre les portes, les pieds nus s'en allant la nuit par la maison silencieuse. Oui, c'était sa femme qui montait coucher là !

Tombé sur une chaise, en face du lit qu'il contemplait fixement, il demeura de longues minutes comme assommé. Un bruit le réveilla, on frappait à la porte, on essayait d'ouvrir. Il reconnut la voix du domestique.

— Monsieur… Ah ! Monsieur s'est enfermé…

— Quoi encore ?

— Il paraît que ça presse, les ouvriers cassent tout. Deux autres hommes sont en bas. Il y a aussi des dépêches.

— Fichez-moi la paix ! dans un instant !

L'idée qu'Hippolyte aurait découvert lui-même le flacon, s'il avait fait la chambre le matin, venait de le glacer. Et, d'ailleurs, ce domestique devait savoir, il avait trouvé vingt fois le lit chaud encore de l'adultère, des cheveux de Madame traînant sur l'oreiller, des traces abominables souillant les linges. S'il s'acharnait à le déranger, c'était méchamment. Peut-être était-il demeuré l'oreille collée à la porte, excité par la débauche de ses maîtres.

Alors, M. Hennebeau ne bougea plus. Il regardait toujours le lit. Le long passé de souffrance se déroulait, son mariage avec cette femme, leur malentendu immédiat de cœur et de chair, les amants qu'elle avait eus sans qu'il s'en doutât, celui qu'il lui avait toléré pendant dix ans, comme on tolère un goût immonde à une malade. Puis, c'était leur arrivée à Montsou, un espoir fou de la guérir, des mois d'alanguissement, d'exil ensommeillé, l'approche de la vieillesse qui allait enfin la lui rendre. Puis, leur neveu débarquait, ce Paul dont elle devenait la mère, auquel elle parlait de son cœur mort, enterré sous la cendre à jamais. Et, mari imbécile, il ne prévoyait rien, il adorait cette femme qui était la sienne, que des hommes avaient eue, que lui seul ne pouvait avoir ! Il l'adorait d'une passion honteuse, au point de tomber à genoux, si elle avait bien voulu lui donner le reste des autres ! Le reste des autres, elle le donnait à cet enfant.

Un coup de timbre lointain, à ce moment, fit tressaillir M. Hennebeau. Il le reconnut, c'était le coup que l'on frappait, d'après ses ordres, lorsque arrivait le facteur. Il se leva, il parla à voix haute, dans un flot de grossièreté, dont sa gorge douloureuse crevait malgré lui.

— Ah ! je m'en fous ! ah ! je m'en fous, de leurs dépêches et de leurs lettres !

Maintenant, une rage l'envahissait, le besoin d'un cloaque, pour y enfoncer de telles saletés à coups de talon. Cette femme était une salope, il cherchait des mots crus, il en souffletait son image. L'idée brusque du mariage qu'elle poursuivait d'un sourire si tranquille entre Cécile et Paul, acheva de l'exaspérer. Il n'y avait donc même plus de passion, plus de jalousie, au fond de cette sensualité vivace ? Ce n'était à cette heure qu'un joujou pervers, l'habitude de l'homme, une récréation prise comme un dessert accoutumé. Et il l'accusait de tout, il innocentait presque l'enfant, auquel elle avait mordu, dans ce réveil d'appétit, ainsi qu'on mord au premier fruit vert, volé sur la route. Qui mangerait-elle, jusqu'où tomberait-elle, quand elle n'aurait plus des neveux complaisants, assez pratiques pour accepter, dans leur famille, la table, le lit et la femme ?

On gratta timidement à la porte, la voix d'Hippolyte se permit de souffler par le trou de la serrure :

— Monsieur, le courrier… Et il y a aussi M. Dansaert qui est revenu, en disant qu'on s'égorge…

— Je descends, nom de Dieu !

Qu'allait-il leur faire ? les chasser à leur retour de Marchiennes, comme des bêtes puantes dont il ne voulait plus sous son toit. Il prendrait une trique, il leur crierait de porter ailleurs le poison de leur accouplement. C'était de leurs soupirs, de leurs haleines confondues, dont s'alourdissait la tiédeur moite de cette chambre ; l'odeur pénétrante qui l'avait suffoqué, c'était l'odeur de musc que la peau de sa femme exhalait, un autre goût pervers, un besoin charnel de parfums violents ; et il retrouvait ainsi la chaleur, l'odeur de la fornication, l'adultère vivant, dans les pots qui traînaient dans les cuvettes encore pleines, dans le désordre des linges, des meubles, de la pièce entière, empestée de vice. Une fureur d'impuissance le jeta sur le lit à coups de poing, et il le massacra, et il laboura les places où il voyait l'empreinte de leurs deux corps, enragé des couvertures arrachées, des draps froissés, mous et inertes sous ses coups, comme éreintés eux-mêmes des amours de toute la nuit.

Mais, brusquement, il crut entendre Hippolyte remonter. Une honte l'arrêta. Il resta un instant encore, haletant, à s'essuyer le front, à calmer les bonds de son cœur. Debout devant une glace, il contemplait son visage, si décomposé, qu'il ne le reconnaissait pas. Puis, quand il l'eut regardé s'apaiser peu à peu, par un effort de volonté suprême, il descendit.

En bas, cinq messagers étaient debout, sans compter Dansaert. Tous lui apportaient des nouvelles d'une gravité croissante sur la marche des grévistes à travers les fosses ; et le maître-porion lui conta longuement ce qui s'était passé à Mirou, sauvé par la belle conduite du père Quandieu. Il écoutait, hochait la tête ; mais il n'entendait pas, son esprit était demeuré là-haut, dans la chambre. Enfin, il les congédia, il dit qu'il allait prendre des mesures. Lorsqu'il se retrouva seul, assis devant son bureau, il parut s'y assoupir, la tête entre les mains, les yeux couverts. Son courrier était là, il se décida à y chercher la lettre attendue, la réponse de la Régie, dont les lignes dansèrent d'abord. Pourtant, il finit par comprendre que ces messieurs souhaitaient quelque bagarre : certes, ils ne lui commandaient pas d'empirer les choses ; mais ils laissaient percer que des troubles hâteraient le dénouement de la grève, en provoquant une répression énergique. Dès lors, il n'hésita plus, il lança des dépêches de tous côtés au préfet de Lille, au corps de troupe de Douai, à la gendarmerie de Marchiennes. C'était un soulagement, il n'avait qu'à s'enfermer, même il fit répandre la rumeur qu'il souffrait de la goutte. Et, tout l'après-midi, il se cacha au fond de son cabinet, ne recevant personne, se contentant de lire les dépêches et les lettres qui continuaient de pleuvoir. Il suivit ainsi de loin la bande, de Madeleine à Crèvecœur, de Crèvecœur à la Victoire, de la Victoire à Gaston-

Marie. D'autre part, des renseignements lui arrivaient sur l'effarement des gendarmes et des dragons, égarés en route, tournant sans cesse le dos aux fosses attaquées. On pouvait s'égorger et tout détruire, il avait remis la tête entre ses mains, les doigts sur les yeux, et il s'abîmait dans le grand silence de la maison vide, où il ne surprenait, par moments, que le bruit des casseroles de la cuisinière, en plein coup de feu, pour son dîner du soir.

Le crépuscule assombrissait déjà la pièce, il était cinq heures, lorsqu'un vacarme fit sursauter M. Hennebeau, étourdi, inerte, les coudes toujours dans ses papiers. Il pensa que les deux misérables rentraient. Mais le tumulte augmentait, un cri éclata, terrible, à l'instant où il s'approchait de la fenêtre.

— Du pain ! du pain ! du pain !

C'étaient les grévistes qui envahissaient Montsou, pendant que les gendarmes, croyant à une attaque sur le Voreux, galopaient, le dos tourné, pour occuper cette fosse.

Justement, à deux kilomètres des premières maisons, un peu en dessous du carrefour, où se coupaient la grande route et le chemin de Vandame, Mme Hennebeau et ces demoiselles venaient d'assister au défilé de la bande. La journée à Marchiennes s'était passée gaiement, un déjeuner aimable chez le directeur des Forges, puis une intéressante visite aux ateliers et à une verrerie du voisinage, pour occuper l'après-midi ; et, comme on rentrait enfin, par ce déclin limpide d'un beau jour d'hiver, Cécile avait eu la fantaisie de boire une tasse de lait, en apercevant une petite ferme, qui bordait la route. Toutes alors étaient descendues de la calèche, Négrel avait galamment sauté de cheval ; pendant que la paysanne, effarée de ce beau monde, se précipitait, parlait de mettre une nappe, avant de servir. Mais Lucie et Jeanne voulaient voir traire le lait, on était allé dans l'étable même avec les tasses, on en avait fait une partie champêtre, riant beaucoup de la litière où l'on enfonçait.

Mme Hennebeau, de son air de maternité complaisante, buvait du bout des lèvres, lorsqu'un bruit étrange, ronflant au-dehors, l'inquiéta.

— Qu'est-ce donc ?

L'étable, bâtie au bord de la route, avait une large porte charretière, car elle servait en même temps de grenier à foin. Déjà, les jeunes filles, allongeant la tête, s'étonnaient de ce qu'elles distinguaient à gauche, un flot noir, une cohue qui débouchait en hurlant du chemin de Vandame.

— Diable ! murmura Négrel, également sorti, est-ce que nos braillards finiraient par se fâcher ?

— C'est peut-être encore les charbonniers, dit la paysanne. Voilà deux fois qu'ils passent. Paraît que ça ne va pas bien, ils sont les maîtres du pays.

Elle lâchait chaque mot avec prudence, elle en guettait l'effet sur les visages ; et, quand elle remarqua l'effroi de tous, la profonde anxiété où la rencontre les jetait, elle se hâta de conclure :

— Oh ! les gueux, oh ! les gueux !

Négrel, voyant qu'il était trop tard pour remonter en voiture et gagner Montsou, donna l'ordre au cocher de rentrer vivement la calèche dans la cour de la ferme, où l'attelage resta caché derrière un hangar. Lui-même attacha sous ce hangar son cheval, dont un galopin avait tenu la bride. Lorsqu'il revint, il trouva sa tante et les jeunes filles éperdues, prêtes à suivre la paysanne, qui leur proposait de se réfugier chez elle. Mais il fut d'avis qu'on était là plus en sûreté, personne ne viendrait certainement les chercher dans ce foin. La porte charretière, pourtant, fermait très mal, et elle avait de telles fentes, qu'on apercevait la route entre ses bois vermoulus.

— Allons, du courage ! dit-il. Nous vendrons notre vie chèrement.

Cette plaisanterie augmenta la peur. Le bruit grandissait,

on ne voyait rien encore, et sur la route vide un vent de tempête semblait souffler, pareil à ces rafales brusques qui précèdent les grands orages.

— Non, non, je ne veux pas regarder, dit Cécile en allant se blottir dans le foin.

Mme Hennebeau, très pâle, prise d'une colère contre ces gens qui gâtaient un de ses plaisirs, se tenait en arrière, avec un regard oblique et répugné ; tandis que Lucie et Jeanne, malgré leur tremblement, avaient mis un œil à une fente, désireuses de ne rien perdre du spectacle.

Le roulement de tonnerre approchait, la terre fut ébranlée, et Jeanlin galopa le premier, soufflant dans sa corne.

— Prenez vos flacons, la sueur du peuple qui passe ! murmura Négrel, qui, malgré ses convictions républicaines, aimait à plaisanter la canaille avec les dames.

Mais son mot spirituel fut emporté dans l'ouragan des gestes et des cris. Les femmes avaient paru, près d'un millier de femmes, aux cheveux épars, dépeignés par la course, aux guenilles montrant la peau nue, des nudités de femelles lasses d'enfanter des meurt-de-faim. Quelques-unes tenaient leur petit entre les bras, le soulevaient, l'agitaient, ainsi qu'un drapeau de deuil et de vengeance. D'autres, plus jeunes, avec des gorges gonflées de guerrières, brandissaient des bâtons ; tandis que les vieilles, affreuses, hurlaient si fort, que les cordes de leurs cous décharnés semblaient se rompre. Et les hommes déboulèrent ensuite, deux mille furieux, des galibots, des haveurs, des raccommodeurs, une masse compacte qui roulait d'un seul bloc, serrée, confondue, au point qu'on ne distinguait ni les culottes déteintes, ni les tricots de laine en loques, effacés dans la même uniformité terreuse. Les yeux brûlaient, on voyait seulement les trous des bouches noires, chantant *La Marseillaise*, dont les strophes se perdaient en un mugissement confus, accompagné par le claquement des sabots sur la terre dure. Au-dessus des têtes, parmi le hérissement des barres de fer, une hache passa, portée toute droite ; et cette hache unique, qui était comme l'étendard de la bande, avait, dans le ciel clair, le profil aigu d'un couperet de guillotine.

— Quels visages atroces ! balbutia Mme Hennebeau.

Négrel dit entre ses dents :

— Le diable m'emporte si j'en reconnais un seul ! D'où sortent-ils donc, ces bandits-là ?

Et, en effet, la colère, la faim, ces deux mois de souffrance et cette débandade enragée au travers des fosses, avaient allongé en mâchoires de bêtes fauves les faces placides des houilleurs de Montsou. À ce moment, le soleil se couchait, les derniers rayons, d'un pourpre sombre, ensanglantaient la plaine. Alors, la route sembla charrier du sang, les femmes, les hommes continuaient à galoper, saignants comme des bouchers en pleine tuerie.

— Oh ! superbe ! dirent à demi-voix Lucie et Jeanne, remuées dans leur goût d'artistes par cette belle horreur.

Elles s'effrayaient pourtant, elles reculèrent près de Mme Hennebeau, qui s'était appuyée sur une auge. L'idée qu'il suffisait d'un regard, entre les planches de cette porte disjointe, pour qu'on les massacrât, la glaçait. Négrel se sentait blêmir, lui aussi, très brave d'ordinaire, saisi là d'une épouvante supérieure à sa volonté, une de ces épouvantes qui soufflent de l'inconnu. Dans le foin, Cécile ne bougeait plus. Et les autres, malgré leur désir de détourner les yeux, ne le pouvaient pas, regardaient quand même.

C'était la vision rouge de la révolution qui les emporterait tous, fatalement, par une soirée sanglante de cette fin de siècle. Oui, un soir, le peuple lâché, débridé, galoperait ainsi sur les chemins ; et il ruissellerait du sang des bourgeois, il promènerait des têtes, il sèmerait l'or des coffres éventrés. Les femmes hurleraient, les hommes auraient ces mâchoires de loups, ouvertes pour mordre. Oui, ce seraient les mêmes guenilles, le même tonnerre de gros sabots, la même cohue effroyable, de peau sale, d'haleine empestée, balayant le vieux monde, sous leur poussée débordante de barbares. Des incendies flamberaient, on ne laisserait pas debout une pierre des villes, on retournerait à la vie sauvage dans les bois, après le grand rut, la grande ripaille, où les pauvres, en une nuit, efflanqueraient les femmes [1] et videraient les caves des riches. Il n'y aurait plus rien, plus un sou des fortunes, plus un titre des situations acquises, jusqu'au jour où une nouvelle terre repousserait peut-être. Oui, c'étaient ces choses qui passaient sur la route, comme une force de la nature, et ils en recevaient le vent terrible au visage.

Un grand cri s'éleva, domina *La Marseillaise* :

— Du pain ! du pain ! du pain !

Lucie et Jeanne se serrèrent contre Mme Hennebeau, défaillante ; tandis que Négrel se mettait, devant elles, comme pour les protéger de son corps. Était-ce donc ce soir même que l'antique société craquait ? Et ce qu'ils virent, alors, acheva de les hébéter. La bande s'écoulait, il n'y avait plus que la queue des traînards, lorsque la Mouquette déboucha. Elle s'attardait, elle guettait les bourgeois, sur les portes de leurs jardins, aux fenêtres de leurs maisons ; et, quand elle en découvrait, ne pouvant leur cracher au nez, elle leur montrait ce qui était pour elle le comble de son mépris. Sans doute elle en aperçut un, car brusquement elle releva ses jupes, tendit les fesses, montra son derrière énorme, nu dans un dernier flamboiement du soleil. Il n'avait rien d'obscène, ce derrière, et ne faisait pas rire, farouche.

Tout disparut, le flot roulait sur Montsou, le long des lacets de la route, entre les maisons basses, bariolées de couleurs

1. *Efflanquer les femmes* : emploi figuré ; l'expression première est « efflanquer un cheval » : le faire maigrir à force de le faire trzavailler. L'emploi métaphorique prend ici sens dans le contexte érotique.

vives. On fit sortir la calèche de la cour, mais le cocher n'osait prendre sur lui de ramener Madame et ces demoiselles sans encombre, si les grévistes tenaient le pavé. Et le pis était qu'il n'y avait pas d'autre chemin.

— Il faut pourtant que nous rentrions, le dîner nous attend, dit Mme Hennebeau, hors d'elle, exaspérée par la peur. Ces sales ouvriers ont encore choisi un jour où j'ai du monde. Allez donc faire du bien à ça !

Lucie et Jeanne s'occupaient à retirer du foin Cécile, qui se débattait, croyant que ces sauvages défilaient sans cesse, et répétant qu'elle ne voulait pas voir. Enfin, toutes reprirent place dans la voiture. Négrel, remonté à cheval, eut alors l'idée de passer par les ruelles de Réquillart.

— Marchez doucement, dit-il au cocher, car le chemin est atroce. Si des groupes vous empêchent de revenir à la route, là-bas, vous vous arrêterez derrière la vieille fosse, et nous rentrerons à pied par la petite porte du jardin, tandis que vous remiserez la voiture et les chevaux n'importe où, sous le hangar d'une auberge.

Ils partirent. La bande, au loin, ruisselait dans Montsou. Depuis qu'ils avaient vu, à deux reprises, des gendarmes et des dragons, les habitants s'agitaient, affolés de panique. Il circulait des histoires abominables, on parlait d'affiches manuscrites, menaçant les bourgeois de leur crever le ventre ; personne ne les avait lues, on n'en citait pas moins des phrases textuelles. Chez le notaire surtout, la terreur était à son comble, car il venait de recevoir par la poste une lettre anonyme, où on l'avertissait qu'un baril de poudre se trouvait enterré dans sa cave, prêt à le faire sauter, s'il ne se déclarait pas en faveur du peuple.

Justement, les Grégoire, attardés dans leur visite par l'arrivée de cette lettre, la discutaient, la devinaient l'œuvre d'un farceur, lorsque l'invasion de la bande acheva d'épouvanter la maison. Eux, souriaient. Ils regardaient, en écartant le coin d'un rideau, et se refusaient à admettre un danger quelconque, certains, disaient-ils, que tout finirait à l'amiable. Cinq heures sonnaient, ils avaient le temps d'attendre que le pavé fût libre pour aller, en face, dîner chez les Hennebeau, où Cécile, rentrée sûrement, devait les attendre. Mais, dans Montsou, personne ne semblait partager leur confiance : des gens éperdus couraient, les portes et les fenêtres fermaient violemment. Ils aperçurent Maigrat, de l'autre côté de la route, qui barricadait son magasin, à grand renfort de barres de fer, si pâle et si tremblant, que sa petite femme chétive était forcée de serrer les écrous.

La bande avait fait halte devant l'hôtel du directeur, le cri retentissait :

— Du pain ! du pain ! du pain !

M. Hennebeau était debout à la fenêtre, lorsque Hippolyte entra fermer les volets, de peur que les vitres ne fussent cassées à coups de pierres. Il ferma de même tous ceux du rez-de-chaussée ; puis, il passa au premier étage, on entendit les grincements des espagnolettes, les claquements des persiennes, un à un. Par malheur, on ne pouvait clore de même la baie de la cuisine, dans le sous-sol, une baie inquiétante où rougeoyaient les feux des casseroles et de la broche.

Machinalement, M. Hennebeau, qui voulait voir, remonta au second étage, dans la chambre de Paul : c'était la mieux placée, à gauche, car elle permettait d'enfiler la route, jusqu'aux Chantiers de la Compagnie. Et il se tint derrière la persienne, dominant la foule. Mais cette chambre l'avait saisi de nouveau, la table de toilette épongée et en ordre, le lit froid, aux draps nets et bien tirés. Toute sa rage de l'après-midi, cette furieuse bataille au fond du grand silence de sa solitude, aboutissait maintenant à une immense fatigue. Son être était déjà comme cette chambre, refroidi, balayé des ordures du matin, rentré dans la correction d'usage. À quoi bon un scandale? est-ce que rien était changé chez lui? Sa femme avait simplement un amant de plus, cela aggravait à peine le fait qu'elle l'eût choisi dans la famille; et peut-être même y avait-il avantage, car elle sauvegardait ainsi les apparences. Il se prenait en pitié, au souvenir de sa folie jalouse. Quel ridicule, d'avoir assommé ce lit à coups de poings! Puisqu'il avait toléré un autre homme, il tolérerait bien celui-là. Ce ne serait que l'affaire d'un peu de mépris encore. Une amertume affreuse lui empoisonnait la bouche, l'inutilité de tout, l'éternelle douleur de l'existence, la honte de lui-même, qui adorait et désirait toujours cette femme, dans la saleté où il l'abandonnait.

Sous la fenêtre, les hurlements éclatèrent avec un redoublement de violence.

— Du pain! du pain! du pain!

— Imbéciles! dit M. Hennebeau entre ses dents serrées.

Il les entendait l'injurier à propos de ses gros appointements, le traiter de fainéant et de ventru, de sale cochon qui se foutait des indigestions de bonnes choses, quand l'ouvrier crevait de faim. Les femmes avaient aperçu la cuisine, et c'était une tempête d'imprécations contre le faisan qui rôtissait, contre les sauces dont l'odeur grasse ravageait leurs estomacs vides. Ah! ces salauds de bourgeois, on leur en collerait du champagne et des truffes, pour se faire péter les tripes.

— Du pain! du pain! du pain!

— Imbéciles! répéta M. Hennebeau, est-ce que je suis heureux?

Une colère le soulevait contre ces gens qui ne comprenaient pas. Il leur en aurait fait cadeau volontiers, de ses gros appointements, pour avoir, comme eux, le cuir dur, l'accouplement facile et sans regret. Que ne pouvait-il les asseoir à sa table, les empâter de son faisan, tandis qu'il s'en irait forniquer derrière les haies, culbuter des filles, en se moquant de ceux qui les avaient culbutées avant lui ! Il aurait tout donné, son éducation, son bien-être, son luxe, sa puissance de directeur, s'il avait pu être, une journée, le dernier des misérables qui lui obéissaient, libre de sa chair, assez goujat pour gifler sa femme et prendre du plaisir sur les voisines. Et il souhaitait aussi de crever la faim, d'avoir le ventre vide, l'estomac tordu de crampes ébranlant le cerveau d'un vertige : peut-être cela aurait-il tué l'éternelle douleur. Ah ! vivre en brute, ne rien posséder à soi, battre les blés avec la herscheuse la plus laide, la plus sale, et être capable de s'en contenter !

— Du pain ! du pain ! du pain !

Alors, il se fâcha, il cria furieusement dans le vacarme :

— Du pain ! est-ce que ça suffit, imbéciles ?

Il mangeait, lui, et il n'en râlait pas moins de souffrance. Son ménage ravagé, sa vie entière endolorie, lui remontaient à la gorge, en un hoquet de mort. Tout n'allait pas pour le mieux parce qu'on avait du pain. Quel était l'idiot qui mettait le bonheur de ce monde dans le partage de la richesse ? Ces songe-creux de révolutionnaires pouvaient bien démolir la société et en rebâtir une autre, ils n'ajouteraient pas une joie à l'humanité, ils ne lui retireraient pas une peine, en coupant à chacun sa tartine. Même ils élargiraient le malheur de la terre, ils feraient un jour hurler jusqu'aux chiens de désespoir, lorsqu'ils les auraient sortis de la tranquille satisfaction des instincts, pour les hausser à la souffrance inassouvie des passions. Non, le seul bien était de ne pas être, et, si l'on était, d'être l'arbre, d'être la pierre, moins encore, le grain de sable, qui ne peut saigner sous le talon des passants.

Et, dans son exaspération de son tourment, des larmes gonflèrent les yeux de M. Hennebeau, crevèrent en gouttes brûlantes le long de ses joues. Le crépuscule noyait la route, lorsque des pierres commencèrent à cribler la façade de l'hôtel. Sans colère maintenant contre ces affamés, enragé seulement par la plaie cuisante de son cœur, il continuait à bégayer au milieu de ses larmes :

— Les imbéciles ! les imbéciles !

Mais le cri du ventre domina, un hurlement souffla en tempête, balayant tout.

— Du pain ! du pain ! du pain !

répétition qui rythme le récit

# VI

Étienne, dégrisé par les gifles de Catherine, était resté à la tête des camarades. Mais, pendant qu'il les jetait sur Montsou, d'une voix enrouée, il entendait une autre voix en lui, une voix de raison qui s'étonnait, qui demandait pourquoi tout cela. Il n'avait rien voulu de ces choses, comment pouvait-il se faire que, parti pour Jean-Bart dans le but d'agir froidement et d'empêcher un désastre, il achevât la journée, de violence en violence, par assiéger l'hôtel du directeur ?

C'était bien lui cependant qui venait de crier halte ! Seulement, il n'avait d'abord eu que l'idée de protéger les Chantiers de la Compagnie, où l'on parlait d'aller tout saccager. Et, maintenant que des pierres éraflaient déjà la façade de l'hôtel, il cherchait, sans la trouver, sur quelle proie légitime il devait lancer la bande, afin d'éviter de plus grands malheurs. Comme il demeurait seul ainsi, impuissant au milieu de la route, quelqu'un l'appela, un homme debout sur le seuil de l'estaminet Tison, dont la cabaretière s'était hâtée de mettre les volets, en ne laissant libre que la porte.

— Oui, c'est moi… Écoute donc.

C'était Rasseneur. Une trentaine d'hommes et de femmes, presque tous du coron des Deux-Cent-Quarante, restés chez eux le matin et venus le soir aux nouvelles, avaient envahi cet estaminet, à l'approche des grévistes. Zacharie occupait une table avec sa femme Philomène. Plus loin, Pierron et la Pierronne, tournant le dos, se cachaient le visage. D'ailleurs, personne ne buvait, on s'était abrité, simplement.

Étienne reconnut Rasseneur, et il s'écartait, lorsque celui-ci ajouta :

— Ma vue te gêne, n'est-ce pas ?... Je t'avais prévenu, les embêtements commencent. Maintenant, vous pouvez réclamer du pain, c'est du plomb qu'on vous donnera.

Alors, il revint, il répondit :

— Ce qui me gêne, ce sont les lâches qui, les bras croisés, nous regardent risquer notre peau.

— Ton idée est donc de piller en face ? demanda Rasseneur.

— Mon idée est de rester jusqu'au bout avec les amis, quitte à crever tous ensemble.

Désespéré, Étienne rentra dans la foule, prêt à mourir. Sur la route, trois enfants lançaient des pierres, et il leur allongea un grand coup de pied, en criant, pour arrêter les camarades, que ça n'avançait à rien de casser des vitres.

Bébert et Lydie, qui venaient de rejoindre Jeanlin, apprenaient de ce dernier à manier sa fronde. Ils lançaient chacun un caillou, jouant à qui ferait le plus gros dégât. Lydie, par un coup de maladresse, avait fêlé la tête d'une femme, dans la cohue ; et les deux garçons se tenaient les côtes. Derrière eux, Bonnemort et Mouque, assis sur un banc, les regardaient. Les jambes enflées de Bonnemort le portaient si mal, qu'il avait eu grand-peine à se traîner jusque-là, sans qu'on sût quelle curiosité le poussait, car il avait son visage terreux des jours où l'on ne pouvait lui tirer une parole.

Personne, du reste, n'obéissait plus à Étienne. Les pierres, malgré ses ordres, continuaient à grêler, et il s'étonnait, il s'effarait devant ces brutes démuselées par lui, si lentes à s'émouvoir, terribles ensuite, d'une ténacité féroce dans la colère. Tout le vieux sang flamand était là, lourd et placide, mettant des mois à s'échauffer, se jetant aux sauvageries abominables, sans rien entendre, jusqu'à ce que la bête fût soûle d'atrocités. Dans son Midi, les foules flambaient plus vite, seulement elles faisaient moins de besogne. Il dut se battre avec Levaque pour lui arracher sa hache, il en était à ne savoir comment contenir les Maheu, qui lançaient les cailloux des deux mains. Et les femmes surtout l'effrayaient, la Levaque, la Mouquette et les autres, agitées d'une fureur meurtrière, les dents et les ongles dehors, aboyantes comme des chiennes, sous les excitations de la Brûlé, qui les dominait de sa taille maigre.

Mais il y eut un brusque arrêt, la surprise d'une minute déterminait un peu du calme que les supplications d'Étienne ne pouvaient obtenir. C'étaient simplement les Grégoire qui se décidaient à prendre congé du notaire, pour se rendre en face, chez le directeur ; et ils semblaient si paisibles, ils avaient si bien l'air de croire à une pure plaisanterie de la part de leurs braves mineurs, dont la résignation les nourrissait depuis un siècle, que ceux-ci, étonnés, avaient en effet cessé de jeter des pierres, de peur d'atteindre ce vieux monsieur et cette vieille dame, tombés du ciel. Ils les laissèrent entrer dans le jardin, monter le perron, sonner à la porte barricadée, qu'on ne se pressait pas de leur ouvrir. Justement, la femme de chambre, Rose, rentrait de sa sortie, en riant aux ouvriers furieux, qu'elle connaissait tous, car elle était de Montsou. Et ce fut elle qui, à coups de poing dans la porte, finit par forcer Hippolyte à l'entrebâiller. Il était temps, les Grégoire disparaissaient, lorsque la grêle des pierres recommença. Revenue de son étonnement, la foule clamait plus fort :

— À mort les bourgeois ! vive la sociale !

Rose continuait à rire, dans le vestibule de l'hôtel, comme égayée de l'aventure, répétant au domestique terrifié :

— Ils ne sont pas méchants, je les connais.

M. Grégoire accrocha méthodiquement son chapeau. Puis, lorsqu'il eut aidé Mme Grégoire à retirer sa mante de gros drap, il dit à son tour :

— Sans doute, ils n'ont pas de malice au fond. Lorsqu'ils auront bien crié, ils iront souper avec plus d'appétit.

À ce moment, M. Hennebeau descendait du second étage. Il avait vu la scène, et il venait recevoir ses invités, de son air habituel, froid et poli. Seule, la pâleur de son visage disait les larmes qui l'avaient secoué. L'homme était dompté, il ne restait en lui que l'administrateur correct, résolu à remplir son devoir.

— Vous savez, dit-il, que ces dames ne sont pas rentrées encore.

Pour la première fois, une inquiétude émotionna les Grégoire. Cécile pas rentrée ! comment rentrerait-elle, si la plaisanterie de ces mineurs se prolongeait ?

— J'ai songé à faire dégager la maison, ajouta M. Hennebeau. Le malheur est que je suis seul ici, et que je ne sais d'ailleurs où envoyer mon domestique, pour me ramener quatre hommes et un caporal, qui me nettoieraient cette canaille.

Rose, demeurée là, osa murmurer de nouveau :

— Oh ! Monsieur, ils ne sont pas méchants.

Le directeur hocha la tête, pendant que le tumulte croissait au-dehors et qu'on entendait le sourd écrasement des pierres contre la façade.

— Je ne leur en veux pas, je les excuse même, il faut être bêtes comme eux pour croire que nous nous acharnons à leur malheur. Seulement, je réponds de la tranquillité… Dire qu'il y a des gendarmes par les routes, à ce qu'on m'affirme, et que, depuis ce matin, je n'ai pu en avoir un seul !

Il s'interrompit, il s'effaça devant Mme Grégoire, en disant :

— Je vous en prie, Madame, ne restez pas là, entrez dans le salon.

Mais la cuisinière, qui montait du sous-sol, exaspérée, les retint dans le vestibule quelques minutes encore. Elle déclara qu'elle n'acceptait plus la responsabilité du dîner, car elle attendait, de chez le pâtissier de Marchiennes, des croûtes de vol-au-vent, qu'elle avait demandées pour quatre heures. Évidemment, le pâtissier s'était égaré en chemin, pris de la peur de ces bandits. Peut-être même avait-on pillé ses mannes. Elle voyait les vol-au-vent bloqués derrière un buisson, assiégés, gonflant les ventres des trois mille misérables qui demandaient du pain. En tout cas, Monsieur était prévenu, elle préférait flanquer son dîner au feu, si elle le ratait, à cause de la révolution.

— Un peu de patience, dit M. Hennebeau. Rien n'est perdu, le pâtissier peut venir.

Et, comme il se retournait vers Mme Grégoire, en ouvrant lui-même la porte du salon, il fut très surpris d'apercevoir, assis sur la banquette du vestibule, un homme qu'il n'avait pas distingué jusque-là, dans l'ombre croissante.

— Tiens ! c'est vous, Maigrat, qu'y a-t-il donc ?

Maigrat s'était levé, et son visage apparut, gras et blême, décomposé par l'épouvante. Il n'avait plus sa carrure de gros homme calme, il expliqua humblement qu'il s'était glissé chez monsieur le directeur, pour réclamer aide et protection, si les brigands s'attaquaient à son magasin.

— Vous voyez que je suis menacé moi-même et que je n'ai personne, répondit M. Hennebeau. Vous auriez mieux fait de rester chez vous, à garder vos marchandises.

— Oh ! j'ai mis les barres de fer, puis j'ai laissé ma femme.

Le directeur s'impatienta, sans cacher son mépris. Une belle garde, que cette créature chétive, maigrie de coups !

— Enfin, je n'y peux rien, tâchez de vous défendre. Et

je vous conseille de rentrer tout de suite, car les voilà qui demandent encore du pain… Écoutez.

En effet, le tumulte reprenait, et Maigrat crut entendre son nom, au milieu des cris. Rentrer, ce n'était plus possible, on l'aurait écharpé. D'autre part, l'idée de sa ruine le bouleversait. Il colla son visage au panneau vitré de la porte, suant, tremblant, guettant le désastre ; tandis que les Grégoire se décidaient à passer dans le salon.

Tranquillement, M. Hennebeau affectait de faire les honneurs de chez lui. Mais il priait en vain ses invités de s'asseoir, la pièce close, barricadée, éclairée de deux lampes avant la tombée du jour, s'emplissait d'effroi, à chaque nouvelle clameur du dehors. Dans l'étouffement des tentures, la colère de la foule ronflait, plus inquiétante, d'une menace vague et terrible. On causa pourtant, sans cesse ramené à cette inconcevable révolte. Lui, s'étonnait de n'avoir rien prévu ; et sa police était si mal faite, qu'il s'emportait surtout contre Rasseneur, dont il disait reconnaître l'influence détestable. Du reste, les gendarmes allaient venir, il était impossible qu'on l'abandonnât de la sorte. Quant aux Grégoire, ils ne pensaient qu'à leur fille : la pauvre chérie qui s'effrayait si vite ! peut-être, devant le péril, la voiture était-elle retournée à Marchiennes. Pendant un quart d'heure encore, l'attente dura, énervée par le vacarme de la route, par le bruit des pierres tapant de temps à autre dans les volets fermés, qui sonnaient ainsi que des tambours. Cette situation n'était plus tolérable, M. Hennebeau parlait de sortir, de chasser à lui seul les braillards et d'aller au-devant de la voiture, lorsque Hippolyte parut en criant :

— Monsieur ! Monsieur ! voici Madame, on tue Madame !

La voiture n'ayant pu dépasser la ruelle de Réquillart, au milieu des groupes menaçants, Négrel avait suivi son idée, faire à pied les cent mètres qui les séparaient de l'hôtel, puis frapper à la petite porte donnant sur le jardin, près des communs : le jardinier les entendrait, il y aurait bien toujours là quelqu'un pour ouvrir. Et, d'abord, les choses avaient marché parfaitement, déjà Mme Hennebeau et ces demoiselles frappaient, lorsque des femmes, prévenues, se jetèrent dans la ruelle. Alors, tout se gâta. On n'ouvrait pas la porte, Négrel avait tâché vainement de l'enfoncer à coups d'épaule. Le flot des femmes croissait, il craignit d'être débordé, il prit le parti désespéré de pousser devant lui sa tante et les jeunes filles, pour gagner le perron, au travers des assiégeants. Mais cette manœuvre amena une bousculade : on ne les lâchait pas, une bande hurlante les traquait, tandis que la foule refluait de droite et de gauche, sans comprendre encore, étonnée seulement de ces dames en toilette, perdues dans la bataille. À cette minute, la confusion devint telle, qu'il se produisit un de ces faits d'affolement qui restent inexplicables. Lucie et Jeanne, arrivées au perron, s'étaient glissées par la porte que la femme de chambre entrebâillait ; Mme Hennebeau avait réussi à les suivre ; et, derrière elles, Négrel entra enfin, remit les verrous, persuadé qu'il avait vu Cécile passer la première. Elle n'était plus là, disparue en route, emportée par une telle peur, qu'elle avait tourné le dos à la maison, et s'était jetée d'elle-même en plein danger.

Aussitôt le cri s'éleva :

— Vive la sociale ! à mort les bourgeois ! à mort !

Quelques-uns, de loin, sous la voilette qui lui cachait le visage, la prenaient pour Mme Hennebeau. D'autres nommaient une amie de la directrice, la jeune femme d'un usinier voisin, exécré de ses ouvriers. Et, d'ailleurs, peu importait, c'étaient sa robe de soie, son manteau de fourrure, jusqu'à la plume blanche de son chapeau, qui exaspéraient. Elle sentait le parfum, elle avait une montre, elle avait une peau fine de fainéante qui ne touchait pas au charbon.

— Attends ! cria la Brûlé, on va t'en mettre au cul, de la dentelle !

— C'est à nous que ces salopes volent ça, reprit la Levaque. Elles se collent du poil sur la peau, lorsque nous crevons de froid… Foutez-moi-la donc toute nue, pour lui apprendre à vivre !

Du coup, la Mouquette s'élança.

— Oui, oui, faut la fouetter.

Et les femmes, dans cette rivalité sauvage, s'étouffaient, allongeaient leurs guenilles, voulaient chacune un morceau de cette fille de riche. Sans doute qu'elle n'avait pas le derrière mieux fait qu'une autre. Plus d'une même était pourrie, sous ses fanfreluches. Voilà assez longtemps que l'injustice durait, on les forcerait bien toutes à s'habiller comme des ouvrières, ces catins qui osaient dépenser cinquante sous pour le blanchissage d'un jupon !

Au milieu de ces furies, Cécile grelottait, les jambes paralysées, bégayant à vingt reprises la même phrase :

— Mesdames, je vous en prie, Mesdames, ne me faites pas du mal.

Mais elle eut un cri rauque : des mains froides venaient de la prendre au cou. C'était le vieux Bonnemort, près duquel le flot l'avait poussée, et qui l'empoignait. Il semblait ivre de faim, hébété par sa longue misère, sorti brusquement de sa résignation d'un demi-siècle, sans qu'il fût possible de savoir sous quelle poussée de rancune. Après avoir, en sa vie, sauvé de la mort une douzaine de camarades, risquant ses os dans le grisou et dans les éboulements, il cédait à des choses qu'il n'aurait pu dire, à un besoin de faire ça, à la fascination de ce cou blanc de jeune fille. Et, comme ce jour-là il avait perdu sa langue, il serrait les doigts, de son air de vieille bête infirme, en train de ruminer des souvenirs.

— Non ! non ! hurlaient les femmes, le cul à l'air ! le cul à l'air !

Dans l'hôtel, dès qu'on s'était aperçu de l'aventure, Négrel et M. Hennebeau avaient rouvert la porte, bravement, pour courir au secours de Cécile. Mais la foule, maintenant, se jetait contre la grille du jardin, et il n'était plus facile de sortir. Une lutte s'engageait là, pendant que les Grégoire, épouvantés, apparaissaient sur le perron.

— Laissez-la donc, vieux ! c'est la demoiselle de la Piolaine ! cria la Maheude au grand-père, en reconnaissant Cécile, dont une femme avait déchiré la voilette.

De son côté, Étienne, bouleversé de ces représailles contre une enfant, s'efforçait de faire lâcher prise à la bande. Il eut une inspiration, il brandit la hache qu'il avait arrachée des poings de Levaque.

— Chez Maigrat, nom de Dieu !... Il y a du pain, là-dedans. Foutons la baraque à Maigrat par terre !

Et, à la volée, il donna un premier coup de hache dans la porte de la boutique. Des camarades l'avaient suivi, Levaque, Maheu et quelques autres. Mais les femmes s'acharnaient. Cécile était retombée des doigts de Bonnemort dans les mains de la Brûlé. À quatre pattes, Lydie et Bébert, conduits par Jeanlin, se glissaient entre les jupes, pour voir le derrière à la dame. Déjà, on la tiraillait, ses vêtements craquaient, lorsqu'un homme à cheval parut, poussant sa bête, cravachant ceux qui ne se rangeaient pas assez vite.

— Ah ! canailles, vous en êtes à fouetter nos filles !

C'était Deneulin qui arrivait au rendez-vous, pour le dîner. Vivement, il sauta sur la route, prit Cécile par la taille ; et, de l'autre main, manœuvrant le cheval avec une adresse et une force extraordinaires, il s'en servait comme d'un coin vivant, fendait la foule, qui reculait devant les ruades. À la grille, la bataille continuait. Pourtant, il passa, écrasa des membres. Ce secours imprévu délivra Négrel et M. Hennebeau, en grand danger, au milieu des jurons et des coups. Et, tandis que le jeune homme rentrait enfin avec Cécile évanouie, Deneulin, qui couvrait le directeur de son grand corps, en haut du perron, reçut une pierre, dont le choc faillit lui démonter l'épaule.

— C'est ça, cria-t-il, cassez-moi les os, après avoir cassé mes machines.

Il repoussa promptement la porte. Une bordée de cailloux s'abattit dans le bois.

— Quels enragés ! reprit-il. Deux secondes de plus, et ils me crevaient le crâne comme une courge vide... On n'a rien à leur dire, que voulez-vous ! Ils ne savent plus, il n'y a qu'à les assommer.

Dans le salon, les Grégoire pleuraient, en voyant Cécile revenir à elle. Elle n'avait aucun mal, pas même une égratignure : sa voilette seule était perdue. Mais leur effarement augmenta, lorsqu'ils reconnurent devant eux leur cuisinière, Mélanie, qui contait comment la bande avait démoli la Piolaine. Folle de peur, elle accourait avertir ses maîtres. Elle était entrée, elle aussi, par la porte entrebâillée, au moment de la bagarre, sans que personne la remarquât ; et, dans son récit interminable, l'unique pierre de Jeanlin qui avait brisé une seule vitre devenait une canonnade en règle, dont les murs restaient fendus. Alors, les idées de M. Grégoire furent bouleversées : on égorgeait sa fille, on rasait sa maison, c'était donc vrai que ces mineurs pouvaient lui en vouloir, parce qu'il vivait en brave homme de leur travail ?

La femme de chambre, qui avait apporté une serviette et de l'eau de Cologne, répéta :

— Tout de même, c'est drôle, ils ne sont pas méchants.

Mme Hennebeau, assise, très pâle, ne se remettait pas de la secousse de son émotion ; et elle retrouva seulement un sourire, lorsqu'on félicita Négrel. Les parents de Cécile remerciaient surtout le jeune homme, c'était maintenant un mariage conclu. M. Hennebeau regardait en silence, allait de sa femme à cet amant qu'il jurait de tuer le matin, puis à cette jeune fille qui l'en débarrasserait bientôt sans doute. Il n'avait aucune hâte, une seule peur lui restait, celle de voir sa femme tomber plus bas, à quelque laquais peut-être.

— Et vous, mes petites chéries, demanda Deneulin à ses filles, on ne vous a rien cassé ?

Lucie et Jeanne avaient eu bien peur, mais elles étaient contentes d'avoir vu ça. Elles riaient à présent.

— Sapristi ! continua le père, voilà une bonne journée !... Si vous voulez une dot, vous ferez bien de la gagner vous-mêmes ; et attendez-vous encore à être forcées de me nourrir.

Il plaisantait, la voix tremblante. Ses yeux se gonflèrent, quand ses deux filles se jetèrent dans ses bras.

M. Hennebeau avait écouté cet aveu de ruine. Une pensée vive éclaira son visage. En effet, Vandame allait être à Montsou, c'était la compensation espérée, le coup de fortune qui le remettrait en faveur, près de ces messieurs de la Régie. À chaque désastre de son existence, il se réfugiait dans la stricte exécution des ordres reçus, il faisait de la discipline militaire où il vivait, sa part réduite de bonheur.

Mais on se calmait, le salon tombait à une paix lasse, avec la lumière tranquille des deux lampes et le tiède étouffement des portières. Que se passait-il donc, dehors ? Les braillards se taisaient, des pierres ne battaient plus la façade ; et l'on entendait seulement de grands coups sourds, ces coups de cognée qui sonnent au lointain des bois. On voulut savoir, on retourna dans le vestibule risquer un regard par le panneau vitré de la porte. Même ces dames et ces demoiselles montèrent se poster derrière les persiennes du premier étage.

— Voyez-vous ce gredin de Rasseneur, en face, sur le seuil de ce cabaret ? dit M. Hennebeau à Deneulin. Je l'avais flairé, il faut qu'il en soit.

Pourtant, ce n'était pas Rasseneur, c'était Étienne qui enfonçait à coups de hache le magasin de Maigrat. Et il appelait toujours les camarades : est-ce que les marchandises, là-dedans, n'appartenaient pas aux charbonniers ? est-ce qu'ils n'avaient pas le droit de reprendre leur bien à ce voleur qui les exploitait depuis si longtemps, qui les affamait sur un mot de la Compagnie ? Peu à peu, tous lâchaient l'hôtel du directeur, accouraient au pillage de la boutique voisine. Le cri : du pain ! du pain ! du pain ! grondait de nouveau. On en trouverait, du pain, derrière cette porte. Une rage de faim les soulevait, comme si, brusquement, ils ne pouvaient attendre davantage, sans expirer sur cette route. De telles poussées se ruaient dans la porte, qu'Étienne craignait de blesser quelqu'un, à chaque volée de la hache.

Cependant, Maigrat, qui avait quitté le vestibule de l'hôtel, s'était d'abord réfugié dans la cuisine ; mais il n'y entendait rien, il y rêvait des attentats abominables contre sa boutique ; et il venait de remonter pour se cacher derrière la pompe, dehors, lorsqu'il distingua nettement les craquements de la porte, les vociférations de pillage, où se mêlait son nom. Ce n'était donc pas un cauchemar : s'il ne voyait pas, il entendait maintenant, il suivait l'attaque, les oreilles bourdonnantes. Chaque coup de cognée lui entrait en plein cœur. Un gond avait dû sauter, encore cinq minutes, et la boutique était prise. Cela se peignait dans son crâne en images réelles, effrayantes, les brigands qui se ruaient, puis les tiroirs forcés, les sacs éventrés, tout mangé, tout bu, la maison elle-même emportée, plus rien, pas même un bâton pour aller mendier au travers des villages. Non, il ne leur permettrait pas d'achever sa ruine, il préférait y laisser la peau. Depuis qu'il était là, il apercevait à une fenêtre de sa maison, sur la façade en retour, la chétive silhouette de sa femme, pâle et brouillée derrière les vitres : sans doute elle regardait arriver les coups, de son air muet de pauvre être battu. Au-dessous, il y avait un hangar, placé de telle sorte, que, du jardin de l'hôtel, on pouvait y monter en grimpant au treillage du mur mitoyen ; puis, de là, il était facile de ramper sur les tuiles, jusqu'à la fenêtre. Et l'idée de rentrer ainsi chez lui le torturait à présent, dans son remords d'en être sorti. Peut-être aurait-il le temps de barricader le magasin avec des meubles ; même il inventait d'autres défenses héroïques, de l'huile bouillante, du pétrole enflammé, versé d'en haut. Mais cet amour de ses marchandises luttait contre sa peur, il râlait de lâcheté combattue. Tout d'un coup, il se décida, à un retentissement plus profond de la hache. L'avarice l'emportait, lui et sa femme couvriraient tes sacs de leur corps, plutôt que d'abandonner un pain.

TEXTE 9

Des huées, presque aussitôt, éclatèrent.

— Regardez ! regardez !

— Le matou est là-haut ! au chat ! au chat !

La bande venait d'apercevoir Maigrat, sur la toiture du hangar. Dans sa fièvre, malgré sa lourdeur, il avait monté au treillage avec agilité, sans se soucier des bois qui cassaient ; et, maintenant, il s'aplatissait le long des tuiles, il s'efforçait d'atteindre la fenêtre. Mais la pente se trouvait très raide, il était gêné par son ventre, ses ongles s'arrachaient. Pourtant, il se serait traîné jusqu'en haut, s'il ne s'était mis à trembler, dans la crainte de recevoir des pierres ; car la foule, qu'il ne voyait plus, continuait à crier, sous lui :

— Au chat ! au chat !... Faut le démolir !

Et, brusquement, ses deux mains lâchèrent à la fois, il roula comme une boule, sursauta à la gouttière, tomba en travers du mur mitoyen, si malheureusement qu'il rebondit du côté de la route, où il s'ouvrit le crâne, à l'angle d'une borne. La cervelle avait jailli. Il était mort. Sa femme, en haut, pâle et brouillée derrière les vitres, regardait toujours.

D'abord, ce fut une stupeur. Étienne s'était arrêté, la hache glissée des poings. Maheu, Levaque, tous les autres oubliaient la boutique, les yeux tournés vers le mur, où coulait lentement un mince filet rouge. Et les cris avaient cessé, un silence s'élargissait dans l'ombre croissante.

Tout de suite, les huées recommencèrent. C'étaient les femmes qui se précipitaient, prises de l'ivresse du sang.

— Il y a donc un bon Dieu ! Ah ! cochon, c'est fini !

Elles entouraient le cadavre encore chaud, elles l'insultaient avec des rires, traitant de sale gueule sa tête fracassée, hurlant à la face de la mort la longue rancune de leur vie sans pain.

— Je te devais soixante francs, te voilà payé, voleur ! dit la Maheude, enragée parmi les autres. Tu ne me refuseras plus crédit… Attends ! Attends ! il faut que je t'engraisse encore.

De ses dix doigts, elle grattait la terre, elle en prit deux poignées, dont elle lui emplit la bouche, violemment.

— Tiens ! mange donc !… Tiens ! mange, mange, toi qui nous mangeais !

Les injures redoublèrent, pendant que le mort, étendu sur le dos, regardait, immobile, de ses grands yeux fixes, le ciel immense d'où tombait la nuit. Cette terre, tassée dans sa bouche, c'était le pain qu'il avait refusé. Et il ne mangerait plus que de ce pain-là, maintenant. Ça ne lui avait guère porté bonheur, d'affamer le pauvre monde.

Mais les femmes avaient à tirer de lui d'autres vengeances. Elles tournaient en le flairant, pareilles à des louves. Toutes cherchaient un outrage, une sauvagerie qui les soulageât.

On entendit la voix aigre de la Brûlé.

— Faut le couper comme un matou !

— Oui, oui ! au chat ! au chat !… Il en a trop fait, le salaud !

Déjà, la Mouquette le déculottait, tirait le pantalon, tandis que la Levaque soulevait les jambes. Et la Brûlé, de ses mains sèches de vieille, écarta les cuisses nues, empoigna cette virilité morte. Elle tenait tout, arrachant, dans un effort qui tendait sa maigre échine et faisait craquer ses grands bras. Les peaux molles résistaient, elle dut s'y reprendre, elle finit par emporter le lambeau, un paquet de chair velue et sanglante, qu'elle agita, avec un rire de triomphe :

— Je l'ai ! je l'ai !

Des voix aiguës saluèrent d'imprécations l'abominable trophée.

— Ah ! bougre, tu n'empliras plus nos filles !

— Oui, c'est fini de te payer sur la bête, nous n'y passerons plus toutes, à tendre le derrière pour avoir un pain.

— Tiens ! je te dois six francs, veux-tu prendre un acompte ? moi, je veux bien, si tu peux encore !

Cette plaisanterie les secoua d'une gaieté terrible. Elles se montraient le lambeau sanglant, comme une bête mauvaise, dont chacune avait eu à souffrir, et qu'elles venaient d'écraser enfin, qu'elles voyaient là, inerte, en leur pouvoir. Elles crachaient dessus, elles avançaient leurs mâchoires, en répétant, dans un furieux éclat de mépris :

— Il ne peut plus ! il ne peut plus !... Ce n'est plus un homme qu'on va foutre dans la terre... Va donc pourrir, bon à rien !

La Brûlé, alors, planta tout le paquet au bout de son bâton ; et, le portant en l'air, le promenant ainsi qu'un drapeau, elle se lança sur la route, suivie de la débandade hurlante des femmes. Des gouttes de sang pleuvaient, cette chair lamentable pendait, comme un déchet de viande à l'étal d'un boucher. En haut, à la fenêtre, Mme Maigrat ne bougeait toujours pas ; mais, sous la dernière lueur du couchant, les défauts brouillés des vitres déformaient sa face blanche, qui semblait rire. Battue, trahie à chaque heure, les épaules pliées du matin au soir sur un registre, peut-être riait-elle, quand la bande des femmes galopa, avec la bête mauvaise, la bête écrasée, au bout du bâton.

Cette mutilation affreuse s'était accomplie dans une horreur glacée. Ni Étienne, ni Maheu, ni les autres, n'avaient eu le temps d'intervenir : ils restaient immobiles, devant ce galop de furies. Sur la porte de l'estaminet Tison, des têtes se montraient, Rasseneur blême de révolte, et Zacharie, et Philomène, stupéfiés d'avoir vu. Les deux vieux, Bonnemort et Mouque, très graves, hochaient la tête. Seul, Jeanlin rigolait, poussait du coude Bébert, forçait Lydie à lever le nez. Mais les femmes revenaient déjà, tournant sur elles-mêmes, passant sous les fenêtres de la Direction. Et, derrière les persiennes, ces dames et ces demoiselles allongeaient le cou. Elles n'avaient pu apercevoir la scène, cachée par le mur, elles distinguaient mal, dans la nuit devenue noire.

— Qu'ont-elles donc au bout de ce bâton ? demanda Cécile, qui s'était enhardie jusqu'à regarder.

Lucie et Jeanne déclarèrent que ce devait être une peau de lapin.

— Non, non, murmura Mme Hennebeau, ils auront pillé la charcuterie, on dirait un débris de porc.

À ce moment, elle tressaillit et elle se tut. Mme Grégoire lui avait donné un coup de genou. Toutes deux restèrent béantes. Ces demoiselles, très pâles, ne questionnaient plus, suivaient de leurs grands yeux cette vision rouge, au fond des ténèbres.

Étienne de nouveau brandit la hache. Mais le malaise ne se dissipait pas, ce cadavre à présent barrait la route et protégeait la boutique. Beaucoup avaient reculé. C'était comme un assouvissement qui les apaisait tous. Maheu demeurait sombre, lorsqu'il entendit une voix lui dire à l'oreille de se sauver. Il se retourna, il reconnut Catherine, toujours dans son vieux paletot d'homme, noire, haletante. D'un geste, il la repoussa. Il ne voulait pas l'écouter, il menaçait de la battre. Alors, elle eut un geste de désespoir, elle hésita, puis courut vers Étienne.

— Sauve-toi, sauve-toi, voilà les gendarmes !

Lui aussi la chassait, l'injuriait, en sentant remonter à ses joues le sang des gifles qu'il avait reçues. Mais elle ne se rebutait pas, elle l'obligeait à jeter la hache, elle l'entraînait par les deux bras, avec une force irrésistible.

— Quand je te dis que voilà les gendarmes !... Écoute-moi donc. C'est Chaval qui est allé les chercher et qui les amène, si tu veux savoir. Moi, ça m'a dégoûtée, je suis venue... Sauve-toi, je ne veux pas qu'on te prenne.

Et Catherine l'emmena, à l'instant où un lourd galop ébranlait au loin le pavé. Tout de suite, un cri éclata « Les gendarmes ! les gendarmes ! » Ce fut une débâcle, un sauve-qui-peut si éperdu, qu'en deux minutes la route se trouva libre, absolument nette, comme balayée par un ouragan. Le cadavre de Maigrat faisait seul une tache d'ombre sur la terre blanche. Devant l'estaminet Tison, il n'était resté que Rasseneur, qui, soulagé, la face ouverte, applaudissait à la facile victoire des sabres ; tandis que, dans Montsou désert, éteint, dans le silence des façades closes, les bourgeois, la sueur à la peau, n'osant risquer un œil, claquaient des dents. La plaine se noyait sous l'épaisse nuit, il n'y avait plus que les hauts fourneaux et les fours à coke incendiés au fond du ciel tragique. Pesamment, le galop des gendarmes approchait, ils débouchèrent sans qu'on les distinguât, en une masse sombre. Et, derrière eux, confiée à leur garde, la voiture du pâtissier de Marchiennes arrivait enfin, une carriole d'où sauta un marmiton, qui se mit d'un air tranquille à déballer les croûtes des vol-au-vent.

# Sixième partie

## I

La première quinzaine de février s'écoula encore, un froid noir prolongeait le dur hiver, sans pitié des misérables. De nouveau, les autorités avaient battu les routes : le préfet de Lille, un procureur, un général. Et les gendarmes n'avaient pas suffi, de la troupe était venue occuper Montsou, tout un régiment, dont les hommes campaient de Beaugnies à Marchiennes. Des postes armés gardaient les puits, il y avait des soldats devant chaque machine. L'hôtel du directeur, les Chantiers de la Compagnie, jusqu'aux maisons de certains bourgeois, s'étaient hérissés de baïonnettes. On n'entendait plus, le long du pavé, que le passage lent des patrouilles. Sur le terri du Voreux, continuellement, une sentinelle restait plantée, comme une vigie au-dessus de la plaine rase, dans le coup de vent glacé qui soufflait là-haut; et, toutes les deux heures, ainsi qu'en pays ennemi, retentissaient les cris de faction.

— Qui vive ?... Avancez au mot de ralliement !

Le travail n'avait repris nulle part. Au contraire, la grève s'était aggravée : Crèvecœur, Mirou, Madeleine arrêtaient l'extraction, comme le Voreux; Feutry-Cantel et la Victoire perdaient de leur monde chaque matin; à Saint-Thomas, jusque-là indemne, des hommes manquaient. C'était maintenant une obstination muette, en face de ce déploiement de force, dont s'exaspérait l'orgueil des mineurs. Les corons semblaient déserts, au milieu des champs de betteraves. Pas un ouvrier ne bougeait, à peine en rencontrait-on un par hasard, isolé, le regard oblique, baissant la tête devant les pantalons rouges. Et, sous cette grande paix morne, dans cet entêtement passif, se butant contre les fusils, il y avait la douceur menteuse, l'obéissance forcée et patiente des fauves en cage, les yeux sur le dompteur, prêts à lui manger la nuque, s'il tournait le dos. La Compagnie, que cette mort du travail ruinait, parlait d'embaucher des mineurs du Borinage, à la frontière belge ; mais elle n'osait point ; de sorte que la bataille en restait là, entre les charbonniers qui s'enfermaient chez eux, et les fosses mortes, gardées par la troupe.

Dès le lendemain de la journée terrible, cette paix s'était produite, d'un coup, cachant une panique telle, qu'on faisait le plus de silence possible sur les dégâts et les atrocités. L'enquête ouverte établissait que Maigrat était mort de sa chute, et l'affreuse mutilation du cadavre demeurait vague, entourée déjà d'une légende. De son côté, la Compagnie n'avouait pas les dommages soufferts, pas plus que les Grégoire ne se souciaient de compromettre leur fille dans le scandale d'un procès, où elle devrait témoigner. Cependant, quelques arrestations avaient eu lieu, des comparses comme toujours, imbéciles et ahuris, ne sachant rien. Par erreur, Pierron était allé, les menottes aux poignets, jusqu'à Marchiennes, ce dont les camarades riaient encore. Rasseneur, également, avait failli être emmené entre deux gendarmes. On se contentait, à la Direction, de dresser des listes de renvoi, on rendait les livrets en masse Maheu avait reçu le sien. Levaque aussi, de même que trente-quatre de leurs camarades, au seul coron des Deux-Cent-Quarante. Et toute la sévérité retombait sur Étienne, disparu depuis le soir de la bagarre, et qu'on cherchait, sans pouvoir retrouver sa trace. Chaval, dans sa haine, l'avait dénoncé, en refusant de nommer les autres, supplié par Catherine qui voulait sauver ses parents. Les jours se passaient, on sentait que rien n'était fini, on attendait la fin, la poitrine oppressée d'un malaise.

À Montsou, dès lors, les bourgeois s'éveillèrent en sursaut chaque nuit, les oreilles bourdonnantes d'un tocsin imaginaire, les narines hantées d'une puanteur de poudre. Mais ce qui acheva de leur fêler le crâne, ce fut un prône[1] de leur nouveau curé, l'abbé Ranvier, ce prêtre maigre aux yeux de braise rouge, qui succédait à l'abbé Joire. Comme on était loin de la discrétion souriante de celui-ci, de son unique soin d'homme gras et doux à vivre en paix avec tout le monde ! Est-ce que l'abbé Ranvier ne s'était pas permis de prendre la défense des abominables brigands en train de déshonorer la région ? Il trouvait des excuses aux scélératesses des grévistes, il attaquait violemment la bourgeoisie, sur laquelle il rejetait toutes les responsabilités. C'était la bourgeoisie qui, en dépossédant l'Église de ses libertés antiques pour en mésuser elle-même, avait fait de ce monde un lieu maudit d'injustice et de souffrance ; c'était elle qui prolongeait les malentendus, qui poussait à une catastrophe effroyable, par son athéisme, par son refus d'en revenir aux croyances, aux traditions fraternelles des premiers chrétiens. Et il avait osé menacer les riches, il les avait avertis que, s'ils s'entêtaient davantage à ne pas écouter la voix de Dieu, sûrement Dieu se mettrait du côté des pauvres : il reprendrait leurs fortunes aux jouisseurs incrédules, il les distribuerait aux humbles de la terre, pour le triomphe de sa gloire. Les dévotes en tremblaient, le notaire déclarait qu'il y avait là du pire socialisme, tous voyaient le curé à la tête d'une bande, brandissant une croix, démolissant la société bourgeoise de 89, à grands coups.

M. Hennebeau, averti, se contenta de dire, avec un haussement d'épaules :

— S'il nous ennuie trop, l'évêque nous en débarrassera.

---

1. *Prône* : instruction chrétienne que le curé fait chaque dimanche après la lecture du premier Évangile de la messe paraoissiale.

Et, pendant que la panique soufflait ainsi d'un bout à l'autre de la plaine, Étienne habitait sous terre, au fond de Réquillart, le terrier à Jeanlin. C'était là qu'il se cachait, personne ne le croyait si proche, l'audace tranquille de ce refuge, dans la mine même, dans cette voie abandonnée du vieux puits, avait déjoué les recherches. En haut, les prunelliers et les aubépines, poussés parmi les charpentes abattues du beffroi, bouchaient le trou ; on ne s'y risquait plus, il fallait connaître la manœuvre, se pendre aux racines du sorbier, se laisser tomber sans peur, pour atteindre les échelons solides encore ; et d'autres obstacles le protégeaient, la chaleur suffocante du goyot, cent vingt mètres d'une descente dangereuse, puis le pénible glissement à plat ventre, d'un quart de lieue, entre les parois resserrées de la galerie, avant de découvrir la caverne scélérate, emplie de rapines. Il y vivait au milieu de l'abondance, il y avait trouvé du genièvre, le reste de la morue sèche, des provisions de toutes sortes. Le grand lit de foin était excellent, on ne sentait pas un courant d'air, dans cette température égale, d'une tiédeur de bain. Seule, la lumière menaçait de manquer. Jeanlin qui s'était fait son pourvoyeur, avec une prudence et une discrétion de sauvage ravi de se moquer des gendarmes, lui apportait jusqu'à de la pommade, mais ne pouvait arriver à mettre la main sur un paquet de chandelles.

Dès le cinquième jour, Étienne n'alluma plus que pour manger. Les morceaux ne passaient pas, lorsqu'il les avalait dans la nuit. Cette nuit interminable, complète, toujours du même noir, était sa grande souffrance. Il avait beau dormir en sûreté, être pourvu de pain, avoir chaud, jamais la nuit n'avait pesé si lourdement à son crâne. Elle lui semblait être comme l'écrasement même de ses pensées. Maintenant, voilà qu'il vivait de vols ! Malgré ses théories communistes, les vieux scrupules d'éducation se soulevaient, il se contentait de pain sec, rognait sa portion. Mais comment faire ? il fallait bien vivre, sa tâche n'était pas remplie. Une autre honte l'accablait, le remords de cette ivresse sauvage, du genièvre bu dans le grand froid, l'estomac vide, et qui l'avait jeté sur Chaval, armé d'un couteau. Cela remuait en lui tout un inconnu d'épouvante, le mal héréditaire, la longue hérédité de soûlerie, ne tolérant plus une goutte d'alcool sans tomber à la fureur homicide. Finirait-il donc en assassin ? Lorsqu'il s'était trouvé à l'abri, dans ce calme profond de la terre, pris d'une satiété de violence, il avait dormi deux jours d'un sommeil de brute, gorgée, assommée ; et l'écœurement persistait, il vivait moulu, la bouche amère, la tête malade, comme à la suite de quelque terrible noce. Une semaine s'écoula ; les Maheu, avertis, ne purent envoyer une chandelle : il fallut renoncer à voir clair, même pour manger.

Maintenant, durant des heures, Étienne demeurait allongé sur son foin. Des idées vagues le travaillaient, qu'il ne croyait pas avoir. C'était une sensation de supériorité qui le mettait à part des camarades, une exaltation de sa personne, à mesure qu'il s'instruisait. Jamais il n'avait tant réfléchi, il se demandait pourquoi son dégoût, le lendemain de la furieuse course au travers des fosses ; et il n'osait se répondre, des souvenirs le répugnaient, la bassesse des convoitises, la grossièreté des instincts, l'odeur de toute cette misère secouée au vent. Malgré le tourment des ténèbres, il en arrivait à redouter l'heure où il rentrerait au coron. Quelle nausée, ces misérables en tas, vivant au baquet commun ! Pas un avec qui causer politique sérieusement, une existence de bétail, toujours le même air empesté d'oignon où l'on étouffait ! Il voulait leur élargir le ciel, les élever au bien-être et aux bonnes manières de la bourgeoisie, en faisant d'eux les maîtres ; mais comme ce serait long ! et il ne se sentait plus le courage d'attendre la victoire, dans ce bagne de la faim. Lentement, sa vanité d'être leur chef, sa préoccupation constante de penser à leur place, le dégageaient, lui soufflaient l'âme d'un de ces bourgeois qu'il exécrait.

Jeanlin, un soir, apporta un bout de chandelle, volé dans la lanterne d'un roulier ; et ce fut un grand soulagement pour Étienne. Lorsque les ténèbres finissaient par l'hébéter, par lui peser sur le crâne à le rendre fou, il allumait un instant ; puis, dès qu'il avait chassé le cauchemar, il éteignait, avare de cette clarté nécessaire à sa vie, autant que le pain. Le silence bourdonnait à ses oreilles, il n'entendait que la fuite d'une bande de rats, le craquement des vieux boisages, le petit bruit d'une araignée filant sa toile. Et les yeux ouverts dans ce néant tiède, il retournait à son idée fixe, à ce que les camarades faisaient là-haut. Une défection de sa part lui aurait paru la dernière des lâchetés. S'il se cachait ainsi, c'était pour rester libre, pour conseiller et agir. Ses longues songeries avaient fixé son ambition : en attendant mieux, il aurait voulu être Pluchart, lâcher le travail, travailler uniquement à la politique, mais seul, dans une chambre propre, sous le prétexte que les travaux de tête absorbent la vie entière et demandent beaucoup de calme.

Au commencement de la seconde semaine, l'enfant lui ayant dit que les gendarmes le croyaient passé en Belgique, Étienne osa sortir de son trou, dès la nuit tombée. Il désirait se rendre compte de la situation, voir si l'on devait s'entêter davantage. Lui, pensait la partie compromise ; avant la grève, il doutait du résultat, il avait simplement cédé aux faits ; et, maintenant, après s'être grisé de rébellion, il revenait à ce premier doute, désespérant de faire céder la Compagnie. Mais il ne se l'avouait pas encore, une angoisse le torturait, lorsqu'il songeait aux misères de la défaite, à toute cette lourde responsabilité de souffrance qui pèserait sur lui. La fin de la grève, n'était-ce pas la fin de son rôle, son ambition par terre, son existence retombant à l'abrutissement de la mine et aux dégoûts du coron? Et, honnêtement, sans bas calculs de mensonge, il s'efforçait de retrouver sa foi, de se prouver que la résistance restait possible, que le capital allait se détruire lui-même, devant l'héroïque suicide du travail.

C'était en effet, dans le pays entier, un long retentissement de ruines. La nuit, lorsqu'il errait par la campagne noire, ainsi qu'un loup hors de son bois, il croyait entendre les effondrements des faillites, d'un bout de la plaine à l'autre. Il ne longeait plus, au bord des chemins, que des usines fermées, mortes, dont les bâtiments pourrissaient sous le ciel blafard. Les sucreries surtout avaient souffert; la sucrerie Hoton, la sucrerie Fauvelle, après avoir réduit le nombre de leurs ouvriers, venaient de crouler tour à tour. À la minoterie Dutilleul, la dernière meule s'était arrêtée le deuxième samedi du mois, et la corderie Bleuze pour les câbles de mine se trouvait définitivement tuée par le chômage. Du côté de Marchiennes, la situation s'aggravait chaque jour : tous les feux éteints à la verrerie Gagebois, des renvois continuels aux ateliers de construction Sonneville, un seul des trois hauts fourneaux des Forges allumé, par une batterie des fours à coke ne brûlant à l'horizon. La grève des charbonniers de Montsou, née de la crise industrielle qui empirait depuis deux ans, l'avait accrue, en précipitant la débâcle. Aux causes de souffrance, l'arrêt des commandes de l'Amérique, l'engorgement des capitaux immobilisés dans un excès de production, se joignait maintenant le manque imprévu de la houille, pour les quelques chaudières qui chauffaient encore; et, là, était l'agonie suprême, ce pain des machines que les puits ne fournissaient plus. Effrayée devant le malaise général, la Compagnie, en diminuant son extraction et en affamant ses mineurs, s'était fatalement trouvée, dès la fin de décembre, sans un morceau de charbon sur le carreau de ses fosses. Tout se tenait, le fléau soufflait de loin, une chute en entraînait une autre, les industries se culbutaient en s'écrasant, dans une série si rapide de catastrophes, que les contrecoups retentissaient jusqu'au fond des cités voisines, Lille, Douai, Valenciennes, où des banquiers en fuite ruinaient des familles.

Souvent, au coude d'un chemin, Étienne s'arrêtait, dans la nuit glacée, pour écouter pleuvoir les décombres. Il respirait fortement les ténèbres, une joie du néant le prenait, un espoir que le jour se lèverait sur l'extermination du vieux monde, plus une fortune debout, le niveau égalitaire passé comme une faux, au ras du sol. Mais les fosses de la Compagnie surtout l'intéressaient, dans ce massacre. Il se remettait en marche, aveuglé d'ombre, il les visitait les unes après les autres, heureux quand il apprenait quelque nouveau dommage. Des éboulements continuaient à se produire, d'une gravité croissante, à mesure que l'abandon des voies se prolongeait. Au-dessus de la galerie nord de Mirou, l'affaissement du sol gagnait tellement, que la route de Joiselle, sur un parcours de cent mètres, s'était engloutie, comme dans la secousse d'un tremblement de terre ; et la Compagnie, sans marchander, payait leurs champs disparus aux propriétaires, inquiète du bruit soulevé autour de ces accidents. Crèvecœur et Madeleine, de roche très ébouleuse, se bouchaient de plus en plus. On parlait de deux porions ensevelis à la Victoire ; un coup d'eau avait inondé Feutry-Cantel ; il faudrait murailler un kilomètre de galerie à Saint-Thomas, où les bois, mal entretenus, cassaient de toutes parts. C'étaient ainsi, d'heure en heure, des frais énormes, des brèches ouvertes dans les dividendes des actionnaires, une rapide destruction des fosses, qui devait finir, à la longue, par manger les fameux deniers de Montsou, centuplés en un siècle.

Alors, devant ces coups répétés, l'espoir renaissait chez Étienne, il finissait par croire qu'un troisième mois de résistance achèverait le monstre, la bête lasse et repue, accroupie là-bas comme une idole, dans l'inconnu de son tabernacle. Il savait qu'à la suite des troubles de Montsou, une vive émotion s'était emparée des journaux de Paris, toute une polémique violente entre les feuilles officieuses et les feuilles de l'opposition, des récits terrifiants, que l'on exploitait surtout contre l'Internationale, dont l'empire prenait peur, après l'avoir encouragée, et, la Régie n'osant plus faire la sourde oreille, deux des régisseurs avaient daigné venir pour une enquête, mais d'un air de regret, sans paraître s'inquiéter du dénouement, si désintéressés, que trois jours après ils étaient repartis, en déclarant que les choses allaient le mieux du monde. Pourtant, on lui affirmait d'autre part que ces messieurs, durant leur séjour, siégeaient en permanence, déployaient une activité fébrile, enfoncés dans des affaires dont personne autour d'eux ne soufflait mot. Et il les accusait de jouer la confiance, il arrivait à traiter leur départ de fuite affolée, certain maintenant du triomphe, puisque ces terribles hommes lâchaient tout.

Mais Étienne, la nuit suivante, désespéra de nouveau. La Compagnie avait les reins trop forts pour qu'on les lui cassât si aisément : elle pouvait perdre des millions, ce serait plus tard sur les ouvriers qu'elle les rattraperait, en rognant leur pain. Cette nuit-là, ayant poussé jusqu'à Jean-Bart, il devina la vérité, quand un surveillant lui conta qu'on parlait de céder Vandame à Montsou. C'était, disait-on, chez Deneulin, une misère pitoyable, la misère des riches, le père malade d'impuissance, vieilli par le souci de l'argent, les filles luttant au milieu des fournisseurs, tâchant de sauver leurs chemises. On souffrait moins dans les corons affamés que dans cette maison de bourgeois, où l'on se cachait pour boire de l'eau. Le travail n'avait pas repris à Jean-Bart, et il avait fallu remplacer la pompe de Gaston-Marie ; sans compter que, malgré toute la hâte mise, un commencement d'inondation s'était produit, qui nécessitait de grandes dépenses. Deneulin venait de risquer enfin sa demande d'un emprunt de cent mille francs aux Grégoire, dont le refus, attendu d'ailleurs, l'avait achevé s'ils refusaient, c'était par affection, afin de lui éviter une lutte impossible ; et ils lui donnaient le conseil de vendre. Il disait toujours non, violemment. Cela l'enrageait de payer les frais de la grève, il espérait d'abord en mourir, le sang à la tête, le cou étranglé d'apoplexie. Puis, que faire ? il avait écouté les offres. On le chicanait, on dépréciait cette proie superbe, ce puits réparé, équipé à neuf, où le manque d'avances paralysait seul l'exploitation. Bien heureux encore s'il en tirait de quoi désintéresser ses créanciers. Il s'était, pendant deux jours, débattu contre les régisseurs campés à Montsou, furieux de la façon tranquille dont ils abusaient de ses embarras, leur criant jamais, de sa voix retentissante. Et l'affaire en restait là, ils étaient retournés à Paris attendre patiemment son dernier râle. Étienne flaira cette compensation aux désastres, repris de découragement devant la puissance invincible des gros capitaux, si forts dans la bataille, qu'ils s'engraissaient de la défaite en mangeant les cadavres des petits, tombés à leur côté.

Le lendemain, heureusement, Jeanlin lui apporta une bonne nouvelle. Au Voreux, le cuvelage du puits menaçait de crever, les eaux filtraient de tous les joints ; et l'on avait dû mettre une équipe de charpentiers à la réparation, en grande hâte.

Jusque-là, Étienne avait évité le Voreux, inquiété par l'éternelle silhouette noire de la sentinelle, plantée sur le terri, au-dessus de la plaine. On ne pouvait l'éviter, elle dominait, elle était, en l'air, comme le drapeau du régiment. Vers trois heures du matin, le ciel devint sombre, il se rendit à la fosse, où des camarades lui expliquèrent le mauvais état du cuvelage même leur idée était qu'il y avait urgence à le refaire en entier, ce qui aurait arrêté l'extraction pendant trois mois. Longtemps, il rôda écoutant les maillets des charpentiers taper dans le puits. Cela lui réjouissait le cœur, cette plaie qu'il fallait panser.

Au petit jour, lorsqu'il rentra, il retrouva la sentinelle sur le terri. Cette fois, elle le verrait certainement. Il marchait, en songeant à ces soldats, pris dans le peuple, et qu'on armait contre le peuple. Comme le triomphe de la révolution serait devenu facile, si l'armée s'était brusquement déclarée pour elle ! Il suffisait que l'ouvrier, que le paysan, dans les casernes, se souvînt de son origine. C'était le péril suprême, la grande épouvante, dont les dents des bourgeois claquaient, quand ils pensaient à une défection possible des troupes. En deux heures, ils seraient balayés, exterminés, avec les jouissances et les abominations de leur vie inique. Déjà, l'on disait que des régiments entiers se trouvaient infectés de socialisme. Était-ce vrai ? la justice allait-elle venir, grâce aux cartouches distribuées par la bourgeoisie ? Et, sautant à un autre espoir, le jeune homme rêvait que le régiment dont les postes gardaient les fosses, passait à la grève, fusillait la Compagnie en bloc et donnait enfin la mine aux mineurs.

Il s'aperçut alors qu'il montait sur le terri, la tête bourdonnante de ces réflexions. Pourquoi ne causerait-il pas avec ce soldat ? Il saurait la couleur de ses idées. D'un air indifférent, il continuait de s'approcher, comme s'il eût glané les vieux bois, restés dans les déblais. La sentinelle demeurait immobile.

— Hein ? camarade, un fichu temps ! dit enfin Étienne. Je crois que nous allons avoir de la neige.

C'était un petit soldat, très blond, avec une douce figure pâle, criblée de taches de rousseur. Il avait, dans sa capote, l'embarras d'une recrue.

— Oui, tout de même, je crois, murmura-t-il.

Et, de ses yeux bleus, il regardait longuement le ciel livide, cette aube enfumée, dont la suie pesait comme du plomb, au loin, sur la plaine.

— Qu'ils sont bêtes, de vous planter là, à vous geler les os ! continua Étienne. Si l'on ne dirait pas que l'on attend les Cosaques !... Avec ça, il souffle toujours un vent, ici !

Le petit soldat grelottait sans se plaindre. Il y avait bien une cabane en pierres sèches, où le vieux Bonnemort s'abritait, par les nuits d'ouragan ; mais, la consigne étant de ne pas quitter le sommet du terri, le soldat n'en bougeait pas, les mains si raides de froid, qu'il ne sentait plus son arme. Il appartenait au poste de soixante hommes qui gardait le Voreux ; et, comme cette cruelle faction revenait fréquemment, il avait déjà failli y rester, les pieds morts. Le métier voulait ça, une obéissance passive achevait de l'engourdir, il répondait aux questions par des mots bégayés d'enfant qui sommeille.

Vainement, pendant un quart d'heure, Étienne tâcha de le faire parler sur la politique. Il disait oui, il disait non, sans avoir l'air de comprendre ; des camarades racontaient que le capitaine était républicain ; quant à lui, il n'avait pas d'idée, ça lui était égal. Si on lui commandait de tirer, il tirerait, pour n'être pas puni. L'ouvrier l'écoutait, saisi de la haine du peuple contre l'armée, contre ces frères dont on changeait le cœur, en leur collant un pantalon rouge au derrière.

— Alors, vous vous nommez ?

— Jules.

— Et d'où êtes-vous ?

— De Plogof, là-bas.

Au hasard, il avait allongé le bras. C'était en Bretagne, il n'en savait pas davantage. Sa petite figure pâle s'animait, il se mit à rire, réchauffé.

— J'ai ma mère et ma sœur. Elles m'attendent bien sûr. Ah ! ce ne sera pas pour demain… Quand je suis parti, elles m'ont accompagné jusqu'à Pont-l'Abbé. Nous avions pris le cheval aux Lepalmec, il a failli se casser les jambes en bas de la descente d'Audierne. Le cousin Charles nous attendait avec des saucisses, mais les femmes pleuraient trop, ça nous restait dans la gorge… Ah ! mon Dieu ! ah ! mon Dieu ! comme c'est loin, chez nous !

Ses yeux se mouillaient, sans qu'il cessât de rire. La lande déserte de Plogof, cette sauvage pointe du Raz battue des tempêtes, lui apparaissait dans un éblouissement de soleil, à la saison rose des bruyères.

— Dites donc, demanda-t-il, si je n'ai pas de punitions, est-ce que vous croyez qu'on me donnera une permission d'un mois, dans deux ans ?

Alors, Étienne parla de la Provence, qu'il avait quittée tout petit. Le jour grandissait, des flocons de neige commençaient à voler dans le ciel terreux. Et il finit par être pris d'inquiétude, en apercevant Jeanlin qui rôdait au milieu des ronces, l'air stupéfait de le voir là-haut. D'un geste, l'enfant le hélait. À quoi bon ce rêve de fraterniser avec les soldats ? Il faudrait des années et des années encore, sa tentative inutile le désolait, comme s'il avait compté réussir. Mais, brusquement, il comprit le geste de Jeanlin : on venait relever la sentinelle ; et il s'en alla, il rentra en courant se terrer à Réquillart, le cœur crevé une fois de plus par la certitude de la défaite ; pendant que le gamin, galopant près de lui, accusait cette sale rosse de troupier d'avoir appelé le poste pour tirer sur eux.

Au sommet du terri, Jules était resté immobile, les regards perdus dans la neige qui tombait. Le sergent s'approchait avec ses hommes, les cris réglementaires furent échangés.

— Qui vive ?... Avancez au mot de ralliement !

Et l'on entendit les pas lourds repartir, sonnant comme en pays conquis. Malgré le jour grandissant, rien ne bougeait dans les corons, les charbonniers se taisaient et s'enrageaient, sous la botte militaire.

# II

Depuis deux jours, la neige tombait ; elle avait cessé le matin, une gelée intense glaçait l'immense nappe ; et ce pays noir, aux routes d'encre, aux murs et aux arbres poudrés des poussières de la houille, était tout blanc, d'une blancheur unique, à l'infini. Sous la neige, le coron des Deux-Cent-Quarante gisait, comme disparu. Pas une fumée ne sortait des toitures. Les maisons sans feu, aussi froides que les pierres des chemins, ne fondaient pas l'épaisse couche des tuiles. Ce n'était plus qu'une carrière de dalles blanches, dans la plaine blanche, une vision de village mort, drapé de son linceul. Le long des rues, les patrouilles qui passaient avaient seules laissé le gâchis boueux de leur piétinement.

Chez les Maheu, la dernière pelletée d'escarbilles était brûlée depuis la veille ; et il ne fallait plus songer à la glane sur le terri, par ce terrible temps, lorsque les moineaux eux-mêmes ne trouvaient pas un brin d'herbe. Alzire, pour s'être entêtée, ses pauvres mains fouillant la neige, se mourait. La Maheude avait dû l'envelopper dans un lambeau de couverture, en attendant le docteur Vanderhaghen, chez qui elle était allée deux fois déjà, sans pouvoir le rencontrer ; la bonne venait cependant de promettre que Monsieur passerait au coron avant la nuit, et la mère guettait, debout devant la fenêtre, tandis que la petite malade, qui avait voulu descendre, grelottait sur une chaise, avec l'illusion qu'il faisait meilleur là, près du fourneau refroidi. Le vieux Bonnemort, en face, les jambes reprises, semblait dormir. Ni Lénore ni Henri n'étaient rentrés, battant les routes en compagnie de Jeanlin, pour demander des sous. Au travers de la pièce nue, Maheu seul marchait pesamment, butait à chaque tour contre le mur, de l'air stupide d'une bête qui ne voit plus sa cage. Le pétrole aussi était fini ; mais le reflet de la neige, au-dehors, restait si blanc, qu'il éclairait vaguement la pièce, malgré la nuit tombée.

Il y eut un bruit de sabots, et la Levaque poussa la porte en coup de vent, hors d'elle, criant dès le seuil à la Maheude :

— Alors, c'est toi qui as dit que je forçais mon logeur à me donner vingt sous, quand il couchait avec moi !

L'autre haussa les épaules.

— Tu m'embêtes, je n'ai rien dit… D'abord, qui t'a dit ça ?

— On m'a dit que tu l'as dit, tu n'as pas besoin de savoir… Même tu as dit que tu nous entendais bien faire nos saletés derrière ta cloison, et que la crasse s'amassait chez nous parce que j'étais toujours sur le dos… Dis encore que tu ne l'as pas dit, hein !

Chaque jour, des querelles éclataient, à la suite du continuel bavardage des femmes. Entre les ménages surtout qui logeaient porte à porte, les brouilles et les réconciliations étaient quotidiennes. Mais jamais une méchanceté si aigre ne les avait jetés les uns sur les autres. Depuis la grève, la faim exaspérait les rancunes, on avait le besoin de cogner : une explication entre deux commères finissait par une tuerie entre les deux hommes.

Justement, Levaque arrivait à son tour, en amenant de force Bouteloup.

— Voici le camarade, qu'il dise un peu s'il a donné vingt sous à ma femme, pour coucher avec.

Le logeur, cachant sa douceur effarée dans sa grande barbe, protestait, bégayait.

— Oh ! ça non, jamais rien, jamais !

Du coup, Levaque devint menaçant, le poing sous le nez de Maheu.

— Tu sais, ça ne me va pas. Quand on a une femme comme ça, on lui casse les reins… C'est donc que tu crois ce qu'elle a dit ?

— Mais, nom de Dieu ! s'écria Maheu, furieux d'être tiré de son accablement, qu'est-ce que c'est encore que tous ces potins ? Est-ce qu'on n'a pas assez de ses misères ? Fous-moi la paix ou je tape !... Et, d'abord, qui a dit que ma femme l'avait dit ?

— Qui l'a dit ?... C'est la Pierronne qui l'a dit.

La Maheude éclata d'un rire aigu ; et, revenant vers la Levaque :

— Ah ! c'est la Pierronne... Eh bien ! je puis te dire ce qu'elle m'a dit, à moi. Oui ! elle m'a dit que tu couchais avec tes deux hommes, l'un dessous et l'autre dessus !

Dès lors, il ne fut plus possible de s'entendre. Tous se fâchaient, les Levaque renvoyaient comme réponse aux Maheu que la Pierronne en avait dit bien d'autres sur leur compte, et qu'ils avaient vendu Catherine, et qu'ils s'étaient pourris ensemble, jusqu'aux petits, avec une saleté prise par Étienne au *Volcan*.

— Elle a dit ça, elle a dit ça, hurla Maheu. C'est bon ! J'y vais, moi, et si elle dit qu'elle l'a dit, je lui colle ma main sur la gueule.

Il s'était élancé dehors, les Levaque le suivirent pour témoigner, tandis que Bouteloup, ayant horreur des disputes, rentrait furtivement. Allumée par l'explication, la Maheude sortait aussi, lorsqu'une plainte d'Alzire la retint. Elle croisa les bouts de la couverture sur le corps frissonnant de la petite, elle retourna se planter devant la fenêtre, les yeux perdus. Et ce médecin qui n'arrivait pas !

À la porte des Pierron, Maheu et les Levaque rencontrèrent Lydie, qui piétinait dans la neige. La maison était close, un filet de lumière passait par la fente d'un volet ; et l'enfant répondit d'abord avec gêne aux questions : non, son papa n'y était pas, il était allé au lavoir rejoindre la mère Brûlé, pour rapporter le paquet de linge. Elle se troubla ensuite, refusa de dire ce que sa maman faisait. Enfin, elle lâcha tout, dans un rire sournois de rancune : sa maman l'avait flanquée à la porte, parce que M. Dansaert était là, et qu'elle les empêchait de causer. Celui-ci, depuis le matin, se promenait dans le coron, avec deux gendarmes, tâchant de racoler des ouvriers, pesant sur les faibles, annonçant partout que, si l'on ne descendait pas le lundi au Voreux, la Compagnie était décidée à embaucher des Borains. Et, comme la nuit tombait, il avait renvoyé les gendarmes, en trouvant la Pierronne seule ; puis, il était resté chez elle à boire un verre de genièvre, devant le bon feu.

— Chut ! taisez-vous, faut les voir ! murmura Levaque, avec un rire de paillardise. On s'expliquera tout à l'heure… Va-t'en, toi, petite garce !

Lydie recula de quelques pas, pendant qu'il mettait un œil à la fente du volet. Il étouffa de petits cris, son échine se renflait, dans un frémissement. À son tour, la Levaque regarda ; mais elle dit, comme prise de coliques, que ça la dégoûtait. Maheu, qui l'avait poussée, voulant voir aussi, déclara qu'on en avait pour son argent. Et ils recommencèrent, à la file, chacun son coup d'œil, ainsi qu'à la comédie. La salle, reluisante de propreté, s'égayait du grand feu ; il y avait des gâteaux sur la table, avec une bouteille et des verres ; enfin, une vraie noce. Si bien que ce qu'ils voyaient là-dedans finissait par exaspérer les deux hommes, qui, en d'autres circonstances, en auraient rigolé six mois. Qu'elle se fît bourrer jusqu'à la gorge, les jupes en l'air, c'était drôle. Mais, nom de Dieu ! est-ce que ce n'était pas cochon, de se payer ça devant un si grand feu, et de se donner des forces avec des biscuits, lorsque les camarades n'avaient ni une lichette de pain, ni une escarbille de houille ?

— V'là papa ! cria Lydie en se sauvant.

Pierron revenait tranquillement du lavoir, le paquet de linge sur une épaule. Tout de suite, Maheu l'interpella.

— Dis donc, on m'a dit que ta femme avait dit que j'avais vendu Catherine et que nous nous étions tous pourris à la maison… Et, chez toi, qu'est-ce qu'il te la paie, ta femme, le monsieur qui est en train de lui user la peau ?

Étourdi, Pierron ne comprenait pas, lorsque la Pierronne, prise de peur en entendant le tumulte des voix, perdit la tête au point d'entrebâiller la porte, pour se rendre compte. On l'aperçut toute rouge, le corsage ouvert, la jupe encore remontée, accrochée à la ceinture ; tandis que, dans le fond, Dansaert se reculottait éperdument. Le maître-porion se sauva, disparut, tremblant qu'une pareille histoire n'arrivât aux oreilles du directeur. Alors, ce fut un scandale affreux, des rires, des huées, des injures.

— Toi qui dis toujours des autres qu'elles sont sales, criait la Levaque à la Pierronne, ce n'est pas étonnant que tu sois propre, si tu te fais récurer par les chefs !

— Ah ! ça lui va, de parler ! reprenait Levaque. En voilà une salope qui a dit que ma femme couchait avec moi et le logeur, l'un dessous et l'autre dessus !… Oui, oui, on m'a dit que tu l'as dit.

Mais la Pierronne, calmée, tenait tête aux gros mots, très méprisante, dans sa certitude d'être la plus belle et la plus riche.

— J'ai dit ce que j'ai dit, fichez-moi la paix, hein !… Est-ce que ça vous regarde, mes affaires, tas de jaloux qui nous en voulez, parce que nous mettons de l'argent à la caisse d'épargne ! Allez, allez, vous aurez beau dire, mon mari sait bien pourquoi Monsieur Dansaert était chez nous.

En effet, Pierron s'emportait, défendait sa femme. La querelle tourna, on le traita de vendu, de mouchard, de chien de la Compagnie, on l'accusa de s'enfermer pour se gaver des bons morceaux, dont les chefs lui payaient ses traîtrises. Lui, répliquait, prétendait que Maheu lui avait glissé des menaces sous sa porte, un papier où se trouvaient deux os de mort en croix, avec un poignard au-dessus. Et cela se termina forcément par un massacre entre les hommes, comme toutes les querelles de femmes depuis que la faim enrageait les plus doux. Maheu et Levaque s'étaient rués sur Pierron à coups de poings, il fallut les séparer.

Le sang coulait à flots du nez de son gendre, lorsque la Brûlé, à son tour, arriva du lavoir. Mise au courant, elle se contenta de dire :

— Ce cochon-là me déshonore.

La rue redevint déserte, pas une ombre ne tachait la blancheur nue de la neige ; et le coron, retombé à son immobilité de mort, crevait de faim sous le froid intense.

— Et le médecin ? demanda Maheu, en refermant la porte.

— Pas venu, répondit la Maheude, toujours debout devant la fenêtre.

— Les petits sont rentrés ?

— Non, pas rentrés.

Maheu reprit sa marche lourde, d'un mur à l'autre, de son air de bœuf assommé. Raidi sur sa chaise, le père Bonnemort n'avait pas même levé la tête. Alzire non plus ne disait rien, tâchait de ne pas trembler, pour leur éviter de la peine ; mais, malgré son courage à souffrir, elle tremblait si fort par moments, qu'on entendait contre la couverture le frisson de son maigre corps de fillette infirme ; pendant que, de ses grands yeux ouverts, elle regardait au plafond le pâle reflet des jardins tout blancs, qui éclairait la pièce d'une lueur de lune.

C'était, maintenant, l'agonie dernière, la maison vidée, tombée au dénuement final. Les toiles des matelas avaient suivi la laine chez la brocanteuse ; puis, les draps étaient partis, le linge, tout ce qui pouvait se vendre. Un soir, on avait vendu deux sous un mouchoir du grand-père. Des larmes coulaient, à chaque objet du pauvre ménage dont il fallait se séparer, et la mère se lamentait encore d'avoir emporté un jour, dans sa jupe, la boîte de carton rose, l'ancien cadeau de son homme, comme on emporterait un enfant, pour s'en débarrasser sous une porte. Ils étaient nus, ils n'avaient plus à vendre que leur peau, si entamée, si compromise, que personne n'en aurait donné un liard. Aussi ne prenaient-ils même pas la peine de chercher, ils savaient qu'il n'y avait rien, que c'était la fin de tout, qu'ils ne devaient espérer ni une chandelle, ni un morceau de charbon, ni une pomme de terre ; et ils attendaient d'en mourir, ils ne se fâchaient que pour les enfants, car cette cruauté inutile les révoltait, d'avoir fichu une maladie à la petite, avant de l'étrangler.

— Enfin, le voilà ! dit la Maheude.

Une forme noire passait devant la fenêtre. La porte s'ouvrit. Mais ce n'était point le docteur Vanderhaghen, ils reconnurent le nouveau curé, l'abbé Ranvier, qui ne parut pas surpris de tomber dans cette maison morte, sans lumière, sans feu, sans pain. Déjà, il sortait de trois autres maisons voisines, allant de famille en famille, racolant des hommes de bonne volonté, ainsi que Dansaert avec ses gendarmes ; et, tout de suite, il s'expliqua, de sa voix fiévreuse de sectaire.

— Pourquoi n'êtes-vous pas venus à la messe dimanche, mes enfants ? Vous avez tort, l'Église seule peut vous sauver… Voyons, promettez-moi de venir dimanche prochain.

Maheu, après l'avoir regardé, s'était remis en marche, pesamment, sans une parole. Ce fut la Maheude qui répondit.

— À la messe, monsieur le curé, pour quoi faire ? Est-ce que le bon Dieu ne se moque pas de nous ?… Tenez ! qu'est-ce que lui a fait ma petite, qui est là, à trembler la fièvre ? Nous n'avions pas assez de misère, n'est-ce pas ? il fallait qu'il me la rendit malade, lorsque je ne puis seulement lui donner une tasse de tisane chaude.

Alors, debout, le prêtre parla longuement. Il exploitait la

grève, cette misère affreuse, cette rancune exaspérée de la faim, avec l'ardeur d'un missionnaire qui prêche des sauvages, pour la gloire de sa religion. Il disait que l'Église était avec les pauvres, qu'elle ferait un jour triompher la justice, en appelant la colère de Dieu sur les iniquités des riches. Et ce jour luirait bientôt, car les riches avaient pris la place de Dieu, en étaient arrivés à gouverner sans Dieu, dans leur vol impie du pouvoir. Mais, si les ouvriers voulaient le juste partage des biens de la terre, ils devaient s'en remettre tout de suite aux mains des prêtres, comme à la mort de Jésus les petits et les humbles s'étaient groupés autour des apôtres. Quelle force aurait le pape, de quelle armée disposerait le clergé, lorsqu'il commanderait à la foule innombrable des travailleurs ! En une semaine, on purgerait le monde des méchants, on chasserait les maîtres indignes, ce serait enfin le vrai règne de Dieu, chacun récompensé selon ses mérites, la loi du travail réglant le bonheur universel.

La Maheude, qui l'écoutait, croyait entendre Étienne, aux veillées de l'automne, lorsqu'il leur annonçait la fin de leurs maux. Seulement, elle s'était toujours méfiée des soutanes.

— C'est très bien, ce que vous racontez là, monsieur le curé, dit-elle. Mais c'est donc que vous ne vous accordez plus avec les bourgeois… Tous nos autres curés dînaient à la Direction, et nous menaçaient du diable, dès que nous demandions du pain.

Il recommença, il parla du déplorable malentendu entre l'Église et le peuple. Maintenant, en phrases voilées, il frappait sur les curés des villes, sur les évêques, sur le haut clergé, repu de jouissance, gorgé de domination, pactisant avec la bourgeoisie libérale, dans l'imbécillité de son aveuglement, sans voir que c'était cette bourgeoisie qui le dépossédait de l'empire du monde. La délivrance viendrait des prêtres de campagne, tous se lèveraient pour rétablir le royaume du

Christ, avec l'aide des misérables ; et il semblait être déjà à leur tête, il redressait sa taille osseuse, en chef de bande, en révolutionnaire de l'Évangile, les yeux emplis d'une telle lumière, qu'ils éclairaient la salle obscure. Cette ardente prédication l'emportait en paroles mystiques, depuis longtemps les pauvres gens ne le comprenaient plus.

— Il n'y a pas besoin de tant de paroles, grogna brusquement Maheu, vous auriez mieux fait de commencer par nous apporter un pain.

— Venez dimanche à la messe, s'écria le prêtre, Dieu pourvoira à tout !

Et il s'en alla, il entra catéchiser les Levaque à leur tour, si haut dans son rêve du triomphe final de l'Église, ayant pour les faits un tel dédain, qu'il courait ainsi les corons, sans aumônes, les mains vides au travers de cette armée mourante de faim, en pauvre diable lui-même qui regardait la souffrance comme l'aiguillon du salut.

Maheu marchait toujours, on n'entendait que cet ébranlement régulier, dont les dalles tremblaient. Il y eut un bruit de poulie mangée de rouille, le vieux Bonnemort cracha dans la cheminée froide. Puis, la cadence des pas recommença. Alzire, assoupie par la fièvre, s'était mise à délirer à voix basse, riant, croyant qu'il faisait chaud et qu'elle jouait au soleil.

— Sacré bon sort ! murmura la Maheude, après lui avoir touché les joues, la voilà qui brûle à présent... Je n'attends plus ce cochon, les brigands lui auront défendu de venir.

Elle parlait du docteur et de la Compagnie. Pourtant, elle eut une exclamation de joie, en voyant la porte s'ouvrir de nouveau. Mais ses bras retombèrent, elle resta toute droite, le visage sombre.

— Bonsoir, dit à demi-voix Étienne, lorsqu'il eut soigneusement refermé la porte.

Souvent, il arrivait ainsi, à la nuit noire. Les Maheu, dès le second jour, avaient appris sa retraite. Mais ils gardaient le secret, personne dans le coron ne savait au juste ce qu'était devenu le jeune homme. Cela l'entourait d'une légende. On continuait à croire en lui, des bruits mystérieux couraient : il allait reparaître avec une armée, avec des caisses pleines d'or ; et c'était toujours l'attente religieuse d'un miracle, l'idéal réalisé, l'entrée brusque dans la cité de justice qu'il leur avait promise. Les uns disaient l'avoir vu au fond d'une calèche, en compagnie de trois messieurs, sur la route de Marchiennes ; d'autres affirmaient qu'il était encore pour deux jours en Angleterre. À la longue, cependant, la méfiance commençait, des farceurs l'accusaient de se cacher dans une cave, où la Mouquette lui tenait chaud ; car cette liaison connue lui avait fait du tort. C'était, au milieu de sa popularité, une lente désaffection, la sourde poussée des convaincus pris de désespoir, et dont le nombre, peu à peu, devait grossir.

— Quel chien de temps ! ajouta-t-il. Et vous, rien de nouveau, toujours de pire en pire ?… On m'a dit que le petit Négrel était parti en Belgique chercher des Borains. Ah ! nom de Dieu, nous sommes fichus, si c'est vrai !

Un frisson l'avait saisi, en entrant dans cette pièce glacée et obscure, où ses yeux durent s'accoutumer pour voir les malheureux, qu'il y devinait, à un redoublement d'ombre. Il éprouvait cette répugnance, ce malaise de l'ouvrier sorti de sa classe, affiné par l'étude, travaillé par l'ambition. Quelle misère, et l'odeur, et les corps en tas, et la pitié affreuse qui le serrait à la gorge ! Le spectacle de cette agonie le bouleversait à un tel point, qu'il cherchait des paroles, pour leur conseiller la soumission.

Mais, violemment, Maheu s'était planté devant lui, criant :

— Des Borains ! ils n'oseront pas, les jean-foutre ! Qu'ils fassent donc descendre des Borains, s'ils veulent que nous démolissions les fosses !

D'un air de gêne, Étienne expliqua qu'on ne pourrait pas bouger, que les soldats qui gardaient les fosses protégeraient la descente des ouvriers belges. Et Maheu serrait les poings, irrité surtout, comme il disait, d'avoir ces baïonnettes dans le dos. Alors, les charbonniers n'étaient plus les maîtres chez eux ? on les traitait donc en galériens, pour les forcer au travail, le fusil chargé ? Il aimait son puits, ça lui faisait une grosse peine de n'y être pas descendu depuis deux mois. Aussi voyait-il rouge, à l'idée de cette injure, de ces étrangers qu'on menaçait d'y introduire. Puis, le souvenir qu'on lui avait rendu son livret lui creva le cœur.

— Je ne sais pas pourquoi je me fâche, murmura-t-il. Moi, je n'en suis plus, de leur baraque… Quand ils m'auront chassé d'ici, je pourrai bien crever sur la route.

— Laisse donc ! dit Étienne. Si tu veux, ils te le reprendront demain, ton livret. On ne renvoie pas les bons ouvriers.

Il s'interrompit, étonné d'entendre Alzire, qui riait doucement, dans le délire de sa fièvre. Il n'avait encore distingué que l'ombre raidie du père Bonnemort, et cette gaieté d'enfant malade l'effrayait. C'était trop, cette fois, si les petits se mettaient à en mourir. La voix tremblante, il se décida.

— Voyons, ça ne peut pas durer, nous sommes foutus… Il faut se rendre.

La Maheude, immobile et silencieuse jusque-là, éclata tout d'un coup, lui cria dans la face, en le tutoyant et en jurant comme un homme :

— Qu'est-ce que tu dis ? C'est toi qui dis ça, nom de Dieu !

Il voulut donner des raisons, mais elle ne le laissait point parler.

— Ne répète pas, nom de Dieu ! ou, toute femme que je suis, je te flanque ma main sur la figure… Alors, nous aurions crevé pendant deux mois, j'aurais vendu mon ménage, mes petits en seraient tombés malades, et il n'y aurait rien de fait, et l'injustice recommencerait !... Ah ! vois-tu, quand je songe à ça, le sang m'étouffe. Non ! non ! moi, je brûlerais tout, je tuerais tout maintenant, plutôt que de me rendre.

Elle désigna Maheu dans l'obscurité, d'un grand geste menaçant.

— Écoute ça, si mon homme retourne à la fosse, c'est moi qui l'attendrai sur la route, pour lui cracher au, visage et le traiter de lâche !

Étienne ne la voyait pas, mais il sentait une chaleur, comme une haleine de bête aboyante ; et il avait reculé, saisi, devant cet enragement qui était son œuvre. Il la trouvait si changée, qu'il ne la reconnaissait plus, de tant de sagesse autrefois, lui reprochant sa violence, disant qu'on ne doit souhaiter la mort de personne, puis à cette heure refusant d'entendre la raison, parlant de tuer le monde. Ce n'était plus lui, c'était elle qui causait politique, qui voulait balayer d'un coup les bourgeois, qui réclamait la république et la guillotine, pour débarrasser la terre de ces voleurs de riches, engraissés du travail des meurt-de-faim.

— Oui, de mes dix doigts, je les écorcherais... En voilà assez, peut-être ! notre tour est venu, tu le disais toi-même... Quand je pense que le père, le grand-père, le père du grand-père, tous ceux d'auparavant, ont souffert ce que nous souffrons, et que nos fils, les fils de nos fils le souffriront encore, ça me rend folle, je prendrais un couteau... L'autre jour, nous n'en avons pas fait assez. Nous aurions dû foutre Montsou par terre, jusqu'à la dernière brique. Et, tu ne sais pas ? Je n'ai qu'un regret, c'est de n'avoir pas laissé le vieux étrangler la fille de la Piolaine... On laisse bien la faim étrangler mes petits, à moi !

Ses paroles tombaient comme des coups de hache, dans la nuit. L'horizon fermé n'avait pas voulu s'ouvrir, l'idéal impossible tournait en poison, au fond de ce crâne fêlé par la douleur.

— Vous m'avez mal compris, put enfin dire Étienne, qui battait en retraite. On devrait arriver à une entente avec la Compagnie : je sais que les puits souffrent beaucoup, sans doute elle consentirait à un arrangement.

— Non, rien du tout ! hurla-t-elle.

Justement, Lénore et Henri, qui rentraient, arrivaient les mains vides. Un monsieur leur avait bien donné deux sous ; mais, comme la sœur allongeait toujours des coups de pied au petit frère, les deux sous étaient tombés dans la neige ; et, Jeanlin s'étant mis à les chercher avec eux, on ne les avait plus retrouvés.

— Où est-il, Jeanlin ?

— Maman, il a filé, il a dit qu'il avait des affaires.

Étienne écoutait, le cœur fendu. Jadis, elle menaçait de les tuer, s'ils tendaient jamais la main. Aujourd'hui, elle les envoyait elle-même sur les routes, elle parlait d'y aller tous, les dix mille charbonniers de Montsou, prenant le bâton et la besace des vieux pauvres, battant le pays épouvanté.

Alors, l'angoisse grandit encore, dans la pièce noire. Les mioches rentraient avec la faim, ils voulaient manger, pourquoi ne mangeait-on pas ? et ils grognèrent, se traînèrent, finirent par écraser les pieds de leur sœur mourante, qui eut un gémissement. Hors d'elle, la mère les gifla, au hasard des ténèbres. Puis, comme ils criaient plus fort en demandant du pain, elle fondit en larmes, tomba assise sur le carreau, les saisit d'une seule étreinte, eux et la petite infirme ; et, longuement, ses pleurs coulèrent, dans une détente nerveuse qui la laissait molle, anéantie, bégayant à vingt reprises la même phrase, appelant la mort : « Mon Dieu, pourquoi ne nous prenez-vous pas ? mon Dieu, prenez-nous par pitié, pour en finir ! » Le grand-père gardait son immobilité du vieil arbre tordu sous la pluie et le vent, tandis que le père marchait de la cheminée au buffet, sans tourner la tête.

Mais la porte s'ouvrit, et cette fois c'était le docteur Vanderhaghen.

— Diable ! dit-il, la chandelle ne vous abîmera pas la vue... Dépêchons, je suis pressé.

Ainsi qu'à l'ordinaire, il grondait, éreinté de besogne. Il avait heureusement des allumettes, le père dut en enflammer six, une à une, et les tenir, pour qu'il pût examiner la malade. Déballée de sa couverture, elle grelottait sous cette lueur vacillante, d'une maigreur d'oiseau agonisant dans la neige, si chétive qu'on ne voyait plus que sa bosse. Elle souriait pourtant, d'un sourire égaré de moribonde, les yeux très grands, tandis que ses pauvres mains se crispaient sur sa poitrine creuse. Et, comme la mère, suffoquée, demandait si c'était raisonnable de prendre, avant elle, la seule enfant qui l'aidât au ménage, si intelligente, si douce, le docteur se fâcha.

— Tiens ! la voilà qui passe... Elle est morte de faim, ta sacrée gamine. Et elle n'est pas la seule, j'en ai vu une autre, à côté... Vous m'appelez tous, je n'y peux rien, c'est de la viande qu'il faut pour vous guérir.

Maheu, les doigts brûlés, avait lâché l'allumette ; et les ténèbres retombèrent sur le petit cadavre encore chaud. Le médecin était reparti en courant. Étienne n'entendait plus dans la pièce noire que les sanglots de la Maheude, qui répétait son appel de mort, cette lamentation lugubre et sans fin :

— Mon Dieu, c'est mon tour, prenez-moi !... Mon Dieu, prenez mon homme, prenez les autres, par pitié, pour en finir !

# III

Ce dimanche-là, dès huit heures, Souvarine resta seul dans la salle de *l'Avantage*, à sa place accoutumée, la tête contre le mur. Plus un charbonnier ne savait où prendre les deux sous d'une chope, jamais les débits n'avaient eu moins de clients. Aussi Mme Rasseneur, immobile au comptoir, gardait-elle un silence irrité ; pendant que Rasseneur, debout devant la cheminée de fonte, semblait suivre, d'un air réfléchi, la fumée rousse du charbon.

Brusquement, dans cette paix lourde des pièces trop chauffées, trois petits coups secs, tapés contre une vitre de la fenêtre, firent tourner la tête à Souvarine. Il se leva, il avait reconnu le signal dont plusieurs fois déjà Étienne s'était servi pour l'appeler, lorsqu'il le voyait du dehors fumant sa cigarette, assis à une table vide. Mais, avant que le machineur eût gagné la porte, Rasseneur l'avait ouverte ; et, reconnaissant l'homme qui était là, dans la clarté de la fenêtre, il lui disait :

— Est-ce que tu as peur que je ne te vende ?... Vous serez mieux pour causer ici que sur la route.

Étienne entra. Mme Rasseneur lui offrit poliment une chope, qu'il refusa d'un geste. Le cabaretier ajoutait :

— Il y a longtemps que j'ai deviné où tu te caches. Si j'étais un mouchard comme tes amis le disent, je t'aurais depuis huit jours envoyé les gendarmes.

— Tu n'as pas besoin de te défendre, répondit le jeune homme, je sais que tu n'as jamais mangé de ce pain-là... On peut ne pas avoir les mêmes idées et s'estimer tout de même.

Et le silence régna de nouveau. Souvarine avait repris sa chaise, le dos à la muraille, les yeux perdus sur la fumée de sa cigarette ; mais ses doigts fébriles étaient agités d'une inquiétude, il les promenait le long de ses genoux, cherchant le poil tiède de Pologne, absente ce soir-là ; et c'était un malaise inconscient, une chose qui lui manquait, sans qu'il sût au juste laquelle.

Assis de l'autre côté de la table, Étienne dit enfin :

— C'est demain que le travail reprend au Voreux. Les Belges sont arrivés avec le petit Négrel.

— Oui, on les a débarqués à la nuit tombée, murmura Rasseneur resté debout. Pourvu qu'on ne se tue pas encore !

Puis, haussant la voix :

— Non, vois-tu, je ne veux pas recommencer à nous disputer, seulement ça finira par du vilain, si vous vous entêtez davantage... Tiens ! votre histoire est tout à fait celle de ton Internationale. J'ai rencontré Pluchart avant-hier à Lille, où j'avais des affaires. Ça se détraque, sa machine, paraît-il.

Il donna des détails. L'Association, après avoir conquis les ouvriers du monde entier, dans un élan de propagande, dont la bourgeoisie frissonnait encore, était maintenant dévorée, détruite un peu chaque jour, par la bataille intérieure des vanités et des ambitions. Depuis que les anarchistes y triomphaient, chassant les évolutionnistes de la première heure, tout craquait, le but primitif, la réforme du salariat, se noyait au milieu du tiraillement des sectes, les cadres savants se désorganisaient dans la haine de la discipline. Et déjà l'on pouvait prévoir l'avortement final de cette levée en masse, qui avait menacé un instant d'emporter d'une haleine la vieille société pourrie.

— Pluchart en est malade, poursuivit Rasseneur. Avec ça, il n'a plus de voix du tout. Pourtant, il parle quand même, il veut aller parler à Paris. Et il m'a répété à trois reprises que notre grève était fichue.

Étienne, les yeux à terre, le laissait tout dire, sans l'interrompre. La veille, il avait causé avec des camarades, il sentait passer sur lui des souffles de rancune et de soupçon, ces premiers souffles de l'impopularité, qui annoncent la défaite. Et il demeurait sombre, il ne voulait pas avouer son abattement, en face d'un homme qui lui avait prédit que la foule le huerait à son tour, le jour où elle aurait à se venger d'un mécompte.

— Sans doute la grève est fichue, je le sais aussi bien que Pluchart, reprit-il. Mais c'était prévu, ça. Nous l'avons acceptée à contrecœur, cette grève, nous ne comptions pas en finir avec la Compagnie… Seulement, on se grise, on se met à espérer des choses, et quand ça tourne mal, on oublie qu'on devait s'y attendre, on se lamente et on se dispute comme devant une catastrophe tombée du ciel.

— Alors, demanda Rasseneur, si tu crois la partie perdue, pourquoi ne fais-tu pas entendre raison aux camarades ?

Le jeune homme le regarda fixement.

— Écoute, en voilà assez… Tu as tes idées, j'ai les miennes. Je suis entré chez toi, pour te montrer que je t'estime quand même. Mais je pense toujours que, si nous crevons à la peine, nos carcasses d'affamés serviront plus la cause du peuple que toute ta politique d'homme sage… Ah ! si un de ces cochons de soldats pouvait me loger une balle en plein cœur, comme ce serait crâne[1] de finir ainsi !

Ses yeux s'étaient mouillés, dans ce cri où éclatait le secret désir du vaincu, le refuge où il aurait voulu perdre à jamais son tourment.

— Bien dit ! déclara Mme Rasseneur, qui, d'un regard, jetait à son mari tout le dédain de ses opinions radicales.

Souvarine, les yeux noyés, tâtonnant de ses mains nerveuses, ne semblait pas avoir entendu. Sa face blonde de fille, au nez mince, aux petites dents pointues, s'ensauvageait dans une rêverie mystique, où passaient des visions sanglantes. Et il

1. *Crâne* : qui a du courage, de la bravoure ; courageux, brave (1787, vieilli).

s'était mis à rêver tout haut, il répondait à une parole de Rasseneur sur l'Internationale, saisie au milieu de la conversation.

— Tous sont des lâches, il n'y avait qu'un homme pour faire de leur machine l'instrument terrible de la destruction. Mais il faudrait vouloir, personne ne veut, et c'est pourquoi la révolution avortera une fois encore.

Il continua, d'une voix de dégoût, à se lamenter sur l'imbécillité des hommes, pendant que les deux autres restaient troublés de ces confidences de somnambule, faites aux ténèbres. En Russie, rien ne marchait, il était désespéré des nouvelles qu'il avait reçues. Ses anciens camarades tournaient tous aux politiciens, les fameux nihilistes dont l'Europe tremblait, des fils de pope, des petits bourgeois, des marchands, ne s'élevaient pas au-delà de la libération nationale, semblaient croire à la délivrance du monde, quand ils auraient tué le despote ; et, dès qu'il leur parlait de raser la vieille humanité comme une moisson mûre, dès qu'il prononçait même le mot enfantin de république, il se sentait incompris, inquiétant, déclassé désormais, enrôlé parmi les princes ratés du cosmopolitisme révolutionnaire. Son cœur de patriote se débattait pourtant, c'était avec une amertume douloureuse qu'il répétait son mot favori :

— Des bêtises !... Jamais ils n'en sortiront, avec leurs bêtises !

Puis, baissant encore la voix, en phrases amères, il dit son ancien rêve de fraternité. Il avait renoncé à son rang et à sa fortune, il ne s'était mis avec les ouvriers, que dans l'espoir de voir se fonder enfin cette société nouvelle du travail en commun. Tous les sous de ses poches avaient longtemps passé aux galopins du coron, il s'était montré pour les charbonniers d'une tendresse de frère, souriant à leur défiance, les conquérant par son air tranquille d'ouvrier exact et peu causeur. Mais, décidément, la fusion ne se faisait pas, il leur demeurait étranger, avec son mépris de tous les liens, sa volonté de se garder brave, en dehors des glorioles et des jouissances. Et il était surtout, depuis le matin, exaspéré par la lecture d'un fait divers qui courait les journaux.

Sa voix changea, ses yeux s'éclaircirent, se fixèrent sur Étienne, et il s'adressa directement à lui.

— Comprends-tu ça, toi ? ces ouvriers chapeliers de Marseille qui ont gagné le gros lot de cent mille francs, et qui, tout de suite, ont acheté de la rente, en déclarant qu'ils allaient vivre sans rien faire !... Oui, c'est votre idée, à vous tous, les ouvriers français, déterrer un trésor, pour le manger seul ensuite, dans un coin d'égoïsme et de fainéantise. Vous avez beau crier contre les riches, le courage vous manque de rendre aux pauvres l'argent que la fortune vous envoie... Jamais vous ne serez dignes du bonheur, tant que vous aurez quelque chose à vous, et que votre haine des bourgeois viendra uniquement de votre besoin enragé d'être des bourgeois à leur place.

Rasseneur éclata de rire, l'idée que les deux ouvriers de Marseille auraient dû renoncer au gros lot lui semblait stupide. Mais Souvarine blêmissait, son visage décomposé devenait effrayant, dans une de ces colères religieuses qui exterminent les peuples. Il cria :

— Vous serez tous fauchés, culbutés, jetés à la pourriture. Il naîtra, celui qui anéantira votre race de poltrons et de jouisseurs. Et, tenez ! vous voyez mes mains, si mes mains le pouvaient, elles prendraient la terre comme ça, elles la secoueraient jusqu'à la casser en miettes, pour que vous restiez tous sous les décombres.

— Bien dit ! répéta Mme Rasseneur, de son air poli et convaincu.

Il se fit encore un silence. Puis, Étienne reparla des ouvriers du Borinage. Il questionnait Souvarine sur les dispositions qu'on avait prises, au Voreux. Mais le machineur, retombé dans sa préoccupation, répondait à peine, savait seulement qu'on devait distribuer des cartouches aux soldats qui gardaient la fosse ; et l'inquiétude nerveuse de ses doigts sur ses genoux s'aggravait à un tel point, qu'il finit par avoir conscience de ce qui leur manquait, le poil doux et calmant du lapin familier.

— Où donc est Pologne ? demanda-t-il.

Le cabaretier eut un nouveau rire, en regardant sa femme. Après une courte gêne, il se décida.

— Pologne ? elle est au chaud.

Depuis son aventure avec Jeanlin, la grosse lapine, blessée sans doute, n'avait plus fait que des lapins morts ; et, pour ne pas nourrir une bouche inutile, on s'était résigné, le jour même, à l'accommoder aux pommes de terre.

— Oui, tu en as mangé une cuisse ce soir… Hein ? tu t'en es léché les doigts !

Souvarine n'avait pas compris d'abord. Puis, il devint très pâle, une nausée contracta son menton ; tandis que, malgré sa volonté de stoïcisme, deux grosses larmes gonflaient ses paupières.

Mais on n'eut pas le temps de remarquer cette émotion, la porte s'était brutalement ouverte, et Chaval avait paru, poussant devant lui Catherine. Après s'être grisé de bière et de fanfaronnades dans tous les cabarets de Montsou, l'idée lui était venue d'aller à *l'Avantage* montrer aux anciens amis qu'il n'avait pas peur. Il entra, en disant à sa maîtresse :

— Nom de Dieu ! je te dis que tu vas boire une chope là-dedans, je casse la gueule au premier qui me regarde de travers !

Catherine, à la vue d'Étienne, saisie, restait toute blanche. Quand il l'eut aperçu à son tour, Chaval ricana d'un air mauvais.

— Madame Rasseneur, deux chopes ! Nous arrosons la reprise du travail.

Sans une parole, elle versa, en femme qui ne refusait sa bière à personne. Un silence s'était fait, ni le cabaretier, ni les deux autres n'avaient bougé de leur place.

— J'en connais qui ont dit que j'étais un mouchard, reprit Chaval arrogant, et j'attends que ceux-là me le répètent un peu en face, pour qu'on s'explique à la fin.

Personne ne répondit, les hommes tournaient la tête, regardaient vaguement les murs.

— Il y a les feignants, et il y a les pas feignants, continua-t-il plus haut. Moi je n'ai rien à cacher, j'ai quitté la sale baraque à Deneulin, je descends demain au Voreux avec douze Belges, qu'on m'a donnés à conduire, parce qu'on m'estime. Et, si ça contrarie quelqu'un, il peut le dire, nous en causerons.

Puis, comme le même silence dédaigneux accueillait ses provocations, il s'emporta contre Catherine.

— Veux-tu boire, nom de Dieu !... Trinque avec moi à la crevaison de tous les salauds qui refusent de travailler !

Elle trinqua, mais d'une main si tremblante, qu'on entendit le tintement léger des deux verres. Lui, maintenant, avait tiré de sa poche une poignée de monnaie blanche, qu'il étalait par une ostentation d'ivrogne, en disant que c'était avec sa sueur qu'on gagnait ça, et qu'il défiait les feignants de montrer dix sous. L'attitude des camarades l'exaspérait, il en arriva aux insultes directes,

— Alors, c'est la nuit que les taupes sortent ? Il faut que les gendarmes dorment pour qu'on rencontre les brigands ?

Étienne s'était levé, très calme, résolu.

— Écoute, tu m'embêtes... Oui, tu es un mouchard, ton argent pue encore quelque traîtrise, et ça me dégoûte de toucher à ta peau de vendu. N'importe ! je suis ton homme, il y a assez longtemps que l'un des deux doit manger l'autre.

Chaval serra les poings.

— Allons donc ! il faut t'en dire pour t'échauffer, bougre de lâche !... Toi tout seul, je veux bien ! et tu vas me payer les cochonneries qu'on m'a faites !

Les bras suppliants, Catherine s'avançait entre eux ; mais ils n'eurent pas la peine de la repousser, elle sentit la nécessité de la bataille, elle recula d'elle-même, lentement. Debout contre le mur, elle demeura muette, si paralysée d'angoisse, qu'elle ne frissonnait plus, les yeux grands ouverts sur ces deux hommes qui allaient se tuer pour elle.

Mme Rasseneur, simplement, enlevait les chopes de son comptoir, de peur qu'elles ne fussent cassées. Puis, elle se rassit sur la banquette, sans témoigner de curiosité malséante. On ne pouvait pourtant laisser deux anciens camarades s'égorger ainsi, Rasseneur s'entêtait à intervenir, et il fallut que Souvarine le prît par une épaule, le ramenât près de la table, en disant :

— Ça ne te regarde pas... Il y en a un de trop, c'est au plus fort de vivre.

Déjà, sans attendre l'attaque, Chaval lançait dans le vide ses poings fermés. Il était le plus grand, dégingandé, visant à la figure, par de furieux coups de taille, des deux bras, l'un après l'autre, comme s'il eût manœuvré une paire de sabres. Et il causait toujours, il posait pour la galerie, avec des bordées d'injures, qui l'excitaient.

— Ah ! sacré marlou, j'aurai ton nez ! C'est ton nez que je veux me foutre quelque part !... Donne donc ta gueule, miroir à putains, que j'en fasse de la bouillie pour les cochons, et nous verrons après si les garces de femmes courent après toi !

Muet, les dents serrées, Étienne se ramassait dans sa petite taille, jouant le jeu correct, la poitrine et la face couvertes de ses deux poings ; et il guettait, il les détendait avec une raideur de ressorts, en terribles coups de pointe.

D'abord, ils ne se firent pas grand mal. Les moulinets tapageurs de l'un, l'attente froide de l'autre, prolongeaient la lutte. Une chaise fut renversée, leurs gros souliers écrasaient le sable blanc, semé sur les dalles. Mais ils s'essoufflèrent à la longue, on entendit le ronflement de leur haleine, tandis que leur face rouge se gonflait comme d'un brasier intérieur, dont on voyait les flammes, par les trous clairs de leurs yeux.

— Touché ! hurla Chaval, atout sur ta carcasse !

En effet, son poing, pareil à un fléau lancé de biais, avait labouré l'épaule de son adversaire. Celui-ci retint un grognement de douleur, il n'y eut qu'un bruit mou, la sourde meurtrissure des muscles. Et il répondit par un coup droit en pleine poitrine, qui aurait défoncé l'autre, s'il ne s'était garé, dans ses continuels sauts de chèvre. Pourtant, le coup l'atteignit au flanc gauche, si rudement encore, qu'il chancela, la respiration coupée. Une rage le prit, de sentir ses bras mollir dans la souffrance, et il rua comme une bête, il visa le ventre pour le crever du talon.

— Tiens ! à tes tripes ! bégaya-t-il de sa voix étranglée. Faut que je les dévide au soleil !

Étienne évita le coup, si indigné de cette infraction aux règles d'un combat loyal, qu'il sortit de son silence.

— Tais-toi donc, brute ! Et pas les pieds, nom de Dieu ! ou je prends une chaise pour t'assommer !

Alors, la bataille s'aggrava. Rasseneur, révolté, serait intervenu de nouveau, sans le regard sévère de sa femme, qui le maintenait est-ce que deux clients n'avaient pas le droit de régler une affaire chez eux ? Il s'était mis simplement devant la cheminée, car il craignait de les voir se culbuter dans le feu. Souvarine, de son air paisible, avait roulé une cigarette, qu'il oubliait cependant d'allumer. Contre le mur, Catherine restait immobile ; ses mains seules, inconscientes, venaient de monter à sa taille ; et, là, elles s'étaient tordues, elles arrachaient l'étoffe de sa robe, dans des crispations régulières. Tout son effort était de ne pas crier, de ne pas en tuer un, en criant sa préférence, si éperdue d'ailleurs, qu'elle ne savait même plus qui elle préférait.

Bientôt, Chaval s'épuisa, inondé de sueur, tapant au hasard. Malgré sa colère, Étienne continuait à se couvrir, parait presque tous les coups, dont quelques-uns l'éraflaient. Il eut l'oreille fendue, un ongle lui emporta un lambeau du cou, et dans une telle cuisson, qu'il jura à son tour, en lançant un de ses terribles coups droits. Une fois encore, Chaval gara sa poitrine d'un saut ; mais il s'était baissé, le poing l'atteignit au visage, écrasa le nez, enfonça un œil. Tout de suite, un jet de sang partit des narines, l'œil enfla, se tuméfia, bleuâtre. Et le misérable, aveuglé par ce flot rouge, étourdi de l'ébranlement de son crâne, battait l'air de ses bras égarés, lorsqu'un autre coup, en pleine poitrine enfin, l'acheva. Il y eut un craquement, il tomba sur le dos, de la chute lourde d'un sac de plâtre qu'on décharge.

Étienne attendit.

— Relève-toi. Si tu en veux encore, nous allons recommencer.

Sans répondre, Chaval, après quelques secondes d'hébétement, se remua par terre, détira ses membres. Il se ramassait avec peine, il resta un instant sur les genoux, en boule, faisant de sa main, au fond de sa poche, une besogne qu'on ne voyait pas. Puis, quand il fut debout, il se rua de nouveau, la gorge gonflée d'un hurlement sauvage.

Mais Catherine avait vu ; et, malgré elle, un grand cri lui sortit du cœur et l'étonna, comme l'aveu d'une préférence ignorée d'elle-même.

— Prends garde ! il a son couteau !

Étienne n'avait eu que le temps de parer le premier coup avec son bras. La laine du tricot fut coupée par l'épaisse lame, une de ces lames qu'une virole[1] de cuivre fixe dans un manche de buis. Déjà, il avait saisi le poignet de Chaval, une lutte effrayante s'engagea, lui se sentant perdu s'il lâchait, l'autre donnant des secousses, pour se dégager et frapper. L'arme s'abaissait peu à peu, leurs membres raidis se fatiguaient, deux fois Étienne eut la sensation froide de l'acier contre sa peau ; et il dut faire un effort suprême, il broya le poignet dans une telle étreinte, que le couteau glissa de la main ouverte. Tous deux s'étaient jetés par terre, ce fut lui qui le ramassa, qui le brandit à son tour. Il tenait Chaval renversé sous son genou, il menaçait de lui ouvrir la gorge.

— Ah ! nom de Dieu de traître, tu vas y passer !

Une voix abominable, en lui, l'assourdissait. Cela montait de ses entrailles, battait dans sa tête à coups de marteau, une brusque folie du meurtre, un besoin de goûter au sang. Jamais la crise ne l'avait secoué ainsi. Pourtant, il n'était pas ivre. Et il luttait contre le mal héréditaire, avec le frisson désespéré d'un furieux d'amour qui se débat au bord du viol. Il finit par se vaincre, il lança le couteau derrière lui, en balbutiant d'une voix rauque :

— Relève-toi, va-t'en !

Cette fois, Rasseneur s'était précipité, mais sans trop oser se risquer entre eux, dans la crainte d'attraper un mauvais coup. Il ne voulait pas qu'on assassinât chez lui, il se fâchait si fort, que sa femme, toute droite au comptoir, lui faisait remarquer qu'il criait toujours trop tôt. Souvarine, qui avait failli recevoir le couteau dans les jambes, se décidait à allumer sa cigarette. C'était donc fini ? Catherine regardait encore, stupide devant les deux hommes, vivants l'un et l'autre.

— Va-t'en ! répéta Étienne, va-t'en ou je t'achève !

1. *Virole* : petite bague de métal dont on garnit l'extrémité d'un manche pour assujettir ce qui y est fixé et empêcher le bois de se fendre.

Chaval se releva, essuya d'un revers de main le sang qui continuait à lui couler du nez ; et, la mâchoire barbouillée de rouge, l'œil meurtri, il s'en alla en traînant les jambes, dans la rage de sa défaite. Machinalement, Catherine le suivit. Alors, il se redressa, sa haine éclata en un flot d'ordures.

— Ah ! non, ah ! non, puisque c'est lui que tu veux, couche avec lui, sale rosse ! Et ne refous pas les pieds chez moi, si tu tiens à ta peau !

Il fit claquer violemment la porte. Un grand silence régna dans la salle tiède, où l'on entendit le petit ronflement de la houille. Par terre, il ne restait que la chaise renversée et qu'une pluie de sang, dont le sable des dalles buvait les gouttes.

## IV

Quand ils furent sortis de chez Rasseneur, Étienne et Catherine marchèrent en silence. Le dégel commençait, un dégel froid et lent, qui salissait la neige sans la fondre. Dans le ciel livide, on devinait la lune pleine, derrière de grands nuages, des haillons noirs qu'un vent de tempête roulait furieusement, très haut ; et, sur la terre, aucune haleine ne soufflait, on n'entendait que l'égouttement des toitures, d'où tombaient des paquets blancs, d'une chute molle.

Étienne, embarrassé de cette femme qu'on lui donnait, ne trouvait rien à dire, dans son malaise. L'idée de la prendre et de la cacher avec lui, à Réquillart, lui semblait absurde. Il avait voulu la conduire au coron, chez ses parents ; mais elle s'y était refusée, d'un air de terreur : non, non, tout plutôt que de se remettre à leur charge, après les avoir quittés si vilainement !

Et ni l'un ni l'autre ne parlaient plus, ils piétinaient au hasard, par les chemins qui se changeaient en fleuves de boue. D'abord, ils étaient descendus vers le Voreux ; puis ils tournèrent à droite, ils passèrent entre le terri et le canal.

— Il faut pourtant que tu couches quelque part, dit-il enfin. Moi, si j'avais seulement une chambre, je t'emmènerais bien...

Mais un accès de timidité singulière l'interrompit. Leur passé lui revenait, leurs gros désirs d'autrefois, et les délicatesses, et les hontes qui les avaient empêchés d'aller ensemble. Est-ce qu'il voulait toujours d'elle, pour se sentir si troublé, peu à peu chauffé au cœur d'une envie nouvelle ? Le souvenir des gifles qu'elle lui avait allongées, à Gaston-Marie, l'excitait maintenant, au lieu de l'emplir de rancune. Et il restait surpris, l'idée de la prendre à Réquillart devenait toute naturelle et d'une exécution facile.

— Voyons, décide-toi, où veux-tu que je te mène ?... Tu me détestes donc bien, que tu refuses de te mettre avec moi ?

Elle le suivait lentement, retardée par les glissades pénibles de ses sabots dans les ornières ; et, sans lever la tête, elle murmura :

— J'ai assez de peine, mon Dieu ! ne m'en fais pas davantage. À quoi ça nous avancerait-il, ce que tu demandes, aujourd'hui que j'ai un galant et que tu as toi-même une femme ?

C'était de la Mouquette dont elle parlait. Elle le croyait avec cette fille, comme le bruit en courait depuis quinze jours ; et, quand il lui jura que non, elle hocha la tête, elle rappela le soir où elle les avait vus se baiser à pleine bouche.

— Est-ce dommage, toutes ces bêtises ? reprit-il à demi-voix, en s'arrêtant. Nous nous serions si bien entendus !

Elle eut un petit frisson, elle répondit :

— Va, ne regrette rien, tu ne perds pas grand-chose, si tu savais quelle patraque je suis, guère plus grosse que deux sous de beurre, si mal fichue que je ne deviendrai jamais une femme, bien sûr !

Et elle continua librement, elle s'accusait comme d'une faute de ce long retard de sa puberté. Cela, malgré l'homme qu'elle avait eu, la diminuait, la reléguait parmi les gamines. On a une excuse encore, lorsqu'on peut faire un enfant.

— Ma pauvre petite ! dit tout bas Étienne, saisi d'une grande pitié.

Ils étaient au pied du terri, cachés dans l'ombre du tas énorme. Un nuage d'encre passait justement sur la lune, ils ne distinguaient même plus leurs visages, et leurs souffles se mêlaient, leurs lèvres se cherchaient, pour ce baiser dont le désir les avait tourmentés pendant des mois. Mais, brusquement, la lune reparut, ils virent au-dessus d'eux, en haut des roches blanches de lumière, la sentinelle détachée du Voreux, toute droite. Et, sans qu'ils se fussent baisés enfin, une pudeur les sépara, cette pudeur ancienne où il y avait de la colère, une vague répugnance et beaucoup d'amitié. Ils repartirent pesamment, dans le gâchis jusqu'aux chevilles.

— C'est décidé, tu ne veux pas ? demanda Étienne.

— Non, dit-elle. Toi, après Chaval, hein ? et, après toi, un autre… Non, ça me dégoûte, je n'y ai aucun plaisir, pour quoi faire alors ?

Ils se turent, marchèrent une centaine de pas, sans échanger un mot.

— Sais-tu où tu vas au moins ? reprit-il. Je ne puis te laisser dehors par une nuit pareille.

Elle répondit simplement :

— Je rentre, Chaval est mon homme, je n'ai pas à coucher ailleurs que chez lui.

— Mais il t'assommera de coups !

Le silence recommença. Elle avait eu un haussement d'épaules résigné. Il la battrait, et quand il serait las de la battre, il s'arrêterait : ne valait-il pas mieux ça, que de rouler les chemins comme une gueuse ? Puis, elle s'habituait aux gifles, elle disait, pour se consoler, que, sur dix filles, huit ne tombaient pas mieux qu'elle. Si son galant l'épousait un jour, ce serait tout de même bien gentil de sa part.

Étienne et Catherine s'étaient dirigés machinalement vers Montsou, et à mesure qu'ils s'en approchaient, leurs silences devenaient plus longs. C'était comme s'ils n'avaient déjà plus été ensemble. Lui, ne trouvait rien pour la convaincre, malgré le gros chagrin qu'il éprouvait à la voir retourner avec Chaval. Son cœur se brisait, il n'avait guère mieux à offrir, une existence de misère et de fuite, une nuit sans lendemain, si la balle d'un soldat lui cassait la tête. Peut-être, en effet, était-ce plus sage de souffrir ce qu'on souffrait, sans tenter une autre souffrance. Et il la reconduisait chez son galant, la tête basse, et il n'eut pas de protestation, lorsque, sur la grande route, elle l'arrêta au coin des Chantiers, à vingt mètres de l'estaminet Piquette, en disant :

— Ne viens pas plus loin. S'il te voyait, ça ferait encore du vilain.

Onze heures sonnaient à l'église, l'estaminet était fermé, mais des lueurs passaient par les fentes.

— Adieu, murmura-t-elle.

Elle lui avait donné sa main, il la gardait, et elle dut la retirer péniblement, d'un lent effort, pour le quitter. Sans retourner la tête, elle rentra par la petite porte, avec sa loquette. Mais lui ne s'éloignait point, debout à la même place, les yeux sur la maison, anxieux de ce qui se passait là. Il tendait l'oreille, il tremblait d'entendre des hurlements de femme battue. La maison demeurait noire et silencieuse, il vit seulement s'éclairer une fenêtre du premier étage ; et, comme cette fenêtre s'ouvrait et qu'il reconnaissait l'ombre mince qui se penchait sur la route, il s'avança.

Catherine, alors, souffla d'une voix basse :

— Il n'est pas rentré, je me couche... Je t'en supplie, va-t'en !

Étienne s'en alla. Le dégel augmentait, un ruissellement d'averse tombait des toitures, une sueur d'humidité coulait des murailles, des palissades, de toutes les masses confuses de ce faubourg industriel, perdues dans la nuit. D'abord, il se dirigea vers Réquillart, malade de fatigue et de tristesse, n'ayant plus que le besoin de disparaître sous la terre, de s'y anéantir. Puis, l'idée du Voreux le reprit, il songeait aux ouvriers belges qui allaient descendre, aux camarades du coron exaspérés contre les soldats, résolus à ne pas tolérer des étrangers dans leur fosse. Et il longea de nouveau le canal, au milieu des flaques de neige fondue.

Comme il se retrouvait près du terri, la lune se montra très claire. Il leva les yeux, regarda le ciel, où passait le galop des nuages, sous les coups de fouet du grand vent qui soufflait là-haut ; mais ils blanchissaient, ils s'effiloquaient, plus minces, d'une transparence brouillée d'eau trouble sur la face de la lune ; et ils se succédaient si rapides que l'astre, voilé par moments, reparaissait sans cesse dans sa limpidité.

Le regard empli de cette clarté pure, Étienne baissait la tête, lorsqu'un spectacle, au sommet du terri, l'arrêta. La sentinelle, raidie par le froid, s'y promenait maintenant, faisait vingt-cinq pas tournée vers Marchiennes, puis revenait tournée vers Montsou. On voyait la flamme blanche de la baïonnette, au-dessus de cette silhouette noire, qui se découpait nettement dans la pâleur du ciel. Et ce qui intéressait le jeune homme, c'était, derrière la cabane où s'abritait Bonnemort pendant les nuits de tempête, une ombre mouvante, une bête rampante et aux aguets, qu'il reconnut tout de suite pour Jeanlin, à son échine de fouine, longue et désossée. La sentinelle ne pouvait l'apercevoir, ce brigand d'enfant préparait à coup sûr une farce, car il ne décolérait pas contre les soldats, il demandait quand on serait débarrassé de ces assassins, qu'on envoyait avec des fusils tuer le monde.

Un instant, Étienne hésita à l'appeler, pour l'empêcher de faire quelque bêtise. La lune s'était cachée, il l'avait vu se ramasser sur lui-même, prêt à bondir ; mais la lune reparaissait, et l'enfant restait accroupi. À chaque tour, la sentinelle s'avançait jusqu'à la cabane, puis tournait le dos et repartait. Et, brusquement, comme un nuage jetait ses ténèbres, Jeanlin sauta sur les épaules du soldat, d'un bond énorme de chat sauvage, s'y agrippa de ses griffes, lui enfonça dans la gorge son couteau grand ouvert. Le col de crin résistait, il dut appuyer des deux mains sur le manche, s'y prendre de tout le poids de son corps. Souvent, il avait saigné des poulets, qu'il surprenait derrière les fermes. Cela fut si rapide, qu'il y eut seulement dans la nuit un cri étouffé, pendant que le fusil tombait avec un bruit de ferraille. Déjà, la lune, très blanche, luisait.

Immobile de stupeur, Étienne regardait toujours. L'appel s'étranglait au fond de sa poitrine. En haut, le terri était vide, aucune ombre ne se détachait plus sur la fuite effarée des nuages. Et il monta au pas de course, il trouva Jeanlin à quatre pattes, devant le cadavre, étalé en arrière, les bras élargis. Dans la neige, sous la clarté limpide, le pantalon rouge et la capote grise tranchaient durement. Pas une goutte de sang n'avait coulé, le couteau était encore dans la gorge, jusqu'au manche.

D'un coup de poing irraisonné, furieux, il abattit l'enfant près du corps.

— Pourquoi as-tu fait ça ? bégayait-il éperdu.

Jeanlin se ramassa, se traîna sur les mains, avec le renflement félin de sa maigre échine ; et ses larges oreilles, ses yeux verts, ses mâchoires saillantes, frémissaient et flambaient, dans la secousse de son mauvais coup.

— Nom de Dieu ! pourquoi as-tu fait ça ?

— Je ne sais pas, j'en avais envie.

Il se buta à cette réponse. Depuis trois jours, il en avait envie. Ça le tourmentait, la tête lui en faisait du mal, là, derrière les oreilles, tellement il y pensait. Est-ce qu'on avait à se gêner, avec ces cochons de soldats qui embêtaient les charbonniers chez eux ? Des discours violents dans la forêt, des cris de dévastation et de mort hurlés au travers des fosses, cinq ou six mots lui étaient restés, qu'il répétait en gamin jouant à la révolution. Et il n'en savait pas davantage, personne ne l'avait poussé, ça lui était venu tout seul, comme lui venait l'envie de voler des oignons dans un champ.

Étienne, épouvanté de cette végétation sourde du crime au fond de ce crâne d'enfant, le chassa encore, d'un coup de pied, ainsi qu'une bête inconsciente. Il tremblait que le poste du Voreux n'eût entendu le cri étouffé de la sentinelle, il jetait un regard vers la fosse, chaque fois que la lune se découvrait. Mais rien n'avait bougé, et il se pencha, il tâta les mains peu à peu glacées, il écouta le cœur, arrêté sous la capote. On ne voyait, du couteau, que le manche d'os, où la devise galante, ce mot simple : « Amour », était gravée en lettres noires.

Ses yeux allèrent de la gorge au visage. Brusquement, il reconnut le petit soldat c'était Jules, la recrue, avec qui il avait causé, un matin. Et une grande pitié le saisit, en face de cette douce figure blonde, criblée de taches de rousseur. Les yeux bleus, largement ouverts, regardaient le ciel, de ce regard fixe dont il lui avait vu chercher à l'horizon le pays natal. Où se trouvait-il, ce Plogof, qui lui apparaissait dans un éblouissement de soleil ? Là-bas, là-bas. La mer hurlait au loin, par cette nuit d'ouragan. Ce vent qui passait si haut, avait peut-être soufflé sur la lande. Deux femmes étaient debout, la mère, la sœur, tenant leurs coiffes emportées, regardant, elles aussi, comme si elles avaient pu voir ce que faisait à cette heure le petit, au-delà des lieues qui les séparaient. Elles l'attendraient toujours, maintenant. Quelle abominable chose, de se tuer entre pauvres diables, pour les riches !

Mais il fallait faire disparaître ce cadavre, Étienne songea d'abord à le jeter dans le canal. La certitude qu'on l'y trouverait, l'en détourna. Alors, son anxiété devint extrême, les minutes pressaient, quelle décision prendre ? Il eut une soudaine inspiration : s'il pouvait porter le corps jusqu'à Réquillart, il saurait l'y enfouir à jamais.

— Viens ici, dit-il à Jeanlin.

L'enfant se méfiait.

— Non, tu veux me battre. Et puis, j'ai des affaires. Bonsoir.

En effet, il avait donné rendez-vous à Bébert et à Lydie, dans une cachette, un trou aménagé sous la provision des bois, au Voreux. C'était toute une grosse partie, de découcher, pour en être, si l'on cassait les os des Belges à coups de pierres, quand ils descendraient.

— Écoute, répéta Étienne, viens ici, ou j'appelle les soldats, qui te couperont la tête.

Et, comme Jeanlin se décidait, il roula son mouchoir, en banda fortement le cou du soldat, sans retirer le couteau, qui empêchait le sang de couler. La neige fondait, il n'y avait, sur le sol, ni flaque rouge ni piétinement de lutte.

— Prends les jambes.

Jeanlin prit les jambes, Étienne empoigna les épaules, après avoir attaché le fusil derrière son dos ; et tous deux, lentement, descendirent le terri, en tâchant de ne pas faire débouler les roches. Heureusement, la lune s'était voilée. Mais, comme ils filaient le long du canal, elle reparut très claire ce fut miracle si le poste ne les vit pas. Silencieux, ils se hâtaient, gênés par le ballottement du cadavre, obligés de le poser à terre tous les cent mètres. Au coin de la ruelle de Réquillart, un bruit les glaça, ils n'eurent que le temps de se cacher derrière un mur, pour éviter une patrouille. Plus loin, un homme les surprit, mais il était ivre, il s'éloigna en les injuriant. Et ils arrivèrent enfin à l'ancienne fosse, couverts de sueur, si bouleversés, que leurs dents claquaient.

Étienne s'était bien douté qu'il ne serait pas commode de faire passer le soldat par le goyot des échelles. Ce fut une besogne atroce. D'abord, il fallut que Jeanlin, resté en haut, laissât glisser le corps, pendant que lui, pendu aux broussailles, l'accompagnait, pour l'aider à franchir les deux premiers paliers, où des échelons se trouvaient rompus. Ensuite, à chaque échelle, il dut recommencer la même manœuvre, descendre en avant, puis le recevoir dans ses bras ; et il eut ainsi trente échelles, deux cent dix mètres, à le sentir tomber continuellement sur lui. Le fusil raclait son échine, il n'avait pas voulu que l'enfant allât chercher le bout de chandelle, qu'il gardait en avare. À quoi bon ? la lumière les embarrasserait, dans ce boyau étroit. Pourtant, lorsqu'ils furent arrivés à la salle d'accrochage, hors d'haleine, il envoya le petit prendre la chandelle. Il s'était assis, il l'attendait au milieu des ténèbres, près du corps, le cœur battant à grands coups.

Dès que Jeanlin reparut avec de la lumière, Étienne le consulta, car l'enfant avait fouillé ces anciens travaux, jusqu'aux fentes où les hommes ne pouvaient passer. Ils repartirent, ils traînèrent le mort près d'un kilomètre, par un dédale de galeries en ruine. Enfin, le toit s'abaissa, ils se trouvaient agenouillés, sous une roche ébouleuse, que soutenaient des bois à demi rompus. C'était une sorte de caisse longue, où ils couchèrent le petit soldat comme dans un cercueil ; ils déposèrent le fusil contre son flanc ; puis, à grands coups de talon, ils achevèrent de casser les bois, au risque d'y rester eux-mêmes. Tout de suite, la roche se fendit, ils eurent à peine le temps de ramper sur les coudes et sur les genoux. Lorsque Étienne se retourna, pris du besoin de voir, l'affaissement du toit continuait, écrasait lentement le corps, sous la poussée énorme. Et il n'y eut plus rien, rien que la masse profonde de la terre.

Jeanlin, de retour chez lui, dans son coin de caverne scélérate, s'étala sur le foin, en murmurant, brisé de lassitude :

— Zut ! les mioches m'attendront, je vais dormir une heure.

Étienne avait soufflé la chandelle, dont il ne restait qu'un petit bout. Lui aussi était courbaturé, mais il n'avait pas sommeil, des pensées douloureuses de cauchemar tapaient comme des marteaux dans son crâne. Une seule bientôt demeura, torturante, le fatiguant d'une interrogation à laquelle il ne pouvait répondre : pourquoi n'avait-il pas frappé Chaval, quand il le tenait sous le couteau ? et pourquoi cet enfant venait-il d'égorger un soldat, dont il ignorait même le nom ? Cela bousculait ses croyances révolutionnaires, le courage de tuer, le droit de tuer. Était-ce donc qu'il fût lâche ? Dans le foin, l'enfant s'était mis à ronfler, d'un ronflement d'homme soûl, comme s'il eût cuvé l'ivresse de son meurtre. Et, répugné, irrité, Étienne souffrait de le savoir là, de l'entendre. Tout d'un coup, il tressaillit, le souffle de la peur lui avait passé sur la face. Un frôlement léger, un sanglot lui semblait être sorti des profondeurs de la terre. L'image du petit soldat, couché là-bas avec son fusil, sous les roches, lui glaça le dos et fit dresser ses cheveux. C'était imbécile, toute la mine s'emplissait de voix, il dut rallumer la chandelle, il ne se calma qu'en revoyant le vide des galeries, à cette clarté pâle.

Pendant un quart d'heure encore, il réfléchit, toujours ravagé par la même lutte, les yeux fixés sur cette mèche qui brûlait. Mais il y eut un grésillement, la mèche se noyait, et tout retomba aux ténèbres. Il fut repris d'un frisson, il aurait giflé Jeanlin, pour l'empêcher de ronfler si fort. Le voisinage de l'enfant lui devenait si insupportable, qu'il se sauva, tourmenté d'un besoin de grand air, se hâtant par les galeries et par le goyot, comme s'il avait entendu une ombre s'essouffler derrière ses talons.

En haut, au milieu des décombres de Réquillart, Étienne put enfin respirer largement. Puisqu'il n'osait tuer, c'était à lui de mourir ; et cette idée de mort, qui l'avait effleuré déjà, renaissait, s'enfonçait dans sa tête, comme une espérance dernière. Mourir crânement, mourir pour la révolution, cela terminerait tout, réglerait son compte bon ou mauvais, l'empêcherait de penser davantage. Si les camarades attaquaient les Borains, il serait au premier rang, il aurait bien la chance d'attraper un mauvais coup. Ce fut d'un pas raffermi qu'il retourna rôder autour du Voreux. Deux heures sonnaient, un gros bruit de voix sortait de la chambre des porions, où campait le poste qui gardait la fosse. La disparition de la sentinelle venait de bouleverser ce poste, on était allé réveiller le capitaine, on avait fini par croire à une désertion, après un examen attentif des lieux. Et, aux aguets dans l'ombre, Étienne se souvenait de ce capitaine républicain, dont le petit soldat lui avait parlé. Qui sait si on ne le déciderait pas à passer au peuple ? la troupe mettrait la crosse en l'air, cela pouvait être le signal du massacre des bourgeois. Un nouveau rêve l'emporta, il ne songea plus à mourir, il resta des heures, les pieds dans la boue, la bruine du dégel sur les épaules, enfiévré par l'espoir d'une victoire encore possible.

Jusqu'à cinq heures, il guetta les Borains. Puis, il s'aperçut que la Compagnie avait eu la malignité de les faire coucher au Voreux. La descente commençait, les quelques grévistes du coron des Deux-Cent-Quarante, postés en éclaireurs, hésitaient à prévenir les camarades. Ce fut lui qui les avertit du bon tour, et ils partirent en courant, tandis qu'il attendait derrière le terri, sur le chemin de halage. Six heures sonnèrent, le ciel terreux pâlissait, s'éclairait d'une aube rougeâtre, lorsque l'abbé Ranvier déboucha d'un sentier, avec sa soutane relevée sur ses maigres jambes. Chaque lundi, il allait dire une messe matinale à la chapelle d'un couvent, de l'autre côté de la fosse.

— Bonjour, mon ami, cria-t-il d'une voix forte, après avoir dévisagé le jeune homme de ses yeux de flamme.

Mais Étienne ne répondit pas. Au loin, entre les tréteaux du Voreux, il venait de voir passer une femme, et il s'était précipité, pris d'inquiétude, car il avait cru reconnaître Catherine.

Depuis minuit, Catherine battait le dégel des routes. Chaval, en rentrant et en la trouvant couchée, l'avait mise debout d'un soufflet. Il lui criait de passer tout de suite par la porte, si elle ne voulait pas sortir par la fenêtre ; et, pleurante, vêtue à peine, meurtrie de coups de pied dans les jambes, elle avait dû descendre, poussée dehors d'une dernière claque. Cette séparation brutale l'étourdissait, elle s'était assise sur une borne, regardant la maison, attendant toujours qu'il la rappelât ; car ce n'était pas possible, il la guettait, il lui dirait de remonter, quand il la verrait grelotter ainsi, abandonnée, sans personne pour la recueillir.

Puis, au bout de deux heures, elle se décida, mourant de froid, dans cette immobilité de chien jeté à la rue. Elle sortit de Montsou, revint sur ses pas, n'osa ni appeler du trottoir ni taper à la porte. Enfin, elle s'en alla par le pavé, sur la grande route droite, avec l'idée de se rendre au coron, chez ses parents. Mais, quand elle y fut, une telle honte la saisit, qu'elle galopa le long des jardins, dans la crainte d'être reconnue de quelqu'un, malgré le lourd sommeil, appesanti derrière les persiennes closes. Et, dès lors, elle vagabonda, effarée au moindre bruit, tremblante d'être ramassée et conduite, comme une gueuse, à cette maison publique de Marchiennes, dont la menace la hantait d'un cauchemar depuis des mois. Deux fois, elle buta contre le Voreux, s'effraya des grosses voix du poste, courut essoufflée, avec des regards en arrière, pour voir si on ne la poursuivait pas. La ruelle de Réquillart était toujours pleine d'hommes soûls, elle y retournait pourtant, dans l'espoir vague d'y rencontrer celui qu'elle avait repoussé, quelques heures plus tôt.

Chaval, ce matin-là, devait descendre; et cette pensée ramena Catherine vers la fosse, bien qu'elle sentît l'inutilité de lui parler : c'était fini entre eux. On ne travaillait plus à Jean-Bart, il avait juré de l'étrangler, si elle reprenait du travail au Voreux, où il craignait d'être compromis par elle. Alors, que faire? partir ailleurs, crever la faim, céder sous les coups de tous les hommes qui passeraient? Elle se traînait, chancelait au milieu des ornières, les jambes rompues, crottée jusqu'à l'échine. Le dégel roulait maintenant par les chemins en fleuve de fange, elle s'y noyait, marchant toujours, n'osant chercher une pierre où s'asseoir.

Le jour parut. Catherine venait de reconnaître le dos de Chaval qui tournait prudemment le terri, lorsqu'elle aperçut Lydie et Bébert, sortant le nez de leur cachette, sous la provision des bois. Ils y avaient passé la nuit aux aguets, sans se permettre de rentrer chez eux, du moment où l'ordre de Jeanlin était de l'attendre; et, tandis que ce dernier, à Réquillart, cuvait l'ivresse de son meurtre, les deux enfants s'étaient pris aux bras l'un de l'autre, pour avoir chaud. Le vent sifflait entre les perches de châtaignier et de chêne, ils se pelotonnaient, comme dans une hutte de bûcheron abandonnée. Lydie n'osait dire à voix haute ses souffrances de petite femme battue, pas plus que Bébert ne trouvait le courage de se plaindre des claques dont le capitaine lui enflait les joues; mais, à la fin, celui-ci abusait trop, risquant leurs os dans des maraudes folles, refusant ensuite tout partage ; et leur cœur se soulevait de révolte, ils avaient fini par s'embrasser, malgré sa défense, quitte à recevoir une gifle de l'invisible, ainsi qu'il les en menaçait. La gifle ne venant pas, ils continuaient de se baiser doucement, sans avoir l'idée d'autre chose, mettant dans cette caresse leur longue passion combattue, tout ce qu'il y avait en eux de martyrisé et d'attendri. La nuit entière, ils s'étaient ainsi réchauffés, si heureux au fond de ce trou perdu qu'ils ne se rappelaient pas l'avoir été davantage, même à la Sainte-Barbe, quand on mangeait des beignets et qu'on buvait du vin.

Une brusque sonnerie de clairon fit tressaillir Catherine. Elle se haussa, elle vit le poste du Voreux qui prenait les armes. Étienne arrivait au pas de course, Bébert et Lydie avaient sauté d'un bond hors de leur cachette. Et, là-bas, sous le jour grandissant, une bande d'hommes et de femmes descendaient du coron, avec de grands gestes de colère.

## V

On venait de fermer toutes les ouvertures du Voreux ; et les soixante soldats, l'arme au pied, barraient la seule porte restée libre, celle qui menait à la recette, par un escalier étroit, où s'ouvraient la chambre des porions et la baraque. Le capitaine les avait alignés sur deux rangs, contre le mur de briques, pour qu'on ne pût les attaquer par-derrière.

D'abord, la bande des mineurs descendue du coron se tint à distance. Ils étaient une trentaine au plus, ils se concertaient en paroles violentes et confuses.

La Maheude, arrivée la première, dépeignée sous un mouchoir noué à la hâte, ayant au bras Estelle endormie, répétait d'une voix fiévreuse :

— Que personne n'entre et que personne ne sorte ! Faut les pincer tous là-dedans !

Maheu approuvait, lorsque le père Mouque, justement, arriva de Réquillart. On voulut l'empêcher de passer. Mais il se débattit, il dit que ses chevaux mangeaient tout de même leur avoine et se fichaient de la révolution. D'ailleurs, il y avait un cheval mort, on l'attendait pour le sortir. Étienne dégagea le vieux palefrenier, que les soldats laissèrent monter au puits. Et, un quart d'heure plus tard, comme la bande des grévistes, peu à peu grossie, devenait menaçante, une large porte se rouvrit au rez-de-chaussée, des hommes parurent, charriant la bête morte, un paquet lamentable, encore serré dans le filet de corde, qu'ils abandonnèrent au milieu des flaques de neige fondue. Le saisissement fut tel, qu'on ne les empêcha pas de rentrer et de barricader la porte de nouveau. Tous avaient reconnu le cheval, à sa tête repliée et raidie contre le flanc. Des chuchotements coururent.

— C'est Trompette, n'est-ce pas ? c'est Trompette.

C'était Trompette, en effet. Depuis sa descente, jamais il n'avait pu s'acclimater. Il restait morne, sans goût à la besogne, comme torturé du regret de la lumière. Vainement, Bataille, le doyen de la mine, le frottait amicalement de ses côtes, lui mordillait le cou, pour lui donner un peu de la résignation de ses dix années de fond. Ces caresses redoublaient sa mélancolie, son poil frémissait sous les confidences du camarade vieilli dans les ténèbres ; et tous deux, chaque fois qu'ils se rencontraient et qu'ils s'ébrouaient ensemble, avaient l'air de se lamenter, le vieux d'en être à ne plus se souvenir, le jeune de ne pouvoir oublier. À l'écurie, voisins de mangeoire, ils vivaient la tête basse, se soufflant aux naseaux, échangeant leur continuel rêve du jour, des visions d'herbes vertes, de routes blanches, de clartés jaunes, à l'infini. Puis, quand Trompette, trempé de sueur, avait agonisé sur sa litière, Bataille s'était mis à le flairer désespérément, avec des reniflements courts, pareils à des sanglots. Il le sentait devenir froid, la mine lui prenait sa joie dernière, cet ami tombé d'en haut, frais de bonnes odeurs, qui lui rappelaient sa jeunesse au plein air. Et il avait cassé sa longe, hennissant de peur, lorsqu'il s'était aperçu que l'autre ne remuait plus.

Mouque, du reste, avertissait depuis huit jours le maître-porion. Mais on s'inquiétait bien d'un cheval malade, en ce moment-là ! Ces messieurs n'aimaient guère déplacer les chevaux. Maintenant, il fallait pourtant se décider à le sortir. La veille, le palefrenier avait passé une heure avec deux hommes, ficelant Trompette. On attela Bataille, pour l'amener jusqu'au puits. Lentement, le vieux cheval tirait, traînait le camarade mort, par une galerie si étroite, qu'il devait donner des secousses, au risque de l'écorcher ; et, harassé, il branlait la tête, en écoutant le long frôlement de cette masse attendue chez l'équarrisseur. À l'accrochage, quand on l'eut dételé, il suivit de son œil morne les préparatifs de la remonte, le corps poussé sur des traverses, au-dessus du puisard, le filet attaché sous une cage. Enfin, les chargeurs sonnèrent à la viande, il leva le cou pour le regarder partir, d'abord doucement, puis tout de suite noyé de ténèbres, envolé à jamais en haut de ce trou noir. Et il demeurait le cou allongé, sa mémoire vacillante de bête se souvenait peut-être des choses de la terre. Mais c'était fini, le camarade ne verrait plus rien, lui-même serait ainsi ficelé en un paquet pitoyable, le jour où il remonterait par là. Ses pattes se mirent à trembler, le grand air qui venait des campagnes lointaines l'étouffait ; et il était comme ivre, quand il rentra pesamment à l'écurie.

Sur le carreau, les charbonniers restaient sombres, devant le cadavre de Trompette. Une femme dit à demi-voix :

— Encore un homme, ça descend si ça veut !

Mais un nouveau flot arrivait du coron, et Levaque qui marchait en tête, suivi de la Levaque et de Bouteloup, criait :

— À mort, les Borains ! pas d'étrangers chez nous ! à mort ! à mort !

Tous se ruaient, il fallut qu'Étienne les arrêtât. Il s'était approché du capitaine, un grand jeune homme mince, de vingt-huit ans à peine, à la face désespérée et résolue ; et il lui expliquait les choses, il tâchait de le gagner, guettant l'effet de ses paroles. À quoi bon risquer un massacre inutile ? est-ce que la justice ne se trouvait pas du côté des mineurs ? On était tous frères, on devait s'entendre. Au mot de république, le capitaine avait eu un geste nerveux. Il gardait une raideur militaire, il dit brusquement :

— Au large ! ne me forcez pas à faire mon devoir.

Trois fois, Étienne recommença. Derrière lui, les camarades grondaient. Le bruit courait que M. Hennebeau était à la fosse, et on parlait de le descendre par le cou, pour voir s'il abattrait son charbon lui-même. Mais c'était un faux bruit, il n'y avait là que Négrel et Dansaert, qui tous deux se montrèrent un instant à une fenêtre de la recette, le maître-porion se tenait en arrière, décontenancé depuis son aventure avec la Pierronne ; tandis que l'ingénieur, bravement, promenait sur la foule ses petits yeux vifs, souriant du mépris goguenard dont il enveloppait les hommes et les choses. Des huées s'élevèrent, ils disparurent. Et, à leur place, on ne vit plus que la face blonde de Souvarine. Il était justement de service, il n'avait pas quitté sa machine un seul jour, depuis le commencement de la grève, ne parlant plus, absorbé peu à peu dans une idée fixe, dont le clou d'acier semblait luire au fond de ses yeux pâles.

— Au large ! répéta très haut le capitaine. Je n'ai rien à entendre, j'ai l'ordre de garder le puits, je le garderai... Et ne vous poussez pas sur mes hommes, ou je saurai vous faire reculer.

Malgré sa voix ferme, une inquiétude croissante le pâlissait, à la vue du flot toujours montant des mineurs. On devait le relever à midi ; mais, craignant de ne pouvoir tenir jusque-là, il venait d'envoyer à Montsou un galibot de la fosse, pour demander du renfort.

Des vociférations lui avaient répondu.

— À mort les étrangers ! à mort les Borains !... Nous voulons être les maîtres chez nous !

Étienne recula, désolé. C'était la fin, il n'y avait plus qu'à se battre et à mourir. Et il cessa de retenir les camarades, la bande roula jusqu'à la petite troupe. Ils étaient près de quatre cents, les corons du voisinage se vidaient, arrivaient au pas de course. Tous jetaient le même cri, Maheu et Levaque disaient furieusement aux soldats :

— Allez-vous-en ! nous n'avons rien contre vous, allez-vous-en !

— Ça ne vous regarde pas, reprenait la Maheude. Laissez-nous faire nos affaires.

Et, derrière elle, la Levaque ajoutait, plus violente :

— Est-ce qu'il faudra vous manger pour passer ? On vous prie de foutre le camp !

Même on entendit la voix grêle de Lydie, qui s'était fourrée au plus épais avec Bébert, dire sur un ton aigu :

— En voilà des andouilles de lignards !

Catherine, à quelques pas, regardait, écoutait, l'air hébété par ces nouvelles violences, au milieu desquelles le mauvais sort la faisait tomber. Est-ce qu'elle ne souffrait pas trop déjà ? quelle faute avait-elle donc commise, pour que le malheur ne lui laissât pas de repos ? La veille encore, elle ne comprenait rien aux colères de la grève, elle pensait que, lorsqu'on a sa part de gifles, il est inutile d'en chercher davantage ; et, à cette heure, son cœur se gonflait d'un besoin de haine, elle se souvenait de ce qu'Étienne racontait autrefois à la veillée, elle tâchait d'entendre ce qu'il disait maintenant aux soldats. Il les traitait de camarades, il leur rappelait qu'ils étaient du peuple, eux aussi, qu'ils devaient être avec le peuple, contre les exploiteurs de la misère.

Mais il y eut dans la foule une longue secousse, et une vieille femme déboula. C'était la Brûlé, effrayante de maigreur, le cou et les bras à l'air, accourue d'un tel galop, que des mèches de cheveux gris l'aveuglaient.

— Ah ! nom de Dieu, j'en suis ! balbutiait-elle, l'haleine coupée. Ce vendu de Pierron qui m'avait enfermée dans la cave !

Et, sans attendre, elle tomba sur l'armée, la bouche noire, vomissant l'injure.

— Tas de canailles ! tas de crapules ! ça lèche les bottes de ses supérieurs, ça n'a de courage que contre le pauvre monde !

Alors, les autres se joignirent à elle, ce furent des bordées d'insultes. Quelques-uns criaient encore : « Vivent les soldats ! au puits l'officier ! » Mais bientôt il n'y eut plus qu'une clameur : « À bas les pantalons rouges[1] ! » Ces hommes qui avaient écouté impassibles, d'un visage immobile et muet, les appels à la fraternité, les tentatives amicales d'embauchage, gardaient la même raideur passive, sous cette grêle de gros mots. Derrière eux, le capitaine avait tiré son épée ; et, comme la foule les serrait de plus en plus, menaçant de les écraser contre le mur, il leur commanda de croiser la baïonnette. Ils obéirent, une double rangée de pointes d'acier s'abattit devant les poitrines des grévistes.

— Ah ! les jean-foutre ! hurla la Brûlé, en reculant.

1. *Pantalons rouges* : l'infanterie de ligne portait des pantalons teints en rouge vif, à partir de la garance. Par métonymie : les soldats.

Déjà, tous revenaient, dans un mépris exalté de la mort. Des femmes se précipitaient, la Maheude et la Levaque clamaient :

— Tuez-nous, tuez-nous donc ! Nous voulons nos droits.

Levaque, au risque de se couper, avait saisi à pleines mains un paquet de baïonnettes, trois baïonnettes, qu'il secouait, qu'il tirait à lui, pour les arracher ; et il les tordait, dans les forces décuplées de sa colère, tandis que Bouteloup, à l'écart, ennuyé d'avoir suivi le camarade, le regardait faire tranquillement.

— Allez-y, pour voir, répétait Maheu, allez-y un peu, si vous êtes de bons bougres !

Et il ouvrait sa veste, et il écartait sa chemise, étalant sa poitrine nue, sa chair velue et tatouée de charbon. Il se poussait sur les pointes, il les obligeait à reculer, terrible d'insolence et de bravoure. Une d'elles l'avait piqué au sein, il en était comme fou et s'efforçait qu'elle entrât davantage, pour entendre craquer ses côtes.

— Lâches, vous n'osez pas... Il y en a dix mille derrière nous. Oui, vous pouvez nous tuer, il y en aura dix mille à tuer encore.

La position des soldats devenait critique, car ils avaient reçu l'ordre sévère de ne se servir de leurs armes qu'à la dernière extrémité. Et comment empêcher ces enragés-là de s'embrocher eux-mêmes ? D'autre part, l'espace diminuait, ils se trouvaient maintenant acculés contre le mur, dans l'impossibilité de reculer davantage. Leur petite troupe, une poignée d'hommes, en face de la marée montante des mineurs, tenait bon cependant, exécutait avec sang-froid les ordres brefs donnés par le capitaine. Celui-ci, les yeux clairs, les lèvres nerveusement amincies, n'avait qu'une peur, celle de les voir s'emporter sous les injures. Déjà, un jeune sergent, un grand maigre dont les quatre poils de moustaches se hérissaient, battait des paupières d'une façon inquiétante. Près de lui, un vieux chevronné, au cuir tanné par vingt campagnes, avait blêmi, quand il avait vu sa baïonnette tordue comme une paille. Un autre, une recrue sans doute, sentant encore le labour, devenait très rouge, chaque fois qu'il s'entendait traiter de crapule et de canaille. Et les violences ne cessaient pas, les poings tendus, les mots abominables, des pelletées d'accusations et de menaces qui les souffletaient au visage. Il fallait toute la force de la consigne pour les tenir ainsi, la face muette, dans le hautain et triste silence de la discipline militaire.

Une collision semblait fatale, lorsqu'on vit sortir, derrière la troupe, le porion Richomme, avec sa tête blanche de bon gendarme, bouleversée d'émotion. Il parlait tout haut.

— Nom de Dieu, c'est bête à la fin ! On ne peut pas permettre des bêtises pareilles.

Et il se jeta entre les baïonnettes et les mineurs.

— Camarades, écoutez-moi... Vous savez que je suis un vieil ouvrier et que je n'ai jamais cessé d'être un des vôtres. Eh bien ! nom de Dieu ! je vous promets que, si l'on n'est pas juste avec vous, ce sera moi qui dirai aux chefs leurs quatre vérités... Mais en voilà de trop, ça n'avance à rien de gueuler des mauvaises paroles à ces braves gens et de vouloir se faire trouer le ventre.

On écoutait, on hésitait. En haut, malheureusement, reparut le profil aigu du petit Négrel. Il craignait sans doute qu'on ne l'accusât d'envoyer un porion, au lieu de se risquer lui-même ; et il tâcha de parler. Mais sa voix se perdit au milieu d'un tumulte si épouvantable, qu'il dut quitter de nouveau la fenêtre, après avoir simplement haussé les épaules. Richomme, dès lors, eut beau les supplier en son nom, répéter que cela devait se passer entre camarades : on le repoussait, on le suspectait. Mais il s'entêta, il resta au milieu d'eux.

— Nom de Dieu ! qu'on me casse la tête avec vous, mais je ne vous lâche pas, tant que vous serez si bêtes !

Étienne, qu'il suppliait de l'aider à leur faire entendre raison, eut un geste d'impuissance. Il était trop tard, leur nombre maintenant montait à plus de cinq cents. Et il n'y avait pas que des enragés, accourus pour chasser les Borains, des curieux stationnaient, des farceurs qui s'amusaient de la bataille. Au milieu d'un groupe, à quelque distance, Zacharie et Philomène regardaient comme au spectacle, si paisibles, qu'ils avaient amené les deux enfants, Achille et Désirée. Un nouveau flot arrivait de Réquillart, dans lequel se trouvaient Mouquet et la Mouquette : lui, tout de suite, alla en ricanant taper sur les épaules de son ami Zacharie ; tandis qu'elle, très allumée, galopait au premier rang des mauvaises têtes.

Cependant, à chaque minute, le capitaine se tournait vers la route de Montsou. Les renforts demandés n'arrivaient pas, ses soixante hommes ne pouvaient tenir davantage. Enfin, il eut l'idée de frapper l'imagination de la foule, il commanda de charger les fusils devant elle. Les soldats exécutèrent le commandement, mais l'agitation grandissait, des fanfaronnades et des moqueries.

— Tiens ! ces feignants, ils partent pour la cible ! ricanaient les femmes, la Brûlé, la Levaque et les autres.

La Maheude, la gorge couverte du petit corps d'Estelle, qui s'était réveillée et qui pleurait, s'approchait tellement, que le sergent lui demanda ce qu'elle venait faire, avec ce pauvre mioche.

— Qu'est-ce que ça te fout ? répondit-elle. Tire dessus, si tu l'oses.

Les hommes hochaient la tête de mépris. Aucun ne croyait qu'on pût tirer sur eux.

— Il n'y a pas de balles dans leurs cartouches, dit Levaque.

— Est-ce que nous sommes des Cosaques ? cria Maheu. On ne tire pas contre des Français, nom de Dieu !

D'autres répétaient que, lorsqu'on avait fait la campagne de Crimée[1], on ne craignait pas le plomb. Et tous continuaient à se jeter sur les fusils. Si une décharge avait eu lieu à ce moment, elle aurait fauché la foule.

Au premier rang, la Mouquette s'étranglait de fureur, en pensant que des soldats voulaient trouer la peau à des femmes. Elle leur avait craché tous ses gros mots, elle ne trouvait pas d'injure assez basse, lorsque, brusquement, n'ayant plus que cette mortelle offense à bombarder au nez de la troupe, elle montra son cul. Des deux mains, elle relevait ses jupes, tendait les reins, élargissait la rondeur énorme.

— Tenez, v'là pour vous ! et il est encore trop propre, tas de salauds !

Elle plongeait, culbutait, se tournait pour que chacun en eût sa part, s'y reprenait à chaque poussée qu'elle envoyait.

— V'là pour l'officier ! v'là pour le sergent ! v'là pour les militaires !

Un rire de tempête s'éleva, Bébert et Lydie se tordaient, Étienne lui-même, malgré son attente sombre, applaudit à cette nudité insultante. Tous, les farceurs aussi bien que les forcenés, huaient les soldats maintenant, comme s'ils les voyaient salis d'un éclaboussement d'ordure ; et il n'y avait que Catherine, à l'écart, debout sur d'anciens bois, qui restât muette, le sang à la gorge, envahie de cette haine dont elle sentait la chaleur monter.

Mais une bousculade se produisit. Le capitaine, pour calmer l'énervement de ses hommes, se décidait à faire des prisonniers. D'un saut, la Mouquette s'échappa, en se jetant entre les jambes des camarades. Trois mineurs, Levaque et deux autres, furent empoignés dans le tas des plus violents, et gardés à vue, au fond de la chambre des porions.

1. *Campagne de Crimée* : en 1854-1855, elle opposa la France, la Grande-Bretagne, l'Empire ottoman et le Piémont à la Russie. Illustrée par les batailles de l'Alma et de Sébastopol, elle se termine par la défaite de la Russie, consacrée par le traité de Paris (1856).

D'en haut, Négrel et Dansaert criaient au capitaine de rentrer, de s'enfermer avec eux. Il refusa, il sentait que ces bâtiments, aux portes sans serrure, allaient être emportés d'assaut, et qu'il y subirait la honte d'être désarmé. Déjà sa petite troupe grondait d'impatience, on ne pouvait fuir devant ces misérables en sabots. Les soixante, acculés au mur, le fusil chargé, firent de nouveau face à la bande.

Il y eut d'abord un recul, un profond silence. Les grévistes restaient dans l'étonnement de ce coup de force. Puis, un cri monta, exigeant les prisonniers, réclamant leur liberté immédiate. Des voix disaient qu'on les égorgeait là-dedans. Et, sans s'être concertés, emportés d'un même élan, d'un même besoin de revanche, tous coururent aux tas de briques voisins, à ces briques dont le terrain marneux fournissait l'argile, et qui étaient cuites sur place. Les enfants les charriaient une à une, des femmes en emplissaient leurs jupes. Bientôt, chacun eut à ses pieds des munitions, la bataille à coups de pierres commença.

Ce fut la Brûlé qui se campa la première. Elle cassait les briques, sur l'arête maigre de son genou, et de la main droite, et de la main gauche, elle lâchait les deux morceaux. La Levaque se démanchait les épaules, si grosse, si molle, qu'elle avait dû s'approcher pour taper juste, malgré les supplications de Bouteloup, qui la tirait en arrière, dans l'espoir de l'emmener, maintenant que le mari était à l'ombre. Toutes s'excitaient, la Mouquette, ennuyée de se mettre en sang, à rompre les briques sur ses cuisses trop grasses, préférait les lancer entières. Des gamins eux-mêmes entraient en ligne, Bébert montrait à Lydie comment on envoyait ça, par-dessous le coude. C'était une grêle, des grêlons énormes, dont on entendait les claquements sourds. Et, soudain, au milieu de ces furies, on aperçut Catherine, les poings en l'air, brandissant elle aussi des moitiés de brique, les jetant de toute la force de ses petits bras. Elle n'aurait pu dire pourquoi, elle suffoquait, elle crevait d'une envie de massacrer le monde. Est-ce que ça n'allait pas être bientôt fini, cette sacrée existence de malheur ? Elle en avait assez, d'être giflée et chassée par son homme, de patauger ainsi qu'un chien perdu dans la boue des chemins, sans pouvoir seulement demander une soupe à son père, en train d'avaler sa langue comme elle. Jamais ça ne marchait mieux, ça se gâtait au contraire depuis qu'elle se connaissait ; et elle cassait des briques, et elle les jetait devant elle, avec la seule idée de balayer tout, les yeux si aveuglés de sang, qu'elle ne voyait même pas à qui elle écrasait les mâchoires.

Étienne, resté devant les soldats, manqua d'avoir le crâne fendu. Son oreille enflait, il se retourna, il tressaillit en comprenant que la brique était partie des poings fiévreux de Catherine ; et, au risque d'être tué, il ne s'en allait pas, il la regardait. Beaucoup d'autres s'oubliaient également là, passionnés par la bataille, les mains ballantes. Mouquet jugeait les coups, comme s'il eût assisté à une partie de bouchon : oh ! celui-là, bien tapé ! et cet autre, pas de chance ! Il rigolait, il poussait du coude Zacharie, qui se querellait avec Philomène, parce qu'il avait giflé Achille et Désirée, en refusant de les prendre sur son dos, pour qu'ils pussent voir. Il y avait des spectateurs, massés au loin, le long de la route. Et, en haut de la pente, à l'entrée du coron, le vieux Bonnemort venait de paraître, se traînant sur une canne, immobile maintenant, droit dans le ciel couleur de rouille.

Dès les premières briques lancées, le porion Richomme s'était planté de nouveau entre les soldats et les mineurs. Il suppliait les uns, il exhortait les autres, insoucieux du péril, si désespéré que de grosses larmes lui coulaient des yeux. On n'entendait pas ses paroles au milieu du vacarme, on voyait seulement ses grosses moustaches grises qui tremblaient.

Mais la grêle des briques devenait plus drue, les hommes s'y mettaient, à l'exemple des femmes.

Alors, la Maheude s'aperçut que Maheu demeurait en arrière. Il avait les mains vides, l'air sombre.

— Qu'est-ce que tu as, dis ? cria-t-elle. Est-ce que tu es lâche ? est-ce que tu vas laisser conduire tes camarades en prison ?... Ah ! si je n'avais pas cette enfant, tu verrais !

Estelle, qui s'était cramponnée à son cou en hurlant, l'empêchait de se joindre à la Brûlé et aux autres. Et, comme son homme ne semblait pas entendre, elle lui poussa du pied des briques dans les jambes.

— Nom de Dieu ! veux-tu prendre ça ! Faut-il que je te crache à la figure devant le monde, pour te donner du cœur ?

Redevenu très rouge, il cassa des briques, il les jeta. Elle le cinglait, l'étourdissait, aboyait derrière lui des paroles de mort, en étouffant sa fille sur sa gorge, dans ses bras crispés ; et il avançait toujours, il se trouva en face des fusils.

Sous cette rafale de pierres, la petite troupe disparaissait. Heureusement, elles tapaient trop haut, le mur en était criblé. Que faire ? l'idée de rentrer, de tourner le dos, empourpra un instant le visage pâle du capitaine ; mais ce n'était même plus possible, on les écharperait, au moindre mouvement. Une brique venait de briser la visière de son képi, des gouttes de sang coulaient de son front. Plusieurs de ses hommes étaient blessés ; et il les sentait hors d'eux, dans cet instinct débridé de la défense personnelle, où l'on cesse d'obéir aux chefs. Le sergent avait lâché un nom de Dieu ! l'épaule gauche à moitié démontée, la chair meurtrie par un choc sourd, pareil à un coup de battoir dans du linge. Éraflée à deux reprises, la recrue avait un pouce broyé, tandis qu'une brûlure l'agaçait au genou droit : est-ce qu'on se laisserait embêter longtemps encore ? Une pierre ayant ricoché et atteint le vieux chevronné sous le ventre, ses joues verdirent, son arme trembla, s'allongea, au bout de ses bras maigres. Trois fois, le capitaine fut s de commander le feu. Une angoisse l'étranglait, interminable de quelques secondes heurta en lui des i devoirs, toutes ses croyances d'homme et de soldat. des briques redoublait, et il ouvrait la bouche, il allait crier : Feu ! lorsque les fusils partirent d'eux-mêmes, trois coups d'abord, puis cinq, puis un roulement de peloton, puis un coup tout seul, longtemps après, dans le grand silence.

Ce fut une stupeur. Ils avaient tiré, la foule béante restait immobile, sans le croire encore. Mais des cris déchirants s'élevèrent, tandis que le clairon sonnait la cessation du feu. Et il y eut une panique folle, un galop de bétail mitraillé, une fuite éperdue dans la boue.

Bébert et Lydie s'étaient affaissés l'un sur l'autre, aux trois premiers coups, la petite frappée à la face, le petit troué au-dessous de l'épaule gauche. Elle, foudroyée, ne bougeait plus. Mais lui, remuait, la saisissait à pleins bras, dans les convulsions de l'agonie, comme s'il eût voulu la reprendre, ainsi qu'il l'avait prise, au fond de la cachette noire, où ils venaient de passer leur nuit dernière. Et Jeanlin, justement, qui accourait enfin de Réquillart, bouffi de sommeil, gambillant au milieu de la fumée, le regarda étreindre sa petite femme, et mourir.

Les cinq autres coups avaient jeté bas la Brûlé et le porion Richomme. Atteint dans le dos, au moment où il suppliait les camarades, il était tombé à genoux ; et, glissé sur une hanche, il râlait par terre, les yeux pleins des larmes qu'il avait pleurées. La vieille, la gorge ouverte, s'était abattue toute raide et craquante comme un fagot de bois sec, en bégayant un dernier juron dans le gargouillement du sang.

Mais alors le feu de peloton balayait le terrain, fauchait à cent pas les groupes de curieux qui riaient de la bataille. Une balle entra dans la bouche de Mouquet, le renversa, fracassé, aux pieds de Zacharie et de Philomène, dont les deux mioches

.urent couverts de gouttes rouges. Au même instant, la Mouquette recevait deux balles dans le ventre. Elle avait vu les soldats épauler, elle s'était jetée, d'un mouvement instinctif de bonne fille, devant Catherine, en lui criant de prendre garde ; et elle poussa un grand cri, elle s'étala sur les reins, culbutée par la secousse. Étienne accourut, voulut la relever, l'emporter ; mais, d'un geste, elle disait qu'elle était finie. Puis, elle hoqueta, sans cesser de leur sourire à l'un et à l'autre, comme si elle était heureuse de les voir ensemble, maintenant qu'elle s'en allait.

Tout semblait terminé, l'ouragan des balles s'était perdu très loin, jusque dans les façades du coron, lorsque le dernier coup partit, isolé, en retard.

Maheu, frappé en plein cœur, vira sur lui-même et tomba la face dans une flaque d'eau, noire de charbon.

Stupide, la Maheude se baissa.

— Eh ! mon vieux, relève-toi. Ce n'est rien, dis ?

Les mains gênées par Estelle, elle dut la mettre sous un bras, pour retourner la tête de son homme.

— Parle donc ! où as-tu mal ?

Il avait les yeux vides, la bouche baveuse d'une écume sanglante. Elle comprit, il était mort. Alors, elle resta assise dans la crotte, sa fille sous le bras comme un paquet, regardant son vieux d'un air hébété.

La fosse était libre. De son geste nerveux, le capitaine avait retiré, puis remis son képi coupé par une pierre ; et il gardait sa raideur blême devant le désastre de sa vie, pendant que ses hommes, aux faces muettes, rechargeaient leurs armes. On aperçut les visages effarés de Négrel et de Dansaert, à la fenêtre de la recette. Souvarine était derrière eux, le front barré d'une grande ride, comme si le clou de son idée fixe se fût imprimé là, menaçant. De l'autre côté de l'horizon, au bord du plateau, Bonnemort n'avait pas bougé, calé d'une main sur sa canne, l'autre main aux sourcils pour mieux voir, en bas, l'égorgement des siens. Les blessés hurlaient, les morts se refroidissaient dans des postures cassées, boueux de la boue liquide du dégel, çà et là envasés parmi les taches d'encre du charbon, qui reparaissaient sous les lambeaux salis de la neige. Et, au milieu de ces cadavres d'hommes, tout petits, l'air pauvre avec leur maigreur de misère, gisait le cadavre de Trompette, un tas de chair morte, monstrueux et lamentable.

Étienne n'avait pas été tué. Il attendait toujours, près de Catherine tombée de fatigue et d'angoisse, lorsqu'une voix vibrante le fit tressaillir. C'était l'abbé Ranvier, qui revenait de dire sa messe, et qui, les deux bras en l'air, dans une fureur de prophète, appelait sur les assassins la colère de Dieu. Il annonçait l'ère de justice, la prochaine extermination de la bourgeoisie par le feu du ciel, puisqu'elle mettait le comble à ses crimes en faisant massacrer les travailleurs et les déshérités de ce monde.

# Septième partie

## I

Les coups de feu de Montsou avaient retenti jusqu'à Paris, en un formidable écho. Depuis quatre jours, tous les journaux de l'opposition s'indignaient, étalaient en première page des récits atroces : vingt-cinq blessés, quatorze morts, dont deux enfants et trois femmes ; et il y avait encore les prisonniers, Levaque était devenu une sorte de héros, on lui prêtait une réponse au juge d'instruction, d'une grandeur antique. L'empire, atteint en pleine chair par ces quelques balles, affectait le calme de la toute-puissance, sans se rendre compte lui-même de la gravité de sa blessure. C'était simplement une collision regrettable, quelque chose de perdu, là-bas, dans le pays noir, très loin du pavé parisien qui faisait l'opinion. On oublierait vite, la Compagnie avait reçu l'ordre officieux d'étouffer l'affaire et d'en finir avec cette grève, dont la durée irritante tournait au péril social.

Aussi, dès le mercredi matin, vit-on débarquer à Montsou trois des régisseurs. La petite ville, qui n'avait osé jusque-là se réjouir du massacre, le cœur malade, respira et goûta la joie d'être enfin sauvée. Justement, le temps s'était mis au beau, un clair soleil, un de ces premiers soleils de février dont la tiédeur verdit les pointes des lilas. On avait rabattu toutes les persiennes de la Régie, le vaste bâtiment semblait revivre ; et les meilleurs bruits en sortaient, on disait ces messieurs très affectés par la catastrophe, accourus pour ouvrir des bras paternels aux égarés des corons. Maintenant que le coup se trouvait porté, plus fort sans doute qu'ils ne l'eussent voulu, ils se prodiguaient dans leur besogne de sauveurs, ils décrétaient des mesures tardives et excellentes. D'abord, ils congédièrent les Borains, en menant grand tapage de cette concession extrême à leurs ouvriers. Puis, ils firent cesser l'occupation militaire des fosses, que les grévistes écrasés ne menaçaient plus. Ce furent eux encore qui obtinrent le silence, au sujet de la sentinelle du Voreux disparue : on avait fouillé le pays sans retrouver ni le fusil ni le cadavre, on se décida à porter le soldat déserteur, bien qu'on eût le soupçon d'un crime. En toutes choses, ils s'efforcèrent ainsi d'atténuer les événements, tremblant de la peur du lendemain, jugeant dangereux d'avouer l'irrésistible sauvagerie d'une foule, lâchée au travers des charpentes caduques du vieux monde. Et, d'ailleurs, ce travail de conciliation ne les empêchait pas de conduire à bien les affaires purement administratives ; car on avait vu Deneulin retourner à la Régie, où il se rencontrait avec M. Hennebeau. Les pourparlers continuaient pour l'achat de Vandame, on assurait qu'il allait accepter les offres de ces messieurs.

Mais ce qui remua particulièrement le pays, ce furent de grandes affiches jaunes que les régisseurs firent coller à profusion sur les murs. On y lisait ces quelques lignes, en très gros caractères : « Ouvriers de Montsou, nous ne voulons pas que les égarements dont vous avez vu ces jours derniers les tristes effets privent de leurs moyens d'existence les ouvriers sages et de bonne volonté. Nous rouvrirons donc toutes les fosses lundi matin, et lorsque le travail sera repris, nous examinerons avec soin et bienveillance les situations qu'il pourrait y avoir lieu d'améliorer. Nous ferons enfin tout ce qu'il sera juste et possible de faire. » En une matinée, les dix mille charbonniers défilèrent devant ces affiches. Pas un ne parlait, beaucoup hochaient la tête, d'autres s'en allaient de leur pas traînard, sans qu'un pli de leur visage immobile eût bougé.

Jusque-là, le coron des Deux-Cent-Quarante s'était obstiné dans sa résistance farouche. Il semblait que le sang des camarades qui avait rougi la boue de la fosse en barrait le chemin aux autres. Une dizaine à peine étaient redescendus, Pierron et des cafards de son espèce, qu'on regardait partir et rentrer d'un air sombre, sans un geste ni une menace. Aussi une sourde méfiance accueillit-elle l'affiche, collée sur l'église. On ne parlait pas des livrets rendus là-dedans : est-ce que la Compagnie refusait de les reprendre ? et la peur des représailles, l'idée fraternelle de protester contre le renvoi des plus compromis, les faisaient tous s'entêter encore. C'était louche, il fallait voir, on retournerait au puits, quand ces messieurs voudraient bien s'expliquer franchement. Un silence écrasait les maisons basses, la faim elle-même n'était plus rien, tous pouvaient mourir, depuis que la mort violente avait passé sur les toits.

Mais une maison parmi les autres, celle des Maheu, restait surtout noire et muette, dans l'accablement de son deuil. Depuis qu'elle avait accompagné son homme au cimetière, la Maheude ne desserrait, pas les dents. Après la bataille, elle avait laissé Étienne ramener chez eux Catherine, boueuse, à demi morte ; et, comme elle la déshabillait devant le jeune homme, pour la coucher, elle s'était imaginée un instant que sa fille, elle aussi, lui revenait avec une balle au ventre, car la chemise avait de larges taches de sang. Mais elle comprit bientôt, c'était le flot de la puberté qui crevait enfin, dans la secousse de cette journée abominable. Ah ! une chance encore, cette blessure ! un beau cadeau, de pouvoir faire des enfants, que les gendarmes, ensuite, égorgeraient ! Et elle n'adressait pas la parole à Catherine, pas plus d'ailleurs qu'elle ne parlait à Étienne. Celui-ci couchait avec Jeanlin, au risque d'être arrêté, saisi d'une telle répugnance à l'idée de retourner dans les ténèbres de Réquillart, qu'il préférait la prison : un frisson le secouait, l'horreur de la nuit après toutes ces morts, la peur inavouée du petit soldat qui dormait là-bas, sous les roches. D'ailleurs, il rêvait de la prison comme d'un refuge, au milieu du tourment de sa défaite ; mais on ne l'inquiétait même pas, il traînait des heures misérables, ne sachant à quoi fatiguer son corps. Parfois, seulement, la Maheude les regardait tous les deux, lui et sa fille, d'un air de rancune, en ayant l'air de leur demander ce qu'ils faisaient chez elle.

De nouveau, on ronflait tous en tas, le père Bonnemort occupait l'ancien lit des deux mioches, qui dormaient avec Catherine, maintenant que la pauvre Alzire n'enfonçait plus sa bosse dans les côtes de sa grande sœur. C'était en se couchant que la mère sentait le vide de la maison, au froid de son lit devenu trop large. Vainement elle prenait Estelle pour combler le trou, ça ne remplaçait pas son homme ; et elle pleurait sans bruit pendant des heures. Puis, les journées recommençaient à couler comme auparavant : toujours pas de pain, sans qu'on eût pourtant la chance de crever une bonne fois ; des choses ramassées à droite et à gauche, qui rendaient aux misérables le mauvais service de les faire durer. Il n'y avait rien de changé dans l'existence, il n'y avait que son homme de moins.

L'après-midi du cinquième jour, Étienne, que la vue de cette femme silencieuse désespérait, quitta la salle et marcha lentement, le long de la rue pavée du coron. L'inaction, qui lui pesait, le poussait à de continuelles promenades, les bras ballants, la tête basse, torturé par la même pensée. Il piétinait ainsi depuis une demi-heure, lorsqu'il sentit, à un redoublement de son malaise, que les camarades se mettaient sur les portes pour le voir. Le peu qui restait de sa popularité s'en était allé au vent de la fusillade, il ne passait plus sans rencontrer des regards dont la flamme le suivait. Quand il leva la tête, des hommes menaçants étaient là, des femmes écartaient les petits rideaux des fenêtres ; et, sous l'accusation muette encore, sous la colère contenue de ces grands yeux, élargis par la faim et les larmes, il devenait maladroit, il ne savait plus marcher. Toujours, derrière lui, le sourd reproche augmentait. Une telle crainte le prit d'entendre le coron entier sortir pour lui crier sa misère, qu'il rentra, frémissant.

Mais, chez les Maheu, la scène qui l'attendait acheva de le bouleverser. Le vieux Bonnemort était près de la cheminée froide, cloué sur sa chaise, depuis que deux voisins, le jour de la tuerie, l'avaient trouvé par terre, sa canne en morceaux, abattu comme un vieil arbre foudroyé. Et, pendant que Lénore et Henri, pour amuser leur faim, grattaient avec un bruit assourdissant une vieille casserole, où des choux avaient bouilli la veille, la Maheude toute droite, après avoir posé Estelle sur la table, menaçait du poing Catherine.

— Répète un peu, nom de Dieu ! répète ce que tu viens de dire !

Catherine avait dit son intention de retourner au Voreux. L'idée de ne pas gagner son pain, d'être ainsi tolérée chez sa mère, comme une bête encombrante et inutile, lui devenait chaque jour plus intolérable ; et, sans la peur de recevoir quelque mauvais coup de Chaval, elle serait redescendue dès le mardi. Elle reprit en bégayant :

— Qu'est-ce que tu veux ? on ne peut pas vivre sans rien faire. Nous aurions du pain au moins.

La Maheude l'interrompit.

— Écoute, le premier de vous autres qui travaille, je l'étrangle… Ah ! non, ce serait trop fort, de tuer le père et de continuer ensuite à exploiter les enfants ! En voilà assez, j'aime mieux vous voir tous emporter entre quatre planches, comme celui qui est parti déjà.

Et, furieusement, son long silence creva en un flot de paroles. Une belle avance, ce que lui apporterait Catherine ! à peine trente sous, auxquels on pouvait ajouter vingt sous, si les chefs voulaient bien trouver une besogne pour ce bandit de Jeanlin. Cinquante sous, et sept bouches à nourrir ! Les mioches n'étaient bons qu'à engloutir de la soupe. Quant au grand-père, il devait s'être cassé quelque chose dans la cervelle, en tombant, car il semblait imbécile ; à moins qu'il n'eût les sangs tournés, d'avoir vu les soldats tirer sur les camarades.

— N'est-ce pas ? vieux, ils ont achevé de vous démolir. Vous avez beau avoir la poigne encore solide, vous êtes fichu.

Bonnemort la regardait de ses yeux éteints, sans comprendre. Il restait des heures le regard fixe, il n'avait plus que l'intelligence de cracher dans un plat rempli de cendre, qu'on mettait à côté de lui, par propreté.

— Et ils n'ont pas réglé sa pension, poursuivit-elle, et je suis certaine qu'ils la refuseront, à cause de nos idées… Non ! je vous dis qu'en voilà de trop, avec ces gens de malheur !

— Cependant, hasarda Catherine, ils promettent sur l'affiche…

— Veux-tu bien me foutre la paix, avec ton affiche !… Encore de la glu pour nous prendre et nous manger. Ils peuvent faire les gentils, à présent qu'ils nous ont troué la peau.

— Mais alors, maman, où irons-nous ? On ne nous gardera pas au coron, bien sûr.

La Maheude eut un geste vague et terrible. Où ils iraient ? elle n'en savait rien, elle évitait d'y songer, ça la rendait folle. Ils iraient ailleurs, quelque part. Et, comme le bruit de la casserole devenait insupportable, elle tomba sur Lénore et Henri, les gifla. Une chute d'Estelle, qui s'était traînée à quatre pattes, augmenta le vacarme. La mère la calma d'une bourrade : quelle bonne affaire, si elle s'était tuée du coup ! Elle parla d'Alzire, elle souhaitait aux autres la chance de celle-là. Puis, brusquement, elle éclata en gros sanglots, la tête contre le mur.

Étienne, debout, n'avait osé intervenir. Il ne comptait plus dans la maison, les enfants eux-mêmes se reculaient de lui, avec défiance. Mais les larmes de cette malheureuse lui retournaient le cœur, il murmura :

— Voyons, voyons, du courage ! on tâchera de s'en tirer.

Elle ne parut pas l'entendre, elle se plaignait maintenant, d'une plainte basse et continue.

— Ah ! misère, est-ce possible ? Ça marchait encore, avant ces horreurs. On mangeait son pain sec, mais on était tous ensemble... Et que s'est-il donc passé, mon Dieu ! qu'est-ce que nous avons donc fait, pour que nous soyons dans un pareil chagrin, les uns sous la terre, les autres à n'avoir plus que l'envie d'y être ?... C'est bien vrai qu'on nous attelait comme des chevaux à la besogne, et ce n'était guère juste, dans le partage, d'attraper les coups de bâton, d'arrondir toujours la fortune des riches, sans espérer jamais goûter aux bonnes choses. Le plaisir de vivre s'en va, lorsque l'espoir s'en est allé. Oui, ça ne pouvait durer davantage, il fallait respirer un peu... Si l'on avait su pourtant ! Est-ce possible, de s'être rendu si malheureux à vouloir la justice !

Des soupirs lui gonflaient la gorge, sa voix s'étranglait dans une tristesse immense.

— Puis, des malins sont toujours là, pour vous promettre que ça peut s'arranger, si l'on s'en donne seulement la peine... On se monte la tête, on souffre tellement de ce qui existe, qu'on demande ce qui n'existe pas. Moi je rêvassais déjà comme une bête, je voyais une vie de bonne amitié avec tout le monde, j'étais partie en l'air, ma parole ! dans les nuages. Et l'on se casse les reins, en retombant dans la crotte... Ce n'était pas vrai, il n'y avait rien là-bas des choses qu'on s'imaginait voir. Ce qu'il y avait, c'était encore de la misère, ah ! de la misère tant qu'on en veut, et des coups de fusil par-dessus le marché !

Étienne écoutait cette lamentation dont chaque larme lui

donnait un remords. Il ne savait que dire pour calmer la Maheude, toute brisée de sa terrible chute, du haut de l'idéal. Elle était revenue au milieu de la pièce, elle le regardait, maintenant ; et, le tutoyant, dans un dernier cri de rage :

— Et toi, est-ce que tu parles aussi de retourner à la fosse, après nous avoir tous foutus dedans ?... Je ne te reproche rien. Seulement, si j'étais à ta place, moi, je serais déjà morte de chagrin, d'avoir fait tant de mal aux camarades.

Il voulut répondre, puis il eut un haussement d'épaules désespéré : à quoi bon donner des explications, qu'elle ne comprendrait pas, dans sa douleur ? Et, souffrant trop, il s'en alla, il reprit dehors sa marche éperdue.

Là encore, il retrouva le coron qui semblait l'attendre, les hommes sur les portes, les femmes aux fenêtres. Dès qu'il parut, des grognements coururent, la foule augmenta. Un souffle de commérages s'enflait depuis quatre jours, éclatait en une malédiction universelle. Des poings se tendaient vers lui, des mères le montraient à leurs garçons d'un geste de rancune, des vieux crachaient, en le regardant. C'était le revirement des lendemains de défaite, le revers fatal de la popularité, une exécration qui s'exaspérait de toutes les souffrances endurées sans résultat. Il payait pour la faim et la mort.

Zacharie, qui arrivait avec Philomène, bouscula Étienne, comme celui-ci sortait. Et il ricana, méchamment.

— Tiens ! il engraisse, ça nourrit donc la peau des autres !

Déjà, la Levaque s'était avancée sur sa porte, en compagnie de Bouteloup. Elle parla de Bébert, son gamin tué d'une balle, elle cria

— Oui, il y a des lâches qui font massacrer les enfants. Qu'il aille chercher le mien dans la terre, s'il veut me le rendre !

Elle oubliait son homme prisonnier, le ménage ne chômait pas, puisque Bouteloup restait. Pourtant, l'idée lui en revint, elle continua d'une voix aiguë :

— Va donc ! ce sont les coquins qui se promènent, quand les braves gens sont à l'ombre !

Étienne, pour l'éviter, était tombé sur la Pierronne, accourue au travers des jardins. Celle-ci avait accueilli comme une délivrance la mort de sa mère, dont les violences menaçaient de les faire pendre ; et elle ne pleurait guère non plus la petite de Pierron, cette gourgandine de Lydie, un vrai débarras. Mais elle se mettait avec les voisines, dans l'idée de se réconcilier.

— Et ma mère, dis ? et la fillette ? On t'a vu, tu te cachais derrière elles, quand elles ont gobé du plomb à ta place !

Quoi faire ? étrangler la Pierronne et les autres, se battre contre le coron ? Étienne en eut un instant l'envie. Le sang grondait dans sa tête, il traitait maintenant les camarades de brutes, il s'irritait de les voir inintelligents et barbares, au point de s'en prendre à lui de la logique des faits. Était-ce bête ! Un dégoût lui venait de son impuissance à les dompter de nouveau ; et il se contenta de hâter le pas, comme sourd aux injures. Bientôt, ce fut une fuite, chaque maison le huait au passage, on s'acharnait sur ses talons, tout un peuple le maudissait d'une voix peu à peu tonnante, dans le débordement de la haine. C'était lui, l'exploiteur, l'assassin, la cause unique de leur malheur. Il sortit du coron, blême, affolé, galopant, avec cette bande hurlante derrière son dos. Enfin, sur la route, beaucoup le lâchèrent ; mais quelques-uns s'entêtaient, lorsque, au bas de la pente, devant *l'Avantage*, il rencontra un autre groupe, qui sortait du Voreux.

Le vieux Mouque et Chaval étaient là. Depuis la mort de la Mouquette, sa fille, et de son garçon, Mouquet, le vieux continuait son service de palefrenier, sans un mot de regret ni de plainte. Brusquement, quand il aperçut Étienne, une fureur le secoua, et des larmes crevèrent de ses yeux, et une débâcle de gros mots jaillit de sa bouche noire et saignante, à force de chiquer.

— Salaud ! cochon ! espèce de muffe !... Attends, tu as mes pauvres bougres d'enfants à me payer, il faut que tu y passes !

Il ramassa une brique, la cassa, en lançant les deux morceaux.

— Oui, oui, nettoyons-le ! cria Chaval, qui ricanait, très excité, ravi de cette vengeance. Chacun son tour... Te voilà collé au mur, sale crapule !

Et lui aussi se rua sur Étienne, à coups de pierres. Une clameur sauvage s'élevait, tous prirent des briques, les cassèrent et les jetèrent, pour l'éventrer, comme ils avaient voulu éventrer les soldats. Étourdi, il ne fuyait plus, il leur faisait face, cherchant à les calmer avec des phrases. Ses anciens discours, si chaudement acclamés jadis, lui remontaient aux lèvres. Il répétait les mots dont il les avait grisés, à l'époque où il les tenait dans sa main, ainsi qu'un troupeau fidèle ; mais sa puissance était morte, des pierres seules lui répondaient ; et il venait d'être meurtri au bras gauche, il reculait, en grand péril, lorsqu'il se trouva traqué contre la façade de *l'Avantage*.

Depuis un instant, Rasseneur était sur sa porte.

— Entre, dit-il simplement.

Étienne hésitait, cela l'étouffait, de se réfugier là.

— Entre donc, je vais leur parler.

Il se résigna, il se cacha au fond de la salle, pendant que le cabaretier bouchait la porte de ses larges épaules.

— Voyons, mes amis, soyez raisonnables... Vous savez bien que je ne vous ai jamais trompés, moi. Toujours j'ai été pour le calme, et si vous m'aviez écouté, vous n'en seriez pas, à coup sûr, où vous en êtes.

Dodelinant des épaules et du ventre, il continua longuement, il laissa couler son éloquence facile, d'une douceur apaisante d'eau tiède. Et tout son succès d'autrefois lui revenait, il reconquérait sa popularité sans effort, naturellement, comme si les camarades ne l'avaient pas hué et traité de lâche, un mois plus tôt. Des voix l'approuvaient : très bien ! on était avec lui ! voilà comment il fallait parler ! Un tonnerre d'applaudissements éclata.

En arrière, Étienne défaillait, le cœur noyé d'amertume. Il se rappelait la prédiction de Rasseneur, dans la forêt, lorsque celui-ci l'avait menacé de l'ingratitude des foules. Quelle brutalité imbécile ! quel oubli abominable des services rendus ! C'était une force aveugle qui se dévorait constamment elle-même. Et, sous sa colère à voir ces brutes gâter leur cause, il y avait le désespoir de son propre écoulement, de la fin tragique de son ambition. Eh quoi ! était-ce fini déjà ? Il se souvenait d'avoir, sous les hêtres, entendu trois mille poitrines battre à l'écho de la sienne. Ce jour-là, il avait tenu sa popularité dans ses deux mains, ce peuple lui appartenait, il s'en était senti le maître. Des rêves fous le grisaient alors : Montsou à ses pieds, Paris là-bas, député peut-être, foudroyant les bourgeois d'un discours, le premier discours prononcé par un ouvrier à la tribune d'un parlement. Et c'était fini ! il s'éveillait misérable et détesté, son peuple venait de le reconduire à coups de briques.

La voix de Rasseneur s'éleva.

— Jamais la violence n'a réussi, on ne peut pas refaire le monde en un jour. Ceux qui vous ont promis de tout changer d'un coup, sont des farceurs ou des coquins !

— Bravo ! bravo ! cria la foule.

Qui donc était le coupable ? et cette question qu'Étienne se posait achevait de l'accabler. En vérité, était-ce sa faute, ce malheur dont il saignait lui-même, la misère des uns, l'égorgement des autres, ces femmes, ces enfants, amaigris et sans pain ? Il avait eu cette vision lamentable, un soir, avant les catastrophes. Mais déjà une force le soulevait, il se trouvait emporté avec les camarades. Jamais, d'ailleurs, il ne les avait dirigés, c'étaient eux qui le menaient, qui l'obligeaient à faire des choses qu'il n'aurait pas faites, sans le branle de cette cohue poussant derrière lui. À chaque violence, il était resté dans la stupeur des événements, car il n'en avait prévu ni voulu aucun. Pouvait-il s'attendre, par exemple, à ce que ses fidèles du coron le lapideraient un jour ? Ces enragés-là mentaient, quand ils l'accusaient de leur avoir promis une existence de mangeaille et de paresse. Et, dans cette justification, dans les raisonnements dont il essayait de combattre ses remords, s'agitait la sourde inquiétude de ne pas s'être montré à la hauteur de sa tâche, ce doute du demi-savant qui le tracassait toujours. Mais il se sentait à bout de courage, il n'était même plus de cœur avec les camarades, il avait peur d'eux, de cette masse énorme, aveugle et irrésistible du peuple, passant comme une force de la nature, balayant tout, en dehors des règles et des théories. Une répugnance l'en avait détaché peu à peu, le malaise de ses goûts affinés, la montée lente de tout son être vers une classe supérieure.

À ce moment, la voix de Rasseneur se perdit au milieu de vociférations enthousiastes.

— Vive Rasseneur ! il n'y a que lui, bravo, bravo !

Le cabaretier referma la porte, pendant que la bande se dispersait ; et les deux hommes se regardèrent en silence. Tous deux haussèrent les épaules. Ils finirent par boire une chope ensemble.

Ce même jour, il y eut un grand dîner à la Piolaine, où l'on fêtait les fiançailles de Négrel et de Cécile. Les Grégoire, depuis la veille, faisaient cirer la salle à manger et épousseter le salon. Mélanie régnait dans la cuisine, surveillant les rôtis, tournant les sauces, dont l'odeur montait jusque dans les greniers. On avait décidé que le cocher Francis aiderait Honorine à servir. La jardinière devait laver la vaisselle, le jardinier ouvrirait la grille. Jamais un tel gala n'avait mis en l'air la grande maison patriarcale et cossue.

Tout se passa le mieux du monde. Mme Hennebeau se montra charmante pour Cécile, et elle sourit à Négrel, lorsque le notaire de Montsou, galamment, proposa de boire au bonheur du futur ménage. M. Hennebeau fut aussi très aimable. Son air riant frappa les convives, le bruit courait que, rentré en faveur près de la Régie, il serait bientôt fait officier de la Légion d'honneur, pour la façon énergique dont il avait dompté la grève. On évitait de parler des derniers événements, mais il y avait du triomphe dans la joie générale, le dîner tournait à la célébration officielle d'une victoire. Enfin, on était donc délivré, on recommençait à manger et à dormir en paix ! Une allusion fut discrètement faite aux morts dont la boue du Voreux avait à peine bu le sang : c'était une leçon nécessaire, et tous s'attendrirent, quand les Grégoire ajoutèrent que, maintenant, le devoir de chacun était d'aller panser les plaies, dans les corons. Eux, avaient repris leur placidité bienveillante, excusant leurs braves mineurs, les voyant déjà, au fond des fosses, donner le bon exemple d'une résignation séculaire. Les notables de Montsou, qui ne tremblaient plus, convinrent que la question du salariat demandait à être étudiée prudemment. Au rôti, la victoire devint complète, lorsque M. Hennebeau lut une lettre de l'évêque, où celui-ci annonçait le déplacement de l'abbé Ranvier. Toute la bourgeoisie de la province commentait avec passion l'histoire de ce prêtre, qui traitait les soldats d'assassins. Et le notaire, comme le dessert paraissait, se posa très résolument en libre penseur.

Deneulin était là, avec ses deux filles. Au milieu de cette allégresse, il s'efforçait de cacher la mélancolie de sa ruine. Le matin même, il avait signé la vente de sa concession de Vandame à la Compagnie de Montsou. Acculé, égorgé, il s'était soumis aux exigences des régisseurs, leur lâchant enfin cette proie guettée si longtemps, leur tirant à peine l'argent nécessaire pour payer ses créanciers. Même il avait accepté, au dernier moment, comme une chance heureuse, leur désir de le garder à titre d'ingénieur divisionnaire, résigné à surveiller ainsi, en simple salarié, cette fosse où il avait englouti sa fortune. C'était le glas des petites entreprises personnelles, la disparition prochaine des patrons, mangés un à un par l'ogre sans cesse affamé du capital, noyés dans le flot montant des grandes Compagnies. Lui seul payait les frais de la grève, il sentait bien qu'on buvait à son désastre, en buvant à la rosette de M. Hennebeau ; et il ne se consolait un peu que devant la belle crânerie de Lucie et de Jeanne, charmantes dans leurs toilettes retapées, riant à la débâcle, en jolies filles garçonnières, dédaigneuses de l'argent.

Lorsqu'on passa au salon prendre le café, M. Grégoire emmena son cousin à l'écart et le félicita du courage de sa décision.

— Que veux-tu ? ton seul tort a été de risquer à Vandame le million de ton denier de Montsou. Tu t'es donné un mal terrible, et le voilà fondu dans ce travail de chien, tandis que le mien, qui n'a pas bougé de mon tiroir, me nourrit encore sagement à ne rien faire, comme il nourrira les enfants de mes petits-enfants.

## II

Le dimanche, Étienne s'échappa du coron, dès la nuit tombée. Un ciel très pur, criblé d'étoiles, éclairait la terre d'une clarté bleue de crépuscule. Il descendit vers le canal, il suivit lentement la berge, en remontant du côté de Marchiennes. C'était sa promenade favorite, un sentier gazonné de deux lieues, filant tout droit, le long de cette eau géométrique, qui se déroulait pareille à un lingot sans fin d'argent fondu.

Jamais il n'y rencontrait personne. Mais, ce jour-là, il fut contrarié, en voyant venir à lui un homme. Et, sous la pâle lumière des étoiles, les deux promeneurs solitaires ne se reconnurent que face à face.

— Tiens ! c'est toi, murmura Étienne.

Souvarine hocha la tête sans répondre. Un instant, ils restèrent immobiles ; puis, côte à côte, ils repartirent vers Marchiennes. Chacun semblait continuer ses réflexions, comme très loin l'un de l'autre.

— As-tu vu dans le journal le succès de Pluchart à Paris ? demanda enfin Étienne. On l'attendait sur le trottoir, on lui avait fait une ovation, au sortir de cette réunion de Belleville... Oh ! le voilà lancé, malgré son rhume. Il ira où il voudra, désormais.

Le machineur haussa les épaules. Il avait le mépris des beaux parleurs, des gaillards qui entrent dans la politique comme on entre au barreau, pour y gagner des rentes, à coups de phrases.

Étienne, maintenant, en était à Darwin. Il en avait lu des fragments, résumés et vulgarisés dans un volume à cinq sous ; et, de cette lecture mal comprise, il se faisait une idée révolutionnaire du combat pour l'existence, les maigres mangeant les gras, le peuple fort dévorant la blême bourgeoisie. Mais Souvarine s'emporta, se répandit sur la bêtise des socialistes qui acceptent Darwin, cet apôtre de l'inégalité scientifique, dont la fameuse sélection n'était bonne que pour des philosophes aristocrates. Cependant, le camarade s'entêtait, voulait raisonner, et il exprimait ses doutes par une hypothèse : la vieille société n'existait plus, on en avait balayé jusqu'aux miettes ; eh bien, n'était-il pas à craindre que le monde nouveau ne repoussât gâté lentement des mêmes injustices, les uns malades et les autres gaillards, les uns plus adroits, plus intelligents, s'engraissant de tout, et les autres imbéciles et paresseux, redevenant des esclaves ? Alors, devant cette vision de l'éternelle misère, le machineur cria d'une voix farouche que, si la justice n'était pas possible avec l'homme, il fallait que l'homme disparût. Autant de sociétés pourries, autant de massacres, jusqu'à l'extermination du dernier être. Et le silence retomba.

Longtemps, la tête basse, Souvarine marcha sur l'herbe fine, si absorbé qu'il suivait l'extrême bord de l'eau, avec la tranquille certitude d'un homme endormi, rêvant le long des gouttières. Puis, il tressaillit sans cause, comme s'il s'était heurté contre une ombre. Ses yeux se levèrent, sa face apparut, très pâle ; et il dit doucement à son compagnon :

— Est-ce que je t'ai conté comment elle est morte ?

— Qui donc ?

— Ma femme, là-bas, en Russie.

Étienne eut un geste vague, étonné du tremblement de la voix, de ce brusque besoin de confidence, chez ce garçon impassible d'habitude, dans son détachement stoïque des autres et de lui-même. Il savait seulement que la femme était une maîtresse, et qu'on l'avait pendue, à Moscou.

— L'affaire n'avait pas marché, raconta Souvarine, les yeux perdus à présent sur la fuite blanche du canal, entre les colonnades bleuies des grands arbres. Nous étions restés quatorze jours au fond d'un trou, à miner la voie du chemin de fer ; et ce n'est pas le train impérial, c'est un train de voyageurs qui a sauté… Alors, on a arrêté Annouchka. Elle nous apportait du pain tous les soirs, déguisée en paysanne. C'était elle aussi qui avait allumé la mèche, parce qu'un homme aurait pu être remarqué… J'ai suivi le procès, caché dans la foule, pendant six longues journées…

Sa voix s'embarrassa, il fut pris d'un accès de toux comme s'il étranglait.

— Deux fois, j'ai eu envie de crier, de m'élancer par-dessus les têtes, pour la rejoindre. Mais à quoi bon ? un homme de moins, c'est un soldat de moins ; et je devinais bien qu'elle me disait non, de ses grands yeux fixes, lorsqu'elle rencontrait les miens.

Il toussa encore.

— Le dernier jour, sur la place, j'étais là... Il pleuvait, les maladroits perdaient la tête, dérangés par la pluie battante. Ils avaient mis vingt minutes, pour en pendre quatre autres : la corde cassait, ils ne pouvaient achever le quatrième... Annouchka était tout debout, à attendre. Elle ne me voyait pas, elle me cherchait dans la foule. Je suis monté sur une borne, et elle m'a vu, nos yeux ne se sont plus quittés. Quand elle a été morte, elle me regardait toujours... J'ai agité mon chapeau, je suis parti.

Il y eut un nouveau silence. L'allée blanche du canal se déroulait à l'infini, tous deux marchaient du même pas étouffé, comme retombés chacun dans son isolement. Au fond de l'horizon, l'eau pâle semblait ouvrir le ciel d'une mince trouée de lumière.

— C'était notre punition, continua durement Souvarine. Nous étions coupables de nous aimer... Oui, cela est bon qu'elle soit morte, il naîtra des héros de son sang, et moi, je n'ai plus de lâcheté au cœur... Ah ! rien, ni parents, ni femme, ni ami ! rien qui fasse trembler la main, le jour où il faudra prendre la vie des autres ou donner la sienne !

Étienne s'était arrêté, frissonnant, sous la nuit fraîche. Il ne discuta pas, il dit simplement :

— Nous sommes loin, veux-tu que nous retournions ?

Ils revinrent vers le Voreux, avec lenteur, et il ajouta, au bout de quelques pas :

— As-tu vu les nouvelles affiches ?

C'étaient de grands placards jaunes que la Compagnie avait encore fait coller dans la matinée. Elle s'y montrait plus nette et plus conciliante, elle promettait de reprendre le livret des mineurs qui redescendraient le lendemain. Tout serait oublié, le pardon était offert même aux plus compromis.

— Oui, j'ai vu, répondit le machineur.

— Eh bien, qu'est-ce que tu en penses ?

— J'en pense, que c'est fini... Le troupeau redescendra. Vous êtes tous trop lâches.

Étienne, fiévreusement, excusa les camarades : un homme peut être brave, une foule qui meurt de faim est sans force. Pas à pas, ils étaient revenus au Voreux ; et, devant la masse noire de la fosse, il continua, il jura de ne jamais redescendre, lui ; mais il pardonnait à ceux qui redescendraient. Ensuite, comme le bruit courait que les charpentiers n'avaient pas eu le temps de réparer le cuvelage, il désira savoir. Était-ce vrai ? la pesée de terrains contre les bois qui faisaient au puits une chemise de charpente, les avait-elle tellement renflés à l'intérieur, qu'une des cages d'extraction frottait au passage, sur une longueur de plus de cinq mètres ? Souvarine, redevenu silencieux, répondait brièvement. Il avait encore travaillé la veille, la cage frottait en effet, les machineurs devaient même doubler la vitesse, pour passer à cet endroit. Mais tous les chefs accueillaient les observations de la même phrase irritée : c'était du charbon qu'on voulait, on consoliderait mieux plus tard.

— Vois-tu que ça crève ! murmura Étienne. On serait à la noce.

Les yeux fixés sur la fosse, vague dans l'ombre, Souvarine conclut tranquillement :

— Si ça crève, les camarades le sauront, puisque tu conseilles de redescendre.

Neuf heures sonnaient au clocher de Montsou; et, son compagnon ayant dit qu'il rentrait se coucher, il ajouta, sans même tendre la main :

— Eh bien, adieu. Je pars.

— Comment, tu pars ?

— Oui, j'ai redemandé mon livret, je vais ailleurs.

Étienne, stupéfait, émotionné, le regardait. C'était après deux heures de promenade, qu'il lui disait ça, et d'une voix si calme, lorsque la seule annonce de cette brusque séparation lui serrait le cœur, à lui. On s'était connu, on avait peiné ensemble; ça rend toujours triste, l'idée de ne plus se voir.

— Tu pars, et où vas-tu ?

— Là-bas, je n'en sais rien.

— Mais je te reverrai ?

— Non, je ne crois pas.

Ils se turent, ils restèrent un moment face à face sans trouver rien autre à se dire.

— Alors, adieu.

— Adieu.

Pendant qu'Étienne montait au coron, Souvarine tourna le dos, revint sur la berge du canal; et là, seul maintenant, il marcha sans fin, la tête basse, si noyé de ténèbres, qu'il n'était plus qu'une ombre mouvante de la nuit. Par instants, il s'arrêtait, il comptait les heures au loin. Lorsque minuit sonna, il quitta la berge, et se dirigea vers le Voreux.

À ce moment, la fosse était vide, il n'y rencontra qu'un porion, les yeux gros de sommeil. On devait chauffer seulement à deux heures, pour la reprise du travail. D'abord, il monta prendre au fond d'une armoire une veste qu'il feignait d'avoir oubliée. Des outils, un vilebrequin armé de sa mèche, une petite scie très forte, un marteau et un ciseau, se trouvaient roulés dans cette veste. Puis, il repartit. Mais, au lieu de sortir par la baraque, il enfila l'étroit couloir qui menait au goyot des échelles. Et, sa veste sous le bras, il descendit doucement, sans lampe, mesurant la profondeur en comptant les échelles. Il savait que la cage frottait à trois cent soixante-quatorze mètres, contre la cinquième passe du cuvelage inférieur. Quand il eut compté cinquante-quatre échelles, il tâta de la main, il sentit le renflement des pièces de bois. C'était là.

Alors, avec l'adresse et le sang-froid d'un bon ouvrier qui a longtemps médité sur sa besogne, il se mit au travail. Toute de suite, il commença par scier un panneau dans la cloison du goyot, de manière à communiquer avec le compartiment d'extraction. Et, à l'aide d'allumettes vivement enflammées et éteintes, il put se rendre compte de l'état du cuvelage et des réparations récentes qu'on y avait faites.

Entre Calais et Valenciennes, le fonçage des puits de mine rencontrait des difficultés inouïes, pour traverser les masses d'eau séjournant sous terre, en nappes immenses, au niveau des vallées les plus basses. Seule, la construction des cuvelages, de ces pièces de charpente jointes entre elles comme les douves d'un tonneau, parvenait à contenir les sources affluentes, à isoler les puits au milieu des lacs dont les vagues profondes et obscures en battaient les parois. Il avait fallu, en fonçant le Voreux, établir deux cuvelages : celui du niveau supérieur, dans les sables ébouleux et les argiles blanches qui avoisinent le terrain crétacé, fissuré de toutes parts, gonflé d'eau comme une éponge ; puis, celui du niveau inférieur, directement au-dessus du terrain houiller, dans un sable jaune d'une finesse de farine, coulant avec une fluidité liquide ; et c'était là que se trouvait le Torrent, cette mer souterraine, la terreur des houillères du Nord, une mer avec ses tempêtes et ses naufrages, une mer ignorée, insondable, roulant ses flots noirs, à plus de trois cents mètres du soleil. D'ordinaire, les cuvelages tenaient bon, sous la pression énorme. Ils ne redoutaient guère que le tassement des terrains voisins, ébranlés par le travail continu des anciennes galeries d'exploitation, qui se comblaient. Dans cette descente des roches, parfois des lignes de cassure se produisaient, se propageaient lentement jusqu'aux charpentes, qu'elles déformaient à la longue, en les repoussant à l'intérieur du puits ; et le grand danger était là, une menace d'éboulement et d'inondation, la fosse emplie de l'avalanche des terres et du déluge des sources.

Souvarine, à cheval dans l'ouverture pratiquée par lui, constata une déformation très grave de la cinquième passe du cuvelage. Les pièces de bois faisaient ventre, en dehors des cadres ; plusieurs même étaient sorties de leur épaulement. Des filtrations abondantes, des « pichoux » comme disent les mineurs, jaillissaient des joints, au travers du brandissage[1] d'étoupes goudronnées dont on les garnissait. Et les charpentiers, pressés par le temps, s'étaient contentés de poser aux angles des équerres de fer, avec une telle insouciance, que toutes les vis n'étaient pas mises. Un mouvement considérable se produisait évidemment derrière, dans les sables du Torrent.

Alors, avec son vilebrequin, il desserra les vis des équerres, de façon à ce qu'une dernière poussée pût les arracher toutes. C'était une besogne de témérité folle, pendant laquelle il manqua vingt fois de culbuter, de faire le saut des cent quatre-vingts mètres qui le séparaient du fond. Il avait dû empoigner les guides de chêne, les madriers où glissaient les cages ; et, suspendu au-dessus du vide, il voyageait le long des traverses dont ils étaient reliés de distance en distance, il se coulait, s'asseyait, se renversait, simplement arc-bouté sur un coude ou sur un genou, dans un tranquille mépris de la mort. Un souffle l'aurait précipité, à trois reprises il se rattrapa, sans un frisson. D'abord, il tâtait de la main, puis il travaillait, n'enflammant une allumette que lorsqu'il s'égarait, au milieu de ces poutres

1. *Brandissage* : assemblage de pièces de bois.

gluantes. Après avoir desserré les vis, il s'attaqua aux pièces mêmes ; et le péril grandit encore. Il avait cherché la clef, la pièce qui tenait les autres ; il s'acharnait contre elle, la trouait, la sciait, l'amincissait, pour qu'elle perdît de sa résistance ; tandis que, par les trous et les fentes, l'eau qui s'échappait en jets minces l'aveuglait et le trempait d'une pluie glacée. Deux allumettes s'éteignirent. Toutes se mouillaient, c'était la nuit, une profondeur sans fond de ténèbres.

Dès ce moment, une rage l'emporta. Les haleines de l'invisible le grisaient, l'horreur noire de ce trou battu d'une averse le jetait à une fureur de destruction. Il s'acharna au hasard contre le cuvelage, tapant où il pouvait, à coups de vilebrequin, à coups de scie, pris du besoin de l'éventrer tout de suite sur sa tête. Et il y mettait une férocité, comme s'il eût joué du couteau dans la peau d'un être vivant, qu'il exécrait. Il la tuerait à la fin, cette bête mauvaise du Voreux, à la gueule toujours ouverte, qui avait englouti tant de chair humaine ! On entendait la morsure de ses outils, son échine s'allongeait, il rampait, descendait, remontait, se tenant encore par miracle, dans un branle continu, un vol d'oiseau nocturne au travers des charpentes d'un clocher.

Mais il se calma, mécontent de lui. Est-ce qu'on ne pouvait faire les choses froidement ? Sans hâte, il souffla, il rentra dans le goyot des échelles, dont il boucha le trou, en replaçant le panneau qu'il avait scié. C'était assez, il ne voulait pas donner l'éveil par un dégât trop grand, qu'on aurait tenté de réparer tout de suite. La bête avait sa blessure au ventre, on verrait si elle vivait encore le soir ; et il avait signé, le monde épouvanté saurait qu'elle n'était pas morte de sa belle mort. Il prit le temps de rouler méthodiquement les outils dans sa veste, il remonta les échelles avec lenteur. Puis, quand il fut sorti de la fosse sans être vu, l'idée d'aller changer de vêtements ne lui vint même pas. Trois heures sonnaient. Il resta planté sur la route, il attendit.

À la même heure, Étienne, qui ne dormait pas, s'inquiéta d'un bruit léger, dans l'épaisse nuit de la chambre. Il distinguait le petit souffle des enfants, les ronflements de Bonnemort et de la Maheude ; tandis que, près de lui, Jeanlin sifflait une note prolongée de flûte. Sans doute, il avait rêvé, et il se renfonçait, lorsque le bruit recommença. C'était un craquement de paillasse, l'effort étouffé d'une personne qui se lève. Alors il s'imagina que Catherine se trouvait indisposée.

— Dis, c'est toi ? qu'est-ce que tu as ? demanda-t-il à voix basse.

Personne ne répondit, seuls les ronflements des autres continuaient. Pendant cinq minutes, rien ne bougea. Puis, il y eut un nouveau craquement. Et, certain cette fois de ne pas s'être trompé, il traversa la chambre, il envoya les mains dans les ténèbres, pour tâter le lit d'en face. Sa surprise fut grande, en y rencontrant la jeune fille assise, l'haleine suspendue, éveillée et aux aguets.

— Eh bien, pourquoi ne réponds-tu pas ? qu'est-ce que tu fais donc ?

Elle finit par dire :

— Je me lève.

— À cette heure, tu te lèves !

— Oui, je retourne travailler à la fosse.

Très ému, Étienne dut s'asseoir au bord de la paillasse, pendant que Catherine lui expliquait ses raisons. Elle souffrait trop de vivre ainsi, oisive, en sentant peser sur elle de continuels regards de reproche ; elle aimait mieux courir le risque d'être bousculée là-bas par Chaval ; et, si sa mère refusait son argent, quand elle le lui apporterait, eh bien ! elle était assez grande pour se mettre à part et faire elle-même sa soupe.

— Va-t'en, je vais m'habiller. Et ne dis rien, n'est-ce pas ? si tu veux être gentil.

Mais il demeurait près d'elle, il l'avait prise à la taille, dans une caresse de chagrin et de pitié. En chemise, serrés l'un contre l'autre, ils sentaient la chaleur de leur peau nue, au bord de cette couche tiède du sommeil de la nuit. Elle, d'un premier mouvement, avait essayé de se dégager; puis, elle s'était mise à pleurer tout bas, en le prenant à son tour par le cou, pour le garder contre elle, dans une étreinte désespérée. Et ils restaient sans autre désir, avec le passé de leurs, amours malheureuses, qu'ils n'avaient pu satisfaire. Était-ce donc à jamais fini ? n'oseraient-ils s'aimer un jour, maintenant qu'ils étaient libres ? Il n'aurait fallu qu'un peu de bonheur, pour dissiper leur honte, ce malaise qui les empêchait d'aller ensemble, à cause de toutes sortes d'idées, où ils ne lisaient pas clairement eux-mêmes.

— Recouche-toi, murmura-t-elle. Je ne veux pas allumer, ça réveillerait maman… Il est l'heure, laisse-moi.

Il n'écoutait point, il la pressait éperdument, le cœur noyé d'une tristesse immense. Un besoin de paix, un invincible besoin d'être heureux l'envahissait ; et il se voyait marié, dans une petite maison propre, sans autre ambition que de vivre et de mourir là, tous les deux. Du pain le contenterait ; même s'il n'y en avait que pour un, le morceau serait pour elle. À quoi bon autre chose ? est-ce que la vie valait davantage ?

Elle, cependant, dénouait ses bras nus.

— Je t'en prie, laisse.

Alors, dans un élan de son cœur, il lui dit à l'oreille :

— Attends, je vais avec toi.

Et lui-même s'étonna d'avoir dit cette chose. Il avait juré de ne pas descendre, d'où venait donc cette décision brusque, sortie de ses lèvres, sans qu'il y eût songé, sans qu'il l'eût discutée un instant ? Maintenant, c'était en lui un tel calme, une guérison si complète de ses doutes, qu'il s'entêtait, en homme sauvé par le hasard, et qui avait trouvé enfin l'unique porte à son tourment. Aussi refusa-t-il de l'entendre, lorsqu'elle s'alarma, comprenant qu'il se dévouait pour elle, redoutant les mauvaises paroles dont on l'accueillerait à la fosse. Il se moquait de tout, les affiches promettaient le pardon, et cela suffisait.

— Je veux travailler, c'est mon idée… Habillons-nous et ne faisons pas de bruit.

Ils s'habillèrent dans les ténèbres, avec mille précautions. Elle, secrètement, avait préparé la veille ses vêtements de mineur ; lui, dans l'armoire, prit une veste et une culotte ; et ils ne se lavèrent pas, par crainte de remuer la terrine. Tous dormaient, mais il fallait traverser le couloir étroit, où couchait la mère. Quand ils partirent, le malheur voulut qu'ils butèrent contre une chaise. Elle s'éveilla, elle demanda, dans l'engourdissement du sommeil :

— Hein ? qui est-ce ?

Catherine, tremblante, s'était arrêtée, en serrant violemment la main d'Étienne.

— C'est moi, ne vous inquiétez pas, dit celui-ci. J'étouffe, je sors respirer un peu.

— Bon, bon.

Et la Maheude se rendormit. Catherine n'osait plus bouger. Enfin, elle descendit dans la salle, elle partagea une tartine qu'elle avait réservée sur un pain, donné par une dame de Montsou. Puis, doucement, ils refermèrent la porte, ils s'en allèrent.

Souvarine était demeuré debout, près de *l'Avantage*, à l'angle de la route. Depuis une demi-heure, il regardait les charbonniers qui retournaient au travail, confus dans l'ombre, passant avec leur sourd piétinement de troupeau. Il les comptait, comme les bouchers comptent les bêtes, à l'entrée de l'abattoir ; et il était surpris de leur nombre, il ne prévoyait pas, même dans son pessimisme, que ce nombre de lâches pût être si grand. La queue s'allongeait toujours, il se raidissait, très froid, les dents serrées, les yeux clairs.

Mais il tressaillit. Parmi ces hommes qui défilaient, et dont il ne distinguait pas les visages, il venait pourtant d'en reconnaître un, à sa démarche. Il s'avança, il l'arrêta.

— Où vas-tu ?

Étienne, saisi, au lieu de répondre, balbutiait.

— Tiens ! tu n'es pas encore parti !

Puis, il avoua, il retournait à la fosse. Sans doute, il avait juré ; seulement, ce n'était pas une existence, d'attendre les bras croisés des choses qui arriveraient dans cent ans peut-être ; et, d'ailleurs, des raisons à lui le décidaient.

Souvarine l'avait écouté, frémissant. Il l'empoigna par une épaule, il le rejeta vers le coron.

— Rentre chez toi, je le veux, entends-tu !

Mais, Catherine s'étant approchée, il la reconnut, elle aussi. Étienne protestait, déclarait qu'il ne laissait à personne le soin de juger sa conduite. Et les yeux du machineur allèrent de la jeune fille au camarade ; tandis qu'il reculait d'un pas, avec un geste de brusque abandon. Quand il y avait une femme dans le cœur d'un homme, l'homme était fini, il pouvait mourir. Peut-être revit-il, en une vision rapide, là-bas, à Moscou, sa maîtresse pendue, ce dernier lien de sa chair coupé, qui l'avait rendu libre de la vie des autres et de la sienne. Il dit simplement :

— Va.

Gêné, Étienne s'attardait, cherchait une parole de bonne amitié, pour ne pas se séparer ainsi.

— Alors, tu pars toujours ?

— Oui.

— Eh bien, donne-moi la main, mon vieux. Bon voyage et sans rancune.

L'autre lui tendit une main glacée. Ni ami, ni femme.

— Adieu pour tout de bon, cette fois.

— Oui, adieu.

Et Souvarine, immobile dans les ténèbres, suivit du regard Étienne et Catherine, qui entraient au Voreux.

## III

À quatre heures, la descente commença. Dansaert, installé en personne au bureau du marqueur, dans la lampisterie, inscrivait chaque ouvrier qui se présentait, et lui faisait donner une lampe. Il les prenait tous, sans une observation, tenant la promesse des affiches. Cependant, lorsqu'il aperçut au guichet Étienne et Catherine, il eut un sursaut, très rouge, la bouche ouverte pour refuser l'inscription ; puis, il se contenta de triompher, d'un air goguenard : ah ! ah ! le fort des forts était donc par terre ? la Compagnie avait donc du bon, que le terrible tombeur de Montsou revenait lui demander du pain ? Silencieux, Étienne emporta sa lampe et monta au puits, avec la herscheuse.

Mais c'était là, dans la salle de recette, que Catherine craignait les mauvaises paroles des camarades. Justement, dès l'entrée, elle reconnut Chaval au milieu d'une vingtaine de mineurs, attendant qu'une cage fût libre. Il s'avançait furieusement vers elle, lorsque la vue d'Étienne l'arrêta. Alors, il affecta de ricaner, avec des haussements d'épaules outrageux. Très bien ! il s'en foutait, du moment que l'autre avait occupé la place toute chaude ; bon débarras ! ça regardait le monsieur, s'il aimait les restes ; et, sous l'étalage de ce dédain, il était repris d'un tremblement de jalousie, ses yeux flambaient. D'ailleurs, les camarades ne bougeaient pas, muets, les yeux baissés. Ils se contentaient de jeter un regard oblique aux nouveaux venus ; puis, abattus et sans colère, ils se remettaient à regarder fixement la bouche du puits, leur lampe à la main, grelottant sous la mince toile de leur veste, dans les courants d'air continus de la grande salle.

Enfin, la cage se cala sur les verrous, on leur cria d'embarquer. Catherine et Étienne se tassèrent dans une berline, où Pierron et deux haveurs se trouvaient déjà. À côté, dans l'autre berline, Chaval disait au père Mouque, très haut, que la Direction avait bien tort de ne pas profiter de l'occasion pour débarrasser les fosses des chenapans qui les pourrissaient ; mais le vieux palefrenier, déjà retombé à la résignation de sa chienne d'existence, ne se fâchait plus de la mort de ses enfants, répondait simplement d'un geste de conciliation.

La cage se décrocha, on fila dans le noir. Personne ne parlait. Tout d'un coup, comme on était aux deux tiers de la descente, il y eut un frottement terrible. Les fers craquaient, les hommes furent projetés les uns contre les autres.

— Nom de Dieu ! gronda Étienne, est-ce qu'ils vont nous aplatir ? Nous finirons par tous y rester, avec leur sacré cuvelage. Et ils disent encore qu'ils l'ont réparé !

Pourtant, la cage avait franchi l'obstacle. Elle descendait maintenant sous une pluie d'orage, si violente, que les ouvriers écoutaient avec inquiétude ce ruissellement. Il s'était donc déclaré bien des fuites, dans le brandissage des joints ?

Pierron, interrogé, lui qui travaillait depuis plusieurs jours, ne voulut pas montrer sa peur, qui pouvait être considérée comme une attaque à la Direction ; et il répondit :

— Oh ! pas de danger ! C'est toujours comme ça. Sans doute qu'on n'a pas eu le temps de brandir les pichoux.

Le torrent ronflait sur leurs têtes, ils arrivèrent au fond, au dernier accrochage, sous une véritable trombe d'eau. Pas un porion n'avait eu l'idée de monter par les échelles, pour se rendre compte. La pompe suffirait, les brandisseurs visiteraient les joints, la nuit suivante. Dans les galeries, la réorganisation du travail donnait assez de mal. Avant de laisser les haveurs retourner à leur chantier d'abattage, l'ingénieur avait décidé que, pendant les cinq premiers jours, tous les hommes exécuteraient certains travaux de consolidation, d'une urgence absolue. Des éboulements menaçaient partout, les voies avaient tellement souffert, qu'il fallait raccommoder les boisages sur des longueurs de plusieurs centaines de mètres. En bas, on formait donc des équipes de dix hommes, chacune sous la conduite d'un porion ; puis, on les mettait à la besogne, aux endroits les plus endommagés. Quand la descente fut finie, on compta que trois cent vingt-deux mineurs étaient descendus, environ la moitié du nombre qui travaillait, lorsque la fosse se trouvait en pleine exploitation.

Justement, Chaval compléta l'équipe dont Catherine et Étienne faisaient partie ; et il n'y eut pas là un hasard, il s'était caché d'abord derrière les camarades, puis il avait forcé la main au porion. Cette équipe-là s'en alla déblayer, dans le bout de la galerie nord, à près de trois kilomètres, un éboulement qui bouchait une voie de la veine Dix-Huit-Pouces. On attaqua les roches éboulées à la pioche et à la pelle. Étienne, Chaval et cinq autres déblayaient, tandis que Catherine, avec deux galibots, roulaient les terres au plan incliné. Les paroles étaient rares, le porion ne les quittait pas. Cependant, les deux galants de la herscheuse furent sur le point de s'allonger des gifles. Tout en grognant qu'il n'en voulait plus, de cette traînée, l'ancien s'occupait d'elle, la bousculait sournoisement, si bien que le nouveau l'avait menacé d'une danse, s'il ne la laissait pas tranquille. Leurs yeux se mangeaient, on dut les séparer.

Vers huit heures, Dansaert passa pour donner un coup d'œil au travail. Il paraissait d'une humeur exécrable, il s'emporta contre le porion : rien ne marchait, les bois demandaient à être remplacés au fur et à mesure, est-ce que c'était fichu, de la besogne pareille ! Et il partit, en annonçant qu'il reviendrait avec l'ingénieur. Il attendait Négrel depuis le matin, sans comprendre la cause de ce retard.

Une heure encore s'écoula. Le porion avait arrêté le déblaiement, pour employer tout son monde à étayer le toit. Même la herscheuse et les deux galibots ne roulaient plus, préparaient et apportaient les pièces du boisage. Dans ce fond de galerie, l'équipe se trouvait comme aux avant-postes, perdue à une extrémité de la mine, sans communication désormais avec les autres chantiers. Trois ou quatre fois, des bruits étranges, de lointains galops firent bien tourner la tête aux travailleurs : qu'était-ce donc ? on aurait dit que les voies se vidaient, que les camarades remontaient déjà, et au pas de course. Mais la rumeur se perdait dans le profond silence, ils se remettaient à caler les bois, étourdis par les grands coups de marteau. Enfin, on reprit le déblaiement, le roulage recommença.

Dès le premier voyage, Catherine, effrayée, revint en disant qu'il n'y avait plus personne au plan incliné.

— J'ai appelé, on n'a pas répondu. Tous ont fichu le camp.

Le saisissement fut tel, que les dix hommes jetèrent leurs outils pour galoper. Cette idée, d'être abandonnés, seuls au fond de la fosse, si loin de l'accrochage, les affolait. Ils n'avaient gardé que leur lampe, ils couraient à la file, les hommes, les enfants, la herscheuse ; et le porion lui-même perdait la tête, jetait des appels, de plus en plus effrayé du silence, de ce désert des galeries qui s'étendait sans fin. Qu'arrivait-il, pour qu'on ne rencontrât pas une âme ? Quel accident avait pu emporter ainsi les camarades ? Leur terreur s'accroissait de l'incertitude du danger, de cette menace qu'ils sentaient là, sans la connaître.

Enfin, comme ils approchaient de l'accrochage, un torrent leur barra la route. Ils eurent tout de suite de l'eau jusqu'aux genoux ; et ils ne pouvaient plus courir, ils fendaient péniblement le flot, avec la pensée qu'une minute de retard allait être la mort.

— Nom de Dieu ! c'est le cuvelage qui a crevé, cria Étienne. Je le disais bien que nous y resterions !

Depuis la descente, Pierron, très inquiet, voyait augmenter le déluge qui tombait du puits. Tout en embarquant les berlines avec deux autres, il levait la tête, la face trempée des grosses gouttes, les oreilles bourdonnantes du ronflement de la tempête, là-haut. Mais il trembla surtout, quand il s'aperçut que, sous lui, le puisard, le bougnou profond de dix mètres, s'emplissait : déjà, l'eau jaillissait du plancher, débordait sur les dalles de fonte ; et c'était une preuve que la pompe ne suffisait plus à épuiser les fuites. Il l'entendait s'essouffler, avec un hoquet de fatigue. Alors, il avertit Dansaert, qui jura de colère, en répondant qu'il fallait attendre l'ingénieur. Deux fois, il revint à la charge, sans tirer de lui autre chose que des haussements d'épaules exaspérés. Eh bien, l'eau montait, que pouvait-il y faire ?

Mouque parut avec Bataille, qu'il conduisait à la corvée ; et il dut le tenir des deux mains, le vieux cheval somnolent s'était brusquement cabré, la tête allongée vers le puits, hennissant à la mort.

— Quoi donc, philosophe ? qu'est-ce qui t'inquiète ?... Ah ! c'est parce qu'il pleut. Viens donc, ça ne te regarde pas.

Mais la bête frissonnait de tout son poil, il la traîna de force au roulage.

Presque au même instant, comme Mouque et Bataille disparaissaient au fond d'une galerie, un craquement eut lieu en l'air, suivi d'un vacarme prolongé de chute. C'était une pièce du cuvelage qui se détachait, qui tombait de cent quatre-vingts mètres, en rebondissant contre les parois. Pierron et les autres chargeurs purent se garer, la planche de chêne broya seulement une berline vide. En même temps, un paquet d'eau, le flot jaillissant d'une digue crevée, ruisselait. Dansaert voulut monter voir ; mais il parlait encore, qu'une seconde pièce déboula. Et, devant la catastrophe menaçante, effaré, il n'hésita plus, il donna l'ordre de la remonte, lança des porions pour avertir les hommes, dans les chantiers.

Alors, commença une effroyable bousculade. De chaque galerie, des files d'ouvriers arrivaient au galop, se ruaient à l'assaut des cages. On s'écrasait, on se tuait pour être remonté tout de suite. Quelques-uns, qui avaient eu l'idée de prendre le goyot des échelles, redescendirent en criant que le passage y était bouché déjà. C'était l'épouvante de tous, après chaque départ d'une cage : celle-là venait de passer, mais qui savait si la suivante passerait encore, au milieu des obstacles dont le puits s'obstruait ? En haut, la débâcle devait continuer, on entendait une série de sourdes détonations, les bois qui se fendaient, qui éclataient dans le grondement continu et croissant de l'averse. Une cage bientôt fut hors d'usage, défoncée, ne glissant plus entre les guides, rompues sans doute. L'autre frottait tellement, que le câble allait casser bien sûr. Et il restait une centaine d'hommes à sortir, tous râlaient, se cramponnaient, ensanglantés, noyés. Deux furent tués par des chutes de planches. Un troisième, qui avait empoigné la cage, retomba de cinquante mètres et disparut dans le bougnou.

Dansaert, cependant, tâchait de mettre de l'ordre. Armé d'une rivelaine, il menaçait d'ouvrir le crâne au premier qui n'obéirait pas ; et il voulait les ranger à la file, il criait que les chargeurs sortiraient les derniers, après avoir emballé les camarades. On ne l'écoutait pas, il avait empêché Pierron, lâche et blême, de filer un des premiers. À chaque départ, il devait l'écarter d'une gifle. Mais lui-même claquait des dents, une minute de plus, et il était englouti : tout crevait là-haut, c'était un fleuve débordé, une pluie meurtrière de charpentes. Quelques ouvriers accouraient encore, lorsque, fou de peur, il sauta dans une berline, en laissant Pierron y sauter derrière lui. La cage monta.

À ce moment, l'équipe d'Étienne et de Chaval débouchait dans l'accrochage. Ils virent la cage disparaître, ils se précipitèrent ; mais il fallut reculer, sous l'écroulement final du cuvelage : le puits se bouchait, la cage ne redescendrait pas. Catherine sanglotait, Chaval s'étranglait à crier des jurons. On était une vingtaine, est-ce que ces cochons de chefs les abandonneraient ainsi ? Le père Mouque, qui avait ramené Bataille, sans hâte, le tenait encore par la bride, tous les deux stupéfiés, le vieux et la bête, devant la hausse rapide de l'inondation. L'eau déjà montait aux cuisses. Étienne muet, les dents serrées, souleva Catherine entre ses bras. Et les vingt hurlaient, la face en l'air, les vingt s'entêtaient, imbéciles, à regarder le puits, ce trou éboulé qui crachait un fleuve, et d'où ne pouvait plus leur venir aucun secours.

Au jour, Dansaert, en débarquant, aperçut Négrel qui accourait. Mme Hennebeau, par une fatalité, l'avait, ce matin-là, au saut du lit, retenu à feuilleter des catalogues, pour l'achat de la corbeille. Il était dix heures.

— Eh bien, qu'arrive-t-il donc ? cria-t-il de loin.

— La fosse est perdue, répondit le maître-porion.

Et il conta la catastrophe, en bégayant, tandis que l'ingénieur, incrédule, haussait les épaules : allons donc ! est-ce qu'un cuvelage se démolissait comme ça ! On exagérait, il fallait voir.

— Personne n'est resté au fond, n'est-ce pas ?

Dansaert se troublait. Non, personne. Il l'espérait du moins. Pourtant, des ouvriers avaient pu s'attarder.

— Mais, nom d'un chien ! dit Négrel, pourquoi êtes-vous sorti, alors ? Est-ce qu'on lâche ses hommes !

Tout de suite, il donna l'ordre de compter les lampes. Le matin, on en avait distribué trois cent vingt-deux ; et l'on n'en retrouvait que deux cent cinquante-cinq ; seulement, plusieurs ouvriers avouaient que la leur était restée là-bas, tombée de leur main, dans les bousculades de la panique. On tâcha de procéder à un appel, il fut impossible d'établir un nombre exact : des mineurs s'étaient sauvés, d'autres n'entendaient plus leur nom. Personne ne tombait d'accord sur les camarades manquants. Ils étaient peut-être vingt, peut-être quarante. Et, seule, une certitude se faisait pour l'ingénieur : il y avait des hommes au fond, on distinguait leur hurlement, dans le bruit des eaux, à travers les charpentes écroulées, lorsqu'on se penchait à la bouche du puits.

Le premier soin de Négrel fut d'envoyer chercher M. Hennebeau et de vouloir fermer la fosse. Mais il était déjà trop tard, les charbonniers qui avaient galopé au coron des Deux-Cent-Quarante, comme poursuivis par les craquements du cuvelage, venaient d'épouvanter les familles ; et des bandes de femmes, des vieux, des petits, dévalaient en courant, secoués de cris et de sanglots. Il fallut les repousser, un cordon de surveillants fut chargé de les maintenir, car ils auraient gêné les manœuvres. Beaucoup des ouvriers remontés du puits demeuraient là, stupides, sans penser à changer de vêtements, retenus par une fascination de la peur, en face de ce trou effrayant où ils avaient failli rester. Les femmes, éperdues autour d'eux, les suppliaient, les interrogeaient, demandaient les noms. Est-ce que celui-ci en était ? et celui-là ? et cet autre ? Ils ne savaient pas, ils balbutiaient, ils avaient de grands frissons et des gestes de fous, des gestes qui écartaient une vision abominable, toujours présente. La foule augmentait rapidement, une lamentation montait des routes. Et, là-haut, sur le terri, dans la cabane de Bonnemort, il y avait, assis par terre, un homme, Souvarine, qui ne s'était pas éloigné, et qui regardait.

— Les noms ! les noms ! criaient les femmes, d'une voix étranglée de larmes.

Négrel parut un instant, jeta ces mots :

— Dès que nous saurons les noms, nous les ferons connaître. Mais rien n'est perdu, tout le monde sera sauvé... Je descends.

Alors, muette d'angoisse, la foule attendit. En effet, avec une bravoure tranquille, l'ingénieur s'apprêtait à descendre. Il avait fait décrocher la cage, en donnant l'ordre de la remplacer, au bout du câble, par un cuffat[1] ; et, comme il se doutait que l'eau éteindrait sa lampe, il commanda d'en attacher une autre sous le cuffat, qui la protégerait.

Des porions, tremblants, la face blanche et décomposée, aidaient à ces préparatifs.

— Vous descendez avec moi, Dansaert, dit Négrel d'une voix brève.

Puis, quand il les vit tous sans courage, quand il vit le maître-porion chanceler, ivre d'épouvante, il l'écarta d'un geste de mépris.

— Non, vous m'embarrasseriez… J'aime mieux être seul.

Déjà, il était dans l'étroit baquet, qui vacillait à l'extrémité du câble ; et, tenant d'une main sa lampe, serrant de l'autre la corde du signal, il cria lui-même au machineur :

— Doucement !

La machine mit en branle les bobines, Négrel disparut dans le gouffre, d'où montait toujours le hurlement des misérables.

En haut, rien n'avait bougé. Il constata le bon état du cuvelage supérieur. Balancé au milieu du puits, il virait, il éclairait les parois : les fuites, entre les joints, étaient si peu abondantes, que sa lampe n'en souffrait pas. Mais, à trois cents mètres, lorsqu'il arriva au cuvelage inférieur, elle s'éteignit selon ses prévisions, un jaillissement avait empli le cuffat. Dès lors, il n'eut plus pour y voir que la lampe pendue, qui le précédait dans les ténèbres. Et, malgré sa témérité, un frisson le pâlit, en face de l'horreur du désastre. Quelques pièces de bois restaient seules, les autres s'étaient effondrées avec leurs cadres ; derrière, d'énormes cavités se creusaient, les sables jaunes, d'une finesse de farine, coulaient par masses considérables ; tandis que les eaux du Torrent, de cette mer souterraine aux tempêtes et aux

1. *Cuffat* : une grande berline.

naufrages ignorés, s'épanchaient en un dégorgement d'écluse. Il descendit encore, perdu au centre de ces vides qui augmentaient sans cesse, battu et tournoyant sous la trombe des sources, si mal éclairé par l'étoile rouge de la lampe, filant en bas, qu'il croyait distinguer des rues, des carrefours de ville détruite, très loin, dans le jeu des grandes ombres mouvantes. Aucun travail humain n'était plus possible. Il ne gardait qu'un espoir, celui de tenter le sauvetage des hommes en péril. À mesure qu'il s'enfonçait, il entendait grandir le hurlement ; et il lui fallut s'arrêter, un obstacle infranchissable barrait le puits, un amas de charpentes, les madriers rompus des guides, les cloisons fendues des goyots, s'enchevêtrant avec les guidonnages arrachés de la pompe. Comme il regardait longuement, le cœur serré, le hurlement cessa tout d'un coup. Sans doute, devant la crue rapide, les misérables venaient de fuir dans les galeries, si le flot ne leur avait pas déjà empli la bouche.

Négrel dut se résigner à tirer la corde du signal, pour qu'on le remontât. Puis, il se fit arrêter de nouveau. Une stupeur lui restait, celle de cet accident si brusque, dont il ne comprenait pas la cause. Il désirait se rendre compte, il examina les quelques pièces du cuvelage qui tenaient bon. À distance, des déchirures, des entailles dans le bois, l'avaient surpris. Sa lampe agonisait, noyée d'humidité, et il toucha de ses doigts, il reconnut très nettement des coups de scie, des coups de vilebrequin, tout un travail abominable de destruction. Évidemment, on avait voulu cette catastrophe. Il demeurait béant, les pièces craquèrent, s'abîmèrent avec leurs cadres, dans un dernier glissement qui faillit l'emporter lui-même. Sa bravoure s'en était allée, l'idée de l'homme qui avait fait ça dressait ses cheveux, le glaçait de la peur religieuse du mal, comme si, mêlé aux ténèbres, l'homme eût encore été là, énorme, pour son forfait démesuré. Il cria, il agita le signal d'une main furieuse ; et il était grand temps d'ailleurs, car il s'aperçut, cent mètres plus haut, que le cuvelage supérieur se mettait à son tour en mouvement : les joints s'ouvraient, perdaient leur brandissage d'étoupe, lâchaient des ruisseaux. Ce n'était à présent qu'une question d'heures, le puits achèverait de se décuveler, et s'écroulerait.

Au jour, M. Hennebeau anxieux attendait Négrel.

— Eh bien ! quoi ? demanda-t-il.

Mais l'ingénieur, étranglé, ne parlait point. Il défaillait.

— Ce n'est pas possible, jamais on n'a vu ça... As-tu examiné ?

Oui, il répondait de la tête, avec des regards défiants. Il refusait de s'expliquer en présence des quelques porions qui écoutaient, il emmena son oncle à dix mètres, ne se jugea pas assez loin, recula encore ; puis, très bas, à l'oreille, il lui dit enfin l'attentat, les planches trouées et sciées, la fosse saignée au cou et râlant. Devenu blême, le directeur baissait aussi la voix, dans le besoin instinctif qui fait le silence sur la monstruosité des grandes débauches et des grands crimes. Il était inutile d'avoir l'air de trembler devant les dix mille ouvriers de Montsou : plus tard, on verrait. Et tous deux continuaient à chuchoter, atterrés qu'un homme eût trouvé le courage de descendre, de se pendre au milieu du vide, de risquer sa vie vingt fois, pour cette effroyable besogne. Ils ne comprenaient même pas cette bravoure folle dans la destruction, ils refusaient de croire malgré l'évidence, comme on doute de ces histoires d'évasions célèbres, de ces prisonniers envolés par des fenêtres, à trente mètres du sol.

Lorsque M. Hennebeau se rapprocha des porions, un tic nerveux tirait son visage. Il eut un geste de désespoir, il donna l'ordre d'évacuer la fosse tout de suite. Ce fut une sortie lugubre d'enterrement, un abandon muet, avec des coups d'œil en arrière sur ces grands corps de briques, vides et encore debout, que rien désormais ne pouvait sauver.

Et, comme le directeur et l'ingénieur descendaient les derniers de la recette, la foule les accueillit de sa clameur, répétée obstinément.

— Les noms ! les noms ! dites les noms !

Maintenant, la Maheude était là, parmi les femmes. Elle se rappelait le bruit de la nuit, sa fille et le logeur avaient dû partir ensemble, ils se trouvaient pour sûr au fond ; et, après avoir crié que c'était bien fait, qu'ils méritaient d'y rester, les sans-cœur, les lâches, elle était accourue, elle se tenait au premier rang, grelottante d'angoisse. D'ailleurs, elle n'osait plus douter, la discussion qui s'élevait autour d'elle sur les noms la renseignait. Oui, oui, Catherine y était, Étienne aussi, un camarade les avait vus. Mais, au sujet des autres, l'accord ne se faisait toujours pas. Non, pas celui-ci, celui-là au contraire, peut-être Chaval, avec lequel pourtant un galibot jurait d'être remonté. La Levaque et la Pierronne, bien qu'elles n'eussent personne en péril, s'acharnaient, se lamentaient aussi fort que les autres. Sorti un des premiers, Zacharie, malgré son air de se moquer de tout, avait embrassé en pleurant sa femme et sa mère ; et, demeuré près de celle-ci, il grelottait avec elle, montrant pour sa sœur un débordement inattendu de tendresse, refusant de la croire là-bas, tant que les chefs ne l'auraient pas constaté officiellement.

— Les noms ! les noms ! de grâce les noms !

Négrel, énervé, dit très haut aux surveillants :

— Mais faites-les donc taire ! C'est à mourir de chagrin. Nous ne les savons pas, les noms.

Deux heures s'étaient passées déjà. Dans le premier effarement, personne n'avait songé à l'autre puits, au vieux puits de Réquillart. M. Hennebeau annonçait qu'on allait tenter le sauvetage de ce côté, lorsqu'une rumeur courut : cinq ouvriers justement venaient d'échapper à l'inondation, en remontant par les échelles pourries de l'ancien goyot hors d'usage ; et l'on nommait le père Mouque, cela causait une surprise, personne ne le croyait au fond. Mais le récit des cinq évadés redoublait les larmes : quinze camarades n'avaient pu les suivre, égarés, murés par des éboulements, et il n'était plus possible de les secourir, car il y avait déjà dix mètres de crue dans Réquillart. On connaissait tous les noms, l'air s'emplissait d'un gémissement de peuple égorgé.

— Faites-les donc taire ! répéta Négrel furieux. Et qu'ils reculent ! Oui, oui, à cent mètres ! Il y a du danger, repoussez-les, repoussez-les.

Il fallut se battre contre ces pauvres gens. Ils s'imaginaient d'autres malheurs, on les chassait pour leur cacher des morts ; et les porions durent leur expliquer que le puits allait manger la fosse. Cette idée les rendit muets de saisissement, ils finirent par se laisser refouler pas à pas ; mais on fut obligé de doubler les gardiens qui les contenaient ; car, malgré eux, comme attirés, ils revenaient toujours. Un millier de personnes se bousculaient sur la route, on accourait de tous les corons, de Montsou même. Et l'homme, en haut, sur le terri, l'homme blond, à la figure de fille, fumait des cigarettes pour patienter, sans quitter la fosse de ses yeux clairs.

Alors, l'attente commença. Il était midi, personne n'avait mangé, et personne ne s'éloignait. Dans le ciel brumeux, d'un gris sale, passaient lentement des nuées couleur de rouille. Un gros chien, derrière la haie de Rasseneur, aboyait violemment, sans relâche, irrité du souffle vivant de la foule. Et cette foule, peu à peu, s'était répandue dans les terres voisines, avait fait le cercle autour de la fosse, à cent mètres. Au centre du grand vide, le Voreux se dressait. Plus une âme, plus un bruit, un désert ; les fenêtres et les portes, restées ouvertes, montraient l'abandon intérieur ; un chat rouge, oublié, flairant la menace de cette solitude, sauta d'un escalier et disparut. Sans doute les foyers des générateurs s'éteignaient à peine, car la haute cheminée de briques lâchait de légères fumées, sous les nuages sombres; tandis que la girouette du beffroi grinçait au vent, d'un petit cri aigre, la seule voix mélancolique de ces vastes bâtiments qui allaient mourir.

À deux heures, rien n'avait bougé. M. Hennebeau, Négrel, d'autres ingénieurs accourus, formaient un groupe de redingotes et de chapeaux noirs, en avant du monde; et eux non plus ne s'éloignaient pas, les jambes rompues de fatigue, fiévreux, malades d'assister impuissants à un pareil désastre, ne chuchotant que de rares paroles, comme au chevet d'un moribond. Le cuvelage supérieur devait achever de s'effondrer, on entendait de brusques retentissements, des bruits saccadés de chute profonde, auxquels succédaient de grands silences. C'était la plaie qui s'agrandissait toujours : l'éboulement, commencé par le bas, montait, se rapprochait de la surface. Une impatience nerveuse avait pris Négrel, il voulait voir, et il s'avançait déjà, seul dans ce vide effrayant, lorsqu'on s'était jeté à ses épaules. A quoi bon? Il ne pouvait rien empêcher. Cependant, un mineur, un vieux, trompant la surveillance, galopa jusqu'à la baraque; mais il reparut tranquillement, il était allé chercher ses sabots.

Trois heures sonnèrent. Rien encore. Une averse avait trempé la foule, sans qu'elle reculât d'un pas. Le chien de Rasseneur s'était remis à aboyer. Et ce fut à trois heures vingt minutes seulement, qu'une première secousse ébranla la terre. Le Voreux en frémit, solide, toujours debout. Mais une seconde suivit aussitôt, et un long cri sortit des bouches ouvertes : le hangar goudronné du criblage, après avoir chancelé deux fois, venait de s'abattre avec un craquement terrible. Sous la pression énorme, les charpentes se rompaient et frottaient si fort, qu'il en jaillissait des gerbes d'étincelles. Dès ce moment, la terre ne cessa de trembler, les secousses se succédaient, des affaissements souterrains, des grondements de volcan en éruption. Au loin, le chien n'aboyait plus, il poussait des hurlements plaintifs, comme s'il eût annoncé les oscillations qu'il sentait venir ; et les femmes, les enfants, tout ce peuple qui regardait, ne pouvait retenir une clameur de détresse, à chacun de ces bonds qui les soulevaient. En moins de dix minutes, la toiture ardoisée du beffroi s'écroula, la salle de recette et la chambre de la machine se fendirent, se trouèrent d'une brèche considérable. Puis, les bruits se turent, l'effondrement s'arrêta, il se fit de nouveau un grand silence.

Pendant une heure, le Voreux resta ainsi, entamé, comme bombardé par une armée de barbares. On ne criait plus, le cercle élargi des spectateurs regardait. Sous les poutres en tas du criblage, on distinguait les culbuteurs fracassés, les trémies crevées et tordues. Mais c'était surtout à la recette que les débris s'accumulaient, au milieu de la pluie des briques, parmi les pans de murs entiers tombés en gravats. La charpente de fer qui portait les molettes avait fléchi, enfoncée à moitié dans la fosse ; une cage était restée pendue, un bout de câble arraché flottait ; puis, il y avait une bouillie de berlines, de dalles de fonte, d'échelles. Par un hasard, la lampisterie, demeurée intacte, montrait à gauche les rangées claires de ses petites lampes. Et, au fond de sa chambre éventrée, on apercevait la machine, assise carrément sur son massif de maçonnerie : les cuivres luisaient, les gros membres d'acier avaient un air de muscles indestructibles, l'énorme bielle, repliée en l'air, ressemblait au puissant genou d'un géant, couché et tranquille dans sa force.

M. Hennebeau, au bout de cette heure de répit, sentit l'espoir renaître. Le mouvement des terrains devait être terminé, on aurait la chance de sauver la machine et le reste des bâtiments. Mais il défendait toujours qu'on s'approchât, il voulait patienter une demi-heure encore. L'attente devint insupportable, l'espérance redoublait l'angoisse, tous les cœurs battaient. Une nuée sombre, grandie à l'horizon, hâtait le crépuscule, une tombée de jour sinistre sur cette épave des tempêtes de la terre. Depuis sept heures, on était là, sans remuer, sans manger.

Et, brusquement, comme les ingénieurs s'avançaient avec prudence, une suprême convulsion du sol les mit en fuite. Des détonations souterraines éclataient, toute une artillerie monstrueuse canonnant le gouffre. À la surface, les dernières constructions se culbutaient, s'écrasaient. D'abord, une sorte de tourbillon emporta les débris du criblage et de la salle de recette. Le bâtiment des chaudières creva ensuite, disparut. Puis, ce fut la tourelle carrée où râlait la pompe d'épuisement, qui tomba sur la face, ainsi qu'un homme fauché par un boulet. Et l'on vit alors une effrayante chose, on vit la machine, disloquée sur son massif, les membres écartelés, lutter contre la mort : elle marcha, elle détendit sa bielle, son genou de géante, comme pour se lever ; mais elle expirait, broyée, engloutie. Seule, la haute cheminée de trente mètres restait debout, secouée, pareille à un mât dans l'ouragan. On croyait qu'elle allait s'émietter et voler en poudre, lorsque, tout d'un coup, elle s'enfonça d'un bloc, bue par la terre, fondue ainsi qu'un cierge colossal ; et rien ne dépassait, pas même la pointe du paratonnerre. C'était fini, la bête mauvaise, accroupie dans ce creux, gorgée de chair humaine, ne soufflait plus de son haleine grosse et longue. Tout entier, le Voreux venait de couler à l'abîme.

Hurlante, la foule se sauva. Des femmes couraient en se cachant les yeux. L'épouvante roula des hommes comme un tas de feuilles sèches. On ne voulait pas crier, et on criait, la gorge enflée, les bras en l'air, devant l'immense trou qui s'était creusé. Ce cratère de volcan éteint, profond de quinze mètres, s'étendait de la route au canal, sur une largeur de quarante mètres au moins. Tout le carreau de la mine y avait suivi les bâtiments, les tréteaux gigantesques, les passerelles avec leurs rails, un train complet de berlines, trois wagons ; sans compter la provision des bois, une futaie de perches coupées, avalées comme des pailles. Au fond, on ne distinguait plus qu'un gâchis de poutres, de briques, de fer, de plâtre, d'affreux restes pilés, enchevêtrés, salis, dans cet enragement de la catastrophe. Et le trou s'arrondissait, des gerçures partaient des bords, gagnaient au loin, à travers les champs. Une fente montait jusqu'au débit de Rasseneur, dont la façade avait craqué. Est-ce que le coron lui-même y passerait ? jusqu'où devait-on fuir, pour être à l'abri, dans cette fin de jour abominable, sous cette nuée de plomb, qui elle aussi semblait vouloir écraser le monde ?

Mais Négrel eut un cri de douleur. M. Hennebeau, qui avait reculé, pleura. Le désastre n'était pas complet, une berge se rompit, et le canal se versa d'un coup, en une nappe bouillonnante, dans une des gerçures. Il y disparaissait, il y tombait comme une cataracte dans une vallée profonde. La mine buvait cette rivière, l'inondation maintenant submergeait les galeries pour des années. Bientôt, le cratère s'emplit, un lac d'eau boueuse occupa la place où était naguère le Voreux, pareil à ces lacs sous lesquels dorment des villes maudites. Un silence terrifié s'était fait, on n'entendait plus que la chute de cette eau, ronflant dans les entrailles de la terre.

Alors, sur le terri ébranlé, Souvarine se leva. Il avait reconnu la Maheude et Zacharie, sanglotant en face de cet effondrement, dont le poids pesait si lourd sur les têtes des misérables qui agonisaient au fond. Et il jeta sa dernière cigarette, il s'éloigna sans un regard en arrière, dans la nuit devenue noire. Au loin, son ombre diminua, se fondit avec l'ombre. C'était là-bas qu'il allait, à l'inconnu. Il allait, de son air tranquille, à l'extermination, partout où il y aurait de la dynamite, pour faire sauter les villes et les hommes. Ce sera lui, sans doute, quand la bourgeoisie agonisante entendra, sous elle, à chacun de ses pas, éclater le pavé des rues.

# IV

Dans la nuit même qui avait suivi l'écroulement du Voreux, M. Hennebeau était parti pour Paris, voulant en personne renseigner les régisseurs, avant que les journaux pussent même donner la nouvelle. Et, quand il fut de retour, le lendemain, on le trouva très calme, avec son air de gérant correct. Il avait évidemment dégagé sa responsabilité, sa faveur ne parut pas décroître, au contraire le décret qui le nommait officier de la Légion d'honneur fut signé vingt-quatre heures après.

Mais, si le directeur restait sauf, la Compagnie chancelait sous le coup terrible. Ce n'étaient point les quelques millions perdus, c'était la blessure au flanc, la frayeur sourde et incessante du lendemain, en face de l'égorgement d'un de ses puits. Elle fut si frappée, qu'une fois encore elle sentit le besoin du silence. À quoi bon remuer cette abomination ? Pourquoi, si l'on découvrait le bandit, faire un martyr, dont l'effroyable héroïsme détraquerait d'autres têtes, enfanterait toute une lignée d'incendiaires et d'assassins ? D'ailleurs, elle ne soupçonna pas le vrai coupable, elle finissait par croire à une armée de complices, ne pouvant admettre qu'un seul homme eût trouvé l'audace et la force d'une telle besogne ; et là, justement, était la pensée qui l'obsédait, cette pensée d'une menace désormais grandissante autour de ses fosses. Le directeur avait reçu l'ordre d'organiser un vaste système d'espionnage, puis de congédier un à un, sans bruit, les hommes dangereux, soupçonnés d'avoir trempé dans le crime. On se contenta de cette épuration d'une haute prudence politique.

Il n'y eut qu'un renvoi immédiat, celui de Dansaert, le maître-porion. Depuis le scandale chez la Pierronne, il était devenu impossible. Et l'on prétexta son attitude dans le danger, cette lâcheté du capitaine abandonnant ses hommes. D'autre part, c'était une avance discrète aux mineurs, qui l'exécraient.

Cependant, parmi le public, des bruits avaient transpiré, et la Direction dut envoyer une note rectificative à un journal, pour démentir une version où l'on parlait d'un baril de poudre, allumé par les grévistes. Déjà, après une rapide enquête, le rapport de l'ingénieur du gouvernement concluait à une rupture naturelle du cuvelage, que le tassement des terrains aurait occasionnée ; et la Compagnie avait préféré se taire et accepter le blâme d'un manque de surveillance. Dans la presse, à Paris, dès le troisième jour, la catastrophe était allée grossir les faits divers, on ne causait plus que des ouvriers agonisant au fond de la mine, on lisait avidement les dépêches publiées chaque matin. À Montsou même, les bourgeois blêmissaient et perdaient la parole au seul nom du Voreux, une légende se formait, que les plus hardis tremblaient de se raconter à l'oreille. Tout le pays montrait aussi une grande pitié pour les victimes, des promenades s'organisaient à la fosse détruite, on y accourait en famille se donner l'horreur des décombres, pesant si lourd sur la tête des misérables ensevelis.

Deneulin, nommé ingénieur divisionnaire, venait de tomber au milieu du désastre, pour son entrée en fonction ; et son premier soin fut de refouler le canal dans son lit, car ce torrent d'eau aggravait le dommage à chaque heure. De grands travaux étaient nécessaires, il mit tout de suite une centaine d'ouvriers à la construction d'une digue. Deux fois, l'impétuosité du flot emporta les premiers barrages. Maintenant, on installait des pompes, c'était une lutte acharnée, une reprise violente, pas à pas, de ces terrains disparus.

Mais le sauvetage des mineurs engloutis passionnait plus encore. Négrel restait chargé de tenter un effort suprême, et les bras ne lui manquaient pas, tous les charbonniers accouraient s'offrir, dans un élan de fraternité. Ils oubliaient la grève, ils ne s'inquiétaient point de la paie ; on pouvait ne leur donner rien, ils ne demandaient qu'à risquer leur peau, du moment où il y avait des camarades en danger de mort. Tous étaient là, avec leurs outils, frémissant, attendant de savoir à quelle place il fallait taper. Beaucoup, malades de frayeur après l'accident, agités de tremblements nerveux, trempés de sueurs froides, dans l'obsession de continuels cauchemars, se levaient quand même, se montraient les plus enragés à vouloir se battre contre la terre, comme s'ils avaient une revanche à prendre. Malheureusement, l'embarras commençait devant cette question d'une besogne utile : que faire ? comment descendre ? par quel côté attaquer les roches ?

L'opinion de Négrel était que pas un des malheureux ne survivait, les quinze avaient à coup sûr péri, noyés ou asphyxiés ; seulement, dans ces catastrophes des mines, la règle est de toujours supposer vivants les hommes murés au fond ; et il raisonnait en ce sens. Le premier problème qu'il se posait était de déduire où ils avaient pu se réfugier. Les porions, les vieux mineurs consultés par lui, tombaient d'accord sur ce point : devant la crue les camarades étaient certainement montés, de galerie en galerie, jusque dans les tailles les plus hautes, de sorte qu'ils se trouvaient sans doute acculés au bout de quelque voie supérieure. Cela, du reste, s'accordait avec le renseignement du père Mouque, dont le récit embrouillé donnait même à croire que l'affolement de la fuite avait séparé la bande en petits groupes, semant les fuyards en chemin, à tous les étages. Mais les avis des porions se partageaient ensuite, dès qu'on abordait la discussion des tentatives possibles. Comme les voies les plus proches du sol étaient à cent cinquante mètres, on ne pouvait songer au fonçage d'un puits. Restait Réquillart, l'accès unique, le seul point par lequel on se rapprochait. Le pis était que la vieille fosse, inondée elle aussi, ne communiquait plus avec le Voreux, et n'avait de libre, au-dessus du niveau des eaux, que des tronçons de galerie dépendant du premier accrochage. L'épuisement allait demander des années, la meilleure décision était donc de visiter ces galeries, pour voir si elles n'avoisinaient pas les voies submergées, au bout desquelles on soupçonnait la présence des mineurs en détresse. Avant d'en arriver là logiquement, on avait beaucoup discuté, pour écarter une foule de projets impraticables.

Dès lors, Négrel remua la poussière des archives, et quand il eut découvert les anciens plans des deux fosses, il les étudia, il détermina les points où devaient porter les recherches. Peu à peu, cette chasse l'enflammait, il était, à son tour, pris d'une fièvre de dévouement, malgré son ironique insouciance des hommes et des choses. On éprouva de premières difficultés pour descendre, à Réquillart : il fallut déblayer la bouche du puits, abattre le sorbier, raser les prunelliers et les aubépines ; et l'on eut encore à réparer les échelles. Puis, les tâtonnements commencèrent. L'ingénieur, descendu avec dix ouvriers, les faisait taper du fer de leurs outils contre certaines parties de la veine, qu'il leur désignait ; et, dans un grand silence, chacun collait une oreille à la houille, écoutait si les coups lointains ne répondaient pas. Mais on parcourut en vain toutes les galeries praticables, aucun écho ne venait. L'embarras avait augmenté : à quelle place entailler la couche ? vers qui marcher, puisque personne ne paraissait être là ? On s'entêtait pourtant, on cherchait, dans l'énervement d'une anxiété croissante.

Depuis le premier jour, la Maheude arrivait le matin à Réquillart. Elle s'asseyait devant le puits, sur une poutre, elle n'en bougeait pas jusqu'au soir. Quand un homme ressortait, elle se levait, le questionnait des yeux : rien ? non, rien ! et elle se rasseyait, elle attendait encore, sans une parole, le visage dur et fermé. Jeanlin, lui aussi, en voyant qu'on envahissait son repaire, avait rôdé, de l'air effaré d'une bête de proie dont le terrier va dénoncer les rapines : il songeait au petit soldat, couché sous les roches, avec la peur qu'on n'allât troubler ce bon sommeil ; mais ce côté de la mine était envahi par les eaux, et d'ailleurs les fouilles se dirigeaient plus à gauche, dans la galerie ouest. D'abord, Philomène était venue également, pour accompagner Zacharie, qui faisait partie de l'équipe de recherches ; puis, cela l'avait ennuyée, de prendre froid sans nécessité ni résultat : elle restait au coron, elle traînait ses journées de femme molle, indifférente, occupée à tousser du matin au soir Au contraire, Zacharie ne vivait plus, aurait mangé la terre pour retrouver sa sœur. Il criait la nuit, il la voyait, il l'entendait, toute maigrie de faim, la gorge crevée à force d'appeler au secours. Deux fois, il avait voulu creuser sans ordre, disant que c'était là, qu'il le sentait bien. L'ingénieur ne le laissait plus descendre, et il ne s'éloignait pas de ce puits dont on le chassait, il ne pouvait même s'asseoir et attendre près de sa mère, agité d'un besoin d'agir, tournant sans relâche.

On était au troisième jour. Négrel, désespéré, avait résolu de tout abandonner le soir. À midi, après le déjeuner, lorsqu'il revint avec ses hommes, pour tenter un dernier effort, il fut surpris de voir Zacharie sortir de sa fosse, très rouge, gesticulant, criant :

— Elle y est ! elle m'a répondu ! Arrivez, arrivez donc !

Il s'était glissé par les échelles, malgré le gardien, et il jurait qu'on avait tapé, là-bas, dans la première voie de la veine Guillaume.

— Mais nous avons déjà passé deux fois où vous dites, fit remarquer Négrel incrédule. Enfin, nous allons bien voir.

La Maheude s'était levée ; et il fallut l'empêcher de descendre. Elle attendait tout debout, au bord du puits, les regards dans les ténèbres de ce trou.

En bas, Négrel tapa lui-même trois coups, largement espacés ; puis, il appliqua son oreille contre le charbon, en recommandant aux ouvriers le plus grand silence. Pas un bruit ne lui arriva, il hocha la tête : évidemment, le pauvre garçon avait rêvé. Furieux, Zacharie tapa à son tour ; et lui entendait de nouveau, ses yeux brillaient, un tremblement de joie agitait ses membres. Alors, les autres ouvriers recommencèrent l'expérience, les uns après les autres : tous s'animaient, percevaient très bien la lointaine réponse. Ce fut un étonnement pour l'ingénieur, il colla encore son oreille, il finit par saisir un bruit d'une légèreté aérienne, un roulement rythmé à peine distinct, la cadence connue du rappel des mineurs, qu'ils battent contre la houille, dans le danger. La houille transmet les sons avec une limpidité de cristal, très loin.

Un porion qui se trouvait là, n'estimait pas à moins de cinquante mètres le bloc dont l'épaisseur les séparait des camarades. Mais il semblait qu'on pût déjà leur tendre la main, une allégresse éclatait. Négrel dut commencer à l'instant les travaux d'approche.

Quand Zacharie, en haut, revit la Maheude, tous deux s'étreignirent.

— Faut pas vous monter la tête, eut la cruauté de dire la Pierronne, venue ce jour-là en promenade, par curiosité. Si Catherine ne s'y trouvait pas, ça vous ferait trop de peine ensuite.

C'était vrai, Catherine peut-être se trouvait ailleurs.

— Fous-moi la paix, hein ! cria rageusement Zacharie. Elle y est, je le sais !

La Maheude s'était assise de nouveau, muette, le visage immobile. Et elle se remit à attendre.

Dès que l'histoire se fut répandue dans Montsou, il arriva un nouveau flot de monde. On ne voyait rien, et l'on demeurait là quand même, il fallut tenir les curieux à distance. En bas, on travaillait jour et nuit. Par crainte de rencontrer un obstacle, l'ingénieur avait fait ouvrir, dans la veine, trois galeries descendantes, qui convergeaient vers le point où l'on supposait les mineurs enfermés. Un seul haveur pouvait abattre la houille, sur le front étroit du boyau ; on le relayait de deux heures en deux heures ; et le charbon, dont on chargeait des corbeilles, était sorti de main en main par une chaîne d'hommes, qui s'allongeait à mesure que le trou se creusait. La besogne, d'abord, marcha très vite ; on fit six mètres en un jour.

Zacharie avait obtenu d'être parmi les ouvriers d'élite mis à l'abattage. C'était un poste d'honneur qu'on se disputait. Et il s'emportait, lorsqu'on voulait le relayer, après ses deux heures de corvée réglementaire. Il volait le tour des camarades, il refusait de lâcher la rivelaine. Sa galerie bientôt fut en avance sur les autres, il s'y battait contre la houille d'un élan si farouche, qu'on entendait monter du boyau le souffle grondant de sa poitrine, pareil au ronflement de quelque forge intérieure. Quand il en sortait, boueux et noir, ivre de fatigue, il tombait par terre, on devait l'envelopper dans une couverture. Puis, chancelant encore, il s'y replongeait, et la lutte recommençait, les grands coups sourds, les plaintes étouffées, un enragement victorieux de massacre. Le pis était que le charbon devenait dur, il cassa deux fois son outil, exaspéré de ne plus avancer si vite. Il souffrait aussi de la chaleur, une chaleur qui augmentait à chaque mètre d'avancement, insupportable au fond de cette trouée mince, où l'air ne pouvait circuler. Un ventilateur à bras fonctionnait bien, mais l'aérage s'établissait mal, on retira à trois reprises des haveurs évanouis, que l'asphyxie étranglait.

Négrel vivait au fond, avec ses ouvriers. On lui descendait ses repas, il dormait parfois deux heures, sur une botte de paille, roulé dans un manteau. Ce qui soutenait les courages, c'était la supplication des misérables, là-bas, le rappel de plus en plus distinct qu'ils battaient pour qu'on se hâtât d'arriver. À présent, il sonnait très clair, avec une sonorité musicale, comme frappé sur les lames d'un harmonica. On se guidait grâce à lui, on marchait à ce bruit cristallin, ainsi qu'on marche au canon dans les batailles. Chaque fois qu'un haveur était relayé, Négrel descendait, tapait, puis collait son oreille; et, chaque fois, jusqu'à présent, la réponse était venue, rapide et pressante. Aucun doute ne lui restait, on avançait dans la bonne direction; mais quelle lenteur fatale! Jamais on n'arriverait assez tôt. En deux jours, d'abord, on avait bien abattu treize mètres; seulement, le troisième jour, on était tombé à cinq; puis, le quatrième, à trois. La houille se serrait, durcissait à un tel point, que, maintenant, on fonçait de deux mètres, avec peine. Le neuvième jour, après des efforts surhumains, l'avancement était de trente-deux mètres, et l'on calculait qu'on en avait devant soi une vingtaine encore. Pour les prisonniers, c'était la douzième journée qui commençait, douze fois vingt-quatre heures sans pain, sans feu, dans ces ténèbres glaciales! Cette abominable idée mouillait les paupières, raidissait les bras à la besogne. Il semblait impossible que des chrétiens vécussent davantage, les coups lointains s'affaiblissaient depuis la veille, on tremblait à chaque instant de les entendre s'arrêter.

Régulièrement, la Maheude venait toujours s'asseoir à la bouche du puits. Elle amenait, entre ses bras, Estelle qui ne pouvait rester seule du matin au soir. Heure par heure, elle suivait ainsi le travail, partageait les espérances et les abattements. C'était, dans les groupes qui stationnaient, et jusqu'à Montsou, une attente fébrile, des commentaires sans fin. Tous les cœurs du pays battaient là-bas, sous la terre.

Le neuvième jour, à l'heure du déjeuner, Zacharie ne répondit pas, lorsqu'on l'appela pour le relais. Il était comme fou, il s'acharnait avec des jurons. Négrel, sorti un instant, ne put le faire obéir ; et il n'y avait même là qu'un porion, avec trois mineurs. Sans doute, Zacharie, mal éclairé, furieux de cette lueur vacillante qui retardait sa besogne, commit l'imprudence d'ouvrir sa lampe. On avait pourtant donné des ordres sévères, car des fuites de grisou s'étaient déclarées, le gaz séjournait en masse énorme, dans ces couloirs étroits, privés d'aérage. Brusquement, un coup de foudre éclata, une trombe de feu sortit du boyau, comme de la gueule d'un canon chargé à mitraille. Tout flambait, l'air s'enflammait ainsi que de la poudre, d'un bout à l'autre des galeries. Ce torrent de flamme emporta le porion et les trois ouvriers, remonta le puits, jaillit au grand jour en une éruption, qui crachait des roches et des débris de charpente. Les curieux s'enfuirent, la Maheude se leva, serrant contre sa gorge Estelle épouvantée.

Lorsque Négrel et les ouvriers revinrent, une colère terrible les secoua. Ils frappaient la terre à coups de talon, comme une marâtre tuant au hasard ses enfants, dans les imbéciles caprices de sa cruauté. On se dévouait, on allait au secours de camarades, et il fallait encore y laisser des hommes ! Après trois grandes heures d'efforts et de dangers, quand on pénétra enfin dans les galeries, la remonte des victimes fut lugubre. Ni le porion ni les ouvriers n'étaient morts, mais des plaies affreuses les couvraient, exhalaient une odeur de chair grillée ; ils avaient bu le feu, les brûlures descendaient jusque dans leur gorge ; et ils poussaient un hurlement continu, suppliant qu'on les achevât. Des trois mineurs, un était l'homme qui, pendant la grève, avait crevé la pompe de Gaston-Marie d'un dernier coup de pioche ; les deux autres gardaient des cicatrices aux mains, les doigts écorchés, coupés, à force d'avoir lancé des briques sur les soldats. La foule, toute pâle et frémissante, se découvrit quand ils passèrent.

Debout, la Maheude attendait. Le corps de Zacharie parut enfin. Les vêtements avaient brûlé, le corps n'était qu'un charbon noir, calciné, méconnaissable. Broyée dans l'explosion, la tête n'existait plus. Et, lorsqu'on eut déposé ces restes affreux sur un brancard, la Maheude les suivit d'un pas machinal, les paupières ardentes, sans une larme. Elle tenait dans ses bras Estelle assoupie, elle s'en allait tragique, les cheveux fouettés par le vent. Au coron, Philomène demeura stupide, les yeux changés en fontaines, tout de suite soulagée. Mais déjà la mère était retournée du même pas à Réquillart : elle avait accompagné son fils, elle revenait attendre sa fille.

Trois jours encore s'écoulèrent. On avait repris les travaux de sauvetage, au milieu de difficultés inouïes. Les galeries d'approche ne s'étaient heureusement pas éboulées, à la suite du coup de grisou ; seulement, l'air y brûlait, si lourd et si vicié, qu'il avait fallu installer d'autres ventilateurs. Toutes les vingt minutes, les haveurs se relayaient. On avançait, deux mètres à peine les séparaient des camarades. Mais, à présent, ils travaillaient le froid au cœur, tapant dur uniquement par vengeance ; car les bruits avaient cessé, le rappel ne sonnait plus sa petite cadence claire. On était au douzième jour des travaux, au quinzième de la catastrophe ; et, depuis le matin, un silence de mort s'était fait.

Le nouvel accident redoubla la curiosité de Montsou, les bourgeois organisaient des excursions, avec un tel entrain, que les Grégoire se décidèrent à suivre le monde. On arrangea une partie, il fut convenu qu'ils se rendraient au Voreux dans leur voiture, tandis que Mme Hennebeau y amènerait dans la sienne Lucie et Jeanne. Deneulin leur ferait visiter son chantier, puis on rentrerait par Réquillart, où ils sauraient de Négrel à quel point exact en étaient les galeries, et s'il espérait encore. Enfin, on dînerait ensemble le soir.

Lorsque, vers trois heures, les Grégoire et leur fille Cécile descendirent devant la fosse effondrée, ils y trouvèrent Mme Hennebeau, arrivée la première, en toilette bleu marine, se garantissant, sous une ombrelle, du pâle soleil de février. Le ciel, très pur, avait une tiédeur de printemps. Justement, M. Hennebeau était là, avec Deneulin ; et elle écoutait d'une oreille distraite les explications que lui donnait ce dernier sur les efforts qu'on avait dû faire pour endiguer le canal. Jeanne, qui emportait toujours un album, s'était mise à crayonner, enthousiasmée par l'horreur du motif ; pendant que Lucie, assise à côté d'elle sur un débris de wagon, poussait aussi des exclamations d'aise, trouvant ça « épatant ». La digue, inachevée, laissait passer des fuites nombreuses, dont les flots d'écume roulaient, tombaient en cascade dans l'énorme trou de la fosse engloutie. Pourtant, ce cratère se vidait, l'eau bue par les terres baissait, découvrait l'effrayant gâchis du fond. Sous l'azur tendre de la belle journée, c'était un cloaque, les ruines d'une ville abîmée et fondue dans de la boue.

— Et l'on se dérange pour voir ça ! s'écria M. Grégoire, désillusionné.

Cécile, toute rose de santé, heureuse de respirer l'air si pur, s'égayait, plaisantait, tandis que Mme Hennebeau faisait une moue de répugnance, en murmurant :

— Le fait est que ça n'a rien de joli.

Les deux ingénieurs se mirent à rire. Ils tâchèrent d'intéresser les visiteurs, en les promenant partout, en leur expliquant le jeu des pompes et la manœuvre du pilon qui enfonçait les pieux. Mais ces dames devenaient inquiètes. Elles frissonnèrent, lorsqu'elles surent que les pompes fonctionneraient des années, six, sept ans peut-être, avant que le puits fût reconstruit et que l'on eût épuisé toute l'eau de la fosse. Non, elles aimaient mieux penser à autre chose, ces bouleversements-là n'étaient bons qu'à donner de vilains rêves.

— Partons, dit Mme Hennebeau, en se dirigeant vers sa voiture.

Jeanne et Lucie se récrièrent. Comment, si vite ! Et le dessin qui n'était pas fini ! Elles voulurent rester, leur père les amènerait au dîner, le soir. M. Hennebeau prit seul place avec sa femme dans la calèche, car lui aussi désirait questionner Négrel.

— Eh bien, allez en avant, dit M. Grégoire. Nous vous suivons, nous avons une petite visite de cinq minutes à faire, là, dans le coron... Allez, allez, nous serons à Réquillart en même temps que vous.

Il remonta derrière Mme Grégoire et Cécile ; et, tandis que l'autre voiture filait le long du canal, la leur gravit doucement la pente.

C'était une pensée charitable, qui devait compléter l'excursion. La mort de Zacharie les avait emplis de pitié pour cette tragique famille des Maheu, dont tout le pays causait. Ils ne plaignaient pas le père, ce brigand, ce tueur de soldats qu'il avait fallu abattre comme un loup. Seulement, la mère les touchait, cette pauvre femme qui venait de perdre son fils, après avoir perdu son mari, et dont la fille n'était peut-être plus qu'un cadavre, sous la terre ; sans compter qu'on parlait encore d'un grand-père infirme, d'un enfant boiteux à la suite d'un éboulement, d'une petite fille morte de faim, pendant la grève. Aussi, bien que cette famille eût mérité en partie ses malheurs, par son esprit détestable, avaient-ils résolu d'affirmer la largeur de leur charité, leur désir d'oubli et de conciliation, en lui portant eux-mêmes une aumône. Deux paquets, soigneusement enveloppés, se trouvaient sous une banquette de la voiture.

Une vieille femme indiqua au cocher la maison des Maheu, le numéro 16 du deuxième corps. Mais quand les Grégoire furent descendus, avec les paquets, ils frappèrent vainement, ils finirent par taper à coups de poing dans la porte, sans obtenir davantage de réponse : la maison résonnait lugubre, ainsi qu'une demeure vidée par le deuil, glacée et noire, abandonnée depuis longtemps.

— Il n'y a personne, dit Cécile désappointée. Est-ce ennuyeux ! qu'est-ce que nous allons faire de tout ça ?

Brusquement, la porte d'à côté s'ouvrit, et la Levaque parut.

— Oh ! Monsieur et Madame, mille pardons ! excusez-moi, Mademoiselle !... C'est la voisine que vous voulez. Elle n'y est pas, elle est à Réquillart...

Dans un flux de paroles, elle leur racontait l'histoire, leur répétait qu'il fallait bien s'entraider, qu'elle gardait chez elle Lénore et Henri, pour permettre à la mère d'aller attendre, là-bas. Ses regards étaient tombés sur les paquets, elle en arrivait à parler de sa pauvre fille devenue veuve, à étaler sa propre misère, avec des yeux luisants de convoitise. Puis, d'un air hésitant, elle murmura :

— J'ai la clef. Si Monsieur et Madame y tiennent absolument... Le grand-père est là.

Les Grégoire, stupéfaits, la regardèrent. Comment ! le grand-père était là ! mais personne ne répondait. Il dormait donc ? Et, lorsque la Levaque se fut décidée à ouvrir la porte, ce qu'ils virent les arrêta sur le seuil.

Bonnemort était là, seul, les yeux larges et fixes, cloué sur une chaise, devant la cheminée froide. Autour de lui, la salle paraissait plus grande, sans le coucou, sans les meubles de sapin verni qui l'animaient autrefois ; et il ne restait, dans la crudité verdâtre des murs, que les portraits de l'Empereur et de l'Impératrice, dont les lèvres roses souriaient avec une bienveillance officielle. Le vieux ne bougeait pas, ne clignait pas les paupières sous le coup de lumière de la porte, l'air imbécile, comme s'il n'avait pas même vu entrer tout ce monde. À ses pieds, se trouvait son plat garni de cendre, ainsi qu'on en met aux chats, pour leurs ordures.

— Ne faites pas attention, s'il n'est guère poli, dit la Levaque obligeamment. Paraît qu'il s'est cassé quelque chose dans la cervelle. Voilà une quinzaine qu'il n'en raconte pas davantage.

Mais une secousse agitait Bonnemort, un raclement profond qui semblait lui monter du ventre ; et il cracha dans le plat, un épais crachat noir. La cendre en était trempée, une boue de charbon, tout le charbon de la mine qu'il se tirait de la gorge. Déjà, il avait repris son immobilité. Il ne remuait plus, de loin en loin, que pour cracher.

Troublés, le cœur levé de dégoût, les Grégoire tâchaient cependant de prononcer quelques paroles amicales et encourageantes.

— Eh bien ! mon brave homme, dit le père, vous êtes donc enrhumé ?

Le vieux, les yeux au mur, ne tourna pas la tête. Et le silence retomba, lourdement.

— On devrait vous faire un peu de tisane, ajouta la mère.

Il garda sa raideur muette.

— Dis donc, papa, murmura Cécile, on nous avait bien raconté qu'il était infirme ; seulement, nous n'y avons plus songé ensuite…

Elle s'interrompit, très embarrassée. Après avoir posé sur la table un pot-au-feu et deux bouteilles de vin, elle défaisait le deuxième paquet, elle en tirait une paire de souliers énormes. C'était le cadeau destiné au grand-père, et elle tenait un soulier à chaque main, interdite, en contemplant les pieds enflés du pauvre homme, qui ne marcherait jamais plus.

— Hein ? ils viennent un peu tard, n'est-ce pas, mon brave ? reprit M. Grégoire, pour égayer la situation. Ça ne fait rien, ça sert toujours.

Bonnemort n'entendit pas, ne répondit pas, avec son effrayant visage, d'une froideur et d'une dureté de pierre.

Alors, Cécile, furtivement, posa les souliers contre le mur. Mais elle eut beau y mettre des précautions, les clous sonnèrent ; et ces chaussures énormes restèrent gênantes dans la pièce.

— Allez, il ne dira pas merci ! s'écria la Levaque qui avait jeté sur les souliers un coup d'œil de profonde envie. Autant donner une paire de lunettes à un canard, sauf votre respect.

Elle continua, elle travailla pour entraîner les Grégoire chez elle, comptant les y apitoyer. Enfin, elle imagina un prétexte, elle leur vanta Henri et Lénore, qui étaient bien gentils, bien mignons ; et si intelligents, répondant comme des anges aux questions qu'on leur posait ! Ceux-là diraient tout ce que Monsieur et Madame désireraient savoir.

— Viens-tu un instant, fillette ? demanda le père heureux de sortir.

— Oui, je vous suis, répondit-elle.

Cécile demeura seule avec Bonnemort. Ce qui la retenait là, tremblante et fascinée, c'était qu'elle croyait reconnaître ce vieux : où avait-elle donc rencontré cette face carrée, livide, tatouée de charbon ? et brusquement elle se rappela, elle revit un flot de peuple hurlant qui l'entourait, elle sentit des mains froides qui la serraient au cou. C'était lui, elle retrouvait l'homme, elle regardait les mains posées sur les genoux, des mains d'ouvrier accroupi dont toute la force est dans les poignets, solides encore malgré l'âge. Peu à peu, Bonnemort avait paru s'éveiller, et il l'apercevait, et il l'examinait lui aussi, de son air béant. Une flamme montait à ses joues, une secousse nerveuse tirait sa bouche, d'où coulait un mince filet de salive noire.

Attirés, tous deux restaient l'un devant l'autre, elle florissante, grasse et fraîche des longues paresses et du bien-être repu de sa race, lui gonflé d'eau, d'une laideur lamentable de bête fourbue, détruit de père en fils par cent années de travail et de faim.

Au bout de dix minutes, lorsque les Grégoire, surpris de ne pas voir Cécile, rentrèrent chez les Maheu, ils poussèrent un cri terrible. Par terre, leur fille gisait, la face bleue, étranglée. À son cou, les doigts avaient laissé l'empreinte rouge d'une poigne de géant. Bonnemort, chancelant sur ses jambes mortes, était tombé près d'elle, sans pouvoir se relever. Il avait ses mains crochues encore, il regardait le monde de son air imbécile, les yeux grands ouverts. Et, dans sa chute, il venait de casser son plat, la cendre s'était répandue, la boue des crachats noirs avait éclaboussé la pièce ; tandis que la paire de gros souliers s'alignait, saine et sauve, contre le mur.

Jamais il ne fut possible de rétablir exactement les faits. Pourquoi Cécile s'était-elle approchée ? comment Bonnemort, cloué sur sa chaise, avait-il pu la prendre à la gorge ? Évidemment, lorsqu'il l'avait tenue, il devait s'être acharné, serrant toujours, étouffant ses cris, culbutant avec elle, jusqu'au dernier râle. Pas un bruit, pas une plainte, n'avait traversé la mince cloison de la maison voisine. Il fallut croire à un coup de brusque démence, à une tentation inexplicable de meurtre, devant ce cou blanc de fille. Une telle sauvagerie stupéfia, chez ce vieil infirme qui avait vécu en brave homme, en brute obéissante, contraire aux idées nouvelles. Quelle rancune, inconnue de lui-même, lentement empoisonnée, était-elle donc montée de ses entrailles à son crâne ? L'horreur fit conclure à l'inconscience, c'était le crime d'un idiot.

Cependant, les Grégoire à genoux, sanglotaient, suffoquaient de douleur. Leur fille adorée, cette fille désirée si longtemps, comblée ensuite de tous leurs biens, qu'ils allaient regarder dormir sur la pointe des pieds, qu'ils ne trouvaient jamais assez bien nourrie, jamais assez grasse ! Et c'était l'effondrement même de leur vie, à quoi bon vivre, maintenant qu'ils vivraient sans elle ?

La Levaque, éperdue, criait :

— Ah ! le vieux bougre, qu'est-ce qu'il a fait là ? Si l'on pouvait s'attendre à une chose pareille !... Et la Maheude qui ne reviendra que ce soir ! Dites donc, si je courais la chercher.

Anéantis, le père et la mère ne répondaient pas.

— Hein ? ça vaudrait mieux... j'y vais.

Mais, avant de sortir, la Levaque avisa les souliers. Tout le coron s'agitait, une foule se bousculait déjà. Peut-être bien qu'on les volerait. Et puis, il n'y avait plus d'homme chez les Maheu pour les mettre. Doucement, elle les emporta. Ça devait être juste le pied de Bouteloup.

À Réquillart, les Hennebeau attendirent longtemps les Grégoire, en compagnie de Négrel. Celui-ci, remonté de la fosse, donnait des détails : on espérait communiquer le soir même avec les prisonniers ; mais on ne retirerait certainement que des cadavres, car le silence de mort continuait. Derrière l'ingénieur, la Maheude, assise sur la poutre, écoutait toute blanche, lorsque la Levaque arriva lui conter le beau coup de son vieux. Et elle n'eut qu'un grand geste d'impatience et d'irritation. Pourtant, elle la suivit.

Mme Hennebeau défaillait. Quelle abomination ! cette pauvre Cécile, si gaie ce jour-là, si vivante une heure plus tôt ! Il fallut que Hennebeau fît entrer un instant sa femme dans la masure du vieux Mouque. De ses mains maladroites, il la dégrafait, troublé par l'odeur de musc qu'exhalait le corsage ouvert. Et comme, ruisselante de larmes, elle étreignait Négrel effaré de cette mort qui coupait court au mariage, le mari les regarda se lamenter ensemble, délivré d'une inquiétude. Ce malheur arrangeait tout, il préférait garder son neveu, dans la crainte de son cocher.

## V

En bas du puits, les misérables abandonnés hurlaient de terreur. Maintenant, ils avaient de l'eau jusqu'au ventre. Le bruit du torrent les étourdissait, les dernières chutes du cuvelage leur faisaient croire à un craquement suprême du monde ; et ce qui achevait de les affoler, c'étaient les hennissements des chevaux enfermés dans l'écurie, un cri de mort, terrible, inoubliable, d'animal qu'on égorge.

Mouque avait lâché Bataille. Le vieux cheval était là, tremblant, l'œil dilaté et fixe sur cette eau qui montait toujours. Rapidement, la salle de l'accrochage s'emplissait, on voyait grandir la crue verdâtre, à la lueur rouge des trois lampes, brûlant encore sous la voûte. Et, brusquement, quand il sentit cette glace lui tremper le poil, il partit des quatre fers, dans un galop furieux, il s'engouffra et se perdit au fond d'une des galeries de roulage. Alors, ce fut un sauve-qui-peut, les hommes suivirent cette bête.

— Plus rien à foutre ici ! criait Mouque. Faut voir par Réquillart.

Cette idée qu'ils pourraient sortir par la vieille fosse voisine, s'ils y arrivaient avant que le passage fût coupé, les emportait maintenant. Les vingt se bousculaient à la file, tenant leurs lampes en l'air, pour que l'eau ne les éteignît pas. Heureusement, la galerie s'élevait d'une pente insensible, ils allèrent pendant deux cents mètres, luttant contre le flot, sans être gagnés davantage. Des croyances endormies se réveillaient dans ces âmes éperdues, ils invoquaient la terre, c'était la terre qui se vengeait, qui lâchait ainsi le sang de la veine, parce qu'on lui avait tranché une artère. Un vieux bégayait des prières oubliées, en pliant ses pouces en dehors, pour apaiser les mauvais esprits de la mine.

Mais, au premier carrefour, un désaccord éclata. Le palefrenier voulait passer à gauche, d'autres juraient qu'on raccourcirait, si l'on prenait à droite. Une minute fut perdue.

— Eh ! laissez-y la peau, qu'est-ce que ça me fiche ! s'écria brutalement Chaval. Moi, je file par là.

Il prit la droite, deux camarades le suivirent. Les autres continuèrent à galoper derrière le père Mouque, qui avait grandi au fond de Réquillart. Pourtant, il hésitait lui-même, ne savait pas où tourner. Les têtes s'égaraient, les anciens ne reconnaissaient plus les voies, dont l'écheveau s'était comme embrouillé devant eux. À chaque bifurcation, une incertitude les arrêtait court, et il fallait se décider pourtant.

Étienne courait le dernier, retenu par Catherine, que paralysaient la fatigue et la peur. Lui, aurait filé à droite, avec Chaval, car il le croyait dans la bonne route ; mais il l'avait lâché, quitte à rester au fond. D'ailleurs, la débandade continuait, des camarades avaient encore tiré de leur côté, ils n'étaient plus que sept derrière le vieux Mouque.

— Pends-toi à mon cou, je te porterai, dit Étienne à la jeune fille, en la voyant faiblir.

— Non, laisse, murmura-t-elle, je ne peux plus, j'aime mieux mourir tout de suite.

Ils s'attardaient, de cinquante mètres en arrière, et il la soulevait malgré sa résistance, lorsque la galerie brusquement se boucha : un bloc énorme qui s'effondrait et les séparait des autres. L'inondation détrempait déjà les roches, des éboulements se produisaient de tous côtés. Ils durent revenir sur leurs pas. Puis, ils ne surent plus dans quel sens ils marchaient. C'était fini, il fallait abandonner l'idée de remonter par Réquillart. Leur unique espoir était de gagner les tailles supérieures, où l'on viendrait peut-être les délivrer, si les eaux baissaient.

Étienne reconnut enfin la veine Guillaume.

= retrouve qqchose qu'il connaît
= rappelle bcp de souvenirs

— Bon ! dit-il, je sais où nous sommes. Nom de Dieu ! nous étions dans le vrai chemin ; mais va te faire fiche maintenant !... Écoute, allons tout droit, nous grimperons par la cheminée.

Le flot battait leur poitrine, ils marchaient très lentement. Tant qu'ils auraient de la lumière, ils ne désespéraient pas ; et ils soufflèrent l'une des lampes, pour en économiser l'huile, avec la pensée de la vider dans l'autre. Ils atteignaient la cheminée, lorsqu'un bruit, derrière eux, les fit se tourner. Étaient-ce donc les camarades, barrés à leur tour, qui revenaient ? Un souffle ronflait au loin, ils ne s'expliquaient pas cette tempête qui se rapprochait, dans un éclaboussement d'écume. Et ils crièrent, quand ils virent une masse géante, blanchâtre, sortir de l'ombre et lutter pour les rejoindre, entre les boisages trop étroits, où elle s'écrasait.

C'était Bataille. En partant de l'accrochage, il avait galopé le long des galeries noires, éperdument. Il semblait connaître son chemin, dans cette ville souterraine, qu'il habitait depuis onze années ; et ses yeux voyaient clair, au fond de l'éternelle nuit où il avait vécu. Il galopait, il galopait, pliant la tête, ramassant les pieds, filant par ces boyaux minces de la terre, emplis de son grand corps. Les rues se succédaient, les carrefours ouvraient leur fourche, sans qu'il hésitât. Où allait-il ? là-bas peut-être, à cette vision de sa jeunesse, au moulin où il était né, sur le bord de la Scarpe, au souvenir confus du soleil, brûlant en l'air comme une grosse lampe. Il voulait vivre, sa mémoire de bête s'éveillait, l'envie de respirer encore l'air des plaines le poussait droit devant lui, jusqu'à ce qu'il eût découvert le trou, la sortie sous le ciel chaud, dans la lumière. Et une révolte emportait sa résignation ancienne, cette fosse l'assassinait, après l'avoir aveuglé. L'eau qui le poursuivait, le fouettait aux cuisses, le mordait à la croupe. Mais, à mesure qu'il s'enfonçait, les galeries devenaient plus étroites, abaissant le toit, renflant le mur. Il galopait quand même, il s'écorchait, laissant aux boisages des lambeaux de ses membres. De toutes parts, la mine semblait se resserrer sur lui, pour le prendre et l'étouffer.

Alors, Étienne et Catherine, comme il arrivait près d'eux, l'aperçurent qui s'étranglait entre les roches. Il avait buté, il s'était cassé les deux jambes de devant. D'un dernier effort, il se traîna quelques mètres ; mais ses flancs ne passaient plus, il restait enveloppé, garrotté par la terre. Et sa tête saignante s'allongea, chercha encore une fente, de ses gros yeux troubles. L'eau le recouvrait rapidement, il se mit à hennir, du râle prolongé, atroce, dont les autres chevaux étaient morts déjà, dans l'écurie. Ce fut une agonie effroyable, cette vieille bête, fracassée, immobilisée, se débattant à cette profondeur, loin du jour. Son cri de détresse ne cessait pas, le flot noyait sa crinière, qu'il le poussait plus rauque, de sa bouche tendue et grande ouverte. Il y eut un dernier ronflement, le bruit sourd d'un tonneau qui s'emplit. Puis un grand silence tomba.

— Ah ! mon Dieu ! emmène-moi, sanglotait Catherine. Ah ! mon Dieu ! j'ai peur, je ne veux pas mourir… Emmène-moi ! emmène-moi !

Elle avait vu la mort. Le puits écroulé, la fosse inondée, rien ne lui avait soufflé à la face cette épouvante, cette clameur de Bataille agonisant. Et elle l'entendait toujours, ses oreilles en bourdonnaient, toute sa chair en frissonnait.

— Emmène-moi ! emmène-moi !

Étienne l'avait saisie et l'emportait. D'ailleurs, il était grand temps, ils montèrent dans la cheminée, trempés jusqu'aux épaules. Lui devait l'aider, car elle n'avait plus la force de s'accrocher aux bois. À trois reprises, il crut qu'elle lui échappait, qu'elle retombait dans la mer profonde, dont la marée grondait derrière eux. Cependant, ils purent respirer quelques minutes, quand ils eurent rencontré la première voie, libre encore. L'eau reparut, il fallut se hisser de nouveau. Et, durant des heures, cette montée continua, la crue les chassait de voie en voie, les obligeait à s'élever toujours. Dans la sixième, un répit les enfiévra d'espoir, il leur semblait que le niveau demeurait stationnaire. Mais une hausse plus forte se déclara, ils durent grimper à la septième, puis à la huitième. Une seule restait, et quand ils y furent, ils regardèrent anxieusement chaque centimètre que l'eau gagnait. Si elle ne s'arrêtait pas, ils allaient donc mourir, comme le vieux cheval, écrasés contre le toit, la gorge emplie par le flot ?

Des éboulements retentissaient à chaque instant. La mine entière était ébranlée, d'entrailles trop grêles, éclatant de la coulée énorme qui la gorgeait. Au bout des galeries, l'air refoulé s'amassait, se comprimait, partait en explosions formidables, parmi les roches fendues et les terrains bouleversés. C'était le terrifiant vacarme des cataclysmes intérieurs, un coin de la bataille ancienne, lorsque les déluges retournaient la terre, en abîmant les montagnes sous les plaines.

Et Catherine, secouée, étourdie de cet effondrement continu, joignait les mains, bégayait les mêmes mots, sans relâche :

— Je ne veux pas mourir… Je ne veux pas mourir…

Pour la rassurer, Étienne jurait que l'eau ne bougeait plus. Leur fuite durait bien depuis six heures, on allait descendre à leur secours. Et il disait six heures sans savoir, la notion exacte du temps leur échappait. En réalité, un jour entier s'était écoulé déjà, dans leur montée au travers de la veine Guillaume.

Mouillés, grelottants, ils s'installèrent. Elle se déshabilla sans honte, pour tordre ses vêtements ; puis, elle remit la culotte et la veste, qui achevèrent de sécher sur elle. Comme elle était pieds nus, lui, qui avait ses sabots, la força à les prendre. Ils pouvaient patienter maintenant, ils avaient baissé la mèche de la lampe, ne gardant qu'une lueur faible de veilleuse. Mais des crampes leur déchirèrent l'estomac, tous deux s'aperçurent qu'ils mouraient de faim. Jusque-là, ils ne s'étaient pas senti vivre. Au moment de la catastrophe, ils n'avaient point déjeuné, et ils venaient de retrouver leurs tartines, gonflées par l'eau, changées en soupe. Elle dut se fâcher pour qu'il voulût bien accepter sa part. Dès qu'elle eut mangé, elle s'endormit de lassitude, sur la terre froide. Lui, brûlé d'insomnie, la veillait, le front entre les mains, les yeux fixes.

Combien d'heures s'écoulèrent ainsi ? Il n'aurait pu le dire. Ce qu'il savait, c'était que devant lui, par le trou de la cheminée, il avait vu reparaître le flot noir et mouvant, la bête dont le dos s'enflait sans cesse pour les atteindre. D'abord, il n'y eut qu'une ligne mince, un serpent souple qui s'allongea ; puis, cela s'élargit en une échine grouillante, rampante ; et bientôt ils furent rejoints, les pieds de la jeune fille endormie trempèrent. Anxieux, il hésitait à la réveiller. N'était-ce pas cruel de la tirer de ce repos, de l'ignorance anéantie qui la berçait peut-être dans un rêve de grand air et de vie au soleil ? Par où fuir, d'ailleurs ? Et il cherchait, et il se rappela que le plan incliné, établi dans cette partie de la veine, communiquait, bout à bout, avec le plan qui desservait l'accrochage supérieur. C'était une issue. Il la laissa dormir encore, le plus longtemps qu'il fut possible, regardant le flot gagner, attendant qu'il les chassât. Enfin, il la souleva doucement, et elle eut un grand frisson.

— Ah ! mon Dieu ! c'est vrai !... Ça recommence, mon Dieu !

Elle se souvenait, elle criait, de retrouver la mort prochaine.

— Non, calme-toi, murmura-t-il. On peut passer, je te jure.

Pour se rendre au plan incliné, ils durent marcher ployés en deux, de nouveau mouillés jusqu'aux épaules. Et la montée recommença, plus dangereuse, par ce trou boisé entièrement, long d'une centaine de mètres. D'abord, ils voulurent tirer le câble, afin de fixer en bas l'un des chariots ; car si l'autre était descendu, pendant leur ascension, il les aurait broyés. Mais rien ne bougea, un obstacle faussait le mécanisme. Ils se risquèrent, n'osant se servir de ce câble qui les gênait, s'arrachant les ongles contre les charpentes lisses. Lui, venait le dernier, la retenait du crâne, quand elle glissait, les mains sanglantes. Brusquement, ils se cognèrent contre des éclats de poutre, qui barraient le plan. Des terres avaient coulé, un éboulement empêchait d'aller plus haut. Par bonheur, une porte s'ouvrait là, et ils débouchèrent dans une voie.

Devant eux, la lueur d'une lampe les stupéfia. Un homme leur criait rageusement :

— Encore des malins aussi bêtes que moi !

Ils reconnurent Chaval, qui se trouvait bloqué par l'éboulement, dont les terres comblaient le plan incliné ; et les deux camarades, partis avec lui, étaient même restés en chemin, la tête fendue. Lui, blessé au coude, avait eu le courage de retourner sur les genoux prendre leurs lampes et les fouiller, pour voler leurs tartines. Comme il s'échappait, un dernier effondrement, derrière son dos, avait bouché la galerie.

Tout de suite, il se jura de ne point partager ses provisions avec ces gens qui sortaient de terre. Il les aurait assommés. Puis, il les reconnut à son tour, et sa colère tomba, il se mit à rire, d'un rire de joie mauvaise.

— Ah ! c'est toi, Catherine ! Tu t'es cassé le nez, et tu as voulu rejoindre ton homme. Bon ! bon ! nous allons la danser ensemble.

Il affectait de ne pas voir Étienne. Ce dernier, bouleversé de la rencontre, avait eu un geste pour protéger la herscheuse, qui se serrait contre lui. Pourtant, il fallait bien accepter la situation. Il demanda simplement au camarade, comme s'ils s'étaient quittés bons amis, une heure plus tôt :

— As-tu regardé au fond ? On ne peut donc passer par les tailles ?

Chaval ricanait toujours.

— Ah ! ouiche ! par les tailles ! Elles se sont éboulées aussi, nous sommes entre deux murs, une vraie souricière… Mais tu peux t'en retourner par le plan, si tu es un bon plongeur.

En effet, l'eau montait, on l'entendait clapoter. La retraite se trouvait coupée déjà. Et il avait raison, c'était une souricière, un bout de galerie que des affaissements considérables obstruaient en arrière et en avant. Pas une issue, tous trois étaient murés.

— Alors, tu restes ? ajouta Chaval goguenard. Va, c'est ce que tu feras de mieux, et si tu me fiches la paix, moi je ne te parlerai seulement pas. Il y a encore ici de la place pour deux hommes… Nous verrons bientôt lequel crèvera le premier, à moins qu'on ne vienne, ce qui me semble difficile.

Le jeune homme reprit :

— Si nous tapions, on nous entendrait peut-être.

— J'en suis las, de taper… Tiens ! essaie toi-même avec cette pierre.

Étienne ramassa le morceau de grès, que l'autre avait émietté déjà, et il battit contre la veine, au fond, le rappel des mineurs, le roulement prolongé, dont les ouvriers en péril signalent leur présence. Puis, il colla son oreille, pour écouter. À vingt reprises, il s'entêta. Aucun bruit ne répondait.

Pendant ce temps, Chaval affecta de faire froidement son petit ménage. D'abord, il rangea ses trois lampes contre le mur : une seule brûlait, les autres serviraient plus tard. Ensuite, il posa sur une pièce du boisage les deux tartines qu'il avait encore. C'était un buffet, il irait bien deux jours avec ça, s'il était raisonnable. Il se tourna, en disant :

— Tu sais, Catherine, il y en aura la moitié pour toi, quand tu auras trop faim.

La jeune fille se taisait. Cela comblait son malheur, de se retrouver entre ces deux hommes.

Et l'affreuse vie commença. Ni Chaval ni Étienne n'ouvraient la bouche, assis par terre, à quelques pas. Sur la remarque du premier, le second éteignit sa lampe, un luxe de lumière inutile ; puis, ils retombèrent dans leur silence. Catherine s'était couchée près du jeune homme, inquiète des regards que son ancien galant lui jetait. Les heures s'écoulaient, on entendait le petit murmure de l'eau montant sans cesse ; tandis que, de temps à autre, des secousses profondes, des retentissements lointains, annonçaient les derniers tassements de la mine. Quand la lampe se vida et qu'il fallut en ouvrir une autre, pour l'allumer, la peur du grisou les agita un instant ; mais ils aimaient mieux sauter tout de suite, que de durer dans les ténèbres ; et rien ne sauta, il n'y avait pas de grisou. Ils s'étaient allongés de nouveau, les heures se remirent à couler.

Un bruit émotionna Étienne et Catherine, qui levèrent la tête. Chaval se décidait à manger : il avait coupé la moitié d'une tartine, il mâchait longuement, pour ne pas être tenté d'avaler tout. Eux, que la faim torturait, le regardèrent.

— Vrai, tu refuses ? dit-il à la herscheuse, de son air provocant. Tu as tort.

Elle avait baissé les yeux, craignant de céder, l'estomac déchiré d'une telle crampe, que des larmes gonflaient ses paupières. Mais elle comprenait ce qu'il demandait ; déjà, le matin, il lui avait soufflé sur le cou ; il était repris d'une de ses anciennes fureurs de désir, en la voyant près de l'autre. Les regards dont il l'appelait avaient une flamme qu'elle connaissait bien, la flamme de ses crises jalouses, quand il tombait sur elle à coups de poing, en l'accusant d'abominations avec le logeur de sa mère. Et elle ne voulait pas, elle tremblait, en retournant à lui, de jeter ces deux hommes l'un sur l'autre, dans cette cave étroite où ils agonisaient. Mon Dieu ! est-ce qu'on ne pouvait finir en bonne amitié !

Étienne serait mort d'inanition, plutôt que de mendier à Chaval une bouchée de pain. Le silence s'alourdissait, une éternité encore parut se prolonger, avec la lenteur des minutes monotones, qui passaient une à une, sans espoir. Il y avait un jour qu'ils étaient enfermés ensemble. La deuxième lampe pâlissait, ils allumèrent la troisième.

Chaval entama son autre tartine, et il grogna :

— Viens donc, bête !

Catherine eut un frisson. Pour la laisser libre, Étienne s'était détourné. Puis, comme elle ne bougeait pas, il lui dit à voix basse :

— Va, mon enfant.

Les larmes qu'elle étouffait ruisselèrent alors. Elle pleurait longuement, ne trouvant même pas la force de se lever, ne sachant plus si elle avait faim, souffrant d'une douleur qui la tenait dans tout le corps. Lui, s'était mis debout, allait et venait, battant vainement le rappel des mineurs, enragé de ce reste de vie qu'on l'obligeait à vivre là, collé au rival qu'il exécrait. Pas même assez de place pour crever loin l'un de l'autre ! Dès qu'il avait fait dix pas, il devait revenir et se cogner contre cet homme. Et elle, la triste fille, qu'ils se disputaient jusque dans la terre ! Elle serait au dernier vivant, cet homme la lui volerait encore, si lui partait le premier. Ça n'en finissait pas, les heures suivaient les heures, la révoltante promiscuité s'aggravait, avec l'empoisonnement des haleines, l'ordure des besoins satisfaits en commun. Deux fois, il se rua sur les roches, comme pour les ouvrir à coups de poing.

Une nouvelle journée s'achevait, et Chaval s'était assis près de Catherine, partageant avec elle sa dernière moitié de tartine. Elle mâchait les bouchées péniblement, il les lui faisait payer chacune d'une caresse, dans son entêtement de jaloux qui ne voulait pas mourir sans la ravoir, devant l'autre. Épuisée, elle s'abandonnait. Mais, lorsqu'il tâcha de la prendre, elle se plaignit.

— Oh ! laisse, tu me casses les os.

Étienne, frémissant, avait posé son front contre les bois, pour ne pas voir. Il revint d'un bond, affolé.

— Laisse-la, nom de Dieu !

— Est-ce que ça te regarde ? dit Chaval. C'est ma femme, elle est à moi peut-être !

Et il la reprit, et il la serra, par bravade, lui écrasant sur la bouche ses moustaches rouges, continuant :

— Fiche-nous la paix, hein ! Fais-nous le plaisir de voir là-bas si nous y sommes.

Mais Étienne, les lèvres blanches, criait :

— Si tu ne la lâches pas, je t'étrangle !

Vivement, l'autre se mit debout, car il avait compris, au sifflement de la voix, que le camarade allait en finir. La mort leur semblait trop lente, il fallait que, tout de suite, l'un des deux cédât la place. C'était l'ancienne bataille qui recommençait, dans la terre où ils dormiraient bientôt côte à côte ; et ils avaient si peu d'espace, qu'ils ne pouvaient brandir leurs poings sans les écorcher.

— Méfie-toi, gronda Chaval. Cette fois, je te mange.

Étienne, à ce moment, devint fou. Ses yeux se noyèrent d'une vapeur rouge, sa gorge s'était congestionnée d'un flot de sang. Le besoin de tuer le prenait, irrésistible, un besoin physique, l'excitation sanguine d'une muqueuse qui détermine un violent accès de toux. Cela monta, éclata en dehors de sa volonté, sous la poussée de la lésion héréditaire. Il avait empoigné, dans le mur, une feuille de schiste, et il l'ébranlait, et il l'arrachait, très large, très lourde. Puis, à deux mains, avec une force décuplée, il l'abattit sur le crâne de Chaval.

Celui-ci n'eut pas le temps de sauter en arrière. Il tomba, la face broyée, le crâne fendu. La cervelle avait éclaboussé le toit de la galerie, un jet pourpre coulait de la plaie, pareil au jet continu d'une source. Tout de suite, il y eut une mare, où l'étoile fumeuse de la lampe se refléta. L'ombre envahissait ce caveau muré, le corps semblait, par terre, la bosse noire d'un tas d'escaillage.

Et, penché, l'œil élargi, Étienne le regardait. C'était donc fait, il avait tué. Confusément, toutes ses luttes lui revenaient à la mémoire, cet inutile combat contre le poison qui dormait dans ses muscles, l'alcool lentement accumulé de sa race. Pourtant, il n'était ivre que de faim, l'ivresse lointaine des parents avait suffi. Ses cheveux se dressaient devant l'horreur de ce meurtre, et malgré la révolte de son éducation, une allégresse faisait battre son cœur, la joie animale d'un appétit enfin satisfait. Il eut ensuite un orgueil, l'orgueil du plus fort. Le petit soldat lui était apparu, la gorge trouée d'un couteau, tué par un enfant. Lui aussi, avait tué.

Mais Catherine, toute droite, poussait un grand cri.

— Mon Dieu ! il est mort !

— Tu le regrettes ? demanda Étienne farouche.

Elle suffoquait, elle balbutiait. Puis, chancelante, elle se jeta dans ses bras.

— Ah ! tue-moi aussi, ah ! mourons tous les deux !

D'une étreinte, elle s'attachait à ses épaules, et il l'étreignait également, et ils espérèrent qu'ils allaient mourir. Mais la mort n'avait pas de hâte, ils dénouèrent leurs bras. Puis, tandis qu'elle se cachait les yeux, il traîna le misérable, il le jeta dans le plan incliné, pour l'ôter de l'espace étroit où il fallait vivre encore. La vie n'aurait plus été possible, avec ce cadavre sous les pieds. Et ils s'épouvantèrent, lorsqu'ils l'entendirent plonger, au milieu d'un rejaillissement d'écume. L'eau avait donc empli déjà ce trou ? Ils l'aperçurent, elle déborda dans la galerie.

Alors, ce fut une lutte nouvelle. Ils avaient allumé la dernière lampe, elle s'épuisait en éclairant la crue, dont la hausse régulière, entêtée, ne s'arrêtait pas. Ils eurent d'abord de l'eau aux chevilles, puis elle leur mouilla les genoux. La voie montait, ils se réfugièrent au fond, ce qui leur donna un répit de quelques heures. Mais le flot les rattrapa, ils baignèrent jusqu'à la ceinture. Debout, acculés, l'échine collée contre la roche, ils la regardaient croître, toujours, toujours. Quand elle atteindrait leur bouche, ce serait fini. La lampe, qu'ils avaient accrochée, jaunissait la houle rapide des petites ondes ; elle pâlit, ils ne distinguèrent plus qu'un demi-cercle diminuant sans cesse, comme mangé par l'ombre qui semblait grandir avec le flux ; et, brusquement, l'ombre les enveloppa, la lampe venait de s'éteindre, après avoir craché sa dernière goutte d'huile. C'était la nuit complète, absolue, cette nuit de la terre qu'ils dormiraient, sans jamais rouvrir leurs yeux à la clarté du soleil.

— Nom de Dieu ! jura sourdement Étienne.

Catherine, comme si elle eût senti les ténèbres la saisir, s'était abritée contre lui. Elle répéta le mot des mineurs, à voix basse :

— La mort souffle la lampe.

Pourtant, devant cette menace, leur instinct luttait, une fièvre de vivre les ranima. Lui, violemment, se mit à creuser le schiste avec le crochet de la lampe, tandis qu'elle l'aidait de ses ongles. Ils pratiquèrent une sorte de banc élevé, et lorsqu'ils s'y furent hissés tous les deux, ils se trouvèrent assis, les jambes pendantes, le dos ployé, car la voûte les forçait à baisser la tête. L'eau ne glaçait plus que leurs talons ; mais ils ne tardèrent pas à en sentir le froid leur couper les chevilles, les mollets, les genoux, dans un mouvement invincible et sans trêve. Le banc, mal aplani, se trempait d'une humidité si gluante, qu'ils devaient se tenir fortement pour ne pas glisser. C'était la fin, combien attendraient-ils, réduits à cette niche, où ils n'osaient risquer un geste, exténués, affamés, n'ayant plus ni pain ni lumière ? Et ils souffraient surtout des ténèbres, qui les empêchaient de voir venir la mort. Un grand silence régnait, la mine gorgée d'eau ne bougeait plus. Ils n'avaient maintenant, sous eux, que la sensation de cette mer, enflant, du fond des galeries, sa marée muette.

Les heures se succédaient, toutes également noires, sans qu'ils pussent en mesurer la durée exacte, de plus en plus égarés dans le calcul du temps. Leurs tortures, qui auraient dû allonger les minutes, les emportaient, rapides. Ils croyaient n'être enfermés que depuis deux jours et une nuit, lorsqu'en réalité la troisième journée déjà se terminait. Toute espérance de secours s'en était allée, personne ne les savait là, personne n'avait le pouvoir d'y descendre, et la faim les achèverait, si l'inondation leur faisait grâce. Une dernière fois, ils avaient eu la pensée de battre le rappel ; mais la pierre était restée sous l'eau. D'ailleurs, qui les entendrait ?

Catherine, résignée, avait appuyé contre la veine sa tête endolorie, lorsqu'un tressaillement la redressa.

— Écoute ! dit-elle.

D'abord, Étienne crut qu'elle parlait du petit bruit de l'eau montant toujours. Il mentit, il voulut la tranquilliser.

— C'est moi que tu entends, je remue les jambes

— Non, non, pas ça... Là-bas, écoute !

Et elle collait son oreille au charbon. Il comprit, il fit comme elle. Une attente de quelques secondes les étouffa. Puis, très lointains, très faibles, ils entendirent trois coups, largement espacés. Mais ils doutaient encore, leurs oreilles sonnaient, c'étaient peut-être des craquements dans la couche. Et ils ne savaient avec quoi frapper pour répondre.

Étienne eut une idée.

— Tu as les sabots. Sors les pieds, tape avec les talons.

Elle tapa, elle battit le rappel des mineurs ; et ils écoutèrent, et ils distinguèrent de nouveau les trois coups, au loin. Vingt fois ils recommencèrent, vingt fois les coups répondirent. Ils pleuraient, ils s'embrassaient, au risque de perdre l'équilibre. Enfin, les camarades étaient là, ils arrivaient. C'était un débordement de joie et d'amour qui emportait les tourments de l'attente, la rage des appels longtemps inutiles comme si les sauveurs n'avaient eu qu'à fendre la roche du doigt, pour les délivrer.

— Hein ! criait-elle gaiement, est-ce une chance que j'aie appuyé la tête !

— Oh ! tu as une oreille ! disait-il à son tour. Moi, je n'entendais rien.

Dès ce moment, ils se relayèrent, toujours l'un d'eux écoutait, prêt à correspondre, au moindre signal. Ils saisirent bientôt des coups de rivelaine : on commençait les travaux d'approche, on ouvrait une galerie. Pas un bruit ne leur échappait. Mais leur joie tomba. Ils avaient beau rire, pour se tromper l'un l'autre, le désespoir les reprenait peu à peu. D'abord, ils s'étaient répandus en explications : on arrivait évidemment par Réquillart, la galerie descendait dans la couche, peut-être en ouvrait-on plusieurs, car il y avait trois hommes à l'abattage. Puis ils parlèrent moins, ils finirent par se taire, quand ils en vinrent à calculer la masse énorme qui les séparait des camarades. Muets, ils continuaient leurs réflexions, ils comptaient les journées et les journées qu'un ouvrier mettrait à percer un tel bloc. Jamais on ne les rejoindrait assez tôt, ils seraient morts vingt fois. Et, mornes, n'osant plus échanger une parole dans ce redoublement d'angoisse, ils répondaient aux appels d'un roulement de sabots, sans espoir, en ne gardant que le besoin machinal de dire aux autres qu'ils vivaient encore.

Un jour, deux jours, se passèrent. Ils étaient au fond depuis six jours. L'eau, arrêtée à leurs genoux, ne montait ni ne descendait ; et leurs jambes semblaient fondre, dans ce bain de glace. Pendant une heure, ils pouvaient bien les retirer ; mais la position devenait alors si incommode, qu'ils étaient tordus de crampes atroces et qu'ils devaient laisser retomber les talons. Toutes les dix minutes, ils se remontaient d'un coup de reins, sur la roche glissante. Les cassures du charbon leur défonçaient l'échine, ils éprouvaient à la nuque une douleur fixe et intense, d'avoir à la tenir ployée constamment, pour ne pas se briser le crâne. Et l'étouffement croissait, l'air refoulé par l'eau se comprimait dans l'espèce de cloche où ils se trouvaient enfermés. Leur voix, assourdie, paraissait venir de très loin. Des bourdonnements d'oreilles se déclarèrent, ils entendaient les volées d'un tocsin furieux, le galop d'un troupeau sous une averse de grêle, interminable.

D'abord, Catherine souffrit horriblement de la faim. Elle portait à sa gorge ses pauvres mains crispées, elle avait de grands souffles creux, une plainte continue, déchirante, comme si une tenaille lui eût arraché l'estomac. Étienne, étranglé par la même torture, tâtonnait fiévreusement dans l'obscurité, lorsque, près de lui, ses doigts rencontrèrent une pièce du boisage, à moitié pourrie, que ses ongles émiettaient. Et il en donna une poignée à la herscheuse, qui l'engloutit goulûment. Durant deux journées, ils vécurent de ce bois vermoulu, ils le dévorèrent tout entier, désespérés de l'avoir fini, s'écorchant à vouloir entamer les autres, solides encore, et dont les fibres résistaient. Leur supplice augmenta, ils s'enrageaient de ne pouvoir mâcher la toile de leurs vêtements. Une ceinture de cuir qui le serrait à la taille les soulagea un peu. Il en coupa de petits morceaux avec les dents, et elle les broyait, s'acharnait à les avaler. Cela occupait leurs mâchoires, leur donnait l'illusion qu'ils mangeaient. Puis, quand la ceinture fut achevée, ils se remirent à la toile, la suçant pendant des heures.

Mais, bientôt, ces crises violentes se calmèrent, la faim ne fut plus qu'une douleur profonde, sourde, l'évanouissement même, lent et progressif, de leurs forces. Sans doute, ils auraient succombé, s'ils n'avaient pas eu de l'eau, tant qu'ils en voulaient. Ils se baissaient simplement, buvaient dans le creux de leur main ; et cela à vingt reprises, brûlés d'une telle soif, que toute cette eau ne pouvait l'étancher.

Le septième jour, Catherine se penchait pour boire, lorsqu'elle heurta de la main un corps flottant devant elle.

— Dis donc, regarde… Qu'est-ce que c'est ?

Étienne tâta dans les ténèbres.

— Je ne comprends pas, on dirait la couverture d'une porte d'aérage.

Elle but, mais comme elle puisait une seconde gorgée, le corps revint battre sa main. Et elle poussa un cri terrible.

— C'est lui, mon Dieu !

— Qui donc ?

— Lui, tu sais bien ?… J'ai senti ses moustaches.

C'était le cadavre de Chaval, remonté du plan incliné, poussé jusqu'à eux par la crue. Étienne allongea le bras, sentit aussitôt les moustaches, le nez broyé ; et un frisson de répugnance et de peur le secoua. Prise d'une nausée abominable, Catherine avait craché l'eau qui lui restait à la bouche. Elle croyait qu'elle venait de boire du sang, que toute cette eau profonde, devant elle, était maintenant le sang de cet homme.

— Attends, bégaya Étienne, je vais le renvoyer.

Il donna un coup de pied au cadavre, qui s'éloigna. Mais, bientôt, ils le sentirent de nouveau qui tapait dans leurs jambes.

— Nom de Dieu ! va-t'en donc !

Et, la troisième fois, Étienne dut le laisser. Quelque courant le ramenait. Chaval ne voulait pas partir, voulait être avec eux, contre eux. Ce fut un affreux compagnon, qui acheva d'empoisonner l'air. Pendant toute cette journée, ils ne burent pas, luttant, aimant mieux mourir ; et, le lendemain seulement, la souffrance les décida : ils écartaient le corps à chaque gorgée, ils buvaient quand même. Ce n'était pas la peine de lui casser la tête, pour qu'il revînt entre lui et elle, entêté dans sa jalousie. Jusqu'au bout, il serait là, même mort, pour les empêcher d'être ensemble.

Encore un jour, et encore un jour. Étienne, à chaque frisson de l'eau, recevait un léger coup de l'homme qu'il avait tué, le simple coudoiement d'un voisin qui rappelait sa présence. Et, toutes les fois, il tressaillait. Continuellement, il le voyait, gonflé, verdi, avec ses moustaches rouges, dans sa face broyée. Puis, il ne se souvenait plus, il ne l'avait pas tué, l'autre nageait et allait le mordre. Catherine, maintenant, était secouée de crises de larmes, longues, interminables, après lesquelles un accablement l'anéantissait. Elle finit par tomber dans un état de somnolence invincible. Il la réveillait, elle bégayait des mots, elle se rendormait tout de suite, sans même soulever les paupières ; et, de crainte qu'elle ne se noyât, il lui avait passé un bras à la taille. C'était lui, maintenant, qui répondait aux camarades. Les coups de rivelaine approchaient, il les entendait derrière son dos. Mais ses forces diminuaient aussi, il avait perdu tout courage à taper. On les savait là, pourquoi se fatiguer encore ? Cela ne l'intéressait plus, qu'on pût venir. Dans l'hébétement de son attente, il en était, pendant des heures, à oublier ce qu'il attendait.

Un soulagement les réconforta un peu. L'eau baissait, le corps de Chaval s'éloigna. Depuis neuf jours, on travaillait à leur délivrance, et ils faisaient, pour la première fois, quelques pas dans la galerie, lorsqu'une épouvantable commotion les jeta sur le sol. Ils se cherchèrent, ils restèrent aux bras l'un de l'autre, fous, ne comprenant pas, croyant que la catastrophe recommençait. Rien ne remuait plus, le bruit des rivelaines avait cessé.

Dans le coin où ils se tenaient assis, côte à côte, Catherine eut un léger rire.

— Il doit faire bon dehors... Viens, sortons d'ici.

Étienne, d'abord, lutta contre cette démence. Mais une contagion ébranlait sa tête plus solide, il perdit la sensation juste du réel. Tous leurs sens se faussaient, surtout ceux de Catherine, agitée de fièvre, tourmentée à présent d'un besoin de paroles et de gestes. Les bourdonnements de ses oreilles étaient devenus des murmures d'eau courante, des chants d'oiseaux ; et elle sentait un violent parfum d'herbes écrasées, et elle voyait clair, de grandes taches jaunes volaient devant ses yeux, si larges, qu'elle se croyait dehors, près du canal, dans les blés, par une journée de beau soleil.

— Hein ? fait-il chaud !... Prends-moi donc, restons ensemble, oh ! toujours, toujours !

Il la serrait, elle se caressait contre lui, longuement, continuant dans un bavardage de fille heureuse :

— Avons-nous été bêtes d'attendre si longtemps ! Tout de suite, j'aurais bien voulu de toi, et tu n'as pas compris, tu as boudé... Puis, tu te rappelles, chez nous, la nuit, quand nous ne dormions pas, le nez en l'air, à nous écouter respirer, avec la grosse envie de nous prendre ?

Il fut gagné par sa gaieté, il plaisanta les souvenirs de leur muette tendresse.

— Tu m'as battu une fois, oui, oui ! des soufflets sur les deux joues !

— C'est que je t'aimais, murmura-t-elle. Vois-tu, je me défendais de songer à toi, je me disais que c'était bien fini ; et, au fond, je savais qu'un jour ou l'autre nous nous mettrions ensemble... Il ne fallait qu'une occasion, quelque chance heureuse, n'est-ce pas ?

Un frisson le glaçait, il voulut secouer ce rêve, puis il répéta lentement :

— Rien n'est jamais fini, il suffit d'un peu de bonheur pour que tout recommence.

— Alors, tu me gardes, c'est le bon coup, cette fois ?

Et, défaillante, elle glissa. Elle était si faible, que sa voix assourdie s'éteignait. Effrayé, il l'avait retenue sur son cœur.

— Tu souffres ?

Elle se redressa, étonnée.

— Non, pas du tout... Pourquoi ?

Mais cette question l'avait éveillée de son rêve. Elle regarda éperdument les ténèbres, elle tordit ses mains, dans une nouvelle crise de sanglots.

— Mon Dieu ! mon Dieu ! qu'il fait noir !

Ce n'étaient plus les blés, ni l'odeur des herbes, ni le chant des alouettes, ni le grand soleil jaune ; c'étaient la mine éboulée, inondée, la nuit puante, l'égouttement funèbre de ce caveau où ils râlaient depuis tant de jours. La perversion de ses sens en augmentait l'horreur maintenant, elle était reprise des superstitions de son enfance, elle vit l'Homme noir, le vieux mineur trépassé qui revenait dans la fosse tordre le cou aux vilaines filles.

— Écoute, as-tu entendu ?

— Non, rien, je n'entends rien.

— Si, l'Homme, tu sais ?... Tiens ! il est là... La terre a lâché tout le sang de la veine, pour se venger de ce qu'on lui a coupé une artère ; et il est là, tu le vois, regarde ! plus noir que la nuit... Oh ! j'ai peur, oh ! j'ai peur !

Elle se tut, grelottante. Puis, à voix très basse, elle continua :

— Non, c'est toujours l'autre.

— Quel autre ?

— Celui qui est avec nous, celui qui n'est plus.

L'image de Chaval la hantait, et elle parlait de lui confusément, elle racontait leur existence de chien, le seul jour où il s'était montré gentil, à Jean-Bart, les autres jours de sottises et de gifles, quand il la tuait de ses caresses, après l'avoir rouée de coups.

— Je te dis qu'il vient, qu'il va nous empêcher encore d'aller ensemble !... Ça le reprend, sa jalousie... Oh ! renvoie-le, oh ! garde-moi, garde-moi tout entière !

D'un élan, elle s'était pendue à lui, elle chercha sa bouche et y colla passionnément la sienne. Les ténèbres s'éclairèrent, elle revit le soleil, elle retrouva un rire calmé d'amoureuse. Lui, frémissant de la sentir ainsi contre sa chair, demi-nue sous la veste et la culotte en lambeaux, l'empoigna, dans un réveil de sa virilité. Et ce fut enfin leur nuit de noces, au fond de cette tombe, sur ce lit de boue, le besoin de ne pas mourir avant d'avoir eu le bonheur, l'obstiné besoin de vivre, de faire de la vie une dernière fois. Ils s'aimèrent dans le désespoir de tout, dans la mort.

Ensuite, il n'y eut plus rien. Étienne était assis par terre, toujours dans le même coin, et il avait Catherine sur les genoux, couchée, immobile. Des heures, des heures s'écoulèrent. Il crut longtemps qu'elle dormait ; puis, il la toucha, elle était très froide, elle était morte. Pourtant, il ne remuait pas, de peur de la réveiller. L'idée qu'il l'avait eue femme le premier, et qu'elle pouvait être grosse, l'attendrissait. D'autres idées, l'envie de partir avec elle, la joie de ce qu'ils feraient tous les deux plus tard, revenaient par moments, mais si vagues, qu'elles semblaient effleurer à peine son front, comme le souffle même du sommeil. Il s'affaiblissait, il ne lui restait que la force d'un petit geste, un lent mouvement de la main, pour s'assurer qu'elle était bien là, ainsi qu'une enfant endormie, dans sa raideur glacée. Tout s'anéantissait, la nuit elle-même avait sombré, il n'était nulle part, hors de l'espace, hors du temps. Quelque chose tapait bien à côté de sa tête, des coups dont la violence se rapprochait ; mais il avait eu d'abord la paresse d'aller répondre, engourdi d'une fatigue immense ; et à présent, il ne savait plus, il rêvait seulement qu'elle marchait devant lui et qu'il entendait le léger claquement de ses sabots. Deux jours se passèrent, elle n'avait pas remué, il la touchait de son geste machinal, rassuré de la sentir si tranquille.

Étienne ressentit une secousse. Des voix grondaient, des roches roulaient jusqu'à ses pieds. Quand il aperçut une lampe, il pleura. Ses yeux clignotants suivaient la lumière, il ne se lassait pas de la voir, en extase devant ce point rougeâtre qui tachait à peine les ténèbres. Mais des camarades l'emportaient, il les laissa introduire, entre ses dents serrées, des cuillerées de bouillon. Ce fut seulement dans la galerie de Réquillart qu'il reconnut quelqu'un, l'ingénieur Négrel, debout devant lui ; et ces deux hommes qui se méprisaient, l'ouvrier révolté, le chef sceptique, se jetèrent au cou l'un de l'autre, sanglotèrent à gros sanglots, dans le bouleversement profond de toute l'humanité qui était en eux. C'était une tristesse immense, la misère des générations, l'excès de douleur où peut tomber la vie.

Au jour, la Maheude, abattue près de Catherine morte, jeta un cri, puis un autre, puis un autre, de grandes plaintes très longues, incessantes. Plusieurs cadavres étaient déjà remontés et alignés par terre ; Chaval que l'on crut assommé sous un éboulement, un galibot et deux haveurs également fracassés, le crâne vide de cervelle, le ventre gonflé d'eau. Des femmes, dans la foule, perdaient la raison, déchiraient leurs jupes, s'égratignaient la face. Lorsqu'on le sortit enfin, après l'avoir habitué aux lampes et nourri un peu, Étienne apparut décharné, les cheveux tout blancs ; et on s'écartait, on frémissait devant ce vieillard. La Maheude s'arrêta de crier, pour le regarder stupidement, de ses grands yeux fixes.

# VI

Il était quatre heures du matin. La fraîche nuit d'avril s'attiédissait de l'approche du jour. Dans le ciel limpide, les étoiles vacillaient, tandis qu'une clarté d'aurore empourprait l'orient. Et la campagne noire, assoupie, avait à peine un frisson, cette vague rumeur qui précède le réveil.

Étienne, à longues enjambées, suivait le chemin de Vandame. Il venait de passer six semaines à Montsou, dans un lit de l'hôpital. Jaune encore et très maigre, il s'était senti la force de partir, et il partait. La Compagnie, tremblant toujours pour ses fosses, procédant à des renvois successifs, l'avait averti qu'elle ne pourrait le garder. Elle lui offrait d'ailleurs un secours de cent francs, avec le conseil paternel de quitter le travail des mines, trop dur pour lui désormais. Mais il avait refusé les cent francs. Déjà, une réponse de Pluchart, une lettre où se trouvait l'argent du voyage, l'appelait à Paris. C'était son ancien rêve réalisé. La veille, en sortant de l'hôpital, il avait couché au *Bon-Joyeux*, chez la veuve Désir. Et il se levait de grand matin, une seule envie lui restait, dire adieu aux camarades, avant d'aller prendre le train de huit heures, à Marchiennes.

Un instant, sur le chemin qui devenait rose, Étienne s'arrêta. Il faisait bon respirer cet air si pur du printemps précoce. La matinée s'annonçait superbe. Lentement, le jour grandissait, la vie de la terre montait avec le soleil. Et il se remit en marche, tapant fortement son bâton de cornouiller, regardant au loin la plaine sortir des vapeurs de la nuit. Il n'avait revu personne, la Maheude était venue une seule fois à l'hôpital, puis n'avait pu revenir sans doute. Mais il savait que tout le coron des Deux-Cent-Quarante descendait à Jean-Bart maintenant, et qu'elle-même y avait repris du travail.

Peu à peu, les chemins déserts se peuplaient, des charbonniers passaient continuellement près d'Étienne, la face blême, silencieux. La Compagnie, disait-on, abusait de son triomphe. Après deux mois et demi de grève, vaincus par la faim, lorsqu'ils étaient retournés aux fosses, ils avaient dû accepter le tarif de boisage, cette baisse de salaire déguisée, exécrable à présent, ensanglantée du sang des camarades. On leur volait une heure de travail, on les faisait mentir à leur serment de ne pas se soumettre, et ce parjure imposé leur restait en travers de la gorge, comme une poche de fiel. Le travail recommençait partout, à Mirou, à Madeleine, à Crèvecœur, à la Victoire. Partout, dans la brume du matin, le long des chemins noyés de ténèbres, le troupeau piétinait, des files d'hommes trottant le nez vers la terre, ainsi que du bétail mené à l'abattoir. Ils grelottaient sous leurs minces vêtements de toile, ils croisaient les bras, roulaient les reins, gonflaient le dos, que le briquet, logé entre la chemise et la veste, rendait bossu. Et, dans ce retour en masse, dans ces ombres muettes, toutes noires, sans un rire, sans un regard de côté, on sentait les dents serrées de colère, le cœur gonflé de haine, l'unique résignation à la nécessité du ventre.

Plus il approchait de la fosse, et plus Étienne voyait leur nombre s'accroître. Presque tous marchaient isolés, ceux qui venaient par groupes, se suivaient à la file, éreintés déjà, las des autres et d'eux-mêmes. Il en aperçut un, très vieux, dont les yeux luisaient, pareils à des charbons, sous un front livide. Un autre, un jeune, soufflait, d'un souffle contenu de tempête. Beaucoup avaient leurs sabots à la main ; et l'on entendait à peine sur le sol le bruit mou de leurs gros bas de laine. C'était un ruissellement sans fin, une débâcle, une marche forcée d'armée battue, allant toujours la tête basse, enragée sourdement du besoin de reprendre la lutte et de se venger.

Lorsque Étienne arriva, Jean-Bart sortait de l'ombre, les lanternes accrochées aux tréteaux brûlaient encore, dans l'aube naissante. Au-dessus des bâtiments obscurs, un échappement s'élevait comme une aigrette blanche, délicatement teintée de carmin. Il passa par l'escalier du criblage, pour se rendre à la recette.

La descente commençait, des ouvriers montaient de la baraque. Un instant, il resta immobile, dans ce vacarme et cette agitation. Des roulements de berlines ébranlaient les dalles de fonte, les bobines tournaient, déroulaient les câbles, au milieu des éclats du porte-voix, de la sonnerie des timbres, des coups de massue sur le billot du signal ; et il retrouvait le monstre avalant sa ration de chair humaine, les cages émergeant, replongeant, engouffrant des charges d'hommes, sans un arrêt, avec le coup de gosier facile d'un géant vorace. Depuis son accident, il avait une horreur nerveuse de la mine. Ces cages qui s'enfonçaient, lui tiraient les entrailles. Il dut tourner la tête, le puits l'exaspérait.

Mais, dans la vaste salle encore sombre, que les lanternes épuisées éclairaient d'une clarté louche, il n'apercevait aucun visage ami. Les mineurs qui attendaient là, pieds nus, la lampe à la main, le regardaient de leurs gros yeux inquiets, puis baissaient le front, se reculaient d'un air de honte. Eux, sans doute, le connaissaient, et ils n'avaient plus de rancune contre lui, ils semblaient au contraire le craindre, rougissant à l'idée qu'il leur reprochait d'être des lâches. Cette attitude lui gonfla le cœur, il oubliait que ces misérables l'avaient lapidé, il recommençait le rêve de les changer en héros, de diriger le peuple, cette force de la nature qui se dévorait elle-même.

Une cage embarqua des hommes, la fournée disparut, et comme d'autres arrivaient, il vit enfin un de ses lieutenants de la grève, un brave qui avait juré de mourir.

— Toi aussi ! murmura-t-il, navré.

L'autre pâlit, les lèvres tremblantes ; puis, avec un geste d'excuse :

— Que veux-tu ? j'ai une femme.

Maintenant, dans le nouveau flot monté de la baraque, il les reconnaissait tous.

— Toi aussi ! toi aussi ! toi aussi !

Et tous frémissaient, bégayaient d'une voix étouffée :

— J'ai une mère... J'ai des enfants... Il faut du pain.

La cage ne reparaissait pas, ils l'attendirent, mornes, dans une telle souffrance de leur défaite, que leurs regards évitaient de se rencontrer, fixés obstinément sur le puits.

— Et la Maheude ? demanda Étienne.

Ils ne répondirent point. Un fit signe qu'elle allait venir. D'autres levèrent leurs bras, tremblants de pitié : ah ! la pauvre femme ! quelle misère ! Le silence continuait, et quand le camarade leur tendit la main, pour leur dire adieu, tous la lui serrèrent fortement, tous mirent dans cette étreinte muette la rage d'avoir cédé, l'espoir fiévreux de la revanche. La cage était là, ils s'embarquèrent, ils s'abîmèrent, mangés par le gouffre.

Pierron avait paru, avec la lampe à feu libre des porions, fixée dans le cuir de sa barrette. Depuis huit jours, il était chef d'équipe à l'accrochage, et les ouvriers s'écartaient, car les honneurs le rendaient fier. La vue d'Étienne l'ennuya, il s'approcha pourtant, finit par se rassurer, lorsque le jeune homme lui eut annoncé son départ. Ils causèrent. Sa femme tenait maintenant l'estaminet du Progrès, grâce à l'appui de tous ces messieurs, qui se montraient si bons pour elle. Mais, s'interrompant, il s'emporta contre le père Mouque, qu'il accusait de n'avoir pas remonté le fumier de ses chevaux, à l'heure réglementaire. Le vieux l'écoutait, courbait les épaules. Puis, avant de descendre, suffoqué de cette réprimande, il donna lui aussi une poignée de main à Étienne, la même que celle des autres, longue, chaude de colère rentrée, frémissante des rébellions futures. Et cette vieille main qui tremblait dans la sienne, ce vieillard qui lui pardonnait ses enfants morts, l'émotionna tellement, qu'il le regarda disparaître, sans dire un mot.

— La Maheude ne vient donc pas ce matin ? demanda-t-il à Pierron, au bout d'un instant.

D'abord, ce dernier affecta de n'avoir pas compris, car la mauvaise chance s'empoignait des fois, rien qu'à en parler. Puis, comme il s'éloignait, sous prétexte de donner un ordre, il dit enfin :

— Hein ? la Maheude… La voici.

En effet, la Maheude arrivait de la baraque, avec sa lampe, vêtue de la culotte et de la veste, la tête serrée dans le béguin. C'était par une exception charitable que la Compagnie, apitoyée sur le sort de cette malheureuse, si cruellement frappée, avait bien voulu la laisser redescendre à l'âge de quarante ans ; et, comme il semblait difficile de la remettre au roulage, on l'employait à la manœuvre d'un petit ventilateur, qu'on venait d'installer dans la galerie nord, dans ces régions d'enfer, sous le Tartaret, où l'aérage ne se faisait pas. Pendant dix heures, les reins cassés, elle tournait sa roue, au fond d'un boyau ardent, la chair cuite par quarante degrés de chaleur. Elle gagnait trente sous.

Lorsque Étienne l'aperçut, lamentable dans ses vêtements d'homme, la gorge et le ventre comme enflés encore de l'humidité des tailles, il bégaya de saisissement, et il ne trouvait pas les phrases pour expliquer qu'il partait et qu'il avait désiré lui faire ses adieux.

Elle le regardait sans l'écouter, elle dit enfin, en le tutoyant :

— Hein ? ça t'étonne de me voir… C'est bien vrai que je menaçais d'étrangler le premier des miens qui redescendrait ; et voilà que je redescends, je devrais m'étrangler moi-même, n'est-ce pas ?… Ah ! va, ce serait déjà fait, s'il n'y avait pas le vieux et les petits à la maison !

Et elle continua, de sa voix basse et fatiguée. Elle ne s'excusait pas, elle racontait simplement les choses, qu'ils avaient failli crever, et qu'elle s'était décidée, pour qu'on ne les renvoyât pas du coron.

— Comment se porte le vieux ? demanda Étienne.

— Il est toujours bien doux et bien propre... Mais la caboche s'en est allée complètement... On ne l'a pas condamné pour son affaire, tu sais ? Il était question de le mettre chez les fous, je n'ai pas voulu, on lui aurait fichu son paquet dans un bouillon... Son histoire nous a causé tout de même beaucoup de tort, car il n'aura jamais sa pension, un de ces messieurs m'a dit que ce serait immoral, si on lui en donnait une.

— Jeanlin travaille ?

— Oui, ces messieurs lui ont trouvé de la besogne, au jour. Il gagne vingt sous... Oh ! je ne me plains pas, les chefs se sont montrés très bons, comme ils me l'ont expliqué eux-mêmes... Les vingt sous du gamin, et mes trente sous à moi, ça fait cinquante sous. Si nous n'étions pas six, on aurait de quoi manger. Estelle dévore maintenant, et le pis, c'est qu'il faudra attendre quatre ou cinq ans, avant que Lénore et Henri soient en âge de venir à la fosse.

Étienne ne put retenir un geste douloureux.

— Eux aussi !

Une rougeur était montée aux joues blêmes de la Maheude, tandis que ses yeux s'allumaient. Mais ses épaules s'affaissèrent, comme sous l'écrasement du destin.

— Que veux-tu ? eux après les autres... Tous y ont laissé la peau, c'est leur tour.

Elle se tut, des moulineurs qui roulaient des berlines les dérangèrent. Par les grandes fenêtres poussiéreuses, le petit jour entrait, noyant les lanternes d'une lueur grise ; et le branle de la machine reprenait toutes les trois minutes, les câbles se déroulaient, les cages continuaient à engloutir des hommes.

— Allons, les flâneurs, dépêchons-nous ! cria Pierron. Embarquez, jamais nous n'en finirons aujourd'hui.

La Maheude, qu'il regardait, ne bougea pas. Elle avait déjà laissé passer trois cages, elle dit, comme se réveillant et se souvenant des premiers mots d'Étienne :

— Alors, tu pars ?

— Oui, ce matin.

— Tu as raison, vaut mieux être ailleurs, quand on le peut... Et ça me fait plaisir de t'avoir vu, parce que tu sauras au moins que je n'ai rien sur le cœur contre toi. Un moment, je t'aurais assommé, après toutes ces tueries. Mais on réfléchit, n'est-ce pas ? on s'aperçoit qu'au bout du compte ce n'est la faute de personne... Non, non, ce n'est pas ta faute, c'est la faute de tout le monde.

Maintenant, elle causait avec tranquillité de ses morts, de son homme, de Zacharie, de Catherine ; et des larmes parurent seulement dans ses yeux, lorsqu'elle prononça le nom d'Alzire. Elle était revenue à son calme de femme raisonnable, elle jugeait très sagement les choses. Ça ne porterait pas chance aux bourgeois, d'avoir tué tant de pauvres gens. Bien sûr qu'ils en seraient punis un jour, car tout se paie. On n'aurait pas même besoin de s'en mêler, la boutique sauterait seule, les soldats tireraient sur les patrons, comme ils avaient tiré sur les ouvriers. Et, dans sa résignation séculaire, dans cette hérédité de discipline qui la courbait de nouveau, un travail s'était ainsi fait, la certitude que l'injustice ne pouvait durer davantage, et que, s'il n'y avait plus de bon Dieu il en repousserait un autre, pour venger les misérables.

Elle parlait bas, avec des regards méfiants. Puis, comme Pierron s'était rapproché, elle ajouta tout haut :

— Eh bien, si tu pars, il faut prendre chez nous tes affaires... Il y a encore deux chemises, trois mouchoirs, une vieille culotte.

Étienne refusa du geste ces quelques nippes, échappées aux brocanteurs.

— Non, ça n'en vaut pas la peine, ce sera pour les enfants... À Paris, je m'arrangerai.

Deux cages encore étaient descendues, et Pierron se décida à interpeller directement la Maheude.

— Dites donc, là-bas, on vous attend ! Est-ce bientôt fini, cette causette ?

Mais elle tourna le dos. Qu'avait-il à faire du zèle, ce vendu ? Ça ne le regardait pas, la descente. Ses hommes l'exécraient assez déjà, à son accrochage. Et elle s'entêtait, sa lampe aux doigts, glacée dans les courants d'air, malgré la douceur de la saison.

Ni Étienne, ni elle, ne trouvaient plus une parole. Ils demeuraient face à face, ils avaient le cœur si gros, qu'ils auraient voulu se dire encore quelque chose.

Enfin, elle parla pour parler.

— La Levaque est enceinte, Levaque est toujours en prison, c'est Bouteloup qui le remplace, en attendant.

— Ah ! oui, Bouteloup.

— Et, écoute donc, t'ai-je raconté ?... Philomène est partie.

— Comment, partie ?

— Oui, partie avec un mineur du Pas-de-Calais. J'ai eu peur qu'elle ne me laissât les deux mioches. Mais non, elle les a emportés... Hein ? une femme qui crache le sang et qui a l'air continuellement d'avaler sa langue !

Elle rêva un instant, puis elle continua d'une voix lente.

— En a-t-on dit sur mon compte !... Tu te souviens, on disait que je couchais avec toi. Mon Dieu ! après la mort de mon homme, ça aurait très bien pu arriver, si j'avais été plus jeune, n'est-ce pas ? Mais, aujourd'hui, j'aime mieux que ça ne se soit pas fait, car nous en aurions du regret pour sûr.

— Oui, nous en aurions du regret, répéta Étienne simplement.

Ce fut tout, ils ne parlèrent pas davantage. Une cage l'attendait, on l'appelait avec colère en la menaçant d'une amende. Alors, elle se décida, elle lui serra la main. Très ému, il la regardait toujours, si ravagée et finie, avec sa face livide, ses cheveux décolorés débordant du béguin bleu, son corps de bonne bête trop féconde, déformée sous la culotte et la veste de toile. Et, dans cette poignée de main dernière, il retrouvait encore celle des camarades, une étreinte longue, muette, qui lui donnait rendez-vous pour le jour où l'on recommencerait. Il comprit parfaitement, elle avait au fond des yeux sa croyance tranquille. À bientôt, et cette fois, ce serait le grand coup.

— Quelle nom de Dieu de feignante ! cria Pierron.

Poussée, bousculée, la Maheude s'entassa au fond d'une berline, avec quatre autres. On tira la corde du signal pour taper à la viande, la cage se décrocha, tomba dans la nuit ; et il n'y eut plus que la fuite rapide du câble.

Alors Étienne quitta la fosse. En bas, sous le hangar du criblage, il aperçut un être assis par terre, les jambes allongées, au milieu d'une épaisse couche de charbon. C'était Jeanlin, employé comme « nettoyeur de gros ». Il tenait un bloc de houille entre ses cuisses, il débarrassait, à coups de marteau, des fragments de schiste ; et une fine poudre le noyait d'un tel flot de suie, que jamais le jeune homme ne l'aurait reconnu, si l'enfant n'avait levé son museau de singe, aux oreilles écartées, aux petits yeux verdâtres. Il eut un rire de blague, il cassa le bloc d'un dernier coup, disparut dans la poussière noire qui montait.

Dehors, Étienne suivit un moment la route, absorbé. Toutes sortes d'idées bourdonnaient en lui. Mais il eut une sensation de plein air, de ciel libre, et il respira largement. Le soleil paraissait à l'horizon glorieux, c'était un réveil d'allégresse, dans la campagne entière. Un flot d'or roulait de l'orient à l'occident, sur la plaine immense. Cette chaleur de vie gagnait, s'étendait, en un frisson de jeunesse, où vibraient le soupirs de la terre, le chant des oiseaux, tous les murmures des eaux et des bois. Il faisait bon vivre, le vieux monde voulait vivre un printemps encore.

Et, pénétré de cet espoir, Étienne ralentit sa marche, les yeux perdus à droite et à gauche, dans cette gaieté de la nouvelle saison. Il songeait à lui, il se sentait fort, mûri par sa dure expérience au fond de la mine. Son éducation était finie, il s'en allait armé, en soldat raisonneur de la révolution, ayant déclaré la guerre à la société, telle qu'il la voyait et telle qu'il la condamnait. La joie de rejoindre Pluchart, d'être comme Pluchart un chef écouté, lui soufflait des discours, dont il arrangeait les phrases. Il méditait d'élargir son programme, l'affinement bourgeois qui l'avait haussé au-dessus de sa classe le jetait à une haine plus grande de la bourgeoisie. Ces ouvriers dont l'odeur de misère le gênait maintenant, il éprouvait le besoin de les mettre dans une gloire, il les montrerait comme les seuls grands, les seuls impeccables, comme l'unique noblesse et l'unique force où l'humanité pût se retremper. Déjà, il se voyait à la tribune, triomphant avec le peuple, si le peuple ne le dévorait pas.

Très haut, un chant d'alouette lui fit regarder le ciel. De petites nuées rouges, les dernières vapeurs de la nuit, se fondaient dans le bleu limpide; et les figures vagues de Souvarine et de Rasseneur lui apparurent. Décidément, tout se gâtait, lorsque chacun tirait à soi le pouvoir. Ainsi, cette fameuse Internationale qui aurait dû renouveler le monde, avortait d'impuissance, après avoir vu son armée formidable se diviser, s'émietter dans des querelles intérieures. Darwin avait-il donc raison, le monde ne serait-il qu'une bataille, les forts mangeant les faibles, pour la beauté et la continuité de l'espèce? Cette question le troublait, bien qu'il tranchât, en homme content de sa science. Mais une idée dissipa ses doutes, l'enchanta, celle de reprendre son explication ancienne de la théorie, la première fois qu'il parlerait. S'il fallait qu'une classe fût mangée, n'était-ce pas le peuple, vivace, neuf encore, qui mangerait la bourgeoisie épuisée de jouissance? Du sang nouveau ferait la société nouvelle. Et, dans cette attente d'un envahissement des barbares, régénérant les vieilles nations caduques, reparaissait sa foi absolue à une révolution prochaine, la vraie, celle des travailleurs, dont l'incendie embraserait la fin du siècle de cette pourpre de soleil levant, qu'il regardait saigner au ciel.

Il marchait toujours, rêvassant, battant de sa canne de cornouiller les cailloux de la route; et, quand il jetait les yeux autour de lui, il reconnaissait des coins du pays. Justement, à la Fourche-aux-Bœufs, il se souvint qu'il avait pris là le commandement de la bande, le matin du saccage des fosses. Aujourd'hui, le travail de brute, mortel, mal payé, recommençait. Sous la terre, là-bas, à sept cents mètres, il lui semblait entendre des coups sourds, réguliers, continus : c'étaient les camarades qu'il venait de voir descendre, les camarades noirs, qui tapaient, dans leur rage silencieuse. Sans doute ils étaient vaincus, ils y avaient laissé de l'argent et des morts; mais Paris n'oublierait pas les coups de feu du Voreux, le sang de l'empire lui aussi coulerait par cette blessure inguérissable; et, si la crise industrielle tirait à sa fin, si les usines rouvraient une à une, l'état de guerre n'en restait pas moins déclaré, sans que la paix fût désormais possible. Les charbonniers s'étaient comptés, ils avaient essayé leur force, secoué de leur cri de justice les ouvriers de la France entière. Aussi leur défaite ne rassurait-elle personne, les bourgeois de Montsou, envahis dans leur victoire du sourd malaise des lendemains de grève, regardaient derrière eux si leur fin n'était pas là quand même, inévitable, au fond de ce grand silence. Ils comprenaient que la révolution renaîtrait sans cesse, demain peut-être, avec la grève générale, l'entente de tous les travailleurs ayant des caisses de secours, pouvant tenir pendant des mois, en mangeant du pain. Cette fois encore, c'était un coup d'épaule donné à la société en ruine, et ils en avaient entendu le craquement sous leur pas, et ils sentaient monter d'autres secousses, toujours d'autres, jusqu'à ce que le vieil édifice, ébranlé, s'effondrât, s'engloutit comme le Voreux, coulant à l'abîme.

Étienne prit à gauche le chemin de Joiselle. Il se rappela, il y avait empêché la bande de se ruer sur Gaston-Marie. Au loin, dans le soleil clair, il voyait les beffrois de plusieurs fosses, Mirou sur la droite, Madeleine et Crèvecœur, côte à côte. Le travail grondait partout, les coups de rivelaine qu'il croyait saisir, au fond de la terre, tapaient maintenant d'un bout de la plaine à l'autre. Un coup, et un coup encore, et des coups toujours, sous les champs, les routes, les villages, qui riaient à la lumière : tout l'obscur travail du bagne souterrain, si écrasé par la masse énorme des roches, qu'il fallait le savoir là-dessous, pour en distinguer le grand soupir douloureux. Et il songeait à présent que la violence peut-être ne hâtait pas les choses. Des câbles coupés, des rails arrachés, des lampes cassées, quelle inutile besogne ! Cela valait bien la peine de galoper à trois mille, en une bande dévastatrice ! Vaguement, il devinait que la légalité, un jour, pouvait être plus terrible. Sa raison mûrissait, il avait jeté la gourme[1] de ses rancunes. Oui, la Maheude le disait bien avec son bon sens, ce serait le grand coup : s'enrégimenter tranquillement, se connaître, se réunir en syndicats, lorsque les lois le permettraient ; puis, le matin où l'on se sentirait les coudes, où l'on se trouverait des millions de travailleurs en face de quelques milliers de fainéants, prendre le pouvoir, être les maîtres. Ah ! quel réveil

1. *Jeter la gourme* : se dit des jeunes gens qui font leurs premières frasques.

de vérité et de justice ! Le dieu repu et accroupi en crèverait sur l'heure, l'idole monstrueuse, cachée au fond de son tabernacle, dans cet inconnu lointain où les misérables la nourrissaient de leur chair, sans l'avoir jamais vue.

Mais Étienne, quittant le chemin de Vandame, débouchait sur le pavé. À droite, il apercevait Montsou qui dévalait et se perdait. En face, il avait les décombres du Voreux, le trou maudit que trois pompes épuisaient sans relâche. Puis, c'étaient les autres fosses à l'horizon, la Victoire, Saint-Thomas, Feutry-Cantel ; tandis que, vers le nord, les tours élevées des hauts fourneaux et les batteries des fours à coke fumaient dans l'air transparent du matin. S'il voulait ne pas manquer le train de huit heures, il devait se hâter, car il avait encore six kilomètres à faire.

Et sous ses pieds, les coups profonds, les coups obstinés des rivelaines continuaient. Les camarades étaient tous là, il les entendait le suivre à chaque enjambée. N'était-ce pas la Maheude, sous cette pièce de betteraves, l'échine cassée, dont le souffle montait si rauque, accompagné par le ronflement du ventilateur ? À gauche, à droite, plus loin, il croyait en reconnaître d'autres, sous les blés, les haies vives, les jeunes arbres. Maintenant, en plein ciel, le soleil d'avril rayonnait dans sa gloire, échauffant la terre qui enfantait. Du flanc nourricier jaillissait la vie, les bourgeons crevaient en feuilles vertes, les champs tressaillaient de la poussée des herbes. De toutes parts, des graines se gonflaient, s'allongeaient, gerçaient la plaine, travaillées d'un besoin de chaleur et de lumière. Un débordement de sève coulait avec des voix chuchotantes, le bruit des germes s'épandait en un grand baiser. Encore, encore, de plus en plus distinctement, comme s'ils se fussent rapprochés du sol, les camarades tapaient. Aux rayons enflammés de l'astre, par cette matinée de jeunesse, c'était de cette rumeur que la campagne était grosse. Des hommes poussaient, une armée

polyptote

noire, vengeresse, qui germait lentement dans les sillons, grandissant pour les récoltes du siècle futur, et dont la germination allait faire bientôt éclater la terre.

la révolte de ces hommes affamés pousse, se développent, s'épanouit rapidement // printemps naissant

# DOSSIER

LIRE L'ŒUVRE 561

L'ŒUVRE DANS L'HISTOIRE 564

L'ŒUVRE DANS UN GENRE 590

VERS L'ÉPREUVE 610
ARGUMENTER, COMMENTER, RÉDIGER

# LIRE L'ŒUVRE

## QUESTIONNAIRE DE LECTURE

### LE TITRE

**1.** Pourquoi Zola a-t-il choisi un nom de mois emprunté au calendrier républicain pour une action située sous le Second Empire ?

**2.** À quel moment précis du roman le choix de ce nom se trouve-t-il entièrement légitimé ?

**3.** Quelles sont les connotations véhiculées par l'origine étymologique du nom ? Montrez comment la nature et l'histoire humaine se trouvent ainsi associées.

Pour répondre

La *dénotation* désigne le sens donné par le dictionnaire. Par opposition, le terme de *connotation* désigne des significations secondaires, indépendantes de la dénotation. Il s'agit d'idées ou de notions que des habitudes culturelles associent à un substantif (le deuil associé au noir dans la culture occidentale par exemple). Les connotations associées au nom du mois républicain sont très claires à la fin du roman.

### LA STRUCTURE

**4.** À quelles divisions temporelles correspond la répartition en parties et chapitres ?

**5.** Combien de parties le roman compte-t-il ? Quelle signification peut-on attribuer à ce choix ?

### L'ESPACE ET LE TEMPS ROMANESQUES

**6.** En vous fondant sur les repères donnés par le texte, mesurez la durée qui sépare la fin du roman de son commencement. Quelle valeur symbolique peut-on donner à ce laps de temps ?

**7.** L'action romanesque est concentrée sur un lieu ; lequel ? Quelles en sont les caractéristiques principales ? Pourquoi Étienne éprouve-t-il des difficultés à s'y insérer ?

## LE NARRATEUR ET SES PERSONNAGES

**8.** Situez Étienne dans la lignée des Rougon-Macquart. Quel rôle cette parenté joue-t-elle dans l'évolution de l'action ?

■ Pour répondre
Recherchez dans les premiers chapitres les informations concernant la mère d'Étienne, sa profession et sa trajectoire sociale. Reportez-vous à *L'Assommoir*.

**9.** Zola rapproche Étienne d'un personnage mythologique affrontant une épreuve avec vaillance. La descente aux enfers est l'un des épisodes les plus caractéristiques du destin de ce personnage. Qui est ce personnage ? Quel sens donnez-vous à la volonté d'établir un parallèle entre Étienne et lui ?

**10.** Combien de générations le roman confronte-t-il ? Quel est le sens de ce choix ?

**11.** Relisez les deux premiers chapitres de la deuxième partie. Selon quelle opposition sociale le système des personnages est-il structuré ? Quelle vision le texte donne-t-il de chacun des milieux concernés ?

■ Pour répondre
Reportez-vous par exemple à l'évocation de l'ascension sociale des Grégoire (II, I, p. 85-87) et à la description du foyer de la Maheude lors du lever (II, II, p. 94-96).

**12.** Comment les personnages féminins appartenant à la bourgeoisie sont-ils représentés ? Vous pourrez vous référer, par exemple, au premier chapitre de la quatrième partie ; la réaction de Madame Hennebeau face au déclenchement de la grève est significative.

**13.** Relisez la première page du roman. Reportez-vous ensuite au début du sixième chapitre de la première partie. Comparez les manières dont l'action et la pensée d'Étienne sont retranscrites. Selon vous, le roman adopte-t-il toujours le point de vue de son protagoniste principal ? Quelle relation le narrateur entretient-il avec ce dernier ?

**14.** Quels sentiments Zola désire-t-il susciter chez le lecteur à l'égard des ouvriers ? à l'égard des patrons ? Quel est son point de vue politique ?

## LE GENRE

**15.** En conférant aux luttes humaines les dimensions d'un combat cosmique, *Germinal* se rapproche fréquemment d'un autre genre qui, depuis l'Antiquité, chante la grandeur sublime de l'Histoire. Quel est ce genre ? Quels sont les passages du roman illustrant le mieux cet aspect ? Pourquoi Zola a-t-il choisi d'établir des rapprochements entre un roman ouvrier et ce genre antique ?

**16.** Zola écrit après avoir amassé une importante documentation technique. Relevez un des passages issus directement de cette recherche. Quelle conception du roman ces passages révèlent-ils ? Vous paraît-elle intéressante aujourd'hui ? Pourquoi ?

Pour répondre

Après avoir réalisé le repérage demandé, reportez-vous dans un dictionnaire des noms propres à l'article consacré à Claude Bernard. Zola, grand admirateur de ce scientifique, affirma à plusieurs reprises désirer transposer sa méthode à l'écriture romanesque. Quelles sont à vos yeux les limites de cette tentative de transposition des sciences à la littérature ?

**17.** À côté de passages descriptifs, le romancier développe également de riches réseaux de métaphores poétiques. Relevez-en deux et dites pourquoi, selon vous, Zola a choisi ce procédé d'écriture dans un texte romanesque. Cette poétisation du récit est-elle selon vous compatible avec le projet expérimental évoqué à la précédente question ? En guise de prolongement de la réflexion, vous pourrez situer cette contradiction propre à l'écriture de Zola dans la perspective plus vaste ouverte par le romancier du XX^e^ siècle André Gide lorsqu'il énonce cette formule : « Toute œuvre littéraire contient sa propre contestation. »

- l'arrivée d'Étienne mine = créature souterraine, [illegible] se nourrit de [illegible]
- enrichissement des Grégoire
  vénérait dieu-Lare veillant sur fortune de la demeure patriarcale

# L'ŒUVRE DANS L'HISTOIRE

## LE CONTEXTE POLITIQUE ET SOCIAL

### UNE FRAGILE STABILITÉ POLITIQUE

#### *Les difficiles débuts de la Troisième République*

Dans les premiers jours de mars 1885, lorsque *Germinal* paraît, la société française semble avoir oublié les crises violentes qui se sont succédé durant un siècle mouvementé. Le Second Empire, né du coup d'État de Louis Napoléon Bonaparte le 2 décembre 1851 a en effet été marqué par des tensions permanentes. Si le nouvel empereur, auteur d'un ouvrage sur le paupérisme, a pu initialement se présenter comme soucieux d'améliorer le niveau de vie du peuple, très rapidement sa politique en faveur des industries et d'une réorganisation financière de la France a fait disparaître les illusions. L'autoritarisme qui caractérise sa gestion des affaires, associé à un désir d'expansion militaire, finissent par fragiliser son régime et exaspérer les révoltes populaires. Le Second Empire prend fin en 1870 : la France déclare la guerre à la Prusse le 19 juillet 1870, et l'armée française mal préparée subit une série de défaites. La République est proclamée le 4 septembre.

En 1871, alors que Napoléon III est fait prisonnier à Sedan, le peuple parisien se révolte, monte des barricades et veut se défendre contre l'entrée des Prussiens. Mais les troupes réunies autour de Thiers, hostile au radicalisme de ces « communards », écrasent la révolte. La répression est sanglante, les fusillés très nombreux ; les prisonniers sont envoyés au bagne, où beaucoup vont périr. Durant le même temps, la bourgeoisie réinstalle une République à la tête de laquelle est placé un général favorable à la monarchie : Mac Mahon. En 1877, une crise politique éclate. Elle se termine par la victoire des républicains modérés. La Troisième République naît pour contrecarrer la possibilité d'une nouvelle restauration monarchique favorisée par le général Mac Mahon. Cette éventualité avait suscité les craintes des intellectuels qui, comme Zola, espéraient en un progrès politique parallèle à celui des sciences et des techniques. L'installation progressive d'une Troisième République largement dominée par la bourgeoisie libérale met fin à ces craintes. Mais la société française garde encore en mémoire l'épisode sanglant de la Commune et sa répression versaillaise, et un monde ouvrier en pleine extension vit toujours dans des conditions extrêmement précaires.

### *Le passé impérial, miroir du présent républicain*

En situant sa série des Rougon-Macquart pendant la période du Second Empire qui s'est achevée en 1870, Zola choisit de dépeindre un univers clos, révolu, dont le devenir historique est sans surprise. Cependant le romancier ne se prive pas d'établir des correspondances entre le passé des années 1860, dont il donne un tableau très précis, et le présent des années 1880. Des échos de l'actualité se font entendre dans *Germinal*, publié alors qu'une série de grandes grèves secoue depuis 1878 les régions minières. À Anzin, le conflit est observé par un journaliste, Yves Guyot, qui publie plusieurs reportages dans le quotidien national *Le Voltaire*, entre le 23 et le 28 juillet 1878. Le public apprend, en 1882, que les mineurs de Montceau-les-Mines cessent à leur tour le travail pour réclamer une organisation du travail moins contraignante.

Durant la même période, l'actualité politique est marquée par des débats parlementaires où sont discutés plusieurs projets de législation des compagnies minières. En 1883 paraissent *Les Cahiers de doléance des mineurs français*, où sont rassemblées les mesures d'urgence réclamées pour « humaniser » les conditions d'extraction du charbon. Zola, heurté par la violente répression des grèves – qui lui rappelle les épisodes sanglants du Second Empire – et par des conditions de travail dont la société découvre l'abomination, tient là la matière d'un second roman ouvrier, succédant à *L'Assommoir*. Les *Cahiers de doléance* lui fourniront d'ailleurs plusieurs passages repris dans *Germinal*. Parmi ceux-ci, on note par exemple les passages consacrés aux conditions des enfants ouvriers. Les historiens actuels corroborent la description offerte par Zola. Dans leur ouvrage paru en 1998, *Histoire de l'enfance en Occident*, E. Becchi et D. Julia rapportent ce témoignage issu d'un rapport de la chambre de commerce de Lyon, daté de juin 1867 :

> Lorsqu'on parcourt les ateliers, on reconnaît que partout l'instruction des enfants est négligée ; il n'y a aucun souci de disposer l'emploi du temps de manière que l'enfant qui n'a pas reçu la

> première éducation puisse aller à l'école dans la semaine, et si le dimanche on lui laisse la facilité de suivre l'enseignement primaire, on ne s'inquiète pas de le faire faire. Presque partout aussi les prescriptions relatives à la durée du travail ne sont pas observées. Souvent l'apprenti est lié à l'adulte par un travail commun [1].

Malgré les lois votées en 1841 et 1851, le sort des enfants ouvriers continue d'illustrer de la manière la plus scandaleuse les conditions réservées par une partie du patronat à sa main-d'œuvre. La dureté du travail de la mine amplifie leurs conséquences. La constitution gracile de Catherine illustre d'emblée les répercussions physiques de cette exploitation (I, IV, p. 50). Zola met encore l'accent sur cette dimension pathétique lorsqu'il décrit le dépérissement progressif des enfants de la Maheude. Quant à l'enfant meurtrier, Jeanlin, il figure dans le roman la révolte métaphysique de cette enfance condamnée (p. 440).

### **Germinal** ***: le sens du projet romanesque***

La proposition d'un député du Nord, A. Giard, d'accompagner Zola sur place durant la grande grève des mineurs d'Anzin en février 1884 constitue une occasion déterminante ; des notes rédigées par le romancier va naître une nouvelle épopée du peuple. Celle-ci revêt aux yeux de son auteur la fonction d'un avertissement ultime ; faute de l'écouter, la société risque de courir vers sa ruine :

> Hâtez-vous d'être justes, autrement, voilà le péril : la terre s'ouvrira et les nations s'engloutiront dans un des plus affreux bouleversements de l'Histoire [...] Si le sol continue à craquer, si demain les désastres annoncés épouvantent le monde, c'est qu'on ne m'aura pas entendu (*Lettre à un directeur de journal*, 1885).

Le romancier endosse ainsi la fonction d'une Cassandre [2] des temps nouveaux : il souhaite éclairer ses contemporains sur les enjeux et les dangers d'une évolution historique qui a conduit la France à entrer de plain-pied dans une nouvelle phase du capitalisme industriel.

**1.** E. Becchi, D. Julia, *Histoire de l'enfance en Occident*, tome II, Paris, Le Seuil, coll. « Points Histoire », 1998, p. 275. \ **2.** *Cassandre* : personnage féminin qui, lors de la guerre de Troie, ne cesse d'annoncer, sans jamais être entendu, la ruine de sa cité.

## L'ESSOR DU CAPITALISME, LES PRÉMICES D'UNE ORGANISATION OUVRIÈRE

### *De nouveaux rapports sociaux*

• La recomposition du monde patronal

Le Second Empire apparaît rétrospectivement comme une période décisive pour la mutation économique et sociologique de la France. Cette dernière, en retard par rapport à l'Angleterre, se lance avec frénésie dans la mise en place d'un nouveau type de capitalisme. Favorisé par l'exode rural, un dense tissu industriel se développe autour des nouvelles voies de communication ; le chemin de fer, propriété de riches compagnies privées soutenues par les banques, crée une nouvelle organisation de l'espace et de la société. Les mentalités s'en trouvent profondément affectées. Les salariés cessent d'être en rapport direct avec leurs employeurs : la figure du maître-artisan côtoyant ses apprentis perd de son importance au profit de celle du contremaître dont le statut, ambigu, est souvent associé à celui d'un traître ou d'un intermédiaire appliquant aveuglément les volontés d'une puissance invisible. Dansaert, le maître-porion qui, dans le chapitre v de la sixième partie, accompagne l'ingénieur Négrel venu provoquer les grévistes, incarne cette nouvelle figure méprisée. Le petit patronat, quant à lui, disparaît progressivement, victime de l'avidité des compagnies. Le combat inégal entre M. Deneulin, petit propriétaire de la Piolaine acculé à la faillite, et son parent M. Hennebeau, représentant de la compagnie, permet à Zola d'illustrer dans son roman cette concentration progressive de la propriété industrielle.

• La nouvelle condition ouvrière

L'ouvrier désormais est confronté à des conditions de travail imposées par des actionnaires dont le visage demeure lointain et abstrait. Le roman de Zola illustre cette figure sociologique caractéristique du XIXe siècle : celle du rentier, vivant du produit de ses placements. M. Grégoire en offre dans le roman une caricature révélatrice. Pour que les profits financiers soient possibles, les conditions de travail des ouvriers se dégradent, gouvernées par la nécessité d'une productivité toujours accrue. La sociologie ouvrière subit des changements déterminés par la maîtrise de nouvelles technologies. Le développement des moyens de transport réduit les distances : les familles ouvrières peuvent se déplacer, multiplier les travaux les plus divers et sont géographiquement plus mobiles. Le personnage d'Étienne, qui se déplace d'un lieu de travail à l'autre, reflète cette évolution, plus lente cependant à se mettre en place en France qu'en Angleterre.

Les populations ouvrières, dépendantes des offres de travail, restent soumises aux aléas des crises industrielles et financières. L'influence du clergé et de la religion, qui était plus sensible auprès des populations rurales, s'affaiblit. Le court portrait du curé de Montsou, au deuxième chapitre de la deuxième partie, est explicite ; dépassé par les tensions sociales, « il affect [e] de ne s'occuper de rien, pour ne fâcher ni les ouvriers ni les patrons ». C'est donc globalement un nouveau rapport à l'identité, à l'espace et au temps, ainsi qu'aux croyances qui se met en place dans le monde ouvrier.

- Classes laborieuses, classes dangereuses

La crise du monde ouvrier se reflète également dans la perception qu'ont de lui les classes plus favorisées. L'apparition, dans le discours journalistique comme dans les œuvres littéraires, du fantasme de la « vague des barbares » en est un signe explicite. Dans *Germinal*, certains passages doivent se comprendre par rapport à ce fantasme de la bourgeoisie : au chapitre V de la cinquième partie, l'ingénieur Négrel décrit la foule des mineurs convergeant vers la maison des Hennebeau comme une « bande hurlante » ; au chapitre VI de cette même partie V, il conseille déjà aux dames qui l'entourent de « prendre leurs flacons » afin de lutter contre l'odeur de « la sueur du peuple qui passe » (p. 371)... Deneulin s'adresse à la foule en grève en recourant à l'insulte générique « canailles ».

Cet effroi mêlé de mépris témoigne de la méconnaissance, dans une large partie de la population, de ces marges instables de la société, qui revêtent le visage effrayant d'une plèbe difficile à surveiller et, le cas échéant, à punir. *Germinal* n'est d'ailleurs pas dépourvu d'ambiguïté : la sauvagerie du grand-père assassinant la douce fille des Grégoire inscrit dans le récit le fantasme de l'ouvrier capable de la barbarie la plus gratuite. Zola offre ainsi une expression à la terreur bourgeoise. Mais la violence exercée par le père Bonnemort n'a pas de sens politique : ce geste est isolé, il relève de la folie et de l'irrationnel. C'est la maladie mentale du grand-père qui se manifeste dans une crise irrésistible, et il ne faut pas voir dans l'élimination de Cécile un symbole de la force que pourrait acquérir le monde ouvrier s'il s'organisait.

- Paternalisme patronal, exploitation et fierté ouvrière

Les mineurs de Zola, comme les ouvriers français de ces années 1880, sont encore loin de toute organisation collective unifiée ; leur division leur interdit d'émettre d'une seule voix des revendications et, par là même, d'obtenir des améliorations décisives de leurs conditions de vie. À l'époque où Zola rédige son roman, la loi autorisant la formation de syndicats vient à peine d'être votée. Son application est encore balbutiante. Le patronat, volontiers paternaliste, se défie de toute entreprise d'émancipation. Les villes industrielles créées de toutes pièces autour des usines vivent au rythme de ces dernières et tentent de retenir la main d'œuvre par le biais de structures de dépendance, économiques et « culturelles » : l'habitat, la nourriture, les lieux de distraction, tout est administré de façon à borner l'horizon. L'image de l'ouvrier pris en charge par l'entreprise « du berceau à la tombe » commence à devenir réalité[1].

L'épicerie de Maigrat, dans le roman, reflète cette dépendance des ouvriers. Ces derniers, pour leur subsistance, dépendent d'intermédiaires de la compagnie ; le personnage, en raison de sa fonction, suscite évidemment la haine. Il incarne l'arbitraire et peut condamner certaines familles à la faim. Son odieux chantage sexuel, par lequel Zola redonne vie au fantasme légendaire du « droit de cuissage » féodal, achève de faire de lui une incarnation de la monstruosité. L'intimité des ouvrières semble elle-même victime du pouvoir de l'organisation de la compagnie. Dans un tel cadre de vie régi jusqu'au moindre détail, les velléités de révolte ne viennent que très rarement rompre la répétition des mêmes tâches astreignantes. *Germinal*, qui répète au cours de ses sept parties successives les descriptions des tâches monotones des mineurs, reflète cet abrutissement sous le travail. Les répétitions des passages évoquant les mêmes gestes inexorables sont destinées à rendre le lecteur sensible à l'ennui d'un travail aliénant. Le roman illustre cependant aussi la fierté des ouvriers, qui voient dans leur capacité à résister à de telles conditions et à assumer avec vaillance des fonctions si dures, la preuve de leur appartenance à une nouvelle forme

1. Voir G. Noirel, *Les Ouvriers dans la société française*, Paris, Le Seuil, coll. « Points Histoire », 1re éd. 1986.

d'aristocratie. Le gain de sa vie au prix d'efforts physiques extrêmes fait aussi naître un sentiment d'honneur : le monde ouvrier a de lui-même une image ambivalente, que Zola restitue dans de nombreux passages de son roman.

### *L'essor des idéologies socialistes, les divisions du mouvement ouvrier*

Dans la phase préparatoire de l'écriture de son roman, Zola a l'occasion de prendre connaissance de la faiblesse d'un mouvement ouvrier partagé entre plusieurs influences contradictoires : sa lecture du texte *Le Socialisme contemporain*, publié par Émile Laveleye, le confirme dans ce sentiment d'une dispersion préjudiciable. Le mouvement ouvrier français se caractérise en effet initialement par l'héritage de traditions antagonistes.

• Les socialismes utopiques

Le socialisme utopique des années 1830, confiant dans la raison et la bonté de l'homme, avait imaginé la création d'une société idéale où régneraient l'égalité et l'abondance. C'est lui qui, malgré les espoirs déçus de 1848, continue de nourrir la foi dans le progrès des descendants de Charles Fourier (1772-1837), réunis autour de leur publication *La Phalange*. Ils prônent une organisation sociale fondée sur de petites unités de production à l'intérieur desquelles une harmonie des passions reproduirait l'harmonie cosmique. Cette pensée est contredite par la constitution d'industries employant un très grand nombre d'ouvriers ; en outre, les rêves qu'elle véhicule ont peu de prises sur les réalités nouvelles.

Dans la même catégorie du socialisme utopique, les partisans des théories de l'économiste Saint-Simon (1760-1825), qui prônent une production planifiée et organisée par une technocratie, continuent de défendre leurs thèses auprès du monde ouvrier. Cependant la manière dont plusieurs industriels du Second Empire ont revendiqué cette influence a en partie discrédité cette théorie.

• Marxisme et anarchisme

Karl Marx (1818-1883) propose, depuis l'Angleterre où il s'est exilé, une critique radicale des limites qu'il perçoit dans de telles conceptions utopistes. Pierre-Joseph Proudhon (1809-1865), auteur de *Philosophie de la misère* (1846), qui refuse toute organisation centralisatrice et réclame une dissolution de tous les pouvoirs, suscite lui aussi la désapprobation ironique de Marx qui lui réplique en 1847 avec *Misère de la philosophie*. Ce débat illustre la naissance de l'opposition entre le *communisme*, qui vise la propriété collective des biens de production et la confiscation de l'État par le prolétariat, et *l'anarchisme* qui refuse l'idée même d'État et mise sur la destruction radicale de toute structure de pouvoir. Ces dissensions se reflètent à la génération suivante : la constitution d'organisations ouvrières visant à encadrer et à amplifier les luttes est rendue plus difficile par ces tensions idéologiques. Le combat interne entre les socialistes réunis autour de Jules Guesde (1845-1922 ; introducteur des thèses marxistes et créateur en 1879 du Parti Ouvrier) et les anarchistes admirateurs de Bakounine (1814-1876 ; opposé à Marx, il théorisa l'anarchisme), qui sont hostiles à tout pouvoir centralisé et tentés par le nihilisme[1], continue d'affaiblir le mouvement.

• La transposition du débat politique dans *Germinal*

*Germinal* choisit de suivre son protagoniste principal, Étienne, dans son adhésion progressive aux idées communistes. Sous l'influence de Pluchart, « secrétaire de la Fédération du Nord de la Première Internationale », Étienne tente de rapprocher les grévistes de Montsou des thèses marxistes. Son vocabulaire en témoigne : lorsque pour la première fois il envisage ce rôle, son discours évoque « la lutte du travail contre le capital » (p. 155). Le personnage rêve alors de se faire le propagandiste de ces idées révolutionnaires ; il s'extasie devant l'organisation rationnelle de la lutte, depuis la « section » jusqu'au « Conseil général, où chaque nation était représentée » (*ibid.*). Parmi les réalisations concrètes dans lesquelles Étienne fonde sa foi dans l'Internationale, se trouve la « caisse de prévoyance » qui permettrait, grâce aux cotisations de tous les membres, de soutenir les grévistes.

Zola oppose à Étienne la figure de l'anarchiste Souvarine, plein de scepticisme devant ces espoirs. Souvarine, introduit à partir du premier chapitre de la troisième partie (p. 154), se voit progressivement doté d'un passé révélateur ; d'origine russe, aristocrate déclassé, organisateur jadis d'attentats qui ont échoué, il s'est réfugié à Montsou où il observe avec distance les efforts d'Étienne pour soulever les mineurs. Son point de vue est explicite : seule

1. *Nihilisme :* doctrine philosophique contestant toutes les valeurs transcendantes et en appelant à une destruction du monde.

une destruction radicale de toute la société, nécessitant une immense conspiration, serait digne de son intervention. Sa philosophie politique apparaît explicitement dans le quatrième chapitre de la quatrième partie : « Tout détruire. Plus de nations, plus de gouvernements, plus de propriété, plus de Dieu ni de culte » (p. 260).

- Un mouvement divisé

Cette opposition interne au roman montre à quel point le monde ouvrier tarde, en ces années 1880, à se doter de représentants de sa cause parlant d'une seule voix. Si quelques rares coopératives ont commencé à voir le jour, en revanche la figure du syndicaliste mandaté pour donner écho aux exigences les plus criantes du monde dont il est issu est encore l'objet de suspicion. La réaction de certains mineurs à l'encontre d'Étienne relève de ces doutes.

C'est de l'étranger, et en particulier du monde anglo-saxon, que surgit progressivement l'idée d'une vaste organisation ouvrière, l'AIT, l'Association internationale des travailleurs, fondée à Londres en 1864. Celle-ci tire du nombre de ses adhérents un pouvoir décisif qui devrait selon elle rendre inéluctable le changement de la condition ouvrière. Mais l'organisation est déchirée et affaiblie par des luttes intestines qui opposent les tenants d'acquis progressifs aux doctrinaires d'une révolution immédiate. Les grèves, armes de pression *a priori* efficaces, constituent autant de moments de crise révélant ces dissensions.

Pour pouvoir efficacement réclamer des salaires plus décents et des conditions de travail moins périlleuses, les ouvriers doivent pouvoir tous compter les uns sur les autres. Mais la nécessité de travailler, parfois pour des questions de survie, amène des défections dans leur rang. Le patronat joue sur cette absence d'unanimité ; il casse les grèves en appelant de l'extérieur une main-d'œuvre contente d'échapper ainsi au chômage. Dans le roman, Étienne est conscient de ces risques. Il déclare, au chapitre VII de la quatrième partie (p. 310) : « Notre défaite est certaine, si des lâches descendent demain. » Cette crainte, liée à la conscience de l'énormité des sacrifices demandés, est aussitôt confirmée. Le calcul fait par Hennebeau au premier chapitre de cette quatrième partie – « quand ils auront trop faim, ils retourneront aux fosses » (p. 224) – est ainsi confirmé dans les faits.

Attentif à l'émergence de nouveaux rapports sociaux dans le contexte de l'affirmation de l'économie capitaliste, *Germinal* restitue donc minutieusement la physionomie d'une époque troublée.

## *GERMINAL*, ROMAN D'UNE SOCIÉTÉ EN CRISE

### *Un roman critique*

• Mise en scène et dénonciation des inégalités

La composition de *Germinal* est fondée sur un principe d'alternance. En effet, Zola a choisi de faire se succéder les chapitres consacrés aux mineurs et ceux évoquant les figures caricaturales de la bourgeoisie. Le contraste entre les modes de vie et de pensée acquiert une force démonstrative. À côté d'un monde ouvrier hanté par la faim, la bourgeoisie, aveuglée par son confort, vit dans le superflu. La faim est un motif récurrent du texte ; elle surgit, lorsque, sous les yeux d'Étienne, apparaît la silhouette famélique d'une vieille femme succombant à l'inanition. Zola retrouve en effet ici les accents de certains auteurs du XVIIIe siècle qui, à l'instar du Rousseau du *Discours sur les sciences et les arts* (1750), condamnent le luxe jugé indécent au milieu de la misère.

La confrontation de ces deux univers fait naître un sentiment d'injustice dont l'auteur espère qu'il obligera le lecteur à sortir de sa torpeur. La charité et la compassion des bourgeois font l'objet d'une critique ironique. Elles apparaissent dérisoires, inefficaces et inspirées par un insupportable moralisme.

• Susciter la crainte, éveiller les consciences

Plus que la pitié, Zola s'est donné pour but de susciter la crainte. Sensible aux fractures qui traversent la société, il désire en offrir une représentation efficace : la lecture du livre doit conduire le lectorat – en grande partie bourgeois à l'époque – à une prise de conscience de la fragilité de la paix sociale et du coût humain sur lequel elle repose. Le roman, dans sa capacité à accuser les lignes de forces qui travaillent le tissu social, doit produire une révélation suffisamment brutale pour qu'elle s'associe à une condamnation sans appel de l'état actuel du réel. L'ambition scientifique de ce roman désireux de rendre compte de la manière la plus juste qui soit de l'univers de la mine est donc intrinsèquement liée à sa volonté de dénoncer l'insupportable, d'accuser les iniquités.

Les dimensions réaliste et visionnaire, loin de se contredire, se complètent. Car si l'auteur a choisi de décrire une société en crise, traversée par la révolte, c'est parce qu'il perçoit dans son état actuel les ferments de violences prochaines, plus graves encore. Le choix de la mine s'explique en partie par le symbolisme qu'il permet de développer : si la surface du monde et de la société semble répondre à un ordre paisible, souterrainement, dans le tréfonds de sa géologie, se produisent des secousses prêtes à engloutir le présent, à le mettre sens dessus dessous. Le souvenir de la Commune doit suffire au lecteur contemporain : n'était-ce pas là la première secousse d'un séisme dont l'ampleur attend de se manifester ?

Le roman a valeur de prémonition et d'admonestation : si rien ne change à l'exploitation ouvrière, ce sera vraisemblablement toute la structure actuelle de la société qui s'effondrera : tel est le discours adressé sans ambages par Zola à ses contemporains. Aussi les enjeux littéraires sont-ils intégrés aux enjeux politiques.

### *Un roman prophétique ?*

- Une crise sociale inéluctable ?

La voix du romancier se charge donc d'inflexions prophétiques. Sa lecture des événements sociaux est orientée vers l'annonce d'une crise morale et politique inéluctable tant que l'exaspération du peuple n'aura pas reçu de réponses suffisantes. Zola accuse les républicains nouvellement arrivés au pouvoir de demeurer aussi insensibles que l'administration impériale à la question sociale et au paupérisme. Dans *Germinal*, l'ingénieur Négrel qui demeure par intérêt aux côtés des Hennebeaux, représente de manière particulièrement sensible cet opportunisme des républicains capables de mépriser un peuple maintenu sous le joug.

Dans ce contexte, la représentation de la violence la plus cruelle acquiert une efficacité démonstrative : si la foule des mineurs en grève obsédés par la faim qui les tiraille est capable de lyncher un homme, de se livrer sur son cadavre à la castration, l'imaginaire sanglant du romancier n'est pas seul en cause. L'image d'une humanité déchue de toute dignité, accablée par l'animalité la plus fruste, est conçue comme la contrepartie inéluctable de la misère extrême dans laquelle on la cantonne, sous la République comme sous l'Empire. À la faveur de l'effondrement provisoire du pouvoir local, les interdits peuvent tomber et l'instinct de mort se manifester sans retenue. Le roman accuse ainsi les traits d'une situation jugée explosive. L'amplification monstrueuse à laquelle donnent lieu les descriptions de la lutte sociale vaut comme une mise en garde contre l'apparence trompeuse d'une société paisible. Les visages changent et acquièrent des traits animaux : derrière l'humanité, la misère révèle l'animal : « La colère, la faim, ces deux mois de souffrance et cette débandade enragée au travers des fosses, avaient allongé en mâchoires de bêtes fauves les faces placides des houilleurs de Montsou », écrit Zola dans le chapitre v de la cinquième partie, page 372. Dès lors, le romancier privilégie logiquement le moment de la crise : elle lui permet d'ausculter un corps social malade. En ces moments où le devenir de la « maladie » est incertain, chaque signe peut servir de symptôme. Rien de décisif ne permet encore de parier sur le devenir ultérieur de l'organisation sociale.

• Des réseaux d'images signifiantes

On comprend dès lors pourquoi la thématique de l'agonie, de la maladie physique et mentale apparaît de manière obsédante dans le roman : elle est la métaphore biologique de la crise politique et sociale qui traverse le monde contemporain. Au chapitre I de la septième partie, le roman recourt ainsi à l'image du corps rompu, exténué, pour décrire l'état dans lequel la Maheude se trouve après la perte de ses illusions : « toute brisée de sa terrible chute, du haut de l'idéal » (p. 469). De même, les visions cauchemardesques de l'étouffement, de l'enfouissement à l'intérieur d'une mine privée de communication avec le monde supérieur, ne révèlent pas seulement des obsessions inconscientes du romancier. Elles traduisent de manière fantasmatique la situation intenable d'un monde ouvrier privé du strict nécessaire pour survivre. Ainsi l'imaginaire est mis à contribution par la dénonciation virulente de l'état du monde. Loin de se contredire, réalisme et transfiguration épique se confortent.

# LE CONTEXTE BIOGRAPHIQUE

## UNE PÉRIODE MARQUÉE PAR LE DEUIL

C'est en 1884 que naît dans la pensée d'Émile Zola le projet d'écrire, après *L'Assommoir* consacré à Paris et à son prolétariat, un nouveau roman ouvrier. Le romancier bénéficie à l'époque de la reconnaissance de ses pairs ; autour de lui, aux côtés de Flaubert et de Goncourt, plusieurs disciples participent régulièrement aux soirées de Médan. Dans la demeure que l'écrivain a fait agrandir grâce aux succès de ses publications, se réunit le cénacle naturaliste. S'il refuse de fonder une « école littéraire », Zola se plaît cependant à rêver d'une création collective. Mais des velléités d'indépendance commencent à se manifester : Huysmans, qui publie le très décadent *À rebours* en 1884, Vallès et, dans une moindre mesure, Céard craignent qu'à être ainsi affidés à leur maître leur génie propre soit étouffé. De plus, le succès de *Nana*, vendu rapidement à cinquante-cinq mille exemplaires, s'accompagne de critiques outrancières dénonçant en l'auteur un « vidangeur des lettres » et suscite, parmi ses proches, chez les Goncourt notamment, quelques réactions de jalousie.

Zola est suffisamment installé dans le paysage littéraire de son époque pour ne pas être trop affecté par ces vicissitudes. C'est du côté de l'existence intime qu'apparaissent les événements qui mettent à mal son assurance. La mort de Flaubert, en 1880, l'affecte profondément. Un texte de 1881, *Les Romanciers naturalistes*, exprime la profondeur de ce deuil :

> La mort de Gustave Flaubert a été pour nous un coup de foudre [...]. Jusqu'au mardi, jour des obsèques, il est resté devant moi ; il me hantait, la nuit surtout ; brusquement, il arrivait au bout de toutes mes pensées, avec l'horreur froide du plus jamais.

Cette expérience de la disparition irrémédiable inaugure une période marquée par la hantise du trépas. Plus cruelle encore survient, le 17 octobre de la même année, la mort de la mère de l'artiste. Cette succession rapprochée de deuils nourrit une série d'obsessions morbides. L'écriture d'*Au bonheur des dames*, puis celle du court récit nommé par antiphrase *La Joie de vivre*, publié en 1884, témoignent du désir de vaincre par la rigueur du travail littérai pessimisme radical qui touche momentanément Zola.

## L'INFLUENCE DE SCHOPENHAUER

Sur un plan plus strictement philosophique Zola cherche en effet paradoxalement à la même époque à mettre en garde ses contemporains contre l'influence de plus en plus sensible qu'exerce Schopenhauer[1]. La pensée de ce philosophe allemand est marquée par un pessimisme sans nuances, dont un passage tel que celui-ci, extrait de son œuvre la plus célèbre, donne une idée :

> Si l'on nous mettait sous les yeux à chacun les douleurs, les souffrances horribles auxquelles nous expose la vie, l'épouvante nous saisirait ; prenez le plus endurci des optimistes, promenez-le à travers les hôpitaux, les lazarets, les cabinets où les chirurgiens font des martyrs ; à travers les prisons, les chambres de torture, les hangars à esclaves ; sur les champs de bataille, et sur les lieux d'exécution ; ouvrez-lui toutes les noires retraites où se cache la misère, fuyant les regards des curieux indifférents ; pour finir, faites-lui jeter un coup d'œil dans la prison d'Ugolin, dans la Tour de la Faim, il verra bien alors ce que c'est que son meilleur des mondes possibles. Et d'ailleurs, d'où est-ce que Dante a tiré les éléments de son Enfer, sinon de ce monde réel lui-même ? (*Le Monde comme volonté et comme représentation*, § 59, trad. Alcan, Burdeau, PUF, 1998).

La pensée de ce philosophe, gouvernée par une noirceur sans nuance, n'est pourtant pas très éloignée de quelques motifs centraux de l'œuvre de Zola. Pour ces deux auteurs, en effet, il faut voir dans la sexualité un leurre utilisé par la nature afin de pousser l'espèce humaine à prolonger d'insupportables souffrances. Qu'est-ce que l'instinct sexuel, si l'on en croit Schopenhauer ? C'est « un mirage voluptueux qui leurre l'homme, en lui faisant croire qu'il trouvera dans les bras d'une femme dont la beauté lui agrée, une jouissance plus grande que dans ceux d'une autre ; ou le convainc fermement que la possession d'un individu unique,

1. Arthur Schopenhauer (1788-1860), philosophe allemand, auteur du *Monde comme volonté et comme représentation* (1818).

auquel il aspire exclusivement, lui apportera le bonheur suprême. Il s'imagine alors qu'il consacre tous ses efforts et tous ses sacrifices à son plaisir personnel, alors que tout cela n'a lieu que pour conserver le type normal de l'espèce [...][1] ».

Ces conceptions éclairent de nombreux passages de *Germinal*, roman dans lequel les scènes d'amour physique inscrites au sein de la misère la plus noire évoquent les ruses qu'emprunte l'instinct de procréation pour contraindre les mineurs à se reproduire. Leur intérêt n'est pourtant pas là : les prolétaires perpétuent ainsi leur misère en donnant naissance à de nouvelles bouches à nourrir. Si Zola se défie d'une philosophie trop radicalement pessimiste à ses yeux, son travail d'écrivain, ouvert aux suggestions et aux images de l'inconscient, le conduit pourtant à exprimer des idées proches de celles de Schopenhauer. Tout se passe comme si Zola, ne parvenant pas à résoudre la contradiction entre son rejet des thèses de Schopenhauer et la fascination qu'elles exercent sur lui, décidait de les intégrer dans la fiction.

Si *Germinal* invente d'ailleurs son rythme si particulier, c'est parce que l'expression du désespoir le plus noir y alterne sans cesse avec celle de l'espoir d'un avenir meilleur. Les usages de la publication progressive des romans découpés en feuilletons dans la presse ne peuvent en effet expliquer à eux seuls ce mouvement si particulier de l'œuvre. Les sentiments d'admiration et d'ironie distante que l'écrivain exprime tour à tour à l'égard de son personnage principal, Étienne Lantier, reflètent la même oscillation. L'ambivalence profonde avec laquelle Zola dépeint l'action du révolutionnaire s'explique sans doute par des hésitations intérieures plus fondamentales. Dans l'esprit de l'écrivain, l'équilibre ne cesse d'être remis en cause entre l'espoir d'une victoire des forces de vie et la crainte d'un approfondissement inexorable de la misère. La présence de ces contradictions à l'intérieur du texte est sans doute en partie responsable de la réception contrastée du roman.

---

**1.** A. Schopenhauer, *Métaphysique de l'amour*, 1818, trad. M. Simon, Union générale d'Éditions, coll. « 10-18 », 1964, p. 53.

# LA RÉCEPTION DE L'ŒUVRE

## LA RÉCEPTION IMMÉDIATE : SCANDALE ET MALENTENDU

### *Le scandale*

La publication de *Germinal* ne manque pas de susciter une nouvelle salve de la part des ennemis du romancier ; sous des formes plus ou moins outrancières, sont reprises les caricatures faisant du romancier un être séduit par l'abjection, gouverné par une passion maladive pour l'horreur et la bassesse. Dès 1868, Louis Ulbach avait qualifié *Thérèse Raquin* de « littérature putride ». Des scènes comme celle de l'émasculation de Maigrat offrent à ces censeurs une nouvelle aubaine… Voilà en effet de quoi nourrir à nouveau la hargne de ceux qui, comme Barbey d'Aurevilly l'avait fait dès 1873, condamnent sans appel Zola : celui-ci, « en faisant de l'art, [ferait] du boudin ». Aux yeux de ses adversaires, Zola demeure désespérément inspiré par le réalisme, cette « idée qui sort de deux choses monstrueuses, le matérialisme et la démocratie ».

### *Le malentendu*

Phénomène plus inhabituel, l'œuvre suscite quelques réserves même parmi les jeunes écrivains qui entourent Zola et sont loin de partager cette haine idéologique. La première, exprimée par Henri Céard (voir texte 10, p. 616), concerne une question de technique romanesque : après avoir loué l'extrême efficacité de « la description, dans sa vérité sauvage, d'une révolte populaire », dépeinte « avec tant de rage et une passion si vibrante », le jeune critique regrette que le romancier ait négligé les personnages secondaires qui « individuellement s'en tiennent à une seule attitude ». Le grief implicite est donc d'avoir omis de nuancer, hormis celles de Lantier et de Catherine, les personnalités de ses acteurs : Zola a voulu peindre une fresque épique, avec son déchaînement de forces antagonistes, mais il lui est reproché d'avoir insuffisamment répondu aux exigences de la vraisemblance psychologique : trop statiques, les caractères qu'il invente ne parviennent pas, si l'on en croit ses adversaires, à convaincre de leur authenticité. À peine sont-ils des esquisses.

Dans une réponse à la critique indirecte de son jeune lecteur, le romancier revendique le droit d'avoir choisi pour sujet central « l'action et la réaction réciproque de l'individu et de la foule ». Cet objectif justifie à ses yeux qu'il ait placé au second plan l'analyse des sentiments individuels. Il a préféré constamment éclairer la relation entretenue par ses personnages, dussent-ils rester à l'état d'ébauches, avec la communauté en révolte. Chaque être ne vaut ici que comme élément d'un mécanisme plus vaste dont seule importe la réussite ou la défaite : celui de l'émancipation ouvrière.

Jules Lemaître, critique attitré de la *Revue politique et littéraire*, dont les avis jouissent dès cette époque d'une grande autorité, expose dans un article du 14 mars 1885 (voir texte 11, p. 617-618) des réticences voisines de celles de son jeune confrère Céard. Comme ce dernier, Lemaître perçoit dans *Germinal* l'œuvre la plus radicale du maître du naturalisme ; aussi salue-t-il l'ampleur de la vision romanesque, capable d'embrasser « ce qu'il y a d'aveugle, d'impersonnel, d'irrésistible dans un drame ». Mais cet éloge de la peinture de « l'âme collective des foules » dont Zola, d'après J. Lemaître, saisit admirablement les passions originaires, ne va pas sans réticences. Pour le critique, le choix de représenter la multitude insurgée trahit, de la part du romancier, une incapacité à maîtriser des motivations animales et archaïques. Jules Lemaître résume sa pensée dans un jugement teinté d'ironie : « Les hommes apparaissant sur une mer de ténèbres et d'inconscience : voilà la vision philosophique, *très simple* de Zola » [nous soulignons]. De la simplicité au simplisme, le pas est vite franchi… Le romancier, dans sa réponse au critique, montre qu'il est conscient du problème et il tente, non sans difficulté, de persuader son contradicteur de l'intérêt d'une psychologie qui ne concerne plus seulement les actions individuelles mais s'étend aux dimensions des « actes et des grands mouvements de la matière ». Mais à changer ainsi d'échelle, la psychologie ne change-t-elle pas de nature ? Et ne se confond-elle pas avec la caricature ?

## 1890-1930 : DÉSAFFECTION ET RETOUR EN GRÂCE

### *Quelques décennies de purgatoire*

Les années 1890-1900 sont peu favorables à l'œuvre d'Émile Zola. À cette époque, le symbolisme[1] s'impose sur les ruines du naturalisme

1. *Symbolisme :* mouvement esthétique prônant un repli de l'art sur son domaine spécifique et ne percevant dans les objets du monde matériel que les images dégradées des entités spirituelles.

et le roman cède la place à des récits dont la dimension poétique et allégorique est privilégiée. Les premiers écrits de Gide témoignent par exemple de ce repli sur le destin individuel orienté par des préoccupations morales, spirituelles ou religieuses ; il suffit, pour s'en convaincre de lire *Le Voyage d'Urien*. Les lendemains du premier conflit mondial prolongent cette relative désaffection : lue encore par un vaste public populaire, la suite romanesque de Zola, qui affronte si radicalement l'histoire de son temps, est peu conforme aux choix d'une époque qui cherche à oublier son propre passé immédiat et privilégie les parcours esthètes ou avant-gardistes. Trop réaliste pour les uns, *Germinal*, comme l'ensemble du cycle, est condamné par les autres – surréalistes notamment – en raison de son allégeance au genre romanesque. André Breton, comme Paul Valéry avant lui l'avait fait, fustige le caractère mensonger, arbitraire et futile du roman.

### *Le retour en grâce : le « romancier peuple »*

Les années 1930, marquées par le renouveau des préoccupations sociales et historiques, corrigent ce jugement intransigeant. Souvent soucieux d'ouvrir leurs œuvres au vent de l'Histoire, les littérateurs retrouvent chez leur prédécesseur un exemple de l'intérêt manifesté pour la collectivité, ses soubresauts, son devenir.

Le romancier allemand Heinrich Mann exprime son enthousiasme pour la vision de Zola. Dans *Les Contrastes et les Excès de la vie*, publié en 1937, il loue la rencontre d'un style avec une réalité historique :

> L'expression exagérée, le voisinage continuel de l'extrême dans ses romans, sont plus que Français, c'est la démocratie qui fermente, le Second Empire, le rythme de sa vie, bref et puissant, la recherche bouleversante du plaisir, la fureur de fonder qui se précipite aveuglément dans toutes les routes qu'elle a ouvertes. Ici, les contrastes du style qui tantôt s'enflamme et tantôt se vautre, correspondent là au contraste de la société, le brutal excès de luxe et une misère sans mesure et sans honte, le capitalisme à l'état sauvage (p. 20-21).

À la même époque, l'articulation entre l'action individuelle et le mouvement collectif requiert de nouveau l'attention de beaucoup d'écrivains. On peut ainsi voir dans l'évolution de la position d'André Gide à l'égard de Zola un témoignage exemplaire (voir texte 13, p. 619) : au moment où l'auteur des *Faux-Monnayeurs* s'avoue lui-même préoccupé par la condition ouvrière dans les colonies – *Voyage au Congo*, 1926 – et par les faux semblants de l'idéologie libératrice communiste – *Retour d'URSS*, 1937 –, l'œuvre de Zola retrouve à ses yeux son actualité et sa pertinence. Gide fait le projet d'« un article où protester contre la méconnaissance actuelle de la valeur de Zola ».

Ce regain de faveur se manifeste parallèlement chez les critiques. Parmi ceux-ci, Albert Thibaudet participe, non sans réserves, à la défense de l'auteur de *Germinal*. Les deux romans consacrés par Zola au monde ouvrier acquièrent dans cette perspective un rôle essentiel. Selon Thibaudet, ils constituent le cœur d'une œuvre traitant du peuple, et qui en a toutes les caractéristiques morales, esthétiques et intellectuelles. Elle serait donc naturellement destinée à un lectorat populaire, conforme à ce portrait sociologique. Zola devient ainsi l'auteur d'une œuvre populaire au sens où cette œuvre serait réservée au peuple. Thibaudet invente ainsi l'étrange notion de « romancier peuple » ; au risque de démentir, ou d'affaiblir, la portée universelle du texte.

## DES ANNÉES 1950 À NOS JOURS

### *Zola nihiliste ?*

Après la Seconde Guerre mondiale, la polarisation politique et idéologique accompagnant la guerre froide se reflète dans les jugements portés sur *Germinal*. Certains critiques, sensibles à la dimension métaphysique[1] du combat mis en scène par le romancier, perçoivent en lui un devancier annonçant dès 1885 la noirceur des épopées modernes. Aussi, par-delà la distance politique et idéologique irréductible, Zola devient-il paradoxalement pour certains amateurs de visions nihilistes[2] (Marcel Girard, *Le Bout de la nuit*, 1953) le précurseur de Céline et de son *Voyage au bout de la nuit*. Zola préfigure le roman célinien, compte rendu des errements de l'individu dans les méandres d'une histoire qui le dépasse, et qu'il ne peut que subir. Cette annexion

**1.** *Métaphysique :* qui concerne les idées universelles, les principes de nos connaissances, les causes et les fins dernières de l'existence. \ **2.** *Nihiliste* : voir note 7, p. 571.

de Zola par un courant de pensée nihiliste peut surprendre, dans la mesure où elle ne retient du roman que le point de vue de Souvarine et délaisse le prophétisme social porté par Étienne.

Céline se livre à la même déformation lorsqu'il rédige un « Hommage à Zola » destiné à une cérémonie tenue à Médan. La filiation est pour le moins problématique : la vision du corps chez Céline devient le prétexte d'une exaltation de la pureté que l'on chercherait en vain dans l'œuvre de Zola. En outre, comment le cynisme mêlé d'amertume qui caractérise les ouvrages de l'auteur du *Voyage au bout de la nuit* pourrait-il se réclamer de la plume du romancier porteur de la croyance dans le progrès ? Comment l'anti-intellectualisme du pamphlétaire haineux et antisémite pourrait-il sans farce évoquer avec respect l'essayiste de *J'accuse* et le fondateur de la position de l'intellectuel ?

## *Zola réactionnaire ?*

Symétriquement, influencés par une lecture marxiste des œuvres littéraires, certains critiques, comme Paule Lejeune, s'interrogent, jusqu'à nos jours, sur la valeur de *Germinal*, sur la nature des visages qu'y prend le monde ouvrier. Reprochant à Zola son manque de complaisance à l'encontre des mineurs portraiturés, certaines lectures contemporaines se transforment encore volontiers en réquisitoires rétrospectifs. Soupçonné de partager les présupposés négatifs de la bourgeoisie républicaine à l'encontre du peuple, Zola aurait caricaturé les représentants de ce dernier. Loin d'être un appel à lutter contre l'atrocité de la condition réservée au monde ouvrier, la peinture que Zola fait du déchaînement des instincts est assimilée par ces critiques à une condamnation, teintée d'un moralisme réactionnaire, de la vitalité des grévistes. L'œuvre est ainsi condamnée par une critique de gauche, qui accuse Zola d'être l'ennemi de ceux dont il voulait précipiter l'émancipation… Zola qui avait pourtant décrit avec une ironie féroce le paternalisme dont étaient entourés les ouvriers est lui-même accusé d'en faire preuve, nouvelle variation sur la farce de l'arroseur arrosé.

# GROUPEMENT DE TEXTES : REPRÉSENTATIONS ROMANESQUES DU PEUPLE

Lisez les textes de 1 à 5, puis répondez aux questions suivantes.

**1.** Dans le texte 1, quelles fonctions remplissent les références picturales dans la représentation du peuple ?

**2.** Par quelle figure de style Victor Hugo, dans le texte 2, relie-t-il la description de la barricade à l'évocation victorieuse du peuple ?

**3.** Montrez que la construction des textes 2 et 3, ainsi que le vocabulaire auquel ils font appel confirment les significations des titres respectifs des deux romans.

**4.** Relevez dans le texte 4 les termes qui trahissent la fonction du narrateur. Quel est le statut ambigu du corps pour la population banlieusarde ici décrite ?

**5.** Dans le texte 5, quel élément concourant à la caractérisation du peuple était absent des quatre extraits précédents ?

## TEXTE 1 • Honoré de Balzac, *Les Paysans*, 2e partie, chap. 6 (1844 et 1855[1])

Balzac donne dans ce roman une vision pessimiste et réactionnaire de la campagne, menacée par l'anarchie et la jacquerie, appauvrie depuis la Révolution par le morcellement des terres entre petits propriétaires avides. Cette page évoque cette menace à travers un tableau des glaneurs, autorisés à ramasser dans les champs les épis échappés aux moissonneurs.

Les habitants des villes n'imagineraient jamais ce qu'est le glanage pour les habitants de la campagne ; leur passion est inexplicable, car il y a des femmes qui abandonnent des travaux bien rétribués pour aller glaner. Le blé qu'elles trouvent ainsi leur semble meilleur ; il y a dans cette provision ainsi faite, et qui tient à leur nourriture la plus substantielle, un attrait inouï. Les mères emmènent leurs petits-enfants, leurs filles, leurs garçons, les

1. La première partie de ce roman inachevé parut dans le journal *La Presse* en 1844. Complété par Mme de Balzac, le roman fut publié en 1855, intégré parmi les *Scènes de la vie de campagne* de *La Comédie humaine*.

vieillards ; et naturellement ceux qui ont du bien affectent la misère. On met, pour glaner, ses haillons. Le comte et Michaud, à cheval, assistèrent à la première entrée de ce monde déguenillé dans les premiers champs de la première métairie. Il était dix heures du matin, le mois d'août était chaud, le ciel était sans nuages, bleu comme une pervenche ; la terre brûlait, les blés flambaient, les moissonneurs travaillaient la face cuite par la réverbération des rayons sur une terre endurcie et sonore, tous muets, la chemise mouillée, buvant de l'eau contenue dans ces cruches de grés rondes comme un pain, garnies de deux anses et d'un entonnoir grossier bouché avec un bout de saule.

Au bout des champs moissonnés, sur lesquels étaient les charrettes où s'empilaient les gerbes, il y avait une centaine de créatures qui, certes, laissaient bien loin les plus hideuses conceptions que les pinceaux de Murillo, de Téniers, les plus hardies en ce genre, et les figures de Callot, ce prince de la fantaisie des misères, aient réalisées ; leurs jambes de bronze, leurs têtes pelées, leurs haillons déchiquetés, leurs couleurs, si curieusement dégradées, leurs déchirures humides de graisse, leurs reprises, leurs taches, les décolorations des étoffes, les trames mises à jour, enfin leur idéal du matériel des misères était dépassé, de même que les expressions avides, inquiètes, hébétées, idiotes, sauvages de ces figures avaient, sur leurs immortelles compositions, l'avantage éternel que conserve la nature sur l'art. Il y avait des vieilles au cou de dindon, à l'œil chauve et rouge, qui tendaient la tête comme des chiens d'arrêt devant la perdrix, des enfants silencieux comme des soldats sous les armes, des petites filles qui trépignaient comme des animaux attendant leur pâture ; les caractères de l'enfance et de la vieillesse étaient opprimés sous une féroce convoitise : celle du bien d'autrui, qui devenait le leur par abus. Tous les yeux étaient ardents, les gestes menaçaient, et tous gardaient le silence en présence du comte, du garde champêtre et du garde-général. La grande propriété, les fermiers, les travailleurs et les pauvres, toute la campagne était en présence, la question sociale se dessinait nettement, car la faim avait convoqué ces figures provocantes [...].

## TEXTE 2 • Victor Hugo, *Les Misérables*, 5e partie, livre I, chap. I (1862)

**Alors qu'il évoque l'insurrection populaire de 1832 à Paris, Victor Hugo opère dans son roman une digression et décrit deux barricades dressées lors de la révolution de 1848. L'une s'élève à l'entrée du faubourg Saint-Antoine.**

Il y avait du cloaque dans cette redoute et quelque chose d'olympien dans ce fouillis. On y voyait, dans un pêle-mêle plein de désespoir, des chevrons de toits, des morceaux de mansardes avec leur papier peint, des châssis de fenêtres avec toutes leurs vitres plantés dans les décombres, attendant le canon, des cheminées descellées, des armoires, des tables, des bancs, un sens dessus dessous hurlant, et ces mille choses indigentes, rebuts même du mendiant, qui contiennent à la fois de la fureur et du néant. On eût dit que c'était le haillon d'un peuple, haillon de bois, de fer, de bronze, de pierre, et que le faubourg Saint-Antoine l'avait poussé là à sa porte d'un colossal coup de balai, faisant de sa misère sa barricade. Des blocs pareils à des billots, des chaînes disloquées, des charpentes à tasseaux ayant forme de potences, des roues horizontales sortant des décombres, amalgamaient à cet édifice de l'anarchie la sombre figure des vieux supplices soufferts par le peuple. La barricade Saint-Antoine faisait arme de tout ; tout ce que la guerre civile peut jeter à la tête de la société sortait de là ; ce n'était pas du combat, c'était du paroxysme ; les carabines qui défendaient cette redoute, parmi lesquelles il y avait quelques espingoles, envoyaient des miettes de faïence, des osselets, des boutons d'habit, jusqu'à des roulettes de tables de nuit, projectiles dangereux à cause du cuivre. Cette barricade était forcenée ; elle jetait dans les nuées une clameur inexprimable ; à de certains moments, provoquant l'armée, elle se couvrait de foule et de tempête ; une cohue de têtes flamboyantes la couronnait ; un fourmillement l'emplissait ; elle avait une crête épineuse de fusils, de sabres, de bâtons, de haches, de piques et de baïonnettes ; un vaste drapeau rouge y claquait dans le vent ; on y entendait les cris du commandement, les chansons d'attaque, des roulements de tambour, des sanglots de femme et l'éclat de rire ténébreux des meurt-de-faim. Elle était démesurée et vivante ; et, comme du dos d'une bête électrique, il en sortait un pétillement de foudres. L'esprit de révolution couvrait de son nuage ce sommet où grondait cette voix du peuple qui ressemble à la voix de Dieu ; une majesté étrange se dégageait de cette titanique hottée de gravats. C'était un tas d'ordures et c'était le Sinaï.

## TEXTE 3 • Émile Zola, *La Débâcle* (1892)

Après la défaite de Sedan en 1870, la guerre civile s'installe en France. L'ancien soldat Maurice Levasseur, qui tente de concilier la lutte politique et l'engagement révolutionnaire, assiste à la fin de la Commune de Paris : devant la progression des soldats de Thiers et les répressions sanglantes, les émeutiers ont décidé d'incendier les quartiers qu'ils sont obligés de quitter. Parmi les responsables, Maurice reconnaît un ancien camarade dont Zola fait le représentant d'un peuple profiteur, qui a trahi les idéaux.

Vers cinq heures, comme Maurice et les camarades se repliaient décidément derrière les barricades de la rue du Bac, descendant de porte en porte la rue de Lille, en tirant toujours, il vit tout d'un coup une grosse fumée noire sortir par une fenêtre ouverte du palais de la Légion d'honneur. C'était le premier incendie allumé dans Paris ; et, sous le coup de furieuse démence qui l'emportait, il en eut une joie farouche. L'heure avait sonné, que la ville entière flambât donc comme un bûcher immense, que le feu purifiât le monde ! Mais une apparition brusque l'étonna : cinq ou six hommes venaient de sortir précipitamment du palais, ayant à leur tête un grand gaillard, dans lequel il reconnut Chouteau, son ancien camarade d'escouade du 106ᵉ. Il l'avait aperçu déjà avec un képi galonné, après le 18 mars, il le retrouvait monté en grade, ayant des galons partout, attaché à l'état-major de quelque général qui ne se battait pas. Une histoire lui revint, qu'on lui avait contée : ce Chouteau installé au palais de la Légion d'honneur, vivant là en compagnie d'une maîtresse dans une bombance continuelle, s'allongeant avec ses bottes au milieu des grands lits somptueux, cassant les glaces à coups de revolver, pour rire. Même on assurait que sa maîtresse, sous le prétexte d'aller faire son marché aux Halles, partait chaque matin en voiture de gala, déménageant des ballots de linge volé, des pendules et jusqu'à des meubles. Et Maurice, à le voir courir avec ses hommes, tenant encore à la main un bidon de pétrole, éprouva un malaise, un doute affreux où il sentit vaciller toute sa foi. L'œuvre terrible pouvait donc être mauvaise, qu'un tel homme en était l'ouvrier.

Des heures encore s'écoulèrent, il ne se battait plus que dans la détresse, ne retrouvant en lui, debout, que la sombre volonté de mourir. S'il s'était trompé, qu'il payât au moins l'erreur de son sang ! La barricade qui fermait la rue de Lille, à la hauteur de la rue du Bac, était très forte, faite de sacs et de tonneaux de terre, précédée d'un fossé profond. Il la défendit avec une douzaine à peine d'autres fédérés, tous à demi couchés, tuant à coup sûr chaque soldat qui se montrait. Lui, jusqu'à la nuit tombante, ne bougea pas, épuisa ses cartouches, silencieux dans l'entêtement de son désespoir. Il regardait grossir les grandes fumées du palais de la Légion d'honneur, que le vent rabattait au milieu de la rue, sans qu'on pût encore voir les flammes, sous le jour finissant.

## TEXTE 4 • Louis-Ferdinand Céline, *Voyage au bout de la nuit* (1932)

Paris, Gallimard, 1952.

Le héros du roman, Ferdinand Bardamu, après l'épreuve de la Première Guerre mondiale, la découverte de la vie coloniale puis de l'Amérique, s'installe comme médecin dans la banlieue parisienne, à « la Garenne-Rancy ». Il soigne son ami Robinson puis est chargé de faire face à la pandémie de l'époque : la tuberculose qui fait rage dans les milieux ouvriers. C'est l'occasion d'une description au vitriol de ce peuple souffrant.

J'allais maintenant le voir un peu moins souvent parce que c'est vers cette même époque que j'ai été nommé à la consultation d'un petit dispensaire pour les tuberculeux du voisinage. Il faut appeler les choses par leurs noms, ça me rapportait huit cents francs par mois. Comme malades c'était plutôt des gens de la zone que j'avais, de cette espèce de village qui n'arrive jamais à se dégager tout à fait de la boue, coincé dans les ordures et bordé de sentiers où les petites filles trop éveillées et morveuses, le long des palissades, fuient l'école pour attraper d'un satyre à l'autre vingt sous, des frites et la blennorragie. Pays de cinéma d'avant-garde où les linges sales empoisonnent les arbres et toutes les salades ruissellent d'urine les samedis soir. Dans mon domaine, je n'accomplis au cours de ces quelques mois de pratique spécialisée aucun miracle. Il en était pourtant grand besoin de miracles. Mais mes clients n'y tenaient pas à ce que j'accomplisse des miracles, ils comptaient au contraire sur leur tuberculose pour se faire passer de l'état de misère absolue où ils étouffaient depuis toujours à l'état de misère relative que confèrent les pensions gouvernementales minuscules. Ils traînaient leurs crachats plus ou moins positifs de réforme en réforme depuis la guerre. Ils maigrissaient à force de fièvre soutenue par le manger peu, le vomir beaucoup, l'énormément de vin, et le travailler quand même, un jour sur trois à vrai dire.

L'espoir de la pension les possédait corps et âme. Elle leur viendrait un jour comme la grâce, la pension, pourvu qu'ils aient la force d'attendre un peu encore avant de crever tout à fait. On ne sait pas ce que c'est que de revenir et d'attendre quelque chose tant qu'on n'a pas observé ce que peuvent attendre et revenir les pauvres qui espèrent une pension.

## TEXTE 5 • Louis Aragon, *Les Beaux Quartiers* (1936)

Paris, Denoël.

**Personnage déclassé, Armand vient de passer plusieurs semaines affamé au milieu des beaux quartiers parisiens dont il est issu. Pour la première fois, un travail s'offre à lui : c'est l'espoir de conquérir enfin sa liberté. Mais il découvre qu'on lui a proposé sans le lui dire de remplacer des ouvriers grévistes. Ce dilemme lui apprend à privilégier désormais la solidarité avec ce peuple que son ancienne famille avait l'habitude de mépriser.**

L'usine Wisner de Levallois donnait par une porte de fer sur une rue sans fenêtre, avec ses longs murs, un peu au-delà de la place Collange. Il y avait de l'animation dans cette rue, des groupes arrêtés, de la police. Vers sept heures moins le quart, Armand s'avançait dans le matin, sifflant allégrement, fier du petit papier dans sa poche, fier de travailler. Oh, il avait fait un long chemin depuis les jours de Marguerite de Provence, depuis les jupes de sa mère ! Il avait rompu avec le monde des siens, où le travail est un déshonneur, tout au moins le vrai travail, celui des bras, celui des mains. En passant parmi les groupes, Armand regardait les ouvriers, les ouvrières rassemblées, avec des yeux neufs. Ceux-là, ce seraient ses compagnons, ses amis. D'avoir crevé la faim, il se sentait leur frère. Il approchait de la porte.

Soudain quelqu'un le bouscula de l'épaule. Un grand diable, noiraud, avec de petits yeux et une moustache de travers. Une casquette à visière et une cotte. Armand s'excusa. Ce n'était pourtant pas lui… Il avait même l'impression que l'autre l'avait fait exprès. Celui-ci avait pris le jeune homme par le bras : « Où c'est que tu vas, mon pote ? » Il y avait de la menace dans ce ton bonhomme, et la poigne était solide. « Travailler », dit Armand, les yeux luisants, avec tout l'orgueil de ce mot. Aussitôt il y eut un rassemblement autour de lui : « Un jaune ! Un jaune ! » Ce n'étaient plus des faces amicales, mais des gueules d'adversaires. Dix types résolus l'entouraient. Armand chercha à se dégager, à s'expliquer : « J'ai été embauché à l'usine Wisner… » On ricanait autour. Embauché ? Non, mais des fois.

« Alors, tu vas travailler comme ça ? reprit le grand diable. Tu ne demandes pas l'avis des copains. Tu vas travailler. Et la grève ? » Armand s'étonna : « La grève ? Mais, voyons, je ne savais pas… » On rigolait et on grondait alentour. Le cercle se resserra. À ce moment, il se fit un remous et un agent de police écarta les ouvriers, parlant fort : « Allons, laissez-le, ce gosse, laissez-le passer ! »

Armand se trouvait entre le grand diable et l'agent. L'ouvrier se retourna et commença de crier : « Camarades, laisserez-vous comme ça les jaunes bouffer notre pain ? Camarades… » L'agent l'interrompit avec brutalité : « Laisse-le, celui-là, ou je te coffre !… » D'autres flics approchaient. Les ouvriers reculèrent. « Allez, oust, dit l'homme de l'autorité, au boulot, le clampin ! Tu as ton papier ? » Armand montra sa feuille d'embauche. Les agents l'escortèrent jusqu'à la porte. Derrière eux, quelqu'un lança des pierres qui se perdirent faisant une marque blanche au mur.

# L'ŒUVRE DANS UN GENRE

## GERMINAL, UN ROMAN NATURALISTE

### LA LITTÉRATURE ALLIÉE DE LA SCIENCE

#### *Des objectifs nouveaux*

À côté de son œuvre littéraire, Zola développe dès 1866 une réflexion théorique qui vise à donner à la création romanesque sa pleine légitimité intellectuelle. C'est le cas dans l'ensemble d'articles critiques intitulé *Mes haines*, 1866. Ces idées s'expriment également dans la *Préface de la réédition de Thérèse Raquin*, en 1868. La « Préface » de *La Fortune des Rougon*, en 1881, revient sur ces considérations.

Selon Zola, l'œuvre littéraire ne vaut que si elle répond scrupuleusement à un souci de réalisme. L'évolution des connaissances interdit désormais les approximations dont on avait pu se contenter dans l'approche du réel. Ce dernier, grâce au positivisme naissant, se soumet à des savoirs clairement ordonnancés par disciplines ; chacun se devrait désormais de les acquérir. Zola pense que le temps des grandes fables prenant en charge le sens global du monde est révolu. À l'en croire, le discours scientifique, en perpétuel progrès, prend désormais la place des récits mythologiques ou religieux. L'homme moderne devrait se convaincre que derrière les continents de l'ignorance « il n'y a que des phénomènes dont il faut déterminer les conditions », comme l'écrit Zola dans *Le Roman expérimental* en 1880. La littérature perd son indépendance ; servante de la science, comme les autres arts, elle se voit dès lors confier une mission pédagogique : lutte contre l'obscurité et dévoilement des vérités démontrables.

#### *La méthode expérimentale*

L'écrivain trouve désormais son modèle dans le contexte scientifique immédiat, marqué par le développement de la méthode expérimentale mise à l'honneur alors par Claude Bernard[1]. Aucune vérité ne peut être affirmée sans la confirmation répétée de multiples expériences, qui occupent une place centrale dans l'établissement des faits. Varier les conditions de l'expérience permet de confirmer la viabilité des hypothèses formulées.

Dans cette perspective, les romans naturalistes s'efforceront de suivre l'évolution des personnages en fonction de conditions, familiales, sociales et économiques particulières. Il s'agira de déterminer l'influence du milieu sur leur devenir. Très vite la série des *Rougon-Macquart* est conçue par son auteur comme une vaste expérience permettant de suivre et d'analyser « l'histoire naturelle et sociale d'une famille ». Fortement influencé par le darwinisme, Zola parie sur la transmission génétique de caractéristiques maladives : par delà leur singularité et leur désir d'affranchissement, les personnages appartenant à la même lignée seront conduits à des comportements analogues. Violence, alcoolisme, folie se retrouvent de génération en génération. Dans *Germinal*, Étienne, pourtant transplanté dans l'univers radicalement nouveau de la mine, jusqu'alors inconnu de sa famille, est poursuivi par cette fatalité. Les moments de crise durant lesquels il cède à la violence et se joint aux passions sans frein des mineurs révoltés, sont dus, selon le romancier, à ce tempérament irréversible. Ce dernier le poursuivrait, implacable, en tout milieu. Comme chacun des membres de sa famille, Étienne verrait donc « ses sentiments, ses désirs, ses passions déterminés par la même première lésion organique » (préface de *La Fortune des Rougon*).

## LES DÉFIS DU NATURALISME : LE ROMAN AU RISQUE DE LA SCIENCE

### *Le personnage menacé*

Cette conception naturaliste soulève des problèmes majeurs pour le roman : le personnage romanesque, malgré ce discours démonstratif, peut-il encore évoluer avec une relative autonomie ? Ses faits et gestes doivent-ils au contraire répondre à une logique préalable, prévisible

1. *Claude Bernard* (1813-1878) : physiologiste et médecin français, il affirme la nécessité de prouver systématiquement les hypothèses scientifiques par des épreuves expérimentales.

dans chacun de ses développements ? La marge de liberté concédée par le romancier à son personnage dépend de cette réponse. En outre, comme Zola l'avait perçu dans les œuvres de Flaubert, le roman ainsi « scientifiquement conçu » s'attache prioritairement à des individus moyens. L'auteur risque de refuser à son personnage la grandeur héroïque que le genre lui réservait fréquemment jusqu'alors. Cette dernière serait sacrifiée, au profit de « la vérité indiscutable du document humain » (*Les Romanciers naturalistes*, 1881).

Tenté dans *Germinal* par l'amplification et l'analogie mythique propres à l'épopée, Zola ne va-t-il pas ici au-devant d'une contradiction profonde ? Étudier les personnages de *Germinal* revient donc à montrer comment Zola procède à l'insertion de son héros dans un milieu d'une part, quel rapport il noue avec lui d'autre part, comment il met en place un système de relations obéissant à des lois spécifiques enfin.

### *Le romanesque compromis*

En outre, dans son désir de servir la science, la méthode naturaliste réclame du romancier qu'il fonde son écrit sur un vaste dossier préalable rassemblant les documents nécessaires à la véracité des descriptions et des actions. Aucun détail ne doit échapper à cette recherche scrupuleuse. Mais ce souci d'exactitude, favorisé dans le cas de *Germinal* par la visite opérée à Hénin-Beaumont qui compléta les multiples lectures techniques préalables, risque de porter atteinte à la cohérence du projet romanesque : les descriptions savantes peuvent alourdir la narration, les passages didactiques peuvent menacer l'essor de la fiction. L'unité du roman n'est-elle pas alors menacée ?

Répondre à cette question revient alors à montrer comment Zola construit sous nos yeux une œuvre originale, tenant à la fois du reportage documentaire et du poème en prose, un roman qui noue des relations profondes avec les récits mythiques, et qui peut être lu d'ailleurs comme un véritable mythe moderne.

# LES PERSONNAGES DE *GERMINAL*

## LE HÉROS ROMANESQUE ET SES AMBIGUÏTÉS

### *Le statut du héros : un corps étranger dans un milieu homogène*

Étienne Lantier est le principal protagoniste de *Germinal.* Zola construit en effet son roman sur l'entrecroisement de deux intrigues dont Étienne est l'acteur central. La première repose sur un dispositif expérimental : il s'agit d'étudier l'évolution d'un milieu après l'adjonction d'un être étranger. L'arrivée d'Étienne au Voreux correspond à l'introduction d'un élément extérieur dans un milieu dont la pauvreté le révolte et qu'il souhaite améliorer grâce à l'action collective. Comme dans une réaction chimique, certains individus viendront s'agglomérer autour de l'élément ajouté, d'autres seront repoussés par lui : pour filer la métaphore, Étienne est à la fois un catalyseur[1] et un inhibiteur[2].

La seconde intrigue est plus intimiste ; il s'agit de l'attraction amoureuse entre « l'étranger » Étienne et la jeune fille de la famille qui lui accorde sa confiance, les Maheu. Ceux-ci fournissent les principaux personnages secondaires. Les parents, notamment, évoluent sous l'influence d'Étienne. « Bons ouvriers » se vouant sans réticence aux cadences très dures du travail minier, ils sont déniaisés par leur locataire et deviennent rapidement les premiers à lutter physiquement contre le patronat et les forces publiques. Nul doute, en effet, que Zola n'ait songé, dès les premières ébauches, à entrelacer les fils de son récit : l'intrigue sentimentale individuelle sert de contrepoint à l'entreprise collective, de même que les scènes ouvrières alternent avec la description des milieux bourgeois. L'épisode conclusif qui réunit enfin Étienne et Catherine scelle simultanément l'échec de la grève que son initiateur vient étrangement d'abandonner pour suivre la jeune femme au fond. Et la mort de Catherine, associée à l'incompréhension des mineurs à l'encontre de celui qui est redevenu à leurs yeux un étranger, justifie le départ du personnage et le retour du milieu à un état provisoirement stable.

---

**1.** *Catalyseur :* substance dont l'ajout facilite et amplifie une réaction chimique. \ **2.** *Inhibiteur :* Substance dont l'ajout vient interrompre une réaction chimique.

Cette présentation du récit, selon un schéma épuré, situe la position centrale d'Étienne dans l'intrigue. Mais elle néglige le poids des interventions du narrateur et leur rôle dans l'interprétation des actions du héros.

### *Le narrateur et son héros*

• Le jeu des focalisations : un regard ambigu

En effet, plus qu'ailleurs, Zola joue dans *Germinal* sur les possibilités offertes par la focalisation[1]. Le récit adopte fréquemment le point de vue d'Étienne. La *focalisation interne* permet au narrateur de partager les pensées de son personnage ; la réalité est décrite à travers ses yeux. Son aspect révoltant est souligné par le regard incrédule et scandalisé d'Étienne.

Ainsi, page 276, la description de la soirée chez les Maheu, après l'échec de la tentative de négociation avec Maigrat, prend un tour tragique sous les yeux d'Étienne :

> Tous se taisaient, assis devant le feu mourant, où fumait la dernière pâtée d'escaillage. Après avoir vidé les matelas poignée à poignée, on s'était décidé l'avant-veille à vendre pour trois francs le coucou ; et la pièce semblait nue et morte, depuis que le tic-tac familier ne l'emplissait plus de son bruit.

Dès lors un détail apparaît scandaleux :

> Étienne, debout, regardait les portraits de l'empereur et de l'impératrice, collés contre le mur. Il les en aurait arrachés depuis longtemps, sans la famille qui les défendait, pour l'ornement. Aussi murmura-t-il, les dents serrées :
>
> — Et dire qu'on aurait pas deux sous de ces jean-foutre qui nous regardent crever ! (p. 276)

La focalisation permet à Zola de faire du spectacle de la misère des Maheu l'origine de la colère d'Étienne ; le contraste entre la pauvreté

1. *Focalisation* : choix opéré par l'auteur du point de vue adopté lors de la narration d'une scène.

du lieu et la persistance du signe de la dévotion à l'égard du pouvoir politique devient insoutenable.

Mais d'autres passages témoignent d'une prise de distance à l'égard du même personnage. L'*omniscience* du narrateur, usant alors de la *focalisation zéro*, permet à ce dernier d'évoquer la perception des gestes du protagoniste par les personnages secondaires. Le lecteur pourra ainsi éprouver lui-même la défiance qu'il suscite chez beaucoup. Plus ambigus encore apparaissent les jugements formulés ironiquement par le narrateur. L'auteur entretient ainsi une distance critique à l'encontre de son personnage. La complexité est telle que ces différents regards peuvent parfois se superposer, imposant une interprétation très nuancée. Ainsi, au chapitre I de la septième partie, Zola semble adopter le point de vue d'Étienne alors que celui-ci est accusé par la foule d'avoir causé les morts d'une fusillade sans en avoir lui-même pâti. Les mineurs se retournent contre celui qui les a conduits vers un conflit dont l'issue est dramatique. Dans un premier temps, Zola propose la transcription de la délibération intérieure du personnage : « Quoi faire ? Étrangler la Pierronne et les autres, se battre contre le coron ? » Puis le texte mélange les sensations corporelles et les pensées d'Étienne :

> Étienne en eut un instant l'envie. Le sang grondait dans sa tête, il traitait maintenant les camarades de brutes, il s'irritait de les voir inintelligents et barbares, au point de s'en prendre à lui de la logique des faits (p. 470).

Son indignation est retranscrite sous la forme d'un discours indirect libre : « Était-ce bête ! » Mais la focalisation devient plus floue. Qui est ici le spectateur de la scène ?

> Bientôt ce fut une fuite, chaque maison le huait au passage, on s'acharnait sur ses talons, tout un peuple le maudissait d'une voix peu à peu tonnante, dans le débordement de la haine (*ibid.*).

Le point de vue devient explicitement celui des mineurs poursuivant le fauteur de trouble ; ce sont leurs paroles qui sont soudain retranscrites, au style indirect libre : « C'était lui l'exploiteur, l'assassin, la cause unique de leur malheur. » Zola revient alors vers son personnage, dont sont évoquées les actions et analysés les sentiments : « Il sortit du coron, blême, affolé, galopant, avec cette bande hurlante derrière son dos » (p. 470). Cet exemple montre la souplesse avec laquelle le romancier joue sur la focalisation ; l'instabilité de cette dernière permet ici d'alterner rapidement entre le point de vue de la victime et celui de la foule lancée à sa poursuite. Le procédé offre un rythme visuel que le cinéma retrouvera dans son jeu entre champ et contre-champ. Le lecteur est ainsi amené à partager le halètement du protagoniste, l'accélération de sa course, en même temps que l'exaspération grandissante de la communauté qui l'exclut.

- La distance critique : le héros contesté

Les catégories socialistes à travers lesquelles Étienne tente d'interpréter l'état misérable des mineurs suscitent les doutes du narrateur, voire des critiques explicites. Zola prend parfois brusquement ses distances à l'égard du personnage qui naguère lui servait de porte-parole ; il le décrit alors, en focalisation externe, comme un être avide de pouvoir, désireux d'accumuler lectures et savoirs afin d'échapper au monde ouvrier, rêvant « qui sait ?, [à] la députation » (p. 243). Le désir proprement utopique de guider les mineurs « prêts à souffrir pour la conquête du bonheur universel » (p. 242) se mélange au bonheur, plus trouble, de « devenir un centre, sentir le monde rouler autour de soi » (p. 243). Les passages répétés où est dépeint avec ironie le caractère désordonné et fragile de la culture fraîchement acquise par Étienne remettent également en cause l'empathie[1] que le lecteur pouvait éprouver à son égard. Il devient l'exemple négatif de l'autodidacte, embarrassé par une rhétorique qu'il maîtrise mal et des connaissances très fragmentaires.
La critique revêt aussi une dimension morale. Fauteur de troubles, Étienne semble agir parfois sans connaître ni mesurer la responsabilité qui lui incombe. L'impureté de ses motivations profondes éclate dès lors qu'est souligné son désir – inconscient ? – de s'éloigner de la mine et de gagner, par le biais du syndicalisme, une position supérieure à celle qu'il occupe pendant les événements du roman. Le jeu sur la focalisation amène ainsi le lecteur à nuancer son jugement sur celui

1. *Empathie* : étymologiquement, capacité de souffrir avec autrui ; par extension, sentiment de proximité affective ou intellectuelle.

qui, au moment même où il guide le peuple vers la liberté, aspire peut-être déjà à devenir un transfuge. Le conflit deviendrait alors un marchepied dont se servirait Étienne pour accéder à l'état de représentant professionnel du peuple. Zola souligne que le fait de transmettre la colère du monde ouvrier implique paradoxalement qu'on s'exonère soi-même des souffrances supportées par ce dernier. Cette ironie à l'égard des représentants du monde ouvrier éclate avec plus de force encore lors du premier portrait de Pluchart, chef de section de l'Internationale. C'est une figure de style – le zeugma[1] – qui porte la charge ironique. Zola précise que Pluchart promène « sa laryngite avec son programme » (p. 265). La voix rauque et désagréable du personnage devient l'une de ses composantes essentielles, au même titre que ses discours de propagande. Le burlesque accompagne ainsi la leçon politique…

La leçon est donc profondément ambivalente. Le lecteur, en fonction de sa propre position idéologique et politique, sera plus ou moins sévère à l'encontre des protagonistes concernés. Le jeu des focalisations révèle en tout cas la complexité de la construction des personnages, qui se manifeste également dans le traitement de leurs discours dans le récit.

## LES PERSONNAGES ET LEUR DISCOURS

### *Les discours, révélateurs de l'être*

Pour préciser l'identité des personnages, le romancier ménage parfois des pauses consacrées aux *discours*. Ceux-ci sont assignés généralement à leur énonciateur, dont ils permettent de cerner la personnalité, de comprendre les émotions qui l'affectent, les projets qui l'animent. Dans le cadre d'un roman naturaliste, le discours doit s'efforcer d'offrir des précisions quasi documentaires sur le milieu portraituré.

Chaque manière individuelle de parler, chaque *parlure* correspond ainsi à une fonction, à une place dans la hiérarchie sociale : le jeune Négrel,

1. Zeugma : figure de style qui consiste à coordonner en position de compléments d'un même verbe deux mots relevant de registres hétérogènes.

comme sa maîtresse Madame Hennebeau, pratique une langue qui cherche à se distinguer des manières populaires et à manifester mépris, morgue et dégoût à leur égard. Mû à l'inverse par la pitié et la fraternité, Étienne pratique des niveaux de langage différents, en fonction des interlocuteurs à qui il s'adresse. Il témoigne ainsi d'une véritable capacité à comprendre l'autre. À moins qu'il ne s'agisse, comme le laissent entendre certains passages, d'un mimétisme gouverné par le désir d'échapper à sa condition.

### *L'échange impossible*

• La violence au cœur des rapports humains

Cependant *Germinal* conduit à s'interroger sur l'efficacité de la parole. Les revendications des mineurs, parfois reprises sous forme de vociférations, demeurent lettre morte pour les dirigeants et les actionnaires de la mine. La grève elle-même, qui repose notamment sur le silence imposé aux machines, demeure vaine, sans réponse. Rien ne semble capable d'entamer la détermination des dirigeants. L'échange est également difficile au sein d'un même milieu : la parole ne circule pas directement d'un interlocuteur à l'autre. Celles qu'échangent les voisines du coron s'adressent ainsi presque toujours à une tierce personne, victime des calomnies répandues : comme si la parole devait inéluctablement emprunter des détours. On songe par exemple à l'échange entre la Maheude et la Pierronne, à propos des Levaque, au chapitre III de la deuxième partie : « S'il est possible de vivre dans une pareille ordure ! » (p. 111). Les insinuations ponctuent les dialogues entre des voisines condamnées au voyeurisme par la promiscuité des corons. Et quand tel n'est pas le cas, l'injure et la prise à parti remplacent fréquemment le dialogue attendu. Ainsi d'Étienne et de Chaval au chapitre III de la quatrième partie. En s'adressant à la Maheude, Chaval s'exclame : « Va, montre-lui ta viande ! Il n'est pas dégoûté, ton salaud de logeur ! » (p. 248). Étienne réplique : « Prends garde ! J'aurai ta peau », avant de dénoncer en lui la « sale brute ». La simplification de la parole, sa parenté avec le cri élémentaire, l'insulte archaïque qui fuse avec violence, traduisent la radicalisation des rapports entre les deux rivaux. Les mobiles de leur relation apparaissent passionnels. La parole ne peut que manifester, au même titre que les mimiques et les gestes, la haine qui les anime, « une vieille haine, une jalousie longtemps inavouée » (p. 248). Le commentaire du narrateur réduit ainsi l'échange violent à des pulsions archaïques, physiologiques. Le corps et ses mécanismes élémentaires régissent la relation entre les hommes.

Lorsque les mineurs sont confrontés à la troupe, une nouvelle fois l'échange paraît impossible. Si leur commune appartenance au monde populaire pouvait laisser espérer ou présager une entente, il n'en est rien. Aucune fraternisation n'a lieu, malgré le rêve fait par Étienne au chapitre I de la sixième partie (p. 405). Les corps et les armes sont seuls à parler. Le meurtre, par Jeanlin, de la jeune recrue originaire de Bretagne est lui aussi présenté comme un acte sans suite. Commis sans raison, il demeure inconnu à ses compagnons qui croient à une désertion. L'enfouissement de ce cadavre dans une galerie désaffectée symbolise parfaitement le silence obstiné qui répond à la cruauté de l'Histoire. L'incompréhension entre les êtres devient dès lors un symptôme. La société décrite par Zola, incapable de mettre en place le moindre échange, risque de succomber aux coups qui la menacent.

• L'impossible synthèse des idéologies

Il est d'ailleurs une dernière situation dans laquelle le lecteur peut s'interroger sur la nature et la portée de la communication. Étienne est lié d'amitié à Souvarine, un personnage dont la silhouette demeure constamment présente, mais en retrait, comme une ombre témoin des événements, projetant sur l'avenir le spectre d'une destruction radicale. Or, malgré leur fraternisation inaugurale chez Rasseneur, Étienne et Souvarine ne semblent jamais susceptibles de s'entendre mutuellement. Leurs argumentations, en faveur de la révolution sociale ou de la destruction nihiliste du vieux monde, demeurent parallèles et ne se rencontrent jamais (p. 154). L'anarchiste qui, dans ce roman, est auréolé d'une indéniable séduction est celui qui veut radicaliser la violence, la pratiquer sans limite, irrationnellement de manière à briser avec toute velléité d'espérance.

Cette vision absolue portée par un personnage en deuil de l'amour qui lui a été retiré s'accompagne d'une forme de pessimisme sans fond sur la capacité humaine à échanger véritablement. Ce sont ainsi les conditions mêmes de la parole qui se trouvent dès lors radicalement questionnées. L'acte anarchiste gratuit qui conduirait à une catastrophe universelle pourrait seul, aux yeux de Souvarine, redonner foi à la parole, offrir la croyance en une nouvelle efficacité des mots. Lutter contre le monde ancien, le faire imploser, permettrait de retrouver une innocence du langage. L'incompréhension actuelle serait comparable à celle dont furent frappés les hommes de Babel[1]. Le mythe immémorial perce ainsi derrière la description de l'histoire contemporaine.

## DU DOCUMENT AU MONUMENT : *GERMINAL*, DU REPORTAGE AU MYTHE

### *GERMINAL* : UN DOCUMENT PARADOXAL

#### *Le souci d'instruire*

Guidé par ses principes naturalistes, Zola intègre dans la trame de son texte le résultat de ses enquêtes. La narration revêt alors une fonction didactique[2] : le livre abandonne toute ambivalence et transmet au lecteur un savoir détaillé sur le milieu de la mine. Il s'agit, pour Zola, de multiplier les démonstrations de sa compétence technique sur la question. Au nom de cet objectif, il ménage des pauses dans le récit. Ces longues parenthèses évoquent la technicité de tel geste d'extraction, la spécificité gazeuse du grisou, l'organisation architecturale et mécanique du puits d'extraction. Ceci vaut dès le début lors de la description de la salle des pendus ; mais les mêmes caractéristiques se retrouvent encore dans le premier chapitre de la cinquième partie, lors de la description de l'accident et de la tentative des mineurs pour rejoindre l'air libre. Le procédé est donc récurrent.

Ces descriptions participent à l'effet de réel éprouvé par le lecteur. Les caricaturistes contemporains de la publication de l'œuvre ne s'y sont d'ailleurs pas trompés : leurs croquis reproduisent souvent très

1. *Tour de Babel :* dans la Genèse, nom du haut édifice que les hommes bâtissent pour se rapprocher des cieux. Jaloux de sa suprématie, Dieu introduit parmi les hommes la diversité des langues : l'entreprise de Babel échoue. \ 2. *Didactique :* qui vise à enseigner, qui répond au désir de partager un savoir.

fidèlement ces pages érudites qui possèdent donc un pouvoir évocateur et visuel indéniable. En délivrant ce savoir au lecteur, le romancier ralentit le rythme de la narration. Le temps de la narration n'est en effet pas celui du récit : son rythme ne reproduit pas celui des événements représentés. Ces derniers, bien que réalisés en un laps de temps très bref, peuvent parfaitement susciter plusieurs pages descriptives, alors qu'une durée importante peut être représentée, en cas d'ellipse narrative[1], par une ligne de texte. Ainsi, au premier chapitre de la troisième partie (p. 147), Zola peut évoquer très rapidement, sous prétexte de leur uniformité, plusieurs mois : « Et les jours succédaient aux jours, des semaines, des mois s'écoulèrent. »

### *De la description au poème en prose*

Mais ces longs passages descriptifs contreviennent même, parfois, au désir de réalisme. En effet, loin de toujours conforter l'impression de réalité, ils peuvent parfois prendre leur autonomie, au point de s'imposer aux lecteurs comme autant de fragments involontairement poétiques : plus que la réalité décrite, c'est parfois l'ensemble des signifiants plus ou moins étranges utilisé par l'auteur qui importe.

L'évocation par Bonnemort de son passage par tous les métiers de la mine relève de ce procédé :

> J'ai tout fait là-dedans, galibot d'abord, puis herscheur, quand j'ai eu la force de rouler, puis haveur pendant dix-huit ans. Ensuite, à cause de mes sacrées jambes, ils m'ont mis de la coupe à terre, remblayeur, raccommodeur (p. 14).

La succession des termes techniques constitue une sorte de mélopée, unifiée par le retour des mêmes suffixes (« – eur ») et préfixe (« r – »). Le lecteur, s'il n'a pas encore dominé ces notions techniques, perçoit dans cette litanie l'insistance de signifiants privés momentanément de sens. C'est pour lui l'occasion d'être confronté à la matérialité de la langue, à ses sonorités qui suggèrent des associations imaginaires.

Le souci pédagogique – Zola désire instruire son lecteur – est ainsi transgressé, débordé par cet accueil fait par le lecteur à ces exposés

1. *Ellipse narrative* : figure par laquelle un auteur passe d'un moment à un instant ultérieur en gardant sous silence la période intermédiaire.

savants ; ceux-ci deviennent de véritables poèmes, qui font goûter le mystère et l'obscurité des langages spécialisés. Ainsi en est-il de la rime entre les vocables techniques « cuvelage » et « accrochage » au chapitre 3 de la première partie, (p. 39-40). L'ésotérisme de ces termes suggère au lecteur l'appartenance des personnages à une forme de confrérie ouvrière. L'emploi de certains termes empruntés aux patois du nord de la France et de la Belgique produit des effets voisins. En employant ces patois, le récit cherche à garantir sa vraisemblance géographique. Cependant, pour le lecteur étranger à cette région, ces mots suscitent un intérêt particulier : il peut chercher à en découvrir la signification ou accepter leur épaisseur signifiante et percevoir en celle-ci l'un des charmes poétiques du langage. Ainsi, l'expression employée par Maheu (cela « aurait bon besoin d'être refait », p. 39) est un exemple de ces recours à une langue populaire ayant conservé une épaisseur encore inentamée par l'uniformisation de la langue.

Le récit ne se contente donc pas de transmettre une leçon uniment progressiste, ni un compte rendu détaillé d'un certain mode de vie. Parce qu'il s'ouvre à des rêveries poétiques en même temps qu'il s'efforce d'atteindre à la plus grande précision prosaïque[1], voire à la simple dénotation, le récit révèle une richesse et une complexité qui se retrouvent dans le rapport qu'il entretient aux mythes.

## *GERMINAL* : UN MYTHE MODERNE

### *La réécriture des mythes antiques et chrétiens*

On parle de phénomène *d'intertextualité* lorsqu'on observe un lien entre une œuvre et un ensemble de textes extérieurs auxquels elle fait, explicitement ou non, référence. Le jeu intertextuel avec certains grands récits mythiques fondateurs de notre culture est souvent perceptible dans *Germinal*.

L'univers de référence, celui de la mine, de sa moiteur, de son obscurité, de sa profondeur suscite presque immanquablement l'apparition d'associations imaginaires. À leur tour, ces dernières entrent en relation avec la culture classique. La descente est comme un voyage vers les enfers semblable à celui décrit par Ovide[2]. Étienne est

1. *Prosaïque :* étymologiquement, qui relève de la prose ; par extension, qui concerne la réalité matérielle. \ 2. Ovide, poète latin du ier siècle avant J.-C., auteur des Métamorphoses.

un nouvel Orphée qui, malgré ses efforts, ne parvient pas à sauver Eurydice[1] : la mort de Catherine confère au récit cette dimension tragique, suscitant la plainte élégiaque, qu'avait déjà explorée le mythe. Image d'un monde matériel en constant travail, l'espace souterrain acquiert une personnalité. Il est comparé à un monstre dévorateur toujours prêt à engloutir ses esclaves, les ouvriers. C'est une forme de nouveau Minotaure. L'omniprésence du danger – éboulements, coups de grisou, inondations soudaines – témoigne de la cruauté de cet être insatiable, se nourrissant de la chair qui lui est offerte.

Zola retrouve ainsi certaines obsessions qui structurent souterrainement l'imaginaire humain. Sa vie marquée par les deuils explique probablement l'insistance du fantasme de l'enterrement vivant. La mort est d'autant plus cruelle qu'elle impose ainsi le martyre d'une position intermédiaire, dans des limbes où est infligée une permanente torture. Le texte exploite les connotations qu'évoquent facilement les corps noircis, soumis à des postures inhumaines, des mineurs de fond. Ceux-ci sont semblables aux damnés qui hantent l'enfer de Dante[2]. *La Divine Comédie* transparaît derrière le récit naturaliste.

### *La mise en scène des pulsions archaïques*

• La foule affamée

L'épouvante ne surgit d'ailleurs pas dans ces seuls passages. La description de la faim s'emparant progressivement de tous les grévistes suscite elle aussi des portraits hallucinés. Si Zola veut décrire le plus lucidement possible l'extrême misère à laquelle le courage de ces hommes les soumet, son récit ne peut que déboucher sur des visions fantastiques, de corps décharnés, taraudés sans cesse par l'inanition. La technique narrative répond d'ailleurs aux deux exigences parallèles. La répétition permet d'évoquer la souffrance insupportable d'une faim qu'aucun expédient ne peut faire taire ; elle a donc une fonction réaliste. Mais simultanément, le retour de ce besoin violent, sans trêve, produit

**1.** Selon le mythe antique, le poète Orphée obtint des dieux le droit de descendre aux enfers chercher la défunte Eurydice, à condition de ne pas se retourner vers elle durant le trajet de retour. \ **2.** *Dante Alighieri*, poète italien (1265-1321), auteur de la *Divine Comédie*.

un effet visionnaire. C'est toute l'humanité qui se trouve ainsi appelée à lutter contre les conditions atroces qui lui sont imposées. Aussi est-ce la dignité humaine qui est ici en question et risque de s'effondrer.

Un passage du chapitre v de la cinquième partie est entièrement gouverné par cette obsession de la faim qui donne aux femmes l'énergie nécessaire pour exiger, en une imploration épique, le changement de leur sort :

> Les femmes avaient paru, près d'un millier de femmes, aux cheveux épars, dépeignées par la course, aux guenilles montrant la peau nue, des nudités de femelles lasses d'enfanter des meurt-de-faim. Quelques-unes tenaient leur petit entre les bras, le soulevaient, l'agitaient, ainsi qu'un drapeau de deuil et de vengeance. D'autres, plus jeunes, avec des gorges gonflées de guerrières, brandissaient des bâtons ; tandis que les vieilles, affreuses, hurlaient si fort, que les cordes de leurs cous décharnés semblaient se rompre (p. 371).

• La foule en colère : la castration de Maigrat

Le traitement dramatique de la scène de la poursuite de Maigrat, commerçant libidineux et sans scrupule, conclue par la castration du cadavre et l'exposition de son sexe sanguinolent, montre à quel point le souci de réalisme rejoint les fantasmes inconscients habituellement refoulés.

Le roman, qui met en scène les luttes sociales, doit représenter la structure du pouvoir à l'intérieur de l'univers clos que constitue la cité minière. Les décisions économiques sont le fait de la bourgeoisie industrielle, mais leur application nécessite des intermédiaires : issus du monde ouvrier mais choisis par la direction, les porions, contremaîtres, imposent aux mineurs les cadences du travail. Certains privilèges leur sont accordés et ils échangent volontiers leur bienveillance contre des avantages physiques.

À côté de cette classe intermédiaire, évoluent les commerçants auxquels la compagnie minière accorde leur licence. Le quotidien des familles ouvrières dépend souvent de la bienveillance de ces hommes ; mais l'arbitraire avec lequel ils accordent ou refusent le crédit les rend impopulaires. Ils agissent volontiers en prêteurs et leur malveillance suffit à pousser plusieurs personnages au comble de la misère ; c'est le cas de la famille Maheu, après que l'épouse a refusé le chantage de l'épicier. Les enfants en bas âge ne supportent pas ce traitement. Zola stigmatise ainsi l'un de ces commerçants, dont le patronyme, Maigrat, dit par antiphrase l'embonpoint gagné à force de profits rognés sur la marchandise vendue.

À travers son portrait ressurgit aussi et surtout la figure hideuse que l'histoire a déjà retenue sous le terme global de « profiteur » ou d'« accapareur ». Ici encore, les souvenirs révolutionnaires nourrissent le roman. Monnayant ses crédits contre l'acceptation par les ouvrières de ses envies érotiques, Maigrat est associé à une pratique prétendument réservée jadis aux seigneurs, que la mémoire populaire décrit sous le terme de « droit de cuissage ».

Zola témoigne ainsi de sa connaissance de la manière dont l'histoire sociale se nourrit volontiers de fantasmes ; dans la lignée d'un Beaumarchais qui, à travers le discours de Figaro[1], se révoltait contre la tyrannie sexuelle de maîtres qui prétendent jouir des femmes de leurs vassaux, Zola réactive un fantasme, une croyance. Le personnage du commerçant indigne apparaît dans *Germinal* comme une survivance insupportable de l'Ancien Régime. Comment ose-t-il se prévaloir de son pouvoir économique pour s'insinuer dans les relations érotiques ? La rage archaïque avec laquelle la foule va se jeter sur son cadavre et l'émasculer devient le symbole d'une compensation, par delà la mort, des outrages qu'il a fait subir à la communauté ouvrière : aux femmes, en les violant ou en réclamant leurs filles nubiles, aux hommes en les cocufiant de manière éhontée, et, pire, en leur faisant reconnaître ses bâtards.

Dans une forme d'intuition prophétique annonçant les analyses de Freud, le romancier naturaliste auréole cette scène de castration d'effroi et de contentement : l'ambiguïté tient à la conscience de représenter le geste ultime de la déshumanisation et à l'intuition de réaliser ainsi fictivement un désir inconscient d'annulation du pouvoir : celui-ci n'est-il pas symboliquement associé à une surpuissance ? Victime expiatoire de toutes les injustices subies par le peuple, Maigrat

1. *Le Mariage de Figaro* (1784).

permet ainsi aux ouvrières de racheter, de manière fantasmatique, la dignité dont elles ont constamment été privées.

L'écriture témoigne donc des accès de fureur auxquels peut conduire la révolte collective et des motivations les plus troubles de la violence. Zola semble partagé entre l'horreur du supplice et l'acceptation d'une *justice immanente*. L'immoralité du supplicié trouve dans ce châtiment extrême la mesure de ses excès. Le texte retrouve alors des inflexions que la tragédie antique avait pu déjà définir : le supplice de Maigrat rappelle le déchaînement archaïque de la violence que Sénèque[1] avait représenté dans sa *Médée*.

### *L'éternel retour du sexe et de la violence*

• Les lois de la nature

Les conflits du monde humain, dont on a montré la violence archaïque, s'intègrent dans le cadre plus général de la violence d'une nature en perpétuelle germination. Celle-ci est sans doute le sujet réel du roman. Au-delà des péripéties de l'intrigue, se construit en effet la vision d'un univers traversé par des forces qui participent à sa croissance et à sa fécondité.

*Germinal* suggère que l'Histoire ressemble à la nature. Elle requiert la dépense illimitée de puissances consommées sans compter. Son échelle n'est pas individuelle mais collective ; son unité temporelle n'est pas la vie humaine : son devenir ne devient perceptible qu'à l'échelle de plusieurs générations. En offrant le spectacle de vies broyées, de destins annihilés, Zola espère enseigner à son lecteur une perception élargie des événements humains. Ceux-ci ne deviennent lisibles qu'à condition d'y percevoir la manifestation de forces supérieures.

C'est dans ce cadre qu'il faut sans doute replacer la dimension érotique, régressive, du texte. L'obsession du sein de la Maheude, offert à la succion d'un nourrisson maladif, prend sens dès lors qu'on y perçoit l'expression de l'instinct de survie, la permanence du combat de l'humanité contre la mort. La force de cet instinct et de ce

1. *Sénèque*, écrivain et philosophe romain du Ier siècle après J.-C., auteur de plusieurs tragédies.

…ésir de vie justifie la présence de scènes d'amour physique dans le roman. Zola refuse la pudibonderie qui rejette le sexe comme indigne de la représentation artistique. Il ignore la hiérarchie traditionnelle du bas et de l'élevé, du sublime et du grotesque. Toute réalité mérite d'être représentée, personne n'échappe aux lois de la nature et personne, même dans le milieu bourgeois, n'échappe non plus aux lois de l'attraction des corps… En outre, les scènes d'amour physique, décrites sans fard, livrent aussi une lecture de l'évolution, ou plutôt de l'absence d'évolution, historique. La misère des mineurs les confine dans ces plaisirs répétitifs, qui multiplient sans fin le nombre de bouches à nourrir. De l'amour naîtront des enfants, voués à leur tour au travail harassant, à l'exploitation éhontée, aux plaisirs élémentaires. Les mêmes conditions créeront inéluctablement le retour des mêmes comportements. Le cycle semble ainsi illimité.

• Le couple Étienne-Catherine

Le couple formé par Étienne et Catherine échappe en partie à cette universelle fièvre érotique. En effet, même si le désir s'installe rapidement entre les deux personnages, l'hésitation initiale d'Étienne croyant, en raison de la tenue portée par Catherine, s'adresser à un jeune mineur n'est pas seulement une méprise accidentelle. En effet, un interdit semble s'installer entre les deux personnages. L'attraction qu'ils éprouvent est aussi, voire surtout, d'ordre fraternel.

Aussi est-il logique que leur réunion, à la fin du roman, se solde par la mort d'un des deux protagonistes : cet amour ne peut être consommé sans qu'un crime, inconscient certes, soit commis. Le cadavre de Chaval, représentant caricatural d'une virilité aveugle et cruelle, ne revient pas vers eux par hasard. Comme dans un cauchemar, celui qu'on voulait éliminer revient hanter les consciences. Tout se passe donc comme si le couple Étienne-Catherine incarnait, à côté du déchaînement sans frein des passions érotiques, une modalité singulière de l'amour gouvernée par la mauvaise conscience, par la hantise du tabou de l'inceste frère-sœur, et par le fantasme de la mise à mort du principe masculin.

Zola, en même temps qu'il est fidèle aux principes du naturalisme, se montre ainsi sensible aux mobiles inconscients des comportements dont il rend compte dans un récit soucieux, à l'instar du mythe antique, d'expliquer les actions des héros en sondant les plus profonds replis du cœur humain.

# GROUPEMENT DE TEXTES : POÉTIQUE DU ROMAN ZOLIEN

## TEXTE 6 • *Germinal*, quatrième partie, chapitre III

Désormais Étienne était le chef [...] dans un Parlement.

LIGNES 97-131, PAGES 243-244

### *Le portrait du héros*

Pour répondre

Un portrait moral (appelé « éthopée » en rhétorique, par opposition au portrait physique, la « prosopographie ») attribue à un personnage une série de traits, plus ou moins contradictoires. Le point de vue adopté importe. En focalisation interne, le récit, centré sur un personnage, n'insistera pas sur d'éventuelles contradictions et développera une image cohérente, synthétique et flatteuse. En revanche, le narrateur, quand il intervient en focalisation zéro, adopte un point de vue omniscient : il maîtrise la pensée de son personnage, connaît l'opinion qu'autrui a de lui, exerce son ironie : entre l'image que le personnage veut donner de lui-même et celle qui est réellement perçue, le désaccord peut être patent. Enfin, le romancier peut jouer sur l'instabilité du point de vue : le lecteur ne peut alors que difficilement décider qui est à l'origine de l'image retranscrite.

**1.** Quels sont les points de vue successivement adoptés sur le personnage d'Étienne ?

**2.** De quelle nature est la contradiction vécue par Étienne ? Reflète-t-elle ses opinions politiques ? pourquoi ?

**3.** À travers quel procédé les pensées d'Étienne sur son avenir sont-elles retranscrites ? Pourquoi Zola n'a-t-il pas eu recours au discours direct, avec utilisation explicite des guillemets ?

**4.** Par quels choix d'écriture le lecteur est-il invité à juger les rapports entre Étienne et ses compagnons mineurs ?

## TEXTE 7 • *Germinal*, cinquième partie, chapitre II

Du fond du jour [...] en une ligne toujours grandissante.

**LIGNES 327-350, PAGES 334-335**

### *Description naturaliste et amplification imaginaire*

Pour répondre

Zola, dans la rédaction de son roman, a eu recours aux notes prises sur le terrain, à Anzin, mais également dans les manuels techniques consacrés à l'extraction de la houille. Les précisions dont se nourrissent ses descriptions renforcent l'effet de vérité et font du roman un texte didactique grâce auquel le lecteur peut acquérir un savoir. L'écrivain veut participer à l'éducation du peuple : Zola souhaite œuvrer à la diffusion de savoirs positifs. Cependant, la dynamique propre à la création littéraire (qui se nourrit de l'imaginaire) conduit aussi le romancier à transformer le statut du document scientifique, qui devient l'une des pièces de la structure fantasmatique sur laquelle repose l'intrigue. Les détails réalistes sont alors intégrés dans une vision fantastique ou merveilleuse.

**1.** Décrivez le mouvement du texte et précisez le sens de cette organisation.

**2.** Pourquoi Zola détaille-t-il les mesures du puits de mine ?

**3.** Quel rapport établissez-vous entre les deux expressions « de sept cents mètres de hauteur » et « sans fin » ? Comment expliquez-vous leur présence simultanée dans le texte ?

**4.** Quelle métaphore le texte utilise-t-il pour décrire la succession des mineurs sur la hauteur de l'échelle ? Pourquoi avoir choisi cet animal ? Quelle impression le mouvement global des mineurs essayant d'échapper au fond suscite-t-elle ?

**5.** Analysez la comparaison finale. Comment Zola parvient-il à amplifier le nombre des ouvriers pris dans la catastrophe ?

## TEXTE 8 • *Germinal*, première partie, chapitre VI

Philomène Levaque [...] qui ne tient pas debout !

**LIGNES 106-124, PAGES 73-74**

### *Le discours des personnages : les parlures populaires*

Pour répondre

Pour restituer dans son roman la variété des différentes couches sociales, l'écrivain se sert notamment des dialogues, qui permettent d'illustrer les différences séparant le parler de la bourgeoisie de celui du peuple. À l'intérieur même de ce dernier, les discours divergent parfois en fonction des genres : le discours féminin, marqué par le souci constant de faire face à la pauvreté et de trouver de quoi faire survivre la famille, est souvent plus âpre et plus concret que celui des hommes auxquels Zola semble réserver l'usage des concepts politiques : voilà un trait de la misogynie de l'époque. En outre, la promiscuité qui fait de chaque voisine le témoin de tous les faits et gestes de la maisonnée d'à côté favoriserait la médisance et la rumeur. Celle-ci nourrit l'animosité et explique l'apparition d'une violence verbale non déguisée. Dans le texte suivant, Zola se souvient de la scène de *L'Assommoir* dans laquelle les repasseuses se livraient à un véritable pugilat[1].

**1.** Repérez les discours direct et indirect libre. Comment expliquez-vous leur présence dans le texte ?

**2.** Quel niveau de langage Zola utilise-t-il dans ce passage ? Relevez-en les marques et précisez les raisons de son utilisation.

**3.** Reformulez les propos de La Brûlé dans un niveau de langue plus soutenu.

## TEXTE 9 • *Germinal*, cinquième partie, chapitre VI

Des huées presque aussitôt [...] au bout du bâton.

LIGNES 398-483 PAGES 390-392

### *La tentation du mythe : le complexe de castration*

**1.** Relevez les aspects carnavalesques qui caractérisent le début de la scène et précisez leur fonction.

**2.** Quelle est l'utilité des comparaisons animales utilisées dans ce passage ?

**3.** Comment le texte dresse-t-il l'acte d'accusation de Maigrat ? Justifiez le choix de ce procédé narratif.

**4.** Pourquoi cette scène a-t-elle suscité un scandale ? Écrivez un article dans lequel vous justifierez ou condamnerez la présence de ce passage dans le roman.

1. Émile Zola, *L'Assommoir*, Paris, éd. Garnier Flammarion, 1969, chap. 1, p. 55.

# VERS L'ÉPREUVE

## ARGUMENTER, COMMENTER, RÉDIGER

L'étude de l'argumentation dans l'œuvre intégrale privilégie deux objets :

■ L'argumentation dans l'œuvre. *Chaque genre littéraire, chaque œuvre intégrale exprime un point de vue sur le monde. Un roman, une pièce de théâtre, un recueil de poésies peuvent défendre des thèses à caractère esthétique, politique, social, philosophique, religieux, etc. Ordonner les épisodes d'une œuvre intégrale, élaborer le système des personnages, recourir à tel ou tel procédé de style, c'est aussi pour un auteur, se donner les moyens d'imposer un point de vue ou d'en combattre d'autres. Ce premier aspect est étudié dans une présentation synthétique adaptée à la particularité de l'œuvre étudiée.*

■ L'argumentation sur l'œuvre. *Après publication, les œuvres suscitent des sentiments qui s'expriment dans des lettres, des articles de presse, des ouvrages savants… Chaque réaction exprime donc un point de vue sur l'œuvre, loue ses qualités, blâme ses défauts ou ses excès, éclaire ses enjeux. Une série d'exercices permet d'analyser des réactions publiées à différentes époques, dans lesquelles les lecteurs de l'œuvre, à leur tour, entendent faire partager leurs enthousiasmes, leurs doutes ou leurs réserves.*

*Quelle vision du monde, quelles valeurs, une œuvre véhicule-t-elle, et comment se donne-t-elle les moyens de les diffuser ? Quelles réactions a-t-elle suscitées, et comment les lecteurs successifs ont-ils voulu imposer leur point de vue ? L'étude de l'argumentation dans l'œuvre et à propos d'elle permet de répondre à cette double série de questions.*

# L'ARGUMENTATION DANS *GERMINAL*

## UNE DÉNONCIATION DU SORT RÉSERVÉ AUX OUVRIERS

Dès ses premières ébauches, le roman *Germinal* était conçu comme une arme destinée à faire réagir le public contre la misère réservée au monde ouvrier lors de cette période d'industrialisation à outrance. Zola souhaitait donner à son récit une violence pamphlétaire : la simple description de l'état effectif des mineurs doit manifester son caractère inacceptable.

Le romancier se sert donc du regard neuf de son personnage, étranger découvrant pour la première fois la mine et ses conditions de vie, pour exprimer avec virulence la honte et le scandale constitués par une telle exploitation. En outre, Étienne exprime parfois son incompréhension devant la résignation des mineurs et de leurs jeunes épouses. Celles-ci sont en effet vouées à une double « fatalité » : celle d'un travail très pénible sous-payé et celle d'une condamnation à enfanter sans répit, au rythme imposé par les hommes. Au chapitre v de la deuxième partie, Étienne s'insurge contre ces grossesses à répétition : « Que de misère ! et toutes ces filles, éreintées de fatigue qui étaient encore assez bêtes, le soir, pour fabriquer des petits, de la chair à travail et à souffrance ! Jamais ça ne finirait » (p. 140). Le roman recourt alors volontiers au style indirect libre : utilisant l'imparfait de l'indicatif, en l'absence de verbe introducteur, le texte retranscrit la pensée immédiate d'Étienne. La stupeur de ce dernier, sa révolte devant le double asservissement à la tâche et à la reproduction sexuelle, se lisent alors dans ces monologues désespérés qui valent comme autant d'adresses destinées à troubler le lecteur.

Le discours romanesque espère ainsi avoir une efficacité : il doit agir sur son destinataire, placer ce dernier au rang des progressistes incapables de supporter le *statu quo*.

## UNE INTERROGATION DIALECTIQUE SUR LE RÔLE DU CHEF

Zola fait d'Étienne l'individu par lequel les consciences vont se réveiller ; son irruption dans le monde de la mine coïncide avec le début de la révolte contre les conditions plus misérables encore que la Société des actionnaires veut imposer à ses salariés. Les discours prononcés par Étienne aux mineurs rassemblés constituent de véritables harangues : le personnage se sert de sa force de conviction pour faire disparaître les réticences de ses auditeurs. Homme seul face à la foule, il doit recourir à toutes les ressources de la rhétorique ; l'ensemble des hommes qu'il cherche à persuader de l'efficacité d'une grève forme une masse homogène qu'il prend plaisir à influencer, à galvaniser. Ce sentiment se mêle à la joie de ressentir la fraternité unissant les individus, dépassant leurs singularités respectives.

Cependant l'impression de pouvoir mobiliser la foule, de la soumettre à son pouvoir grâce à la parole suscite également en Étienne une véritable exaltation. Le goût du pouvoir vient donc relativiser la pureté des ambitions initiales. Zola décrit plusieurs moments, comme au premier chapitre de la sixième partie, où le personnage se rend lui-même compte de ce risque : « Lentement, sa vanité d'être leur chef, sa préoccupation constante de penser à leur place, le dégageaient, lui soufflaient l'âme d'un de ces bourgeois qu'il exécrait » (p. 399-400). Le roman développe ainsi une réflexion sur le risque de trahison inhérent à toute position supérieure. Représenter ses compagnons de travail exige qu'on parle *à leur place*, avec toute l'ambiguïté que peut revêtir cette formulation. Le lecteur est ainsi convié à peser lui-même les intentions du personnage, à procéder donc à une forme de délibération judiciaire.

## UNE DÉLIBÉRATION SUR LE SENS DE L'HISTOIRE

Zola accentue cependant la complexité de la structure argumentative de son récit en jouant sur l'instabilité des points de vue et en multipliant les jeux de focalisation (voir plus haut, p. 595). Il donne ainsi une vue d'ensemble des réactions diverses que le même événement peut susciter dans différents milieux sociaux. Ce procédé romanesque nourrit une vision politique. À quelques lignes d'intervalle, au même chapitre VI de la septième partie, le texte peut ainsi retranscrire, grâce à une *focalisation interne*, les espoirs que fonde le personnage du révolutionnaire en la régénération des « vieilles nations caduques » (p. 554) ; puis évoquer le doute des « bourgeois de Montsou », craignant que leur victoire provisoire — illustrée par la fin de la grève et

la répression contre les instigateurs du mouvement — soit très fragile.
« [Ils] regardaient derrière eux si leur fin n'était pas là quand même, inévitable » (p. 554). L'interrogation est ici purement rhétorique[1] ; elle suppose une réponse positive. La modalisation, fondée sur l'emploi de la locution adverbiale « quand même », trahit la certitude de ces hommes de voir un jour leurs prérogatives contestées, leurs privilèges abattus.

Entre le messianisme[2] politique d'Étienne qui a foi en une victoire prochaine du peuple et la vision apocalyptique de la bourgeoisie ayant senti avec effroi sa fin possible, le lecteur est donc convié à choisir sa propre représentation du cours des événements historiques. D'un extrême à l'autre, *Germinal* montre que les positions sociales ne sont plus éternelles, mais désormais susceptibles de renversements. Le dernier chapitre du roman n'est donc pas assimilable à une péroraison[3] mais à un exorde[4]. Le romancier invite en effet le lecteur à s'intéresser désormais aux signes qui, dans le réel, suggèrent l'apparition d'une *nouvelle* ère et à prendre désormais lui-même la parole. Les bruits souterrains de la mine « coups profonds, coups obstinés » semblent suggérer l'éternité de la tâche de destruction ; mais « le soleil d'avril » et sa luminosité rayonnante introduisent l'idée du renouveau. Les sensations du personnage, partagé entre audition et vue, symbolisent cette oscillation conclusive de la signification. Lesquels, de ses yeux ou de ses oreilles, le personnage doit-il croire ? L'ambiguïté persiste : c'est au lecteur de percevoir aussi bien les indices en faveur d'une renaissance de la société que ceux laissant présager l'imminence du désastre. Même si les termes du débat ont été fixés par ses soins, le propos du romancier demeure ouvert. On comprend mieux, dès lors, pourquoi la même œuvre suscita des réactions aussi divergentes.

1. *Rhétorique :* une interrogation rhétorique comporte en elle-même la réponse qu'elle prétend attendre de l'interlocuteur. \ 2. *Messianisme :* doctrine qui prétend agir en fonction de la fin de l'Histoire. \ 3. *Péroraison* : terme désignant la conclusion d'un discours. \ 4. *Exorde* : terme qui, dans la rhétorique ancienne, désigne la première partie d'un discours.

# GROUPEMENT DE TEXTES : JUGEMENTS CRITIQUES

## TEXTE 10 • Henry Céard, « M. Émile Zola et *Germinal* » (1885)

Repris dans *Les Cahiers naturalistes*, n° 35, 1968, p. 42-60.

Henry Céard fut membre du cercle des naturalistes de Médan et entretint avec Zola une correspondance régulière dans les années 1884-1885. Cette critique est d'abord parue dans un quotidien argentin, traduite en espagnol par Albert Savan.

À l'ouvrier de Paris tel que le montrait *L'Assommoir*, à l'ouvrier farceur qui chôme le lundi, indifférent même à la misère qu'il endure, et qui boit plus qu'il ne travaille, M. Émile Zola vient d'opposer le mineur qui travaille plus qu'il ne mange, victime de toutes les fatalités, corrompu sans l'avoir voulu, mourant de faim sans l'avoir mérité, le mineur dont les haines obscures qu'exacerbe la faim ébranlent le capital par des grèves incessantes, et qui, vaincu et réduit à revenir au travail, du fond des fosses ténébreuses menace continuellement la tranquillité de la domination bourgeoise et met en péril mortel la paix sociale du vieux monde.

Comment peut-on appeler précisément *Germinal* ? Il n'est rien à quoi il ressemble moins qu'à un roman, dans le sens purement psychologique et analytique du mot. Examinons-en les épisodes. Il s'y trouve toute la dramaturgie facile et les effets artificiels du roman-feuilleton. Étudions-en les personnages. Individuellement ils s'en tiennent à une seule attitude. Ce sont des actes personnifiés. Au contraire, les foules sont vivantes, et si les individus sont un peu mécaniques, les multitudes sont animées d'une vie intense et terrible. Le style offre les mêmes contradictions, il est à la fois abstrait et prophétique, à chaque instant la réalité précise disparaît pour être remplacée par un symbolisme démesuré. Ainsi conçue, ainsi exécutée, l'œuvre participe à la fois du poème et de la dissertation sociale. Dans la confusion et l'indécision littéraire de cette fin de siècle, dans la confusion toujours croissante du roman contemporain, qui étend jour après jour son champ d'observation sans jamais trouver son moyen d'expression, M. Émile Zola vient d'écrire une épopée en prose, une épopée tout à fait similaire à la *Pharsale* de Lucain[1]. Il a opéré sur les mines et les mineurs une amplification de la question sociale qui ne diffère pas essentiellement de l'amplification du poète romain qui chante les triomphes de César et la décadence de la liberté. Qualité ou défaut ? C'est un point sur lequel il est inutile de se prononcer. Ce qui est incontestable, ce qu'il importe de constater, c'est que ce livre est arrivé à point nommé. Son succès en est la preuve.

**1.** Pourquoi l'auteur cite-t-il Lucain ?

**2.** Résumez en un paragraphe la série de contradictions perçues par Henry Céard dans *Germinal*, et indiquez leur fonction dans son argumentation.

## TEXTE 11 • Jules Lemaître, *La Revue politique et littéraire* (14 mars 1885)

Je ne sache pas que dans aucun roman on ait fait vivre ni remuer de pareilles masses. Cela tantôt grouille et fourmille, tantôt est emporté d'un mouvement vertigineux par une poussée d'instincts aveugles. Le poète déroule avec sa patience robuste, avec sa brutalité morne, avec sa largeur d'évocation, une série de vastes et lamentables tableaux composés de détails monochromes qui s'entassent, s'entassent, montent et s'étalent comme une marée : une journée dans la mine, une journée au coron, une réunion de révoltés la nuit dans une clairière, la promenade furieuse des trois mille misérables dans la campagne plate, le heurt de cette masse contre les soldats, une agonie de dix jours dans la fosse noyée... M. Zola a magnifiquement rendu ce qu'il y a de fatal, d'aveugle, d'impersonnel, d'imprévisible dans un drame de cette sorte, la contagion des colères rassemblées, l'âme collective des foules, violente et aisément furieuse... N'avais-je pas raison d'appeler M. Zola un poète épique ? et les caractères dominants de ses longs récits ne sont-ce pas précisément ceux de l'épopée ?

1. *Pharsale :* dans cette épopée historique, Lucain, écrivain latin du 1er siècle après J.-C., retrace la lutte de César et Pornpée.

[...] Et il y a là autre chose que la description de spectacles atroces : la pitié morose du romancier, sa compassion qu'un parti pris de philosophie pessimiste tourne en impassibilité cruelle pour nous et pour lui. Et voici, pour ces holocaustes de chair, le bourreau et le dieu, deux « Bêtes ». Le bourreau, c'est la mine, la bête mangeuse d'hommes, le dieu, c'est cet être mystérieux à qui appartient la mine et qui s'engraisse de la faim des mineurs ; c'est l'idole monstrueuse et invisible, accroupie quelque part, on ne sait où, comme un dieu Mithra[1] dans son sanctuaire. Et tour à tour, régulièrement, les deux bêtes sont évoquées, la bête qui tue et l'autre, là-bas, celle qui fait tuer… Un troupeau de misérables, soulevés par la faim et par l'instinct, attiré par un rêve grossier, mû par des forces fatales et allant, avec des bouillonnements et des remous, se briser contre une force supérieure : voilà le drame. Les hommes apparaissant, semblables à des flots, sur une mer de ténèbres et d'inconscience : voilà la vision philosophique, très simple dans laquelle ce drame se résout. M. Zola laisse aux psychologues le soin de faire la monographie de chacun de ces flots, d'en faire un centre et comme un microcosme. Il n'a que l'imagination des vastes ensembles matériels et des infinis détails extérieurs. Mais je me demande si personne l'a jamais eue à ce degré.

[...] Si donc on ramasse maintenant tout ce que nous avons dit, il ne paraîtra pas trop absurde de définir les *Rougon-Macquart* : une épopée pessimiste de l'animalité humaine.

**1.** Sur quel point précis Jules Lemaître rejoint-il Henry Céard (texte 10) dans son appréciation de *Germinal* ?

**2.** Relevez et classez les comparaisons et les métaphores dont use l'auteur. Que cherche-t-il à montrer à travers ces images ?

**3.** « Une épopée pessimiste de l'animalité humaine » : étayez ce jugement en trois paragraphes argumentatifs.

1. *Mithra* : dieu solaire dont le culte s'est répandu dans le monde grec puis romain.

## TEXTE 12 • Joris-Karl Huysmans, *Lettre à Émile Zola* (mars 1885)

Dans cette lettre, le romancier Huysmans se montre sensible au décor du roman.

Je sors un peu abasourdi de cette lecture, hanté par la prodigieuse carcasse de ce livre écrit avec une poigne de fer. Ce qui me frappe surtout et ce qui m'apparaît comme une partie toute supérieure du livre, c'est le côté paysage souterrain et site terrestre ; il y a là des plaines nues, des plants de quelques betteraves et des ciels bousculés [...] – et il y a surtout, en tête, un magnifique paysage de hauts fourneaux – une vue de Montsou la nuit, grandiose, et une descente dans les puits, au milieu de tout ce noir dont vous seul êtes parvenu à faire une couleur, qui révèle une puissance de rendre vraiment unique à l'heure actuelle [...]. En somme vous êtes arrivé à ce que vous vouliez, nous faire voir la vie d'une mine et nous en laisser dans la cervelle une image inoubliable.

**1.** Par quels éléments stylistiques le texte se rattache-t-il au genre épistolaire ?

**2.** Montrez que Huysmans est sensible à la double structuration, horizontale et verticale, du décor de ce roman.

**3.** Comment comprenez-vous cet éloge : « Tout ce noir dont vous seul êtes parvenu à faire une couleur » ?

## TEXTE 13 • André Gide, *Journal* (17 juillet 1932)

Paris, Gallimard, coll. « Bibliothèque de la Pléiade », 1951.

Oh ! parbleu, je reconnais bien les défauts de Zola ; mais tout comme ceux de Balzac ou de tant d'autres, ils sont inséparables de ses qualités ; et la brutalité, la force de ses peintures est exclusive des délicatesses et des subtilités. [...] Les personnages sont simplifiés à l'excès, mais ce ne sont pas des fantoches, et les pittoresques, propos qu'ils tiennent sont d'une justesse de ton que l'on trouve bien rarement chez Balzac. Je tiens le discrédit actuel de Zola pour une monstrueuse injustice, qui ne fait pas grand honneur aux critiques littéraires d'aujourd'hui. Il n'est pas de romancier français plus personnel, ni plus représentatif.

**1.** Faites la part de l'éloge et du blâme dans ce texte.

**2.** Comment comprenez-vous l'expression « pittoresques propos » ?

## TEXTE 14 • Jean Cocteau, *Présence de Zola* (1953)

in N. Angell et al., Paris, Fasquelle.

J'estime que Zola est un grand poète, un grand lyrique inconnu. On l'a placé, une fois pour toutes, dans une case réaliste et sous une affiche déplaisante. On devrait le relire. On s'apercevrait que les chevaux blancs de la mine, que l'enfant qui saigne sur les images d'Épinal [...], que d'innombrables paragraphes de l'œuvre appartiennent à cette admirable folie des poètes et peuvent se ranger côte à côte avec les merveilles de *Splendeur et Misère* [*sic*] ou des *Misérables*[1].

**1.** Quel est le genre littéraire associé habituellement au lyrisme ?

**2.** Dans quel but Cocteau rapproche-t-il Zola de Balzac et de Victor Hugo ?

**3.** Quelle la valeur et le sens du pronom indéfini « on » dans le texte ?

## TEXTE 15 • Henri Mitterand, « Étude » sur *Germinal* (1964)

Étude publiée dans l'édition des *Rougon-Macquart*, Paris, Gallimard, coll. « Bibliothèque de la Pléiade », t. III.

Henri Mitterand cite les manuscrits préparatoires de Zola (Ms. 10 307, f$^{os}$ 448 à 452). Par ce biais, il étudie la structure de *Germinal*, notamment sa scène d'exposition.

Zola revint d'abord à Étienne, qu'il convenait « *de mêler à l'intrigue de façon logique* ». Né en 46, il était difficile de lui donner moins de vingt ans : « *Il aurait dix-neuf à vingt ans pendant tout* Germinal, *qui doit se passer rapidement, en 65, l'année qui a suivi la loi de 64 sur les coalitions.* » Les plans détaillés reculeront l'action d'un an, pour l'inscrire dans le cadre de la crise industrielle de 1866. Tout le début du roman se dégageait : l'apparition d'Étienne « *un soir sur la grande*

1. *Splendeurs et misères des courtisanes*, roman de Balzac (1838-1847) et *Les Misérables*, roman de Victor Hugo (1862).

*route de Marchiennes* », sa rencontre avec « *mon mineur, qui le voyant accablé de fatigue, lui apprend qu'on cherche des rouleurs, des herscheurs*, et le « *mène lui-même au porion, un brave homme qui l'engage* ». Zola usait désormais des termes exacts que lui avaient appris ses hôtes d'Anzin. « *Comme... il est question de le mettre à la veine, Étienne peut devenir le logeur de mon mineur... Et il ferait là son éducation de socialiste, tout en travaillant.* » Zola se félicitait : « *Très belle exposition* ». De fait, cet « engagement immédiat » d'Étienne dans la mine, en qualité de « *herscheur* », permettait au romancier, dès l'ouverture, de nouer les liens qui uniraient Étienne à Catherine, de présenter le « personnel » et les travaux du fond, et de faire entendre « *déjà la grève qui gronde* ». L'arrivée d'Étienne au pays noir est bien la clé qui donne un accès direct à la totalité du roman – encore que Zola persistât, à ce moment, à le dissocier du « *membre de l'Internationale* » qui devait diriger la grève, et à vouloir « *en faire un révolté, un criminel plus tard* », à « *le préparer pour le crime du roman sur les chemins de fer, et surtout pour la Commune* ». Si l'*Ébauche* s'enrichissait de couleur locale, elle n'était pas encore délivrée des présuppositions qui l'emprisonnaient dans le cycle abstrait des Rougon-Macquart. Chacun des romans qui composent la série doit ainsi, aux débuts de sa genèse, demeurer lié à ses collatéraux, avant de recevoir, à un stade plus ou moins tardif, son autonomie. Étienne, quoique s'intégrant de plus en plus étroitement à l'univers de la mine, ne cesserait jamais tout à fait d'y être, *héréditairement* étranger : d'où les ambiguïtés qui subsistent dans l'œuvre.

**1.** Quelles sont les deux phases de l'écriture du roman d'après Henri Mitterand ?

**2.** Quelles sont les deux forces contradictoires qui s'exercent sur le personnage durant la genèse du roman ?

## TEXTE 16 • René-Pierre Colin, *Tranches de vie. Zola et le coup de force naturaliste* (1991) Tusson, Éditions du Lérot.

On comprend que des faits, relevant de la physiologie ou de la sociologie, aient pu être envisagés par Zola comme des matériaux susceptibles d'être étudiés avec la « méthode expérimentale », ce qui n'implique pas qu'il veuille se livrer à une expérience, car il ne saurait être question de provoquer l'observation en agissant sur le phénomène. Il souligne d'ailleurs ce qui fonde sa démarche : « Quand nous raisonnons sur nos propres actes, nous avons un guide certain, parce que nous avons conscience de ce que nous pensons et de ce que nous sentons. Mais si nous voulons juger les actes d'un autre homme et savoir les mobiles qui le font agir, c'est tout différent. Sans doute, nous avons devant les yeux les mouvements de cet homme et ses manifestations qui sont, nous en sommes sûrs, les modes d'expression de sa sensibilité et de sa volonté. De plus, nous admettons encore qu'il y a un rapport nécessaire entre les actes et leur cause ; mais quelle est cette cause ? Nous ne la sentons pas en nous, nous n'en avons pas conscience comme quand il s'agit de nous-mêmes ; nous sommes donc obligés de l'interpréter, de la supposer d'après les mouvements que nous voyons et que nous entendons. Alors nous devons contrôler les actes de cet homme les uns par les autres ; nous considérons comment il agit dans telle circonstance, et, en un mot, nous recourons à la méthode expérimentale[1]. » Celle-ci se fonde, en l'occurrence, sur l'attitude particulière de l'observateur qui doit conserver dans son analyse une parfaite rigueur, une discipline, une objectivité comparables à celles du physiologiste. Tel est le coup d'audace de Zola.

Cette audace a ses limites : il est facile de taxer ces théories de dogmatisme, mais Zola lui-même n'adopte pas une position de Matamore. Il ne cesse d'insister sur le fait que le roman expérimental est à naître, qu'il n'existe pas encore : « Si Claude Bernard confesse que la complexité des phénomènes empêchera longtemps de constituer la médecine à l'état scientifique, que sera-ce donc pour le roman expérimental, où les phénomènes sont plus complexes encore ? Mais cela n'empêchera pas le roman d'entrer dans la voie scientifique, d'obéir à l'évolution générale du siècle[2]. » Le savoir de l'homme n'a pas accédé aussitôt à l'état

**1.** É. Zola, *Le Roman expérimental, Œuvres complètes*, éd. d'Henri Mitterand, Paris, Cercle du Livre précieux, t. XI, p. 1179. \ **2.** *Ibid.*, p. 1192.

positif : la physiologie vient à peine d'y parvenir. Pourquoi le roman, instrument de connaissance, y arriverait-il d'emblée ?

**1.** Qu'appelle-t-on « dogmatisme » ? Qu'est-ce qu'un « matamore » ?

**2.** Montrez que, selon René-Pierre Colin, Zola a conscience des limites de la méthode expérimentale.

**3.** Quelle est l'évolution ultérieure promise par Zola au roman ? Montrez que ce mouvement est parallèle à celui des sciences.

# SUJETS

## INVENTION ET ARGUMENTATION

### *Sujet 1*

« J'arrive au gros reproche dont on croit accabler les romanciers naturalistes en les traitant de fatalistes. Que de fois on a voulu nous prouver que, du moment où nous n'acceptions pas le libre arbitre, du moment où l'homme n'était plus pour nous qu'une machine animale agissant sous l'influence de l'hérédité et des milieux, nous tombions à un fatalisme grossier, nous ravalions l'humanité au rang d'un troupeau marchant sous le bâton de la destinée ! Il faut préciser : nous ne sommes pas fatalistes, nous sommes déterministes, ce qui n'est point la même chose. Claude Bernard explique très bien les deux termes : « Nous avons donné le nom de déterminisme à la cause prochaine ou déterminante des phénomènes. Nous n'agissons jamais sur l'essence des phénomènes de la nature, mais seulement sur leur déterminisme, et par cela seul que nous agissons sur lui, le déterminisme diffère du fatalisme sur lequel on ne saurait agir. Le fatalisme suppose la manifestation nécessaire d'un phénomène indépendant de ses conditions, tandis que le déterminisme est la condition nécessaire d'un phénomène dont la manifestation n'est pas forcée. Une fois que la recherche du déterminisme des phénomènes est posée comme le principe fondamental de la méthode expérimentale, il n'y a plus ni matérialisme, ni spiritualisme, ni matière brute, ni matière vivante ; il n'y a que des phénomènes dont il faut déterminer les conditions, c'està-dire les circonstances qui jouent par rapport à ces phénomènes le rôle de cause prochaine » (É. Zola, « Refus du fatalisme »).

**1.** Résumez, en évitant la paraphrase, l'opposition entre fatalisme et déterminisme.

**2.** Rédigez une critique de Germinal en reprochant à l'auteur son parti pris pour le déterminisme.

**3.** Sous le poids de sa généalogie, Étienne agit en proie à des crises d'exaltation proches de la folie et rêve d'une ascension sociale fulgurante. Délivré de ces troubles motivations, Étienne pourrait poursuivre les idéaux sociaux et politiques plus purs. Rédigez le nouveau portrait du personnage.

### *Sujet 2*

Préparant la composition de *Germinal*, Zola a lu cet article intitulé « Grève » (extrait du *Grand Dictionnaire universel du XIXe siècle* de Pierre Larousse) qui étudie le phénomène social de la grève dans son contexte économique.

« *Encycl. Écon. Soc.* La grève ou accord des ouvriers pour cesser le travail en vue d'une hausse de salaire n'est plus au nombre des délits, depuis la loi de 1864 dont nous avons parlé à l'article COALITION. Le droit du gréviste est fondé sur la liberté humaine. À en examiner le principe, il n'y a dans la grève qu'un des phénomènes ordinaires de l'offre et de la demande. Les gouvernements qui refusent à l'ouvrier la faculté de marchander le prix de son labeur justifient par cela seul toutes les violences. Aujourd'hui que ce droit imprescriptible est écrit dans la loi, les menaces, violences, voies de fait et manœuvres frauduleuses ayant pour but de porter atteinte à la liberté du travail et de l'industrie sont seules réputées délictueuses. Sous la législation antérieure, celle de 1849, la coalition, tant de la part des patrons que de la part des ouvriers, était interdite ; mais cette apparente égalité des deux classes devant la loi dissimulait dans le fait une inégalité révoltante au détriment de la classe ouvrière. En effet, tandis que les grèves des ouvriers tombaient toujours forcément sous le coup de la loi, les patrons, par suite de leur petit nombre, dérobaient très aisément leurs manœuvres à la connaissance de la justice ; leurs coalitions, tenues secrètes, restaient impunies. En supprimant le délit, la loi de 1864 a égalisé les situations ; ce n'est qu'une iniquité de moins. [...] »

Récapitulez dans l'ordre les arguments en faveur du droit de grève présentés par cet article.
Quel argument relève du domaine économique, quel autre du domaine juridique ?
Examinez la pertinence de ce raisonnement aujourd'hui.
Rédigez, sous forme argumentée, le discours d'un ouvrier actuel défendant le droit de grève.

***Sujet 3 : analyse d'image*** (p. 626-627)

**1.** Reportez-vous à une reproduction du tableau de Goya *Tres de Mayo*. Décrivez les points communs entre les deux images.

**2.** Analysez les plans successifs de la photo. Quelle valeur symbolique donner à cette organisation de l'image ?

**3.** Quel passage du roman *Germinal* pourrait servir de légende à cette scène ?

**4.** Quel est le point de vue du réalisateur ? Justifiez votre réponse.

Manifestation des mineurs en grève, photographie extraite du film *Germinal*, de Yves Allégret, 1962.

Pelliza da Volpedo, Guiseppe, *Fiumana* (le courant), 1896.

***Sujet 4 : analyse d'image*** (p. 628-629)

**1.** Comment le tableau parvient-il à rendre l'impression de mouvement ?
**2.** Quelle est la relation entre les trois personnages du premier plan et les suivants ?
**3.** Quelle est, d'après vous, la signification de cette marche vers le spectateur de la foule ?
**4.** Que pouvez-vous dire des vêtements de ces personnages ? Quelle interprétation de l'image pouvez-vous faire ?

## COMMENTAIRES

Les extraits choisis pour faire l'objet de commentaires sont accompagnés d'un questionnaire de lecture visant à dégager une cohérence dans l'approche, une problématique possible pour l'analyse du texte et la rédaction du devoir.

***Sujet 5***

**TEXTE 17** • ***Germinal*, première partie, chapitre I**

Dans la plaine rase [...] près de chaque feu.

LIGNES 1-50, PAGES 7-8

Après avoir répondu aux questions qui suivent, vous présenterez un commentaire de ce texte. Vous étudierez notamment les techniques de présentation du personnage et vous montrerez comment la description associe le réalisme au fantastique dans une atmosphère nocturne et funèbre.

**1.** Quels sont les traits physiques et moraux qui caractérisent ce personnage ?

**2.** Quels sont les effets de l'emploi systématique du groupe nominal « un homme » ?

**3.** Quel rôle les termes techniques jouent-ils dans la description ?

**4.** Relevez les métaphores et les comparaisons, et précisez leur fonction.

### *Sujet 6*

**TEXTE 18 • *Germinal*, septième partie, chapitre VI**

Étienne prit à gauche [...] faire bientôt éclater la terre.

**PAGES 369-427 LIGNES 555-557**

Répondez dans un premier temps aux questions. Puis rédigez un commentaire en expliquant pourquoi cette page peut être considérée comme un dénouement dans lequel l'évocation de l'univers décrit prend une valeur symbolique.

**1.** Quelle réalité le texte désigne-t-il en recourant à l'image mythologique du veau d'or ?

**2.** Comment le romancier rappelle-t-il dans cette page de conclusion les principaux épisodes du roman ?

**3.** Analysez l'opposition entre l'univers de la mine et celui de la nature.

**4.** Quelle est selon vous la valeur de l'évocation printanière ? Comment converge-t-elle avec le rêve d'un avenir nouveau ?

## DISSERTATIONS

### *Sujet 7*

Jean Rostand, dans *Présence de Zola*, écrit : « Si l'écrivain ne peut pas faire œuvre de science, du moins peut-il être imprégné de l'esprit scientifique. » Commentez et discutez cette réflexion.

Indications complémentaires

Le roman *Germinal* permet, à côté de bien d'autres exemples, d'illustrer ce propos : la recherche documentaire faite par Zola, tant du point de vue technique que du point de vue sociologique montre qu'il est habité par un tel souci de vérité scientifique. Vous vous demanderez cependant s'il est possible de répondre à la même exigence en matière de psychologie des personnages.

En outre, beaucoup de romans sont davantage dirigés par le désir de s'abstraire du réel par la voie de l'imagination. Certains genres littéraires sont exempts de toute volonté d'être « imprégnés de l'esprit scientifique ».

Même dans les textes où cette intention n'est pas absente, des tensions peuvent apparaître entre le récit vraisemblable d'expériences et les motifs profonds, imaginaires ou symboliques, qui gouvernent la narration. Vous pourrez notamment montrer que même chez Zola le roman est sans cesse parcouru par la contradiction entre l'aspect documentaire, fondé sur un idéal scientifique, et la dimension imaginaire. Les textes littéraires, dans leur logique singulière, ne rencontrent-ils pas aussi des questionnements métaphysiques qui débordent largement le domaine d'interrogation propre à la science ?

## *Sujet 8*

### L'Histoire et la fiction peuvent-elles faire bon ménage ? Vous illustrerez votre réflexion en vous appuyant sur votre lecture de *Germinal* et d'autres œuvres romanesques.

■ Indications complémentaires

Le sujet semble présupposer, d'après sa formulation, une incompatibilité entre deux types de récits : celui que construit l'historien en se fondant sur des documents et celui qu'élabore l'écrivain en n'acceptant comme seules limites que celles de son imagination.

Vous pourrez, dans un premier temps, réfléchir à la différence entre l'objectivité de l'historien et la partialité du romancier focalisant son regard sur un univers particulier. Vous montrerez cependant que certains textes de fiction nous renseignent sur la manière dont une époque se représentait sa propre histoire. L'observation et l'imagination semblent faire appel à des exigences contradictoires. Mais la fiction ne doit-elle pas, elle aussi, au même type que d'autres ouvrages, être considérée par l'historien comme un témoignage du passé ? Vous pourrez enfin cerner la catégorie du « roman historique » : celui-ci choisit l'histoire comme décor d'une intrigue inventée. Les événements qu'il narre rejoignent les grands événements historiques. La fiction n'est-elle pas alors un moyen pour le lecteur de s'interroger sur les manières individuelles de vivre l'intégration de son destin dans l'histoire collective ? Vous vous demanderez alors comment la fiction parvient à délivrer un savoir que l'histoire, reposant sur les grands nombres, ne parvient que très difficilement à constituer.

# BIBLIOGRAPHIE


### *Ouvrages généraux sur Zola*

ZOLA Émile, *Le Roman naturaliste, anthologie*, édition établie, présentée et annotée par Henri Mitterand, Paris, Le Livre de poche, coll. « Classiques », 1999.

COLIN René-Pierre, *Tranches de vie. Zola et le coup de force naturaliste*, Tusson, Éditions du Lérot, 1991.

DEZALAY Auguste, *Lectures de Zola*, Paris, Armand Colin, coll. « U prisme », 1973.

MITTERAND Henri, *Images d'enquêtes d'Émile Zola. De la Goutte-d'Or à l'Affaire Dreyfus*, Paris, Presses Pocket, coll. « Album Terre Humaine », 1987.

NOIRAY Jacques, *Le Romancier et la Machine : l'univers de Zola*, Paris, Corti, 1981.

### *Ouvrages et articles sur* Germinal

BECKER Colette, *Émile Zola. La fabrique de* Germinal *(dossier préparatoire de l'œuvre)*, Paris, SEDES/Presses Universitaires de Lille, 1986.

BONNEFIS Philippe, *L'Innommable. Essai sur l'œuvre d'Émile Zola*, Paris, SEDES, 1984.

*Revue d'histoire littéraire de la France*, mai-juin 1985.

### *Pour une approche historique du monde de la mine*

PLESSYS Bernard, CHALLET Louis, *La Vie quotidienne au temps de* Germinal, Paris, Hachette, 1984.

## Collection Classiques & Cie

6 Abbé Prévost
**Manon Lescaut**

11 Balzac
**Histoire des Treize**
**(Ferragus - La Duchesse de Langeais - La Fille aux yeux d'or)**

3 Balzac
**La Peau de chagrin**

34 Balzac
**Le Père Goriot**

20 Baudelaire
**Les Fleurs du mal**

15 Beaumarchais
**Le Mariage de Figaro**

2 Corneille
**L'Illusion comique**

17 Flaubert
**Madame Bovary**

4 Hugo
**Le Dernier Jour d'un condamné**

21 Hugo
**Ruy Blas**

8 Jarry
**Ubu roi**

36 La Bruyère
**Les Caractères**
**(De la ville - De là cour Des grands - Du souverain ou de la république)**

5 Laclos
**Les Liaisons dangereuses**

14 Lafayette (Mme de)
**La Princesse de Clèves**

12 Marivaux
**Le Jeu de l'amour et du hasard**

30 Maupassant
**Bel-Ami**

18 Maupassant
**Nouvelles**

27 Maupassant
**Pierre et Jean**

1 Molière
**Dom Juan**

19 Molière
**L'École des femmes**

25 Molière
**Le Misanthrope**

9 Molière
**Le Tartuffe**

10 Musset
**Lorenzaccio**

26 Rabelais
**Pantagruel - Gargantua**

31 Racine
**Andromaque**

22 Racine
**Bérénice**

23 Racine
**Britannicus**

7 Racine
**Phèdre**

16 Rousseau
**Les Confessions**

32 Stendhal
**Le Rouge et le Noir**

13 Voltaire
**Candide**

24 Voltaire
**L'Ingénu**

33 Voltaire
**Zadig**

28 Zola
**Germinal**